필링 굿

# 필링 굿

데이비드 번스 지음
차익종 · 이미옥 옮김

아름드리미디어

# 감사의 말

나의 아내 멜라니에게 고마움을 전한다. 아내는 내가 이 책을 준비하는 동안 숱한 저녁과 주말마다 긴 시간을 내어 편집을 도와주었을 뿐 아니라 인내로 나를 격려해주었다. 타이핑 작업을 열심히 도와준 메리 로벨에게도 고맙다는 인사를 전한다.

인지치료의 발달은 뛰어난 여러 사람이 힘을 모은 결과다. 1930년대, 내과의사 에이브러햄 로 박사는 기분장애를 겪는 사람들을 위한 무료 자기개선 운동을 펼쳤다. '회복주식회사'라 불리는 이 운동은 오늘날까지 계속되고 있다. 로 박사는 인간의 사고가 정서와 행동에 큰 영향을 끼친다는 것을 강조한 최초의 정신건강 전문가 중 한 사람이다. 비록 그의 업적은 많은 사람에게 알려져 있지 않지만 로 박사는 오늘날에도 유력한 견해 중 상당 부분을 개척한 사람으로서 그 공적을 인정할 만하다.

1950년대에는 뉴욕의 유명한 심리학자 앨버트 엘리스 박사가 있다. 엘리스 박사는 로 박사가 개척한 개념을 발전시켜 '합리적 정서 요법'이라는 새로운 형태의 심리요법을 창안했다. 그는 50권이 넘는 저서에서 '해야만 해' 같은 부정적 자기진술과 '나는 완벽해야 해' 같은 비합리적 믿음이 기분장애에 큰 영향을 끼친다는 사실을 강조했다. 로 박사와 마찬가지로 학계에서는 엘리스 박사의 탁월한 공적을 충분히 인정하지 않았다. 실제로 나 역시 이 책《필링 굿》의 초판 원고를 쓸 때까지만 해도 엘리스 박사의 업적을 제대로 알지 못했고, 그가 얼마나 중요하고 큰 공헌을 했는지 깨닫지 못했다.

마지막으로 1960년대에는 펜실베이니아대학교 의과대학에 몸담고 있는 나의 동료 아론 벡 박사가 있다. 그는 인지치료에 관한 그동안의 연구를 더욱 발전시켜 임상에서 우울장애를 치료할 수 있는 기법을 개발했다. 그는 우울장애 환자가 자기 자신과 세계, 미래 등에 대해 느끼는 부정적 시각이 어떠한지를 설명했고, 우울장애 치료의 새로운 형태인 '생각하는 치료법'을 제시했다. 이 치료법을 그는 '인지치료'라고 불렀다. 인지치료의 목적은 우울장애 환자 스스로 이러한 부정적 사고 유형을 변화시키도록 돕는 데 있다. 로 박사와 엘리스 박사만큼 아론 벡 박사의 공헌도 매우 크다. 1964년에 발표한 '벡우울척도' 덕택에 비로소 임상의와 연구자들은 우울장애의 정도를 측정할 수 있게 되었다. 환자의 우울 상태가 얼마나 심각한지 측정할 수 있다는 아이디어, 그리고 치료에 대한 반응의 변화를 추적할 수 있다는 아이디어는 가히 혁명적이었다.

아론 벡 박사는 체계적이고 정량적인 연구를 강조했다. 그 결과 우리는 여러 종류의 심리요법이 제각기 어떻게 다른 효과를 발휘하는지, 그리고 그 효과가 항우울제 요법과 어떻게 같고 다른지 등의 객관적 정보를 얻을 수 있었다.

이 세 개척자의 시대가 지난 뒤, 세계 곳곳에서 수많은 임상의와 연구자들이 이 새로운 접근법을 발전시키는 데 헌신해왔다. 지금까지 인지치료에 관해 발표한 논문의 수는 아마도 행동치료를 제외하고는 그동안 개발한 그 어떤 심리요법보다 많다고 할 수 있다. 인지치료의 발전에 크게 공헌한 사람들을 일일이 열거하는 것조차 불가능할 정도다. 인지치료의 초기, 그러니까 1970년대에 나는 펜실베이니아대학교 의과대학에서 여러 동료와 함께 연구했다. 동료들은 지금도 채택되고 있는 많은 치료법을 개발하는 데 도움을 주었다.

그들은 존 러시, 마리아 코바치, 브라이언 쇼, 개리 에머리, 스티브 할런, 리치 베드로시안, 루스 그린버그, 아이라 허먼, 제프 영, 아트 프리먼, 론 콜먼, 재키 퍼슨스, 로버트 리 박사 등이다. 레이먼드 노바코, 알린 와이스먼, 마크 골드스타인 박사는 내가 이 책에서 그들의 연구를 상세히 인용할 수 있도록 허락해주었다. 이 책의 편집자 마리아 과나스첼리에게 특히 고마움을 전한다. 마리아는 작업하는 내내 번득이는 재치와 넘치는 활력으로 나에게 귀중한 영감을 불어넣었다.

수련 과정부터 연구 시기까지 이 책이 빛을 보는 과정에서 나는 정신의학연구재단 소속 연구원이기도 했다. 소중한 경험을 쌓을 수 있도록 도움을 준 재단 관계자 여러분에게 고마움을 전한다. 국립정신건강연구소 소장을 지낸 의학박사 프레드릭 구드윈 선생에게도 고마움을 전한다. 그는 생물학적 요인과 항우울제가 기분장애에 어떤 영향을 끼치는지 귀중한 조언을 해주었다. 스탠퍼드대학의 두 동료 그레그 타라소프, 조 벨레노프 박사가 이 책에서 신약에 관한 부분을 읽고 내놓은 의견도 큰 도움이 되었다.

격려와 인내를 베풀어준 아서 슈워츠에게도 고맙다는 인사를 전한다. 원고 중 향정신성의약품에 관해 추가된 부분의 편집을 도와준 애번북스의 앤 매케이 소러먼에게도 고마움을 전한다.

마지막으로 1999년판에서 큰 도움이 된 제안을 해준 것은 물론, 새로 쓴 부분을 훌륭하게 편집해준 내 딸 사인 번스에게 고맙다는 인사를 전한다.

# 추천의 글

데이비드 번스 박사의 기분치료법은 정신건강 전문가들 사이에서 이미 큰 관심과 찬사를 받아왔는데, 이제 그의 치료법이 이 책을 통해 일반인에게도 소개되어 기쁘다. 번스 박사는 펜실베이니아대학교에서 오랫동안 우울장애의 원인 분석과 치료법 개발을 위해 노력해왔다. 이 책은 이렇게 개발한 특별한 치료법을 환자 스스로 적용할 수 있도록 그 핵심 요소를 명쾌하게 설명해준다. 자신의 '기분'을 이해하고 다스리는 '최고'의 가르침을 원하는 사람들에게 이 책은 매우 소중한 선물이 될 것이다.

이 책의 독자들이 관심 있어할 것 같아 인지치료의 발달 과정을 간단히 소개한다. 전통 정신분석학에 입각한 정신과 개업의이자 열성적 연구자로 전문의 활동을 시작한 초기에 나는 프로이트 이론과 우울장애 치료법의 상관성을 뒷받침하는 임상 증거를 찾는 일에 착수했다. 그런데 수집한 자료에서 원하는 증거를 찾기가 어려웠다. 대신 이 자료들이 기분장애의 원인에 대한 검증 가능한 새로운 이론의 근거가 될 만하다는 사실을 알게 되었다. 내 연구 결과에 따르면, 우울장애를 앓는 사람은 스스로를 '패배자', 즉 좌절·결핍·굴욕·실패를 겪을 수밖에 없는 못난이로 여기는 듯했다. 후속 실험을 여러 차례 해보니 우울장애를 앓는 사람은 자기평가, 기대, 포부 등과 실제 성과(흔히 매우 뛰어난 성과) 사이에 현격한 차이가 있었다. 그것을 근거로 우울장애는 생각의 장애를 동반하는 것이 틀림없다고 결론 내리게 되었다. 우울장애를 앓는 사람은 자신, 자신의 환경, 자신의 미래를 특이한 방식으로, 그러니까 부정적으로 바라본다. 이런 비관적 정신 자세는 기분·의욕·대인관계에 영향을 끼치고, 마음과 몸에 우울장애의 온갖 전형적 증상을 일으킨다.

비교적 단순한 몇 가지 원리와 기법을 적용한 결과, 우리는 고통스럽게 요동치는 기분과 자기패배적 행동을 다스릴 수 있는 방대한 연구 자료와 임상 경험을 축적할 수 있었다. 이 희망적 연구 결과 덕분에 정신과 의사와 심리학자를 비롯한 정신건강 전문가들은 인지이론에 큰 관심을 갖게 되었다. 많은 저술가가 우리의 발견을 심리치료 및 성격 개선과 관련한 과학적 연구에서 큰 성과라고 평가하고 있다. 또 연구의 밑바탕을 이루는 기분장애 이론의 개발은 전 세계 연구 기관의 중심 과제가 되었다.

이 책에서 번스 박사는 우울장애에 대한 이러한 새로운 이해 방법을 명쾌하게 설명한다. 그는 고통스러운 우울감을 개선하고 심신을 쇠약하게 하는 불안감을 줄이는 혁신적이고 효과적인 방법을 알기 쉽게 설명해준다. 이 책의 독자들도 우리가 임상에서 시행한 원리와 기법을 자신의 문제 해결에 적용해보기를 바란다. 아주 심각한 기분장애를 겪고 있는 사람들은 정신건강 전문가의 도움이 필요하겠지만, 덜 심각한 사람들은 번스 박사가 새로 개발한 이 '상식적' 대처법을 이용하면 유익할 것이다. 이 책은 자가치료를 원하는 사람에게 매우 실용적인 단계별 안내서가 될 것이다.

마지막으로 이 책에서는 저자의 독특한 개성을 엿볼 수 있다. 그의 열정과 창조적 에너지는 환자들에게 도움이 되는 것은 물론 동료들에게도 언제나 귀감이 되고 있다.

아론 T. 벡

펜실베이니아대학교 의과대학 정신의학과 교수

| 차 례 |

*Feeling Good*

*Feeling Good*

*Feeling Good*

# 머리말

1999년 개정판

이 책의 초판본은 1980년에 출간되었다. 당시만 해도 인지치료 cognitive therapy라는 말을 접한 사람은 손가락으로 꼽을 정도였지만, 이후 인지행동치료cognitive behavioral therapy, CBT에 대한 관심은 매우 높아졌다. 인지치료에 대한 관심은 정신건강 전문가나 일반인 사이에서 점점 커져 오늘날 인지치료는 세계에서 가장 널리 시행되고 철저히 연구되는 심리치료법이 되었다.

심리치료법 중 인지치료가 특히 주목받는 이유는 무엇일까? 적어도 세 가지를 들 수 있다. 첫째는 인지치료의 기본 발상이 매우 현실적이며 직관적 호소력이 강하다는 것이다. 둘째는 우울장애depressive disorder와 불안장애anxiety disorder는 물론이고 다른 여러가지 흔한 증상에 시달리는 이들에게도 인지치료가 큰 도움을 준다는 사실이 많은 연구에서 입증되었기 때문이다. 실제로 인지치료는 적어도 프로작Prozac 같은 가장 뛰어난 항우울제 못지않은 효과를 발휘한다. 셋째는 이 책을 비롯해 많은 자기계발서가 성공을 거둔 덕분에 미국뿐 아니라 전 세계에서 인지치료에 대한 대중적 수요가 크게 늘어났기 때문이다.

먼저 인지치료가 무엇인지 간단히 살펴보자. '인지'는 생각 또는 지각이다. 달리 말하면 인지는 사물에 대해 생각하는 방식이다. 이러한 인지는 매 순간, 지금 이 순간에도 우리 마음속에서 자동으로 소용돌이쳐 흐르는데, 흔히 우리 기분에 엄청난 영향을 끼친다.

예를 들어 이 책을 읽는 바로 이 순간에도 여러분은 어떤 생각과 느낌이 들 것이다. 이 책을 집어든 이유가 우울과 좌절을 느껴서라면 여러분은 매사 부정적이고 자기비판적 생각을 하고 있을 것이다. '난 패배자야. 도대체 난 왜 이 모양일까? 난 더 이상 가망이 없어. 이따위 자가치료서가 무슨 도움이 되겠어. 내 생각은 하나도 틀린 게 없어. 내 문제는 진짜 현실이라고.' 그리고 화가 났거나 기분이 불쾌한 독자라면 이런 생각을 할 수도 있다. '번스라는 작자는 사기꾼이 틀림없어. 팔리는 책을 써서 부자가 되겠다는 생각뿐일 테지. 알지도 못하면서 지껄이는 것 같아.' 그런가 하면 긍정적으로 사고하고 흥미를 느낀 독자라면 이런 생각을 할지 모른다. '흠, 재미있군. 흥미진진한 데다 도움이 되는 뭔가를 배울 수 있을 것 같은데.' 이 모든 생각 하나하나가 그 나름의 감정을 만들어낸다.

이러한 예는 인지치료의 핵심 원리를 잘 보여주는데, 우리의 감정은 스스로에게 보내는 메시지 때문에 생긴다는 것이다. 사실 우리의 생각은 삶에서 실제로 일어나는 일보다는 우리가 어떻게 느끼는지와 훨씬 더 관련이 있다.

이것은 새로운 발상이 아니다. 약 2천 년 전 그리스 철학자 에픽테투스Epictetus는 "사물이 우리를 힘들게 하는 것이 아니라, 사물을 바라보는 우리의 시각 때문에 힘겨운 것"이라고 말했다. 《구약성경》〈잠언〉(23:7)에도 이런 구절이 있다. "대저 그 마음의 생각이 어떠하면 그 위인도 그러한즉." 셰익스피어도 비슷한 말을 남겼다. "원래 좋고 나쁜 게 따로 있는 건 아닐 테니까 생각하기 나름이지"(《햄릿》2막 2장).

이러한 발상의 역사는 오래되었지만 우울장애를 앓는 사람들은 대부분 이것을 제대로 이해하지 못한다. 우울감을 느낄 때 우리는 자신에게 나쁜 일이 일어나서 그렇다고 생각하기도 한다. 어떤 일에 실패하거나 사랑하는 사람에게 버림받으면, 자신은 열등한 존재이며 불행한 운명을 타고났다고 생각한다. 자신이 못난이로 느껴지는 것은 개인적 결점 탓이라고도 생각한다. 다시 말해 똑똑하지 못해서, 성공하지 못해서, 매력이 없어서, 재능이 없어서 행복이나 성취감을 느끼지 못한다고 믿는다. 자기 안의 부정적 감정은 어린 시절에 사랑받지 못했거나 어떤 상처를 입어서, 나쁜 유전자를 타고나서, 또는 몸속 화학물질이나 호르몬이 불균형하기 때문이라고 생각하기도 한다. 화가 나면 남 탓을 하기도 한다. '망할 운전자들 때문에 출근길이 이 난리야! 저 인간들만 없으면 오늘 하루가 완벽할 텐데!' 이처럼 우울장애를 앓는 사람들은 대부분 자신과 주변 세상이 뭔가 특별하고 고약한 상황에 놓여 있다고 생각하며, 자신들이 느끼는 끔찍한 감정은 철저히 현실적이고 피할 수 없는 것이라고 확신한다.

이런 생각에는 분명 중요한 진실의 싹이 담겨 있다. 나쁜 일은 일어나게 마련이고, 살다 보면 때때로 호된 시련을 겪게 마련이다. 심각한 재난을 당하고 파국으로 치닫는 사람이 한둘이 아니다. 유전자, 호르몬, 어린 시절의 경험 등이 우리의 생각과 감정에 영향을 끼칠 수도 있다. 그러나 불쾌한 기분의 원인을 따지는 모든 이론은 한결같이 우리를 희생자로 만드는 경향이 있다. 불쾌한 기분을 일으키는 원인은 우리가 어찌할 수 없는 무엇 때문이라는 것이다. 어쨌든 우리는 출퇴근길을 북새통으로 만드는 운전 습관을 하루아침에 바꿀 수 없으며, 어린 시절 사람들에게 받은 대접의 경험이 자신의 유전자나 (약을 먹는 경우는 제외하고) 몸의 화학적 상태를 바꿀 수 없다. 하지만 사실 우리는 사고방식을 바꾸는 방법을 배울 수 있으며, 가치관과 신념도 변화시킬 수 있다. 또 그렇게 했을 때 우리의 기분, 인생관, 역량 등에 심오하고 지속적인 변화가 일어나는 것을 경험할 수 있다. 바로 이것이 인지치료다.

인지치료 이론은 매우 간단명료해서 어떻게 보면 무척 소박하다. 그렇다고 흔해빠진 대중심리학 정도로 치부할 일은 아니다. 처음에는 회의를 품던 독자도(나 역시 그랬다) 결국 인지치료가 큰 도움이 된다는 사실을 알게 될 것이다. 지금까지 우울과 불안에 시달리는 사람들을 3만 번 이상 상담했지만 이 치료법이 얼마나 강력한 도움을 주는지, 지금도 매번 놀란다.

인지치료의 효과는 지난 20년간 전 세계에서 진행한 많은 연구에서 확인할 수 있다. 최근의 기념비적 연구로는 〈우울장애의 심리치료와 약물치료 비교: 전통적인 견해에 의문을 제기하는 결과를 자료로 제시함〉이 있다. 이 논문은 클리블랜드 병원의 걸랜드 드넬스키G. DeNelsky 박사와 네바다대학교의 데이비드 안토누치오 D. Antonuccio 박사, 윌리엄 댄턴W. Danton 박사가 우울장애에 관한 그간의 엄밀한 연구를 공동 분석한 것으로, 전 세계에 배포되는 학술지에 실렸다.[1] 연구자들은 우울장애와 불안장애에 대한 심리요법과 항우울제 치료를 장단기적 측면에서 비교했다. 그리고 많은 점에서 지금까지의 견해와 다른 놀라운 결론에 이르렀다. 그것을 요약하면 다음과 같다.

- 우울장애는 전통적으로 선천성 질병으로 여겨졌다. 그러나 연구 결과에 따르면 유전적 영향이 우울장애의 원인인 경우는 16퍼센트 정도에 지나지 않는다. 우울장애의 가장 중요한 원인은 후천적 요인이다.
- 미국에서 가장 흔한 우울장애 치료법은 약물요법이며, 약물치료가 가장 뛰어난 치료법이라는 대중매체가 퍼뜨린 믿음이 널리 통한다. 그러나 이런 믿음은 지난 20년간의 연구 결과와 일치하지 않는다. 연구 결과에 따르면 새로운 형태의 심리요법, 특히 인지치료는 최소한 약물치료만큼 효과를 발휘하며 그 이상 효과를 본 환자도 많다. 이것은 개인적으로 다른 치료를 원하거나 건강 문제로 약물 이외의 치료를

받고자 하는 많은 환자에게 기쁜 소식이다. 또한 항우울제를 오랫동안 처방받았어도 별 효과를 보지 못하고 우울과 불안에 시달려온 많은 사람에게도 반가운 소식이다.

- 우울장애에서 벗어나는 과정에서 심리치료를 받은 사람들은 항우울제 처방만 받은 사람들에 비해 우울 증세가 많이 완화되고 재발 위험도 훨씬 적어진다. 우울장애에서 회복된 사람들 중에서 상담치료 없이 항우울제 치료만 받은 사람들은 재발 가능성이 높다는 사실이 점점 확인되는 상황에서 이것은 특히 중요한 발견이다.

이러한 발견에 따라 안토누치오 박사와 공저자들은 심리요법이 2차 치료법이 아니라 언제나 처음부터 적용해야 할 치료법이라고 결론 내렸다. 덧붙여, 그들은 인지치료가 가장 뛰어난 치료법이라고까지는 장담할 수 없지만 효과가 매우 큰 치료법 중 하나라는 사실은 분명해졌다고 강조했다.

물론 어떤 사람들에게는 약물요법이 도움이 되며 생명을 지켜주기도 한다. 약물요법을 심리요법과 병행할 경우, 특히 심각한 우울 증세에서 가장 좋은 효과를 볼 수 있다. 이제 우울장애와 싸울 새롭고 강력한 무기가 우리 손에 있으며, 인지치료 같은 '무약물치료법'의 효과가 매우 크다는 사실을 인식하는 것은 정말 중요하다.

최근 연구 결과에 따르면 심리치료는 가벼운 우울장애뿐 아니라 심각한 우울장애에도 도움을 준다. '말로 하는 치료법'은 증상이 가벼운 사람들에게만 도움이 될 뿐 증상이 심각한 환자들은 약물을 복용해야 한다는 것이 세간의 믿음이지만, 최근의 연구는 이와 다른 결과를 내놓은 것이다.

우리는 우울장애가 뇌 화학작용의 불균형 때문에 생긴다고 배운다. 그런데 최근의 연구들은 인지행동치료가 뇌 화학작용을 실제로 변화시킬 수 있다고 지적한다. 이 중 루이스 백스터 주니어L. Baxter Jr., 제프리 슈워츠J. Schwartz, 케네스 버그먼K. Bergman 등과 UCLA 의과대학 동료들은 PET(양전자방출 단층촬영기)를 이용해 두 집단의 환자들 뇌 대사가 치료 전후 어떤 변화를 보이는지 조사했다.[2] 한 집단은 약물 처방 없이 인지행동치료만 받은 환자들이고, 다른 한 집단은 항우울제를 투약하되 심리치료는 받지 않은 환자들이었다.

예상대로 약물치료를 받은 사람들 중 증상이 호전된 환자들은 뇌 화학작용에 변화가 있었다. 이런 변화는 이 환자들의 뇌 대사 속도가 진정되었음을 말해준다. 뇌 특정 부위의 신경이 더 '이완' 된 것이다. 그런데 놀랍게도 인지요법으로 치료에 성공한 환자들의 뇌에도 이와 같은 변화가 일어났다. 게다가 이 환자들은 약물치료를 전혀 받지 않았다. 더 나아가 약물치료와 심리치료 집단은 뇌의 변화 또는 치료 효과에서 별다른 차이를 보이지 않았다. 이 연구를 비롯한 유사한 연구 결과에 따라 연구자들은 (이 책에서 설명하고 있는) 인지행동치료법이 뇌의 화학작용과 구조를 변화시키는 데 실제로 도움을 줄 수 있다는 것을 처음으로 고려하게 되었다.

단 하나의 치료법이 만병통치약이 되는 경우는 없지만 여러 연구 결과에 따르면 인지치료는 우울장애 외에 다양한 장애에도 효과를 발휘한다. 가령 공황발작을 앓는 환자들이 약물을 사용하지 않는 인지치료에 아주 좋은 반응을 보인다는 연구 결과가 여러 차례 발표됨에 따라 전문가들은 이제 인지치료만이 최고의 공황장애panic disorder 치료법이라 여기고 있다. 인지치료는 만성 염려증, 공포증phobia, 강박장애obsessive compulsive disorder, 외상후스트레스장애post traumatic stress disorder, PTSD 등 여러 형태의 불안장애에 효과를 발휘할 뿐 아니라 경계성인격장애borderline personality disorder 같은 인격장애에도 큰 효험을 나타낸다.

오늘날 인지치료는 다른 여러 장애의 치료법으로도 인기를 얻고 있다. 1998년 스탠퍼드대학교에서 열린 심리약물학 학회에서 나는 스탠퍼드대학교의 동료 연구자 윌리엄 스튜어트 아그라스William Stewart Agras 박사의 발표에 큰 흥미를 느꼈다. 아그라스 박사는 신경성식욕부진증anorexia nervosa(거식증), 신경성폭식증addephagia 등 섭식장애eating disorder 분야에서 유명한 전문가다. 이 학회에서 그는 섭식장애 치료에 대한 많은 연구를 약물치료와 심리치료를 대비해서 분석한 결과를 발표했다. 그의 연구 결과에 따르면 섭식장애에 가장 효과적인 치료법은 인지행동치료다. 어떤 약물치료나 어떤 다른 형태의 심리치료법도 인지행동치료의 효과에 미치지 못한다.[3]

이제 우리는 인지치료가 어떻게 효과를 보이는가에 관해서도 더 많이 알게 되었다. 한 가지 중요한 발견은, 치료를 받든 받지 않든 환자 스스로의 자기개선 노력이 회복의 열쇠라는 사실이다. 《상담 및 임상심리학Journal of Consulting and Clinical Psychology》《노인학The Gerontologist》등 권위 있는 학술지에 기고한 다섯 편의 논문에서 앨라배마대학교의 포레스트 스코진F. Scogin 박사와 그의 동료들은 다른 어떤 치료법도 시행하지 않은 상태에서 이 책과 같은 자기계발서를 읽게 한 후 그 결과를 발표했다. 이 새로운 치료법은 '독서치료bibliotherapy'라고 부른다.

이들의 연구 결과에 따르면,《필링 굿》을 이용한 독서치료는 최적의 항우울제를 투약하거나 풀코스 심리치료를 시행한 결과와 같은 효과를 나타냈다.[4] 오늘날 의료복지 비용 지출 삭감 압력이 엄청난 미국에서 이들의 발견은 매우 중요한 의미를 지닌다. 보급판《필링 굿》한 권 값이 프로작 알약 두 알보다 싸다. 게다가 고약한 부작용도 전혀 없다!

스코진 박사와 재미슨C. Jamison 박사는 최근에 발표한 연구에서 우울장애 치료를 받으러 온 환자 여덟 명을 무작위로 두 집단으로 나누었다. 그리고 나서 첫 번째 집단에게 이 책《필링 굿》한 권씩을 주고 4주 안에 읽도록 하고 이 집단을 '즉시독서치료 집단'이라 불렀다. 이들에게는 자가치료 양식이 인쇄된 책자도 제공했다.

두 번째 집단의 환자들에게는 치료를 시행하기 전에 4주간 대기 명단에 올려두었다고 통보하고 이 집단을 '지연독서치료 집단'이라 불렀다. 4주가 지난 뒤《필링 굿》을 제공했기 때문이다. 이 집단은 즉시독서치료 집단의 증상 개선이 시간 경과와 무관하다는 것을 입증하기 위한 대조군으로 설정되었다.

연구진은 초기 평가로, 두 종류의 우울장애 진단을 모든 환자에게 실시했다. 첫째는 '벡우울척도Beck depression inventory, BDI'로,

환자 자신이 진단 항목에 스스로 답을 적어 자기평가를 하는 전통적 방법이다. 둘째는 '해밀턴우울평가척도Hamilton rating scale for depression, HRSD'로, 훈련받은 우울장애 연구자들이 수행하는 방법이다. 〔그림 1〕에서 보듯, 초기 평가에서는 두 집단이 우울 정도에서 차이를 보이지 않았다. 즉시독서치료 집단과 지연독서치료 집단 모두 벡우울척도와 해밀턴우울평가척도(이하 해밀턴우울척도) 초기 측정값이 평균 20을 약간 웃돈다. 이는 두 집단의 우울장애 정도가 항우울제 치료나 심리치료를 다룬 기존 연구 대부분에서 측정한 정도와 비슷함을 말해준다. 실제로 이 연구에서 측정한 벡우울척도 측정치는 1980년대 후반 필라델피아대학교에서 나에게 임상치료를 받은 환자 약 500명의 평균값과 거의 같다.

연구 보조원은 매주 두 집단의 환자들에게 전화를 걸어 벡우울척도를 측정했다. 또 실험과 관련한 질문에 답변을 해주는 한편, 즉시독서치료 집단에게는 4주 안에 책을 끝까지 읽도록 격려했다. 통화는 10분을 넘지 않도록 했으며 상담치료는 제공하지 않았다.

4주가 지날 즈음 두 집단을 비교해보니 〔그림 1〕에서 보듯 즉시독서치료 집단은 증상이 매우 크게 개선되었다. 이들의 벡우울척도와 해밀턴우울척도 측정치는 10점 이하로 정상 범위였다. 우울 증세의 변화도 매우 뚜렷하게 나타났다. 〔그림 1〕에서 볼 수 있듯, 즉시독서치료 집단에 속한 환자들은 실험 중 일어난 회복 정도를 3개월 후까지 꾸준히 유지했고, 재발하지 않았다. 벡우울척도, 해밀턴우울척도 모두 3개월째 평가에서도 낮은 수치로 나타났다.

이와 대조적으로 지연독서치료 집단 환자들은 4주째 평가까지

는 거의 변화 없이 약 20점의 측정값을 유지했다. 이는《필링 굿》
에 의한 증상 개선이 시간의 흐름과 무관하다는 것을 입증한다. 4
주가 되자 재미슨 박사와 스코진 박사는 지연독서치료 집단의 환
자들에게《필링 굿》을 한 권씩 나눠주고 다음 4주 동안 다 읽게 했
다. 이후 4주 사이에 지연독서치료 집단 환자들은 앞서 즉시독서

| 그림 1 | 즉시독서치료 집단과 지연독서치료 집단의 임상 결과

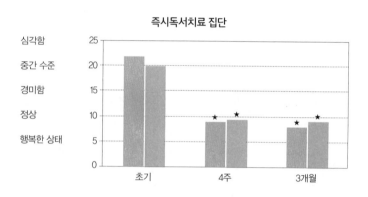

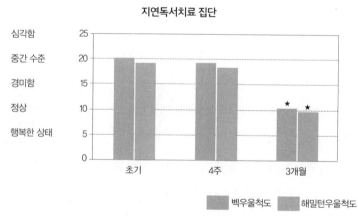

• 즉시독서치료 집단은 초기 평가 때, 지연독서치료 집단은 4주째 평가 때《필링 굿》을 받았다.

치료 집단 환자들이 첫 4주 동안 보인 것과 같은 정도로 증상이 개선되었다. 〔그림 1〕에서 두 집단 환자 모두 3개월째 평가 때까지 증상이 재발하지 않고 호전된 상태를 유지하고 있음을 알 수 있다.

이 연구 결과는 《필링 굿》이 상당한 항우울 효과가 있음을 말해준다. 첫 4주 동안의 독서치료가 끝날 무렵 즉시독서치료 집단 환자의 70퍼센트는 미국 정신의학협회의 《정신장애 진단 및 통계 편람Diagnostic and Statistical Manual of Mental Disorders, DSM》이 규정한 우울장애 증상을 더 이상 겪지 않았다. 실제로 개선 정도가 매우 커서 환자 대부분이 더 이상 병원 치료를 받을 필요도 없었다. 이 연구 논문은 자기계발서가 우울장애를 겪는 환자들에게 뚜렷한 항우울 효과를 실제로 발휘할 수 있다는 점을 인정한 최초의 공식 논문이다.

반면 지연독서치료 집단의 경우 첫 4주 말쯤 증상이 회복된 비율은 환자의 3퍼센트에 불과했다. 다시 말해 《필링 굿》을 읽지 않은 환자들은 증상이 호전되지 않은 것이다. 하지만 두 집단 모두 《필링 굿》을 읽은 뒤인 3개월째 평가에서는 즉시독서치료 집단의 75퍼센트, 지연독서치료 집단의 73퍼센트가 《정신장애 진단 및 통계 편람》 규정에 따른 주요우울장애major depressive disorder라는 진단을 더 이상 받지 않았다.

연구자들은 항우울제 치료만 받은 경우, 심리치료만 받은 경우, 두 가지를 병행한 경우 등을 다룬 기존의 연구와 위 연구 결과에서 나타난 개선 폭의 크기를 비교해보았다. 미국국립정신건강연구소가 시행한 대규모 우울장애 협동 연구에서는, 잘 훈련된 치료사에게 12주 동안 인지치료를 받은 환자들의 해밀턴우울척도 지수가 평균 11.6점 감소했다. 이 수치는《필링 굿》을 읽으라는 처방을 받은 환자들이 딱 4주 뒤에 10.6점이 감소한 것과 매우 비슷하다. 그런데 독서치료는 증상 개선 속도가 훨씬 빠르다고 할 만하다. 이는 나의 임상 경험에서도 확인했다.

독서치료의 경우 도중에 포기하는 비율도 10퍼센트로 아주 낮다. 이는 중도 포기율이 15~50퍼센트인 약물치료나 심리치료보다 낮은 수치다. 마지막으로 환자들은《필링 굿》을 읽은 뒤 사고와 행동이 눈에 띄게 긍정적으로 변했다. 이는 이 책의 전제, 즉 우울장애의 원인인 부정적 사고 유형을 변화시킴으로써 우울장애를 물리칠 수 있다는 주장과 일치한다.

연구자들은 독서치료가 우울장애 환자에게 효과가 크며 공교육과 우울장애 예방 프로그램에서도 큰 역할을 할 수 있다고 결론 내렸다. 또《필링 굿》을 읽는 독서치료는 부정적 사고 경향을 가진 환자들이 심각한 우울 증상을 겪지 않도록 예방하는 데 도움을 준다고 추정했다.

끝으로 연구자들은 또 다른 중요 사항을 검토했다. 즉《필링 굿》의 항우울 효과가 지속적인가 하는 문제다. 말솜씨 좋은 연사라면 많은 사람을 열광시키고 잠시 기분 좋게 만들 수 있다. 하지만 이렇게 일시적으로 기분이 고양된 상태는 흔히 오래가지 못한다. 똑같은 문제가 우울장애 치료에도 적용된다. 약물이나 심리요법으로 치료에 성공한 많은 환자가 증상이 엄청나게 호전되었다고 느끼지만, 결국 일정한 시간이 지나면 우울 증상이 재발한다. 이렇게 증상이 재발하면 환자들은 사기가 완전히 꺾여버리기 때문에 끔찍한 절망감에 빠져들 수 있다.

앞에서 살펴본 환자들을 3년 후에 조사한 연구 결과가 1997년 발표되었다.[5] 논문의 저자는 앨라배마대학교의 낸시 스미스 N. Smith 박사, 마크 플로이드 M. Floyd 박사, 포레스트 스코진 박사와 터스키지 재향군인병원의 크리스틴 재미슨 박사다. 이들은 환자들이 《필링 굿》을 읽은 지 3년 뒤 우울장애 검사를 다시 실시했다. 또 연구가 종료된 이후부터 그때까지 어떤 상태였는지 알아보는 몇 가지 질문을 던졌다. 검사 결과, 환자들은 재발하지 않았고 3년 동안 호전된 상태를 유지해왔음이 밝혀졌다. 실제로 3년 후 검사 수치는 독서치료를 끝냈을 때의 수치에 비해 약간 더 나아졌다. 첫 실험이 끝난 이후 기분이 꾸준히 좋아졌다고 답변한 환자도 절반이 넘었다.

3년 후의 진단을 통해 다음과 같은 결과가 확인되었다. 환자의 72퍼센트가 여전히 주요우울장애 진단 기준치 이하를 기록했으며, 70퍼센트가 치료 이후 기간 중 약물치료나 심리치료를 별도로 받으려 했거나 받은 적이 없었다. 가끔 일반인이 겪는 감정의 기복을 겪기는 했지만, 마음이 흔들릴 때마다 《필링 굿》을 펴고 그중 가장 도움이 되는 대목을 찾아 읽었다고 답한 사람이 절반가량 되었다. 이렇게 회복 이후에도 긍정적 상태를 유지할 수 있었던 데는 스스로를 돌보고 관리하는 '격려 과정'이 중요한 역할을 했을 거라고 연구자들은 추정했다. 40퍼센트의 환자들은 이 책의 가장 큰 덕목으로, 지나친 완벽주의에서 벗어나고 '전부 아니면 전무'라는

생각을 극복하는 등 부정적 사고 유형을 변화시키는 데 큰 도움이
된다는 점을 꼽았다.

물론 여느 연구처럼 이 연구에도 한계는 있다. 가령《필링 굿》을
읽는다고 모든 환자가 '치료되는' 것은 아니다. 만병통치요법은 없
다.《필링 굿》으로 효과를 본 환자가 많은 것은 분명 고무적인 사
실이지만, 더 심각하고 만성적인 우울장애를 앓는 환자들 중에는
치료사의 도움과 항우울제의 도움이 필요한 경우도 분명히 있다.
이것은 전혀 창피한 일이 아니다. 사람마다 제각각 치료법에 다른
반응을 보이는 법이니까. 어쨌든 이제 우리가 항우울제 치료, 개별
또는 집단 심리치료, 독서치료라는 세 가지 우울장애 치료법을 가
지고 있다는 것은 기쁜 소식 아닌가.

한 가지 기억해야 할 것이 있다. 치료가 진행 중이라 해도 회복
속도를 높이기 위해 치료 시간 사이사이에 인지독서치료법을 시
행할 수 있다는 점이다. 사실《필링 굿》을 처음 집필할 때부터 이
책이 그런 식으로 사용되는 상황을 염두에 두었다. 나는 이 책을
환자들이 치료 시간 사이에 활용함으로써 회복을 앞당기는 도구
가 되기를 바랐을 뿐이지, 언젠가 이 책이 우울장애 치료의 유일한
치료 도구로 사용되리라는 허황된 꿈을 꾼 것은 결코 아니다.

치료 시간 사이사이에 환자들에게 독서치료를 심리치료 '숙제'
로 내주는 의사들이 점점 늘고 있다. 1994년 미국 전역의 정신건
강 전문가를 대상으로 독서치료의 시행 실태를 조사한 결과가《자
기계발서를 위한 권위 있는 안내서The Authoritative Guide to Self-Help
Books》라는 책으로 출간되었다. 텍사스 댈러스대학교의 존 샌트

록John Santrock 박사, 앤 미넷Ann Minnett 박사, 바버라 캠벨Barbara Campbell 등 연구자들은 미국 50개 주의 정신건강 전문가 500명을 대상으로 환자의 회복 속도를 높이기 위해 치료 시간 사이에 책 읽기를 '처방'했는지 물었다. 응답자의 70퍼센트는 그 전해에 환자들에게 최소한 3종 이상의 자기계발서를 추천했다고 답했으며, 그 중 86퍼센트는 이 책들이 환자들에게 긍정적 영향을 끼쳤다고 답변했다. 자기계발서 1천 종을 제시하고 이 중에서 가장 많이 추천한 도서를 고르라는 항목도 있었다. 확인 결과 가장 많이 추천받은 책은 《필링 굿》이었으며, 두 번째는 나의 또 다른 책 《필링 굿 안내서Feeling Good Handbook》였다.

당시 나는 이 조사 연구가 진행 중인 줄 몰랐기에 조사 결과를 알고는 몹시 감격했다. 이 책을 집필할 때 주요 목표는 환자들이 치료 시간 사이에 읽도록 해서 이해와 회복을 앞당기자는 것이었는데, 이렇게 큰 호응을 얻을 줄은 꿈에도 생각하지 못했다!

그렇다면 이 책을 읽고 나면 반드시 증상이 개선되거나 회복될까? 반드시 그렇다고는 할 수 없다. 위의 연구 조사는 《필링 굿》을 읽은 사람들 중 많은 수가 증상 개선 효과를 경험했지만 정신건강 전문가의 도움이 필요한 사람도 있었음을 분명히 밝히고 있다. 《필링 굿》을 읽은 독자들에게 (1만 통이 넘는) 수많은 편지를 받았다. 이 중 많은 사람이 오랫동안 약물치료, 심지어 전기충격요법까지 받았음에도 효과가 없었는데, 이 책을 읽고 얼마나 큰 도움을 받았는지 모른다며 감동과 찬사를 담은 편지를 보냈다. 그런가 하면 이 책의 주장이 마음에 와닿긴 하지만 책의 내용을 실천에 옮길 수 있도록 도와줄 전문가를 자신들의 지역에서 찾을 수 있겠느냐고 물어보는 사람도 있었다. 이런 반응은 이해할 수 있다. 우리는 저마다 다르므로 책 한 권 또는 치료법 한 가지가 모든 사람에게 똑같은 효과를 내리라는 생각은 비현실적이다.

우울장애는 수치심, 무력감, 절망감, 황폐함을 불러일으킴으로써 최악의 고통을 안겨준다. 말기암 환자도 주변 사람들에게 사랑받고 있다고 느끼며 희망과 자존감을 유지하는 것을 보면, 우울장애가 말기암보다 더 심각한 것 같다. 실제로 많은 우울장애 환자가 차라리 죽기를 간절히 바란다며, 자살할 필요 없이 암에 걸려 품위 있게 죽게 해달라고 매일 밤 기도한다고 내게 털어놓았다.

하지만 아무리 극심한 우울과 불안에 시달려도 회복할 가능성은 얼마든지 있다. 우울장애 환자는 대개 자신의 증상이 워낙 심각하고 대책 없는 악성이어서 절대 낫지 않을 거라고 믿는다. 그러나 조만간 먹구름이 걷히고 문득 맑은 하늘이 열리며 다시 햇살이 쏟아지는 일이 생긴다. 이럴 때의 안도감과 기쁨은 이루 말로 표현할 수 없다. 그러므로 우울과 자존감 상실에 맞서 싸우고 있는 여러분에게도 이런 변화가 일어날 수 있다고 믿는다. 여러분이 지금 당장 얼마나 절망스럽든, 얼마나 우울하든 상관없이 말이다.

이제 1장으로 넘어가 힘을 모아 함께 해볼 차례다. 이 책을 읽는 모든 사람이 이 책의 도움을 받아 좋은 결과를 얻기 바란다.

데이비드 D. 번스
스탠퍼드대학교 의과대학 정신의학 및 행동과학 임상 부교수

# 1부

# 인지치료란 무엇인가?

Feeling Good

# 1.
# 기분장애 치료의
# 획기적인 돌파구가 열리다

우울장애는 전 세계 공중보건 분야에서 첫째가는 과제로 꼽힌다. 실제로 너무 광범위하게 발견되어서 정신질환mental illness 가운데 감기만큼 흔한 질병으로 여겨진다. 그러나 우울장애와 감기는 분명히 다르다. 우울장애는 우리를 죽음에 이르게 할 수 있다. 여러 연구 결과에 따르면 최근 몇 년 사이에 자살률이 놀랄 정도로 급증했다. 아동과 사춘기 청소년도 예외가 아니다. 지난 수십 년간 수십억 정의 항우울제와 신경안정제가 처방되었는데도 자살률은 이렇게 늘고만 있는 실정이다.

이런 소식은 정말 우울하지만, 더 우울해지기 전에 들려줄 좋은 소식도 있다. 우울장애는 질병이며, 건강한 삶에 불필요한 요소다. 더욱 중요한 것은 기분이 좋아지는 몇 가지 간단한 방법만 알고 있어도 우울장애를 극복할 수 있다는 사실이다. 펜실베이니아대학교 의과대학의 정신의학자와 심리학자들은 기분장애affective disorder의 치료와 예방에 중요한 돌파구가 될 내용을 보고했다. 이들은 전통적인 우울장애 치료법이 효과가 없거나 느리다는 데 불만을 느끼고 우울장애를 비롯한 기분장애를 치료할 완전히 새롭고 아주 뛰어난 접근법을 개발해 체계적으로 검증했다. 최근 속속발표된 연구 결과에 따르면 이 치료법은 그동안의 심리요법이나 약물요법보다 우울 증상을 훨씬 빠르게 개선한다는 사실이 확인되었다. 이 혁명적 치료법의 이름은 '인지치료'다.

나 역시 개발자 중 한 명이니 이 책은 인지치료법을 일반에게 최초로 알려주는 수단인 셈이다. 이 접근법을 체계적으로 적용하고 과학적으로 평가하는 일은 앨버트 엘리스Albert Ellis 박사와 아론 벡Aron Beck 박사의 혁신적 업적으로 거슬러 올라간다. 두 사람은 1950년대 중반부터 1960년대 초반까지 기분 변화에 대한 독특한 접근법을 정밀하게 다듬기 시작했다.[6] 이들의 선구적인 노력은 지난 10년 사이에 비로소 두각을 나타내기 시작했다. 이는 많은 정신건강 전문가들이 미국을 비롯한 전 세계 연구기관들에서 인지치료를 발전시키고 재평가한 데 힘입은 결과다.

인지치료는 기분 개선에 효과가 빠른 기법으로, 누구나 이를 익혀 스스로 적용할 수 있다. 또 인지치료는 증상을 없애고 인격 성장을 이루게 함으로써 증상 악화를 최소화하며, 설사 재발한다 해도 훨씬 효과적으로 대처할 수 있도록 해준다.

인지치료의 간단하면서도 뛰어난 기분 통제 기법은 다음과 같은 효과를 발휘한다.

1. **빠른 증상 개선** 가벼운 우울장애는 12주라는 빠른 시간 안에 흔히 증상이 완화된다.

2. **정확한 이해** 어째서 기분이 나빠지는지, 기분을 바꾸기 위해 무엇을 해야 하는지 명쾌하게 설명해준다. 강렬한 감정을 일으키는 원인이 무엇인지 알게 되며, '정상'인 정서와 '비정상'인 정서를 구별할 수 있다. 또 감정 동요가 얼마나 심각한지 진단하고 평가할 수 있다.

3. **자기 다스리기** 감정이 상할 때마다 기분을 좋아지게 하는 안전하고 효과적인 대처법을 익힐 수 있다. 이 책은 실용적이고 현실적이며 단계적인 자가치유 지침을 제공한다. 이 기법을 적용하면 자신의 의지대로 기분을 다스릴 수 있다.

4. **예방과 인격 성장** 고통스러운 우울장애의 근본 원인인 불합리한 가치관과 태도를 재평가함으로써 앞으로 생길 감정 기복을 제대로, 장기적으로 예방할 수 있다. 이 책에서는 사람의 가치를 결정하는 기준이라고 믿는 몇몇 잘못된 가정을 반박하고 재평가하는 방법을 보여줄 것이다.

우리가 익힐 문제 해결과 처리 기법은 사소한 짜증에서 심각한 정서 붕괴까지, 현대인이 삶에서 부딪히는 모든 위기에 적용할 수 있다. 여기에는 이혼, 죽음, 실패 같은 현실 문제부터 낮은 자신감, 좌절감, 죄의식, 감정 결핍 등 외부 요인이 분명하지 않은 모호하고 고질적인 문제도 해당한다.

문득 이런 의문이 들지도 모른다. '이것도 그 흔한 대중심리학의 자가요법이 아닐까?' 그러나 인지치료는 엄밀한 과학적 연구와 학계의 비판적이고 철저한 검토를 통해 효과가 입증된 최초의 심리요법이다. 이 치료법은 최고의 학술 수준에서 전문가들의 평가와 확인 작업을 거쳤다는 점에서 독보적이다. 인지치료는 잠시 유행하는 자가치료법 중 하나가 아니라 현대 심리학 연구와 응용의 중심에서 중요 역할을 해낼 대형 성과물이다. 인지치료는 학술 기초가 탄탄한 덕택에 영향력을 넓힐 수 있었고, 앞으로도 계속 큰 영향력을 발휘할 것이다. 그렇다고 인지치료의 전문성에 기죽을 필요는 없다. 수많은 전통 심리요법과 달리 인지치료는 신비하지 않으며 직관에 반하지도 않는다. 인지치료는 실제적이고 상식에 기초하므로 누구나 자신의 문제를 해결하는 데 이용할 수 있다.

인지치료의 첫 번째 원리는, 우리가 느끼는 모든 기분은 인지나 생각에 의해 생겨난다는 것이다. 인지는 사물을 보는 방식, 즉 지각, 정신적 태도, 신념 등을 말한다. 여기에는 사물을 해석하는 방식, 그러니까 어떤 사물이나 사람에 대해 머릿속으로 하는 생각도 포함된다. 여러분이 지금 어떤 감정을 느끼고 있다면, 그것은 바로 이 순간 여러분이 하고 있는 생각 때문이다.

이 책을 읽는 동안 여러분은 어떤 감정을 느끼고 있을까? 이런 생각을 하고 있을지도 모르겠다. '인지치료는 너무 그럴듯해서 사실 같지 않아. 나한테는 전혀 효과가 없을 거야.' 이렇게 생각하는 독자라면 회의나 실망감이 들 것이다. 무엇이 이런 감정을 불러일으킬까? 바로 우리 자신의 생각이다. 이 책을 읽는 동안 자신과 주고받은 대화가 이런 감정을 만들어낸 것이다!

반대로 다음과 같은 생각을 하고 있었다면 갑자기 기분이 좋아질 수 있다. '흠, 뭔가 나에게 도움이 될 것 같아.' 이처럼 우리의 정서 반응은 우리가 읽는 문장이 아닌, 그것을 읽는 동안 생각하는 방식에 의해 일어난다. 어떤 생각을 믿는 순간, 즉각 우리는 그 생각에 따른 정서 반응을 경험한다. 생각이 실제로 감정을 만들어내는 것이다.

인지치료의 두 번째 원리는, 우울감을 느낄 때 우리의 생각은 부정적 성향에 깊이 지배당한다는 것이다. 이 경우 우리는 자신에 대해서뿐만 아니라 온 세상을 어둡고 음울하게 인식한다. 더 심각한 점은 나쁜 일을 상상할 뿐 아니라 실제 현실도 그렇다고 믿는 것이다.

우울장애가 깊어지면 지금까지 모든 것이 부정적인 상태였을 뿐 아니라 앞으로도 그럴 것이라고 믿기 시작한다. 지난날을 돌아보며 자신에게 우연히 일어난 나쁜 일을 모조리 기억해낸다. 앞날을 그려보려고 애를 써도 공허감, 끝없는 문제들, 비통함만 떠오르고, 이 암울한 시선이 절망감을 만들어낸다. 이런 감정은 정말 터무니없는데도 너무 현실적으로 느껴져 자신은 쓸모없는 존재라는 믿음을 강화한다.

인지치료의 세 번째 원리는, 스스로를 괴롭히는 부정적 생각에는 언제나 심각한 왜곡이 포함되어 있다는 것이다. 이 사실은 인생철학 면에서나 치료 면에서 대단히 중요하다. 부정적 생각은 얼핏 보면 맞는 것 같지만 불합리하고 잘못된 것들이며, 바로 이 뒤틀린 생각이 우리에게 고통을 안겨주는 근본 원인이다. 인지치료를 받으면 여러분은 이 점을 깨달을 것이다.

여기에는 중요한 시사점이 있다. 즉 우울장애는 십중팔구 정확한 현실 인식에 근거한 것이 아니라 우리의 정신이 오작동한 결과물이라는 것이다. 일단 내 주장이 타당하다고 가정하고, 그렇다면 인지치료의 이점은 무엇일까? 우리가 임상 연구에서 얻은 가장 중요한 결론은, 감정을 뒤흔드는 정신의 왜곡을 정확히 찾아내 제거하는 법을 배우면 기분을 훨씬 효과적으로 다스릴 수 있다는 사실이다. 더 객관적으로 생각하기 시작하면 기분도 한층 좋아진다.

인지치료는 우울장애 치료법으로 공인된 다른 방법과 비교할 때 얼마나 효과가 있을까? 이 새로운 치료법이 극심한 우울장애에 시달리는 사람들을 약물 없이 낫게 할 수 있을까? 인지치료의 효과는 얼마나 빨리 나타날까? 또 그 효과는 얼마나 지속될까?

몇 년 전 펜실베이니아대학교 의과대학 인지치료센터에서 존 러시John Rush, 아론 벡, 마리아 코바치Maria Kovacs, 스티브 할런 Steve Hollon 박사 등이 사용 빈도와 효과 면에서 당시 시장에서 가장 인정받던 약물인 토프라닐Tofranil(성분: 염산 이미프라민)을 투약하는 치료와 인지치료를 비교하는 연구를 했다. 이들은 중증 우울장애 환자들을 임의로 두 표본 집단으로 나누었다. 첫 번째 표본 집단에는 개별 인지치료만 실시하고 약물은 처방하지 않았으며,

두 번째 표본 집단에는 특별한 치료 없이 토프라닐만 투약했다. 이처럼 양자택일 방식으로 집단을 구성한 것은 두 치료법을 가장 효과적으로 비교할 수 있기 때문이다. 당시는 항우울제 치료만큼 효과를 보이는 치료법을 아직 개발하지 못한 상태였다. 그 때문에 지난 20년 동안 항우울제는 언론의 큰 관심사였고, 전문가들은 약물치료를 중증 우울장애에 가장 효과적인 치료법으로 인정해왔다.

실험에 참여한 두 집단은 12주 동안 각각 치료를 받았다. 모든 환자는 치료에 앞서 철저한 심리 검사를 받았으며 치료가 끝난 뒤에는 1년 동안 몇 달 간격으로 계속 상태를 점검받았다. 두 치료법의 효과를 객관적으로 평가하기 위해 심리 검사는 치료를 맡지 않은 다른 의사들이 했다.

환자들은 중간 정도부터 아주 심한 수준까지 우울장애를 앓고 있었다. 이 중 대다수는 이미 다른 병원에서 두 명 이상의 치료사에게 치료를 받았지만 나아지지 않은 사람들이었다. 또 참여한 환자의 4분의 3이 자살 충동에 시달리고 있었다. 평균적으로 환자들은 지난 8년간 만성 또는 간헐 우울장애에 시달려왔다. 많은 환자가 자신의 문제는 해결될 수 없으며 삶이 암담하다고 느끼고 있었다. 여러분은 이들만큼 상태가 심각하지 않을지도 모른다. 이처럼 심각한 환자들을 표본으로 삼은 이유는 가장 어렵고 힘겨운 조건에서 치료 효과를 검증하기 위해서였다.

연구 결과는 예상 밖으로 고무적이었다. 인지치료는 최소한 항우울제 치료에 맞먹는 효과를 발휘했다. 〔표 1-1〕에서 보듯, 인지치료를 받은 환자 19명 중 15명이 12주 동안 집중 치료를 받은 뒤

| 표1-1 | 중증 우울장애 환자 44명의 상태(치료 시작 후12주째)

| 실험에 참가한 환자 수 | 인지치료 환자(19) | 약물치료 환자(25) |
|---|---|---|
| 완전히 회복된 경우 | 15 | 5 |
| 많이 좋아졌지만 가벼운 우울 증세를 유지하는 경우 | 2 | 7 |
| 별로 좋아지지 않은 경우 | 1 | 5 |
| 치료 도중 포기한 경우 | 1 | 8 |

• 인지치료를 받은 환자들의 증상이 더 많이 좋아졌다는 사실은 통계적으로 매우 중요하다.

증상이 크게 좋아졌다.[7] 나머지 4명 중 2명은 증상이 개선되었지만 아직 가벼운 우울장애를 겪고 있었다. 다른 한 사람은 치료 도중에 포기했으며, 또 한 사람은 12주가 끝날 때까지도 나아질 조짐이 보이지 않았다. 이와 대조적으로 약물치료를 받은 환자 25명 중 12주가 끝나는 시점까지 완전히 회복 상태를 보인 사람은 5명뿐이었다. 8명은 약물 부작용 때문에 중도에 포기했고, 나머지 12명은 전혀 나아지지 않거나 부분적으로만 나아졌다.

특히 중요한 점은 인지치료를 받은 환자 중 많은 수가 약물치료로 상태가 호전된 환자들보다 회복 속도가 빨랐다는 사실이다. 인지치료 집단에서는 치료를 시작한 지 1~2주 안에 자살 충동이 현저히 줄었다. 약물에 의존해 기분을 북돋우기보다는 자신의 문제가 무엇인지 이해하고 대처하려는 쪽을 선택하는 사람들에게 인지치료는 분명 더욱 효과적이었다.

그러면 12주가 끝날 때까지 별다른 변화가 없던 환자의 경우는 어떻게 봐야 할까? 여느 치료법과 마찬가지로 인지치료 역시 만병통치약은 아니다. 지금까지의 임상 경험에 따르면 모든 사람이 치료에 빠르게 반응하는 것은 아니지만, 더 오랜 기간 꾸준히 치료를 받으면 대부분은 좋아진다. 물론 힘들 때도 있다. 그런데 난치성 중증 우울장애를 앓는 사람들에게 특별한 희소식이 있다. 바로 최근 아이비 블랙번Ivy Blackburn 박사와 동료 연구원들이 스코틀랜드의 에든버러대학교 의학연구소에서 한 연구 결과다.[8] 이 연구자들은 항우울제 투약과 인지치료를 병행하는 것이 두 요법 중 한 가지로만 치료했을 때보다 더 효과적이라는 사실을 보여주었다. 내 경험에 따르면, 회복의 가장 중요한 지표는 환자 스스로 자신을 돕고자 노력하겠다는 끈질긴 의지다. 이런 자세가 있다면 얼마든지 이겨낼 수 있다.

그렇다면 얼마나 개선될 수 있을까? 인지치료를 받은 환자들은 대체로 치료가 끝날 즈음 증상이 뚜렷이 사라지는 경험을 했다. 많은 환자가 그때까지 살아오면서 가장 큰 행복감을 맛봤다고 말했다. 환자들은 기분 훈련을 해나가면서 자기존중감과 자신감을 갖게 되었다고 강조했다. 장담하건대 아무리 비참하고, 우울하고, 비관적인 감정에 시달리는 사람이라도 이 책에서 알려주는 방법을 꾸준히 실행에 옮긴다면 분명 효과를 볼 것이다.

그렇다면 그 효과는 얼마나 갈까? 치료가 끝나고 1년 뒤에 이루어진 후속 조사의 결과는 매우 흥미롭다. 두 집단 모두 1년간 때때로 감정의 기복을 경험하기는 했지만, 12주 치료 기간 끝머리에 보인 호전 상태를 대체로 계속 유지하고 있었다.

이 후속 기간에 두 집단 중 어느 쪽이 더 나은 결과를 보였을까? 환자 자신의 보고와 심리 검사 결과를 모두 검토해보니 인지치료를 받은 쪽이 계속 더 좋아졌고, 그 차이는 통계적으로도 의미가 컸다. 1년 동안의 재발 비율도 인지치료를 받은 집단은 약물치료 집단의 절반 이하였다. 이는 새로운 치료법을 적용받은 환자들이 더 나은 결과를 얻었다고 할 수 있을 만큼 큰 차이다.

그렇다면 현재 우울장애를 앓고 있는 사람이 인지치료를 받으면 우울장애를 전혀 경험하지 않는다고 장담할 수 있을까? 물론 그렇지는 않다. 마치 매일 조깅으로 몸을 단련한다고 해서 앞으로 절대 숨차는 일이 없다고 장담할 수 없는 것과 같다. 인간이기에 가끔 감정의 동요를 경험하는 것은 당연하다. 그러므로 단언컨대 여러분은 영원히 변치 않는 행복을 느끼는 상태에는 결코 이를 수 없다! 이는 자신의 기분을 능수능란하게 다스리려면, 효과적인 기법을 계속 실행에 옮겨야 한다는 것을 의미한다. '기분이 나아지는 것'과 '상태가 나아지는 것'은 다르다. '기분이 나아지는 것'은 저절로도 가능하다. 그러나 '상태가 나아지는 것'은 필요할 때마다 기분을 개선하는 방법을 체계적으로 실행하고 또 실행함으로써 가능하다.

이러한 결과를 학계에서는 어떻게 받아들일까? 정신과 의사, 심리학자, 그 밖의 정신건강 전문가들은 이 연구 결과에 큰 충격을 받았다. 이 장에서 말하는 내용이 처음 쓰여진 것은 20년 전이다. 그사이 인지치료의 효과에 대한 뛰어난 연구 결과가 수없이 학술지에 발표되었다. 이 연구들은 인지치료의 효과를 약물치료나 다른 심리요법과 비교했는데, 그 결과는 매우 고무적이었다. 장단기적으로 인지치료는 최소한 약물치료만큼, 때로는 그 이상의 효과를 발휘한다는 것이 실제 연구 결과로 입증된 것이다.

이러한 사실은 결국 무엇을 뜻하는가? 우리는 지금 현대 정신의학과 심리학의 중대한 발전을 경험하고 있다. 설득력 있고 검증 가능한 치료법에 근거해 인간 정서를 이해하려는 새롭고 유망한 접근법이 우리 눈앞에 펼쳐지고 있는 것이다. 수많은 정신건강 전문가들이 이 치료법에 지대한 관심을 보이고 있으며, 그 여파는 이제막 시작된 것처럼 보인다.

1980년 이 책이 처음 출판된 이래 많은 사람이 인지치료를 받아 우울장애를 성공적으로 극복했다. 치료가 불가능하다는 절망감에 빠졌다가 자살하기 직전에 마지막으로 지푸라기라도 잡아보자며 찾아온 이들도 있었다. 일상의 자잘한 긴장으로 힘겨워하다 좀더 큰 행복감을 누리려고 찾아온 이도 많았다. 이 책은 그런 이들을 위해 우리가 거둔 성과를 심사숙고해 응용한 결과물이다. 이 책은 바로 여러분을 위해 만들어졌다. 모쪼록 행운을 빈다!

# 2.
# 내 기분 진단하기:
# 치유의 첫 단계

　내가 지금 과연 우울장애를 앓고 있는지 아닌지 궁금하다면 이 제부터 자신의 상태를 알아보기로 하자. [표 2-1]의 '번스우울진 단표Burns depression checklist, BDC'는 기분을 측정하는 데 쓰는 도구 로, 우울 증세가 있는지 확인하고 그 심각성이 어느 정도인지 정확 히 판단하게 해준다.[9]

# 번스우울진단표 이해하기

다음에 나오는 번스우울진단표의 측정 항목을 다 채웠으면 총점을 낸다. 각 항목의 최고 점수는 4점이므로 총점은 최대 100점이 될 것이다(100점은 가장 극심한 우울장애를 의미한다). 각 항목의 최저 점수는 0이므로 총점의 최저값은 0점이 된다(우울 증세가 전혀 없음을 의미한다).

| 표 2-1 | **번스우울진단표**

지난 일주일 동안, 그리고 오늘까지, 표에 나타난 각 증상을 얼마나 겪었는지 표시하시오. 25개 항목 모두에 응답하시오.

0 = 전혀 아니다. 1 = 어느 정도 그렇다. 2 = 보통이다. 3 = 상당히 그렇다. 4 = 거의 그렇다.

| 생각과 감정 | 0 | 1 | 2 | 3 | 4 |
|---|---|---|---|---|---|
| 01. 슬프거나 침울하다 | | | | | |
| 02. 불행하거나 마음이 답답하고 쓸쓸하다 | | | | | |
| 03. 울음을 터뜨리거나 울먹인다 | | | | | |
| 04. 기가 꺾이고 좌절감이 든다 | | | | | |
| 05. 희망이 없다고 느낀다 | | | | | |
| 06. 자아 존중감이 낮아진다 | | | | | |
| 07. 쓸모없거나 무능하다고 느낀다 | | | | | |
| 08. 죄의식이나 수치심이 든다 | | | | | |
| 09. 내 잘못이고 내가 문제라고 생각한다 | | | | | |
| 10. 결정을 내리기 힘들다 | | | | | |

| 활동 및 대인관계 | 0 | 1 | 2 | 3 | 4 |
|---|---|---|---|---|---|
| 11. 가족, 친구, 동료들에게 관심이 없다 | | | | | |
| 12. 외롭다 | | | | | |
| 13. 가족이나 친구와 보내는 시간이 줄어든다 | | | | | |
| 14. 어떤 행동이나 일을 할 의욕이나 이유를 느끼지 못한다 | | | | | |
| 15. 일이나 그 밖의 활동에 흥미가 없다 | | | | | |
| 16. 일이나 그 밖의 활동을 피하게 된다 | | | | | |
| 17. 인생에서 만족이나 즐거움을 느끼지 못한다 | | | | | |
| 신체 증상 | 0 | 1 | 2 | 3 | 4 |
| 18. 피곤하다 | | | | | |
| 19. 잠이 오지 않거나 잠을 지나치게 많이 잔다 | | | | | |
| 20. 식욕이 떨어진다. 또는 지나치게 왕성하다 | | | | | |
| 21. 섹스에 흥미가 떨어진다 | | | | | |
| 22. 나의 건강이 염려된다 | | | | | |
| 자살 충동 | 0 | 1 | 2 | 3 | 4 |
| 23. 자살을 생각한 적이 있는가? | | | | | |
| 24. 삶을 끝내고 싶은가? | | | | | |
| 25. 자해를 계획해본 적이 있는가? | | | | | |
| 총점(1~25번까지 합산) | | | | | |

• ⓒ 1984 by David D. Burns, M.D.(Revised, 1996)
• 자살 충동을 느끼는 사람은 정신건강 전문가를 찾아 도움을 받아야 한다.

1부. 인지치료란 무엇인가?

| 표 2-2 | 번스우울진단표풀이하기[10]

| 총점 | 우울 증세 정도 |
|------|---------------|
| 0~5 | 우울 증세 없음 |
| 5~10 | 정상이지만 불행하다고 느낌 |
| 11~25 | 가벼운 우울 증세 |
| 26~50 | 중간 수준의 우울 증세 |
| 51~75 | 심각한 우울 증세 |
| 76~100 | 매우 심각한 우울 증세 |

- 계속해서 10점 이상을 기록하는 사람은 전문 치료를 받을 필요가 있다. 자살 충동을 느끼는 사람은 곧장 정신건강 전문가에게 상담을 받아야 한다.

　이제 〔표 2-2〕에 따라 자신의 우울 증세를 진단해보자. 총점이 높을수록 심한 우울 증세를 뜻한다. 반대로 총점이 낮을수록 상태가 좋음을 의미한다.

　번스우울진단표는 까다롭지도 않고 측정하는 데 시간이 오래 걸리지도 않지만, 쉽다고 소홀히 해서는 안 된다. 번스우울진단표는 여러 연구에서 정확도가 높다고 인정받고 있다. 정신과 응급실 등 다양한 환경을 배경으로 이루어진 연구에 따르면 이와 같은 유형의 진단표를 이용하면 경험 많은 임상의의 형식적인 상담보다 우울 증세 여부를 훨씬 더 정확히 확인할 수 있다.

　번스우울진단표를 이용해 누구나 자신의 상태 변화를 스스로 관찰할 수 있다. 나는 모든 환자에게 매 치료 시간 사이에 이 진단표로 자기 상태를 스스로 측정하고 그 내용을 다음 치료 시간에 꼭 알려달라고 한다. 그 변화를 살펴보면 환자의 상태가 좋아지는지 악화되는지, 아니면 별다른 변화가 없는지 판단할 수 있다.

이 책에 나오는 여러 가지 자가치료법을 적용할 때 이 표를 정기적으로 활용해서 각자의 상태 변화를 객관적으로 평가해야 한다. 적어도 일주일에 한 번은 실시하는 것이 좋다. 다이어트를 할 때 규칙적으로 몸무게를 재보는 것과 같다. 이 책에서는 다양한 우울 증상을 여러 장에 걸쳐 집중적으로 다루고 있다. 이런 증상을 극복하는 방법을 익히다 보면 점점 총점이 낮아질 것이다. 이것은 곧 상태가 좋아지고 있다는 의미다. 총점이 10점 아래가 되면 정상 범위에 속한다. 5점 이하면 특히 좋은 상태다. 가장 이상적인 것은 측정할 때마다 총점이 대부분 5점 이하로 나오는 것이다. 여러분의 치료 목표 중 하나도 이것이다.

우울장애를 앓는 사람들이 이 책에 나오는 원칙과 방법을 활용해 자가치료를 시도해도 안전할까? 물론이다! 그 어떤 심각한 기분장애에 시달리고 있든, 스스로 돕고자 노력하겠다는 결단이야말로 증상 개선의 열쇠이기 때문이다.

그렇다면 어느 정도일 때 전문가의 도움을 받아야 할까?

총점이 0~5점일 때는 이미 기분이 좋은 상태다. 그런 경우 정상 범위 안에 있으며, 이렇게 점수가 낮은 사람들은 대부분 행복해하고 만족감을 느낀다.

총점이 6~10점일 때는 정상 범위 안에 있지만 약간 '의기소침'한 상태라고 할 수 있다. 이때는 마음만 약간 '조율'하면 좋아질 수 있다. 인지치료 기법은 이런 경우 큰 도움이 된다. 우리는 누구나 일상생활의 문제로 골치를 앓게 마련인데, 이럴 때 사물을 바라보는 관점을 개선하기만 해도 기분을 크게 변화시킬 수 있다.

총점이 11~25점인 경우 적어도 초기에는 우울 증세가 가벼운 상태이므로 경보를 울릴 필요는 없다. 하지만 문제를 완전히 해결해야겠다고 결심한다면 스스로의 힘만으로도 크게 좋아질 수 있다. 이 책에서 제시한 방법대로 체계적인 자가치료에 힘을 쏟는 한편, 믿을 만한 친구들과 솔직한 대화를 나눈다면 큰 도움이 될 것이다. 그러나 이 점수대가 몇 주 동안 계속된다면 전문 치료를 받아야 한다. 전문 치료사나 항우울제의 도움을 받으면 더 빨리 회복할 수 있다.

내가 가장 다루기 힘겨웠던 우울장애 환자 중 몇 사람은 사실이 평가에서 가벼운 우울 증세라는 결과를 얻었다. 이들은 가벼운 우울 증세를 몇 년씩, 심지어 거의 평생 앓아왔다. 경미하지만 거듭되는 만성 우울장애를 오늘날에는 '기분부전장애dysthymic disorder'라고 부른다. 용어는 거창하지만 의미는 단순하다. '이 사람은 대부분의 시간 동안 몹시 침울하고 부정적 상태'라는 뜻이다. 주변에서 이런 사람을 쉽게 떠올릴 수 있을 것이다. 여러분 스스로도 이런 비관주의에 빠져보았을지 모른다. 다행히 이 책에서 심각한 우울장애에 도움이 된다고 제시한 방법은 이렇게 가볍지만 고질적 우울장애에도 효과가 있다.

총점이 26~50점인 경우는 '중간 수준'의 우울 증세를 앓고 있음을 의미한다. 그러나 '중간'이라는 말에 속으면 안 된다. 이 수치는 꽤 심한 고통을 가리키는 것일 수 있다. 사람들은 대부분 짧은 기간 동안 마음이 무척 안 좋다가도 대개 금방 털어버리고 다시 기운을 차린다. 그런데 이 수치가 2주 이상 계속된다면 전문 치료를 꼭 받아야 한다.

총점이 50점을 넘는다면 우울 증세가 몹시 심하거나 아주 극단적 상태라는 의미다. 이때의 고통은 거의 참을 수 없는데, 특히 75점부터 그렇다. 기분이 너무나 불편한 상태이며, 절망감과 좌절감에 사로잡혀 자살 충동을 느낄 정도로 위험하다.

하지만 다행히 성공적으로 치료될 가능성은 얼마든지 있다. 실제로 최악의 우울장애가 오히려 치료에 가장 빠르게 반응하기도 한다. 그러나 극심한 우울 증세를 자기 힘만으로 고쳐보겠다는 것은 현명하지 못한 생각이다. 전문가의 상담이 반드시 필요하며, 믿을 수 있고 실력 있는 상담가를 찾아야 한다.

다른 심리요법이나 항우울제 치료를 받고 있는 경우라도 이 책에서 설명하는 방법대로 실행하면 큰 도움이 된다. 내 연구 경험에 따르면, 전문 치료를 받고 있다 해도 병을 고치겠다는 스스로의 의지가 있으면 훨씬 빨리 회복된다.

번스우울진단표의 총점 외에도 23·24·25번 항목에 각별히 주의해야 한다. 자살 의도, 충동, 계획 등을 묻는 항목 중 어느 한 항목에서라도 응답 수치가 높아지면 즉각 전문가의 도움을 받아야 한다.

우울장애를 앓는 많은 사람이 23번의 점수는 올라가도 24번과 25번은 0점을 보인다. 보통 이것은 '차라리 죽어버리는 게 낫겠어' 같은 생각은 하지만 실제로 자살 의도나 충동, 계획은 없음을 뜻한다. 이런 유형은 꽤 흔하다. 그러나 24번과 25번의 점수가 올라간다면 당장 치료를 받아야 한다!

다음 장에서 자살 충동을 평가하고 제거할 수 있는 몇 가지 효과적인 방법을 제시할 것이다. 그래도 정말 자살하고 싶거나 자살이 대안의 하나로 느껴진다면 반드시 전문가를 찾아야 한다. 자신이 아무 가망 없는 존재라는 생각이 강하게 든다는 것은 치료를 받아야 할 이유일 뿐이지 자살할 근거는 아니다. 심각한 우울장애를 앓는 사람들은 대부분 아무런 의심 없이 자신이 절망적이라고 믿는다. 이것은 자기패배적 망상으로, 질병의 증후일 뿐 사실이 아니다. 자신이 절망스러운 상황이라는 느낌이야말로 실제로는 그렇지 않다는 강력한 증거다!

22번 항목도 중요하다. 이 항목은 건강을 염려하는 일이 점점 심해지는지 묻고 있다. 특별한 이유 없이 쑤시고 아프거나, 열이 나거나, 체중이 줄어들거나, 그 밖의 의학 증상을 겪은 적은 없는가? 만일 그렇다면 의사와 상담하는 것이 좋다. 그동안의 병력을 말하고 철저한 진단과 검사를 받아야 한다. 검사 결과 의사가 건강에 전혀 문제가 없다고 말할 수도 있다. 그렇다면 불편한 신체 증상은 정서 상태와 관련이 있을지 모른다. 우울장애는 흔히 온갖 의학적 질병과 닮은 증상을 동반한다. 기분이 올라갔다 내려갔다 하면서 갖가지 영문 모를 신체 증상이 생기기 때문이다. 예를 들어 변비, 설사, 통증, 불면증, 과다 수면, 피로, 성욕 감퇴, 어지러움, 경련, 저림 같은 증상이 나타난다. 우울 증세가 나아지면 십중팔구 이런 증상도 사라질 것이다. 하지만 치료될 수 있는 많은 종류의 질병이 처음에는 우울 증세처럼 보일 수 있다는 점을 잊어서는 안 된다. 치료할 수 있는 신체 질병은 검사를 받아 조기에 진단하도록, 그래서 생명을 잃지 않도록 해야 한다.

정신에 심각한 문제가 있음을 가리키는(그렇다고 꼭 그것을 입증하는 것은 아닌) 수많은 증상도 있다. 이를 해결하기 위해서는 정신건강 전문가와 상담하고 적절한 치료를 받아야 하며, 거기에 덧붙여 이 책에서 제시하는 자기주도 '인격 성장' 프로그램을 실천에 옮기자. 몇 가지 대표 증상은 이렇다. '나를 해치거나 생명을 빼앗기 위해 주변 사람들이 음모를 꾸미고 있다'고 믿는다. 보통 사람은 이해할 수 없는 기이한 일을 겪는다. '내 바깥에 있는 어떤 힘이 내 마음과 몸을 조종한다'는 확신이 든다. '다른 사람들이 내 생각과 마음을 읽는 것 같다'고 느낀다. 내 밖에서 어떤 목소리가 내 머리 안으로 말을 걸어온다. 실제로는 없는 것을 본다. 라디오나 TV에서 나한테만 메시지를 보내는 것 같다.

이런 증상은 우울장애의 일부가 아니라 정신질환 때문에 나타난다. 이때는 반드시 정신과 치료를 받아야 한다. 이런 증상이 있는데도 자신은 아무 문제가 없다고 생각하고 정신과 치료를 받으라는 권고에 의심을 품고 저항하는 경우가 적지 않다. 반대로 자신이 미쳐간다는 두려움이 깊어지면서 스스로를 다스리기가 점점 어려워지거나 이성을 잃는 느낌의 공황장애를 겪고 있다면, 실제로는 그렇지 않은 것이 거의 확실하다. 이것은 훨씬 덜 심각한 일상적 불안장애의 전형적 증상일 뿐이다.

조증mania도 알아두어야 할 기분장애의 특별한 유형이다. 조증은 우울증과는 정반대다. 이때는 곧장 정신과 의사를 찾아가 리튬을 처방받아야 한다. 리튬은 기분이 극단적으로 왔다 갔다 하는 증상을 안정시키고 환자가 정상 생활을 할 수 있도록 해준다. 그러나 조증은 치료받기 전에 정서 파탄을 일으킬 수 있다. 약물이나 알코올 때문이 아닌데 이틀 이상 기분이 심하게 들떠 있거나 짜증이 계속되는 경우 조증을 의심해봐야 한다. 판단력이 떨어졌음을 보여주는(예컨대 무모하고 과도한 소비 같은) 충동적 행동과 거창하고 허황된 자신감은 조증 환자들이 보이는 행동의 특징이다. 성적인 행동이 과해지거나 공격적인 행동이 늘어나고, 쉼 없이 몸을 움직이거나 머릿속으로 생각이 폭주하며, 흥분한 상태에서 쉬지 않고 말을 하거나, 자고 싶은 생각이 없어지는 증상도 보인다. 조증을 앓는 사람들은 흔히 자신이 누구보다 힘 있고 똑똑하다는 망상을 품으며, 철학이나 과학에서 엄청난 업적을 이루거나 엄청난 돈을 벌 수 있는 방법을 생각해내기 직전이라고 주장한다. 창의적 업적으로 이름이 알려진 인물 중에도 이 질병을 앓고 리튬 처방으로 병을 다스린 사람이 많다. 이 병은 기분을 좋게 하기 때문에 처음 발병했을 때 치료를 받아야 한다고 생각하기 어렵다. 초기 증상의 도취감이 워낙 강해서 환자들은 갑자기 찾아온 자신감과 황홀감이 실제로는 자신을 파괴하는 질병이 시작된 징조라는 사실을 받아들이지 못한다.

그러나 시간이 좀 더 흐르면 이 행복감은 통제할 수 없는 정신 착란 상태로 악화되어 강제로 입원해야 할 정도가 되거나, 정반대로 무기력하게 우울해지면서 눈에 띄게 행동이 둔하고 무감각해진다. 여러분은 이런 조증 증상을 잘 알아두어야 한다. 진짜 우울장애를 겪는 사람들 가운데 많은 수가 일정한 시간이 지나면 이런 증상을 나타내기 때문이다. 그런 일이 일어나면 며칠이나 몇 주 사이에 인격에 심각한 변화가 생긴다. 심리치료와 자가치료 프로그램이 큰 도움이 되겠지만 의사의 감독 아래 리튬 처방을 병행하는 것이 가장 좋다. 이렇게 치료하면 조증의 회복 가능성은 매우 높다.

만일 여러분에게 강렬한 자살 충동이나 환각 또는 조증 같은 특수한 증상이 없어졌다고 가정해보자. 이제 여러분은 울적함과 참담한 기분을 느끼는 대신 이 책에 제시한 방법을 활용해 우울장애에서 거뜬히 회복될 수 있다. 여러분은 삶과 일을 즐기기 시작할 것이고, 우울장애에 소모되던 에너지를 활기차고 창조적인 삶을 위해 쓸 수 있다.

# 3.
# 내 기분 이해하기:
# 감정은 생각에서 나온다

이제 우울장애의 위력이 얼마나 강력한지 우리는 알게 되었다. 우울장애는 기분을 밑바닥까지 가라앉게 하며, 자아상을 망가뜨리고, 몸도 마음대로 움직이지 못하게 하며, 의지를 마비시키고, 스스로를 완전히 망치도록 행동하게 한다. 감정이 그토록 완벽하게 나락으로 빠져드는 것은 바로 이 때문이다. 그렇다면 무엇이 이 모든 문제를 일으킬까?

우울장애는 정신의학사에서 줄곧 기분장애로 여겨왔기 때문에, 지금까지 치료 방식은 주로 치료사의 도움을 받아 환자가 자기감정을 '자각'하는 것이었다. 그러나 우리의 연구 결과는 뜻밖이었다. 우울장애는 결코 기분장애가 아니다! 느끼는 방식에 갑자기 변화가 일어났다면 그것은 원인 없이 생긴 것이 아니다. 이는 마치 감기에 걸리면 콧물이 나오는 것과 같다. 우리가 경험하는 모든 불쾌한 기분은 바로 부정적으로 왜곡된 생각의 결과다. 이 불합리하고 비관적인 태도야말로 온갖 증상을 일으키고 지속시키는 핵심 원인이다.

극심한 부정적 생각에는 어김없이 우울 증세나 고통스러운 감정이 뒤따른다. 암울한 생각은 감정이 동요하지 않을 때 하는 생각과는 전혀 다르다. 다음은 박사 학위 취득을 앞두고 있던 젊은 여성의 고백이다.

우울 증상이 찾아올 때마다 나는 뭔가에 얻어맞은 듯 엄청난 충격에 빠졌고, 사물을 보는 눈이 달라지기 시작했어요. 겨우 한 시간 만에도 변화가 일어났지요. 나는 부정적이고 비관적인 생각에 빠졌어요. 지난 일을 돌아보면서 내가 어느 모로 보나 쓸모없는 존재라고 확신했지요. 행복했던 순간조차 모두 환상처럼 보였어요. 내가 이루어낸 것도 영화 촬영 세트처럼 가짜로 여겨졌답니다. 쓸모없고 못난 것이 '나의 참모습'이라고 믿게 되었어요. 의심으로 꽁꽁 얼어붙은 상태라 일도 제대로 하지 못했지요. 너무나 비참해서 견딜 수가 없었어요.

이 말에서 알 수 있듯이 자기기만적 감정을 일으키는 진짜 원인

1부. 인지치료란 무엇인가?

은 마음속에 가득 찬 부정적 생각이다. 부정적 생각은 자신을 무기력하고 쓸모없는 존재로 느끼게 한다. 우울장애에서 흔히 놓치기 쉬운 증상이 바로 이 부정적 생각 또는 부정적 인지다. 이러한 '인지'는 질환을 개선해줄 열쇠이므로 가장 중요한 증상이기도 하다.

어떤 것에 대해 우울감을 느낄 때마다 방금 전에 생겨나서 계속 이어지고 있는 부정적 생각이 무엇인지 가려내는 노력을 해보자. 이 부정적 생각이 나쁜 기분을 실제로 만들어냈기 때문에 이 생각을 다시 떠올려 재구성하면 기분을 변화시킬 수 있다.

부정적 사고방식이 거의 자동으로 일어날 만큼 삶의 일부가 되어버린 사람은 이런 이야기가 회의적으로 들릴지도 모른다. 이런 이유 때문에 나는 부정적 사고방식을 '자동적 사고'라고 부른다. 자동적 사고는 마치 포크를 손에 쥐는 동작처럼 머리에 떠올리려고 노력할 필요 없이 자동으로 작동한다.

〔그림 3-1〕은 생각과 느낌의 관계를 나타낸 것으로, 기분이 어떤 것인지 이해하는 데 가장 중요한 실마리를 제공한다. 감정은 전적으로 사물을 바라보는 방식에 의해 생겨난다. 어떤 사건을 경험하려면 먼저 그것을 머릿속에서 처리하고 거기에 의미를 부여하는 과정을 반드시 거쳐야 한다는 것은 신경과학적으로 증명된 분명한 사실이다. 우리는 스스로에게 일어나는 어떤 사건을 '이해'한 뒤에야 그것을 느낀다.

자신에게 일어나는 일을 정확히 이해하고 있다면 우리의 감정은 정상이다. 그러나 뒤틀리고 왜곡된 방식으로 지각하고 있다면 그 감정은 비정상이다. 우울장애는 후자에 해당한다. 우울장애는

| 그림 3-1 | **외부세계와 우리의 느낌**

기분의 변화는 실제 사건 때문에 생기는 것이 아니라 우리의 지각이 만든 결과다. 슬플 때 우리의 생각은 부정적 사건이 현실에 존재한다고 해석한다. 우울에 빠지거나 불안감을 느낄 때 우리는 언제나 이치에 맞지 않고, 왜곡되고, 비현실적이며, 틀린 생각을 한다.

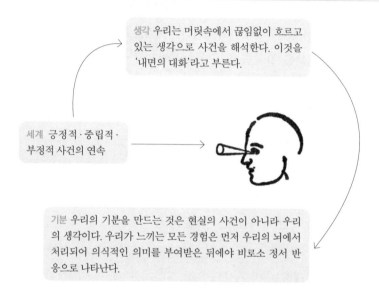

**생각** 우리는 머릿속에서 끊임없이 흐르고 있는 생각으로 사건을 해석한다. 이것을 '내면의 대화'라고 부른다.

**세계** 긍정적·중립적·부정적 사건의 연속

**기분** 우리의 기분을 만드는 것은 현실의 사건이 아니라 우리의 생각이다. 우리가 느끼는 모든 경험은 먼저 우리의 뇌에서 처리되어 의식적인 의미를 부여받은 뒤에야 비로소 정서 반응으로 나타난다.

항상 정신적 '잡음', 즉 왜곡의 결과다. 우울한 기분은 방송 주파수를 정확히 맞추지 않았을 때 음악에 지직거리는 소리가 섞이는 것과 같다. 이 문제는 라디오의 진공관이나 트랜지스터에 결함이 있거나 나쁜 날씨 탓에 무선 수신되는 방송 신호가 왜곡되어서 생기는 것이 아니다. 다이얼만 다시 조정하면 문제를 간단히 해결할 수 있다. 이렇게 정신을 조율하는 방법을 배워놓으면 음악은 다시 맑게 흘러나오고 우울장애는 사라질 것이다.

이 대목을 읽으면서도 어떤 사람은 심한 절망감을 느낄 것이다. 하지만 여기에는 여러분의 마음을 상하게 할 어떤 내용도 없다. 이 대목은 희망을 줄 뿐이다. 그런데도 무엇이 여러분의 기분을 바닥으로 떨어뜨렸을까? 그것은 바로 '여러분 자신'의 이런 생각 때문이다. "다른 사람들은 약간만 조율하면 되잖아요. 그런데 나는 진공관이 터져버렸어요. 우울장애 환자 만 명이 회복된들 그게 나와 무슨 상관이겠어요. 내가 전혀 가망 없는 상태라는 건 변하지 않는데요." 나는 이런 고백을 일주일에 50번씩 듣고 있다! 거의 모든 우울장애 환자가 이유도 근거도 없이 자신만은 유일하게 정말 구제불능이라고 확신한다. 이러한 망상은 이들이 앓고 있는 병의 핵심에서 어떤 종류의 정신 작용이 일어나고 있는지를 정확히 보여준다.

어떤 사람들은 망상을 창조해내는 능력까지 발휘해 나조차도 감탄을 금치 못할 때가 있다. 어린 시절에 나는 동네 도서관에서 몇 시간씩 마술에 관한 책을 읽곤 했다. 토요일이면 마술용품점으로 놀러 갔다. 계산대에 있는 아저씨가 상식의 법칙을 깨뜨리는 놀라운 솜씨를 발휘하며 카드나 구슬을 허공에 띄워 보이는 모습을 시간 가는 줄 모르고 바라보곤 했다. 어린 시절 가장 행복했던 기억 중 하나는 여덟 살 때 콜로라도주 덴버에서 열린 '세계 최고 마술사 블랙스톤'의 공연을 보러 간 일이다. 그때 객석에 앉아 있던 나는 마술사의 부름으로 다른 아이들 몇 명과 함께 무대 위로 올라갔다. 마술사 블랙스톤은 여러 마리의 비둘기가 들어 있는 가로세로 60센티미터짜리 새장의 위, 아래, 사방 옆에 우리 손을 갖다 대게 했다. 그러고는 이렇게 말했다. "새장을 잘 보고 있어요!" 나는 시키는 대로 했다. 두 눈이 뻑뻑했지만 깜빡거리지 않고 버텼다. 마술사가 말했다. "이제 내가 박수를 칠 겁니다." 그가 박수를 치는 순간 새장은 감쪽같이 사라져버렸다. 내 두 손은 허공에 떠 있었다. 말도 안 돼! 어떻게 이런 일이! 충격이었다.

이제 나는 이 마술사의 능력이 평범한 우울장애 환자의 능력보다 뛰어날 게 없음을 알고 있다. 어느 우울장애 환자에게나 이런 능력이 있다. 우울장애에 빠지면 '스스로 믿게' 하는 놀라운 능력이 생기고, 실제로 존재하지 않는 것을 주변 사람까지도 믿게 만든다. 치료사로서 내가 하는 일은 이런 망상을 꿰뚫어보고 환자가 거울 뒷면을 들여다보게 해서 그들이 스스로를 망상으로 속여왔음을 깨닫게 하는 것이다.

앞으로 내가 '망상 해체'를 하려 한다고 말해도 좋다! 물론 그런다 해도 여러분은 전혀 개의치 않겠지만.

다음에 제시하는 우울장애의 토대를 이루는 열 가지 '인지왜곡'을 꼼꼼히 살펴보도록 하자. 그리고 잘 익혀두자. 이 열 가지 인지왜곡 목록은 오랜 연구와 임상 경험에서 정수만 뽑아 모아놓은 것이다. 이 책에서 치료법에 관한 설명을 들을 때 열 가지 인지왜곡에 관한 내용을 계속 되새기자. 속이 부글부글 끓을 때마다 자신이 혹시 망상에 속고 있는 건 아닌지 깨닫는 데 큰 도움이 될 것이다.

# 인지왜곡이란 무엇인가?

## 1. 전부 아니면 전무라는 생각

극단적 흑백논리로 자신을 평가하는 경향을 말한다. 예컨대 어떤 유명 정치인이 나에게 이렇게 말한 적이 있다. "주지사 선거에 낙선했으니 나는 이제 영점짜립니다." 전 과목 A를 받다가 한 과목에서 B를 받은 학생은 이렇게 말했다. "이제 나는 완전히 망했어요." 전부 아니면 전무라는 생각은 완벽주의에서 기인한다. 이런 사고방식을 가진 사람은 실수나 불완전한 점이 하나라도 생길까 봐 늘 두려워한다. 실수나 오점은 자신이 완전한 실패자이며 쓸모없는 존재라고 느끼게 하기 때문이다.

그러나 이렇게 사물을 평가하는 방식은 현실에 맞지 않다. 인생은 어떤 식으로든 완전할 수 없기 때문이다. 예를 들어 100퍼센트 똑똑하거나 100퍼센트 바보인 사람은 없다. 마찬가지로 100퍼센트 매력덩어리이거나 100퍼센트 흉칙한 사람도 없다. 여러분이 앉아 있는 방 안의 바닥을 관찰해보자. 방바닥이 100퍼센트 깨끗한가, 아니면 구석구석 먼지와 쓰레기가 보이는가? 자신의 경험을 절대적 기준으로 삼는다면 우리의 지각은 이를 따라갈 수 없기 때문에 내내 우울감에 빠져 있을 수밖에 없다. 어떤 일을 하든 자신이 설정한 과도한 기대치에 결코 미칠 수 없으니 영원히 자신을 불신할 것이다. 이러한 지각 오류의 유형을 전문 용어로는 '이분법적 사고all or nothing thinking'라고 한다. 모든 것을 흑 아니면 백으로 보기 때문에 다양한 회색은 존재하지 않는다.

## 2. 지나친 일반화

열한 살 때 나는 애리조나주 박람회에서 스벵갈리 덱Svengali Deck 이라는 눈속임 카드를 한 벌 산 적이 있다. 이 카드는 인간의 착시 현상을 이용하는 간단한 도구다. 먼저 내가 이 카드 한 벌을 상대에게 보여준다. 한 장 한 장에는 제각기 다른 그림이 그려져 있다. 상대에게 아무 카드나 한 장 고르라고 한다. 그러면 상대는 스페이드 잭을 고른 뒤 나에게는 말하지 않고 고른 것을 카드 맨 위에 놓는다. 그러면 나는 "스벵갈리!" 하고 외치면서 카드를 모두 뒤집는다. 그런데 뒤집어진 카드는 모두 스페이드 잭이다.

지나친 일반화는 정신적으로 스벵갈리 카드 놀이를 하는 것과 같다. 지나친 일반화에 빠지면 마치 스페이드 잭이 한 장에서 수십 장으로 늘어나듯, 한 번 일어난 일이 계속 되풀이해 일어날 거라고 제멋대로 결론을 내린다. 게다가 그 일들은 예외 없이 불쾌한 것이기 때문에 기분이 엉망이 된다.

우울장애를 앓는 영업사원이 자동차 차창에 묻은 새똥을 보고 이렇게 생각했다. '내 운명도 딱 이 꼴이군. 저놈들은 언제나 내 창문에만 똥을 싼단 말이야!' 지나친 일반화의 전형적인 사례다. 이 영업사원에게 다시 묻자 그는 20년 동안 영업 일을 하면서 자동차 차창에 새똥이 떨어진 일이 이번 말고 또 있었는지 기억해내지 못했다.

남에게 거부당했을 때 느끼는 고통은 대부분 지나친 일반화 때문에 생겨난다. 지나친 일반화에 빠지지 않는다면 잠시 실망할 수는 있어도 심각한 상태에 빠질 일은 없다. 수줍음 많은 청년이 용기를 내어 어떤 아가씨에게 데이트를 신청했다. 이 여성이 선약이 있다며 거절하자 청년은 이렇게 생각했다. '나는 절대 데이트란 걸 해볼 수 없을 거야. 누가 나 같은 놈하고 데이트를 하고 싶겠어. 난 평생 외롭고 비참하게 살 거야.' 인지가 왜곡된 그는 이런 일을 한 번 당해놓고는 항상 그럴 것이라고 결론 내렸다. 그리고 모든 여성이 100퍼센트 똑같으니까 자신은 매력적인 여성에게 평생 영원히 퇴짜 맞을 거라고 못 박아버렸다. 스벵갈리!

### 3. 정신적 여과

어떤 상황에서든 부정적인 면만 골라 그것만 염두에 둠으로써 전체 상황을 부정적으로 지각하는 것을 말한다. 우울장애를 앓는 한 여대생이 있었다. 이 여대생은 다른 학생들이 자신의 가장 친한 친구를 놀려대는 소리를 들었다. 여대생은 화가 치밀었는데 바로 이런 생각 때문이었다. '인간이란 원래 저런 족속이야. 잔인하고 못 돼먹었어!' 그런데 그녀는 지난 몇 달 동안 자신에게 잔인하거나 못되게 군 사람이 하나도 없었다는 사실을 무시해버렸다. 또 첫 중간고사를 마치고 그녀는 100문제 중에서 17문제를 틀렸을 것이라고 믿었다. 그리고 이 17문제만 줄곧 생각한 끝에 앞으로 낙제당해 대학에서 쫓겨날 것이라고 결론 내렸다. 시험지를 받았을 때 거기에는 이런 평이 적혀 있었다. "100점 만점에 83점. 올해 학생 중 최고 점수. A+"

　우울장애를 앓는 사람은 긍정적인 것을 걸러내는 필터가 달린 안경을 쓰고 있는 셈이다. 그래서 부정적인 것만 의식에 들여보낸다. 이 '여과 작용'을 깨닫지 못하므로 모든 것이 부정적이라고 결론 내린다. 이를 전문 용어로 '선택적 추상화selective abstraction'라고 한다. 이는 스스로를 쓸데없는 고통에 빠뜨리는 나쁜 습관이다.

### 4. 긍정적인 것 인정하지 않기

더욱 놀라운 정신적 망상은 중립적인 경험은 물론 긍정적인 경험까지도 부정적인 것으로 집요하게 바꿔버리는 태도다. 긍정적인 경험을 무시하는 것으로도 모자라 정반대 악몽으로 재빨리 바꿔버리는 것이다. 나는 이것을 '거꾸로 된 연금술'이라고 부른다. 중세의 연금술사들은 일반 금속을 금으로 바꾸는 기법을 꿈꾸었다. 우울장애에 걸리면 정반대의 일을 해내는 능력을 기른다. 황금 같은 기쁨을 즉시 납덩이 같은 감정으로 바꿀 수 있는 것이다. 그러나 의도적으로 이런 일을 저지르는 것이 아니어서 본인도 스스로에게 어떤 짓을 하고 있는지 알아차리지 못하기 십상이다.

이런 사례는 일상에서 쉽게 찾아볼 수 있는데, 다른 사람에게 칭찬을 받을 때 보이는 반응에서 잘 드러난다. 누군가 용모나 성과를 칭찬할 때 우리는 자동으로 이렇게 되뇌곤 한다. "으레 하는 인사일 뿐인데, 뭘." 이 한 방으로 주변 사람들의 칭찬을 부질없는 일로 치부해버린다. "아무것도 아닌데요, 뭘." 이렇게 대답하는 순간 역시 마찬가지다. 좋은 일이 일어날 때마다 연신 찬물을 끼얹는다면 삶이 축축하고 차갑게 느껴지는 건 당연하다!

'긍정적인 것 인정하지 않기'는 인지왜곡 중에서도 가장 파괴적인 유형이다. 이런 유형의 사람은 마치 자신의 지론인 가설을 입증

1부. 인지치료란 무엇인가?

하려 애쓰는 과학자와도 같다. 우울한 생각을 지배하는 가설은 대개 '나는 실패자야'의 몇 가지 변형판이다. 부정적인 경험을 할 때마다 그 일을 곱씹으면서 이렇게 결론 내린다. "익히 알던 사실을 증명해준 거지." 반대로 긍정적인 일이 생기면 스스로에게 이렇게 말한다. "어쩌다 한 번 그렇게 된 거지. 별거 아니야." 이런 경향은 극도의 비참함, 좋은 일의 진가를 알아볼 줄 모르는 무능함을 대가로 치른다.

이 유형의 인지왜곡은 흔한 일이지만, 회복할 수 없을 만큼 극심한 우울장애의 원인이 되기도 한다. 심각한 우울장애 발작으로 입원한 여성이 나에게 이렇게 말한 적이 있다. "내가 워낙 끔찍한 사람이라서 아무도 나한테 관심을 보이지 않아요. 나는 완전 외톨이예요. 이 세상의 어떤 사람도 나한테 신경 쓰지 않아요." 퇴원할 무렵 이 여성은 다른 환자들이며 의료진에게 아주 인기가 좋았다. 이 여성이 그런 상황을 어떻게 부정하는지 상상이 되는가? "그 사람들은 내 참모습을 못 봐서 그런 거예요. 병원 바깥에 있는 현실 속 사람들은 절대 나를 좋아할 리 없어요." 병원 바깥에 있는 가족들과 친구들이 당신을 정말로 좋아하던데, 그건 어떻게 생각하느냐고 내가 물었다. 그러자 그녀는 이렇게 대답했다. "그 사람들도 진짜 내 모습을 보지 못한 거죠. 번스 박사님, 나는 속부터 철저히 썩은 사람이에요. 세상에서 최악의 인간이라고요. 단 한순간이라도 정말 나를 좋아해주는 사람이 있다니, 그건 불가능해요!" 이런 식으로 긍정적인 경험을 인정하지 않음으로써 이 여성은 자신이 일상에서 겪는 일과 전혀 일치하지 않는 비현실적인 부정적 신념을 끄떡없이 견지할 수 있었다.

이 여성만큼 부정적인 생각에 깊이 빠져 있지 않더라도 자신에게 일어난 진짜 긍정적인 일을 일부러 무시하는 행위를 날마다 몇 번이고 되풀이할 가능성은 얼마든지 있다. 이런 태도는 삶이 주는 풍성함을 스스로 앗아버리고 쓸데없는 비참함만 안겨줄 뿐이다.

## 5. 지나친 비약으로 결론 내리기

제멋대로 비약해서 실제 사실과 들어맞지 않는 부정적인 결론을 내리는 경우를 말한다. '독심술의 오류mind reading error'와 '점쟁이의 오류forbuneteller's error'가 대표적인 예다.

1) **독심술의 오류** 다른 사람이 자신을 깔보고 있다는 가정을 세워놓고 실제 그런지 따져보지도 않고 분명히 그럴 것이라고 확신한다. 예를 들어 강연을 하고 있는데 앞자리에 앉은 한 남자가 졸고 있는 모습이 눈에 띄었다고 하자. 이 남자는 사실 파티 때문에 어젯밤을 꼬박 새웠는데 강연자는 당연히 그것을 알 리 없다. 그러니 '청중이 내 강연을 지겨워하는군' 하고 생각할지 모른다. 거리에서 우연히 친구를 보았는데 이 친구가 생각에 빠져 인사도 없이 지나쳤다고 하자. 그러면 이렇게 생각한다. '이 친구가 나를 무시하다니, 더 이상 나를 좋아하지 않는 게 틀림없어.' 어느 날 저녁 배우자가 유난히 말이 없다고 하자. 배우자는 직장에서 핀잔을 들어 몹시 속상하지만 그 이야기를 꺼내고 싶지 않을 뿐이다. 그런데 이 사정을 모르고 배우자의 침묵을 잘못 받아들이면 마음이 무거워질 수밖

에 없다. '이 사람이 나한테 단단히 화가 났군. 내가 뭘 잘못했지?'

이렇게 멋대로 부정적 반응들을 상상해낸 다음에는 움츠러들거나 반격을 가하는 식으로 대응할 수 있다. 문제를 해결하기는커녕 오히려 더 키우는 이런 자기패배적 행동양식은 처음의 잘못된 믿음이 나중에 진짜 현실이 되어버리는 자기충족적 예언self-fulfilling prophecy으로 작용할 수 있으며, 처음에는 서로 간에 전혀 존재하지 않던 부정적 상호작용을 초래할 수 있다.

**2) 점쟁이의 오류** 이것은 마치 수정 구슬을 가지고 오직 나쁜 예언만 하는 것과 같다. 나쁜 일이 닥칠 것이라는 상상을 하고는, 그 예측이 비현실적인데도 사실로 받아들인다. 한 고등학교 사서 교사는 불안발작anxiety attack이 일어나는 동안 계속 이렇게 되뇌었다. "난 이제 죽든지 미쳐버릴 거야." 그 교사는 지금까지 죽지도 미치지도 않았으니 현실과 맞지 않는 예언이다. 게다가 정신이상을 암시하는 어떤 심각한 증상도 앓지 않았다. 심한 우울장애를 앓던 한 전직 내과 의사는 치료를 받던 도중 의사 일을 그만둔 이유를 이렇게 설명했다. "내가 영원히 우울장애에서 헤어나지 못하리란 걸 잘 알고 있기 때문이에요. 비참한 상태가 계속될 테고, 이번 치료를 포함해서 어떤 치료도 결국 실패할 거라고 확신합니다." 앞으로의 치료 결과에 대한 이 부정적 예측이 그를 절망감에 빠뜨린 원인이었다. 그러나 치료 초기부터 증상이 개선되었으니 얼마나 근거 없는 예언인지 알 수 있다.

이처럼 지나친 비약으로 결론을 내려본 적이 있는가? 예를 들어 친구에게 전화를 걸었는데 받지 않아서 끊고 한참을 기다렸지만 아무 연락이 오지 않았다고 하자. 이때 친구가 부재중 전화 메시지를 보긴 했지만 관심이 없어서 전화를 걸지 않은 것이라고 생각하면 우울해진다. 그러고는 기분이 더욱 비참해지면서 다시는 전화를 걸지 않겠다고 마음먹는다. 바로 이런 생각을 했기 때문이다. '내가 또 전화를 걸면 아주 불쾌한 녀석이라고 생각하겠지. 웃음거리가 되고 말 거야.' 이 부정적 예측(점쟁이의 오류) 때문에 결국 친구를 피하고 자기비하를 한다. 그러다가 3주 뒤 그 친구가 메시지를 이제야 봤다고 말한다. 혼자만의 터무니없는 착각 때문에 속을 태운 것이다. 마음의 마술이 빚어낸 또 하나의 고통스러운 결과물이다!

### 6. 침소봉대(파국화) 또는 과소평가

또 다른 사고의 함정으로 '침소봉대'와 '과소평가'가 있다. 나는 이것을 '쌍안경 속임수'라고 부르는데, 사물을 실제보다 크거나 작아 보이게 하기 때문이다. 흔히 침소봉대는 자신의 잘못, 두려움, 결점을 자세히 살피고는 그것의 비중을 과장할 때 일어난다. '맙소사, 실수했어! 엄청나고 지독한 실수야! 순식간에 소문이 퍼지겠군! 대망신이야!' 이렇게 쌍안경에 눈을 대고 자신의 결점을 들여다보면 실제보다 거대하고 기괴하게 보인다. 이런 태도를 '파국화'라고도 한다. 흔히 있는 부정적 사건을 섬뜩한 괴물로 바꿔버리기 때문이다.

자신의 장점에 대해 생각할 때는 이와 정반대로 하는 경우가 있다. 쌍안경을 거꾸로 들고 들여다보는 것이다. 그러면 사물이 다

조그맣고 하찮아 보인다. 자신의 결점은 과장하고 장점은 축소한다면 열등감을 느낄 것이 뻔하다. 하지만 문제는 여러분 자신이 아니다. 바로 여러분이 끼고 있는 괴상한 색깔과 무늬의 '크레이지 렌즈'가 문제다!

### 7. 감정적 추론

자기감정을 근거로 진실을 판단하는 것을 말한다. 예컨대 이런 식의 논리다. '바보가 된 느낌이다. 그러니까 나는 바보다.' 감정은 생각과 신념을 반영하기 때문에 이런 종류의 추론은 우리를 잘못된 길로 이끈다. 감정은 왜곡되기 십상인데, 이때 여러분의 감정은 전혀 타당성이 없다. 예를 들면 이렇다. '나는 죄의식을 느낀다. 그러므로 나는 틀림없이 나쁜 일을 했다.' '불가항력이고 절망적인 느낌이 든다. 따라서 내 문제는 결코 해결될 수 없다.' '내가 무능하다고 느낀다. 그러므로 나는 쓸모없는 인간이 틀림없다.' '아무것도 하고 싶지 않다. 그러므로 그냥 누워 있는 편이 낫다.' '너한테 화가 난다. 이것은 네가 비열한 짓을 했고 나를 이용해먹으려 했다는 증거다.'

감정에 근거한 추론은 거의 모든 우울장애에서 중요한 역할을 한다. 일이나 사물이 매우 부정적으로 느껴진다는 이유로 그것들이 실제로 그렇다고 가정한다. 자신의 느낌을 만들어낸 지각이 과연 타당한지 의심해볼 생각은 하지 않는다.

감정에 근거한 추론에 흔히 따르는 부작용은 지연 행동, 즉 일을 질질 끌며 미루는 태도다. 예컨대 다음과 같이 되뇌다 보니 책상 정리를 할 수 없다. '지저분한 책상을 생각하면 기분이 너무 안 좋아. 하지만 절대로 책상을 치울 순 없을 거야.' 이러다가 6개월이 지나 겨우 힘을 내 시도해본다. 그런데 실제로 해보니 책상 정리는 즐겁고 힘도 들지 않는다. 부정적 감정이 이끄는 대로 행동하는 습관에 길들여져 내내 자신을 속이고 있었던 것이다.

## 8. '해야 한다' 식 사고

'난 반드시 이렇게 해야 해' '난 꼭 그렇게 해야 해'라며 스스로의 행동을 몰아가는 경우를 말한다. 이런 사고는 강박감을 자아내고 분개심을 불러일으키고, 그 결과 역설적으로 의욕도 동기도 없어진다. 앨버트 엘리스는 이를 '머스터베이션musterbation'이라고 했지만, 나는 '해야 한다' 식 인생관이라 부른다.

'해야 한다' 식 사고를 다른 사람에게 적용하면 대개 좌절감을 느낀다. 한번은 급한 일이 생겨서 어떤 환자의 첫 치료 시간에 5분 정도 늦은 적이 있다. 그 환자는 이렇게 생각했다고 한다. '이렇게 자기중심적이고 경솔하면 안 되는 거야. 시간은 꼭 지켜야 해.' 이런 생각 때문에 환자는 불쾌감과 분개심을 느꼈다고 했다.

'해야 한다' 식 사고는 일상생활에서 불필요한 정서적 혼란을 자아낸다. 자신의 행동이 자기 기준에 미치지 못할 때 "꼭 해야 해, 절대 하면 안 돼"라는 말은 자기혐오, 수치심, 죄의식을 불러일으킨다. 종종 그렇듯이 이들은 인간이기에 어쩔 수 없는 한계 때문에 기대에 못 미치는 성과를 올린 주변 사람들에게도 혹독하고 독선적인 태도를 보인다. 자신의 기대치를 현실에 걸맞게 바꾸지 않으면 인간 행동의 불완전성 때문에 언제나 낙담할 수밖에 없다. 이제 '해야 한다' 식 사고의 해악을 알았을 테니, 분노(7장)와 죄의식(8장)을 다루는 장에서 '해야 한다, 하지 말아야 한다' 식 태도를 없애는 여러 가지 효과적인 방법에 관해 자세히 설명하겠다.

## 9. 낙인찍기·엉뚱한 낙인찍기

낙인찍기는 자신의 잘못을 근거로 철저히 부정적인 자기 이미지를 만들어내는 것을 뜻한다. 이것은 지나친 일반화의 극단적 형태라고 할 수 있다. 자신에게 낙인을 찍는 태도에는 '인간의 실수가 그 인간을 평가하는 척도가 된다'는 철학이 깔려 있다. 자신의 잘못을 설명할 때마다 '내가 이러저러한 사람이라서……'로 시작되는 문장을 끄집어낸다면 낙인찍기를 하고 있을 가능성이 높다. 예를 들어 골프를 치다가 마지막 18번 홀에서 퍼팅을 실수했을 때 "이런, 실수로 퍼팅을 망쳐버렸네"라고 하는 대신 "나는 타고난 실패자야"라고 말하는 경우가 그렇다. 투자한 종목의 주가가 오르지 않고 떨어질 때 "실수했군"이 아니라 "나는 낙오자야"라고 말한다면 역시 낙인찍기를 범하고 있을 가능성이 높다.

낙인찍기는 자기패배적일 뿐 아니라 불합리하다. 우리가 하는 어떤 '단 하나'의 행위를 우리 자아 전체와 동일시해서는 안 된다. 우리의 인생은 생각, 감정, 행동의 복합물이자 변화무쌍한 흐름이다. 달리 말하면, 우리는 조각상이라기보다는 강물에 더 가깝다. 그러므로 자신한테 부정적인 낙인찍기를 그만두자. 그 낙인은 너무 단순하고 또 틀렸다. 예를 들어 때마다 밥을 먹는다는 이유로 자신을 오로지 '밥만 먹는 자'라고 여기거나, 늘 숨을 쉰다고 해서 오로지 '숨만 쉬는 자'라고 여길 것인가? 정말 말도 안 되지만 이런 터무니없는 생각이 스스로를 무능한 인간이라고 낙인찍어 고통에 빠뜨리는 것이다.

다른 사람에게 낙인을 찍을 때는 으레 적개심에 휩싸인다. 흔한 예로 가끔 짜증을 내는 비서를 '도움이 안 되는 여자'라는 식으로 생각하는 상사가 있다. 이런 낙인찍기 탓에 상사는 여비서에게 화를 내고 기회만 있으면 헐뜯는다. 비서는 상사가 '매정한 남성우월주의자'라고 응수하고 기회만 있으면 불만을 터뜨린다. 그래서 두 사람은 계속 서로를 몰아붙이고, 상대가 쓸모없는 존재라는 증거를 찾기 위해 서로의 약점과 불완전함을 찾는 데 여념이 없다.

엉뚱한 낙인찍기란 어떤 사건을 부정확하고 도를 넘는 감정이 실린 말로 설명하는 것을 말한다. 예컨대 다이어트 중인 여성이 작은 접시에 담긴 아이스크림을 먹으면서 '나는 정말 혐오스럽고 구역질 나는 존재야. 나는 돼지야'라고 생각하는 것이 그렇다. 이 여성은 이런 생각 때문에 오히려 속이 끓어올라 아이스크림을 통째로 먹어치우게 된다.

## 10. 개인화

개인화라는 인지왜곡은 죄의식의 어머니다! 이런 성향이 있는 사람은 어떤 부정적인 것을 아무 근거도 없이 자신의 책임으로 돌린다. 자신의 책임이 아닌데도 어떤 일이 자신의 결점이나 부족함 때문에 일어났다며 자의적으로 결론 내리는 것이다. 예를 들어 한번은 내가 내준 자가치료 과제를 환자가 해오지 않았을 때 나는 죄의식을 느꼈는데, 바로 이런 생각을 했기 때문이다. '나는 분명히 엉터리 치료사야. 이 환자가 더 열심히 노력하지 않는 건 내 잘못이야. 병을 확실히 낫게 하는 것은 내 책임이잖아.' 아이의 성적이 좋아지지 않는다는 교사의 글이 적힌 생활기록부를 받아든 어머니가 그 자리에서 이렇게 결론 내린다. '나는 정말 나쁜 엄마야. 내가 얼마나 잘못했는지 여기 다 나와 있잖아.'

개인화는 심각한 죄의식을 느끼게 한다. 개인화에 빠지면 온 세상을 어깨에 짊어진 듯 책임감에 짓눌려 무기력해진다. 이때 우리는 남에게 영향을 끼치는 것과 남을 지배하는 것을 혼동한다. 만일 여러분이 교사, 상담가, 부모, 정신과 의사, 영업사원, 임원 등의 역할을 맡고 있다면 이런저런 관계로 만나는 사람들에게 분명히 영향을 끼칠 것이다. 그러나 남을 지배할 수 있다고 생각하는 사람은 아무도 없을 것이다. 타인의 행동에 대한 책임은 궁극적으로 여러분 자신이 아니라 그들에게 있다. 나중에 나는 이러한 개인화를 극복하고, 과도한 책임의식을 현실성 있고 감당할 수 있는 수준으로 줄여주는 방법에 대해 이야기하겠다.

모든 경우는 아니더라도 많은 경우 열 가지 형태의 인지왜곡은 우울장애를 일으키는 큰 원인이다. 이를 요약해놓은 〔표 3-1〕을 잘 보고 인지왜곡의 개념에 익숙해지기 바란다. 앞으로 다양한 기분 조절 기법을 배워가는 동안 이 표를 계속 보는 것이 좋다. 이 인지왜곡의 열 가지 형태를 잘 알아두면 평생 유용할 것이다.

다음은 간단한 자가진단 문제다. 스스로 풀어보고 인지왜곡의

# | 표 3-1 | 10가지 인지왜곡

1. **전부 아니면 전무라는 생각** 사물과 일을 흑과 백 두 범주로 나누어 바라본다. 자신의 성과가 완전하지 않았을 때 자신을 완전한 실패자로 여긴다.

2. **지나친 일반화** 딱 한 번 부정적인 사건을 겪고 실패가 영원히 되풀이될 거라고 여긴다.

3. **정신적 여과** 단 한 가지 사소한 부정적인 사실을 찾아내고는 거기에 집착한 나머지 자신의 모든 현실에 대한 전망을 어둡게 바라본다. 잉크 한 방울이 비커에 떨어져 그 안의 물 전체를 까맣게 물들이는 것과 같다.

4. **긍정적인 것 인정하지 않기** 긍정적인 경험을 온갖가지 이유를 들어 별거 아니라고 주장하면서 애써 부정함으로써 자신의 실제 경험과 어긋나는 부정적 신념을 유지한다.

5. **지나친 비약으로 결론 내리기** 자신의 결론을 지지하는 확실한 근거가 없는데도 부정적으로 해석한다.
   a. 독심술의 오류 누군가 자기에 대해 부정적인 반응을 보일 것이라고 멋대로 결론 내릴 뿐 아니라 이를 확인해볼 생각도 하지 않는다.
   b. 점쟁이의 오류 사정이 더욱 나빠질 것이라고 예상할 뿐 아니라 이런 예상이 이미 확고한 사실이 되었다고 믿는다.

6. **침소봉대(파국화) 또는 과소평가** 자기의 실수나 타인의 성과 등은 중요성을 과장하고, 자기의 장점이나 타인의 결함은 아주 사소한 것으로 부적절하게 축소해버린다. '쌍안경 속임수'라고도 한다.

7. **감정적 추론** 자기의 부정적 감정이 실제 현실을 반드시 반영한다고 가정한다. '나는 그렇게 느낀다. 그러므로 그것은 틀림없이 사실이다.'

8. **'해야 한다' 식 사고** '해야 한다' 또는 '해서는 안 된다'라며 스스로에게 동기부여를 한다. 자신은 채찍질을 당하거나 혼이 나야 어떤 일을 할 수 있다고 여기는 것과 같다. 게다가 '의무'와 '필수'는 감정을 해치는 요인이기도 하다. 그로 인해 초래되는 정서적 결과물은 죄의식이다. '해야 한다'를 다른 사람에게 적용할 때 자신도 화, 좌절, 분개심을 느낀다.

9. **낙인찍기·엉뚱한 낙인찍기** 지나친 일반화의 극단적 형태. 자기 결점을 있는 그대로 바라보는 대신 스스로 부정적 낙인을 찍어버린다. '나는 실패자야.' 타인의 행동이 거슬리면 그 사람에게도 부정적 낙인을 찍는다. '저 녀석은 한심한 낙오자야.' 엉뚱한 낙인찍기는 편견과 감정이 잔뜩 실린 말로 어떤 사건을 규정하는 것이다.

10. **개인화** 자신과 무관하게 발생한 부정적 사건에 대해 실제로는 자신의 책임이 별로 없는데도 자기가 원인이라고 생각한다.

1부. 인지치료란 무엇인가?

열 가지 형태를 잘 익혀두기 바란다. 각 문항의 간략한 상황 설명을 읽을 때 여러분 스스로 당사자의 입장이 되어 푸는 것이 좋다. 문제 속의 부정적인 생각에 담긴 인지왜곡에 해당하는 정답이 있으면 하나 이상 모두 표시한다. 첫 번째 문제에 대한 답은 바로 아래에 설명하고, 나머지 문제의 답은 맨 뒤에 한꺼번에 제시한다. 단 미리 정답부터 보지는 말 것! 첫 번째 문제에서 최소한 한 가지의 인지왜곡은 알아맞힐 수 있을 것이라고 확신한다. 이제 시작해보자.

**문제 1** 어떤 가정주부가 있다. 남편이 쇠고기를 너무 바싹 구웠다고 불평하자 기분이 상한 그녀는 이런 생각을 한다. '나는 심각한 실패자야. 못 참겠어! 제대로 하는 일이 하나도 없어. 누군 노예처럼 일하는데, 한다는 소리가 겨우 그거야? 멍청이!' 그녀는 이런 생각 때문에 슬픔과 분노를 느낀다. 이런 인지왜곡이 어디에 해당하는지 골라보자.

- a. 전부 아니면 전무라는 생각
- b. 지나친 일반화
- c. 침소봉대
- d. 낙인찍기
- e. 위의 모든 것

어떤 항목에 표시하든 모두 정답이다. 그러니까 하나에라도 표시했다면 정답을 맞힌 것이다. 이유는 이렇다. '나는 심각한 실패자야'라고 생각했다면 전부 아니면 전무 식 사고에 빠진 것이다. 이런 생각은 그만두도록 하자! 고기를 좀 퍽퍽하게 구웠다고 인생 전체가 실패한 것은 아니다. '제대로 하는 일이 하나도 없어'라고 생각한다면 지나치게 일반화하고 있는 것이다. 아니라고? 제대로 보자! 정말 '하나도' 없는가? '못 참겠어'라고 생각한다면 자신이 느끼고 있는 고통을 침소봉대하고 있는 것이다. 사실은 지금 참고 있지 않은가. 그러니까 자신의 고통을 실제보다 부풀리고 있는 것이다. 지금 참고 있다면, 원래 참을 수 있는 것이다.

남편의 불평은 듣고 싶지 않지만, 그렇다고 남편이 터뜨리는 불만이 곧 우리의 가치를 반영하는 것은 아니다. 마지막으로 '누군 노예처럼 일하는데, 한다는 소리가 겨우 그거야? 멍청이!'라고 생각했을 때는 자신과 남편 모두에게 낙인을 찍은 것이다. 남편은 멍청이가 아니라 단지 짜증을 잘 내고 남의 기분에 둔감한 사람이다. 멍청한 행동은 있을 수 있지만 멍청이는 없다. 마찬가지로 자신을 노예라고 낙인찍는 것도 옳지 않다. 그저 남편의 변덕이 저녁을 망치도록 내버려두고 있었을 뿐이다.

이제 나머지 문제를 풀어보자.


**문제 2** 앞에서 내가 자가진단 문제를 제시한다고 했을 때 갑자기 심장이 뛰며 이런 생각이 든다. '안 돼. 시험은 이제 더 이상 안 봐! 난 시험 성적이 언제나 형편없었단 말이야. 이 부분은 건너뛰어야겠어. 마음만 초조해지고 하나도 도움이 안 될 거야.' 지금 이 사람은 이런 인지왜곡에 빠져 있다.

a. 지나친 비약으로 결론 내리기(점쟁이의 오류)

b. 지나친 일반화

c. 전부 아니면 전무라는 생각

d. 개인화

e. 감정적 추론

**문제 3** 여러분이 펜실베이니아대학교의 정신과 의사라고 하자. 얼마 전 뉴욕의 출판사 편집자와 만났고, 지금부터 우울장애에 관한 원고를 쓰려고 한다. 편집자는 아주 열정적인 사람이지만, 여러분은 다음과 같은 생각 탓에 초조하고 무력해진다. '이 사람들이 내 책을 내겠다니, 정말 큰 실수를 했군! 내가 좋은 원고를 쓸 리가 없는데. 창의적이고 생생하고 박진감 있는 원고는 절대 나올 수 없을 거야. 내 글은 따분하고 주장도 별로야.' 이때 어떤 인지왜곡에 빠져 있는가?

a. 전부 아니면 전무라는 생각

b. 지나친 비약으로 결론 내리기(부정적 예측)

c. 정신적 여과

d. 긍정적인 것 인정하지 않기

e. 침소봉대

**문제 4** 외롭다. 그래서 짝 없는 사람들의 사교 모임에 나가기로 결심했다. 모임 장소에 도착할 즈음 불안을 느끼고 방어적이 되어 그냥 가버릴까 하는 충동이 생긴다. 그리고 이런 생각이 머리를 스친다. '십중팔구 그다지 매력 없는 사람들일 거야. 뭐 하러 사서 이런 고생을 해? 낙오자들이 한 무리 모여 있는 거잖아. 지겨울 것 같은 기분이 드는 걸 보니 그럴 게 뻔해. 이 파티는 틀림없이 짜증스러울 거야.' 이 사람은 다음 중 어떤 오류에 빠져 있을까?

    **a.** 낙인찍기

    **b.** 침소봉대

    **c.** 지나친 비약으로 결론 내리기(점쟁이의 오류, 독심술의 오류)

    **d.** 감정적 추론

    **e.** 개인화

**문제 5** 고용주에게 해고 통지를 받았다. 미칠 것 같고 좌절감을 느낀다. 이런 생각이 든다. '이게 바로 세상이 더럽다는 증거야. 난 아무 가망이 없어.' 이때의 인지왜곡은 다음 중 어느 것일까?

    **a.** 전부 아니면 전무라는 생각

    **b.** 긍정적인 것 인정하지 않기

    **c.** 정신적 여과

    **d.** 개인화

    **e.** '해야 한다' 식 사고

1부. 인지치료란 무엇인가?

**문제 6** 연사로 나서서 이제 막 강연을 하려고 한다. 그런데 가슴이 뛰고 다음과 같은 생각 때문에 더욱 긴장되고 초조해진다. '맙소사, 무슨 말을 해야 할지 잊어버릴 거야. 나는 연설도 잘 못하는데. 머릿속이 하얗게 비고 말 거야. 웃음거리가 될 거라고!' 여기에 해당하는 오류는?

   **a.** 전부 아니면 전무라는 생각

   **b.** 긍정적인 것 인정하지 않기

   **c.** 지나친 비약으로 결론 내리기(점쟁이의 오류)

   **d.** 과소평가

   **e.** 낙인찍기

**문제 7** 데이트 상대가 약속시간 직전에 전화를 걸어 몸이 아프다며 약속을 취소한다. 다음과 같은 생각을 하니 화가 나고 실망스럽다. '차인 거야! 도대체 내가 무슨 짓을 했기에 일을 이렇게 망쳐놓은 거지?' 이것은 다음 중 어떤 오류에 해당할까?

   **a.** 전부 아니면 전무라는 생각

   **b.** '해야 한다' 식 사고

   **c.** 지나친 비약으로 결론 내리기(독심술의 오류)

   **d.** 개인화

   **e.** 지나친 일반화

문제 8 업무 보고서를 써야 하는데 계속 미루고 있다. 밤마다 써보려고 하지만 보고서 쓰기가 너무 어렵게 느껴져 TV만 본다. 기가 꺾이고 죄의식을 느끼면서 다음과 같은 생각이 든다. '나는 너무 게을러서 이 일을 절대 해내지 못할 거야. 도무지 할 수가 없어. 끝없이 시간만 잡아먹겠지. 어쨌든 잘 안 될 거야.' 이 생각은 다음 중 어떤 오류에 해당할까?

    **a.** 지나친 비약으로 결론 내리기(점쟁이의 오류)

    **b.** 지나친 일반화

    **c.** 낙인찍기

    **d.** 침소봉대

    **e.** 감정적 추론

문제 9 이 책을 다 읽은 후 여기 나온 방법을 몇 주 동안 실천에 옮겨보았다. 과연 기분이 한결 나아지기 시작했다. 벡우울척도 점수도 중간 수준인 26점에서 우울장애와 정상의 경계인 11점까지 내려갔다. 그런데 갑자기 기분이 나빠지더니 사흘이 더 지나자 점수가 28점으로 올라갔다. 낙담, 절망, 쓰라림, 좌절에 빠져 이런 생각이 들었다. '도대체 좋아지질 않아. 이 방법은 전혀 도움이 안 돼. 지금쯤이면 나아야 하는데. 개선되었다고 느낀 건 우연이었어. 기분이 좋아졌다고 생각한 것 자체가 스스로를 속인 거라고. 나는 절대 나을 수 없어.' 이것은 어떤 인지왜곡에 해당할까?

**a.** 긍정적인 것 인정하지 않기

**b.** '해야 한다' 식 사고

**c.** 감정적 추론

**d.** 전부 아니면 전무라는 생각

**e.** 지나친 비약으로 결론 내리기(부정적 예측)

**문제 10** 다이어트를 하고 있다. 그런데 이번 주 내내 신경이 곤두선다. 어쩔 도리가 없어 계속 뭔가를 야금야금 먹어치운다. 사탕을 네 개째 먹은 후 이렇게 생각한다. '자제를 못하겠어. 일주일 동안 먹는 것을 조절하고 운동한 것이 모두 물거품이 됐어. 내 몸이 분명 풍선처럼 보일 거야. 그때 그걸 먹지 말아야 했어. 난 도무지 참지를 못해. 주말 내내 돼지처럼 먹어댈 거야!' 죄의식을 느끼며 사탕 한 알을 또 입속에 밀어넣지만 기분은 여전히 나아지지 않는다. 이때는 다음 중 어떤 인지왜곡에 해당할까?

**a.** 전부 아니면 전무라는 생각

**b.** 엉뚱한 낙인찍기

**c.** 부정적 예측

**d.** '해야 한다' 식 사고

**e.** 긍정적인 것 인정하지 않기

**정답**

① A B C D E    ② A B C E      ③ A B D E      ④ A B C D

⑤ A C         ⑥ A C D E         ⑦ C D         ⑧ A B C D E
⑨ A B C D E         ⑩ A B C D E

## 감정은 사실이 아니다

이제 여러분은 이렇게 생각할지 모른다. '좋아. 내가 겪는 우울장애가 나의 부정적인 생각 때문이란 건 이해가 돼. 기분이 좋아지거나 나빠질 때 인생관이 급격하게 변하니까. 그렇지만 나의 부정적인 생각이 그렇게 왜곡된 것이라면, 어째서 거기에 계속 속고 있는 거지? 나도 내 옆 사람처럼 분명하고 현실적으로 생각할 수 있어. 그런데 만일 내 생각이 비합리적이라면, 어째서 그게 그렇게 옳아 보이는 걸까?'

설사 왜곡되었다 하더라도 우울한 생각은 진실처럼 보이는 강력한 환상을 만들어낸다. 이 망상의 근거에 대해 곧이곧대로 말하면, 여러분의 감정은 사실이 아니다! 감정은 그 자체로는 인정되지도 않는다(우리 생각을 오롯이 되비추는 거울 구실을 할 때만 빼고). 우리의 지각이 전혀 이치에 맞지 않을 때 그것이 만들어내는 감정은 유원지의 요술거울에 비친 모습만큼이나 기괴하다. 하지만 이 비정상적인 감정은 왜곡되지 않은 생각이 만들어낸 진실한 감정만큼 타당하고 현실감 있게 느껴진다. 그래서 우리는 여기에 진실이라는 속성을 자동으로 부여한다. 우울장애가 그토록 강력하고 사악한 정신의 마술인 것은 바로 이 때문이다.

'사동으로' 일어나는 일련의 인지왜곡을 통해 일단 우울 증세를 불러들이면 우리의 감정과 행동은 저절로 계속되는 악순환 속에서 서로 상승 작용을 일으킨다. 우울 증세에 빠진 뇌가 무슨 말을 하든 그대로 믿기 때문에 우리는 거의 모든 일에 부정적인 감정을 느낀다. 이런 반응은 1천 분의 몇 초 속도로 워낙 빠르게 일어나므로 알아차리기조차 힘들다. 부정적 감정이 현실에 근거한 것이라고 느끼면, 이제는 그런 감정을 만들어낸 왜곡된 생각에 '신뢰'라는 후광을 두른다. 이런 과정이 거듭되고, 결국 우리는 함정에 빠진다. 무심코 저지른 속임수와 부지불식간에 만들어낸 망상은 감정의 감옥일 뿐이지만, 우리는 아무런 의심 없이 그것을 현실이라고 여기는 것이다.

이런 감정의 감옥에서 빠져나올 수 있는 열쇠는 무엇일까? 답은 간단하다. '생각이 감정을 만들어낸다. 따라서 감정은 생각이 정확한지 증명할 수 없다.' 불쾌한 기분은 단지 우리가 어떤 부정적인 생각을 떠올리고는 그것을 사실이라고 믿고 있음을 뜻할 뿐이다. 새끼 오리가 어미 오리를 따라다니듯 감정은 생각을 따라다닌다. 하지만 새끼 오리가 충실히 어미 뒤를 따라다닌다는 사실이 어미 오리가 제대로 길을 알고 있는지를 증명하지는 못한다!

이 방정식을 다시 살펴보자. '나는 느낀다. 그러므로 나는 존재한다.' 이것은 감정이라는 것이 어떤 자명하고 궁극적인 진실을 반영한다는 태도인데, 우울장애를 앓는 사람들만 이런 태도를 보이는 것은 아니다. 오늘날 대부분의 심리치료사는 자신의 감정을 더 잘 알아차리고 더 터놓고 표현하는 사람일수록 정서적으로 성숙하다고 믿는다. 여기에는 감정이 더 높은 수준의 현실, 개인의 성실성, 의심할 여지 없는 진실을 보여준다는 암시가 담겨 있다.

그러나 나의 입장은 전혀 다르다. 감정은 그 자체만으로는 특별하다고 할 수 없다. 실제로 부정적 감정은 대개 정신의 왜곡에서 나오므로 그런 감정을 바람직하다고 보기는 어렵다.

그렇다고 내가 모든 감정을 제거해야 한다고 주장하는 것일까? 내가 여러분을 로봇으로 만들어버리려는 것일까? 그렇지 않다. 나는 정신의 왜곡에서 나오는 고통스러운 감정을 피할 방법을 알려주고 싶을 뿐이다. 그런 감정은 타당하지도 바람직하지도 않기 때문이다. 일단 여러분이 인생을 더 현실적으로 인식하는 방법을 익히고 나면, 기쁨만이 아니라 왜곡되지 않은 진정한 슬픔까지도 더 깊이 음미하는 풍요로운 정서 생활을 누리게 되리라 확신한다.

다음 장에서는 기분이 엉망일 때 우리를 속이는 왜곡을 바로잡는 방법을 배운다. 그와 동시에 우리를 변덕스럽고 파괴적인 기분 변화에 취약해지도록 만드는 몇 가지 잘못된 기본 가치관과 가정을 재평가해본다. 나는 꼭 필요한 단계들을 간추려서 상세히 설명했다. 불합리한 사고방식을 수정하는 일은 우리 기분에 심오한 영향을 끼쳐 풍성하고 보람된 삶을 살아가는 역량을 키워줄 것이다. 자, 이제 다음으로 넘어가서 어떻게 각자의 문제를 고쳐나갈 수 있는지 살펴보자.

# 2부

# 기분 다스리기 실전 기법

*Feeling Good*

# 4.
# 자존감 세우기

우울장애를 앓는 사람들은 언제나, 예외 없이 자신이 쓸모없는 존재라고 믿는다. 우울장애가 심할수록 이런 느낌은 더욱 강해진다. 한두 사람만 그러는 것이 아니다. 아론 벡 박사의 조사에 따르면 우울장애 환자의 80퍼센트가 자기혐오를 드러낸다.[11] 나아가 아론 벡 박사는 우울장애 환자들은 지능, 성과, 인기, 매력, 건강, 체력 등을 가장 중요한 덕목으로 꼽으면서 자신은 그런 능력이 결핍되어 있다고 여긴다는 사실을 발견했다. 아론 벡 박사에 따르면, 우울장애 환자들은 4D로 특징지을 수 있는 자기 이미지를 갖고 있다. 즉 스스로를 '패배자이며defeated, 결함투성이이고defective, 버림받았고deserted, 불우하다deprived'고 느낀다.

거의 모든 부정적 감정에 따른 피해는 오직 이 낮은 자존감 때문에 일어난다. 초라한 자기 이미지는 사소한 잘못이나 결점을 인간적 실패라는 섬뜩한 상징물로 바꿔버리는 확대경 역할을 한다. 가령 법대 1학년생 에릭은 수업 시간에 공황을 느낀다. "교수님이 나를 지목하면 계속 실수를 저지릅니다." 에릭은 '실수투성이가 된다'는 두려움이 가장 중요하다고 했지만, 이야기를 나누어본 결과 자신이 쓸모없는 존재라는 생각이 진짜 원인으로 밝혀졌다.

**데이비드**(필자) 수업 시간에 실수를 했다고 치세. 그렇다고 꼭 속상할 이유가 있을까? 그렇게 비참할 정도로?

**에릭** 망신당할 테니까요.

**데이비드** 망신을 당했다 치고, 그게 마음 상할 이유가 될까?

**에릭** 그러면 다들 나를 우습게 볼 테니까요.

**데이비드** 모두 자네를 우습게 본다 이거지? 그렇다고 하세. 그다음엔 어떻게 되는 거지?

**에릭** 비참한 기분이 들죠.

**데이비드** 어째서? 다른 사람이 나를 우습게 본다고 해서 비참한 기분이 들어야 하나?

**에릭** 음, 그러니까 내가 변변치 못한 사람이라는 거죠. 게다가 내 일생을 그르칠 거잖아요. 성적이 떨어질 테니 변호사는 꿈도 못 꾸겠죠.

2부. 기분 다스리기 실전 기법

**데이비드** 자네가 변호사가 못 되었다고 해보세. 예를 들어 낙제를 해서 퇴학당했다고 가정해보자고. 그렇다고 그것이 특별히 자네가 불행해질 이유가 될까?

**에릭** 내가 오랫동안 원하던 걸 이루는 데 실패한 거잖아요.

**데이비드** 그건 자네에게 어떤 의미지?

**에릭** 삶이 공허해지는 거죠. 내가 실패자가 된다는 거죠. 무가치한 존재가 된다는 겁니다.

이 간단한 대화에서 알 수 있듯 에릭은 남에게 인정받지 못하거나 실수 또는 실패하는 것을 끔찍한 일이라고 믿고 있었다. 그는 한 사람이 자신을 우습게 여기면 모든 사람이 그러리라고 확신하는 듯했다. 마치 모든 사람이 볼 수 있도록 느닷없이 이마에 '낙오자'라는 낙인이라도 찍힌 것처럼. 인정이나 성공 여부와 상관없는 자존감이 그에게는 존재하지 않았다. 그는 다른 사람이 자기를 어떻게 바라보는지, 자기가 어떤 성과를 올리는지를 기준으로 스스로를 평가하고 있었다. 남에게 인정받고 성과를 올리려는 욕구가 충족되지 않으면 그는 자신이 아무것도 아닌 존재라고 생각했다. 자기 내면에서 진정으로 자신을 지지하고 응원해주는 것이 없었기 때문이다.

　성과와 인정에 대한 에릭의 완벽주의적 충동이 자기패배적이며 비현실적이라 여긴다면, 그 생각은 옳다. 그런데 에릭에게 이 충동은 현실적이며 합리적이었다. 우울장애를 앓고 있거나 한때 앓은 적이 있는 사람이라면 자신이 스스로를 비하하는 비논리적인 생각에 빠져 있다는 사실을 깨닫기가 얼마나 힘든지 잘 알 것이다. 실제로 우울장애를 앓는 사람은 십중팔구 자신이 정말 열등하거나 쓸모없는 존재라고 믿어 의심치 않는다. 실제로는 오히려 정반대라고 지적해주어도 거짓말로 치부한다.

불행히도 우울장애에 빠지면 남들까지 자기를 무능하고 부족한 인간이라고 확신하게 만들 수도 있다. 우울장애에 빠진 사람은 대부분 자기가 쓸모없고 결점투성이라는 말도 안 되는 믿음을 집요하게 주지시키기 때문에 친구나 가족은 물론 담당 치료사까지도 그런 생각을 받아들이게 된다. 오랫동안 정신과 의사들은 우울장애 환자들이 자기 자신에 관해 하는 말이 과연 타당한지 검증해보지도 않은 채 이들의 부정적 자기평가를 '받아들이는' 경향이 있었다. 지그문트 프로이트Sigmund Freud 같은 예리한 관찰자조차 우울장애에 대한 정통 정신분석적 접근법의 기초를 닦은 〈슬픔과 우울Trauer und Melancholie〉이라는 논문에서 이런 경향을 보인다. 이 논문에서 프로이트는 환자가 자신은 쓸모없고 아무것도 해낼 수 없으며 도덕적으로도 비열하다고 말할 때 그 말이 옳다고 보았다. 그러니 치료사가 환자의 말에 동의하지 않는 것은 부질없는 일일 터였다. 실제로 프로이트는 환자가 재미없고, 매력도 없고, 쩨쩨하며, 자기중심적이고, 정직하지 못한 사람이라는 데 치료사가 동의해야 한다고 믿었다. 프로이트에 따르면 이러한 특성이 인간의 진정한 자아를 설명해주며, 질병은 단지 그 사실을 더 분명히 해줄 뿐이었다.

환자는 우리에게 자신의 자아가 무가치하며, 어떤 것도 성취하지 못하고, 도덕적으로도 천박함을 보여준다. 그는 스스로를 꾸짖고 비판하며, 추방당하고 벌을 받으리라 예상한다. (⋯) 이렇게 자아를 단죄하는 환자를 과학이나 치료의 관점에서 반박하는 것은 똑같이 부질없을 것이다. 환자는 분명히 어떤 면에서 옳을 것이고, 자신에게 보이는 그대로를 말하고 있다. 우리는 환자의 진술 중 일정 부분을 거리낌 없이 즉각 인정해야 한다. 환자는 자신의 말 그대로 정말 흥미를 상실하고, 사랑하는 능력과 성취 능력이 결여되어 있다. (⋯) 우리가 볼 때 환자는 어떤 다른 자기질책에서도 정당한 듯하다. 그러니까 우울장애를 앓는 사람은 그렇지 않은 사람들에 비해 진실을 보는 눈이 더 예민할 뿐이다. 처절한 자기비판을 통해 스스로를 쩨쩨하고, 이기적이고, 부정직하며, 독립심이 없고, 자기 본성의 약점을 숨기는 것만이 유일한 목표인 존재라고 말할 때, 우리가 아는 한 이 사람은 스스로를 거의 이해한 것이다. 단지 어째서 인간은 우울장애를 앓고 나서야 비로소 이런 종류의 진실에 이르게 되는지 의아할 뿐이다.

– 지그문트 프로이트, 〈슬픔과 우울〉[12]

자신이 쓸모없다는 느낌이 우울장애의 기본 특징일 때, 이 무능하고 무력한 감정을 치료사가 어떻게 다루는가가 매우 중요하다. 이것은 다음과 같은 철학적인 질문과도 관련성이 크다. 인간의 본성은 본래 결함이 있는가? 우울장애 환자는 자신에 대한 궁극의 진실을 실제로 마주하는가? 그렇다면 결국 진정한 '자존감'의 원천은 무엇인가? 이것이 우리가 정면으로 부딪쳐야 할 가장 중요한 의문이라고 생각한다.

먼저, 우리의 가치는 우리가 하는 일을 통해 얻을 수 없다. 성취는 만족을 줄 수 있어도 행복을 가져다줄 수는 없다. 성취에 근거한 자부심은 진정한 자존감이 아니라 '가짜 자존감'일 뿐이다! 내 환자 중 성공했지만 우울장애에 빠진 사람이 많은데, 그들은 모두 이 말에 동의할 것이다. 부, 외모, 재능, 명성도 올바른 자존감의 토대는 되지 못한다. 마릴린 먼로Marilyn Monroe, 미국의 추상 표현주의 화가 마크 로스코Mark Rothko, 미국 배우 프레디 프린즈Freddie Prinze를 비롯해 자살로 세상을 떠난 숱한 유명인사가 이 엄혹한 진실을 입증한다. 사랑, 인정받기, 우정, 뛰어난 사교성도 내면의 가치를 형성하는 데는 전혀 도움이 되지 못한다. 우울장애에 걸린 사람 대부분은 사실 큰 사랑을 받고 있지만 그것도 아무 도움이 되지 못한다. 자기애와 자존감이 없기 때문이다. 따라서 결론은, 자존감이 우리가 어떻게 느끼는지를 결정짓는다는 것이다.

잔뜩 화가 나서 이렇게 묻는 사람도 있을 것이다. "그래서 자존감을 도대체 어떻게 얻는다는 겁니까? 솔직히 나는 내가 아주 쓸모없는 존재라고 느끼고 있으며, 남보다 나은 게 하나도 없다고 확신해요. 난 원래 그런 인간이거든요. 그러니까 안 좋은 감정을 바꿀 수 있는 뭔가가 있다는 말 따위는 전혀 믿지 않아요."

인지치료의 가장 중요한 특징 하나를 꼽는다면 '쓸모없는 존재라는 느낌을 끝까지 인정해주지 않는다'는 것이다. 치료 과정에서 나는 환자들에게 부정적 자기 이미지를 체계적으로 재평가하도록 이끈다. 다음과 같은 질문을 똑같이 몇 번씩 던진다. "자신에게 원래 패배자인 면이 있다고 계속 주장하시는데, 정말 그렇습니까?"

자신이 형편없는 사람이라고 주장할 때 가장 먼저 해야 할 일은 자신의 모습이라고 여기는 것들을 꼼꼼히 따져보는 것이다. 자신이 쓸모없다는 주장을 옹호하기 위해 내세우는 증거는 대체로 이치에 맞지 않는다.

이러한 견해는 아론 벡 박사와 데이비드 브래프David Braff 박사의 최근 연구 결과에서 나왔다. 이들은 우울장애 환자에게 사고장애가 실제로 존재함을 밝혔다. 이 연구에서는 '제때의 바느질 한 땀이 나중의 아홉 땀 수고를 덜어준다' 같은 속담의 뜻을 해석하는 문제를 제시하고, 우울장애를 앓지 않는 사람이나 조현병schizophrenia 환자와 비교할 때 우울장애 환자들이 능력 면에서 어떤 차이를 나타내는지 살펴보았다. 우울장애 환자들과 조현병 환자들은 논리적 오류를 많이 범할 뿐 아니라 속담의 뜻을 풀이하는 것도 어려워했다. 그들은 세세한 것에 지나치게 매달리느라 일반화를 정확히 해내지 못했다. 우울장애 환자들은 결함의 정도 면에서는 조현병 환자들에 비해 분명 덜 심각하고 덜 특이했지만, 정상인 실험 참가자와 비교하면 확실히 비정상이었다.

실제로 이 연구는 우울장애를 앓는 동안에는 명징한 사고력을 어느 정도 상실한다는 사실을 보여주었다. 다시 말해 우울장애 환자는 사물을 올바른 시각으로 바라보기가 힘들다. 부정적 사건이 점점 중요하게 취급되다가 마침내 현실 전체를 지배해버린다. 그리하여 지금 일어나고 있는 일이 왜곡된 것인지 분간할 수조차 없게 된다. 자신이 만들어낸 끔찍한 망상이 모두 현실로 여겨지고, 너무나 실감 나고 설득력 있다.

우울감과 비참함을 강하게 느낄수록 우리의 생각은 더욱 뒤틀린다. 그런데 반대로 정신의 왜곡이 없다면, 낮은 자존감이나 우울감은 경험할 수 없다!

자신을 경멸할 때 어떤 유형의 정신적 오류를 가장 흔히 겪을까? 3장에서 익힌 인지왜곡 목록에서 시작하는 것이 좋다. 쓸모없는 존재라고 느낄 때 가장 자주 나타나는 정신의 왜곡은 '전부 아니면 전무'라는 생각이다. 인생을 이렇게 극단적으로 재단해서 바라보면 자신이 한 일은 아주 잘했거나 아주 형편없는 것 중 하나일 뿐 다른 경우는 없다고 믿게 된다. 한 영업사원은 나에게 이렇게 말했다. "한 달 판매 목표의 95퍼센트 이상을 달성하면 괜찮지만 94퍼센트 이하면 완전 실패한 것입니다."

이렇게 전부 아니면 전무 식 자기평가는 극도로 비현실적이고 자기패배적일 뿐 아니라 심각한 불안감과 빈번한 실망감을 불러일으킨다. 우울장애에 걸려 나를 찾아온 한 정신과 의사는 우울한 기분에 빠진 2주 동안 성욕 결핍과 발기부전을 겪었다고 했다. 그의 완벽주의 성향이 전문가로서 화려한 경력은 물론 성생활까지 지배하고 있었던 것이다. 그는 결혼생활 20년 동안 이틀에 한 번이라는 계획표에 따라 규칙적으로 부부관계를 가졌다. 우울장애의 흔한 증상인 성욕 감퇴를 겪으면서도 그는 이렇게 다짐했다. '항상 계획표대로 관계를 가져야 해.' 이런 생각이 불안 증상을 낳았기 때문에 그는 점점 발기가 만족스럽게 이루어지지 않았다. 완벽한 성관계라는 실적이 무너져버리자 그는 이제 '전부'에서 '전무' 쪽으로 옮겨가 자신을 학대하며 이렇게 결론 내렸다. '이제 나는 더이상 온전한 배우자가 아니야. 실패한 남편이지. 남자도 아니라고. 아무짝에도 쓸모없는 존재야.' 그는 유능한 정신과 의사였지만 눈물을 글썽이며 나에게 이렇게 털어놓았다. "번스 박사님, 내가 다시는 부부관계를 가질 수 없다는 건 부인할 수 없는 사실이란 걸 박사님이나 나나 잘 알지 않습니까." 오랫동안 의학 훈련을 받았으면서도 그는 그런 생각을 굳게 믿었다.

## 쓸모없는 존재라는 느낌 극복하기

이렇게 말하는 사람이 있을지도 모른다. "그래요, 쓸모없는 존재라는 느낌에는 뭔가 이치에 맞지 않는 것이 도사리고 있다는 건 알겠어요. 적어도 어떤 사람들에게는 그렇겠죠. 하지만 그들은 기본적으로 성공한 사람들입니다. 나와는 다르잖아요. 번스 박사님은 유명한 의사나 성공한 사업가들을 치료하고 계실 테죠. 이런 사람들한테 자존감이 없다는 건 이치에 안 맞는 일이잖아요. 하지만 나는 어떤가요? 아무것도 아닌 평범한 존재잖아요! 솔직히 다른 사람들은 나보다 잘생기고 인기도 많고 더 성공했잖아요. 그러니 내가 뭘 할 수 있겠어요? 아무것도 없어요. 바로 그거예요! 내가 쓸모없다고 느끼는 건 실제로 맞는 얘기죠. 현실적인 이야기라고요. 그러니 이치에 맞게 '생각하라'는 말은 나한텐 거의 위로가 되지 않습니다. 나 자신을 속이지 않는 한 이런 끔찍한 감정을 떨쳐버릴 방법이 있을 거라곤 생각하지 않아요. 그래 봤자 소용없다는 건 선생님이나 나나 잘 알잖아요." 여기에서 먼저 많은 치료사가 사용하는 두 가지 대중적인 접근법을 소개한다. 하지만 이 방법들은 쓸모없는 존재라는 느낌을 물리칠 수 있는 만족스러운 해법이 아니다. 일리 있고 실제로 도움이 되는 몇 가지 방법은 그다음에 소개하겠다.

어떤 치료사들은 자신이 근본적으로 쓸모없는 존재라는 환자의 확신이 어느 정도 진실이라고 믿는다. 이런 치료사들은 치료 시간에 환자에게 스스로 무력감을 해소할 기회를 준다. 이 방식은 분명 가슴에 맺힌 감정을 어느 정도 풀어주는 이점이 있다. 카타르시스를 느끼게 하는 이 해소법은 항상 그런 것은 아니지만, 이따금 일시적으로 기분을 좋아지게 한다. 그러나 환자의 자기평가가 현실에 근거한 것인지 여부를 치료사가 객관적으로 지적해주지 않으면 환자는 치료사가 자기 생각에 동의한 것으로 결론 내릴 수 있다. 그리고 정말 환자가 옳다고 결론이 날 수도 있다! 실제로 자신뿐 아니라 의사까지 속일 수 있으니까. 그 결과 무력감은 더욱 심해질 것이다.

치료 시간에 치료사가 계속 침묵을 지키면 환자는 감정이 더욱 동요되면서 내면의 비판적 목소리에 사로잡힌다. 마치 사고력 둔화, 지각장애, 환각 등을 일으키는 감각 차단을 경험하는 것과 같다. 이렇게 치료사가 수동적 역할을 하는 비지시적 치료법은 흔히 환자의 불안과 우울 증세를 악화시킨다. 또 감정을 나눌 줄 알고 자상한 치료사를 만나 감정을 해소한 결과 기분이 나아졌다고 해도 자신과 삶을 평가하는 방식을 눈에 띄게 바꾸지 않는다면 이것은 일시적 효과일 뿐이다. 자기패배적 사고와 행동 유형을 크게 바꾸지 않으면 다시 우울장애에 빠져들기 십상이다.

감정 해소만으로 쓸모없는 존재라는 느낌을 극복하기 힘든 것처럼 질병에 대한 인식이나 심리 분석도 별로 도움이 되지 않는다. 예를 하나 들겠다. 작가 제니퍼가 소설 출간 직전마다 겪는 공황 증세를 치료하기 위해 찾아온 적이 있다. 치료 첫날 제니퍼가 말했다. "지금까지 여러 치료사를 만났어요. 그들은 내가 완벽주의에 빠져 불가능한 기대치를 갖고 스스로에게 강요하고 있다고 지적했어요. 나는 이런 성향을 어머니에게 물려받았다는 것도 깨달았어요. 어머니는 강박적이고 완벽주의자였거든요. 어머니는 믿을 수 없을 만큼 깨끗한 방에서도 더러운 곳을 열아홉 군데나 찾아낼 수 있었어요. 나는 언제나 어머니를 기쁘게 하려고 애썼지만 제대로 해냈다고 느낀 적이 거의 없어요. 치료사들은 이렇게 말하더군요. '다른 사람들을 어머니로 여기는 일을 그만두십시오! 완벽주의자 노릇은 그만두세요!' 그런데 그러려면 어떻게 해야 하죠? 나도 그렇게 되면 좋겠고, 그러고 싶어요. 하지만 어떻게 해야 하는지 아무도 얘기해주지 않아요."

제니퍼가 털어놓은 불만은 환자를 치료할 때마다 거의 매일 듣는 이야기다. 환자의 문제가 어떤 것이고 원인이 무엇인지 족집게처럼 지적해주는 것은 환자의 인식을 돕겠지만, 대부분 행동을 변화시키는 데까지는 나아가지 못한다. 이것은 놀랄 일이 아니다. 환자는 자존감을 떨어뜨리는 나쁜 정신 습관을 오랫동안 실천해온 사람들이다. 문제를 뒤집어 해결하려면 체계적이고 지속적인 노력이 필요하다. 말을 더듬는 사람이 자신의 발성법에 문제가 있음을 인식한다고 해서 말더듬증이 없어질까? 테니스 선수가 공을 네트 너머로 보내지 못한다고 지적받는다고 해서 실력이 나아질까?

심리치료에서 일반적으로 사용하는 두 가지 표준 처방, 즉 감정 해소와 질병 인식이 도움을 주지 못한다면 도대체 어떤 처방이 도움을 줄 수 있을까? 인지치료사로서 나는 쓸모없는 존재라는 느낌을 다룰 때 세 가지 목표가 있다. 환자가 '생각하고, 느끼고, 행동하는' 방식에 신속하고 결정적인 변화가 일어나도록 하는 것이다. 이 변화는 일상생활에서 실천할 수 있는 간단하고 구체적인 방법을 활용한 체계적 훈련 프로그램으로 이루어낼 수 있다. 이 프로그램을 꼬박꼬박 열심히 실천하겠다고 결심한다면, 들인 노력에 비례하는 큰 성과를 얻으리라 기대해도 좋다.

결심이 섰는가? 그렇다면 이제부터 함께 시작해보자. 여러분은 지금 자신의 기분과 자기 이미지를 개선하는 가장 중요한 첫발을 내디디려 하고 있다.

나는 자존감을 높일 수 있는 손쉽고 구체적인 기법을 많이 개발했다. 이 장을 읽어나가면서 명심할 것이 있다. 그저 책만 읽는다고 자존감이 나아질 수는 없다. 적어도 오래 지속되지는 않는다. 열심히 노력하고 실천해야 한다. 자기 이미지 향상을 위한 시간을 매일 따로 정해둘 것을 권한다. 여러분이 가장 빨리 그리고 가장 오래도록 인격 성장을 경험할 수 있는 길이기 때문이다.

## 자존감 향상을 위한 구체적 방법

### 1. 내면의 비판에 말대꾸하라!

쓸모없는 존재라는 생각은 내면의 자기비판적 대화에 의해 만들어진다. 그것은 다음과 같은 자기비하 문장으로 나타난다. "나는 아무짝에도 쓸모가 없어." "나는 형편없는 인간이야." "난 다른 사람들보다 열등해." 이 말들은 절망감과 낮은 자존감을 만들어내고 또 계속 불어넣는다. 이런 나쁜 정신 습관을 극복하려면 다음과 같은 3단계를 밟아야 한다.

1. 이런 생각이 머리를 스칠 때 이를 알아차리고 글로 적는다.
2. 어째서 이런 생각이 왜곡된 것인지 깨닫는다. 그런 다음,
3. 이런 생각에 말대꾸함으로써 현실에 근거한 자기평가 체계를 개발한다.

이를 달성하기 위한 한 가지 효과적인 방법이 바로 '세 칸 기법'이다. 종이에 세로로 두 줄을 그어 칸을 세 개 만든다(〔표 4-1〕 참조). 왼쪽 첫 칸은 '자동적 사고(자기비판)', 가운데 칸은 '인지왜곡', 오른쪽 칸은 '이성적 대응(자기방어)'이라 이름 붙인다. '자동적 사고' 칸에는 쓸모없는 존재라고 느끼며 자신을 비하할 때 떠오르는, 마음에 상처를 주는 모든 자기비판을 적는다.

예를 들어 중요한 모임에 늦었다고 하자. 마음은 납덩이처럼 무겁고 낭패감에 빠진다. 이때 스스로에게 묻는다. '지금 내 머릿속

에 어떤 생각이 스치고 있지? 나 자신한테 뭐라고 말하고 있지? 이런 생각이 기분을 나쁘게 하는 이유가 뭐지?' 그러고 나서 떠오르는 생각을 왼쪽 칸에 기록한다.

아마 이런 생각이 들지 모른다. '나는 제대로 하는 일이 아무것도 없어.' 또는 '나는 늘 늦어.' 이 생각을 왼쪽 칸에 차례로 적는다. 이런 생각이 들 수도 있다. '모두 나를 한심하게 여길 거야. 내가 멍청이라는 증거지.' 이런 생각이 머리를 스치자마자 곧바로 적어놓는다. 왜 그래야 할까? 이런 생각들이 바로 감정 동요의 원인이기 때문이다. 이 생각들은 난도질하듯 마음을 갈기갈기 찢어놓는다. 이런 느낌을 경험한 사람이라면 무슨 뜻인지 잘 알 것이다.

두 번째 단계로 넘어가자. 앞에서 3장을 읽는 동안 이미 이 두 번째 단계를 시작한 셈이다. 이 책 63~77쪽에 나온 열 가지 인지 왜곡 유형을 활용해 자동으로 떠오른 부정적 생각이 어떤 오류에 해당하는지 확인해보자. 예를 들어 '나는 제대로 하는 일이 아무것도 없어'는 지나친 일반화의 예다. 이것을 가운데 칸에 적는다. 〔표 4-1〕에서처럼 그 밖에 자동으로 떠오른 생각이 어떤 인지왜곡에 해당하는지 확인해 적는다.

기분 변화의 핵심 단계는 이제부터다. 이 표의 오른쪽 칸에 좀 더 이성적이고 덜 상처 주는 생각을 적는다. 자신이 객관적으로 타당하다고 믿지 않는 것을 합리화하거나 말함으로써 일부러 기분을 북돋우려 애쓸 필요는 없다. 그 대신 '진실'을 있는 그대로 인정하도록 노력하자. '이성적 대응' 칸에 적힌 내용을 확신할 수 없거나 현실로 받아들이지 않는다면 눈곱만큼도 도움이 되지 못한다.

| 표 4-1 | **세 칸 기법**

'세 칸 기법'을 활용하면 실수를 저질렀을 때 스스로에 대해 생각하는 방식을 재구성할 수 있다. 이 기법의 목표는 부정적 사건이 일어났을 때 마음에 자동으로 휘몰아치는 불합리하고 혹독한 자기비판을 좀 더 객관적이고 이성적인 생각으로 바꾸는 데 있다.

| 자동적 사고(자기비판) | 인지왜곡 | 이성적 대응(자기방어) |
|---|---|---|
| 나는 제대로 하는 일이 아무것도 없어. | 지나친 일반화 | 천만의 말씀! 내가 제대로 해낸 일이 얼마나 많은데. |
| 나는 늘 늦어. | 지나친 일반화 | 내가 언제나 늦는 건 아니야. 말도 안 돼. 내가 시간을 지킨 경우를 생각해봐. 앞으로 혹시 생각보다 자주 이런 일이 벌어지면 노력해서 약속시간을 잘 지킬 방법을 찾아내면 돼. |
| 모두 나를 한심하게 여길 거야. | 독심술의 오류 지나친 일반화 전부 아니면 전무라는 생각 점쟁이의 오류 | 내가 늦어서 실망한 사람이 있을지 모르지만 그렇다고 해서 세상이 끝난 건 아니야. 어쩌면 회의가 정시에 시작되지 않을 수도 있어. |
| 내가 멍청이라는 증거지. | 낙인찍기 | 힘내, 나는 '멍청이'가 아니잖아. |
| 남의 조롱거리가 되고 말 거야. | 낙인찍기 점쟁이의 오류 | 나는 '조롱거리'가 아니야. 늦으면 창피할 수는 있지만 조롱거리가 되는 것은 아니지. 누구나 가끔은 늦잖아. |

자기비판에 대한 반박 내용을 스스로 꼭 믿어야 한다. '이성적 대응'은 자동으로 떠오른 자기비판적 생각 중 무엇이 이치에 맞지 않고 무엇이 잘못되었는지 판단할 수 있도록 해준다.

예를 들어 '나는 제대로 하는 일이 아무것도 없어'라는 생각에 대해 이렇게 쓸 수 있다. '잊어버려! 나도 다른 사람들처럼 어떤 일은 잘하고 어떤 일은 못하는 것뿐이야. 약속을 못 지키긴 했지만 지나치게 확대 해석하지는 말자.'

　어떤 부정적 생각에 대한 이성적 대응을 생각해내기 어려울 때는 일단 잊고 있다가 며칠 뒤에 다시 생각해본다. 이렇게 하면 대개 동전의 뒷면을 볼 수 있게 마련이다. 한 달이나 그 이상 매일 15분씩 '세 칸 기법'을 계속하면 칸을 채우기가 점점 쉬워진다. 여러분을 괴롭히는 생각에 대해 적절한 이성적 대응을 스스로 찾기 힘들 때는 서슴지 말고 다른 사람에게 도움을 청하자.

**주의할 점**

'자동적 사고' 칸에는 자신의 감정 반응을 쓰지 말아야 한다. 대신 그런 감정을 불러일으킨 생각을 적는다. 예를 들어 자동차 바퀴의 바람이 빠졌다면 '속이 부글부글 끓었다'고 적지 않아야 한다. 이성적 대응으로 반박할 수 없기 때문이다. 실제로는 '엉망진창'이라는 감정을 느끼더라도, 이 경우에는 자동차 바퀴를 본 그 순간 마음속에 자동으로 번뜩 스친 생각을 적어넣어야 한다. 예를 들면 다음과 같다. '난 진짜 멍청해. 지난달에 진작 바퀴를 교체해야 했어.' '제기랄, 지지리 운도 없어!' 그러고 나면 '이성적 대응' 칸에 다음과 같이 써넣을 수 있다. '새 타이어를 갈아 끼우면 좋았겠지. 하지만 내가 멍청한 건 아니야. 미래를 정확히 내다볼 수 있는 사람은 아무도 없어.' 이런 과정이 자동차 바퀴에 바람을 넣어주지는 않겠지만 적어도 바람 빠진 바퀴처럼 풀 죽은 자아로 바꾸지는 않는다.

'자동적 사고' 칸에 감정을 적지 않는 것이 좋은 반면, 기분이 얼마나 개선되었는지 알아보기 위해 세 칸 기법을 활용하기 전과 후에 '감정 점수 매기기'를 해보면 큰 도움이 된다. 방법은 쉽다. 먼저 자동적 사고를 기록하기 전에 자신이 얼마나 속이 상했는지 0~100퍼센트까지 점수로 매긴다. 앞의 예에서라면 바람 빠진 바퀴를 보는 순간 80퍼센트 분통이 터졌다고 적을 수 있다. 그런 다음 세 칸 기법의 항목을 다 채우고 나면, 이제 얼마나 마음이 가라앉았는지를 40퍼센트 등으로 기록한다. 수치가 내려갔다면 이 방법이 효과가 있었다는 뜻이다.

아론 벡 박사는 조금 더 정교한 '역기능적 사고 일일 기록법'을 개발했는데, 여기에는 마음을 상하게 하는 생각뿐 아니라 이 생각을 일으킨 감정과 부정적 사건까지 기록한다([표 4-2] 참조).

예를 들어 여러분이 보험 판매원이라고 하자. 잠재 고객 한 사람이 까닭 없이 욕을 퍼붓고 전화를 끊어버렸다. 이때 이 표의 '상황' 칸에 실제 사건을 적는다. 단 '자동적 사고' 칸에는 사건을 써넣지 않는다. 다음 각 해당 칸에 자신의 감정과, 이 감정을 자아낸 부정적이고 왜곡된 생각, 그리고 인지왜곡 유형을 써넣는다. 마지막으로 이 생각에 말대꾸하고, '감정 점수 매기기'를 한다. 어떤 사람은 세 칸 기법보다 역기능적 사고 일일 기록법을 더 선호한다. 이 방법을 활용하면 부정적 사건, 생각, 감정을 체계적으로 분석할 수 있기 때문이다. 어느 쪽이든 자신에게 맞는다고 느껴지는 방법을 이용하면 된다.

부정적 생각과 이성적 대응을 기록하다 보면 자신이 무지하고

## | 표 4-2 | 역기능적 사고 일일 기록법

| | |
|---|---|
| 상황 | 불쾌한 감정에 이르게 한 실제 사건을 간략히 적는다.<br>보험 신상품을 잠재 고객에게 설명하는 도중 고객이 "빌어먹을, 당장 전화 끊으라고!" 하며 전화를 끊어버렸다. |
| 감정 | 1. 슬픔, 불안, 화 등을 구체적으로 적는다.<br>2. 감정의 정도를 0~100%로 평가한다.<br>화 99%<br>슬픔 50% |
| 자동적 사고 | 그런 감정을 동반하는 부정적 사고를 적는다.<br>1. 나는 보험 판매는 못 해낼 거야.<br>2. 이 작자를 목 졸라 죽이고 싶어.<br>3. 내가 고객한테 설명을 잘못한 게 틀림없어. |
| 인지왜곡 | 자동적 사고에 나타난 인지왜곡을 기록한다.<br>1. 지나친 일반화<br>2. 침소봉대, 낙인찍기<br>3. 지나친 비약으로 결론 내리기, 개인화 |
| 이성적 대응 | 자동적 사고에 대한 이성적 대응을 적는다.<br>1. 지금까지 판매한 보험이 한둘이 아니잖아.<br>2. 골칫거리 고객을 만난 거지. 누구나 골칫거리 노릇을 할 때가 있잖아. 나한테 책임을 돌릴 필요는 없어.<br>3. 새 고객에게 늘 하던 방법대로 한 거야. 속앓이할 것 없어. |
| 결과 | 모든 항목을 채운 이후에 느끼는 감정의 정도를 0~100%로 평가한다.<br>화 50%<br>슬픔 10% |

ⓒ 1979, Aaron T. Beck

• 설명: 불쾌한 감정을 느낄 때 이것을 만들어냈다고 여겨지는 상황을 기록한다. 그런 다음 이 감정과 관련한 자동적 사고를 기록한다. 감정의 정도를 평가할 때 점수 : 1=가장 약함, 100=가장 강렬함을 나타낸다.

무능하며 심지어 겉만 번지르르한 족속이라는 생각에 시달릴 수도 있다. 어떤 환자처럼 처음부터 거부 반응을 보일 수도 있다. "그래 봤자 무슨 소용이 있겠어요? 전혀 효과가 없을 거예요. 왜 그런지 아세요? 난 진짜 아무 가망 없고 쓸모없는 존재거든요."

이런 태도는 자기충족적 예언만 굳힐 뿐이다. 연장을 쓰지 않으면 일을 해낼 수 없는 법이다. 우선 2주 동안 매일 15분씩 자동적 사고와 이성적 대응을 기록한 다음 번스우울진단표를 이용해 자신의 기분이 얼마나 변화했는지 확인해보자. 아마도 인격 성장이 시작되고 자기 이미지도 건전한 변화를 겪기 시작했음을 깨닫고 놀랄 것이다.

다음은 비서로 일하는 젊은 여성 게일이 실제로 경험한 일이다. 게일은 자존감이 너무 낮아 친구들에게 비난을 받을까 봐 항상 노심초사했다. 집에서 파티를 연 뒤에 룸메이트가 방 치우는 일을 거들어달라고 도움을 청하자, 감수성이 지나치게 예민한 게일은 그 말을 자신에 대한 비난으로 여기고 자신이 따돌림받는 쓸모없는 존재라는 느낌에 시달렸다. 상담 초기부터 게일은 자기 증세가 나아질 가능성이 없다고 비관하고 있었다. 내가 세 칸 기법을 해보라고 권유했지만 그녀는 받아들이려 하지 않았다. 결국 마지못해 세 칸 기법을 해본 게일은 자신의 자존감과 기분에 빠른 변화가 일어나는 것을 깨닫고 깜짝 놀랐다. 게일은 하루 종일 머릿속을 오간 수많은 부정적 생각을 적는 일이 객관적 사고방식을 키우는 데 도움을 주었다고 말했다. 게일은 부정적 사고를 심각하게 받아들이는 버릇을 중단하게 되었다. 이렇게 매일 기록하는 훈련을 한 결

## | 표 4-3 | 게일의 세 칸 기법 숙제

왼쪽 칸은 룸메이트가 방 정리를 해달라고 요청했을 때 머릿속에 자동으로 떠오른 부정적 생각을 기록한 것이다. 가운데 칸에는 그것이 어떤 인지왜곡 유형인지 기록했고, 오른쪽 칸에는 좀 더 현실적인 판단을 적어놓았다. 매일 이렇게 훈련한 결과, 게일은 인격적으로 크게 성장했으며 정서적으로도 매우 안정되었다.

| 자동적 사고(자기비판) | 인지왜곡 | 이성적 대응(자기방어) |
|---|---|---|
| 내가 얼마나 정리를 안 하고 이기적인지 다들 알아. | 지나친 비약으로 결론 내리기(독심술의 오류) 지나친 일반화 | 나는 가끔 정리를 안 하긴 하지만 가끔은 정리정돈을 잘해. 모든 사람이 나에 대해 똑같이 생각하지는 않을 거야. |
| 나는 철저히 자기중심적이고 배려심 없는 사람이야. 아무짝에도 쓸모가 없어. | 전부 아니면 전무라는 생각 | 나는 가끔 배려심이 없지만, 가끔은 사려 깊기도 해. 가끔 너무 자기중심적으로 행동하는 것뿐이야. 이건 고칠 수 있어. 나는 불완전하기는 하지만 '쓸모없는' 사람은 아니야. |
| 룸메이트가 날 미워하나 봐. 난 진정한 친구가 하나도 없어. | 지나친 비약으로 결론 내리기(독심술의 오류) 지나친 일반화 | 내 우정도 다른 사람들처럼 진실해. 나는 가끔 친구들의 비판을 받을 때 나를 따돌린다고 받아들여. 하지만 대개는 다들 나를 따돌리지 않아. 그 애들은 내 행동이나 내 말이 싫다고 표현하는 것뿐이야. 나중에는 나를 받아주잖아. |

과, 게일은 기분이 점점 나아졌고 대인관계도 부쩍 향상되었다. 〔표 4-3〕은 게일의 숙제에서 발췌한 내용이다.

게일의 경험은 유별난 것이 아니다. 부정적 생각에 대한 이성적 대응을 매일 써보는 간단한 훈련이야말로 인지치료의 핵심이다. 이것은 우리의 사고를 변화시키는 가장 중요한 방법 중 하나라고 할 수 있다. 핵심은 자동적 사고와 이성적 대응을 반드시 '기록해야' 한다는 것이다. 이 과정을 머릿속으로만 하면 안 된다. 생각에 대한 대응을 머릿속에서만 맴돌게 하기보다는 직접 써보는 것이 객관성을 더욱 높여준다. 또 직접 써보면 우울장애를 일으키는 정신의 오류가 어떤 것인지 알게 된다. 세 칸 기법은 자신이 쓸모없는 존재라는 무력감은 물론 왜곡된 생각이 핵심 원인인 광범위한 기분장애에도 적용된다. 그리하여 파산이나 이혼 또는 심각한 정신질환 등 흔히 완전히 '현실적인 것'이라고 여기기 쉬운 문제에서도 고통이나 증상을 개선할 수 있다. 마지막으로, 여러분은 이 책 4부 우울장애 예방과 인격 성장에서 자동적 사고 기법을 약간 변형한 방법을 이용해 감정 기복의 원인이 잠복해 있는 정신 부위를 꿰뚫어보는 방법을 익힐 수 있다. 그렇게 하면 애초에 여러분을 우울장애에 빠뜨린 마음속 급소를 밝혀내고 변화시킬 수 있을 것이다.

## 2. 정신의 바이오피드백

두 번째 방법은 손목 계수기를 이용해 자신의 부정적 생각을 관찰하는 것이다. 단추를 누를 때마다 계기반의 숫자가 올라간다. 부정적 생각이 날 때마다 단추를 누르면 된다. 하루를 마감할 때 그날의 총점을 확인해 일지에 기록한다.

처음에는 점수가 점점 늘어날 것이다. 갈수록 자기비판적 사고를 능숙하게 분간해낼 수 있기 때문에 이 현상은 보통 며칠 동안 계속된다. 일주일 또는 열흘 동안 일일 총점이 최고로 높아져 변하지 않다가 그 이후에는 이윽고 점차 총점이 내려가기 시작할 것이다. 이것은 해로운 생각이 줄어들고 증상이 개선되고 있다는 의미다. 이렇게 되기까지는 대개 3주가량 걸린다.

이처럼 간단한 방법이 효과를 발휘하는 이유는 분명히 밝혀지지 않았지만, 체계적인 자기관찰이 자제력을 길러주기 때문이 아닌가 싶다. 자신에게 부정적인 말을 쏟아붓는 일을 멈추면 기분이 훨씬 좋아지는 것이 느껴질 것이다.

그런데 주의할 점이 있다. 앞서 내면의 비판에 말대꾸하기에서 설명한 매일 15분씩 부정적 생각을 기록하고 거기에 대한 이성적 대응을 적어보는 일을 중단하고, 그것을 대신해 손목 계수기 기법만 사용해서는 안 된다는 것이다. 기록하는 방식은 자신을 괴롭히는 생각이 말도 안 된다는 사실을 명명백백히 드러내 보여주기 때문에 결코 빠뜨리면 안 된다. 일단 기록을 규칙적으로 하고 있다면, 그다음에 평소 고통스러운 사고가 싹트는 것을 미연에 방지하기 위해 손목 계수기를 활용할 수 있다.

### 3. 움츠리지 말고 맞서라!: 스스로 '나쁜 엄마'라고 생각하는 여성

앞의 두 가지 방법을 읽고 이런 의문이 들지도 모른다. '여기서 다루는 건 모두 내 '생각'뿐이야. 하지만 내가 느끼는 문제가 실제로 존재하는 거라면 어떡해? 현실이 그런데 다르게 생각한다고 무슨 소용이 있겠어? 내가 진짜로 쓸모없는 존재라는 게 문제인데.'

두 아이의 엄마인 서른네 살의 낸시 역시 그런 생각을 했다. 6년 전 이혼한 낸시는 최근 재혼을 했고, 대학을 마치기 위해 시간제 일을 하며 공부하고 있다. 낸시는 언제나 생기발랄하고 열정적이며 가족에게도 헌신적이다. 그러나 오래전부터 우울장애를 앓고 있었다. 낸시는 우울 증세가 일어나는 기간에는 극단적으로 자기 비판적이며 남에게도 비판적이었고, 자기의심과 불안 증세를 나타냈다.

낸시가 얼마나 호되게 자기를 질책하는지 알고 나도 놀랄 정도였다. 어느 날 낸시는 아들이 학교생활에 적응하지 못하고 있다는 담임선생의 통지를 받았다. 낸시의 첫 반응은 움츠러들면서 자신을 비난하는 것이었다. 다음은 치료 시간 중 낸시와 나눈 대화를 발췌한 것이다.

**낸시** 보비가 공부도 안 하고 학교에 적응하지 못하는 걸 보니 진작 숙제를 도와줄걸 후회가 돼요. 선생님을 만나봤는데 보비가 자신감이 없고 선생님의 지시를 제대로 따르지 못한다네요. 결국 숙제도 엉망이었죠. 선생님의 얘기를 들은 이후로는 수도 없이 자책감이 들고 기가 확 꺾였어요. 좋은 엄마라면 매일 저녁 아이 곁에서 공부를 도와줘야 한다는 생각이 자꾸 들어요. 보비는 거짓말을 하고 성적도 나쁜데, 다 내 탓이에요. 보비를 어떻게 해야 할지 모르겠어요. 난 정말 나쁜 엄마예요. 보비가 공부를 못해 낙제할 것 같은데, 전부 내 잘못이라는 생각이 들어요.

나는 낸시가 자기 상상 속에서 위험한 자기비판을 하고 있다고 판단했다. 이런 자기비판은 내면에 분노를 일으켜 스스로를 무기력하게 하고, 보비를 위기에서 구출하려는 노력을 방해한다. 내가 가장 먼저 한 조치는 낸시에게 '나는 나쁜 엄마야'라는 말에 맞서게 한 일이다.

데이비드 좋아요. 방금 "나는 나쁜 엄마예요"라고 하셨는데, 뭐가 어떻다는 건가요?

낸시 글쎄요…….

데이비드 '나쁜 엄마'라는 게 있나요?

낸시 그럼요.

데이비드 '나쁜 엄마'의 정의가 뭐라고 생각하세요?

낸시 나쁜 엄마란 아이를 제대로 못 키우는 사람이죠. 나쁜 엄마는 다른 엄마처럼 엄마 노릇을 잘하지 못해 아이를 나쁜 길로 빠지게 하는 엄마예요. 확실해요.

데이비드 그러니까 낸시가 말하는 '나쁜 엄마'는 엄마 노릇에 능력과 요령이 부족한 사람이겠군요. 그렇게 정의를 내리는 거죠?

낸시 네, 엄마 노릇에 능력과 요령이 부족한 사람들이 있어요.

데이비드 그렇지만 모든 엄마가 어느 정도는 능력과 요령이 부족하잖아요.

낸시 그런가요?

**데이비드** 모든 면에서 엄마 노릇을 잘하는 사람은 세상에 없습니다. 그러니까 누구나 어떤 점에서는 엄마 노릇을 하는 능력과 요령이 부족합니다. 낸시의 정의대로라면 모든 엄마는 나쁜 엄마가 되겠네요.

**낸시** 내가 나쁜 엄마라는 거죠. 다른 사람이 모두 그렇다는 건 아니에요.

**데이비드** 자, 그러면 다시 정의를 내려볼까요. '나쁜 엄마'란 어떤 사람인가요?

**낸시** 자기 아이를 이해하지 못하거나 아이에게 해를 입히는 잘못을 계속 저지르는 엄마요.

**데이비드** 지금 내린 정의대로라면 낸시는 '나쁜 엄마'가 아니고, 세상에 '나쁜 엄마'란 없군요. 아이에게 해를 입히는 잘못을 계속 저지르는 사람은 아무도 없으니까요.

**낸시** 그런 사람은 아무도 없다고요……?

**데이비드** 나쁜 엄마란 아이에게 해를 입히는 잘못을 계속 저지른다고 하셨지요? 하루 24시간 내내 잘못만 저지르는 사람은 아무도 없습니다. 모든 엄마가 일부라도 제대로 해낼 수 있죠.

**낸시** 글쎄요, 신문에서 보셨겠지만 아이에게 벌주고 폭력을 휘두르는 부모도 있어요. 그런 부모 밑에서 크는 아이들은 망가지죠. 그런 아이의 엄마는 분명 나쁜 엄마예요.

**데이비드** 폭력을 휘두르는 부모도 있죠. 그건 사실입니다. 그렇지만 그런 부모도 잘못을 고칠 수 있어요. 그러면 자신은 물론 아이들의 삶도 나아지죠. 그러니까 그런 부모가 끊임없이 아이를 학대하고 망친다고만 말하는 건 실제 현실과 다릅니다. 그런 부모한테 '나쁜 부모'라는 낙인을 찍는 것도 도움이 안 되죠. 그런 사람들은 공격적인 성향이 있어서 자제력을 키우는 훈련이 필요합니다. 그렇지만 그런 사람들에게 '당신의 문제는 당신이 나쁜 사람이라는 겁니다'라고 납득시키려 하면 문제가 더 심각해질 뿐이죠. 그런 사람은 대부분 이미 자신이 썩어빠진 인간이고, 그게 자기의 문제라고 믿고 있어요. 그런 사람에게 '나쁜 엄마'라는 딱지를 붙이는 것은 정확하지 않을 뿐 아니라 무책임한 겁니다. 마치 불을 끄겠다며 휘발유를 퍼붓는 것과 같아요.

이 대목에 이르러 나는 낸시가 자신에게 '나쁜 엄마'라는 낙인을 찍음으로써 스스로를 망치고 있음을 보여주려 했다. 낸시가 '나쁜 엄마'의 정의를 어떻게 내리든 그것은 실제 현실과 다르다는 점을 알려주고 싶었다. 스스로 기를 꺾고 쓸모없는 존재라는 낙인을 찍는 파괴적 성향을 버리면, 이제 아들 보비의 학업을 도울 전략을 세울 수 있을 것이다.

낸시 그렇지만 여전히 난 내가 '나쁜 엄마'라는 느낌이 들어요.
데이비드 좋아요, 다시 정의를 내려볼까요?
낸시 나쁜 엄마는 아이에게 충분한 관심을, 그러니까 긍정적 관심을 기울이지 않는 사람을 말합니다. 난 내 공부 때문에 너무 바빠요. 아이에게 관심을 기울이려 해도 부정적인 쪽으로만 관심을 보이지 않을까 두려워요. 어떻게 될지 누가 알겠어요? 내가 하려던 말은 이거예요.

**데이비드** '나쁜 엄마'란 아이에게 충분히 관심을 기울이지 않는 사람이다, 이런 뜻이죠? 맞나요?

**낸시** 아이가 살아가면서 잘하도록 말이죠.

**데이비드** 모든 면에서 잘하도록? 아니면 몇 가지 면에서요?

**낸시** 몇 가지 면에서요. 모든 면에서 잘하는 사람은 없으니까요.

**데이비드** 지금 보비는 몇 가지 면에서 잘하고 있나요? 보비가 눈에 띄게 잘하는 면도 있지 않나요?

**낸시** 그럼요. 보비가 좋아하고 잘하는 건 많아요.

**데이비드** 그렇다면 아이가 많은 면에서 잘하고 있으니까 낸시는 '나쁜 엄마'일 수가 없군요.

**낸시** 그런데 왜 내가 나쁜 엄마라는 느낌이 드는 걸까요?

**데이비드** 낸시가 스스로 '나쁜 엄마'라는 낙인을 찍는 데는 이런 이유가 있는 것 같아요. 더 많은 시간을 아이와 함께 보내고 싶기 때문에, 그러다 보니 가끔 자기가 쓸모없는 사람으로 느껴지기 때문에, 분명 아이와 의사소통하는 법을 개선해야 할 필요가 있기 때문에 그런 거예요. 그렇지만 자기가 '나쁜 엄마'라고 자동으로 결론을 내리는 것은 문제 해결에 도움이 되지 않아요. 이해가 되세요?

**낸시** 보비에게 더 관심을 기울이고 보살펴주면 보비는 학교생활을 잘할 테고 더 행복할 거예요. 보비가 학교생활을 잘 못하면 그게 다 내 잘못인 것처럼 느껴져요.

**데이비드** 그러니까 보비가 잘못되는 것에 책임을 물으려는 것이군요.

낸시 그렇죠. 내 잘못이에요. 그러니까 난 나쁜 엄마예요.

데이비드 보비의 성적도 낸시의 책임인가요? 보비의 행복도?

낸시 아니죠. 성적은 내가 아니라 보비가 올리는 거죠.

데이비드 말이 되나요? 보비의 잘못은 엄마 책임이지만, 보비의 장점은 엄마 책임이 아니라는 거군요?

낸시 말이 안 되네요.

데이비드 내 말의 요점을 아시겠어요?

낸시 네.

데이비드 '나쁜 엄마'는 추상적인 표현입니다. 세상에 '나쁜 엄마' 같은 것은 없어요.

낸시 맞아요. 하지만 나쁜 일을 저지르는 엄마도 있죠.

데이비드 인간이니까 그런 거겠죠. 사람들은 온갖 일을 다 합니다. 좋은 일, 나쁜 일, 좋지도 나쁘지도 않은 일. '나쁜 엄마'는 환상일 뿐이에요. 그런 것은 없습니다. 의자는 하나의 물건이죠. 그렇지만 '나쁜 엄마'는 추상적인 겁니다. 이해하시겠어요?

낸시 알겠어요. 그렇지만 어떤 엄마는 더 경험이 많고 어떤 엄마는 남들보다 더 잘해내요.

데이비드 네, 사람마다 부모 노릇을 하는 능력에 수준 차이가 있습니다. 그리고 대부분의 사람은 개선할 여지가 많습니다. 그러니까 도움이 되는 질문을 던지려면 '나는 좋은 엄마인가 나쁜 엄마인가?'가 아니라 '나의 능력과 약점은 상대적으로 어떠한가? 개선할 점이 무엇일까?'여야 합니다.

## | 표 4-4 | 낸시의 두 칸 기법 과제

보비의 학교생활 평가가 나빠졌을 때 낸시의 '두 칸 기법' 과제에 기록된 내용이다. 이 것은 '세 칸 기법'과 비슷하지만, 자동적 사고에 담겨 있는 인지왜곡을 기록할 필요가 없다는 점에서 차이가 있다.

| 자동적 사고(자기비판) | 이성적 대응(자기방어) |
|---|---|
| 나는 보비한테 관심을 기울이지 못했어. | 사실 나는 보비와 너무 많은 시간을 보내. 과잉 보호를 하고 있어. |
| 보비의 숙제를 돌봐주어야 했어. 보비는 지금 생활이 엉망이고 학교 갈 준비도 못하고 있어. | 숙제는 내가 아니라 보비가 해야 해. 어떻게 하면 생활을 계획성 있게 할 수 있는지 설명해줄 수 있을까? 내가 할 일은 뭘까?<br>1. 숙제 검사<br>2. 정해진 시간에 숙제하도록 하기<br>3. 어려운 점이 무엇인지 묻기<br>4. 잘잘못에 따른 보상을 정해주기 |
| 좋은 엄마라면 매일 저녁 아이와 뭔가 활동을 함께해야 해. | 틀렸어. 시간이 날 때마다, 또 하고 싶을 때마다 같이 있어줬는데 항상 효과가 있는 건 아니었어. 게다가 시간표는 보비가 짜야 하는 거야. |
| 보비가 말썽을 부리고 성적이 좋지 않아. 이건 내 책임이야. | 나는 보비에게 옳은 방향을 일러줄 수 있을 뿐이야. 나머지는 보비의 몫이야. |
| 내가 도와주었다면 보비가 학교생활에 문제를 겪지 않았을 텐데. 보비의 숙제를 미리 봐줬다면 이런 일은 일어나지 않았을 거야. | 그렇지 않아. 내가 아무리 봐준다 해도 문제는 생기게 마련이야. |
| 난 나쁜 엄마야. 보비한테 일어난 문제는 다 나 때문에 생긴 거야. | 나는 나쁜 엄마가 아냐. 노력하고 있잖아. 보비한테 일어나는 모든 문제를 내가 처리해낼 수는 없어. 보비하고 선생님하고 각각 대화를 나눠보면 보비를 어떻게 도울지 방법을 찾을 수 있을 거야. |
| 다른 엄마들은 아이와 잘해나갈 텐데, 나는 보비하고 잘해나갈 방법을 모르겠어. | 지나친 일반화야! 틀렸어! 움츠러들지 말고 맞서 해결해야 해! |

**낸시** 알겠어요. 이런 식으로 보니까 이해가 되고 기분도 나아지네요. 나를 '나쁜 엄마'로 낙인찍으면 내가 쓸모없는 것 같고 우울해지고 생산적인 일은 아무것도 못할 것처럼 느껴져요. 이제 무슨 말씀을 하시려는지 알겠어요. 일단 내 탓 하기를 그치면 기분도 좋아질 뿐 아니라 보비에게 도움되는 일을 할 수 있을 거예요.

**데이비드** 바로 그겁니다! 그런 태도로 상황을 바라보면 이제 현실 문제를 어떻게 처리할지 얘기해볼 수 있을 겁니다. 가령 낸시에게는 어떤 양육 기술이 있나요? 그 기술을 더 개선하려면 어디서부터 시작해야 할까요? 보비와 관련해 내가 권하려는 게 바로 이겁니다. 자신을 '나쁜 엄마'로 바라보면 스스로 감정 에너지를 갉아먹고, 엄마 노릇 기술을 개선하는 과제에서 점점 멀어집니다. 무책임한 일이죠.

**낸시** 맞아요. 그런 말로 나 자신을 벌하는 짓을 멈추면 내 기분도 훨씬 좋아지고 보비를 제대로 도울 수 있을 거예요. 스스로 나쁜 엄마라고 손가락질하는 것을 멈추는 순간 기분도 나아지기 시작할 거예요.

**데이비드** 그래요. 그러면 이제 자신을 '나쁜 엄마'라고 부르고 싶은 충동을 느낄 때 대신 뭐라고 말할 수 있을까요?

**낸시** '보비한테 내가 특별히 싫어하는 점이 있거나 학교생활에 문제가 있다고 해서 내 자아 전체를 미워할 필요는 없어.' 이렇게 말할 수 있어요. 문제를 '정의'하고, 문제에 '대처'하고, 해결하는 쪽으로 노력할 수 있어요.

**데이비드** 맞습니다. 그게 바로 긍정적이고 적극적인 접근법이죠. 부정적 자기진술을 반박하고 긍정적 자기진술을 늘려나가는 겁니다. 잘하고 계십니다.

이어서 우리는 보비의 담임선생을 만난 뒤 낸시가 〔표 4-4〕에 기록한 '자동적 사고'에 어떻게 대응할지 이야기를 나누었다. 자기 비판적 사고에 반박하는 방법을 익히면서 낸시는 그동안 절실했던 정서적 안정을 누릴 수 있었다. 그런 다음 낸시는 보비의 문제를 해결할 수 있는 구체적인 방안을 마련할 수 있게 되었다.

낸시가 시도한 첫 번째 대처법은 보비와 직접 대화를 나눔으로써 진짜 문제가 무엇인지 파악하는 일이었다. 보비는 담임선생의 말대로 어려움을 겪고 있는 것일까? 보비는 그 문제를 스스로 어떻게 이해하고 있을까? 보비가 너무 긴장하고 자신감이 없다는 것이 사실일까? 요즘 숙제가 특별히 어려웠던 것은 아닐까? 이렇게 사정을 파악해서 실제 문제를 확인한 결과 낸시는 적절한 해결책을 내놓을 수 있었다. 예를 들어 어떤 과목이 특별히 어렵다고 말하면 집에서 따로 공부를 더 하도록 격려하기 위해 적절한 보상을 해주는 방법을 써볼 수 있었다. 낸시는 자녀 양육 기술에 관한 책도 여러 권 읽었다. 이후 보비와 관계도 나아졌고 보비의 학교 성적과 품행도 크게 달라졌다.

낸시의 문제는 자신을 지나치게 포괄적인 시각으로 바라보면서 도덕적으로 나쁜 엄마라고 단죄했다는 데 있다. 이런 식의 비판법은 우리를 무력하게 만든다. 자신의 개인적 문제가 너무 크고 심각해서 누구도 어찌할 수 없는 지경에 이르렀다는 인상을 만들어 내기 때문이다. 이런 낙인찍기는 정서적 혼란을 불러일으킴으로써 진짜 문제를 밝혀내지 못하게 하고, 구체적으로 살펴볼 수 없게 하며, 적절한 해결책을 생각할 수도 없게 한다. 낸시가 계속 움츠러들기만 했다면, 분명히 보비는 갈수록 나빠지고 낸시는 더욱 무력해졌을 것이다.

낸시가 깨달은 점을 여러분 각자의 상황에 어떻게 적용할 수 있을까? 이 사례에서 알 수 있는 것은 여러분 스스로 자기비하에 빠져 '바보' '엉터리' '멍청이' 등 부정적 낙인으로 자신의 정체성을 규정하려 들 때, 그것이 과연 실제로 무엇을 의미하는지 따져 물으면 큰 도움이 된다는 점이다. 일단 이런 낙인을 물고 늘어져 꼬치꼬치 따지고 들면 얼마나 근거 없고 무의미한가를 알 수 있다. 이런 낙인은 혼동과 절망감을 안겨줌으로써 문제를 모호하게 만든다. 하지만 일단 낙인을 제거하면 실제로 어떤 문제가 존재하는지 밝혀 거기에 대처할 수 있다.

## 요약

우울한 기분에 빠졌을 때는 스스로 자신이 원래부터 못났다거나 '아무짝에도 쓸모없다'고 생각한다. 심해지면 자신이 속속들이 형편없으며 근본적으로 무가치하다고 확신한다. 이런 생각을 믿으면 결국에는 절망과 자기혐오라는 극단적 정서 반응을 경험한다. 자신이 참을 수 없도록 역겹고 혐오스러워서 차라리 죽는 게 낫겠다고 생각할 수도 있다. 수동적이고 무기력해져서 정상 생활을 두려워하거나 회피할 수도 있다.

스스로에 대한 가혹한 생각은 우리의 감정과 행동에 이런 부정적인 결과를 초래하므로, 이때 해야 할 첫 번째 행동은 자신이 쓸모없는 존재라는 생각을 되뇌지 않는 것이다. 그러나 그런 생각들이 틀렸고 현실과 맞지 않다는 사실을 완전히 확신하기 전까지는 아마 그런 생각을 멈추지 못할 것이다.

이런 부정적 생각을 멈추려면 어떻게 해야 할까? 우리는 먼저 인간의 삶이란 끊임없이 변화하는 신체뿐 아니라 빠른 속도로 변하는 무수한 생각, 감정, 행동과 밀접히 연관되어 있는 계속 진행 중인 과정임을 염두에 두어야 한다. 삶은 변화를 경험하는 끝없는 흐름이다. 인간은 사물이 아니다. 낙인은 전혀 부정확하며, 구체성이 없을 뿐 아니라 우리를 억압하는 역할을 한다는 것은 바로 이런 이유 때문이다. 사실 '쓸모없다' '열등하다' 따위의 추상적 낙인은 어떤 도움도 되지 않으며 아무런 의미도 없다.

하지만 여전히 자신이 이류 인간이라고 고집하는 사람도 있을 것이다. 그렇게 믿는 근거가 무엇일까? 이런 이유를 댈지도 모르겠다.

"나는 내가 못난이처럼 느껴져요. 그러니까 난 못난이가 틀림없어요. 그렇지 않다면 왜 이런 견딜 수 없는 감정에 꽉 차 있겠어요?" 이 사람은 지금 감정에 근거한 추론이라는 오류를 저지르고 있다. 우리의 감정이 우리의 가치를 결정할 수는 없다. 감정이란 단지 편안한지, 불편한지 같은 상대적 상태만을 나타낼 뿐이다. 마음속 상태가 비참하다고 해서 그 사람이 실제로 형편없고 쓸모없는 비참한 사람이라는 증거는 될 수 없다. 단지 이 사람이 자기 자신을 그렇게 생각하고 있다는 것만 말해줄 뿐이다. 잠시 우울한 기분에 빠진 탓에 자신에 대해 이치에 맞지 않고 비합리적인 생각을 하고 있을 따름이다.

가령 기분이 고양되고 행복하다면 그것은 자신이 위대하고 가치 있는 사람이라는 증거일까, 아니면 그저 기분이 좋다는 뜻일까?

감정이 우리의 가치를 결정할 수 없듯 생각이나 행동 역시 우리의 가치를 결정하지 못한다. 그중에는 긍정적이고 창조적이며 건전한 것도 있지만, 대부분 좋지도 나쁘지도 않다. 그 밖에 비합리적이고 자기기만적이며 부적절한 생각이나 행동도 있을 수 있다. 이런 것들은 우리가 열심히 노력하면 고칠 수 있다. 그런데 분명한 사실은 이런 것들이 곧 그 사람이 쓸모없는 존재임을 뜻하지도, 뜻할 수도 없다는 것이다. 세상에 쓸모없는 인간은 없다.

"어떻게 해야 자존감을 키울 수 있나요?" 하고 묻는 사람도 있을 것이다. 답은 이렇다. 일부러 그렇게 할 필요는 없다! 자존감을 만들어내거나 얻겠다며 굳이 그럴 법한 뭔가를 할 필요는 없다. 우리가 할 일은 비판하고 선동하는 내면의 목소리의 스위치를 끄는 것뿐이다. 어째서? 우리 안의 비판하는 목소리야말로 잘못된 것이기 때문이다! 내면의 자기학대는 불합리하고 왜곡된 생각에서 솟아난다. 쓸모없는 존재라는 느낌은 진실에 근거한 것이 아니라 우울장애의 핵심에 도사리고 있는 종기일 뿐이다.

따라서 감정이 동요할 때는 다음 세 가지 핵심 단계를 명심하자.

1. 자동으로 떠오르는 부정적인 생각에 관심을 집중하고 기록한다. 이런 생각이 머릿속에서 윙윙거리지 못하게 종이 속에 가둬놓는다!

2. 열 가지 인지왜곡 유형을 되풀이해서 읽는다. 이것들이 어떻게 사물을 왜곡하고 과장하는지 꼼꼼히 익혀둔다.

3. 자신을 경멸하게 만드는 생각을 그런 생각이 거짓임을 보여주는 더 객관적인 생각으로 대체한다. 이렇게 하면 기분이 나아질 것이다. 자존감이 커지고 쓸모없는 존재라는 느낌이 (그리고 당연히 우울장애도) 사라질 것이다.

# 5.
# 아무것도 안 하기:
# 어떻게 이겨낼 것인가?

앞 장에서 우리는 생각을 바꾸면 기분도 변화할 수 있음을 배웠다. 이제 기분을 개선하는 데 놀라운 효과를 발휘하는 두 번째 접근법을 알아보자. 인간은 '생각하는 존재'일 뿐 아니라 '행동하는 존재'다. 그러므로 행동하는 방식을 변화시키면 감정을 느끼는 방식도 크게 바꿀 수 있다는 것은 놀라운 일이 아니다. 그런데 여기에는 딱 한 가지 문제가 있다. 그것은 바로 우울장애에 빠지면 움직이고 싶어하지 않는다는 것이다.

우울장애의 가장 파괴적인 면 중 하나는 의지력을 마비시킨다는 것이다. 가벼운 상태라면 하기 싫은 일을 뒤로 미루는 정도이지만 의욕 상실이 심해지면 사실상 거의 모든 활동이 어렵게 느껴져서 아무것도 하지 않으려는 충동에 휩싸인다. 해내는 일이 거의 없고 감정도 점점 악화된다. 자극과 즐거움을 주는 일상의 원천을 멀리할 뿐 아니라 생산성의 감퇴로 자기혐오가 심해지고 그 결과 고립감과 무력감도 더욱 커진다.

자신이 마음의 감옥에 갇혀 있음을 깨닫지 못할 경우 이런 상황은 몇 주, 몇 달, 심하면 몇 년씩 계속될 수 있다. 한때 에너지를 발휘하며 살아가는 데 자부심을 느낀 사람이라면 이런 무력감은 더욱 큰 절망을 부르게 마련이다. 당신이 '아무것도 안 하기'에 빠지면 여러분의 행동을 이해하지 못하는 가족과 친구들에게도 영향을 끼친다. 그들은 여러분이 스스로 우울감에 빠져 있고 싶거나 '뒤처져' 있고 싶어하는 게 아니냐고 말한다. 이런 말은 여러분을 더욱 분노하게 만들고 마비 상태를 더 심화시킬 뿐이다.

'아무것도 안 하기'는 인간의 본성이 얼마나 역설적인지 보여준다. 어떤 사람은 엄청난 열정으로 살아가지만, 어떤 사람은 무슨 일을 하든 자신을 해치는 음모에 가담하기라도 한 듯 스스로를 망치며 뒤처지기만 한다. 왜 그럴까?

누구든 강제로 몇 달간 모든 활동과 대인관계를 끊고 고립된 삶을 살게 되면 심한 우울장애에 빠질 것이다. 실험 결과, 어린 원숭이도 동료와 떨어져 작은 창살 안에 갇히면 발육이 느리고 움츠러든다. 그런데 어째서 이와 똑같은 벌을 일부러 스스로에게 내리는 걸까? 고통받고 싶어서일까? 인지 기법을 활용하면 의욕이 감퇴하는 정확한 이유를 찾을 수 있다.

우울장애 치료에 종사하는 동안 내가 맡은 환자들 중에 스스로 자기개선을 위해 노력하는 사람은 크게 좋아졌다. 스스로를 돕겠다는 자세로 뭔가를 하는 한 어떤 일을 하는지는 별로 중요하지 않을 때도 있다. 처음에는 '가망이 없어' 보였지만 종이에 뭔가를 표시하는 간단한 방법만으로 큰 도움을 받은 두 환자가 있었다. 그 중 한 사람은 화가인데 몇 년간 스스로 직선을 긋는 일조차 할 수 없다고 굳게 믿고 있었다. 그 결과 그는 선을 그으려는 시도조차 하지 않았다. 그의 담당 의사는 그가 믿는 것이 사실인지 실제로 선을 그어서 시험해보자고 했다. 그래서 그가 선을 다시 그어보니 바로 되었고, 증상도 곧 사라졌다! 우울장애 환자 중 많은 수가 스스로를 돕는 어떤 일을 해보기를 완강히 거부하는 단계를 겪는다. 이 심각한 의욕 감퇴 문제가 해결되는 순간, 보통 우울 증세가 줄어들기 시작한다. 의지 마비의 원인을 찾는 데 연구를 집중하는 이유도 바로 이 때문이다. 이렇게 알아낸 지식을 바탕으로 우리는 환자의 지연 행동, 즉 꾸물거리는 행동을 개선할 수 있는 몇 가지 구체적인 방법을 개발해왔다.

최근 내가 치료한 까다로웠던 두 환자의 경우를 살펴보자. 두 사람은 극심한 '아무것도 안 하기' 때문에 자신들이 틀림없이 '미치광이'일 거라는 잘못된 결론을 내렸다. 여러분은 자신이 그들과는 전혀 다르다고 생각할지도 모른다. 그러나 실제로는 그들의 문제역시 여러분과 비슷한 삶의 태도 때문에 생겨났고, 그러니 남의 문제로 여겨서는 안 된다고 나는 믿는다.

환자 A는 28세의 여성으로, 다양한 활동에 대해 그녀의 기분이 어떻게 반응하는지 검사를 받았다. 검사 결과, 거의 어떤 일이든 하기만 하면 기분이 나아지는 것으로 나타났다. 기분을 확실히 향상시키는 활동에는 집 안 청소하기, 테니스 치기, 출근하기, 기타 연습하기, 저녁 찬거리 사기 등이 포함되었다. 그런데 한 가지만은 그녀의 기분을 더 나쁘게 만들었다. 이 한 가지를 할 때는 거의 매번 마음이 비참해졌다. 무슨 일인지 짐작이 가는가? 바로 '아무것도 안 하기'다. 하루 종일 침대에 누워 천장만 뚫어지게 바라보며 부정적인 생각을 불러들이는 것이다. 그렇다면 그녀는 주말에는 무슨 일을 할까? 그렇다! 토요일 아침부터 침대 속에서 뭉개며 마음속 지옥으로 떨어지기 시작한다. 설마 그녀가 정말 고통을 느끼고 싶어서 일부러 그런다고 생각하는가?

환자 B는 내과 의사인데, 그녀는 치료 초기부터 자신의 입장을 분명히 알려주었다. 그녀는 치료 시간 사이사이마다 증상 개선을 위해 스스로 얼마나 노력하는지가 회복 속도를 좌우한다는 사실을 이해하고 있다고 말했다. 그리고 지난 16년간 우울장애로 고문에 가까운 고통을 겪어왔기 때문에 세상 그 무엇보다도 병이 낫기를 절실히 원한다고 힘주어 말했다. 그런데 치료를 받으러 올 때만큼은 행복을 느끼지만, 스스로 손가락 하나라도 까딱하는 노력을 해보라고는 하지 말라고 신신당부했다. 만일 내가 자기더러 5분간 자기개선 과제를 하라고 밀어붙이면 자살해버릴 거라고 했다. 그녀는 자기 병원 수술실에서 꼼꼼히 계획했다며 너무나도 끔찍한 자살 방법을 자세하게 털어놓았다. 상태가 정말 심각한 게 분명했다. 그녀는 도대체 왜 스스로 노력하지 않겠다고 결심한 걸까?

보통의 경우 사람들이 일을 질질 끄는 습관은 아마 그리 심각한 수준은 아닐 것이며, 공과금 납부나 치과 가기처럼 사소한 일에서만 그럴 것이다. 또는 직장에서 비교적 간단하지만 경력에서는 중요한 업무 보고서를 끝내느라 애를 먹을 수도 있다. 하지만 곤혹스러운 의문이 드는 것은 마찬가지다. 어째서 우리는 자신에게 도움이 되지 않는 이런 행동을 자주 하는 걸까?

지연 행동과 문제를 오히려 키우는 이런 자기패배적 행동은 보는 시각에 따라 우습거나, 불만스럽거나, 곤혹스럽거나, 짜증나거나, 애처롭게 여겨질 수 있다. 나는 이것을 우리가 매일 이곳저곳에서 마주칠 정도로 흔한 아주 인간적인 특성으로 생각한다. 작가, 철학자, 그리고 역사를 통틀어 인간의 본성에 관심이 많던 사람들은 자기패배적 행동을 설명하기 위한 몇 가지 가설을 수립하려고 애써왔다. 유명한 이론으로는 다음과 같은 것이 있다.

1. 우리는 근본적으로 게으르다. 이것은 그냥 우리의 '천성'이다.
2. 우리는 스스로를 해치고 스스로에게 고통을 주고 싶어한다. 우울장애에 빠지든지 자기파괴, 즉 '죽고 싶다'는 충동을 느끼든지 둘 중 하나다.
3. 우리는 '소극적인 공격성'을 지녔다. 아무것도 하지 않음으로써 주변 사람을 골탕 먹이려 한다.
4. 우리는 질질 끌거나 아무것도 하지 않는 것으로부터 어떤 '이익'을 얻고 있음이 분명하다. 예컨대 우리는 우울장애에 빠졌

을 때 주변의 모든 관심이 자신에게 쏠리는 것을 즐긴다.

이 같은 유명한 가설은 제각기 다른 심리학 이론에서 나온 것이다. 하지만 모두 틀렸다! 첫 번째는 '특성' 모델이다. 활동성 상실은 고정된 성격의 특성이며, 이것은 '게으른 성향'에서 나온다는 것이다. 이 이론은 아무 설명도 없이 이 증상에 낙인을 찍는다는 것이 문제다. 스스로를 '게으르다'고 낙인찍는 것은 부질없는 자기 패배적 행위다. 스스로를 무너뜨리는 길이다. 의욕 상실이 타고난 기질이라서 회복 불가능하다는 잘못된 인상을 만들어내기 때문이다. 이런 식의 사고는 타당한 과학 이론이라 할 수 없으며, 오히려 전형적인 인지왜곡(낙인찍기)이다.

두 번째 모델은 지연 행동에 만족스럽고 바람직한 것이 있기 때문에 스스로를 해치고 고통받고 싶어한다는 설명이다. 워낙 터무니없어서 굳이 여기에 포함시킬지 망설였지만, 많은 심리치료사가 이 이론을 적극 지지하고 있다는 점을 무시할 수 없었다. 만일 자신이나 다른 누군가가 우울장애에 걸려 '아무것도 안 하기' 상태에 빠지는 걸 좋아할지도 모른다는 생각이 들면, 우울장애야말로 인간이 겪는 가장 괴로운 고통임을 상기하자. 설마 그 고통이 뭐 그렇게 대단하겠느냐고? 지금까지 나는 우울장애의 고통을 정말로 즐기는 환자를 단 한 사람도 만나보지 못했다.

확신은 안 들지만 자신이 혹시 고통과 괴로움을 즐기는 것이 아닌가라는 생각이 든다면, 종이 클립을 이용해 시험해보기 바란다. 종이 클립 한 끝을 길게 편 다음 손톱 밑에 밀어넣는다. 점점 세게 밀어넣을수록 고통이 얼마나 극심해지는지 느낄 수 있을 것이다. 이제 스스로에게 물어보자. 이것이 정말 즐길 만한가? 난 진짜로 고통받는 걸 좋아하는가?

세 번째 '소극적인 공격성' 가설은 우울장애 행동이 '내면화된 분노'에서 나온다고 믿는 많은 치료사의 생각을 대변한다. 질질 끄는 행위는 억눌린 적개심의 표현으로 보일 수 있는데, 아무것도 하지 않는 모습이 흔히 주변 사람을 짜증스럽게 만들기 때문이라는 것이다. 이 이론의 한 가지 문제점은 대부분의 우울장애 환자나 지연 행동 환자들은 특별히 분노를 느끼지 않는다는 것이다. 분노도 때때로 의욕을 상실하게 하지만 대개는 주원인이 아니다. 환자의 가족이 환자의 우울장애 때문에 좌절감을 느낄 수도 있지만, 환자가 가족들에게서 이런 식의 반응을 이끌어내려고 의도하지는 않는다. 오히려 환자들은 가족을 실망시킬까 봐 두려워한다. 환자가 의도적으로 아무것도 하지 않음으로써 가족을 괴롭히려 한다는 해석은 환자에 대한 모욕일 뿐 아니라 사실이 아니다. 이런 견해는 환자의 고통을 더욱 심화시킬 뿐이다.

마지막으로 지연 행동으로 '이익'을 얻는다는 주장은 최근의 행동주의적 심리학의 이해 방식이다. 이 이론에 따르면 우리의 기분과 행동은 우리를 둘러싼 환경이 우리에게 주는 보상과 징벌의 결과물이다. 어떤 사람이 우울감을 느끼고 아무것도 안 하기에 빠진다면, 여기에는 결국 어떤 방식으로든 보상이 발생한다는 것이다.

이 이론에는 약간의 진실이 있다. 우울장애를 앓는 이들은 종종 주변 사람들에게 상당한 격려와 위안을 받는다. 그러나 우울장애 환자들은 남의 관심을 무시하는 경향이 있기 때문에 주변의 관심을 거의 즐기지 못한다. 우울장애에 빠진 사람에게 사랑한다는 말을 해주면 그는 아마 이렇게 생각할 것이다. '이 사람은 내가 얼마나 형편없는 인간인지 모르는구나. 나에게 그런 말은 과분해.' 이처럼 실제로 우울장애와 무기력증은 아무런 보상을 얻지 못하므로 네 번째 이론 역시 틀렸다.

그렇다면 의욕을 상실하는 진짜 이유를 어디서 찾아야 할까? 기분장애를 연구해보면 단기간에 개개인의 의욕 수준이 급격히 변화하는 것을 관찰할 수 있다. 늘 낙관적 태도로 창조적 에너지를 뿜어내던 사람도 일단 우울장애에 걸리면 노인처럼 무기력해지고 자리에 드러누워 꼼짝 않는 상태로 위축된다. 급격한 기분 변화의 원인을 추적하면 인간의 행동 의욕의 수수께끼를 풀 수 있는 귀중한 단서를 모을 수 있다. 이제 스스로에게 이렇게 물어보자. "끝내지 못한 과제를 생각하는 순간 어떤 생각이 머릿속에 떠오르지?" 이제 생각나는 것을 적어보자. 적응하지 못하는 태도, 오해, 잘못된 판단 등 여러 가지가 드러날 것이다. 무감각, 불안, 위압감 등 의욕을 떨어뜨리는 감정은 생각이 왜곡된 결과로 생겨난다는 사실도 알게 될 것이다.

〔표 5-1〕은 전형적인 '무기력 순환 과정'이다. 이 환자의 마음에는 부정적인 생각이 떠오르고 있다. 그는 이렇게 혼잣말을 한다. "나는 천성이 패배자라 실패할 수밖에 없어. 그러니 뭘 하든 아무 소용 없어." 우울장애에 빠졌을 때는 이런 생각이 너무나 확실하고 설득력 있게 여겨져 스스로를 꼼짝 못하게 만들며, 스스로를 못났

다고 여기고, 의기소침해지고, 자기혐오와 절망감에 휩싸인다. 다음에는 이 부정적인 감정을 증거 삼아 자신의 비관적 태도가 타당하다고 여기고 인생관마저 바꾸어버린다. 뭘 하든 망칠 뿐이라고 굳게 믿기 때문에 시도조차 포기하고 침대에 드러누워 있기만 한다. 침대에 가만히 누워 천장을 응시하며 잠들기만 바라고, 사업이 망할 지경인데도 방치하고 있다는 것을 뼈저리게 자각한다. 혹시 나쁜 소식을 들을까 봐 전화도 받지 않는다. 그리하여 인생이 온통 지겹고 불안하고 비참한 데다 다람쥐 쳇바퀴 도는 것 같다고 느껴진다. 이 악순환은 거기서 헤어날 방법을 찾지 못하는 한 끝없이 계속된다.

〔표 5-1〕에서 보듯 우리의 생각, 감정, 행동은 서로 주고받는 관계다. 그리고 감정과 행동은 생각과 태도에서 비롯된다. 마찬가지로 감정과 행동양식은 매우 다양한 방식으로 우리의 지각에 영향을 끼친다. 이 모델에 따르면 모든 감정 변화는 궁극적으로 인지에 의해 일어난다. 즉 생각하는 방식에 긍정적 영향을 끼친다면 행동을 변화시켜 자신의 감정을 개선할 수 있을 것이다. 그러므로 의욕상실의 근원인 자기패배적 태도가 거짓된 것임을 즉시 자각할 수 있을 정도로 행동을 변화시킨다면 자기패배적 마음 자세도 변화할 수 있다. 마찬가지로 생각하는 방식을 바꾸면 일에서도 일상생활에서도 기분이 나아질 것이고, 이것이 다시 우리의 사고방식에 더욱 강력하게 긍정적 효과를 발휘할 것이다. 그 결과 우리는 무기력의 순환 과정을 생산성의 순환 과정으로 바꿀 수 있다.

다음은 '지연 행동'이나 '아무것도 안 하기'와 가장 밀접한 관련

| 표 5-1 | **무기력 순환 과정**

자기패배적인 부정적 생각은 비참함을 느끼게 한다. 이 고통스러운 감정은 다시 왜곡되고 비관적인 생각이 실제로 타당하다고 확신하게 만든다. 이와 마찬가지로 자기패배적인 생각과 행동 역시 돌고 돌면서 서로를 강화한다. 아무것도 안 하기가 불러오는 안 좋은 결과들은 문제를 더욱 악화시킨다.

**자기패배적인 생각**

'나는 뭘 하든 되는 일이 없어. 에너지가 생기지 않아. 의욕도 없어. 시도를 해봤자 실패할 거야. 모든 일이 너무 어려워. 무슨 일을 하든 결과는 만족스럽지 않을 거야. 뭐든 하고 싶은 마음이 들지 않아. 그러니까 할 필요 없어. 잠시 침대에 누워 있다 잠들면 잊을 수 있겠지. 그게 더 쉬운 일이잖아. 휴식이 최선이야.'

**자기패배적인 감정**

피곤하고, 지루하고, 무감각해지고, 자기혐오에 빠지고, 낙담하고, 죄의식을 느끼고, 무력감에 빠지고, 쓸모없는 사람 같고, 위압감에 사로잡힌다.

**자기패배적인 행동**

침대에 틀어박힌다. 사람을 만나지 않을 뿐 아니라 즐거움을 느낄 만한 활동은 모두 피한다.

**무기력 악순환의 결과**

친구들에게서 고립된다. 그리하여 자신이 실제로 패배자라고 확신한다. 생산성이 떨어지니 자신이 정말 쓸모없다고 굳게 믿는다. 갈수록 깊이 의욕을 상실한다.

이 있는 마음 상태의 유형이다. 여러분도 다음 유형 중 한 가지 이상 해당하는 것이 있을지도 모른다.

## 1. 절망감

우울장애에 빠지면 당장의 고통에 얼어붙은 나머지 예전의 기분 좋았던 때를 완전히 잊어버리고, 앞으로 기분이 나아질 수 있다는 것을 상상조차 하지 못한다. 그리하여 자신의 의욕 상실과 압박감이 영원할 것이라고 굳게 믿기 때문에 어떤 활동도 소용이 없다고 여긴다. 이런 시각을 지닌 사람에게 무엇이든 '스스로 돕는' 노력을 해보라고 권해봤자 마치 죽어가는 사람에게 기운 차리라고 말하는 것처럼 터무니없고 무의미하게 들린다.

## 2. 무력감

운명, 호르몬 주기, 식습관, 행운, 다른 사람들의 평가 등 자신이 통제할 수 있는 영역 밖의 요인 때문에 기분이 나빠진 것이라고 확신하고 있으므로 무엇을 하든 감정 상태가 개선되지 않는다.

## 3. 스스로 기 꺾기

스스로 기를 꺾어 아무것도 하지 못하게 하는 데는 몇 가지 방식이 있다. 우선 자신이 할 일의 난이도를 해내기 불가능해 보일 정도로 부풀릴 수 있다. 일을 감당할 수 있는 작은 개별 단위로 나누어서 한 걸음씩 완성하는 것이 아니라 뭐든 단번에 해치워야 한다고 생각하기도 한다. 당장 해낼 수 없는 데다 급하지 않은 다른 일

2부. 기분 다스리기 실전 기법

에 매달려 정작 급한 일에 주의를 기울이지 못할 수도 있다. 이것이 얼마나 이치에 맞지 않는지는 평생 먹어야 할 음식의 양을 식사 때마다 머리에 떠올린다고 생각해보면 생생히 느낄 수 있을 것이다. 눈앞에 고기, 채소, 아이스크림이 몇 톤씩 쌓여 있고 음료 수천 리터가 놓여 있다고 상상해보자. 이 엄청난 양을 죽기 전까지 모조리 먹어치워야 한다! 이제 식사할 때마다 이렇게 혼잣말을 한다고 해보자. "한 끼 먹는 건 물동이에 물 한 방울 더하는 정도밖에 안 되겠군. 이 엄청난 음식을 어떻게 다 먹을 수 있겠어? 오늘 밤에 햄버거 하나 먹는 정도로는 아무 소용 없겠어." 아마 속이 울렁거리고 기가 질려서 식욕이 싹 달아나고 위장이 오그라들지도 모르겠다. 지금 질질 끌고 있는 일을 생각할 때도 자신도 모르는 사이에 이와 똑같은 행동을 하고 있는 셈이다.

## 4. 지나친 비약으로 결론 내리기

요령 있게 움직여서 만족스러운 결과를 얻는 능력이 자기에게는 없다고 느끼는 데는 이유가 있다. "난 해낼 수 없어" 또는 "하고 싶기는 하지만……" 하는 말버릇 때문이다. 우울장애를 앓는 한 여성에게 애플파이를 구워보라고 제안하자 이런 대답이 돌아왔다. "나는 더 이상 요리를 할 수가 없어요." 그녀가 실제로 하고 싶은 말은 이런 것이었다. "요리에 재미를 느끼지 못할 것 같다는 느낌이 들어요. 그리고 무척 어려울 것 같아요." 하지만 그녀는 실제로 파이 하나를 구워보고는 생각과 달리 파이 굽는 일이 무척 재미있고 전혀 어려운 일이 아니라는 것을 알고 놀랐다.

## 5. 스스로 낙인찍기

지연 행동이 심해질수록 자기를 못난이로 폄하하는 정도가 심해진다. 이것은 자신감을 더욱 갉아먹는다. 자신을 '꼼지락쟁이' '게으름뱅이'로 낙인찍게 되면 문제는 더 복잡해진다. 효과적으로 일하는 능력이 부족한 것이 '진짜 자기'라고 간주함으로써 자신한테서는 기대할 것이 거의 또는 전혀 없다고 자동으로 생각하게 된다.

## 6. 보상을 과소평가하기

우울장애에 빠지면 의미 있는 활동을 시작하기가 어려워지곤 한다. 일이 몹시 어렵게 여겨져서만이 아니라 수고에 비해 보상이 별거 아닐 거라고 느끼기 때문이다.

이렇게 만족과 즐거움을 느끼는 능력이 감퇴된 증상을 '무쾌감증anhedonia'이라고 한다. 흔한 사고의 오류, 즉 긍정적인 것을 인정하지 않는 성향이 이 문제의 근원에 자리잡고 있을 가능성이 있다. 이런 사고의 오류가 어떤 식으로 이루어지는지 기억나는가?

한 회사원은 내게 자신이 하루 종일 한 일 중 어떤 것에서도 만족을 못 느낀다고 하소연했다. 그날 오전에 어떤 고객에게 전화를 걸었는데 통화 중이었다고 한다. 전화를 끊으면서 그는 이렇게 혼잣말을 했다. "시간만 낭비했군." 점심시간이 되기 전에 그는 중요한 사업 상담을 성공적으로 끝마쳤다. 이번에는 이렇게 혼잣말을 했다. "우리 회사의 누구라도 이 정도는 해내겠지. 아니, 더 잘해낼 거야. 워낙 쉬운 일이니까. 내가 기여한 것은 별로 없어." 이 사람이 만족감을 느끼지 못한 이유는 언제나 자신의 노력을 평가절하하는 쪽을 택하기 때문이다. "그건 중요하지 않아"라는 고약한 말버릇은 어떤 성취감도 느끼지 못하게 한다.

## 7. 완벽주의

완벽주의는 합당하지 않은 목표와 기준을 세워 스스로를 좌절로 내몬다. 정말 놀라운 성과를 내지 않는 한 불만스럽게 받아들이기 때문에 아무것도 하지 못했다는 식으로 결론 내리기 일쑤다.

## 8. 실패를 두려워함

우리를 마비시키는 또 하나의 마음 자세는 실패에 대한 두려움이다. 노력하고도 성공하지 못하는 것은 개인적으로 돌이킬 수 없는 패배라고 생각하기 때문에 시도 자체를 아예 거부하는 것이다. 실패를 두려워하는 데는 몇 가지 사고의 오류가 연관되어 있다. 가장 흔한 오류는 지나친 일반화다. '이 일에 실패하면 다른 일에도 실패할 거야'라고 생각하는 것이다. 물론 이런 일은 있을 수 없다. 하는 일마다 실패하는 사람은 아무도 없다. 누구든 제각기 승리와 패배의 몫이 있다. 흔한 말로 승리는 달콤하고 패배는 쓰다는 것이 사실이라 해도, 어떤 일에 실패한다는 것이 치명적인 독이 될 이유는 없으며 그 쓴맛도 영원하지는 않다.

　실패를 두려워하게 하는 두 번째 마음 자세는 얼마나 노력했는가는 도외시한 채 오직 결과로 성과를 평가할 때 생겨난다. 이것은 이치에 맞지 않으며, '과정 지향'이 아니라 '결과 지향'임을 보여준다. 내 경우를 예로 들어 설명해보겠다. 심리치료사로서 나는 오직 내가 하는 말, 그리고 환자와 소통하는 방법만 관장할 수 있다. 치료 시간 때 나의 노력에 환자가 어떻게 반응하는가는 관장할 수 없다. 내가 말을 하고 환자와 소통하는 것은 과정이다. 각 환자들이 여기에 어떤 반응을 보이는가는 결과다. 이번 치료 시간에 큰 도움을 받았다고 답하는 환자들이 있는가 하면, 어떤 환자들은 그다지 도움이 되지 못했다고 말한다. 이때 나의 노력을 결과만으로 평가한다면 나는 환자가 효험을 볼 때마다 신바람이 나고, 환자가 부정적인 반응을 보일 때마다 좌절감과 열등감을 느낄 것이다. 그러면 나의 감정은 롤러코스터를 탄 것 같아서 자존감이 예측할 수 없을 정도로 끝없이 오르락내리락할 것이다. 하지만 내가 관장할 수 있는 것은 오직 치료 과정에서 환자에게 제공하는 부분뿐이라고 스스로 인정하면, 매 치료 시간의 결과와 상관없이 자부심을 갖고 꾸준히 좋은 치료를 해나갈 수 있다. 결과 대신 과정을 기준으로 내가 하는 일을 평가하는 법을 익힌 것은 개인적으로 거둔 큰 성공이다. 나는 환자가 내게 부정적인 대답을 할 때도 거기서 뭔가를 배우려 하고, 내가 오류를 범할 때도 창밖으로 뛰어내리는 대신 잘못을 고치려 노력한다.

## 9. 성공을 두려워함

자신감을 잃으면 성공이 실패보다 오히려 더 위험하게 여겨진다. 성공이 우연히 일어난 것이라고 확신하기 때문에 자신이 그런 식으로 계속해나가지 못할 거라고 굳게 믿으며, 성과를 올려도 남의 기대만 헛되이 높일 뿐이라고 느낀다. 게다가 자신이 근본적으로

'실패자'라는 끔찍한 사실이 드러나면 실망감, 낭패감, 고통은 더욱더 극심할 것이라고 여긴다. 이처럼 결국에는 절벽 아래로 떨어질 것이라고 확신하기 때문에 아예 산에 오르지 않는 편이 안전하다고 여기는 것이다.

사람들이 더 큰 요구를 할 것이라고 예상해서 성공을 두려워할 수도 있다. 사람들의 요구를 충족시키기가 불가능하다고 굳게 믿기 때문에 성공은 자신을 위험하고 불가능한 상황으로 몰아넣을 뿐이라고 생각한다. 그리하여 어떤 약속도 하지 않고 어떤 일에도 엮이지 않으려 한다.

## 10. 반감과 비판을 두려워함

새로운 일을 시도하는 과정에서 어떤 실수나 잘못을 저지를 경우 강한 반감과 혹독한 비판에 직면할 것이라고 생각한다. 자신이 인간적이고 불완전한 존재로 드러나면 아끼는 사람들이 자신을 인정하지 않을 것이라고 믿기 때문이다. 거부당할 위험이 몹시 커 보이기 때문에 최대한 자기를 드러내지 않음으로써 스스로를 보호하려 한다. 어떤 노력도 하지 않으면 실수할 일도 없을 테니까.

## 11. 의무감과 분개

의욕의 가장 큰 적은 강요된 의무감이다. 어떤 일을 실행에 옮겨야 한다는 (자신의 안팎에서) 극심한 압박을 느끼는 것이다. 이러한 의무감은 도덕주의자처럼 굴며 '해야 한다' '그래야만 한다'는 말로 자신에게 동기부여를 할 때 생긴다. '이것을 해야만 해' '저것을 꼭 해야 해'라고 스스로를 다그칠 때 우리는 의무감, 부담감, 긴장, 분개심, 죄의식을 느낀다. 마치 폭군 같은 보호관찰관의 훈육을 받는 비행 청소년의 심정이 되는 것이다. 매사 이런 불쾌한 감정의 영향을 받기 때문에 도저히 일을 제대로 할 수 없다. 그러면 일을 질질 끌게 되고, 스스로를 게으른 못난이라고 비난하게 된다. 이러한 악순환은 우리의 에너지를 더욱더 고갈시킨다.

## 12. 욕구 좌절에 대한 인내심 부족

자기 문제를 해결해서 목표점에 빨리 단번에 이르러야 한다고 생각하면, 살아가면서 장애물을 만날 때마다 미칠 듯한 공황과 분노 상태에 빠지게 된다. 일이 어려워지면 일정한 시간을 들여서 끈질기게 계속 노력하기보다는 세상의 '불공평함'에 보복하겠다는 마음뿐, 일은 완전히 포기해버리는 것이다. 이런 현상을 나는 '자격 증후군'이라 부른다. 자신에게 성공, 사랑, 인정, 완벽한 건강, 행복 등을 누릴 특권이 있는 것처럼 느끼고 행동하기 때문이다.

욕구 좌절은 우리 머릿속의 이상과 현실을 비교하는 습관에서 비롯된다. 이 두 가지가 서로 일치하지 않을 때 우리는 현실을 탓한다. 현실을 구부리고 뒤틀기보다는 자신의 기대를 변화시키는 것이 훨씬 쉽다는 생각은 하지 못한다.

이러한 욕구 좌절은 흔히 '꼭 해야 한다' 식 사고 때문에 일어난다. 예를 들어 조깅을 하면서 이런 생각을 한다. '그동안 뛴 거리로 보면 지금쯤은 몸이 더 좋아져야 해.' 정말로 그럴까? 어째서 그래야만 하는가. 꾸짖고 요구하는 이런 말들이 더 분발해서 노력하도록 자신을 몰아붙임으로써 자신에게 도움이 될 거라고 믿지만 망상일 뿐이다. 그런 식으로는 효과를 보기 어렵다. 욕구 좌절은 무력감만 더하고, 모든 것을 포기하고 아무것도 하지 않으려는 충동만 강화할 뿐이다.

## 13. 죄의식과 자기비난

자신이 나쁜 사람이거나 다른 사람의 기대를 저버리는 사람이라는 확신에 사로잡히면, 당연히 일상생활을 영위해나갈 의욕을 잃어버린다. 최근에 치료한 한 환자는 외롭게 사는 나이 지긋한 여성으로, 시장을 보거나 요리를 하거나 친구들과 어울리면 기분이 한결 나아진다는 것을 알면서도 하루 종일 침대에 누워 지낸다. 어째서 그럴까? 그녀는 상냥하고 매력적인 여성이지만 5년 전 딸이 이혼한 책임이 자신에게 있다고 생각했다. 그녀는 이렇게 말했다. "딸네 집에 갔을 때 사위와 마주 앉아 이야기를 나눠봐야 했어요. 별일 없느냐고 꼭 물어봤어야 했는데. 그랬다면 내가 도움이 될 수 있었을 거예요. 그러고 싶었는데 기회를 만들지 못한 거죠. 그 애들이 나 때문에 그렇게 되었다고 느껴져요." 이런 생각이 어째서 이치에 맞지 않는지 함께 따져보자 그녀는 바로 기분이 좋아졌고 활력을 되찾았다. 인간이기 때문에, 신이 아니기 때문에 그녀는 미래를 내다볼 수 없었고 어떻게 개입해야 할지도 정확히 알 수 없었던 것이다.

이제 이런 생각이 들 수도 있다. '그래서 어쩌라고? 아무것도 안 하기가 불합리하고 자기패배적이라는 건 나도 알아. 이 책에 나온 마음 상태 중 몇 가지가 나한테 해당된다는 것도 인정해. 하지만 사탕밀로 가득 찬 수영장을 헤엄쳐가는 느낌이란 말야. 이 압박감이 모두 나의 태도 때문에 생긴 것이라고 하지만, 벽돌 수천 톤이 짓누르는 것 같은 느낌이 들어. 그러니 내가 뭘 할 수 있겠어?'

의미 있는 활동이라면 그것이 무엇이든 기분을 밝게 할 좋은 기회가 된다. 그 이유가 무엇인지 아는가? 만일 우리가 아무것도 하지 않는다면 우리는 부정적이고 파괴적인 생각의 홍수에 휩쓸리고 만다. 반대로 뭔가를 하면 스스로를 깎아내리는 내면의 대화에서 잠시 벗어날 수 있다. 더욱 중요한 점은 자기주도감, 즉 스스로 자신을 이끌고 관리한다는 느낌을 경험함으로써 애초에 자신의 발목을 잡던 왜곡된 많은 생각이 틀렸음을 입증할 수 있다는 사실이다.

다음은 자기주도 활동을 위한 기법이다. 이 중 자신에게 가장 맞다고 여겨지는 몇 가지를 선택해 한두 주 동안 시행해보자. 이 기법을 모두 완벽하게 익힐 필요는 없다! 한 사람의 구원이 다른 사람에게는 저주가 될 수도 있다. 각자 자신의 지연 행동에 가장 잘 들어맞는 방법을 사용하자.

### 일일 활동 계획표

일일 활동 계획표([표 5-2])는 단순하지만 효과적이다. 이 표는 무기력과 무감정에 맞서 싸울 때 체계적으로 해낼 수 있도록 돕는다. 표는 두 부분으로 나뉜다. '계획' 칸에는 매일 자신이 하고 싶은 일을 시간 단위로 적는다. 비록 이 중 일부만 실천한다고 하더라도 날마다 할 일의 방법을 짜는 단순한 행동 자체만으로 큰 도움이

2부. 기분 다스리기 실전 기법

| 표 5-2 | 일일 활동 계획표

| 계획 | 결과 |
| --- | --- |
| 하루를 시작할 때 그날의 활동 계획을 시간대별로 기록한다. | 하루를 마감할 때 그날 실제로 한 일을 기록하고 각 활동을 '해냄'과 '즐거움'으로 평가한다. |

날짜 :

| 시간 | | |
| --- | --- | --- |
| 8~9 | | |
| 9~10 | | |
| 10~11 | | |
| 11~12 | | |
| 12~1 | | |
| 1~2 | | |
| 2~3 | | |
| 3~4 | | |
| 4~5 | | |
| 5~6 | | |
| 6~7 | | |
| 7~8 | | |
| 8~9 | | |
| 9~12 | | |

• '해냄'과 '즐거움'은 0~5의 점수로 평가한다. 수치가 높을수록 만족감이 큰 것을 나타낸다.

된다. 계획은 세밀할 필요 없다. 각 시간대별로 하려는 일을 한두 단어로 적으면 된다. '옷 갈아입기, 점심 먹기, 이력서 쓰기' 등. 계획표를 채우는 데 5분 이상 걸리지 않도록 한다.

하루를 마감할 때는 이 표의 '결과' 칸을 채운다. 각 시간대별로 이날 실제로 한 일을 적는다. 아마 계획했던 것과 같거나 다를 것이다. 그냥 벽을 보고 있었다 해도, 그렇게 했다고 적어넣는다. 덧붙여 각 활동에 대해 '해냄' 또는 '즐거움'으로 평가한다. '해냄'은 이를 닦고, 저녁에 요리를 하고, 차를 몰고 일터로 가는 등의 일을 해냈음을 말한다. '즐거움'에는 책을 읽고, 식사를 하고, 영화를 보러 간 것 등의 활동이 포함된다. 각 활동에 대해 '해냄'이나 '즐거움'이라고 기록한 후에는 일의 실제 만족도 또는 난이도를 0~5까지 등급으로 매긴다. 예를 들어 옷 갈아입기처럼 쉬운 과제에는 '해냄-1'을 부여하고, 과식하지 않기, 구직 활동하기와 같이 어렵고 벅찬 일에는 '해냄-4'나 '해냄-5'를 매긴다. '즐거움' 역시 같은 방식으로 등급을 매길 수 있다. 우울장애에 빠지기 전에는 즐거운 활동이었지만 지금은 거의 또는 전혀 즐거움을 느끼지 못했을 경우 '즐거움-0.5'나 '즐거움-0'이라고 점수를 매긴다. 요리 같은 활동은 '해냄'과 '즐거움' 두 가지 점수를 다 매길 수 있다.

이렇게 단순한 활동 계획표가 어째서 도움이 된다는 것일까? 첫째, 다양한 활동의 가치를 끊임없이 의심하고 어떤 일을 할 것인가 말 것인가를 비생산적으로 따지는 성향을 줄여준다. 일일 활동 계획의 일부라도 해낼 수 있다면 십중팔구 만족감을 느끼고 우울장애와도 싸울 수 있다.

하루를 계획할 때는 일뿐 아니라 즐거운 여가 활동도 포함시켜 균형 잡힌 계획을 짠다. 기분이 우울할 때는, 보통 때처럼 즐길 수 있을까 의심이 들더라도 재미있는 활동 쪽에 특별히 더 역점을 둔다. 자신에게 지나치게 많은 것을 요구하면 금세 지쳐서 '주고받기'의 균형이 깨질 수 있다. 이럴 때는 하루나 며칠 휴가를 내어 '하고 싶은' 일만 계획표에 넣는다.

계획표대로 실천하면 의욕도 늘어날 것이다. 일단 활동을 시작하면, 자신이 아무것도 효과적으로 해내지 못할 거라는 예전의 믿음이 잘못되었음을 깨닫는다. 지연 행동에 빠져 있던 한 사람은 이렇게 털어놓았다. "하루 계획표를 짜고 그 결과를 비교해보니 내가 시간을 어떻게 보내는지 알겠더군요. 이것이 다시 한번 내 생활을 스스로 책임지고 꾸려가는 데 노움이 되었죠. 원하기만 하면 내 생활을 스스로 관리할 수 있다는 것을 깨달았어요."

일일 활동 계획표를 최소한 일주일 동안 계속해보자. 지난 한 주간의 자기 활동을 살펴보면 어떤 활동이 더 높은 점수를 얻어 '해냄'과 '즐거움'에서 더 큰 만족감을 느꼈는지 알 수 있다. 다음 계획을 짤 때는 이를 참조해 긍정적인 효과를 내는 활동을 더 많이 배치하고 만족도가 낮은 활동은 피하도록 하자.

일일 활동 계획표는 내가 '주말/휴일 우울장애'라고 부르는 흔한 증상에 특히 도움이 된다. 이 증상은 혼자 있을 때 가장 극심한 정서적 고통을 느끼는 것으로, 독신자에게 주로 나타나는 우울장애 유형이다. 여기에 해당하는 사람은 주말과 휴일이 견디기 어렵다고 단정하기 때문에 창의적으로 자신을 배려하는 생활을 거의

하지 못한다. 토요일과 일요일은 하루 종일 벽을 바라보고 쓸쓸하게 소일하거나 침대에 누워 보낸다. 기껏 즐긴다는 게 TV 오락 프로그램을 보며 땅콩버터 샌드위치와 인스턴트 커피로 대충 저녁을 때우는 것이다. 이러니 주말이 싫을 수밖에! 이들은 우울하고 외로울 뿐 아니라 자신을 고통으로 몰아넣는 행동만 골라서 하고 있다.

일일 활동 계획표를 활용하면 이런 주말 우울장애를 극복할 수 있다. 금요일 저녁에 토요일 일과 계획을 시간 단위로 짜보자. 그러면 이렇게 항의하는 사람도 있을 것이다. "도대체 뭘 하자는 건가요? 나는 외롭다니까요." 그러나 외롭다는 바로 그 사실 때문에 일과 계획이 필요하다. 어째서 자신이 비참한 상태에서 결코 벗어나지 못할 거라고 단정하는가? 이런 예측은 자기충족적 예언에서 벗어나지 못한다! 그러므로 과연 그럴지 생산적인 방식을 활용해 그 예측을 검증해보자. 계획을 세밀하게 짠다고 해서 더 도움이 되는 것은 아니다. 미용실 가기, 장보기, 미술관 관람, 책 읽기, 공원 산책하기 식으로 계획표를 짜면 된다. 간단한 하루 일과 계획을 짜서 그것을 충실히 지키면 기분을 복돋는 데 큰 도움을 얻을 수 있다. 그리고 이렇게 자신을 잘 돌보다 보면 다른 사람들도 여러분에게 더욱 관심을 기울이며 행동하리라는 사실을 문득 깨달을지 누가 알겠는가.

일과를 끝내고 잠자리에 들기 전에 그날 각 시간대별로 한 일을 적고 '해냄'과 '즐거움'으로 각 활동을 평가해본다. 그런 다음 내일 일과표를 새로 작성한다. 단순한 과정이 자기존중감과 진정한 자립감을 향해 나아가는 첫발이 될 것이다.

### 지연 행동 예방 계획표

〔표 5-3〕은 지연 행동 습성을 지닌 환자를 치료하는 데 효과를 본 방식이다. 힘만 들고 아무 보람도 없을 것이라 예상하고는 특정한 활동을 거부하는 경우가 있다. 지연 행동 예방 계획표를 활용해 이런 부정적 예상을 실제로 검증해보는 훈련을 할 수 있다. 자신이 뒤로 미룬 한두 가지 일을 적당한 칸에 매일 기록한다. 만일 그 일을 하는 데 많은 시간과 노력이 든다면 15분 안에 각 단계를 끝낼 수 있도록 작은 단계로 나누는 것이 좋다. 이제 일의 각 단계에서 예상되는 난이도를 0~100퍼센트까지 수치로 표시한다. 일이 쉬워 보이면 10~20퍼센트 정도의 낮은 수치를 매기고, 어려워 보이면 80~90퍼센트를 매긴다. 그다음 칸에는 각 단계의 일을 해냈을 때 예상되는 만족과 보람을 역시 퍼센트 수치로 매긴다. 각 단계의 예상 난이도와 만족도를 기록했으면 일의 맨 첫 단계로 가서 실제로 완수해낸다. 각 단계를 모두 실행했으면 실제 난이도와 만족도를 점수로 매겨본다. 마찬가지로 퍼센트 수치를 이용해 표의 마지막 두 칸에 기록한다.

　〔표 5-3〕은 교수 공채에 지원서를 내는 일을 몇 달씩 미루던 대학 강사가 자신의 지연 행동을 극복하기 위해 기록한 것이다. 표에서 알 수 있듯이 그는 원서 쓰는 일이 힘들고 보람도 없다고 예상했다. 이런 비관적인 예상을 적은 뒤 그는 오히려 흥미가 생겨 지원서의 개요를 짜고 간략한 초고를 썼다. 정말로 이 일이 자기 생

## | 표 5-3 | 지연 행동 예방 계획표

쓰기도 힘들고 만족스럽지도 않을 거라고 상상하며 지원서 쓰기를 몇 달씩 질질 미루던 대학 강사가 있었다. 그는 단단히 결심하고, 이 일을 작은 단계로 나누어 각 단계의 난이도와 만족도를 0~100퍼센트까지 수치로 예상해보기로 했다(표의 관련 항목 참조). 그는 각 단계를 실행한 후 실제 난이도와 만족도를 적어넣었다. 그런데 놀랍게도 그의 부정적 예상은 완전히 틀린 것으로 드러났다.

| 날짜 | 활동(할 일을 여러 개의 작은 단계로 나눈다) | 예상 난이도 (0~100%) | 예상 만족도 (0~100%) | 실제 난이도 (0~100%) | 실제 만족도 (0~100%) |
|---|---|---|---|---|---|
| 1999년 6월 10일 | 1. 지원서 개요 쓰기 | 90 | 10 | 10 | 60 |
| | 2. 초고 쓰기 | 90 | 10 | 10 | 75 |
| | 3. 최종 원서를 컴퓨터로 입력해 출력하기 | 75 | 10 | 5 | 80 |
| | 4. 봉투에 주소 쓰고 발송하기 | 50 | 5 | 0 | 95 |

각처럼 힘들고 보람도 없는지 알아보려는 의도였다. 그런데 실제로는 원서 쓰기가 쉽고 만족감도 느껴져 깜짝 놀랐으며, 의욕에 차서 원서를 완성했다.

그는 표의 마지막 두 칸에 그 사실을 기록했다. 그는 이 실험을 통해 얻은 정보가 너무도 놀라워서 지연 행동 예상 계획표를 생활의 다른 여러 방면에도 활용했다. 그 결과 생산성과 자기신뢰가 크게 향상되었으며, 우울장애도 사라졌다.

## 역기능적 사고 일일 기록법

이 기록법에 관해서는 4장에서 소개했는데, 아무것도 안 하려는 충동에 깊이 빠졌을 때 특히 큰 효과가 있다. 어떤 일을 생각할 때 머릿속을 스치는 생각을 그냥 적어두면 된다. 그러면 자신의 문제가 무엇인지 바로 알게 될 것이다. 이어서 이런 생각이 현실과 맞지 않는다는 사실을 보여주는 적절한 이성적 대응을 기록한다. 이 방법은 힘겨운 첫걸음을 내딛는 데 필요한 에너지를 충분히 동원할 수 있게 해줄 것이다. 일단 이것을 해내면 탄력이 붙어 계속 앞으로 나아갈 수 있다.

〔표 5-4〕는 이런 접근법의 한 예를 보여준다. 이 표의 주인공인 아네트는 젊고 매력적인 미혼 여성으로 의상실을 아주 잘 경영하고 있었다(앞서 말한 환자 A가 바로 아네트다). 주중에 아네트는 가게가 눈코 뜰 새 없이 바쁜 덕택에 문제없이 잘 지내고 있었다. 그러나 주말만 되면 바깥일이 줄줄이 잡혀 있지 않는 한 침대에 누워 지내기 일쑤였다. 그런데 일단 침대 속에 박히기만 하면 실의에 빠져버렸다. 그러고는 침대를 박차고 나가지 못하는 것은 자기도 어쩔 수 없는 일이라고 우겼다. 아네트가 어느 일요일 저녁에 〔표 5-4〕에 나온 대로 자동적 사고를 기록해보니 문제가 무엇인지 분명해졌다. 아네트는 어떤 일을 하려는 욕구, 관심, 활력이 느껴질 때까지 마냥 기다리고 있었던 것이다. 아네트는 자기가 외롭기 때문에 어떤 일을 해도 소용이 없다고 단정했고, 뭉그적거리는 성격을 탓하며 스스로를 괴롭히고 힐난했다.

아네트가 이런 자신의 생각에 스스로 말대꾸를 하자 구름이 조

## |표 5-4| 역기능적 사고 일일 기록법

날짜 1999년 7월 15일 일요일
상황 하루 종일 졸다 깨다 하며 침대에 누워 보냄
감정 우울, 기진맥진, 죄의식, 자기혐오, 고독

| 자동적 사고 | 이성적 대응 |
| --- | --- |
| 어떤 일도 할 의욕이 없다. | 그건 내가 아무것도 하지 않기 때문이다. 의욕이 생기면 행동은 저절로 따라온다는 걸 명심하자! |
| 침대에서 일어날 힘도 없다. | 나는 침대를 박차고 나갈 수 있다. 나는 다리를 다치지 않았다. |
| 나는 한 인간으로서 실패자다. | 나는 의욕이 생겨야 성공한다. 아무것도 하지 않으면 우울과 권태에 빠진다. 그렇다고 해서 인간으로서 '실패자'는 아니다. 실패자란 없으니까! |
| 세상일에 관심이 없다. | 물론 나는 세상일에 관심이 있다. 다만 아무것도 하지 않을 때는 그렇지 않다. 뭔가 시작을 하면 좀 더 관심이 생길 것이다. |
| 나는 주변에서 무슨 일이 벌어지든 전혀 관심이 없다. 그러니까 자기중심적인 사람이다. | 나는 기분이 좋을 때면 주변 일에 관심을 기울인다. 우울감에 빠졌을 때는 흥미를 잃는 것이 당연하다. |
| 사람들은 대부분 밖으로 나가서 즐긴다. | 그래서 그게 나랑 무슨 상관인가? 내가 하고 싶은 걸 하면 되지. |
| 나는 어떤 일에도 즐거움을 느끼지 못한다. | 나는 기분이 좋을 때 일에 즐거움을 느낀다. 어떤 일을 일단 시작하면 침대에 누워 빈둥거릴 때와는 다르게 재미를 느낄 것이다. |
| 내 활력 수준은 절대 정상이 못 될 것이다. | 그런 증거는 전혀 없다. 나는 지금 기운을 내려고 애쓰고 있는데 성과가 좀 있다. 기분이 좋을 때는 힘이 마구 넘친다. 일을 하면 더 활력이 넘친다. |
| 누구와도 말하고 싶지 않고 다른 사람의 얼굴을 보고 싶지 않다. | 그러지 말자! 아무도 나한테 억지로 말하라고 강요하진 않는다고! 그러니까 나 스스로 결정하면 돼! 일단 침대에서 빠져나와 어떤 일이든 시작해보자. |

결과 조금 위안을 느끼며 자리에서 일어나 씻는 것만이라도 하자고 결심함.

금 걷혔고, 마침내 침대에서 일어나 몸을 씻고 옷을 갈아입을 수 있었다. 그러자 기분이 훨씬 나아져 친구와 저녁식사를 하고 영화 구경을 가자고 약속했다. 이성적 대응 칸에서 예상한 것처럼 움직이면 움직일수록 기분은 한층 나아졌다.

이 방법을 사용할 때는 속상한 생각을 그대로 적어야 한다. 이것들을 머릿속으로 이해하려 들면 성과를 내기 힘들다. 우리를 좌절에 빠뜨리는 이런 생각은 파악하기도 어렵고 복잡하기 때문이다. 이런 생각에 맞장구를 쳐주면 이것들은 손도 쓸 수도 없이 빠른 속도로 사방에서 더욱 맹렬히 덤벼들 것이다. 하지만 종이에 적어두면 이 생각들은 이성의 빛 앞에 비밀을 드러낸다. 이 방법을 활용하면 나쁜 생각을 분명히 밝혀내고, 왜곡된 점을 정확히 분별해 유용한 대응책을 찾아낼 수 있다.

## 만족 예상 판단표

아네트의 자기패배적 태도 중 하나는, 혼자 있을 때는 생산적인 활동을 해봐야 아무 소용 없다고 단정하는 것이다. 이 믿음 때문에 그녀는 아무것도 하지 않고 비참한 기분에 빠져들었으며, 이런 기분은 혼자 있는 건 끔찍하다는 사고방식을 더 확고히 해주었다.

그럼 해결책은 있을까? 다음의 만족 예상 판단표([표 5-5])를 활용해 어떤 활동을 해봐야 아무 소용 없다는 믿음을 검증해보자. 몇 주 정도 여러 가지 자기계발 활동이나 만족감을 줄 수 있는 활동으로 일정 계획을 세운다. 이 중에서 어떤 것은 혼자 하고 어떤 것은 다른 사람과 함께 한다. 각 활동을 누구와 했는지 표의 해당 칸에 기록하고, 각각 얼마나 만족스러울지를 예상해 0~100퍼센트까지 점수를 매긴다. 그런 다음 실제로 계획한 활동을 해나간다. 표의 '실제 만족도' 칸에는 각 활동이 실제로 얼마나 즐거웠는지 기록한다. 혼자 한 활동이 예상보다 더 만족스럽다는 사실을 알고 놀랄지도 모른다.

이때 혼자 한 활동과 다른 사람과 함께 한 활동이 질적으로 같은 수준의 것이어야 타당한 비교를 할 수 있다. 예를 들어 TV를 보며 혼자 식사를 하기로 했다면, 이것을 프랑스 식당에서 친구와 저녁 먹은 것과 비교하면 안 된다!

[표 5-5]는 300킬로미터 떨어진 곳에 사는 여자친구에게 새 남자친구가 생겨서 자기를 만나주려 하지 않는다는 사실을 알게 된 한 청년의 활동 기록이다. 자기연민에 빠져 허우적거리는 대신 그는 적극적으로 생활했다. 마지막 열을 보면 혼자 한 활동의 실제 만족도가 60에서 90퍼센트인 반면, 다른 사람과 어울려 한 활동의 실제 만족도는 30에서 90퍼센트인 것을 알 수 있다. 만족 예상 판단표의 결과를 본 뒤 이 청년은 자립심이 강해졌다. 여자친구가 떠나가도 삶이 비참해지지 않으며, 즐거움을 느끼기 위해 꼭 남에게 기댈 필요는 없다는 것을 깨달았기 때문이다.

만족 예상 판단표를 이용하면 지연 행동을 하게 만드는 수많은 잘못된 전제를 검증할 수 있다. 이런 잘못된 전제에는 다음과 같은 것들이 포함된다.

1. 혼자 있을 때는 아무것도 즐길 수 없다.

**| 표 5-5 |  만족 예상 판단표**

| 날짜 | 활동 | 누구와 했는가?<br>(혼자 했으면<br>혼자라고 기록) | 예상 만족도<br>(0~100%)<br>(활동 전에 기록) | 실제 만족도<br>(0~100%)<br>(활동 후에 기록) |
|---|---|---|---|---|
| 99/8/2 | 독서(1시간) | 혼자 | 50% | 60% |
| 99/8/3 | 저녁 먹고 바에 감 | 벤 | 80% | 90% |
| 99/8/4 | 수전의 파티 | 혼자 | 80% | 85% |
| 99/8/5 | 뉴욕의 헬렌 아줌마 | 부모님과 할머니 | 40% | 30% |
| 99/8/5 | 낸시의 집 | 낸시와 조엘 | 75% | 65% |
| 99/8/6 | 낸시 집에서 저녁 | 12명 | 60% | 80% |
| 99/8/6 | 루시의 파티 | 루시 외 5명 | 70% | 70% |
| 99/8/7 | 조깅 | 혼자 | 60% | 90% |
| 99/8/8 | 극장 | 루시 | 80% | 70% |
| 99/8/9 | 해리의 집 | 해리, 잭, 벤, 짐 | 60% | 85% |
| 99/8/10 | 조깅 | 혼자 | 70% | 80% |
| 99/8/10 | 프로야구 경기 | 아버지 | 50% | 70% |
| 99/8/11 | 저녁 | 수전과 벤 | 70% | 70% |
| 99/8/12 | 미술관 | 혼자 | 60% | 70% |
| 99/8/12 | 피버디 선술집 | 프레드 | 80% | 85% |
| 99/8/13 | 조깅 | 혼자 | 70% | 80% |

2. 나에게 중요한 뭔가에 실패했기 때문에(예를 들어 내가 원했던 일자리를 못 얻었거나 승진에서 누락되었다) 나는 어떤 활동을 해봤자 아무 소용이 없다.
3. 나는 부자도, 성공한 사람도, 유명인도 아니기 때문에 즐거움을 손톱만큼도 누릴 수 없다.
4. 남들의 관심을 한 몸에 받지 않는 한 아무것도 즐길 수 없다.
5. 어떤 일을 완벽하게(또는 성공적으로) 해내지 못한다면 별로 만족스럽지 못할 것이다.
6. 어떤 일을 일부만 한 상태라면 그다지 성취감을 못 느낄 것이다. 그러니 이런 일은 오늘 하루에 다 끝내야 한다.

위와 같은 태도는 실제로 검증해보지 않으면 모두 자기충족적 예언일 뿐이다. 그러나 만족 예상 판단표를 이용해 이것들을 하나하나 따져보면 현실의 삶이 얼마나 큰 만족감을 안겨주는지 알고 놀랄 것이다.

만족 예상 판단표에 대해 흔히 이런 질문을 한다. "많은 활동을 계획해놓았는데 실제로 해보니 예상과 다를 바 없이 불쾌했다면 어떻게 되는 겁니까?" 이런 일이 일어날 수 있는데, 그런 경우 '역기능적 사고 일일 기록법'을 이용해 자신의 부정적 사고에 주목하고 그것들을 기록한 후 이성적으로 대응해보자. 예를 들어 혼자 식당에 갔는데 신경이 곤두서면서 긴장감을 느꼈다고 하자. 이때 이렇게 생각할 수 있다. '내가 혼자 온 것을 보고 사람들은 나를 패배자로 생각할 거야.'

이런 생각에 어떻게 대응할 것인가? 다른 사람들의 생각이 여러분의 기분에 눈곱만큼도 영향을 끼치지 않는다는 사실을 상기할 수 있을 것이다. 나는 이것을 환자들에게 다음과 같은 방식으로 증명해 보였다. 나는 환자들에게 각각 15초 동안 그들에 대해 두 가지 생각을 하겠다고 미리 알렸다. 한 가지는 아주 긍정적인 생각이고 다른 하나는 몹시 부정적이고 모욕적인 생각이었다. 이때 환자들에게 나의 생각이 그들에게 어떤 영향을 끼쳤는지 답하도록 했다. 나는 눈을 감고 이렇게 생각했다. '여기 있는 잭은 좋은 사람이야. 나는 이 사람이 마음에 들어.' 다음에는 이런 생각을 했다. '잭은 펜실베이니아주에서 제일 나쁜 사람이야.' 그런데 내가 무슨 생각을 하는지 잭이 알 리 없으므로, 이 생각들은 잭에게 아무런 영향을 끼치지 않는다!

이 간단한 실험이 하찮아 보인다고? 그렇지 않다. 오직 '자신의' 생각만이 자신에게 영향을 끼칠 수 있기 때문이다. 예를 들어 식당에 혼자 앉아 있다는 사실 때문에 비참한 기분이 든다지만, 다른 사람이 어떻게 생각하는지는 알 수 없다. 비참한 기분을 느끼게 하는 것은 오직 자신의 생각뿐이다. 사실상 자신을 못살게 굴고 해를 입힐 수 있는 사람은 이 세상에 자기 자신밖에 없다. 어째서 식당에서 혼자 식사를 한다는 이유로 자신에게 '패배자'라는 낙인을 찍는가? 다른 사람에게도 이렇게 잔혹하게 대할 수 있을까? 자신을 모욕하는 짓을 당장 그만두자! 그리고 이때 떠오른 자동적 사고에 이렇게 말대꾸하자. "식당에서 혼자 밥을 먹는다고 해서 패배자가 되는 것은 아니야. 누구나 혼자 식당에 올 권리가 있고, 나도 마찬가지야. 그걸 싫어하는 사람이 있다손 쳐도 그게 무슨 상관이야? 나 자신을 존중하기만 한다면 다른 사람의 의견은 신경 쓸 필요 없어."

### '그렇지만'을 떨쳐버려라

유익하고 활기찬 행동을 방해하는 최대 장애물은 '그렇지만……' 이라는 태도다. 생산적인 어떤 일을 하겠다고 생각하는 순간, '그렇지만' 하고 변명거리를 찾아내는 것이다. 가령 '오늘 조깅하면 좋겠군. 그렇지만……'

1. 너무 피곤해서 말야.
2. 내가 너무 게을러서.
3. 기분이 영 좋지 않아서 등등.

또 다른 예도 있다. "담배를 끊고 싶어. 그렇지만……"

1. 나한테는 그런 자제력이 없는걸.
2. 단번에 끊어버릴 것까지는 없잖아. 조금씩 줄이면 힘도 덜 들 거야.
3. 요즘 너무 신경이 날카로워.

정말로 자신에게 의욕을 불어넣고 싶다면 '그렇지만'을 떨쳐버리는 법부터 배워야 한다. 이를 익히는 한 가지 방법은 [표 5-6]의 '그렇지만 반박하기'다. 오늘은 토요일이라서 잔디를 깎을 예정이

| 표 5-6 | **그렇지만 반박하기 기법**

화살표는 '그렇지만'에 대응하는 머릿속 흐름을 보여준다.

| 그렇지만 | 그렇지만 반박하기 |
|---|---|
| 오늘은 진짜로 잔디를 깎아야 해. 그렇지만 그럴 기분이 아니야. | 일단 시작하면 계속하고 싶다고 느낄 거야. 끝내면 기분이 아주 좋을 테고. |
| 그렇지만 시간이 오래 걸릴 거야. | 잔디 깎는 기계를 사용하면 시간이 그리 많이 걸리지 않을 거야. 우선 일부라도 할 수 있을 테고. |
| 그렇지만 지금 너무 피곤한걸. | 그러니까 먼저 조금만 하고 나서 쉬면 되지. |
| 지금은 차라리 쉬거나 TV를 보는 편이 나아. | 그럴 수도 있지. 그렇지만 할 일이 머릿속에서 떠나지 않으면 기분이 안 좋을 거야. |
| 그렇지만 나는 너무 게으른 사람이라서 오늘 이 일을 끝내지 못해. | 그건 사실이 아냐. 전에도 이 일을 수없이 해냈잖아. |

라고 하자. 3주째 잔디 깎기를 미뤄왔는데, 그사이 잔디밭은 밀림이 다 되었다. 그래도 이렇게 혼잣말을 할 것이다. "오늘은 진짜로 해야 해. 그렇지만 그럴 기분이 아니야." 이 생각을 '그렇지만' 칸에 기록한다. 그리고 '그렇지만 반박하기' 칸에 다음과 같이 써서 '그렇지만'에 맞선다. "일단 시작하면 계속하고 싶다고 느낄 거야. 끝내면 기분이 아주 좋을 테고." 이어서 여기에 반대하는 새로운 목소리가 충동적으로 튀어나올 것이다. "그렇지만 시간이 오래 걸릴 거야." [표 5-6]에 나온 대로 이 말에 반박하며 맞서 싸운다. 그리고 더 이상 변명거리가 없어질 때까지 이 과정을 계속한다.

## 자신을 응원하는 법을 배워라

자신이 하는 일이 전혀 중요하지 않다고 자주 확신하는가? 이런 나쁜 습관이 있다면 자기가 가치 있는 일은 전혀 못한다고 느끼는 게 당연하다. 노벨상 수상자든 정원사든 마찬가지다. 삶이 공허해진다. 이런 신랄한 태도가 시작도 하기 전에 모든 수고로부터 즐거움을 앗아가고 스스로를 좌절에 빠뜨리기 때문이다. 아무런 의욕이 없는 것도 당연하지 않은가!

이 파괴적인 성향을 뒤집는 바람직한 첫 번째 조치는 애초에 이런 느낌을 불러일으키는 원인, 즉 자기를 비하하는 생각을 정확히 분별해내는 것이다. 그런 다음 이런 생각에 말대꾸하고, 이런 생각을 더 객관적이고 자신을 응원하는 생각으로 바꾼다. 〔표 5-7〕은 그 몇 가지 예다. 일단 요령을 터득하면 아주 사소해 보이는 일까지도 그 일을 하는 내내 자신을 의식적으로 지지하는 훈련을 해나갈 수 있다. 처음에는 유쾌한 감정이 안 생길 수도 있지만, 기계적이라고 여겨지더라도 훈련을 거듭한다. 그러다 보면 며칠 후 기분이 좋아지기 시작할 것이고, 자신이 하는 일에 더욱더 자부심을 느낄 것이다.

이런 이의를 제기할지도 모르겠다. "어째서 하는 일마다 내가 나 자신을 격려해줘야 하나요? 가족, 친구, 직장 동료들이 더 알아주고 고마워해야죠." 여기에는 몇 가지 문제점이 있다. 첫째, 남이 자신의 노력을 알아주지 않을 때 스스로도 자신의 노력을 무시한다면 똑같은 잘못을 범하는 것이다. 입을 삐죽거린다고 해서 사정이 나아지지는 않는다. 또 누군가 나를 알아줄 때 그 말을 믿고 인

| 표 5-7 |

| 자기를 비하하는 생각 | 자기를 지지하는 생각 |
| --- | --- |
| 이 정도 설거지는 누구나 할 수 있어. | 뻔하고 지겨운 일이라면, 그런 일은 하는 것 자체만으로 대단한 거야. |
| 설거지를 해봐야 무슨 소용이 있겠어. 어차피 또 더러워질 텐데. | 그래서 더 중요한 거야. 필요할 때 깨끗한 접시를 꺼내 쓸 수 있으니까. |
| 이것보다 정리정돈을 더 잘했어야 해. | 세상 어디에도 완벽한 것은 없어. 어쨌든 방이 더 깔끔해졌잖아. |
| 강연이 잘됐다지만 순전히 행운이었어. | 행운만은 아니었어. 준비도 많이 하고 말도 요령 있게 잘했잖아. 정말 잘했어. |
| 자동차에 광택을 입혔는데, 옆집 새 차보다 못한 것 같아. | 차가 전보다 훨씬 멋져 보이네. 차를 몰고 다니고 싶어. |

정해야지, 그러지 않으면 나의 부정적인 생각의 골은 더욱 깊어진다. 믿지 않는 탓에 귀에 들리지도 않는 진솔한 칭찬이 얼마나 많은가? 이런 태도를 가지고 있으면 남의 말에 긍정적으로 반응하지 못하므로 상대방은 낭패감을 맛보게 된다. 그리고 당연히 사람들은 나의 자기비하 습관을 막아보려는 노력을 포기한다. 결국 내 기분에 영향을 끼치는 것은 내가 하는 일과 행동에 대한 나 자신의 생각이다.

매일 자신이 하는 일을 기록하거나 머릿속에 정리해두기만 해도 도움이 된다. 그런 다음 아무리 사소한 일이라도 거기에 대해 마음으로 인정하고 칭찬한다. 이것은 미루다가 하지 못한 일 대신에 실제로 해낸 일에 초점을 맞추게 해준다. 간단해 보이지만 효과가 있다!

## 틱톡 기법

어떤 일을 손대지 못한 채 미루기만 하고 있다면 그 사실에 대해 떠오르는 생각을 기록해둔다. 이런 생각을 '과제 방해 인지task-interfering cognition' 또는 '틱TIC'이라고 한다. 이 생각들을 기록한 후 더 적절한 '과제 지향 인지task-oriented cognition' 또는 '톡TOC'으로 대체해 두 칸으로 된 표에 나란히 적기만 해도 과제 방해 인지는 크게 힘을 잃는다. 〔표 5-8〕은 그 여러 가지 예다. 이 틱톡 표를 작성할 때는 자신을 좌절시키는 틱 속에 어떤 왜곡이 포함되어 있는지 정확히 짚어내야 한다. 예를 들어 전부 아니면 전무라는 생각이나 긍정적인 것 인정하지 않기가 가장 큰 적임을 깨달을 수도 있고, 자기 멋대로 부정적 예측을 하는 나쁜 습관이 있음을 깨달을 수도 있다. 일단 우리를 좌절에 빠뜨리는 가장 흔한 왜곡의 유형을 알아차리면 그것을 바로잡을 수 있을 것이다. 나아가 할 일을 미루는 버릇과 시간 낭비도 행동과 창의성 앞에 무릎을 꿇을 것이다.

이 원리는 생각뿐 아니라 정신적 이미지와 헛된 공상에도 적용할 수 있다. 할 일을 하지 않고 피할 때 부정적이고 패배주의적 환상이 자동으로 생겨난다. 이것은 괜한 긴장과 근심 걱정을 불러일으켜 수행 능력을 저해하고 두려워하던 일이 실제로 일어날 가능성을 높인다.

예를 들어 사업과 관련해 동료들 앞에서 발표를 해야 할 때, 몇 주 전부터 안절부절못하면서 걱정할 수 있다. 발표 도중 내용이 생각나지 않거나 까다로운 질문에 움츠러드는 자신의 모습을 마음속으로 그려보고 있기 때문이다. 실제 발표할 시간이 될 때까지 자

## | 표 5-8 | 틱톡 기법

왼쪽 칸에는 의욕을 꺾는 생각을 기록한다. 그리고 오른쪽 칸에는 왜곡된 생각을 밝혀 내고, 더 객관적이고 생산적인 태도로 바꾸어 적는다.

| 틱 | 톡 |
|---|---|
| **주부**<br>창고 정리는 절대 못할 거야. 잡동 사니가 몇 년씩이나 쌓였는걸. | **지나친 일반화: 전부 아니면 전무라는 생각**<br>우선 시작부터 해보자. 하루 종일 걸릴 이유는 전혀 없으니까. |
| **은행 창구원**<br>내 일은 별로 중요하거나 신나지 않아. | **긍정적인 것 인정하지 않기**<br>나한테는 판에 박힌 일일지 모르지만 고객에게는 아주 중요한 일이야. 우울해하지만 않는다면 아주 즐거울 거야. 다람쥐 쳇바퀴 돌듯 하는 사람이 많지만 그렇다고 그들이 하찮은 존재는 아니지. 업무가 끝나면 좀 더 흥미 있는 활동을 할 수 있을 거야. |
| **대학생**<br>이번 학기 말 보고서는 정말 쓸 가치가 없어. 주제도 따분하고. | **전부 아니면 전무라는 생각**<br>그냥 늘 하던 일을 하는 거야. 꼭 대단한 과제일 필요는 없어. 어쨌든 뭔가를 배울 수 있을 거야. 다 끝내면 기분도 한결 나아질 테고. |
| **비서**<br>이번 문서 타이핑은 아마 오타가 많이 났을 거야. 상사가 고래고래 고함을 지르겠지. | **점쟁이의 오류**<br>타이핑을 완벽히 할 필요는 없어. 오타는 수정하면 되니까. 상사가 지나치게 나무라면 화가 풀릴 때까지 고분고분 받아주면 돼. 아니면 칭찬을 많이 하고 요구는 줄여주면 일을 더 잘할 거라고 말하면 돼. |
| **정치인**<br>이번 주지사 선거에서 패하면 웃음거리가 될 거야. | **점쟁이의 오류: 낙인찍기**<br>정치 경쟁에서 패하는 건 수치가 아냐. 내가 중요한 사안에 대해 정직한 입장을 견지했다는 걸 알고 존중해주는 사람도 많거든. 훌륭한 인물도 불행히 패배하는 경우가 있는 법이지. 당선이 되든 안 되든 나 자신을 믿어. |
| **운동선수**<br>홈런을 못 치겠어. 난 자제력이 없어. 몸 만드는 일은 절대 못할 거야. | **긍정적인 것 인정하지 않기**<br>지금까지 잘해온 걸 보면 나한테는 자제력이 있어. 얼마 동안 운동을 하고, 완전히 지치면 그때 끝내면 돼. |

| 소심한 독신남 | 점쟁이의 오류: 지나친 일반화 |
|---|---|
| 매력적인 여성에게 전화를 걸면 곧바로 퇴짜를 맞겠지. 그러니 어떡하겠어? 어떤 여성이 나를 좋아한다는 신호가 분명해질 때까지 그냥 기다릴 수밖에. 그러면 모험을 할 필요도 없을 테고. | 모두가 퇴짜 놓지는 않을 거니까 시도해본다고 해서 창피할 건 없어. 퇴짜를 맞는 만큼 배우는 법이지. 우선 내 모습을 세련되게 꾸미는 것부터 연습한 후 과감하게 도전하는 거야! 처음 높은 곳에서 다이빙할 때도 용기가 필요했지만, 어쨌든 해냈고 살아남았잖아. 이번에도 해낼 수 있어! |
| 보험 사원 | 독심술의 오류 |
| 이 사람한테 다시 전화해봤자 무슨 소용 있겠어? 저번에 영 흥미 없는 눈치던걸. | 그럴지 안 그럴지 어떻게 알겠어. 일단 두드려보자고. 최소한 나중에 전화해달라고는 하겠지. 흥미를 보이는 사람이 있을 테니 옥석을 가리는 심정으로 부딪쳐보는 거야. 거절하는 고객을 만나도 성과가 있다고 느낄 수 있을 거야. 거절한 고객 다섯 명 중 한 사람꼴로 상품 하나를 팔 수 있을 거야. 그러니 거절하는 고객이 많을수록 이익이라고! 거절당하는 일이 많을수록 판매 실적은 올라가는 거야! |
| 작가 | 전부 아니면 전무라는 생각 |
| 이번 장은 아주 중요해. 그런데 창의력이 떨어진 것 같아. | 우선 초고라고 생각하자. 그런 다음 고쳐나가면 되지. |

신이 꼭 그런 식으로 행동하도록 계속해서 상황 설정을 한다. 그러고는 신경쇠약에 걸려 마침내 상상한 대로 최악의 결과를 만들어내고 만다!

그러나 과감히 시도해볼 생각이라면, 해결책이 있다. 매일 잠자리에 들기 전 10분 동안 훌륭하게 발표하는 모습을 상상하는 훈련을 한다. 자신감에 찬 모습, 활기 넘치는 태도로 발표하는 모습, 청중의 모든 질문에 친절하고 능수능란하게 답변하는 모습을 상상한다. 이런 간단한 연습이 자신이 하는 일에 대한 느낌을 개선하는 데 큰 도움이 된다는 사실에 놀랄지도 모르겠다. 물론 모든 일마다 상상대로 되리라는 보장은 없다. 그러나 우리 자신의 예상과 기분이 실제로 일어나는 일에 깊은 영향을 끼치는 것은 분명하다.

## 조금씩 전진하라

자신에게 활력을 불어넣는 단순 명쾌한 기법으로, 할 일을 아주 작은 단위로 나누는 요령 익히기가 있다. 이 기법으로 할 일을 몽땅 끌어안고 거기에 매달리다 스스로 좌절하는 것을 방지할 수 있다.

수많은 회의에 참석해야 하는 직무인데 불안과 우울, 공상 때문에 집중하지 못해 곤욕을 치른다고 하자. 이때 제대로 집중하지 못하는 것은 이런 생각을 하기 때문이다. '이걸 파악해야 하는데 그게 안 돼. 휴, 따분하기까지 하네. 지금 당장 애인을 만나거나 낚시하러 가고 싶어.'

이런 권태감과 산만함을 물리치고 집중력을 향상시키는 방법은 일을 최대한 작은 단위로 쪼개는 것이다. 가령 딱 3분만 집중해서 듣자고 마음을 먹는다. 그러고 나서 1분 동안 마음껏 공상에 빠진다. 1분 동안 정신적 휴식이 끝나면 다시 3분 동안 귀 기울여 듣되, 이 짧은 시간 동안에는 절대 산만한 생각에 빠지지 않도록 한다. 이어 또다시 1분 동안 공상에 빠진다.

이 기법은 집중력을 더 효과적으로 유지해준다. 잠깐이나마 이 생각 저 생각을 하도록 허용함으로써 이것들의 힘을 약하게 만드는 것이다. 시간이 지나면 이런 생각들이 우습게 느껴질 것이다.

할 일을 작은 단위로 나누는 유용한 방법 중 하나는 기한을 정하는 것이다. 특정 과제마다 힘껏 일할 시간을 정한 후, 할당된 시간이 지나면 끝내든 끝내지 못했든 일을 멈추고 좀 더 즐거운 일로 넘어간다. 얼핏 별것 아니라고 여길 수도 있지만 실제로 효과가 있다. 예를 들어 이런 일이 있었다. 어떤 거물 정치인의 부인이 오랜 세월 동안 남편의 성공과 화려한 생활에 분노를 품고 있었다. 그녀는 자신의 삶이 육아와 집안일에 짓눌려 숨이 막힐 지경이라고 느꼈다. 고역스러운 일이긴 해도 요령 있게 하면 여유가 충분했겠지만, 일에 짓눌리고 쫓긴다는 강박감에 시달리고 있었기 때문에 이를 깨닫지 못했다. 그녀는 삶이 다람쥐 쳇바퀴 돌리기처럼 느껴졌고, 결국 우울장애에 빠졌다. 10여 년간 유명한 의사를 계속 찾아다녔지만 헛수고였다. 인간적인 행복으로 가는 열쇠는 좀처럼 손에 들어오지 않았다.

그러다 내 동료인 아론 벡 박사를 두 차례 만나고서야 이 부인은 우울장애에서 곧바로 빠져나오는 기분을 경험했다(아론 벡 박사의 치료는 마법과 같아서 언제나 나를 놀라게 한다). 벡 박사가 어떻게 했기에 이런 기적이 일어난 것일까? 비결은 간단하다. 그녀가 스스로를 믿지 못하기 때문에 그녀가 추구하는 목표는 무의미하며, 이것이 우울장애의 한 원인이라고 말해준 것이다. 이런 사실을 인정하지 않고 도전하기를 두려워한 나머지, 그녀는 남편에게 솔직하게 따지지 못하는 자신을 탓하고 집안일이 끝도 없다며 불평해댔다.

첫 번째 단계로, 벡 박사는 부인에게 집안일을 하루에 얼마 동안만 하고 싶은지를 결정하도록 했다. 정리 정돈을 마치지 못해도 정해진 시간에만 일하고, 남은 시간은 부인이 좋아하는 활동을 계획하게 했다. 부인은 집안일을 하루 1시간 하는 것이 적당하다고 판단했고, 자기계발을 위해 대학원에 등록하기로 했다. 이렇게 결정하면서 부인은 해방감을 맛볼 수 있었다. 마치 마법을 부린 듯 우울장애가 사라지고 남편를 향한 분노도 없어졌다.

우울장애를 언제나 이렇게 쉽게 없앨 수 있다는 말을 하려는 것이 아니다. 위와 같은 경우에도 우울장애는 자주 재발할 수 있으므로 환자는 이를 물리치기 위해 싸워야 한다. 또 일을 너무 많이 하려 들거나, 남 탓을 하거나, 감당해낼 수 없다고 느끼는 등의 함정에 언제든 빠질 수 있다. 이때마다 그녀는 똑같은 해법을 찾아야 한다. 가장 중요한 점은 그녀가 자신에게 맞는 해법을 찾았다는 것이다.

여러분도 이 환자와 똑같은 방법으로 치료 효과를 볼 수 있다. 자신이 쉽게 감당할 수 없을 만큼의 일을 해내려는 경향이 있는가? 그렇다면 과감하게 일에 적당한 시간을 분배하라! 그리고 일이 다 끝나지 않은 상태에서도 멈출 수 있는 용기를 가져라! 깜짝 놀랄 정도로 생산성이 오를 뿐 아니라 기분도 매우 좋아져서 지연 행동은 옛이야기가 될 것이다.

## 강압 없이 의욕 고취하기

지연 행동은 자신에게 의욕을 고취하는 방식이 적절치 못해서 생길 수 있다. 온갖 '해야 한다'로 스스로를 채찍질함으로써 하려는 바를 일부러 방해하고, 몸을 움직이겠다는 의욕을 완전히 사라지게 한다. 스스로 목을 졸라 활동 의욕을 꺾는 것이다! 앨버트 엘리스 박사는 이 정신적 함정을 '머스터베이션'이라 불렀다.

먼저 자신의 사전에서 강압적인 단어를 없애자. 그리고 어떤 행동을 할 때 자신에게 말을 거는 방식을 바꾼다. 아침에 억지로 잠자리에서 일어나는 대신 이렇게 말한다. "처음엔 좀 힘들겠지만 자리에서 일어나면 기분이 좋아질 거야. 꼭 해야 하는 건 아니지만 일단 하면 즐거울 거야. 게다가 충분한 휴식을 취했으니 이제 일어나서 즐길 때가 됐어!" '해야 한다'를 '하고 싶다'로 바꾸면 스스로를 존중하게 된다. 그러면 자신이 선택의 자유와 인간적 품위를 누리고 있다는 느낌을 받는다. 채찍보다는 보상으로 의욕을 고취하는 방식이 성과가 크고 효과도 더 오래간다. 스스로에게 이렇게 물어보자. "내가 하고 싶은 게 뭐지? 어떤 식으로 행동하는 것이 나에게 가장 이로울까?" 사물을 이런 방식으로 바라보면 의욕이 솟아날 것이다.

그래도 여전히 자리에 누워 멍하니 있고 싶은 욕구가 남아 있고 정말로 일어나고 싶은 것인지 의심스럽다면, 오늘 하루를 침대에 누워 보내는 것의 좋은 점과 나쁜 점을 목록으로 작성해본다.

세금 신고 기간이 되었는데도 일이 한참 밀려 있는 회계사가 있었다. 그는 매일 잠자리에서 일어나는 것이 고역이었다. 일이 잘 진행되지 않자 고객이 불만을 제기했고, 그것을 처리하기 곤란한 그는 몇 주씩 자리에 누워 전화도 받지 않으며 상황을 피하려 했다. 많은 고객이 계약을 해지했고 사업은 휘청거리기 시작했다.

이 사람의 실수는 자신에게 이렇게 말한 데 있다. "일을 시작해야 한다는 건 알아. 하지만 그러고 싶지 않아. 그리고 할 필요도 없어! 그러니까 안 할 거야!" '해야 한다'는 말은 결국 잔뜩 화가 난

| 표 5-9 | **침대에 누워 버티기의 장점과 단점**

| 장점 | 단점 |
|---|---|
| 편하다. | 당장은 편한 것 같지만, 시간이 지나면 아주 지겹고 고통스러워. 아무것도 하지 않고 멍하니 누워 있으면서 매번 스스로를 비난하는 일은 사실 편하지 않아. |
| 아무것도 할 필요가 없고, 내 문제를 직시할 필요도 없어. | 침대에서 일어난다고 해서 꼭 어떤 일을 할 의무는 없어. 그렇지만 기분은 좋아질 거야. 회피한다고 해도 문제가 사라지기는커녕 더 나빠질 거야. 그리고 문제를 해결하려고 노력한다는 만족감도 얻을 수 없겠지. 문제를 직시하면 당장은 불편하겠지만 침대에 누워 끝없이 괴로워하는 것보다는 덜 우울할 거야. |
| 잠도 자고 문제도 잊을 수 있잖아. | 영원히 잠만 잘 수는 없어. 게다가 매일 거의 16시간씩 자고 있으니까 실제로 잠을 더 잘 필요는 없잖아. 병자처럼 침대에 틀어박혀 팔다리가 굳어가기를 기다리느니 자리에서 일어나 팔다리를 움직이는 편이 피로감이 덜할 거야. |

까다로운 고객을 만족시키는 것이 침대에서 일어나야 할 단 한 가지 이유라는 망상을 만들어낸다. 그는 이 망상이 몹시 불쾌하기 때문에 저항한 것이다. 그가 자신을 대하는 태도가 부당하다는 것은 〔표 5-9〕에 나오는 대로 침대에 누워 버티기의 장점과 단점 목록을 보면 분명히 알 수 있다. 이 목록을 작성한 후 그는 자리에서 일어나는 편이 더 낫다는 것을 깨달았다. 아무것도 하지 않는 사이에 고객은 많이 줄었지만, 일을 더 적극적으로 하게 되면서 기분은 금세 좋아졌다.

## 무장해제 기법

가족이나 친구들이 강요하거나 회유하면 무기력감이 더 심해질 수도 있다. 이들이 계속 '해야 한다'라고 노래를 부르듯 강요하면 이미 머릿속을 지배하고 있는 모멸감이 더욱 심해진다. 강압적 방식이 실패할 수밖에 없는 이유는 무엇일까. 어떤 운동에도 똑같은 힘의 반작용이 존재한다는 것은 물리학의 기본 법칙이다. 누군가가 실제로 우리 몸에 손을 대든 아니면 주인 행세를 하든, 그 때문에 남에게 좌우지된다고 느끼면 몸을 웅크리고 저항해 안정과 균형을 유지하려는 것이 당연한 이치다. 우리는 남이 시키는 일을 거부함으로써 자기통제력을 발휘하고, 자기 존엄을 유지하기 위해 혼신의 힘을 다한다. 그리고 역설적으로는 종종 자신을 해친다.

몹시 불쾌하게 어떤 일을 남에게 강요받았는데, 그 일이 실제로 우리에게 도움되는 것이어서 혼란스러운 경우도 있다. 이때 남이 시키는 대로 하기를 거부하면 결국 자신에게 손해가 되기 때문에 우리는 '승산 없는 상황'에 빠진다. 반대로 남이 시키는 대로 하다 보면 기분이 나빠진다. 강압적 요구에 굴복한 탓에 그 사람이 나를 조종한다고 느끼며, 그로 인해 자존감을 잃는 것이다. 남에게 강요당하기를 좋아하는 사람은 아무도 없다.

오랫동안 우울장애를 앓다가 부모의 손에 이끌려 나를 찾아온 10대 후반의 소녀 메리는 말 그대로 '겨울잠 자는 아이'였다. 한번 TV 드라마를 시청하기 시작하면 몇 달씩 방에서 혼자 드라마만 보고 지낼 정도였다. 이렇게 된 데는 이유가 있었다. 메리는 자기가 '이상하게' 생겨서 공공장소에 가면 남들이 자기만 쳐다본다고 오해하고 있었다. 또 어머니한테 강압적으로 휘둘린다고 느끼고 있었다. 뭔가 일을 하면 기분이 나아질 거라고 인정하기는 했지만, 그러면 제발 엉덩이 좀 떼고 일어나서 제대로 된 일을 하라는 어머니의 잔소리에 굴복하는 거라고 생각했다. 어머니가 강하게 밀어붙일수록 메리는 더 집요하게 저항했다.

불행한 사실이지만, 남에게 강요당한다고 느끼면 어떤 일을 해내기가 무척 어려운 것이 인간의 본성이다. 하지만 다행히 잔소리와 억지 설득으로 우리의 일생을 좌지우지하려는 사람에게 대처하는 방법을 쉽게 배울 수 있다. 자신이 메리라고 생각해보자. 여러분은 잠시 생각을 한 뒤, 겨울잠만 자는 것보다는 이런저런 일을 하는 것이 낫겠다고 결론 내린다. 그런데 그런 결정을 하자마자 어머니가 방에 들어와 이렇게 말한다. "그렇게 누워서 계속 빈둥거릴 거니? 인생을 낭비하고 있잖아. 좀 움직여봐라! 네 또래 여자아이들이 하는 걸 너도 좀 해보란 말야!" 이미 그러기로 결심했는데도, 그 순간 그렇게 하기가 몸서리치도록 싫어진다!

무장해제 기법은 이런 문제를 풀 수 있는 적극적인 방법이다(말로 하는 이 기법의 다른 응용법은 다음 장에서 이야기한다). 무장해제 기법의 핵심은 어머니의 말에 동의하되, 시켜서가 아니라 스스로의 판단으로 동의한다는 점을 어머니에게 분명히 밝히는 데 있다. 예를 들면 이렇게 대답할 수 있다. "그래요, 엄마. 저도 생각해봤는데 더 활동적일 필요가 있다는 결론을 얻었어요. 저 스스로 내린 결정이니까 그렇게 할 거예요." 이제 활동을 시작하게 되었고 기분도 나쁘지 않다. 혹시 어머니에게 살짝 반항하고 싶다면 이렇게 말한다. "네, 엄마. 엄마가 그렇게 하라고 계속 말하긴 했지만, 사실 나도 진작부터 일어나려고 결심했어요!"

## 성공을 상상하라

유익한 활동의 장점을 목록으로 작성해보는 것도 의욕을 북돋는 좋은 방법이다. 자신에게 활력을 불어넣기 위해서는 의지 이상의 자제력이 필요하기 때문이다. 목록 작성하기는 어떤 일의 긍정적 결과에 주목하는 훈련이다. 원하는 바를 추구하는 것은 인간의 본성이다. 게다가 쓸모 있는 활동을 하라고 자신을 채찍질하는 것은 대개 신선하고 맛있는 당근보다 효과가 없다.

예를 들어 담배를 끊기로 결심했다고 하자. 이때 우리는 암을 비롯해서 흡연이 초래하는 온갖 위험을 떠올리려 할 것이다. 이렇게 공포심을 이용하는 방법은 오히려 우리를 초조하게 해서 담배 한 개비를 더 찾게 만든다. 공포심을 유발하는 것은 별로 효과가 없다. 다음은 실제로 효과를 발휘하는 3단계 방법이다.

첫 단계는 담배를 끊었을 때 얻을 수 있는 긍정적 결과를 목록으로 작성하는 것이다. 생각나는 대로 모두 적어본다.

1. 건강이 좋아진다.
2. 스스로를 존중하게 된다.
3. 자제력이 커진다. 새로운 자신감이 생기면서 그동안 미뤄온 모든 일을 해낼 수 있을 것 같다.
4. 달리기와 춤추기를 더 활기차게 할 수 있고, 몸 상태도 좋게

느껴질 것이다. 정력이 넘치고 활력도 남아돌 것이다.

5. 심폐 기능이 강해진다. 혈압이 내려간다.
6. 숨 쉬기가 상쾌해진다.
7. 담뱃값이 들지 않는다.
8. 더 오래 살 수 있다.
9. 주변 공기가 깨끗해진다.
10. 주위 사람에게 담배를 끊었다고 말할 수 있다.

이렇게 목록을 작성한 후에는 다음 단계로 넘어간다. 매일 밤 잠자기 전에 자신이 가장 좋아하는 장소에 있다고 상상한다. 맑은 가을날에 숲속을 산책하거나 한적한 옥빛 바닷가에서 따뜻한 햇볕을 즐기며 누워 있다 등등. 어떤 상상을 하든 모든 즐거운 것을 최대한 생생하고 구체적으로 상상하면서, 몸을 이완시키고 긴장을 푼다. 온몸의 근육을 한껏 이완시키고, 팔다리와 몸의 긴장을 푼다. 이때 근육들이 얼마나 부드럽고 느슨하게 느껴지는지, 얼마나 편안하게 느껴지는지 주의를 기다린다. 이제 3단계로 넘어갈 차례다.

자신이 이 장면 속에 여전히 머물러 있으며 비흡연자가 되었다고 상상한다. 앞서 작성한 장점을 떠올리며 마음속으로 하나씩 되뇌인다. '이제 나는 훨씬 건강해졌고, 그래서 기분이 좋아. 해변을 따라 뛸 수도 있고, 그렇게 하고 싶어. 주변 공기가 무척 맑고 신선해. 나 스스로가 대견하게 느껴져. 나는 대단한 사람이야. 자제력이 더 강해졌고, 마음만 먹으면 어떤 것에도 새로 도전할 수 있어.

돈도 굳었잖아.'

이 긍정적 암시의 힘을 이용한 습관 관리법은 놀라울 만큼 효과가 크다. 내 환자들은 물론이고 나 역시 이 방법 덕택에 단 한 차례의 치료만으로 담배를 끊었다. 여러분 역시 쉽게 할 수 있으며 노력한 만큼 결실을 얻을 수 있다. 이 방법은 체중 줄이기, 제시간에 일어나기, 꾸준히 조깅하기를 비롯해 고치고 싶은 다른 습관을 개선하는 데도 이용할 수 있다.

## 스스로 한 일 하나하나를 중요하게 취급하라

세 살배기 스티비가 어린이 수영장에서 물속에 들어가지 않고 머뭇거리며 서 있었다. 물에 뛰어드는 것이 겁나기 때문이다. 어머니는 물속에 앉아 아이에게 어서 들어오라고 재촉했다. 아이가 뒤로 물러서자 어머니는 다시 재촉했다. 힘겨루기는 30분 동안 계속되었다. 마침내 스티비가 물에 뛰어들었다. 그런데 물속이 아늑하게 느껴졌다. 그렇게 어려운 일도 아닌 데다 겁낼 것이 전혀 없었다. 하지만 어머니의 노력은 오히려 역효과를 낳았다. 어머니의 재촉은 불행한 메시지가 되어 스티비의 마음속에 깊이 새겨졌다. '나는 어려운 일은 남이 억지로 시켜야 할 수 있어. 나는 다른 애들처럼 스스로 물에 뛰어들 배짱이 없어.' 스티비의 부모도 이렇게 생각하기 시작했다. '혼자 맡겨두면 스티비는 절대로 물에 뛰어들지 못해. 끊임없이 다그치지 않으면 스스로 아무것도 할 수 없어. 저 아이를 키우는 건 길고 힘겨운 싸움이 될 거야.'

과연 스티비가 성장하면서 이런 모습은 계속 되풀이되었다. 스티비는 타이르고 다그쳐야 등교하고, 야구단에 가입하고, 파티에 가는 식으로 행동했다. 어떤 일이든 혼자서 시작하는 경우가 드물었다. 스티비가 나를 찾아온 것은 스물한 살 때인데, 부모님 집에 살면서 만성 우울장애에 걸려 딱히 어떤 일을 하고 있지 않았다. 그는 여전히 사람들 주변을 맴돌며 그들이 어떤 일을 시키기만 기다리고 있었다. 하지만 이제 부모조차 아들에게 이래라저래라 하기에 진력이 났다.

매번 치료 시간이 끝나면 그는 나와 함께 논의한 과제를 해보겠다며 열정에 부풀었다. 예를 들어 한 주는 고립된 생활 태도에서 벗어나는 첫 번째 작은 실천으로, '모르는 사람 세 명에게 웃으며 인사하기'로 결정했다. 그런데 그다음 주에 그는 고개를 숙인 채 멋쩍은 표정으로 내 사무실에 들어왔다. 그 모습만 보고도 그가 남에게 인사하는 것을 '잊어버렸음'을 알 수 있었다. 또 한 주는 내가 독신자 잡지에 기고한 3쪽짜리 글을 읽어오라는 과제를 내주었다. 그 글은 한 미혼 남성이 외로움을 이기는 방법을 어떻게 배웠는가를 다룬 것이었다. 그다음 주에 스티비는 원고를 잃어버려서 읽어볼 기회도 없었다고 말했다. 매주 그는 나를 만나고 갈 때면 스스로 할 수 있다는 엄청난 열의에 휩싸였지만, 나가서 엘리베이터만 타면 아무리 간단한 과제라도 하기가 너무 어렵다는 것을 마음속 깊이 '알게' 되었다!

스티비의 문제는 무엇일까? 옛날 수영장의 일화로 거슬러 올라가보자. 스티비의 마음속에는 '나는 스스로 아무것도 못해. 남이 시켜야 겨우 하는 놈이야'라는 생각이 깊이 새겨져 있었다. 이 밑음은 한 번도 도전받은 적이 없기 때문에 일종의 자기충족적 예언으로 작동했다. 스티비는 15년 동안 지연 행동을 계속함으로써 자기가 '정말' 그렇다는 믿음을 확인해온 것이다.

해결책은 무엇일까? 먼저 스티비는 자신의 문제에 두 가지 정신의 오류, 즉 정신적 여과와 낙인찍기가 작용하고 있음을 알아차려야 했다. 그의 마음은 자신이 미뤄온 온갖 일에 대한 생각에 지배당하고 있었으며, 매주 수백 가지 일을 남에게 강요받지 않고 스스로 했다는 사실은 무시하고 있었다.

"다 맞는 얘기네요. 제 문제를 잘 짚어주신 것 같아요. 그런데 이 상황을 어떻게 바꿀 수 있는 거죠?" 나와 함께 이야기를 나눈 후 스티비는 이렇게 말했다.

해법은 스티비가 예상한 것보다 간단했다. 나는 앞 장에서 말한 손목 계수기를 차라고 권유했다. 남이 재촉하거나 격려하지 않고 스스로 어떤 일을 할 때마다 계수기를 누르는 것이다. 그리고 매일 하루를 마감할 때 기록된 총 횟수를 적는다.

몇 주가 지나자 그는 날마다 점수가 올라간다는 것을 깨달았다. 계수기를 누를 때마다 그는 스스로 자기 삶의 주인임을 느꼈고, 이렇게 함으로써 자신이 한 일에 주목하도록 스스로를 단련해나갔다. 스티비는 자신감이 향상되는 것을 느꼈고, 자기가 생각보다 능력이 있다는 것을 인정하기 시작했다.

너무 간단하다고? 정말 그렇다! 이 방법이 누구에게나 효과가 있겠느냐고? 아마 여러분은 그렇지 않다고 생각할 것이다. 그러나 해보면 되지 않을까? 이 방법에 부정적이며 손목 계수기가 자신에게 도움이 되지 않는다고 믿는다면, 실험을 통해 여러분의 비관적 예측을 직접 평가해보는 게 어떨까? 자신이 한 일 하나하나를 중요하게 취급하는 방법을 익혀두자. 그 결과에 놀랄 것이다!

## '난 안 돼'라는 생각을 검증하라

자발적 의욕 고취를 잘해내기 위한 중요한 열쇠는 자신의 성과나 능력을 패배주의적으로 예상하는 습성에 대해 과학적 태도로 판단하는 방법을 배우는 것이다. 이런 비관적 사고를 검증해보면 무엇이 진실인지 가려낼 수 있다.

우울장애나 지연 행동에 빠져 있을 때 흔히 나타나는 패배주의적 사고 유형 중 하나는 생산적인 일을 할 때마다 스스로에게 '난 안 돼'라고 말하는 것이다. 이런 사고 유형은 아무것도 안 한다고 비난받을까 봐 두려워서 생긴다. 이런 사람은 자신이 아주 못나고 무능해서 한 가지도 제대로 하지 못한다는 망상을 만들어냄으로써 체면을 세우려 한다. 자신의 무기력을 이런 식으로 방어하는 것의 문제는 스스로에게 말하는 내용을 정말 믿게 된다는 점에 있다! '난 안 돼'라고 자꾸 되뇌다 보면 마치 최면 암시처럼 작동해 얼마 후 자신이 정말 아무것도 할 수 없는, 온몸이 마비된 병자라고 확신하게 된다. 전형적인 '난 안 돼' 사고에는 '나는 요리를 못해' '나는 제구실을 못해' '나는 일을 못해' '나는 집중이 안 돼' '나는 읽을 수 없어' '나는 침대에서 못 일어나' '나는 집 안 청소를 못해' 등이 있다.

이런 생각은 스스로를 패배자로 만들 뿐 아니라 사랑하는 사람과의 관계를 망친다. '난 안 돼'라는 말을 달고 사는 짜증스러운 '투덜이'라고 여기게 되기 때문이다. 주위 사람들은 이 사람이 정말 뭔가를 할 수 없는 것인지 알 수가 없다. 그래서 그들은 잔소리를 하게 되고, 헛된 힘겨루기가 시작된다.

인지치료 요법에는 부정적 예측을 실제 실험으로 검증하는 강력하고 성공적인 기법이 있다. 예를 들어 여러분이 '너무 화가 나서 글자가 하나도 눈에 들어오지 않아. 도무지 집중이 안 돼'라고 생각하고 있다고 하자. 이 가설을 검증하기 위해 자리에 앉아 오늘 신문을 펼쳐 한 문장을 읽는다. 그런 다음 그 문장을 요약해 소리 내어 말할 수 있는지 시험해본다. 이때 여러분은 이렇게 예상할 수도 있다. '하지만 한 문단을 통째로 읽고 이해하는 건 절대로 못할 거야.' 그러면 다시 이것을 검증한다. 한 문단을 읽고 요약해보는 것이다. 이 강력한 기법 덕분에 많은 심각하고 고질적인 우울장애가 해결되었다.

## '이기든 지든 득이다' 기법

'난 안 돼'를 검증하는 일을 주저할 수도 있다. 실패의 위험을 감수하지 않으려 하기 때문이다. 물론 위험을 감수하지 않는다면 최소한 자기가 원래는 능력 있는 사람이지만 당분간은 어디에도 관여하지 않겠다고 마음먹었을 뿐이라는 신념을 유지할 수는 있다. 하지만 무관심하고 추진력 없는 모습 뒤에는 실패에 대한 두려움과 심한 무력감이 숨어 있다.

'이기든 지든 득이다' 기법은 이런 두려움과 맞서 싸우는 데 도움이 된다.

## | 표 5-10 | '이기든 지든 득이다' 기법

시간제 일에 지원하고 싶지만 두려움 때문에 못하는 가정주부가 이 기법을 사용했다.

| 거부당했을 때의 부정적 결과 | 긍정적 사고와 대처 전략 |
|---|---|
| 이 결과는 내가 절대로 일자리를 얻을 수 없다는 뜻이야. | **지나친 일반화**<br>예상할 수 없는 결과였어. 다른 여러 일거리에 응모해서 시험해봐야겠어. 최선을 다하고 결과를 지켜봐야지. |
| 남편이 날 우습게 보겠지. | **점쟁이의 오류**<br>남편에게 물어보자. 함께 아쉬워할지도 모르잖아. |
| 그렇지만 남편이 함께 아쉬워하지 않으면 어떡하나? 혹시 나는 부엌데기가 제격일 뿐 바깥일은 해내지 못한다는 증거라고 말하면 어쩌지? | 나로선 최선을 다했고 그렇게 우습게 여기면 나한테 도움이 되지 못한다고 분명히 말해줘야지. 남편의 말에 실망했지만 나는 나를 믿고 도전하겠다고 말하는 거야. |
| 그렇지만 요즘 우리는 거의 빈털터리가 되었잖아. 돈이 필요해. | 우린 지금까지 잘 살아왔고 한 끼도 굶은 적이 없잖아. |
| 일자리를 못 얻으면 애들 교복을 새로 마련해주기 힘들 거야. 교복이 낡아서 후줄근해 보여. | 새 천을 덧대면 되겠지. 현재 가진 것으로 버티는 법을 익혀야 해. 행복은 옷이 아니라 자기존중에서 오는 거야. |
| 일자리를 가진 친구들이 많잖아. 내가 집 밖에서 일하기에는 한참 못 미친다고들 생각하겠지. | 그렇다고 모두 일자리가 있는 건 아냐. 일자리가 있는 친구들도 아마 실업자 시절을 기억하고 있을 거야. 그리고 나를 우습게 본다는 조짐은 지금까지 없는걸. |

먼저 어떤 위험을 감수했다가 실제로 실패를 맛보았을 때의 부정적 결과를 목록으로 작성한다. 그런 다음 이때 자신의 두려움 속에 들어 있는 왜곡을 밝혀내고, 비록 실망스러운 경험을 했더라도 자신에게 유익하도록 대처할 수 있는 방법을 제시해본다. [표 5-10]은 '이기든 지든 득이다' 기법의 한 예다.

돈, 인간관계, 학업 등에 위험이 따르는 모험은 피하고 싶을 것이다. 그러나 설사 실패한다 해도 소득이 생긴다는 것을 잊지 말자. 우리가 걷는 법을 배운 것도 결국 이런 과정을 통해서였다. 우리가 내내 요람 속에 누워 있다가 하루아침에 벌떡 일어나 우아한 왈츠를 추게 된 것은 아니다. 몇 번씩 넘어져 얼굴을 다치고도 다시 일어나 또 도전한 우리가 아닌가. 과연 몇 살이 되어야 갑자기 모든 것을 알게 되고 더 이상 어떤 실수도 하지 않게 될까? 매번 실패하면서도 자신을 사랑하고 소중히 여길 줄 안다면, 모험으로 가득 찬 세상과 새로운 경험이 눈앞에 펼쳐지고 두려움도 사라질 것이다.


## 마차를 말 앞에 맬 수는 없다!

의욕이 어디에서 나오는지 여전히 확신하지 못하는 사람이 틀림없이 있을 것이다. 의욕과 행동 중 무엇이 먼저일까?

의욕이 먼저라고 답한다면, 훌륭하고 논리적인 선택을 했다고 할 수 있다. 그러나 불행히도 틀렸다. 의욕이 아니라 행동이 먼저

다! 펌프로 물을 끌어올리려면 먼저 마중물을 부어야 하는 것과 같다. 그러면 의욕이 생기고, 물이 즉시 올라온다.

할 일을 자꾸 뒤로 미루는 사람은 흔히 의욕과 행동을 혼동한다. 어떤 일을 해야겠다는 기분이 들 때까지 어리석게 기다리기만 한다. 하고 싶다는 느낌이 들지 않으니 자동으로 미루고 만다.

이런 사람의 오류는 의욕이 먼저 생겨야 행동을 하고 성공에 이를 수 있다고 믿는 데 있다. 그러나 보통은 그 반대다. 행동이 먼저이고, 의욕은 그 후에 생긴다.

지금 읽고 있는 이 장을 예로 들어보자. 이 장의 초고는 원래 분량도 많고 서투르고 상투적이었다. 진짜 지연 행동에 빠진 사람이라면 끝까지 읽어볼 엄두가 나지 않을 만큼 길고 지루하기 짝이 없었다. 초고를 다시 고치는 일은 마치 시멘트로 만든 신발을 신고 수영하는 꼴과 같았다. 초고 수정 작업을 하는 날, 나는 억지로 자리에 앉았다. 그리고 일단 시작했다. 나의 의욕은 1퍼센트 정도였고 일을 미루고 싶은 충동이 99퍼센트였다. 얼마나 끔찍하고 지겨운 일이었던지!

하지만 일단 작업에 들어가자 의욕이 생겼고, 급기야 일이 쉽게 느껴졌다. 결국에는 글쓰기가 즐거워졌다!

그 과정은 다음과 같다.

처음 : 행동

↓

둘째 : 의욕 ←┐

↓         │

셋째 : 더 많은 행동 ┘

일을 자꾸 뒤로 미루는 사람이라면, 십중팔구 이 원리를 알지 못한다. 그래서 침대에 누워 지내며 행동을 자극하는 뭔가가 느껴지기를 기다리기만 한다. 뭔가 해야 하지 않겠느냐고 누군가 한마디하면 이렇게 투덜거린다. "그럴 기분이 아니라니까요." 글쎄, 마음이 내켜야만 한다고 누가 그랬는가? '그럴 기분'이 들 때까지 기다리기만 한다면, 아마 영원히 기다려야 할 것이다!

〔표 5-11〕에는 스스로 행동에 나서도록 할 수 있는 여러 기법의 주요 내용을 간추려 정리해놓았다. 이 표를 살펴보면 자신에게 가장 도움이 되는 기법을 찾을 수 있을 것이다.

| 표 5-11 | 스스로 행동하도록 고무하는 기법

| 증상 | 방법 | 목표 |
|---|---|---|
| 기분이 심란하다. 할 일이 아무것도 없다. 주말이면 외롭고 지루하다. | 일일 활동 계획표 | 1시간에 한 가지를 하도록 계획하고 완성도와 만족도를 기록한다. 사실 어떤 활동이든 침대에 누워 지내는 것보다는 기분이 좋아지고, 무력감도 줄어들 것이다. |
| 해야 할 일이 너무 어렵고 보람도 없어 보여 자꾸 미루고 있다. | 지연 행동 예방 계획표 | 부정적인 예상을 검증해본다. |
| 아무것도 하지 않으려는 충동에 휩싸인다. | 역기능적 사고 일일 기록법 | 자신을 마비시키는 이치에 맞지 않는 생각을 드러내 보인다. 행동이 먼저이고 의욕은 그다음에 생긴다는 사실을 깨닫는다. |
| 혼자 있을 때는 뭔가를 해봤자 아무 소용이 없다고 느낀다. | 만족 예상 판단표 | 인격 성장과 만족을 줄 수 있는 활동을 계획하고 어떤 보상을 얻을 수 있을지 예상해본다. 홀로 있을 때와 여럿이 있을 때의 실제 만족도 차이를 경험에 비추어 비교해본다. |
| 일하기를 회피하는 것에 대해 스스로 핑계를 댄다. | '그렇지만' 반박하기 | '그렇지만'이라고 말하는 태도를 현실에 입각해서 반박함으로써 떨쳐버린다. |
| 자신이 하는 것은 무엇이든 가치가 없다고 생각한다. | 자신을 응원하는 법 배우기 | 자기를 비하하는 생각을 적고 거기에 반박한다. '전부 아니면 전무라는 생각' 같은 왜곡된 사고 유형을 찾아낸다. 매일 자신이 해낸 것을 기록한다. |

| | | |
|---|---|---|
| 할 일에 대해 자기패배적인 태도로 생각한다. | 틱톡 기법 | '과제 방해 인지'를 과제 지향 인지'로 대체한다. |
| 해야 할 일이 엄청나서 짓눌리는 느낌이 든다. | 조금씩 전진하기 | 할 일을 아주 작은 단위로 나누어 한 번에 한 단계씩 수행한다. |
| 죄의식, 압박감, 의무감, 책임감을 느낀다. | 강압 없이 의욕 고취하기 | 자기 자신에게 지시할 때는 '해야 한다'는 표현을 쓰지 않는다. 어떤 활동의 장점과 단점을 기록하면 '해야 한다'보다는 '하고 싶다'는 관점에서 생각할 수 있다. |
| 누군가 잔소리를 해댄다. 압박감과 분개심 때문에 아무것도 하지 않겠다고 거부한다. | 무장해제 기법 | 그들의 말에 적극적으로 동의하되, 자기 스스로 생각할 수 있음을 분명히 알린다. |
| 흡연 같은 습관을 고치기가 힘들다. | 성공 상상하기 | 습관을 고쳤을 때 좋은 점을 여러 가지 써본다. 긴장을 충분히 푼 후 그 장점을 머릿속으로 그려본다. |
| 자기가 할 일을 '자꾸 미루는 사람'이라고 여기기 때문에 무엇이든 혼자서 시작할 수 없다고 느낀다. | 스스로 한 일 하나하나를 중요하게 취급하기 | 스스로 해낸 일의 가짓수를 손목 계수기로 매일 기록한다. 자기가 못난이라고 생각하는 나쁜 습관을 극복하는 데 도움이 된다. |
| '난 안 돼'라며 무력감과 무능함을 느낀다. | '난 안 돼' 검증하기 | 부정적 생각을 검증하는 실험을 통해 그것이 틀렸음을 확인한다. |
| 실패가 두려워 어떤 위험도 무릅쓰지 않으려 한다. | '이기든 지든 득이다' 기법 | 실패할 때의 부정적 결과를 기록하고 대처법을 미리 마련해놓는다. |

# 6.
## 말로 싸우기:
## 비판에 말대꾸하기

여러분은 지금 자신이 쓸모없다고 느끼는 이유는 자기비판을 계속 퍼붓기 때문이라는 사실을 배우고 있다. 자기비판은 스스로를 괴롭히고 해치는 내면의 대화라는 형식으로 나타난다. 이 내면의 대화에서는 사실과 맞지 않는 지독한 말로 끊임없이 자신을 질책하고 못살게 군다. 내면의 비판은 흔히 타인의 신랄한 말에 자극받아 시작된다. 우리는 다른 사람의 비판을 두려워할 수 있는데, 이것은 단지 우리가 타인의 비판을 효과적으로 처리하는 기법을 한 번도 배워본 적이 없기 때문이다. 그러나 이 기법을 배우는 일은 비교적 쉽다. 그래서 나는 자존감을 지키면서 악담과 비난에 적극적으로 대처하는 기술을 익혀두는 것이 중요하다고 강조한다.

우울장애는 많은 경우 다른 사람의 비판 때문에 시작된다. 전문 악담 해결사라고 할 수 있는 정신과 의사조차 비판에는 적대적으로 반응한다. 아트라는 정신과 수련의가 있었다. 한번은 그의 지도교수가 아트에게 선의의 비판적 평가를 해주었다. 아트가 치료 시간 도중 여러 번 거친 말을 했다며 환자 한 사람이 불만을 제기한 것이다. 그 말을 들은 아트는 공황 상태와 우울 증세에 빠졌다. 이런 생각이 들었기 때문이다. '맙소사! 나에 대한 진실이 다 드러났어. 내가 얼마나 쓸모없고 무심한 인간인지 환자들조차 죄다 알게 됐어. 아무래도 수련의에서 밀려나겠어.'

어떤 사람은 비판에 상처를 입지만 어떤 사람은 입에 담기 힘든 비난에도 끄떡하지 않는다. 왜 그럴까? 이 장에서 우리는 남의 비판에 당당히 대처하는 방법을 배울 것이다. 그리고 더 이상 비난에 상처받지 않을 방책을 하나하나 구체적으로 익혀나갈 것이다. 그전에 다음 사실을 염두에 두자. 비난에 대한 두려움을 이겨내려면 적절한 훈련이 필요하다. 하지만 이 기술을 익혀서 능숙하게 사용하는 일은 전혀 어렵지 않다. 또 자존감에 끼치는 긍정적 영향도 엄청나다.

비난받을 때 우리의 내면을 파탄시키는 덫에서 벗어나는 방법을 알아보기 전에, 먼저 왜 사람마다 비난과 비판에 반응하는 정도가 다른지 살펴보자. 우선 우리의 기분이 상하는 것은 남들 때문도 그들의 따가운 비판 때문도 아니라는 사실을 깨달아야 한다. 거듭 말하지만, 다른 사람의 비판적 언사가 우리의 감정을 손톱만큼이라도 상하게 하는 일은 일생에 단 한 번도 없다. 남이 얼마나 간악하고 무정하고 잔혹한 말을 내뱉든, 그런 말에는 우리를 괴롭히거나 불편하게 만들 티끌만 한 힘도 없다.

이렇게 말하면 여러분은 내가 제정신이 아니거나, 완전히 잘못 알고 있거나, 심각하게 비현실적이거나, 아니면 이 모두에 해당하는 것이 아닌가 의심할지도 모른다. 하지만 그렇지 않다고 장담한다. 자신을 무시하고, 깔아뭉개고, 바보로 만들 수 있는 사람은 이 세상에 단 한 사람, 바로 자기 자신밖에 없다!

어떻게 이런 일이 일어나는 걸까. 남이 나를 비난하면 어떤 부정적인 생각이 자동으로 내 머릿속에서 움직인다. 나의 감정은 이 생각에 의해 만들어지는 것이지, 남이 하는 말에 의해 만들어지는 것이 아니다. 나의 기분을 상하게 하는 생각에는 3장에서 살펴본 정신의 오류가 언제나 포함되어 있다. 지나친 일반화, 전부 아니면 전무라는 생각, 정신적 여과, 낙인찍기 같은 오류.

앞에서 예로 든 아트의 생각을 들여다보자. 그가 공황 상태에 빠진 것은 비판을 이렇게 파국적으로 해석한 탓이다. '이 비판은 내가 얼마나 쓸모없는 존재인지 보여주는 거야.' 아트가 범한 정신의 오류는 무엇일까? 첫째, 그는 환자들의 비판이 타당하고 합리적이라고 자의적으로 단정하는데, 이는 지나친 비약으로 결론 내리기 오류다. 환자의 불평이 옳을 수도, 그렇지 않을 수도 있기 때문이다. 게다가 그는 자신이 어떤 요령 없는 말을 환자에게 했든 그 말의 중요성을 과장하고 있다(침소봉대). 또 자신의 잘못된 행동을 전혀 고칠 수 없다고 단정하고 있다(점쟁이의 오류). 그리고 환자 한 사람에게 잘못했는데도, 이런 잘못을 앞으로도 계속 되풀이할 것이기 때문에 자신은 의사로 인정받지 못하고 경력도 망치게 될 것이라고 비현실적 예측을 하고 있다(지나친 일반화). 그는 오로지 자기 잘못에만 초점을 맞추고(정신적 여과), 치료를 잘해낸 수많은 경우를 간과하고 있다(긍정적인 것을 인정하지 않거나 못 본 척하기). 그는 자신의 실수를 자기의 존재와 동일시하면서 '쓸모없고 무정한 인간'이라고 단정하고 있다(낙인찍기).

비판의 두려움을 극복하기 위한 첫 단계는 우리의 정신 작용과 관련이 있다. 비판을 들을 때 우리 마음속에서 생겨나는 부정적 사고를 확인하고 밝혀내는 법을 익혀두자. 앞에서 살펴본 두 칸 기법을 활용해 부정적 사고를 적어보면 자신의 생각을 분석해 그것이 어떤 점에서 이치에 맞지 않거나 잘못되었는지 알아낼 수 있다. 마지막으로, 더 이치에 맞고 마음이 덜 상하는 이성적 대응을 적어보자.

〔표 6-1〕은 아트가 두 칸 기법을 이용해 작성한 과제에서 발췌한 내용이다. 자신이 처한 상황을 더 현실에 맞게 생각하는 법을 배우자 그는 자신을 파국으로 몰아넣는 일에 정신과 감정을 허비하는 대신 창의적이고 목표지향적인 문제 해결에 에너지를 사용할 수 있었다. 남들이 듣기에 불쾌하거나 상처 주는 말을 꼼꼼히 살펴본 후 똑같은 실수를 저지르지 않기 위해 그는 환자에게 냉담하던 태도를 고치기 시작했고, 예전의 실수도 줄일 수 있었다. 그 결과 그는 새로운 상황이 나타날 때마다 새로 배웠고, 치료 솜씨도

2부. 기분 다스리기 실전 기법

## | 표 6-1 | 아트가 작성한 두 칸 기법 과제 중 일부

아트는 까다로운 환자를 대하는 태도에 대해 지도교수로부터 비판을 받았다. 처음에는 공황 상태를 경험했지만, 자신의 부정적 생각을 기록한 후 이것들이 현실과 전혀 맞지 않다는 점을 깨달았다. 그러고 나자 그는 큰 안도감을 느꼈다.

| 자동적 사고(자기비판) | 이성적 대응(자기방어) |
|---|---|
| 맙소사, 나에 대한 진실이 다 드러났어. 환자들조차 내가 얼마나 쓸모없고 무심한 인간인지 알게 됐어. | 환자 한 사람이 불만을 제기했다고 해서 내가 '쓸모없고 무심한 인간'이 되는 건 아냐. 오히려 내 환자들은 대부분 나를 좋아하잖아. 실수가 내 '본모습'을 드러내는 건 아니야. 실수는 누구나 하게 마련이야. |
| 아마 수련의에서 밀려날 거야. | 이건 말도 안 돼. 여기에는 몇 가지 잘못된 전제가 깔려 있어. 첫째, 나는 나쁜 짓만 한다. 둘째, 나는 발전할 가능성이 전혀 없다. 둘 다 틀렸기 때문에 내가 수련의에서 쫓겨날 일은 전혀 없어. 그동안 일을 잘했다고 칭찬받은 적도 많잖아. |

좋아졌으며, 문제에 대처하는 태도도 한층 원숙해졌다. 그는 자신감이 커졌고 자신이 모자란 존재라는 두려움도 극복할 수 있었다.

한마디로, 사람들이 우리를 비판할 때 그들이 하는 말은 옳거나 그르다. 만일 그들의 말이 그르다면, 우리는 마음 상할 까닭이 전혀 없다! 그런 말에 대해서는 딱 1분만 생각하고 끝내자. 많은 환자가 사랑하는 사람에게서 경솔하고 사실이 아닌 비판의 말을 들었다며 울고, 화내고, 속상해하면서 나를 찾아왔다. 그러나 그런 반응을 보일 필요는 전혀 없다. 남이 나를 정당하지 않은 방식으로 비판하는 잘못을 저지르고 있는데, 내가 왜 그걸 걱정하고 불안해해야 하는가? 잘못은 남이 한 것이지 내가 한 것이 아니다. 어째서 내가 속상해해야 하는가? 혹시 다른 사람은 완벽할 거라고 기대했는가? 설령 그 비판이 옳다 해도 좌절할 이유는 전혀 없다. 우리는 완벽한 존재가 아니다. 그냥 실수를 인정하고 이를 고치고자 노력하면 된다. 간단해 보일 것이다(실제로도 간단하다!). 다만 이런 이해를 바탕으로 실제 감정까지 변화시키려면 어느 정도 노력이 필요하다.

물론 보람 있고 행복한 삶을 살려면 타인에게 사랑받고 인정받을 필요가 있다고 느끼기 때문에 비판이 두려울 수도 있다. 그러나 이러한 시각에는 문제가 있다. 남을 만족시키기 위해 자신의 모든 에너지를 쏟아야 하므로, 정작 자신의 창조적이고 생산적인 삶을 영위하는 데 쏟을 에너지가 별로 남지 않게 된다. 역설적이게도 이렇듯 남을 만족시키려고 애쓰는 이들보다 자신만만하고 당당하게 자기 삶을 살아가는 이들에게 많은 사람이 더 매력을 느끼고, 그러한 태도를 바람직하게 여긴다.

지금까지 내가 한 이야기는 앞 장에서 소개한 인지 기법들에 관한 일종의 개관이다. 문제의 핵심은 오직 우리의 생각만이 우리를 속상하게 만들 수 있으며, 만일 더 현실성 있게 생각하는 법을 익힌다면 훨씬 덜 속상할 것이라는 사실이다. 어떤 사람이 우리를 비판할 때 곧바로 우리의 머릿속에 흔히 떠오르는 부정적 생각을 적어보자. 이어서 거기에 어떤 왜곡이 있는지 밝혀낸 뒤 더 객관적이고 이성적인 대응으로 바꾸어보자. 분노와 두려움이 한결 줄어들 것이다.

이제 나는 매우 실용적이면서도 간단한 '말로 싸우기 기법'을 여러분에게 가르쳐줄 것이다. 남이 공격해올 때 우리는 어떤 말로 대응할 수 있을까? 주도적이고 자신감을 향상시키면서 이 어려운 상황에 대처할 수 있는 방법으로는 어떤 것이 있을까?

## 1단계: 감정이입

누군가가 여러분을 비판하거나 비난할 때 그 사람의 행동은 여러분을 돕거나 해치려는 동기에서 나왔을 것이다. 비판자가 하는 말은 틀리거나 옳거나 또는 그 사이 어디쯤에 해당할 것이다. 하지만 처음부터 여기에 초점을 맞추지 않는 편이 현명하다. 그 대신 비판자가 정확히 무슨 말을 하려는지 파악하기 위해 구체적인 질문 몇 가지를 던져본다. 질문할 때는 판단하거나 방어하려 들지 말아야 한다. 계속 더 구체적인 정보를 요구해야 한다. 그리고 비판자의 눈으로 세상을 바라보려고 노력한다. 비판자가 근거가 모호한 모욕적인 말로 공격하면 더 구체적인 질문을 던져서 그 사람이 나의 어떤 면을 싫어하는지 정확히 알아내야 한다. 이 초기 대응 전략은 비판자가 남의 허물 찾기를 그만두도록 하는 데 큰 도움이 되며, 공격과 방어 관계를 협력과 상호존중의 관계로 변화시킬 수 있다.

나는 흔히 치료 시간에 환자와 가상 상황을 설정하고 역할극을 벌여 이 특별한 기술을 활용하는 법을 설명해준다. 역할극은 이런 점에서 유용한데, 그 방법은 다음과 같다. 아래의 대화에서 화가 나서 비판하는 환자 역할을 여러분이 맡고 있다고 상상하자. 여러분은 자신이 생각할 수 있는 가장 고약하고 속을 뒤집어놓는 말로 나를 비판한다. 이때 그 내용은 참 또는 거짓, 아니면 부분적으로 옳거나 틀릴 수 있다. 나는 여러분의 공격에 감정이입 기법으로 대응할 것이다.

**여러분** 번스 박사님, 당신은 아무짝에도 쓸모없는 형편없는 인간이에요.

**데이비드** 뭐가 그렇게 형편없나요?

**여러분** 말이랑 행동이 다 그래요. 매정하고 자기중심적이고 무능해요.

**데이비드** 하나씩 살펴봐야겠네요. 좀 더 구체적으로 말해주면 좋겠어요. 보아하니 내가 기분 나쁜 질문이나 행동을 무척 많이 했군요. 그런데 내가 한 말 중 어떤 말이 매정하게 느껴졌나요? 어떤 것 때문에 내가 자기중심적이라고 느꼈나요? 내가 어떤 행동을 했기에 무능하다고 느꼈나요?

**여러분** 지난번에 내가 예약 일자를 연기하자고 전화했을 때 박사님은 무슨 급한 일이 있는 것처럼 서두르며 짜증스럽게 대했고, 나한테는 조금도 신경을 써주지 않았어요.

**데이비드** 맞아요. 내가 전화를 급하고 쌀쌀맞게 받았죠. 내가 짜증스럽게 대한 적이 또 있었나요?

**여러분** 치료 시간이 끝나면 언제나 나를 빨리 내보내려고 하잖아요. 병원이 꼭 무슨 돈 버는 공장 같더군요.

**데이비드** 아, 치료할 때 내가 쫓기는 것 같다고 느꼈군요. 내가 환자보다 치료비에 더 관심이 있다는 인상을 주었을 수도 있겠군요. 또 다른 것은 없나요? 내가 실수했거나 기분 상하게 한 적은 또 없었나요?

내가 한 일은 간단하다. 구체적인 질문을 던짐으로써 여러분이 나를 완전히 거부할 가능성을 최소화한 것이다. 나는 해결해야 할 구체적인 문젯거리가 무엇인지 알게 되었다. 더 나아가 나는 줄곧 여러분의 눈으로 상황을 이해하기 위해 여러분의 말을 경청함으로써 여러분의 의견이 충분히 표명되도록 했다. 이런 대처법은 분노와 적대감을 해소하고 비난과 논쟁 대신 문제를 해결하려는 자세를 갖게 한다. 이때 명심해야 할 중요한 규칙이 있다. 설사 상대방의 비판이 완전히 부당하다고 느껴지더라도 구체적인 질문을 던져서 감정이입을 하도록 해야 한다. 그 비판이 무엇을 뜻하는지 자세히 알아내야 한다. 상대방이 화가 난 상태라면 낙인을 찍으려 할 것이며, 심지어 막말을 해댈 수도 있다. 그래도 정보를 더 요구해야 한다. "그 말은 무슨 뜻으로 한 건가요?" "어째서 아무짝에도 쓸모없고 형편없는 인간이라고 했나요?" "내가 어떻게 기분을 상하게 했나요? 내가 무슨 행동을 했나요? 언제 그랬지요?" "얼마나 자주 그랬나요?" "내가 싫은 이유가 그 밖에 또 없나요?" 자신의 행동이 상대방에게 어떻게 받아들여지는지 알아내고, 비판하는 사람의 눈으로 세상을 바라보도록 노력해야 한다. 이러한 접근법은 성난 사자를 진정시켜 좀 더 분별 있는 대화를 나누기 위한 기초가 된다.

## 2단계: 무장해제하기

누군가 우리에게 비난을 퍼부을 때 우리는 다음 세 가지 중 하나를 선택할 수 있다. 첫째, 피하지 않고 비난에 반격한다. 이 방법은 대개 싸움으로 발전해 서로를 파탄낸다. 둘째, 그 자리에서 달아나거나 피한다. 이 방법은 흔히 수치심을 낳고 자아존중감을 잃는 결과를 가져온다. 셋째, 그 자리에 그대로 있으면서 상대방을 솜씨 있게 무장해제한다. 이 가운데 가장 만족스러운 해결책은 세 번째 방법이다. 상대방을 맥 빠지게 만들면 결국 자신이 승자가 될 것이며, 상대방 역시 대체로 승자라고 느끼게 된다.

어떻게 이런 일이 가능할까? 비결은 간단하다. 상대방의 비판이 옳든 그르든 처음에는 상대방의 말에 맞장구치는 방법을 찾아낸다. 먼저 가장 손쉬운 상황을 가정해보자. 예를 들면 비판자의 말이 대부분 옳다고 가정한다. 앞의 대화에서 여러분은 내가 서두르면서 무관심하게 대하는 경우가 여러 번 있었다고 분통을 터뜨리며 비난했다. 이때 나는 이렇게 대응할 수 있다. "정말 옳은 말씀입니다. 내게 전화했을 때 내가 서둘렀는데, 인정머리 없다는 인상을 줄 수 있었겠네요. 기분을 상하게 하려는 의도는 전혀 없었다는 점을 말씀드리고 싶습니다. 치료 시간에 대체로 쫓기듯 서두른다는 말씀도 맞습니다. 미리 잘 의논해서 정하면 원하는 만큼 길게 치료 시간을 가질 수 있을 겁니다. 15분이나 20분 정도 늘리면 괜찮을까요?"

이번에는 상대방의 비판이 부당하고 근거도 없다고 느껴질 때다. 이 경우 도저히 자신의 입장을 변화시킬 수 없다면 어떻게 해야 할까? 상대방의 비판이 말도 안 된다고 확신하면서 어떻게 맞장구를 칠 수 있단 말인가? 이 역시 어렵지 않다. 비판 행위 자체에 '원론적으로' 동의하거나 그 비판 속에서 한 조각 진실을 찾아 거기에 동의한다. 또는 상대방의 기분이 상했다면 그 사람이 상황을 바라보는 관점에 따르면 이해할 만하다고 인정한다. 앞에서 했던 역할극을 계속해보면서 설명하겠다. 마찬가지로 여러분이 나를 공격하는데, 이번에는 애초에 비판이 잘못된 경우다. 이 역할극의 규칙에 따르면 나는 세 가지를 지켜야 한다. 첫째, 나는 상대방이 무슨 말을 하든 맞장구를 칠 부분을 찾아야 하고, 둘째, 비아냥거리거나 방어하는 태도를 피해야 하며, 셋째, 언제나 진실을 말해야 한다. 여러분은 아무리 희한하고 고약한 말이든 할 수 있으며, 그래도 나는 이 세 가지 규칙을 충실히 따를 것이다. 이제 시작해보자!

**여러분** 번스 박사님, 당신은 엉터리예요.

**데이비드** 나도 그렇게 느낄 때가 있습니다. 가끔 일을 망치거든요.

**여러분** 이 인지치료라는 것도 틀려먹었어요!

**데이비드** 개선할 여지가 분명히 많지요.

**여러분** 그리고 당신은 멍청해요.

**데이비드** 나보다 똑똑한 사람이 한두 사람이 아니랍니다. 나도 내가 세상에서 제일 잘났다고 생각하지 않아요.

**여러분** 환자를 생각하는 마음이 전혀 없어요. 당신의 치료법은 얄팍한 속임수라고요.

**데이비드** 나도 마음 따뜻하고 열린 사람이고 싶은데 언제나 그렇지는 못하네요. 내 치료법 중 처음에는 속임수처럼 보이는 것들이 몇 가지 있을지도 몰라요.

**여러분** 당신은 제대로 된 정신과 의사가 아니에요. 이 책도 완전 쓰레기이고, 내 증상을 고쳐줄 거라는 믿음도 못 주고 능력도 없잖아요.

**데이비드** 무능해 보였다면 정말 미안합니다. 마음이 무척 불안했겠군요. 나를 믿기 힘들고, 우리가 함께 좋은 결과를 만들어낼 수 있을지 진짜로 의심하니까요. 지금 한 말이 전적으로 옳습니다. 우리가 서로를 존중하고 힘을 합치지 않으면 우리는 치료에 성공하지 못할 겁니다.

여기까지 오면(또는 그전이라도) 성난 비판자는 대개 울분이 풀린다. 맞서 싸우는 대신 맞장구친 덕분에 상대방은 금방 탄약이 다 떨어져 훌륭하게 무장해제되어버린다. 전투를 피한 덕분에 승리했다고 생각해도 좋다. 비판자의 분노가 가라앉으면 대화하기에 더 좋은 상태가 된다.

앞의 두 단계를 환자에게 설명해주면서 나는 늘 역할 바꾸기를 하자고 제안한다. 환자가 이 방법을 완전히 익히도록 하기 위해서다. 우리도 한번 해보자. 내가 여러분을 비난하며 공격하고, 여러분은 감정이입 훈련을 하면서 나의 비난에 대답한다. 이때 주고받는 비난과 대답이 얼마나 정확한지 또는 얼토당토않은지 살펴본다. 다음의 대화에서 좀 더 도움을 얻으려면 '여러분'의 말을 가리고 스스로 답을 만들어봐도 좋다. 그리고 내가 제시한 말과 얼마나 가까운지 확인해본다. 이때 반드시 감정이입 기법에 따라 질문을 하고, 무장해제 기법을 이용해 타당한 방식으로 맞장구쳐야 한다는 사실을 명심하자.

데이비드 당신은 치료받으려고 여기 오는 게 아닙니다. 단지 동정을 받기 위해 오는 겁니다.

여러분 무엇 때문에 내가 동정받기 위해 온다고 생각하나요?

데이비드 치료 시간 사이사이에 필요한 자기개선 노력을 아무것도 안 하고 있잖아요. 그저 여기 와서 불평을 늘어놓고 싶을 뿐인 거죠.

여러분 박사님이 권해준 글로 적기 숙제를 좀 게을리한 건 사실이에요. 치료 시간에 내가 불평을 하지 말았으면 싶나요?

데이비드 하고 싶은 건 뭐든 해도 됩니다. 다만 당신이 치료에는 아무 관심도 없다는 것만 인정하면 됩니다.

여러분 내가 병이 낫기를 바라지 않는다고 생각하는 건가요?

데이비드 당신은 아무짝에도 쓸모없어요! 그냥 쓰레기라고요!

여러분 나도 몇 년째 내가 그런 존재라고 느껴왔어요! 내 기분을 바꿀 수 있는 좋은 방법이 혹시 없을까요?

데이비드 내가 포기할게요. 당신이 이겼어요.

여러분 맞아요. 내가 이겼네요!

이 방법을 친구와 함께 연습해볼 것을 강력히 권한다. 역할극 형식은 실제 상황이 발생했을 때 꼭 필요한 요령을 익히도록 도움을 준다. 역할극을 마음 편히 함께할 상대가 없다면, 위의 경우처럼 성난 비판자와 여러분이 나누는 대화를 상상해서 글로 써보는 것도 좋다. 각 비판에 대해 감정이입과 무장해제 기법을 이용해 어떻게 대답할지 써본다. 처음에는 어렵겠지만 곧 요령을 터득할 수 있을 것이다. 요점만 이해하면 매우 쉽다.

이 과정에서 우리가 깨닫는 사실이 있다. 남에게 부당한 비난을 들을 때 자기를 방어하려는 경향이 견딜 수 없을 만큼 매우 강력하다는 것이다. 이것은 중대한 잘못이다! 이 경향에 굴복하면 상대방이 퍼붓는 비난의 강도도 증가할 것이다! 자신을 방어할 때마다 상대방의 무기에 총알을 보태주는 역설적 상황이 벌어지는 셈이다. 역할극으로 실례를 들어보자. 이번에는 여러분이 비판자 역할을 맡고, 나는 부당한 비난에 대해 나를 방어해본다. 우리의 대화가 얼마나 순식간에 전면전으로 치닫는지 볼 수 있을 것이다.

**여러분** 번스 박사님, 당신은 환자에게 전혀 관심을 기울이지 않습니다.

**데이비드** 그 말은 사실도 아니고 부당합니다. 제대로 알고 말하는 건가요! 내가 얼마나 열심히 일하는지 환자들도 인정하고 존경해요.

**여러분** 아하! 그런데 나만 당신을 인정하지 않는다는 말이군요. 잘 먹고 잘 살아요!(여러분은 발길을 끊기로 결심하고 나가버린다.

나는 방어적 태도 때문에 완전히 손해만 보았다.)

이와 반대로 내가 감정이입과 무장해제 전략을 취했다면 상대방은 내가 자기 말에 귀 기울이고 자기를 존중해준다고 느꼈을 것이다. 그 결과 상대방은 싸울 의욕을 잃고 진정된다. 이로써 3단계, 즉 소통과 협상의 단계로 가는 길이 열린다.

이런 전략을 취하겠다고 마음먹고 있어도 실제 상황에서 남에게 비난을 당하면, 처음에는 감정에 휩쓸려 이전의 행동 습성에서 벗어나기 어려울 수도 있다. 심하게 토라져서 격렬히 반박하고 자신을 방어할지도 모른다. 이해할 만한 일이다. 이 기법은 하룻밤 새에 익힐 수 없다. 그리고 모든 싸움에서 매번 이겨야 할 필요도 없다. 그러나 나중에라도 자신의 실수를 분석하는 것은 중요하다. 이렇게 함으로써 이전과는 다른 방식으로 상황에 대처하는 법을 생각해낼 수 있다. 나중에라도 대처하기 어려운 상황을 역할극으로 함께할 수 있는 사람이 있다면 큰 도움이 된다. 그러면 자신에게 편안하고 잘 맞는 방법을 완전히 익힐 때까지 갖가지 대답을 해보며 연습할 수 있다.


## 3단계: 소통과 협상

일단 감정이입 기법을 활용해 상대방의 비판에 귀 기울이고 어떻게든 무장해제했다면, 이제 자신의 입장과 감정을 요령 있게 그러나 명확히 설명하면서 서로 타협할 수 있다.

상대방의 비판이 명백히 잘못된 것이라 하자. 어떻게 이 사실을 건설적인 방식으로 증명해 보일 수 있을까? 간단하다. 자신이 틀렸을지 모른다고 인정하면서 '객관적으로' 자신의 의견을 말하면 된다. 둘 사이의 대립을 인격이나 자존심이 아니라 사실에 근거해 바라볼 수 있도록 한다. 비판하는 사람을 향해 부정적 낙인을 찍지 않도록 한다. 명심하자. 비판자가 오류를 범했다고 해서 그 사람이 멍청하거나 쓸모없거나 열등한 존재라는 의미는 아니다.

다음은 최근에 일어난 일이다. 어떤 여성 환자가 찾아와서는 내가 이미 지불한 1회 치료비를 다시 청구했다고 주장했다. 그녀는 "장부 관리 좀 제대로 하셔야겠어요!"라며 나를 힐난했다. 나는 그녀가 틀렸다는 것을 알고 있었지만 이렇게 대답했다. "내 기록이 정말 잘못되었을지도 모르겠네요. 아마 환자분이 깜빡 잊고 지불하지 않았다고 생각한 모양인데, 내가 착각했을 수도 있을 겁니다. 환자분이나 나나 모두 가끔 실수를 할 수 있으니 너그럽게 이해해주면 좋겠습니다. 그러면 서로 편하게 대할 수 있을 테니까요. 그런데 혹시 수표 결제가 취소되진 않았는지 다시 확인해주실 수 있을까요? 그러면 사실이 어떤지 확인될 테니 바로잡을 수 있을 겁니다."

이때 나는 극단에 치우치지 않는 태도로 대응함으로써 환자가 체면을 살리고 자존감도 지킬 수 있게 했다. 나중에 그녀가 실수한 것이 드러났지만, 내가 나의 잘못일지도 모른다고 인정했기 때문에 그녀는 안도감을 느꼈다. 그녀는 내가 완벽주의자여서 자기 못지않게 까다롭게 굴지 않을까 염려했는데, 이 일 덕택에 나를 더 신뢰하게 되었다.

때로는 사실의 차이가 아니라 기호의 차이 때문에 비판을 받기도 한다. 이때도 자신의 관점을 요령 있게 말할 수 있다면 또 한 번 승리자가 될 수 있다. 예를 들어 내가 어떤 옷차림을 하든 부정적 반응을 보이는 환자가 있는가 하면, 호의적 반응을 보이는 환자도 있다. 나는 정장에 넥타이를 매거나 반정장 차림에 넥타이를 맸을 때가 가장 편하다. 그런데 어떤 환자가 너무 정장만 고집한다며 나를 힐난한다고 가정해보자. 그는 이런 복장이 '성공한 사람' 티를 내기 때문에 짜증이 난다는 것이다. 그에게 내가 싫은 또 다른 점이 있는지 몇 가지 질문을 던져 답을 얻은 뒤 나는 이렇게 말한다. "이런 복장이 분위기를 꽤 딱딱하게 한다는 것은 나도 인정합니다. 좀 더 간편한 차림이면 환자분도 더 편안하게 느끼겠지요. 그런데 지금까지 여러 복장을 해봤지만 정장이나 반정장 차림일 때 환자 대부분이 좋아하더군요. 내가 지금처럼 입고 있는 것도 그래서입니다. 혹시라도 이 복장 때문에 우리가 함께 계속 치료해나가는 데 방해받지는 않았으면 좋겠습니다."

비판자와 타협하는 데 선택할 수 있는 방법은 다양하다. 상대가 똑같은 억지 주장을 되풀이해서 늘어놓는다면 자기 입장을 분명하지만 정중하게, 상대방이 지칠 때까지 거듭 밝히면 된다. 예컨대 앞의 환자가 내게 계속 정장을 입지 말라고 한다면 나는 그때마다 이렇게 대답하면 된다. "환자분의 말씀은 잘 알겠습니다. 그 말씀에도 일리가 있습니다. 하지만 진료 중에는 정장 차림을 하기로 방침을 정했답니다."

때로는 중도적인 해법을 취할 수도 있다. 이것은 협상과 타협의 길이다. 이때는 자신이 원하는 것의 일부를 얻는 데 만족해야 한다. 그렇지만 먼저 감정이입과 무장해제 기법을 성실히 적용하면 더 많은 것을 얻을 수 있다.

우리가 명백히 틀렸고 상대방의 비판이 옳은 경우도 많다. 이때는 비판에 깨끗이 동의하면서 상대방이 알려준 것에 고마움을 전하고 혹시 피해를 주었다면 사과한다. 우리를 향한 상대방의 존경심이 그만큼 깊어질 것이다. 고리타분해 보일지 모르지만(물론 실제로도 그렇지만) 효과는 놀랍다.

이쯤에서 여러분은 이렇게 말할지도 모른다. "남이 나를 비판하는데 나를 방어할 권리도 없단 말인가요? 왜 늘 남에게 맞장구를 쳐야 하나요? 결국 멍청이는 그 사람들이지 내가 아닌데. 성내고 화를 터뜨리는 것도 인간적인 모습 아닌가요? 어째서 늘 내가 남의 기분을 맞춰줘야 하죠?"

물론 이런 항변도 일리가 있다. 우리에게는 다른 이의 비난으로부터 자신을 적극 보호하고, 언제든 상대방에게 화를 낼 권리가 분명히 있다. 자기가 아니라 비판자가 틀린 경우가 많다는 지적도 맞다. "속으로 앓느니 성내는 편이 낫다"는 말에도 어느 정도 진실이 들어 있다. 결국 우리가 누군가를 '엉터리'라고 판단할 거라면, 다른 사람도 그러라고 내버려두는 것이 어떨까? 그리고 때로는 다른 사람에게 화를 내고 나면 훨씬 기분이 좋아진다.

이런 주장에는 많은 심리치료사도 동의할 것이다. 프로이트는 우울장애는 '내면을 향한 분노'라고 생각했다. 그는 우울장애를 앓는 사람들은 분노를 스스로에게 돌린다고 믿었다. 이 견해에 찬성하는 많은 치료사는 환자에게 자신의 분노를 자각하고 남에게 좀 더 자주 표현하라고 권한다. 심지어 이들은 이 장에서 내가 제시한 방법 중 어떤 것은 강박적 책임 회피라고 말한다.

이것은 잘못된 논리다. 문제의 핵심은 자신의 감정을 표현하느냐 마느냐가 아니라 어떻게 표현하느냐다. 만일 "당신이 나를 비난하기 때문에, 그리고 당신이 엉터리이기 때문에 나는 화가 난다"라는 식으로 표현한다면 상대방과의 관계에 금이 갈 것이다. 상대방의 부정적 반응에 방어적이고 앙심 품은 태도로 자기를 지키려 한다면 두 사람 사이에서 좋은 관계를 기대하기는 그만큼 힘들 것이다. 그러므로 화를 터뜨리면 당장 기분은 시원하겠지만, 긴 안목에서 보면 건너갈 다리를 불태우는 것과 마찬가지로 자신을 해치는 셈이다. 이런 방식은 너무 성급할뿐더러 쓸데없이 상황을 극단적으로 만들고, 비판자가 전달하려는 바를 깨달을 가능성도 없애버린다. 더욱 심각한 점은, 그 반동으로 우울장애가 찾아와 화를 터뜨린 일을 탓하면서 심한 자책감에 빠져들 수 있다는 것이다.


## 야유 받아넘기기

여기서 다룰 내용은 강연이나 강의를 하는 사람에게 특히 유용하다. 나는 대학이나 전문가 단체에서 우울장애 연구 현황을 강의하기 시작할 때부터 '야유 받아넘기기' 기법을 개발했다. 강의에 대한 반응은 대체로 좋았지만 야유를 보내는 사람이 한 명은 꼭 있었다. 이런 사람들이 보내는 야유에는 대체로 몇 가지 특징이 있다.

첫째, 아주 신랄하지만 부정확하며 주제와 관련성도 없다. 둘째, 야유를 보내는 사람은 흔히 동료에게 별로 인정이나 관심을 받지 못하는 사람이다. 셋째, 이들은 장황한 독설을 퍼붓는다.

다른 청중에게도 질문할 기회를 주기 위해서 나는 이런 사람들을 마음 상하지 않게 조용히 시키는 '야유 받아넘기기' 기법을 개발했다. 특히 다음과 같은 방법이 가장 효과가 좋았다. 첫째, 지적해주어서 고맙다는 답변을 즉각 해준다. 둘째, 지적한 문제가 정말 중요한 것이라고 인정한다. 셋째, 지적한 문제에 대해서는 아직 더 알아내야 할 점이 많다는 것을 강조하고, 비판자에게 이 주제에 관해 의미 있는 연구와 조사를 해보라고 격려한다. 넷째, 강의가 끝난 뒤 이 문제에 관해 더 많은 의견을 나누면 좋겠다고 말한다.

말로 하는 기법이 반드시 특별한 결과를 만들어낸다고 장담할 수는 없지만, 나는 위와 같은 낙관적 방법을 이용했을 때 거의 만족스러운 결과를 얻었다. 실제로 야유를 던지는 사람들 중 많은 수가 강연이 끝난 뒤 찾아와 칭찬을 하면서 친절하게 답변해주어 고맙다고 말했다. 때로는 이런 야유자들이 내 강연에 가장 큰 애정을 보내며 고마움을 표하기도 한다!

## 요약

[표 6-2]는 비판에 대처할 수 있는 여러 가지 인지 원리와 말하

기 원칙을 요약해놓은 것이다. 일반적으로 누군가 우리를 모욕했을 때 우리는 즉각 '슬픔'의 길, '분노'의 길, '기쁨'의 길 가운데 하나를 선택한다. 이때 어떤 길을 택하든 생각과 기분과 행동은 물론 신체 기능까지 포함된 하나의 완전한 경험을 하게 될 것이다.

우울감에 빠지는 경향이 있는 사람은 대부분 '슬픔'의 길을 선택한다. 이들은 상대의 비판이 옳다고 자동으로 결론 내린다. 이런 사람들은 체계적인 분석도 전혀 하지 않은 채 잘못은 자기에게 있고, 자기가 실수를 저질렀다고 성급하게 단정한다. 그리고 생각의 오류를 계속 범함으로써 비판의 중요성을 크게 부풀린다. 그리하여 지나친 일반화의 오류에 빠져 자기의 삶 전체가 실수의 연속일 뿐이라고 잘못된 결론을 내리기도 한다. 또는 자신을 '실수만 저지르는 인간'이라고 스스로 낙인찍는다. 또 자기는 완벽해야 한다는 기대 때문에 자신의 실수가(실수라고 가정한 것이) 자신이 쓸모없는 존재임을 보여주는 증거라고 여긴다. 이러한 정신적 오류의 결과 우울장애가 생기고 자기존중감을 상실한다. 상대방의 비난에 회피와 움츠림으로 대응하면서 의미 있는 결과를 맺지 못하는 수동적인 반응을 보일 뿐이다.

이와 달리 '분노'의 길을 선택했다고 하자. 이 길을 선택한 사람은 상대방이 극악무도한 인간이라고 우김으로써 자신이 불완전한 존재라는 공포로부터 자기를 방어하려 한다. 이런 사람은 어떤 잘못이든 인정하기를 끈질기게 거부한다. 자신의 완벽주의적 가치관에 따르면, 자기 잘못을 인정하는 것은 자기가 쓸모없는 벌레 같은 존재라고 인정하는 것이나 마찬가지이기 때문이다. 따라서 최선

## | 표 6-2 | 비판에 반응하는 세 가지 길

상황을 어떻게 생각하는가에 따라 우리는 슬픔, 분노, 기쁨 세 가지 기분을 느낀다. 또한 우리의 마음 상태는 우리의 행동과 결과에 큰 영향을 끼친다.

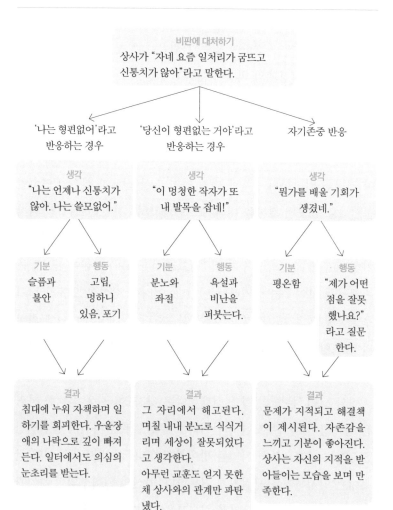

의 방어는 공격이라고 생각하며 상대방에게 비난의 화살을 도로 퍼붓는다. 마치 전투를 치르듯, 심장이 마구 고동치고 혈관 속으로 호르몬이 펑펑 분비된다. 온몸의 근육이 팽팽해지고 이가 앙다물린다. 독선적인 분노에 사로잡혀 상대방을 몰아붙이노라면 일시적으로 희열을 느낄 수도 있다. 이 작자가 얼마나 형편없는지 보여주고 말 거야! 불행하게도 상대는 여기에 전혀 동의하지 않는다. 그리고 길게 보면, 이렇게 화를 터뜨리는 것은 결국 관계를 파탄내므로 자멸 행위다.

세 번째 길은 자존감이 있거나 적어도 있는 듯 행동해야 선택할 수 있다. 여기에는 자신이 가치 있는 존재이되 완벽할 필요는 없다는 전제가 깔려 있다. 이 길을 선택한 사람이 비판받을 때 맨 먼저 보이는 반응은 문제를 꼼꼼히 검토해보려는 태도다. 이 비판에도 일말의 진실이 담겨 있지 않을까? 내가 비판받을 만한 행동을 한 것일까? 실제로 실수를 저지른 것일까?

편견 없는 질문을 계속 던져서 문제를 파악했다면, 이제 해결책을 제시할 수 있다. 타협점이 보인다면 협상할 수 있다. 자신에게 잘못이 있다면 인정하면 된다. 비판자가 잘못한 것이라면 요령 있게 이를 지적하면 된다. 그러나 자신의 행동이 옳든 그르든 상관없이, 자신이 인간으로서는 옳다는 사실을 알게 될 것이다. 애초부터 자신의 자존감이 문제가 되는 일은 전혀 없었음을 잘 인식하고 있었기 때문이다.

# 7.
## 화가 난다고?
## 여러분의 IQ는 얼마인가?

　여러분의 IQ는 얼마인가? 얼마나 똑똑한가를 묻는 것이 아니다. 지능은 행복과 거의 관계가 없기 때문이다. 내가 궁금한 것은 여러분의 '짜증지수irritability quotient'다. 이 지수는 일상생활에서 마음에 품는 분노와 짜증의 정도를 가리킨다. 짜증지수가 높은 사람은 아주 곤란한 처지에 놓인다. 분노를 자아내서 기분을 망침으로써 좌절감과 실망감으로 과잉 행동을 하고 삶을 재미없는 난투극으로 만들기 때문이다.

　짜증지수를 측정하는 방법은 다음과 같다. 뒤에 제시하는 25가지 속상한 상황을 읽으며 점수를 매긴다. 평소 이런 상황에 분노나 짜증을 느끼는 정도를 다음과 같이 간단한 평가 기준에 따라 평가한다.

0 - 전혀 또는 거의 짜증을 느끼지 않는다.
1 - 약간 짜증스럽다.
2 - 보통 수준으로 짜증이 난다.
3 - 꽤 화가 난다.
4 - 상당히 화가 난다.

각 문항마다 다음과 같이 답을 기록한다.

친구를 마중하기 위해 차를 몰고 공항으로 가던 중 길이 막혀 꼼짝도 할 수 없다.
 2

이 문항에 2라고 쓴 사람은 보통 수준의 짜증을 느끼다가 교통 체증이 풀리면 곧바로 짜증이 사라졌다며 자신의 반응 정도를 평가했다. 이처럼 짜증스러운 상황에서 자신이 평소에 어떤 반응을 보이는지 기록한다. 참고로 여기에서는 그날이 어떤 날인지, 누구와 관련이 있는지 등 중요한 세부 사항을 거의 생략했다.

# 노바코 분노 측정 척도[13]

1. 새로 구입한 가전제품의 포장을 뜯어 전원을 연결했는데 작동하지 않는다. _____

2. 수리공이 청구한 수리비가 너무 많다. 이 사람이 누굴 봉으로 아나? _____

3. 다른 사람의 실수는 다 눈감아주면서 꼭 내 행동만 틀렸다고 지적한다. _____

4. 차가 진창이나 눈구덩이에 빠져버렸다. _____

5. 어떤 사람에게 말을 걸었는데 대꾸도 안 한다. _____

6. 별것도 아닌 사람이 대단한 양 거들먹거린다. _____

7. 카페에서 쟁반에 커피 넉 잔을 담아 조심스레 옮기다 어떤 사람과 부딪혀서 엎질러버렸다. _____

8. 옷걸이에 걸린 내 옷을 건드려 바닥에 떨어뜨리고는 주울 생각을 안 한다. _____

9. 상점에 들어갈 때부터 판매사원이 계속 따라다니며 구매를 권유한다. _____

10. 함께 외출하기로 약속한 사람이 약속시간 직전에 취소해서 일정이 붕 뜨게 되었다. _____

11. 농담이나 놀림의 대상이 된다. _____

12. 교통신호에 걸려 꼼짝할 수 없는데 뒷차 운전자가 계속 경적을 울려댄다. _____

13. 주차장에서 반대 방향으로 길을 잘못 들었다가 다시 빠져나

오는데 누군가 소리를 질러댄다. "운전 어떻게 배운 거야?"

_____

14. 잘못을 저지른 사람이 나한테 책임을 뒤집어씌운다.

_____

15. 집중하려 애쓰고 있는데 옆 사람이 구둣발로 바닥을 두드리고 있다. _____

16. 중요한 책이나 공구를 빌려줬는데 돌려줄 생각을 하지 않는다. _____

17. 몹시 바쁜 날인데 배우자가 어떤 일을 하기로 약속해놓고 어떻게 그걸 잊을 수 있느냐며 잔소리를 해댄다. _____

18. 중요한 문제를 상의하고 싶은데 친구나 애인이 내 심정을 이야기할 기회를 진혀 주지 않는다. _____

19. 어떤 문제를 같이 의논하는 사람이 제대로 알지도 못하면서 줄곧 우겨대기만 한다. _____

20. 대화 중에 엉뚱한 사람이 계속 끼어든다. _____

21. 급히 갈 곳이 있는데 앞차가 시속 50~60킬로미터로 달리는데다 추월할 수도 없는 상황이다. _____

22. 길을 가다 남이 씹다 버린 껌을 밟았다. _____

23. 길을 가는데 모여 있는 몇 사람이 나를 조롱한다. _____

24. 서둘러 가다가 뾰족한 물체에 걸려 비싼 바지가 찢어졌다.

_____

25. 하나밖에 없는 동전으로 공중전화를 걸었는데 통화가 끝나기 전에 전화가 끊겼다. _____

위의 분노 목록을 다 채웠으면 자신의 IQ, 즉 짜증지수를 계산해보자. 빠뜨린 항목은 없는지 다시 확인한 후 총점을 낸다. 최저 점수는 0점일 텐데, 이것은 모든 항목에 0이라고 기입했음을 의미한다. 이런 사람은 아마 거짓말쟁이 아니면 성인군자일 것이다! 최고 점수는 100점일 텐데, 이는 25개 항목 전부 4점이라고 기록했음을 의미한다. 이런 사람은 언제나 폭발 일보 직전 또는 그보다 더한 상태에 있다.

이제 25개 항목의 총점을 내어 자신의 짜증지수를 확인해보자.

**0~45점:** 당신이 느끼는 분노와 짜증은 매우 적다. 이런 점수는 극히 일부 사람들에게서만 나온다. 당신은 선택받은 소수!

**46~55점:** 보통 사람보다 상당히 차분하고 평화로운 사람이다.

**56~75점:** 일상의 짜증스러움에 보통 수준의 분노로 반응한다.

**76~85점:** 일상의 성가신 상황에 자주 화를 터뜨린다. 보통 사람보다는 상당히 짜증을 잘 느끼는 편이다.

**86~100점:** 당신이야말로 진정한 분노 챔피언. 한번 터지면 쉽게 가라앉지 않는 격렬한 분노에 자주 휩싸인다. 처음 모욕을 느낀 순간부터 부정적 감정을 오랫동안 품고 있을 수 있다. 주변에 '불같은 사람' '성마른 사람'으로 정평이 나 있을 것이다. 긴장성 두통이나 갑작스러운 고혈압에 자주 시달릴 수 있다. 분노를 다스리지 못해 앞뒤 가리지 않고 날뛰는 바람에 곤란한 상황에 처할 때도 많다. 당신처럼 격렬한 반응을 보이는 사람은 인구의 몇 퍼센트에 불과하다.

이제 자신이 얼마나 화를 잘 내는지 알았으니 대처법을 알아보자. 전통적으로 심리치료사는(그리고 일반 대중 역시) 분노에 대처하는 방식을 두 가지 개념으로 설명했다. 하나는 '안을 향한' 분노, 다른 하나는 '밖으로 표출하는' 분노다. 첫 번째 분노의 유형은 '병적인 것'으로, 공격 심리를 내면화해 화를 스펀지처럼 자기 안으로 빨아들인다. 이 유형은 결국 자신을 갉아먹어 죄의식과 우울장애에 이른다고 여겨졌다. 프로이트를 비롯한 초기 정신분석학자는 내면화된 분노가 우울장애의 원인이라고 생각했다. 하지만 이런 관점을 뒷받침하는 확실한 증거는 없다.

두 번째 분노의 유형은 '건전한 것'으로, 분노를 표출해 감정을 정화함으로써 기분이 좋아질 수 있다. 이 간단한 대처법의 문제는 효과가 그다지 좋지 않다는 데 있다. 밖으로 분노를 표출하다 보면 얼마 못 가서 주변 사람에게 정신병자 취급을 받을뿐더러 사회생활을 하는 방법을 배우지 못하게 된다.

세 번째 대처법은 이 두 가지를 모두 뛰어넘는다. 인지요법의 핵심은 다음과 같다. '화내기를 중단하라.' 애초에 분노의 감정이 존재하지 않는다면 그것을 억누를 필요도, 표출할 필요도 없다.

이 장에서는 다양한 상황에서 분노를 경험하는 일의 장점과 단점을 평가할 수 있는 지침을 제시하고자 한다. 분노가 자신에게 도움이 되는지 그렇지 않은지 판단할 수 있도록 말이다. 이 지침에 따른다면 여러분은 자신의 감정을 다스리는 힘을 길러나갈 수 있다. 그러면 말도 안 되는 이유로 지나치게 짜증을 내거나 좌절에 빠져 삶을 고단하게 만드는 일은 점차 사라질 것이다.

# 나를 화나게 만드는 사람은 누구인가?

'인간들이란!'

'젠장! 인간들한테 질렸어!'

'인간들이 없는 곳에 가서 쉬어야겠어!'

이것은 새벽 2시, 잠을 이루지 못하던 한 여성이 자기 생각을 기록한 것이다. 그녀가 사는 아파트에서 개가 얼마나 짖어대고 이웃이 얼마나 분별없이 떠들어댔기에 그랬을까? 장담하는데, 여러분도 이 여성처럼 남들의 어리석고 자기중심적인 행동 때문에 화가 난다고 굳게 믿고 있을 것이다.

외부 상황이 자신을 화나게 만든다고 믿는 것은 자연스러운 일이다. 누군가에게 잔뜩 화가 났을 때 우리는 자동으로 그 원인을 그 사람에게 돌린다. 그러고는 이렇게 말한다. "너 때문에 짜증나 죽겠어! 네가 자꾸 내 신경을 건드리고 있잖아!" 이렇게 생각할 때 우리는 자신을 바보로 만들며 속이고 있는 것이다. 정말로 우리를 화나게 만드는 것은 남이 아니기 때문이다. 여기에 동의한다면 내 말의 요점을 제대로 알아들은 셈이다. 예를 들어보자. 극장에서 줄을 서 있는데 10대 아이가 몸을 밀치며 무례하게 끼어들었다. 골동품점에서 사기꾼에게 속아서 가짜 옛 동전을 샀다. 친구와 함께 괜찮은 사업을 시작했는데 그가 내 몫을 가로챘다. 내가 제시간에 오는 것을 얼마나 중요하게 여기는지 알면서도 남자친구는 언제나 약속시간에 늦는다. 이때 다른 사람이 나를 얼마나 무례하거나 불공평하게 대하든, 결코 이 사람들이 우리를 화나게 만드는 것은 아

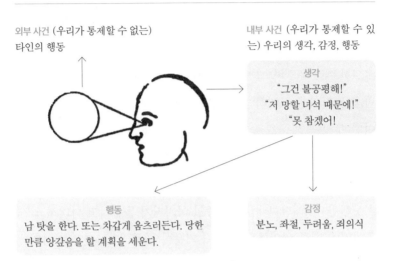

**| 그림 7-1 |**

우리의 감정 반응을 만들어내는 것은 부정적 사건이 아니라 그 사건에 대한 우리의 지각과 생각이다.

외부 사건 (우리가 통제할 수 없는) 타인의 행동

내부 사건 (우리가 통제할 수 있는) 우리의 생각, 감정, 행동

생각
"그건 불공평해!"
"저 망할 녀석 때문에!"
"못 참겠어!

행동
남 탓을 한다. 또는 차갑게 움츠러든다. 당한 만큼 앙갚음을 할 계획을 세운다.

감정
분노, 좌절, 두려움, 죄의식

니다.

내 말이 얼토당토않고 어리석다고 느끼는가? 내가 틀렸다고 생각한다면 아마 혐오감에 휩싸여 이 책을 불태우거나 던져버리고 싶을 것이다. 그렇다고 해도 나는 주저 없이 그렇게 주장한다. 그 이유는 다음과 같다.

분노란 여느 감정과 마찬가지로 자신의 인지에 의해 만들어진다. 〔그림 7-1〕은 우리의 생각과 분노 사이의 관계를 보여준다. 보면 알겠지만, 우리가 어떤 사건 때문에 짜증이라는 감정을 느끼려면 어떤 일이 일어나고 있는지 알고 이를 자기 나름대로 해석해야

한다. 이처럼 우리가 느끼는 감정은 사건 자체가 아니라 그 사건에 우리가 부여하는 의미 때문에 생긴다.

예를 들어 눈코 뜰 새 없이 바쁜 하루를 보내고 밤에 세 살배기 아이를 제 방 침대에 눕혔다. 아이를 재우고 문을 닫은 후 편히 앉아 TV를 켰다. 20분이 지나자 아이가 갑자기 방문을 열고 나와 까르르까르르 웃으며 집 안을 뛰어다닌다. 이때 아이 부모가 보이는 반응은 거기에 부여하는 의미가 어떠한가에 따라 다양할 것이다. 어떤 부모는 짜증을 느끼며 이렇게 생각한다. '아이고! 골칫덩이 녀석. 침대에 얌전히 누워 있으면 어디가 덧나? 어떻게 잠시도 쉴 틈을 안 줘!' 반대로 어떤 부모는 아이가 나와 노는 모습을 보며 흐뭇해한다. '대단하네! 하루 종일 여기저기 들쑤시고 다녀서 금세 곯아떨어질 줄 알았는데 아직도 기운이 넘치네.' 사건은 하나인데 감정은 서로 다르게 일어난다. 이처럼 상황에 대한 감정 반응은 전적으로 각자 생각하는 방식에 따라 결정된다.

장담하건대, 이 책을 읽는 여러분은 지금 분명히 이렇게 생각할 것이다. '이런 사례로 모든 경우를 설명할 순 없어. 내가 화를 낼 때는 당연히 그럴 수밖에 없는 이유가 있어서야. 세상에 불공평하고 잔인한 일이 얼마나 많은데. 매일같이 벌어지는 그런 일들을 느긋하게 참아 넘기라니, 말도 안 돼. 무슨 뇌 절제술을 해서 나를 감정도 없는 좀비로 만들려는 속셈이야, 뭐야? 고맙지만 사양하겠어!'

부정적인 사건이 매일 수없이 일어난다는 것은 분명히 맞는 말이다. 그러나 이런 사건에 대한 우리의 감정은 우리가 그것을 어떻게 해석하느냐에 따라 생겨난다. 우리는 그 해석을 주의 깊게 살펴야 한다. 분노란 양날의 칼과 같기 때문이다. 충동적 감정 폭발은 결국 자신을 해치는 결과를 낳는다. 심지어 남에게 실제로 속고 있다 하더라도 그 때문에 분노를 터뜨리는 것은 자신에게 도움이 되지 않는다. 격한 분노로 스스로에게 가하는 고통은 남이 주는 모멸감보다 훨씬 강하다. 식당을 경영하는 한 여성은 이렇게 털어놓았다. "물론 나도 불같이 화낼 권리가 있긴 하지요. 지난번에 특별히 당부했는데도 조리장이 햄을 제때 주문하는 걸 잊어버린 적이 있어요. 얼마나 화가 나던지 수프가 펄펄 끓고 있는 솥단지를 주방 바닥에 집어던졌지요. 2분 후 내가 세상에서 제일 바보 같은 행동을 했다는 것을 깨달았지만, 그 사실을 인정하고 싶지 않았어요. 결국 이때부터 28시간 동안 나 자신을 합리화하는 데 모든 에너지를 쏟아부어야 했어요. 직원 20명이 보는 앞에서 바보짓을 하는 것도 내 권리라고 말이죠! 정말 쓸데없는 짓이었어요!"

대부분의 분노는 알아차리기 힘든 인지왜곡에 의해 생겨난다. 우울장애를 앓을 때는 많은 지각이 뒤틀리거나 한쪽으로 치우치거나 오류에 빠진다. 이런 왜곡된 생각을 현실적이고 유용한 생각으로 바꾸는 법을 익히면 짜증이 줄어들고 자제력은 훨씬 더 커진다. 화가 날 때 가장 자주 일어나는 왜곡은 어떤 것일까? 가장 심각한 왜곡이 '낙인찍기'다. 이때 우리는 화를 돋운 대상을 '얼간이' '쓸모없는 인간' '똥덩어리'라며 철저히 부정적인 눈으로 바라본다. 이 지나친 일반화의 극단적 형태는 '문제를 세계화하기' 또는 '괴물 만들기'로 부를 수 있다. 누군가 우리의 믿음을 저버렸을 때 그 사람의 행동에 분노를 느끼는 것은 당연하다. 하지만 누군가를 낙인찍는다는 것은 우리가 그 사람의 근본이 나쁘다는 인상을 만들어내어 자신의 분노를 그 사람의 '사람됨' 탓으로 돌리고 있는 것이다.

이런 식으로 어떤 사람을 묘사할 때 우리가 싫어하는 점만 조목조목 열거하며(정신적 여과), 그 사람의 장점은 무시하거나 배제한다(긍정적인 것 인정하지 않기). 우리는 분노의 대상을 이런 방식으로 잘못 설정한다. 그러나 현실에서 모든 인간은 저마다 긍정, 부정, 중립의 속성을 두루 갖춘 복합적 존재다.

낙인찍기는 얼토당토않은 분개심과 도덕적 우월감을 느끼게 만드는 왜곡된 사고 과정이다. 자기 이미지를 이런 식으로 형성하는 것은 위험하다. 낙인찍기는 당연히 남을 비난하려는 욕구로 이어질 수밖에 없다. 앙갚음을 향한 갈증은 갈등을 더욱 심화시키고, 상대방도 이와 비슷한 태도와 감정을 갖게 만든다. 낙인찍기는 결국 자기충족적 예언으로 작용하게 된다. 다른 사람을 극단적 존재로 만들어 둘의 관계를 전쟁 상태로 몰아넣는 것이다.

그렇다면 이 전쟁의 실상은 어떤 것일까? 흔히 우리는 자존감을 방어해야 하는 상황에 처한다. 우리는 다른 사람이 우리를 모욕하거나 비판해서, 우리를 사랑하지 않거나 좋아하지 않아서, 우리의 견해에 동의하지 않아서 위협감을 느낄 수 있다. 그러면 우리는 명예를 지키기 위해 목숨 걸고 결투를 벌여야겠다고 생각할 수 있다. 그런데 이런 생각의 문제점은 우리가 아무리 우겨댄다 해도 상대방은 우리가 생각하는 것처럼 완전히 쓸모없는 쓰레기가 아니라는 점이다! 게다가 비록 잠시 기분이 나아진다 해도 남을 모욕함으로써 자신의 자존감을 키울 수는 없는 법이다. 4장에서 지적한 대로, 궁극적으로 오직 자신의 부정적이고 왜곡된 생각만이 자존감을 빼앗아갈 수 있다. 자신의 자존감을 위협할 만큼 힘 있는 존재는 이 세상에 딱 하나, 자기 자신뿐이다. 자기 가치가 낮아지는 일은 스스로를 깎아내릴 때만 일어난다. 그러므로 진정한 해결책은 바로 잘못된 자기 내면의 학대를 끝내는 것이다.

분노를 유발하는 사고에서 발견할 수 있는 또 다른 인지왜곡의 특성은 '독심술의 오류'다. 즉 다른 사람의 어떤 행동에 대해 자기 자신을 만족시키는 쪽으로 동기를 만들어내는 것이다. 이렇게 만든 가설은 다른 사람의 행동을 유발한 실제 생각이나 지각을 말해주지 않기 때문에 오류일 경우가 많다. 분노에 휩싸여 있는 탓에 자기 내면의 대화가 옳은지 따져봐야겠다는 생각을 전혀 하지 못한다.

자신이 동의할 수 없는 행동을 어떤 사람이 했을 때 우리는 흔히 이렇게 이유를 설명한다. "인간이 못돼먹었어." "부당하고 편협한 인간이야." "원래 저런 인간이야." "멍청해서 그래." "못된 놈이라 그래." 하지만 이런 '이유'는 타당한 정보를 아무것도 제시하지 못하는 또 하나의 낙인에 불과하다. 이런 가설은 사실을 나쁜 쪽으로 곡해한다.

조앤의 경우를 예로 들어보자. 조앤은 남편 때문에 화가 머리끝까지 치민 적이 있다. 남편이 일요일에 음악회에 가기보다는 집에서 축구 중계를 보는 게 더 좋다고 말했기 때문이다. 조앤은 이런

생각이 들면서 더욱 발끈했다. '남편은 날 사랑하지 않아! 맨날 자기 마음대로 하려고 해! 불공평해!'

문제는 조앤의 해석이 실제 상황과 다르다는 것이다. 남편은 분명히 조앤을 사랑한다. 또한 언제나 제 고집만 내세우는 것은 아니며 일부러 불공평하게 행동하지도 않는다. 마침 이번 주 일요일에 선두 다툼을 벌이는 두 팀이 맞붙게 되었고, 그 경기를 꼭 보고 싶었을 따름이다! 그러니 옷을 차려입고 음악회에 갈 수는 없는 것이다.

남편의 행동 동기에 대해 실제 상황과 맞지 않는 판단을 함으로써 조앤은 두 가지 골칫거리를 만들어냈다. 자신이 사랑받지 못하고 있다는 망상을 직접 만들어내고 그 때문에 속을 끓이게 되었다. 음악회에 남편과 함께 가지 못한 것은 물론이다.

분노를 일으키는 인지왜곡의 세 번째 형태는 '침소봉대'다. 부정적 사건의 의미를 침소봉대하면 감정 반응의 강도나 지속 기간이 엄청나게 커질 수 있다. 예를 들어 도착 시각이 이미 지난 버스를 기다리고 있다고 해보자. 중요한 약속을 앞두고 있으므로 이렇게 생각할 수도 있다. '도저히 못 참겠어!' 이 정도 과장이면 가벼운 수준 아니냐고? 참을 수 있으니까 이미 참고 있는 것인데 어째서 참을 수 없다고 생각하는 걸까? 버스를 기다리는 것부터가 고역스러운 일인데 이런 식으로 한술 더 떠서 속앓이하며 자기연민을 만들어낼 필요는 없다.

분노를 자아내는 네 번째 인지왜곡은 '꼭 해야 한다 또는 하지 말아야 한다' 식의 부적절한 사고다. 어떤 사람의 행동이 거슬릴 때 그렇게 '하지 말았어야 한다'고 하거나 그들이 실제와 달리 행동 '했어야 한다'고 되뇌는 경우가 있다. 예를 들어 호텔을 예약했는데 막상 가보니 예약 명단에서 빠진 채 객실이 모두 찼다고 하자, 펄쩍 뛰며 이렇게 말한다. "이런 일이 일어나지 않도록 했어야지! 멍청한 인간들아!"

예약 명단에서 누락된 일이 과연 화를 내게 만들었을까? 그렇지 않다. 예약이 누락된 것은 허탈감, 실망감, 불편함만 자아냈을 뿐이다. 우리는 분노를 느끼기 전에, 먼저 이 상황에서 우리가 마땅히 누려야 할 권리가 있다는 사태 해석을 반드시 한다. 그 결과 예약 처리 실수가 부당하다고 여긴다. 이러한 지각 과정이 마침내 분노를 느끼는 데까지 이르는 것이다.

여기에 어떤 문제가 있다는 것일까? 호텔 직원이 실수를 '하지 말았어야 한다'고 말하는 순간, 우리는 불필요한 좌절감을 스스로 만들어내고 만다. 예약이 누락된 것은 안타깝지만 누군가 고의로 한 일일 가능성은 거의 없다. 호텔 직원이 특별히 멍청한 사람일 리도 없다. 그러나 어쨌든 실수는 벌어졌다. 남에게 완벽함을 기대하는 것은 단지 스스로를 비참하고 대책 없는 처지로 몰아넣을 뿐이다. 문제는 이것이다. 아무리 화를 내봤자 마법을 부리듯 없는 방을 만들어낼 수는 없다. 다른 호텔로 가서 방이 있는지 알아보는 일이 귀찮긴 하지만, 오히려 그런 불편을 감내하는 것이 이미 날아간 예약을 두고 몇 시간, 며칠씩 곱씹으며 스스로를 괴롭히는 것보다는 훨씬 낫다.

'꼭 그래야 한다'는 비합리적 사고는 언제든 그 자리에서 욕구를 충족할 권리가 자신에게 있다는 가정에 근거한다. 그리하여 자신이 원하는 어떤 것(사랑, 애정, 지위, 존경, 신속함, 완벽함, 친절함 등)을 얻지 못하면 불행하게도 영원히 기쁨을 느끼지 못하거나 죽고 말 것이라는 태도를 지니고 있기 때문에 공황 상태나 분노에 빠진다. 언제나 욕구가 충족되어야 한다는 고집스러운 태도는 자기패배적 분노를 일으키는 중요한 근거다. 분노에 쉽게 빠지는 사람은 흔히 이런 도덕주의자 같은 말로 자신의 욕구를 설명한다. "내가 어떤 사람한테 친절을 베풀면 그 사람은 당연히 내게 고마워해야 해."

다른 사람에게도 자유의지가 있으며, 흔히 우리가 좋아하지 않는 방식으로 생각하고 행동하기도 한다. 다른 사람이 우리 욕구와 희망대로 움직여줘야 한다고 고집을 부린다 해서 그런 결과를 만들어낼 수는 없다. 진실은 그 반대인 경우가 더 많다. 성을 내며 요구함으로써 다른 사람에게 복종을 강요하고 그를 조종하려 하면 그들은 오히려 점점 멀어지고 반대편으로 쏠리며, 우리를 만족시켜줄 가능성은 훨씬 적어진다. 세상에 타인의 통제나 지배를 받고 싶어하는 사람은 없기 때문이다. 분노는 문제를 슬기롭게 해결할 가능성을 차단할 뿐이다.

다 그런 건 아니지만, 분노를 일으키는 궁극적 원인은 대부분 부당하고 불공평하다는 인식이다. 실제로 분노란 자신이 부당한 대우를 받는다는 신념과 일대일로 대응해 일어나는 감정이라고 정의할 수 있다.

이제 우리는 쓰디쓴 약일 수도, 무지를 깨우치는 계시일 수도 있는 진실에 도달했다. 그것은 바로 모두가 보편타당하다고 인정하

2부. 기분 다스리기 실전 기법

는 공정성과 정의의 개념은 없다는 사실이다. 아인슈타인이 보여 준 시간과 공간의 상대성처럼, 공평함의 상대성 역시 부인할 수 없다. 아인슈타인은 전 우주의 기준으로 삼은 '절대 시간'이란 존재하지 않는다는 가설을 세웠다. 이 이론이 타당하다는 것은 실험을 통해 입증되고 있다. 시간은 '빨라지기도' 하고 '느려지기도' 하며, 또 관찰자의 기준에 따라 상대적이다. 마찬가지로 '절대적 공정성' 역시 존재하지 않는다. 공정성은 관찰자에 따라 상대적이며, 어떤 사람에게 공평한 것이 다른 사람에게는 매우 불공평해 보일 수 있다. 한 문화에서 인정되는 사회규범과 도덕규범조차 다른 문화에서는 아주 다르게 받아들일 수 있다. 자신의 경우는 이와 다르며, 자신의 도덕체계는 보편타당하다고 우기면서 항변할 수도 있겠지만, 사실은 전혀 그렇지 않다!

그 증거는 이렇다. 사자가 양을 잡아먹는다. 이것은 부당한 일일까? 양의 입장에서는 부당한 일이다. 아무런 자극도, 도발도 하지 않았는데 잔인하게 살해당했기 때문이다. 그러나 사자의 입장에서는 정당한 일이다. 사자는 굶주렸다. 그리고 사자에게 양이 일용할 양식이라는 데는 의문의 여지가 없다. 누가 옳은가? 이 물음에 대한 궁극의 보편타당한 대답은 없다. 이 문제를 해결할 수 있는 '절대적 공정성'이 존재하지 않기 때문이다. 사실 공정성이란 단지 지각상의 해석, 추상적 관념, 스스로 창안한 개념일 뿐이다. 우리가 햄버거를 먹는 것은 또 어떤가? 이것은 '부당한' 일일까? 햄버거를 먹는 우리에게는 그렇지 않다. 하지만 그 재료가 되는 소의 입장에서는 당연히 부당한 일이다! 누가 '옳다'고 할 수 있을까? '참'인

궁극의 해답은 존재하지 않는다.

무정부 상태를 권장하려는 것이 아니다. '절대적 공정성'이 존재하지 않더라도, 개인과 사회의 도덕률은 여전히 중요하고 쓸모가 있다. 다만 공정함에 대한 도덕적 주장이나 판단은 서로 간에 맺은 약속일 뿐 객관적 사실이 아니라는 이야기를 하려는 것이다. 십계명 같은 사회적 도덕체계의 본질은 집단에서 따르기로 결정한 규칙이라는 데 있다. 집단의 각 성원이 무엇이 자신에게 이로운지 자각하는 것이 이런 체계의 한 토대를 이룬다. 만일 다른 사람의 감정과 이해를 고려해 행동하지 않는다면 결국 자신의 행복도 줄어들 가능성이 크다. 그들은 조만간 자신이 이용당하고 있다는 것을 눈치채고 보복할 것이기 때문이다.

'공정성'을 규정하는 체계의 보편성은 얼마나 많은 사람이 이를 받아들이는가에 달려 있다. 어떤 행동 규칙이 한 사람에게만 존재할 때 다른 사람은 이를 괴상한 것으로 여길 수 있다. 내 환자 한 사람의 경우가 그런 예다. 그는 '상황을 바로잡기 위해' 그리고 극단적인 죄의식과 불안감을 피하기 위해 하루에 50번이 넘게 마치 의식을 치르듯 손을 씻었다. 어떤 규칙을 거의 모든 사람이 받아들인다면 그 규칙은 보편타당한 도덕률이 될 것이며 법률이 될 수도 있다. 살인을 금하는 것이 그런 예다. 그렇지만 일반적으로 받아들이는 정도가 아무리 크다 하더라도 모든 경우에 모든 사람에게 적용될 '절대적'이고 '궁극적으로 타당한' 체계는 있을 수 없다.

일상생활에서 느끼는 분노 중 상당수는 개인의 소망과 일반 도덕률을 혼동할 때 일어난다. 누군가에게 화를 내면서 그 사람이 '부당하게' 행동하고 있다고 주장할 때도, 우리와 다른 기준과 입장에서 상대적으로 본다면 그 사람도 '공정하게' 행동하고 있는 경우가 많다. 다른 사람이 '부당하다'는 가정에는 사물을 바라보는 자신의 시각이 보편타당하다는 생각이 함축되어 있다. 이런 시각에서는 누구나 똑같아야 한다. 그러나 실상은 그렇지 않다. 우리는 제각기 다르게 생각한다. 이것을 망각하고 다른 사람이 '부당하다'고 탓할 때, 우리는 쓸데없이 서로 간의 관계를 극단으로 몰고 가게 된다. 우리의 그런 태도 탓에 남들 역시 모욕감을 느끼고 방어적이 되기 때문이다. 그리하여 둘이 누가 '옳은가'를 놓고 헛된 다툼을 벌이는데, 이때의 다툼은 '절대적 공정성'이라는 망상에 근거해 이루어진다.

공정성이란 상대적이므로 우리의 분노는 논리적으로 오류를 품고 있다. 남이 부당하게 행동하고 있다고 확신하는가? 그렇다면 부당함이란 나의 가치체계에 따라 상대적으로 판단한 결과임을 깨달아야 한다. 게다가 상대방은 우리의 가치체계가 아니라 그 자신의 가치체계에 따라 움직인다. 어떤 사람이 우리로서는 반대할 수밖에 없는 행동을 한다 해도 그의 입장에서는 공정하고 합리적인 경우가 많다. 그러므로 그 사람의 입장에서 그 행동은 '공정'하다. 사람들이 공정하게 행동하기를 바라는가? 그렇다면 상대방의 행동이 마음에 들지 않는다 해도 인정하고 받아들여야 한다. 그 사람은 지금 자기 체계 안에서 공정하게 행동하고 있기 때문이다! 물론 그를 납득시켜 가치 기준과 행동을 바꾸도록 노력하는 방법을 써볼 수도 있다. 그러는 동안 상대의 행동 때문에 고통을 겪지 않도록 조치를 취할 수 있다. 그러나 "저 사람은 지금 불공평하게 행동하고 있어"라고 되뇐다면 자신을 속이고 헛것을 좇는 셈이다!

그렇다면 모든 분노가 잘못이며, '공정함'이나 '도덕성'이라는 개념이 상대적이기 때문에 쓸모없다는 뜻일까? 인기 있는 저자 중에도 이런 주장을 하는 경우가 있다. 웨인 다이어Wayne Dyer 박사는 다음과 같이 말했다.

살아가는 동안 우리는 정의를 추구하는 경향이 있다. 정의가 실현되지 않을 때 우리는 분노, 불안, 좌절감을 느낀다. 그러나 이것은 회춘의 샘 같은 신화를 찾아 헤매는 것처럼 부질없는 일이다. 정의란 존재하지 않는다. 지금까지 존재한 적이 없고 앞으로도 그러할 것이다. 세상은 그런 식으로 이루어지지 않는다. 개똥지빠귀는 벌레를 먹고 산다. 벌레 입장에서는 부당하다고 할 것이다. (…) 자연을 살펴보기만 해도 세상에는 정의가 존재하지 않는다는 것을 깨달을 수 있다. 태풍, 홍수, 해일, 가뭄은 모두 부당한 일이다.[14]

이런 사고는 또 다른 극단의 입장으로 '전부 아니면 전무'라는 생각의 전형을 보여준다. 마치 아인슈타인이 절대 시간이란 존재하지 않는다고 말했으니, 손목시계도 벽시계도 내다버리자는 것과 같다. 시간이나 공정성이라는 개념은 절대적 의미에서는 존재하지 않지만 사회생활에는 유용하다.

다이어 박사는 공평함이라는 개념이 망상이라고 주장할 뿐 아니라 분노가 전혀 쓸모없다고 말한다.

분노가 삶의 일부분이라고 여기는 사람이 있을지도 모른다. 그러나 분노는 유용한 목적을 달성하는 데 아무런 쓸모가 없다. (…) 분노는 소유하려 할 필요가 없다. 충만한 만족감을 느끼며 행복한 사람으로 살아가는 데 분노는 전혀 도움이 되지 않는다. (…) 남을 변화시키는 데는 아무 효능이 없다는 것, 그것이 분노의 아이러니다.[15]

이번에도 그의 주장은 인지왜곡에 바탕을 두고 있다. 분노가 아무 도움이 되지 못한다는 것은 '전부 아니면 전무'라는 생각에 따른 것이며, 분노가 어떤 효능도 발휘하지 못한다는 주장은 지나친 일반화다. 오히려 분노는 상황에 맞게 표출하면 생산적이기도 하다. 그러므로 적절한 질문은 '분노를 느껴야 하나, 말아야 하나?'가 아니라 '분노의 한계선을 어디까지 그어야 하나?'가 되어야 한다.

이제 생산적 분노인지 아닌지 판별할 수 있는 두 가지 기준을 제시한다. 이 기준에 의거해 우리는 지금까지 배운 것을 종합해서 분노에 대해 뜻깊은 철학을 얻을 수 있다.

1. 나의 분노는, 다 알면서도 고의로 불필요하게 나에게 해를 입히려고 행동하는 사람을 향한 것인가?
2. 나의 분노는 유익한 것인가? 바람직한 목표를 이루도록 도울까, 아니면 단지 나를 좌절시킬까?

예를 들어보자. 여러분이 농구를 하고 있다. 그런데 상대편 선수한 명이 팔꿈치로 여러분의 배를 고의로 가격한다. 여러분의 화를 돋우어 경기를 망치게 하려는 목적에서다. 그럴 때 여러분은 더 열심히 뛰어 승리할 수 있도록 분노를 생산적인 방향으로 분출할 수도 있다. 이때의 분노는 상황에 적합하다. 물론 경기가 끝나면 더 이상 분노는 필요하지 않다. 이제 분노는 상황에 부적합하다.[16]

세 살 난 아들이 위험하게 거리를 마구 뛰어다니고 있다고 하자. 아이가 일부러 위험을 자초하는 것은 아니다. 그렇지만 이 상황에서는 화를 내는 것이 적합하다. 감정이 격앙된 목소리로 사태가 심각하다는 경보 메시지를 아이에게 전달해야 한다. 무덤덤하고 아주 이성적인 태도로 아이를 대한다면 이런 메시지는 전달되지 않을 것이다. 위의 두 사례에서 우리는 화내기를 '선택'한 것이고, 감정의 정도와 표현 여부를 스스로 통제하고 있다. 분노의 시의적절한 효과와 긍정적 효과는 적대감과 다르다. 적대감은 충동적이고 통제 불가능하며 공격적인 행동을 낳는다.

무자비한 폭력을 다룬 신문기사를 읽고 분노가 일었다고 해보자. 신문에 실린 폭력적인 행동은 분명히 해롭고 비도덕적이다. 그렇지만 이에 대응할 계획이 없다면 우리의 분노는 상황에 적합하지 않다. 반대로 만일 우리가 어떤 식으로든 희생자를 돕거나 범죄와 맞서 싸우는 운동을 하기로 결정했다면 우리의 분노는 상황에 적합하다고 할 수 있다.

이 두 가지 기준을 염두에 두면서, 분노가 최선의 이익이 되지 않는 상황에서 분노를 줄일 수 있는 방법을 살펴보자.

## 분노의 장점과 단점을 분석하라

분노는 가장 다스리기 어려운 감정이기도 하다. 일단 화가 나면 성난 불도그처럼 변하기 때문인데, 이때 다른 사람의 다리를 물어뜯지 않도록 설득하는 일이 여간 만만하지 않다. 분노란 자신이 불공평한 대접을 받고 있다고 느끼기 때문에 일어나므로 결국 도덕적 감정이며, 이 정당한 감정을 가라앉히기는 정말로 싫을 것이다. 거의 종교적 열정으로 분노를 옹호하고 정당화하고 싶은 충동을 참을 수 없을 것이다. 이를 이겨내려면 엄청난 의지력을 발휘해야 한다. 그러니 구태여 이렇게 어려운 길을 선택할 필요가 있을까?

첫 번째 방법으로 두 칸 기법을 이용한다. 분노에 차서 보복 행동을 하는 것의 장점과 단점을 표에 나란히 기록한다. 이때 분노의 단기 결과와 장기 결과까지 생각한다. 그러고 나서 전체 목록을 살피고 스스로에게 묻는다. 비용과 이익 중 어느 쪽이 큰가? 화를 내는 것이 정말로 자신에게 이익이 되는지 밝혀내는 데 큰 도움이 될 것이다. 사람들은 궁극적으로 자신에게 가장 좋은 것을 원하게 마련이므로 이 방법은 더 평화롭고 생산적인 태도를 갖출 수 있는 길을 열어줄 것이다.

구체적인 예를 살펴보자. 수는 서른한 살의 여성이다. 남편 존은 성실한 변호사다. 수에게는 전남편과 사이에서 낳은 딸 둘이 있고, 존에게는 전처와 사이에서 낳은 10대 딸이 하나 있다. 존이 시간이 없는 탓에 수는 자주 박탈감과 분노를 느낀다. 존이 자신에게 그다지 시간을 할애하지도, 충분한 관심을 기울이지도 않기 때문에 결혼생활에서 제대로 대접받지 못하고 있다고 생각했다. 〔표

7-1)은 그녀가 작성한 화를 냈을 때의 장점과 단점이다.

수는 분노를 가라앉혔을 때의 긍정적 결과도 다음과 같이 기록했다. (1) 사람들이 나를 더 좋아할 거야. 다들 내 주위에 있고 싶어하겠지. (2) 더 예측 가능한 사람이 될 수 있어. (3) 내 감정을 잘 조절할 수 있겠지. (4) 긴장이 풀리겠지. (5) 자신에 대해 좀 더 만족감을 느낄 거야. (6) 긍정적이고 편견 없고 실행력 있는 사람으로 보일 거야. (7) 더 어른스럽게 행동하겠지. (8) 사람들에게 요령 있게 영향을 끼칠 수 있어. 욱해서 요구하는 대신, 설득력 있게 차분하고 합리적인 협상을 해서 원하는 걸 얻을 수 있을 거야. (9) 아이들과 남편이 나를 좀 더 존중해줄 거야. 이렇게 평가해본 결과 수는 분노의 단점이 장점보다 훨씬 많다는 사실을 알게 되었다고 털어놓았다.

중요한 점은 분노에 대처하는 첫 단계에서 이와 같은 분석을 시도해야 한다는 것이다. 분노의 장점과 단점을 나열하고 나면, 자신을 대상으로 똑같은 시험을 해본다. 스스로에게 이렇게 물어보자. 나를 자극하는 이 짜증스러운 상황이 당장 바뀌지 않더라도 화를 내지 않고 이 상황에 잘 대처하고자 하는 의지가 내게 있는가? 그렇다고 대답할 수 있다면 분명히 변화를 위한 동기부여가 이루어진 것이다. 아마도 더 큰 내면의 평화와 자존감을 얻을 것이고, 더 활기차고 유익한 삶을 살아갈 수 있을 것이다. 선택은 여러분의 몫이다.

## | 표 7-1 | 분노의 비용 - 이익 분석표

| 화를 냈을 때의 장점 | 화를 냈을 때의 단점 |
|---|---|
| 기분이 좋아지겠지. | 존과 사이가 더욱 나빠지겠지. |
| 내가 못마땅해한다는 것을 존이 확실히 알게 되겠지. | 존이 나를 멀리하려 들 거야. |
| 나도 화내고 싶을 때는 언제든 불끈 성을 낼 권리가 있어. | 벌컥 화를 내고 나면 죄의식을 느끼고 자학하게 될 거야. |
| 내가 가만히 당하고만 있는 사람이 아니라는 걸 존도 알게 되겠지. | 아마 존도 내게 보복을 할 거야. 존 역시 남에게 휘둘리고 싶지 않을 테니까 곧바로 나에게 성을 내겠지. |
| 내가 이용만 당하는 어수룩한 사람이 아니라는 걸 존에게 보여줄 수 있어. | 내가 성을 내면 애초에 분노의 원인이 된 문제를 우리 둘 다 해결하기 어려울 거야. 분노는 문제 해결을 방해하고 옆길로 빠지게 할 뿐이야. |
| 원하는 것을 얻지 못한다고 해도 최소한 반격을 가했다는 만족감을 얻을 수 있어. 존도 나처럼 창피하고 상처받게 만들 수 있어. 그러면 정신을 차리겠지. | 잠깐 기분이 좋아졌다가도 금방 다시 나빠져. 내가 자꾸 화를 터뜨리면 존과 주변 사람들은 나를 예측 불가능한 사람으로 여길 거야. 기분이 오락가락하고 짜증 잘 내고 고약하고 철없는 사람이라는 인식이 박히겠지. 버르장머리 없는 어린애 같다고 여길 거야. |
|  | 아이들에게도 신경질을 부리겠지. 그러면 아이들도 내가 폭발하는 걸 싫어할 것이고, 엄마를 힘들 때 찾는 사람이 아니라 멀리해야 할 사람으로 여길지도 몰라. |
|  | 잔소리와 불평에 지쳐 존도 내 곁을 떠날지 몰라. |
|  | 내가 자아낸 불쾌한 감정 때문에 나도 비참한 기분에 빠질 거야. 삶이 힘들고 괴로워질 거야. 한때는 내가 그토록 귀중히 여기던 기쁨과 활기도 못 누리겠지. |

## 펄펄 끓는 생각을 식혀라

일단 마음을 진정시키기로 마음먹었다면, 화가 치밀 때 머릿속을 스치는 갖가지 '격앙된 생각'을 적어보면 큰 도움이 된다. 그러고 나서 화가 조금 가라앉으면 좀 더 객관적인 '이성적 생각'으로 대체해 〔표 7-2〕와 같이 양쪽 칸에 대비되게 기록한다. '제3의 귀'로 그런 '격앙된 생각'을 귀담아들으면 머릿속을 스쳐가는 상대의 생각도 파악할 수 있다. 이 솔직한 대화를 있는 그대로 적는다. 이때 분명히 귀에는 온갖 그럴듯한 말이 들리고 머릿속에는 복수심에 불타는 환영이 보일 텐데, 그 모든 것을 기록한다. 이어서 더 객관적이고 분노를 덜 유발하는 '이성적 생각'을 적는다. 이 방법은 흥분을 가라앉히고 격앙된 생각에 덜 휘둘리도록 도와준다.

수는 의붓딸 샌디가 아빠를 손가락 하나로 조종하려는 모습을 볼 때마다 화가 치밀었는데, 이 방법을 이용해 마음을 다스렸다. 샌디를 너무 오냐오냐하지 말고 좀 더 엄격하게 대해야 한다고 아무리 말해도 존은 수의 충고에 부정적으로 반응하곤 했다. 존은 수가 자기 멋대로 하려 들고 바가지를 긁어댄다고 느꼈다. 이 때문에 존은 수와 함께 보내는 시간을 줄이고 싶어했고, 상황은 악순환에 빠졌다.

수는 〔표 7-2〕에 나오는 대로 자신이 느끼는 질투와 분노를 '격앙된 생각' 칸에 적어넣었다. 그리고 그 오른편에 '이성적 생각'을 적어넣자 기분이 나아졌다. 이 방법은 존을 쥐락펴락하려는 충동을 다스리는 해독제 역할을 해주었다. 샌디가 아빠를 조종하려 하는데도 존이 제대로 대응하지 못하고 있다고 느끼는 것은 여전하

## | 표 7-2 | 격앙된 생각과 이성적 생각

수는 10대 딸아이가 제멋대로 아빠를 부려도 남편이 오냐오냐하는 모습을 보았을 때 든 '격앙된 생각'을 기록했다. 화를 가라앉히는 '냉정한 생각'을 반대편에 기록하면서 수의 질투와 분노는 줄어들었다.

| 격앙된 생각 | 이성적 생각 |
| --- | --- |
| 이이가 감히 내 말을 귀담아듣지 않다니! | 그럴 수도 있지. 존에게는 내가 원하는 대로 해야 할 의무가 없으니까. 그래도 존이 내 말을 귀담아듣기는 해. 다만 내가 너무 밀어붙이니까 방어적인 반응을 보일 뿐이지. |
| 샌디는 거짓말을 한 거야. 공부를 한다고 했지만, 그러지 않아. 아빠가 도와주기만 기다리고 있잖아. | 거짓말하고 게으르고 학교 숙제를 할 때마다 주위 사람을 이용하는 것, 그게 바로 샌디의 천성이야. 샌디는 공부를 싫어하니까. 그게 샌디의 문제야. |
| 여가 시간도 많지 않은 존이 샌디를 돌보는 데만 시간을 쓴다면, 나는 혼자 버려질 거고 우리 아이들도 나 혼자 챙겨야 해. | 그러면 어때? 혼자 있는 것도 나쁘지 않지. 나는 내 아이들을 스스로 돌볼 줄 알아. 나는 무기력한 사람이 아니니까. 매사에 화를 터뜨리지 않는다면 존도 좀 더 나와 함께 있고 싶어할 거야. |
| 샌디가 나와 함께할 존의 시간을 빼앗아가고 있어. | 그건 사실이야. 그렇지만 나는 어른이잖아. 어느 정도는 혼자 지내는 것을 견딜 수 있어. 존이 내 아이들 공부도 돌봐주면 나도 그렇게 화가 나지는 않을 텐데. |
| 존은 멍청이야. 샌디는 아빠를 이용하고 있어. | 존은 어른이잖아. 샌디를 도와주고 싶다면 그렇게 하는 거지, 뭐. 나는 빠져 있어야겠어. 내가 상관할 바가 아니니까. |
| 못 참겠어! | 참을 수 있어. 잠시 괴로울 뿐이야. 이보다 더 힘든 일도 견뎌냈잖아. |
| 나는 버르장머리 없는 애 같아! 죄의식을 느껴도 싸. | 때로는 애들처럼 행동할 수도 있는 거야. 나는 완전한 존재가 아니고 그럴 필요도 없어. 죄의식을 느낄 필요도 없지. 그래봤자 아무 도움이 안 돼. |

지만, 존도 '잘못을 범할 권리'가 있다고 수는 인정하게 되었다. 그 결과 수는 존을 밀어붙이는 행동을 덜하게 되었고, 존도 압박감을 덜 느꼈다. 두 사람의 관계는 나아졌고, 서로의 자유를 인정하고 존중하는 분위기가 무르익었다. 물론 격앙된 생각에 이성적으로 대응한 것만이 수와 존의 결혼생활을 성공으로 이끈 유일한 요인 이라고 하기는 어렵다. 그렇지만 이것은 두 사람이 또다시 파국을 맞을 뻔한 위기를 넘기는 데 꼭 필요한 첫걸음이었다!

앞의 표보다 정교한 '역기능적 사고 일일 기록법'을 이용할 수 도 있다. 〔표 7-3〕이 그 예다. 분노를 돋우는 상황을 적은 후, 이전 에 비해 얼마나 분노를 느끼는지 평가해볼 수 있다. 〔표 7-3〕은 구 직 문의 전화를 한 젊은 여성이 담당자에게 예의에 어긋나는 대우 를 받았을 때 치민 분노를 어떻게 극복해냈는지 보여준다. 이 여성 은 '격앙된 생각'을 하나하나 짚어내 그것이 거짓임을 드러냄으로 써 감정 폭발을 미리 방지할 수 있었다고 말했다. 이렇게 하고 나 니 여느 때처럼 짜증을 내고 식식거리며 하루를 다 망치지 않아도 되었다. 이 여성은 나에게 이렇게 털어놓았다. "이 훈련을 하기 전 에는 수화기 저편의 남자가 내 적이라고 여겼어요. 그렇지만 나 자 신을 그 남자보다 열 배는 더 심하게 대우하는 사람이 바로 나라 는 사실을 알게 되었어요. 일단 그걸 깨닫고 나니 좀 더 냉정한 쪽 으로 생각을 바꾸는 건 상대적으로 쉬웠어요. 게다가 내 기분이 금 세 엄청 좋아져서 무척 놀랐답니다!"

## |표 7-3| 역기능적 사고 일일 기록법

| 화를 돋우는 상황 | 감정 | 격앙된 생각 | 이성적 생각 | 결과 |
|---|---|---|---|---|
| 신문에서 시간제 의료 기록원을 구한다는 구인광고를 보고 전화를 걸었다. 광고에서는 '약간의 경험'이 필요하다고 했다. 그런데 담당자는 그곳이 어떤 회사인지조차 말해주지 않고 나를 퇴짜놓았다. 자기 생각에 내가 경험이 부족한 것 같다면서. | 분노 증오 좌절 98% | 멍청한 작자! 그러는 자기는 뭔데! 나도 경험이라면 차고 넘친다고. | 내가 왜 이렇게 흥분하는 거야? 어쨌거나 난 그 사람 목소리가 싫었어. 그래, 그는 내 경험을 설명할 기회도 주지 않았어. 그러니까 그 일자리를 놓친 건 내 잘못이 아냐, 그 사람 잘못이지. 더구나 내가 그런 사람 밑에서 일하고 싶은 마음이 나겠어? | 분노 증오 좌절 15% |
| | | 신문에 난 구인광고 중에 가장 조건이 좋았는데, 놓쳐버렸어. | 난 자꾸 상황을 부풀리고 있어. 괜찮은 다른 일자리도 많아. | |
| | | 부모님이 무척 화내실 거야. | 당연히 부모님은 안 그러실 거야. 적어도 난 노력은 했으니까. | |
| | | 눈물이 날 것 같아. | 정말 웃기지 않아? 왜 다른 사람 때문에 내가 울어야 하는데? 이건 울 가치도 없는 일이야. 난 내 가치를 알아. 중요한 건 바로 그거라고. | |

## 마음속 이미지 대처 기법

화가 났을 때 머릿속에 떠도는 부정적인 격앙된 생각은 마음속에서 상영되는 (X등급) 개인 영화의 대본이라고 할 수 있다. 혹시 이 영화에 주목해본 적이 있는가? 정말로 복수와 폭력의 이미지, 백일몽, 환상이 화려하게 펼쳐질 수 있다!

마음속에 상영되는 영화는 우리가 주의해서 보기 전에는 느끼지 못할 수도 있다. 이제 구체적으로 알아보자. 지금 빨간 사과가 갈색 바구니 안에 들어 있는 모습을 떠올려보라. 눈을 감든 뜨든 떠올릴 수 있을 것이다. 바로 눈앞에! 보이는가? 내가 말하고자 하는 것이 바로 이것이다. 우리는 하루 종일 이런 시각 이미지를 떠올리며 산다. 이 이미지는 정상적인 의식 활동의 일부분으로, 우리의 생각을 그림으로 보여주는 것이다. 기억도 이따금 마음속 영화로 나타나곤 한다. 고등학교 졸업식, 첫 입맞춤, 긴 도보 여행 등 지나간 일을 생생히 이미지로 그려보자. 보이지 않는가?

이런 이미지는 우리에게 큰 영향을 끼치며, 그 영향은 에로틱한 꿈이나 악몽처럼 긍정적이거나 부정적일 수 있다. 긍정적 이미지는 기분이 좋아지는 강렬한 효과를 발휘한다. 예를 들어 놀이공원 가는 길에 아찔한 롤러코스터를 타는 이미지를 떠올리면 배 속이 울렁거리는 흥분을 느낄 수 있다. 백일몽도 기분 좋은 기대감을 만들어낼 수 있다. 마찬가지로 부정적 이미지 역시 감정 자극의 수준을 높이는 강력한 힘을 발휘한다. 언젠가 여러분을 몹시 화나게 만든 사람을 떠올려보자. 어떤 이미지가 떠오르는가? 혹시 그의 얼굴에 주먹을 날리거나 그 사람을 끓는 기름 단지에 빠뜨리는 모습

2부. 기분 다스리기 실전 기법

을 상상하고 있는가?

이러한 백일몽은 실제 모욕감을 느낀 뒤에도 오랫동안 분노를 생생히 유지시킨다. 분노는 짜증나는 사건 이후 몇 시간 또는 며칠, 몇 달, 심지어 몇 년 동안이나 스스로를 갉아먹는다. 우리의 환상은 이 고통을 생생하게 유지하는 데 일조한다. 사건과 관련한 환상을 떠올릴 때마다 우리의 몸에 분노 유발 물질을 새로 투약하는 셈이다. 마치 독풀을 되새김질하는 소와 같다.

그런데 누가 이런 분노를 만들어낼까? 이런 이미지를 머릿속에 불어넣은 사람은 바로 우리 자신이다! 예를 들어 아프리카 말리의 소도시 팀북투에 살면서, 아니면 이젠 더 이상 살아 있지도 않으면서 우리를 화나게 만드는 사람이 있을까? 아니, 그런 사람이 우리를 해칠 수는 없다! 이 영화의 감독이자 제작자는 우리 자신이다. 심지어 관객도 자기 자신 한 사람뿐이다! 이 흥분 상태를 지켜보고 경험해야 하는 사람은 누구일까? 바로 우리 자신이다! 끝없이 이를 악물고, 등 근육을 뻣뻣이 긴장시키고, 혈관 가득 아드레날린이 쏟아져나오는 상황을 겪어야 하는 사람은 바로 우리 자신이다. 혈압이 치솟는 사람도 우리 자신이다. 요컨대 우리를 해치는 사람은 바로 우리 자신이다. 이런 상태를 계속 유지하고 싶은가?

그렇지 않다면 머릿속에 떠도는 분노 유발 이미지를 줄이기 위해 뭔가 조치를 취해야 한다. 한 가지 유용한 방법은 이 이미지가 화를 덜 돋우도록 현명한 방식으로 바꾸는 것이다. 유머는 우리가 구사할 수 있는 하나의 강력한 도구다. 예를 들어 화를 돋우는 상대방의 목을 쥐어 비트는 이미지 대신 이 사람이 인파로 바글바글한 백화

점에서 기저귀를 차고 다니는 모습을 상상한다. 아주 세세하게 머릿속에 그려본다. 똥똥한 올챙이배, 기저귀, 털북숭이 다리 등. 이 때 우리의 감정에 어떤 변화가 일어날까? 얼굴 가득 웃음이 피어나지 않는가?

두 번째 방법은 생각 멈추기다. 분노를 유발하는 이미지가 머릿속을 오가는 것을 느낄 때마다 자신에게 영사기를 끌 권리가 있다는 것을 상기하자. 분노를 일으키는 생각을 멈추고 다른 일을 생각해본다. 누군가를 찾아 대화를 나누어본다. 좋은 책을 읽는다. 빵을 굽는다. 조깅을 한다. 분노를 유발하는 이미지에 흥분으로 응답하지 않는다면 이런 이미지는 점점 덜 떠오를 것이다. 이 이미지를 곱씹는 대신 곧 신나는 일이 생길 거라고 상상하거나 에로틱한 환상 쪽으로 생각의 방향을 돌려보자. 불쾌한 기억이 오래가면 팔굽혀펴기, 빨리 달리기, 수영 등 격렬한 운동을 해본다. 이것은 잠재해 있는 해로운 자극을 아주 효과적으로 해소해주는 혜택까지 덤으로 준다.

## 규칙을 다시 써라

불필요한 좌절감과 분노를 느끼는 것은 인간관계에서 현실에 맞지 않는 규칙을 고집하기 때문일지도 모른다. 이 비현실적인 규칙이 내내 우리를 수렁으로 몰아넣고 있는 것이다. 수를 화나게 만든 열쇠도 여기에 있다. 수는 '착하고 성실한 아내라면 사랑받을 자격이 있다'는 규칙을 세웠기 때문에 자신이 존에게 사랑받을 권리가 있다고 믿었다.

얼핏 아무 문제가 없어 보이는 이 규칙 때문에 수는 결혼생활 내내 위기감을 느껴야 했다. 그래서 존이 사랑과 관심을 제대로 베풀지 않을 때마다 자신이 못난 사람이라는 증거라고 느꼈다. 그리하여 수는 자존감을 잃지 않기 위해 남편을 마음대로 조종하고 남편의 관심과 존중을 얻어내려고 끝없이 전쟁을 치렀다. 존과의 관계는 마치 빙벽 끝으로 천천히 미끄러져나가는 꼴이었다. 그러니 수가 존을 손안에 넣고자 몸부림치고, 남편의 무관심을 느낄 때마다 폭발한 것은 당연하다. 존은 과연 수의 인생이 위기에 처했다는 사실을 알고나 있었을까?

수의 '사랑' 규칙은 이렇게 심한 불화를 만들어냈을 뿐 아니라 결국에는 별 효과도 없었다. 한동안은 수의 잔재주가 통해서 그토록 열망하던 남편의 관심을 어느 정도 얻어내기도 했다. 여의치 않을 때는 분노를 터뜨려 윽박지르고, 냉담한 태도로 벌을 주고, 죄의식을 조장해서 남편을 조종하면 되었다.

그러나 수는 대가를 치렀다. 수가 얻은 사랑은 존이 자유롭게 자기 의지로 베푼 것이 아니었고 그럴 수도 없었다는 사실이 그 대가다. 결국 존은 진이 다 빠지고, 덫에 갇혔으며, 조종당한다고 느낄 것이다. 분노가 쌓여 압박감이 늘어날 것이고, 아내의 요구니까 굴복해야 한다는 수의 믿음을 받아들이는 일을 멈추고, 자유를 향한 갈망에 사로잡혀 마침내 폭발할 것이다. 사랑이라는 이름으로 통하는 것이 얼마나 파괴적 효과를 가져오는지 나는 지금도 깜짝깜짝 놀란다!

갈등과 억압이 되풀이되는 인간관계라면 규칙을 다시 쓰는 것이 좋다.

좀 더 현실적인 태도를 취한다면 좌절감과 작별할 수 있다. 이것은 세상을 바꾸는 일보다 훨씬 쉽다. 수는 자신의 '사랑' 규칙을 다음과 같이 수정하기로 했다. "내가 긍정적 태도로 존을 대한다면 존도 나를 애정 어린 태도로 대해줄 거야. 설사 존이 그렇게 하지 않는다 해도 나는 자존감을 유지하며 잘 살아갈 수 있어." 자신의 기대를 더 현실성 있게 바꾸자 수의 기분과 자존감이 더 이상 남편에 의해 좌우되지 않았다.

대인관계를 어려움에 빠뜨리는 규칙은 흔히 겉으로는 나빠 보이지 않는다. 오히려 훨씬 도덕적이고 인간적으로 보인다. 최근에 나는 마거릿이라는 여성을 치료했는데, 그녀는 '결혼이란 50 대 50이어야 해. 두 사람이 서로에게 해주는 것이 똑같아야 해'라고 생각하고 있었다. 마거릿은 이런 규칙을 모든 인간관계에 적용했다. "내가 누군가에게 호의를 베풀면 그 사람도 똑같이 베풀어야 해."

여기에 무슨 문제가 있다는 것일까? 이 규칙은 분명히 사리에 맞고 공정하게 느껴진다. 이것은 황금률, 즉 예수의 산상수훈 중 "남에게 대접받고자 하는 대로 너희도 남을 대접하라"라는 가르침의 파생물이다. 여기에 무슨 문제가 있는지 살펴보자. 결혼을 포함한 모든 인간관계에서 '받은 만큼 즉시 베푼다'는 것은 거의 통하지 않는 불문율이다. 사람은 저마다 다르기 때문이다. 받은 만큼 베푼다는 상호주의는 일시적이며 애초에 불안정한 이상이기 때문에 꾸준히 노력해야 겨우 다가갈 수 있을 뿐이다. 이렇게 되기 위해서는 상호 동의·의사소통·타협·성장 등이 뒤따라야 하며, 반드시 협상과 힘겨운 노력이 뒷받침되어야 한다.

마거릿의 문제는 이러한 사실을 인식하지 못했다는 데 있다. 마거릿은 상호주의가 실제로 존재한다고 믿는 동화 속 세상에 살고 있었다. 그녀는 남편이나 이웃에게 선행을 베풀고 그들도 똑같이 보답해주기를 기다렸다. 하지만 사람들 대부분은 마거릿이 보답을 기대하고 있다는 것을 알지 못했기 때문에 불행하게도 이 일방적인 계약은 깨지고 말았다.

일례로 지역의 한 자선단체가 유급 사무차장으로 일할 사람을 찾는다는 공고를 냈다. 마거릿은 이 일에 흥미를 느껴 지원서를 제출했다. 당시 그녀는 오랜 시간 이 단체에서 자원봉사 활동을 해왔기 때문에 직원들이 '그 보답으로' 자신을 좋아하고 존중해줄 것이고, 국장도 '그 보답으로' 자신을 사무차장에 임명할 것이라고 생각했다. 그러나 직원들은 마거릿을 환영하지 않았다. 아마도 그들은 마거릿이 친절함과 선행을 내세워 자신들을 지휘하려 한다는 사실을 감지하고 분개심이 일었을 것이다. 국장이 다른 지원자를 뽑자 마거릿은 화가 머리끝까지 치밀면서 비통함과 환멸감을 느꼈다. 자신의 '상호주의' 규칙이 깨져버렸기 때문이다!

자신의 규칙이 엄청난 괴로움과 실망을 안겨주자 마거릿은 규칙을 다시 쓰기로 마음먹었다. 상호주의를 당연한 일로 여기는 대신 자기 이익을 추구함으로써 이루어가는 목표로 간주하기로 했다. 동시에 마거릿은 다른 사람이 자기 마음을 읽고 자기가 원하는 대로 보답해야 한다는 요구를 포기했다. 역설적인 것은 마거릿이 기대를 버릴수록 더 많은 것을 얻게 되었다는 사실이다!

만일 여러분이 자신을 실망시키거나 좌절시키는 '해야 한다' 또

| 표 7-4 | '해야 한다' 규칙 다시 쓰기

| 자기패배적인 '해야 한다' 규칙 | 수정한 규칙 |
|---|---|
| 내가 누군가에게 선행을 베풀면 그 사람은 고마움을 느껴야 해. | 남들이 언제나 나에게 고마워한다면 좋겠지. 그러나 현실은 그렇지 않아. 사람들은 대개 고마움을 느끼지만, 가끔은 그렇지 않은 경우도 있어. |
| 초면인 사람은 나에게 정중히 대해야 해. | 내가 퉁명스럽게 대하지 않으면 초면인 사람도 대부분 나에게 공손히 대하지. 천성이 뚱한 사람이라면 가끔 불쾌하게 행동할 수도 있어. 그렇다고 해서 내가 마음고생할 이유가 있을까? 이런 부정적인 자잘한 일에 신경 쓰느라 시간을 허비하기에는 인생이 너무 짧아. |
| 뭔가를 위해 열심히 노력하고 있다면 반드시 그것을 이뤄내야 해. | 말도 안 돼. 모든 일에서 언제나 성공을 거둔다는 보장은 없어. 나는 완전한 존재가 아니며, 그럴 필요도 없어. |
| 누군가 나를 부당하게 대접하면 나는 화를 터뜨려야 해. 나는 화를 낼 권리가 있고, 또 그렇게 하는 것이 더 인간다운 일이니까. | 남에게 부당한 대우를 받든 그렇지 않든 화를 낼 권리는 누구에게나 있어. 진짜 문제는 이거야. 화를 내는 것이 나한테 도움이 될까? 나는 지금 화를 내고 싶은가? 그 비용은 얼마이고 이익은 얼마일까? |
| 내가 남을 부당하게 대하려 하지 않는 것처럼 남들도 나를 부당하게 대해서는 안 돼. | 말도 안 돼. 사람들이 다 내 규칙에 맞춰 사는 게 아닌데 왜 사람들이 그렇게 하리라고 기대하지? 보통은 내가 잘 대해주는 만큼 남들도 나를 잘 대해주겠지만, 언제나 그렇지는 않을 거야. |

는 '하지 말아야 한다' 규칙을 가지고 있다면, 좀 더 현실적인 규칙으로 바꾸자. 〔표 7-4〕는 이렇게 할 수 있도록 돕는 예를 기록한 것이다. 이 표에서 알 수 있듯이 '해야 한다' 대신 '그렇게 할 수 있다면 좋겠다'를 선택하는 것이 유익한 첫걸음이다.

## 분별없는 행동을 예상하고 받아들여라

분노가 가라앉으면서 수는 존과 더 가까워졌고 사랑도 깊어졌다. 하지만 딸 샌디는 새엄마와 아빠의 깊어가는 사랑에 더 교묘한 방식으로 응답했다. 거짓말을 하기 시작했고, 친구에게 돈을 꾸고 갚지 않았다. 게다가 수의 방에 몰래 들어와 서랍을 마구 뒤지고 물건을 훔쳤다. 또 부엌을 엉망으로 휘저어놓았다. 수는 샌디의 이런 행동에 화가 치솟았는데, 이렇게 생각했기 때문이다. '샌디는 그런 교활한 행동을 해서는 안 돼! 얘는 미쳤어! 이건 두고 볼 수 없는 짓이야!' 수가 느끼는 불만은 다음과 같은 두 가지 필수 요소가 빚어낸 결과다.

1. 샌디의 밉살스러운 행동
2. 샌디가 더 분별 있게 행동해야 한다는 수의 기대

샌디가 당장 변할 가능성이 없는 이상 수의 선택지는 한 가지뿐이었다. 바로 샌디가 어른스럽고 숙녀답게 행동해야 한다는 비현실적인 기대를 하지 않는 것이다! 수는 다음과 같은 제목으로 기록을 해보았다.

어째서 샌디는 밉살스럽게 행동할 수밖에 없을까?

샌디는 천성적으로 다른 사람을 자기 손안에 쥐려 한다. 남의 사랑과 관심을 받아 마땅하다고 믿기 때문이다. 샌디는 사랑과 관심을 얻는 것이 곧 삶과 죽음의 문제라고 믿고 있다. 생존을 위해서는 관심의 중심에 서야 한다고 생각한다. 그러니까 조금이라도 사랑이 부족하면 몹시 불안해하며, 자신의 자존감에 큰 위험이 닥쳤다고 여긴다.

남의 이목을 끌려면 남을 조종해야 한다고 믿기 때문에 샌디는 당연히 남을 조종하는 행동을 할 수밖에 없다. 그러니까 샌디가 변하기 전에는 계속 이런 식으로 행동할 거라고 예상해야 한다. 조만간 변할 가능성은 없으니까 한동안 그렇게 행동할 것이다. 앞으로도 샌디는 당연히 그런 식으로 행동할 것이므로, 나는 낙담할 것도 놀랄 것도 없다.

게다가 샌디를 포함해 모든 사람이 자신이 옳다고 믿는 방식으로 행동하기를 바란다. 샌디는 관심을 더 받을 자격이 있다고 느끼고 있다. 샌디의 밉살스러운 행동이 이런 의식에 바탕을 두고 있으니, 샌디의 관점에서는 그 행동도 정당할 거라는 점을 나는 인정해야 한다.

마지막으로, 나는 내 감정을 스스로 통제할 수 있기를 원한다.

샌디의 '정당하지만 밉살스러운' 행동 때문에 화가 나기를 바라는가? 천만에! 그래? 그렇다면 샌디에게 대응하는 나의 방식을 바꿔보자.

1. 샌디가 물건을 훔쳐도 난 모른 체할 수 있어. 왜냐하면 샌디 입장에서는 '그럴 수밖에 없으니까!'
2. 남을 조종하려는 샌디의 행동은 어린애 같은 짓이니까 웃어

넘길 수 있어.

3. 나는 특정한 목적을 위해서 일부러 화를 내려고 결심한 경우가 아니라면 화를 내지 않는 쪽을 선택할 수 있어.

4. 샌디의 교묘한 행동 때문에 자제력을 잃었을 때 스스로에게 이렇게 물을 수 있어. '어린애가 나를 지배하기를 원하는 거야?'

이렇게 상황을 정리함으로써 얻을 수 있는 장점은 무엇일까? 샌디의 도발적인 행동이 밉살스럽다는 것은 한눈에 알 수 있을 것이다. 샌디는 수가 분노와 좌절감을 느끼도록 의식적으로 수를 자극하고 있다. 샌디 때문에 화를 낸다면 수는 역설적으로 샌디가 원하는 대로 하는 셈이다! 샌디에 대한 기대를 바꾼다면 수는 좌절감을 크게 줄일 수 있다.

### 성숙한 조종 행위를 하라

자신의 기대를 바꾸고 화내기를 포기하면 만만한 사람으로 비치지 않을까 하는 두려움을 느낄 수도 있다. 다른 사람이 자신을 이용할 것이라고 생각하기도 한다. 이런 염려는 자신이 못난이라는 의식의 반영이기도 하지만, 자신이 원하는 바를 좀 더 성숙한 방식으로 얻는 훈련을 받지 못했기 때문일 수도 있다. 이 경우 십중팔구 남에게 압력을 가하면서 요구하지 않으면 아무것도 얻지 못한다고 믿고 있을 것이다.

그러면 대안은 무엇일까? 먼저 마크 골드스타인Mark Goldstein 박사의 연구를 살펴보자. 심리학자인 골드스타인 박사는 남편을 통제하는 아내의 행동에 대해 놀라운 임상 연구를 했다. 남편의 무관심 때문에 화병에 걸린 아내를 대상으로 한 연구에서 박사는 이들이 남편에게서 자신이 원하는 바를 얻으려 할 때 이용하는 방법이 자기패배적이라는 사실을 발견했다. 박사는 스스로에게 이런 질문을 던졌다. '우리는 실험실에서 박테리아, 식물, 쥐 등 모든 살아 있는 유기체에 영향을 끼칠 수 있는 가장 효과적이고 과학적인 방법을 배웠다. 이 방법을 다루기 힘들고 난폭한 남편에게까지 적용할 수 있을까?'

이 물음에 대한 답은 간단명료하다. 효과적이고 과학적인 방법이란 바람직하지 않은 행동에 벌을 주는 대신 바람직한 행동에 상을 주는 것이다. 처벌은 적대감과 분노를 유발하고 따돌림과 회피를 불러온다. 따돌림과 버림을 받은 아내 중 골드스타인 박사의 치료를 받은 사람은 대부분 자신이 원하는 바를 얻기 위해 남편에게 벌을 주는 잘못된 방식을 취하고 있었다. 그런 방식을 남편의 바람직한 행동에 관심을 기울이는 보상 방식으로 바꾸게 한 결과, 골드스타인 박사는 놀라운 변화를 관찰할 수 있었다.

골드스타인 박사가 치료한 아내들이 유별난 것은 아니었다. 이들은 대부분의 사람이 마주치는 평범한 부부 갈등을 겪고 있었다. 이들은 오랫동안 배우자에게 마구잡이로 관심을 보여왔거나, 배우자의 바람직하지 않은 행동에만 주의를 기울였다. 그들이 그토록 원했지만 얻지 못한 남편의 반응을 이끌어내기 위해서는 큰 변화가 필요했다. 자신이 남편과 주고받은 대화와 행동을 꼼꼼히 체계적으로 기록한 결과, 그들은 원하던 남편의 반응을 얻어낼 수 있었다. 골드스타인 박사가 만난 환자 중 한 여성의 경우를 살펴보자. 그녀는 오랜 부부싸움 끝에 남편을 잃었다고 한다. 남편은 그녀를 떠나 다른 여자와 함께 살고 있다. 예전에 그녀를 대하던 남편의 태도는 주로 폭언과 무관심이었다. 표면적으로는 남편이 아내에게 별로 관심이 없는 것으로 보였다. 그럼에도 남편은 이따금 전화를 걸어왔다. 아직 아내에게 관심이 있다는 표시일 수도 있었다. 그녀는 이런 관심을 잘 살려나가든가, 아니면 전처럼 부적절하게 대함으로써 관심을 완전히 없애든가 할 수 있었다.

그녀는 자신이 실제로 남편을 돌아오게 할 수 있는지 시험해보기로 했다. 남편이 자신에게 연락하는 횟수를 늘리는 것이 첫 번째 과제였다. 그녀는 남편이 전화를 걸거나 집에 찾아오는 횟수와 그때마다 통화한 시간과 머무른 시간을 꼼꼼히 측정하고, 이것을 그래프로 그려 냉장고 문에 붙여놓았다. 그리고 자신의 행동(자극)과 남편이 자신을 찾는 횟수(반응) 사이에 어떤 관계가 있는지 면밀히 분석했다.

그녀는 남편에게 먼저 연락하지 않는 대신, 남편이 전화하거나 찾아오면 다정하게 응대했다. 그녀의 전략은 간단했다. 전에는 남편의 싫은 점에 촉각을 곤두세우고 일일이 가시 돋친 반응을 보였지만, 이제는 좋아하는 점에 강한 반응을 보여주었다. 칭찬과 요리, 섹스, 애정 표현 등 모든 보상을 해주었다.

그녀는 드문드문 연락해오는 남편에게 쾌활하고 긍정적인 태도로 반응하는 것부터 시작했다. 남편을 칭찬하고 힘을 북돋워주었다. 비판·논쟁·요구를 비롯해 적대감을 나타내는 어떤 행동도 삼 갔으며, 무장해제 기법을 이용해 남편이 말하는 모든 것에 동의하려고 노력했다.

처음에는 통화를 5~10분 사이에 끝냈다. 대화가 논쟁으로 흐르지 않고 지루하지도 않을 것이라는 확신을 주기 위해서였다. 이렇게 함으로써 남편은 아내와 대화하는 것이 즐겁고, 자신이 어떤 반응을 보여도 추궁당하거나 무시당하지 않을 거라고 확신하게 되었다.

몇 번 이렇게 하자 남편은 점점 더 자주 전화를 걸어왔다. 그녀에게 연락할 때마다 기분이 좋아지고 보람을 느꼈기 때문이다. 마치 과학자가 실험실 쥐의 행동을 관찰해 기록하듯, 그녀는 남편이 전화를 거는 횟수와 통화 시간을 그래프로 기록해놓았다. 전화가 점점 더 자주 오면서 그녀는 자신감이 커졌고, 짜증과 분노는 눈 녹듯 사라져갔다.

어느 날 남편이 집에 왔을 때 그녀는 계획한 대로 이렇게 말했다. "마침 집에 와서 잘됐어요. 얼마 전에 쿠바산 최신 시가가 생겼는데 당신 주려고 냉장고에 넣어뒀거든요. 당신이 아주 좋아하는 거잖아요." 사실 그녀는 언제든 남편이 오면 주려고 시가 한 상자를 미리 구입해놓았다. 이제 남편이 집을 찾아오는 횟수가 눈에 띄게 늘어났다.

같은 방식으로 그녀는 강압 대신 보상으로 남편의 행동을 꾸준히 '만들어'갔다. 남편이 여자친구와 헤어지기로 했다면서 집으로 돌아와도 되겠느냐고 물었을 때, 비로소 그녀는 자신의 방법이 성공했음을 절감했다.

사람들과 관계 맺고 그들에게 영향을 주는 길이 꼭 이 방법뿐일까? 그렇지 않다. 이 방법밖에 없다는 것은 말도 안 된다. 이 방법은 요리에 비유하자면 그저 맛있는 양념 한 가지일 뿐이다. 요리의 맛을 좌우하지만 흔히 간과하기 쉬운 감칠맛이라고 할 수 있다. 이 방법이 언제나 통하리라는 보장은 없다. 상황이 돌이킬 수 없을 만큼 악화된 경우도 있을 테고, 원하는 것을 언제나 얻을 수도 없다.

어쨌든 기운을 북돋워주는 보상 체계를 적극 활용하자. 이 은밀한 전략이 얼마나 대단한 효과를 발휘하는지 놀랄 것이다. 이 전략은 우리가 좋아하는 사람이 우리 주변에 머무르도록 해주는 것은 물론, 우리 자신의 기분도 좋아지게 만든다. 다른 사람의 부정적 측면에 신경을 곤두세우는 대신 그들의 긍정적 측면을 알아보고 거기에 주목하는 법을 터득하게 해주기 때문이다.

**'해야 한다' 식 사고를 줄여라**

분노를 일으키는 생각 중 상당수는 '해야 한다'는 도덕적 사고와 관련이 있다. 따라서 '해야 한다' 식 사고를 없애는 방법을 터득하면 큰 도움이 된다. 한 가지 방법은 두 칸 기법을 이용해 다른 사람이 어떤 행동을 했을 때 '그러면 안 된다'고 믿는 모든 이유를 기록하는 것이다. 그런 다음 그 이유가 현실성 없고 타당하지도 않다고 여겨질 때까지 반박한다.

예를 들어 목수가 새집 찬장을 대충 만들어놓았다고 해보자. 문짝을 엉망으로 조립해놓아서 제대로 닫히지 않는다. 이것은 '부당한' 일이라고 생각하니 화가 치솟는다. 어쨌든 많은 비용을 지불했으니 솜씨가 탁월한 최고의 기술자에게 서비스받을 권리가 있다고 생각한다. 그래서 식식거리며 속으로 이렇게 말한다. '이 게으른 인간은 자기 일에 자부심을 좀 가져야 해. 세상이 도대체 어떻게 돌아가는 거야?' 그 이유와 그에 대한 반박이 〔표 7-5〕에 상세히 나와 있다.

'해야 한다' 식 사고를 없애야 하는 이유는 간단하다. 우리가 어떤 것을 원한다는 이유만으로 원하는 것을 그대로 얻을 권리가 우리에게 있는 것은 아니다. 우리는 협상을 해야 한다. 목수에게 전화를 걸어 하자가 있다고 말하고 일을 제대로 마감하라고 요구한다. 그러나 지나치게 화를 내거나 마음이 상해 괴로움을 두 배로 늘리지는 말자. 목수가 일부러 피해를 입히려는 의도는 아니었을 테니, 우리가 분노를 터뜨리면 그를 궁지에 몰아넣어 방어적 태도를 취하도록 만들 뿐이다. 인류 역사를 통틀어 존재한 목수(정신과 의사, 비서, 작가, 치과 의사 등도)의 절반은 평균 이하였다. 이 말을 믿을 수 있는가? '평균'은 중간값을 의미하므로 이것은 사실이다! 그러니 우리가 만난 목수가 평균 수준 이상일 가능성은 반반이며, 따라서 일을 '잘해야 한다'고 식식거리고 투덜대는 것은 우습기 짝이 없다.

### 협상 전략

이쯤 되면 여러분은 이렇게 분통을 터뜨릴지도 모른다. "나 참! 도대체 이게 무슨 말이야! 번스 박사는 지금 이 게으르고 형편없는 목수가 그저 그런 수준으로 일해도 된다는 거잖아. 결국 명의라는

**| 표 7-5 | '해야 한다' 식 사고 없애기**

| 목수가 자기 일에 자부심을<br>가져야 하는 이유 | 이에 대한 반박 |
|---|---|
| 내가 많은 비용을 지불했으니까. | 이 사람이 자기 일에 자부심을 느끼든 그렇지 않든 받는 임금은 변함이 없어. |
| 제대로 된 솜씨를 발휘해야 하니까. | 이 사람은 자기가 일을 제대로 했다고 생각할 수도 있어. 사실 찬장 패널은 아주 잘해놨거든. |
| 문짝이 제대로 닫히도록 만들었어야 해. | 이 사람이 꼭 그래야 하나? |
| 내가 목수라면 그렇게 했을 테니까. | 그렇지만 그 사람은 내가 아니지. 그 사람이 내 기준에 맞춰야 할 이유는 없거든. |
| 자기가 만드는 것에 더 신경을 써야지. | 이 사람이 더 신경 써야 할 이유는 없어. 일을 완벽하게 하는 목수도 있지만, 그렇지 않은 목수도 있지. |
| 내가 왜 엉망으로 일하는 사람에게 일을 맡겨야 하지? | 우리 집에 와서 일한 사람들이 모두 엉망은 아니었지. 모두 최고 솜씨를 발휘하는 사람이라고 기대할 수는 없어. 그런 세상은 현실적으로 존재하지 않아. |

사람이 한다는 소리가 '그건 그들의 천성입니다'야! 물러터진 엉터리 같으니! 거금을 치렀는데도 형편없는 일솜씨로 나를 농락한 인간 때문에 인격 모독을 당하진 않을 거야!"

잠시 흥분을 가라앉혀보자! 목수에게 속아 넘어가도 괜찮다고 말할 사람은 아무도 없다. 화를 터뜨리고 속앓이하는 대신 침착하고 단호하게 설득력 있는 접근법을 취해야 좋은 결과를 얻을 수 있다. 반대로 도덕주의적인 '해야 한다' 식 사고는 그저 자신의 감정을 상하게 하고 상대방을 궁지에 몰아넣어 방어하고 반격하게 할 뿐이다. 싸움도 친교의 한 형식이라는 것을 기억하자. 목수와 친분을 쌓고 싶은 것이 본뜻인가? 원하는 바를 얻으려는 것 아닌가?

분노로 에너지를 소진하는 일을 중단하면 원하는 바를 얻는 쪽으로 노력을 집중할 수 있다. 다음의 협상 전략이 이런 상황에서 효과를 발휘할 것이다.

1. 상대방을 책망하는 대신 잘한 것을 칭찬해준다. 아무리 건성이라 해도 칭찬에 약한 것이 부인할 수 없는 인간의 본성이다. 그리고 우리는 상대방의 사람됨이나 그가 해낸 일에서 무엇인가 좋은 점을 찾아내 진심 어린 칭찬을 해줄 수 있다. 그리고 나서 찬장 문이 잘 닫히지 않는다는 사실을 요령 있게 말하고, 다시 와서 문짝을 잘 맞춰달라고 차분하게 설명한다.

2. 상대방이 이치에 맞지 않는 주장까지 하며 자신이 옳다고 할 때는 무장해제 기법을 동원한다. 이렇게 선수를 치면 상대방은 말문이 막히면서 오히려 맥이 빠져버릴 것이다.

3. 그런 다음 즉각 자신의 입장을 차분하고 단호하고 분명하게 전달한다.

목수가 납득할 때까지 또는 서로 받아들일 수 있는 타협안을 찾을 때까지 위의 세 가지 전략을 다양하게 섞어가며 거듭 반복한다. 최후통첩이나 위협은 최후의 수단으로 사용하되, 그때는 끝까지 밀고 나갈 준비가 되었음을 보여준다. 상대방이 한 일에 불만을 표시할 때는 사교술을 발휘하는 것이 원칙이다. 솜씨가 없다거나 나쁜 사람이라거나 악의를 가지고 일했다는 인상을 주지 않도록 한다. 부정적 감정을 상대방에게 드러내겠다고 결심했다면, 과장되거나 자극하는 말은 피하고 객관적인 말로 대응한다. 가령 "×× 같은 놈! 당신이 ××같이 일을 해놔서 분통이 터진다고!"라고 말하기보다는 "실력이 최고라고 들었는데 이렇게 일을 해놔서 화가 납니다"라고 말하는 게 낫다.

다음 대화는 위의 기법을 활용한 예다.

**여러분** 일을 대체로 잘해주셔서 만족스럽네요. 모든 게 만족스럽다고 다른 사람들에게도 얘기해주려고요. 패널을 특히 잘해주셨더군요. 그런데 찬장은 좀 걱정이 됩니다(칭찬하기 전략).

**목수** 무슨 문제가 있나요?

**여러분** 문짝이 비뚤어졌어요. 그리고 손잡이도 여러 개가 삐딱하게 달렸고요.

**목수** 아, 내 나름대로 그 찬장을 가지고 최선을 다한 겁니다. 대량 생산한 것이라 최고품이 아니거든요.

**여러분** 맞아요. 아무래도 비싼 것보다는 못하겠지요(무장해제). 그래도 말이죠, 이 상태로는 곤란하네요. 좀 더 손을 봐주시면 고맙겠습니다(분명한 입장 밝히기, 요령 있게 말하기).

**목수** 제조업체에 말해보세요. 내가 더 이상 할 수 있는 일이 없어요.

여러분 짜증나실 만도 하겠지요(무장해제). 그렇지만 찬장을 쓸 수 있게 마무리해주는 건 목수님 책임이잖아요. 이 상태로는 곤란해요. 제대로 된 찬장으로 보이지 않고 문도 잘 안 닫혀요. 귀찮으시겠지만, 내 입장에서는 작업이 다 끝났다고 생각할 수 없으니 고쳐주실 때까지 대금은 결제해드릴 수 없습니다(최후통첩). 다른 일 하신 걸 봤는데, 시간을 좀 내서 손봐주시면 괜찮을 것 같은데요. 그러면 우리도 아주 만족할 거고, 주변 사람들에게 추천도 해줄 수 있을 거예요(칭찬하기).

누군가와 다툼이 있을 때는 이렇게 협상 기법을 시도해보자. 벌컥 화를 내는 것보다는 나은 결과를 얻을 것이고, 원하는 것을 얻을 테니 기분도 좋아질 것이다.

## 정확한 감정이입

감정이입은 최고의 분노 해독제다. 감정이입은 이 책에서 제시하는 여러 기법 중 가장 효과가 좋은 마법 같은 방법으로, 마법의 거울 따위는 필요도 없다.

우선 감정이입의 정의부터 내리자. 감정이입은 상대방과 같은 방식으로 느끼는 능력이 아니다. 그런 능력은 '공감'이라고 한다. 공감의 중요성이 매우 강조되기는 하지만, 나는 이것이 약간은 과대평가되었다고 생각한다. 또한 감정이입은 상냥하거나 이해심 있는 태도도 아니다. 그런 것은 감정이입이 아니라 '지지'라고 한다. 지지의 가치도 과대평가되고 있다.

그렇다면 감정이입이란 무엇일까? 감정이입이란 상대방의 생각과 행동의 동기를 정확히 읽고 파악해내는 능력을 의미한다. 이 능력을 기르면 다른 사람의 행동이 자신의 취향과 다르다 해도 분노하지 않고 이해하고 수용할 수 있다.

다른 사람의 행동이 아니라 바로 나의 생각이 실제 분노를 만들어낸다는 사실을 상기하자. 놀랍게도 다른 사람이 왜 그렇게 행동하는지 이해하는 순간, 분노를 일으킨 우리 자신의 생각도 거짓임을 깨닫게 된다.

이런 질문을 할 수도 있다. 감정이입을 해서 분노를 없애는 것이 그렇게 쉽다면, 왜 사람들은 매일같이 서로 으르렁댈까? 답은 감정이입은 쉽게 체득하기 어렵다는 데 있다. 우리는 인간이기 때문에 자신의 지각에 갇혀 있으며, 타인의 행동에 대해 우리 자신이 부여한 의미에 자동으로 반응한다. 타인의 생각을 읽으려면 상당한 노력이 필요하다. 그리고 대부분의 사람은 그 방법조차 알지 못한다. 이 책을 읽는 여러분은 어떠한가? 이제부터 여러분은 그 방법을 익힐 것이다.

우선 실례를 통해 이 방법에 접근해보자. 최근 K라는 사업가가 나를 찾아와 걸핏하면 분노를 터뜨리며 난폭하게 행동하는 습성을 고치고 싶다고 했다. 그는 가족이나 직원이 자신이 바라는 대로 일을 해내지 못하면 그들에게 불같이 화를 내곤 했다. 남을 윽박질러 움직이게 하는 것이 항상 통했기 때문에 그는 툭하면 남을 손안에 움켜쥐고 겁을 주었다. 그러던 어느 날 자신의 충동적 행동 때문에 성질 급한 사디스트라는 악명을 얻었을 뿐 아니라 결과적으로 손해를 보고 있음을 깨닫게 되었다. 한번은 저녁 파티에 간 일이 있는데, 웨이터가 그의 와인잔에만 와인을 따르지 않고 넘어 갔다. 그러자 그는 다음과 같은 생각이 들면서 분통이 터졌다. '저 웨이터 녀석이 나를 별로 중요하지 않은 사람으로 생각하고 있군. 제까짓 게 뭔데 날 이런 식으로 대해? 저 ×× 같은 놈의 목을 비 틀어버리고 싶어.'

나는 이런 분노를 일으킨 그의 생각이 얼마나 이치에 맞지 않고 비현실적인지 그가 직접 느낄 수 있도록 감정이입 기법을 이용했 다. 나는 K에게 역할극을 제안했다. K는 웨이터 역을, 나는 웨이터 의 친구 역을 맡았다. 그리고 내가 묻는 질문에 최대한 솔직하게 대답하도록 했다. 대화는 다음과 같이 이어졌다.

**데이비드** 저기 사업가의 와인잔에 와인을 안 채웠잖아.

**K** 아, 그렇군.

**데이비드** 왜 그랬어? 별로 중요하지 않은 사람 같아서 그런 거야?

**K** (잠시 생각한 후) 아니, 그래서 그런 건 아니야. 난 사실 저 사람 이 누군지 잘 몰라.

**데이비드** 저 사람이 별로 중요한 사람 같지 않아서 일부러 와인을 안 따라준 것 아냐?

**K** (웃음을 터뜨리며) 그게 아니라니까. 그래서 와인을 안 따른 게 아니라고.

**데이비드** 그럼 왜 그런 거야?

**K** (생각을 해본 후) 음, 오늘 밤 있을 데이트 생각에 빠져 있었어.

게다가 같은 테이블에 예쁜 아가씨가 앉아 있었거든. 그 여자의 가슴이 푹 파인 드레스에 잠깐 정신이 팔려서 저 사람을 그냥 지나쳤나 봐.

이 역할극 덕분에 K는 마음이 많이 풀렸다. 웨이터의 입장에서 보자 자신의 판단이 지나쳤다는 생각이 들었다. 그가 저지른 인지 왜곡은 지나친 비약으로 결론 내리기(독심술의 오류)다. 그는 자동으로 웨이터가 부당하게 행동했다는 결론을 내렸고, 그 결과 자존심을 지키기 위해 보복해야 한다고 느꼈다. 그런데 어느 정도 감정이입을 하자, 정당하게 느껴지던 분노가 웨이터의 행동이 아니라 오직 자신의 왜곡된 생각 때문에 생겨났음을 깨달을 수 있었다. 성미가 불같은 사람은 처음에는 이런 사실을 깨닫기가 아주 힘들 수 있다. 잘못을 남 탓으로 돌리고 보복하려는 거의 불가항력적 충동이 있기 때문이다. 여러분은 어떤가? 분노를 일으키는 생각이 대부분 사실과 맞지 않다는 지적을 받아들일 수 없고 거부감이 드는가?

다른 사람이 드러내놓고 의도적으로 자신을 해치려 한다는 생각이 들 때 감정이입 기법은 더 유용하다. 멜리사라는 스물여덟 살의 여성이 남편 하워드와 헤어질 위기에 처하자 상담을 요청해왔다. 5년 전에 멜리사는 남편이 앤이라는 여자와 바람을 피운다는 사실을 알게 되었다. 그 여자는 남편과 같은 건물에서 비서로 일하고 있었다. 멜리사는 커다란 망치로 얻어맞은 것 같은 충격을 느꼈는데, 설상가상으로 하워드가 앤과 헤어지지 않고 미적거리면서 8

개월이나 더 시간을 끌었다. 그동안 느낀 모멸감과 분노가 가장 큰 이유가 되어 멜리사는 결국 남편과 헤어져야겠다는 결론을 내렸다. 멜리사의 생각을 정리하면 이렇다. (1) 남편은 그렇게 행동해선 안 돼. (2) 남편은 자기중심적이야. (3) 이건 부당해. (4) 남편은 나쁘고 썩어빠진 사람이야. (5) 나는 결혼에 실패한 게 분명해.

치료 시간에 나는 멜리사에게 남편 역을 맡기고, 왜 남편이 앤과 바람을 피우고 그런 식으로 행동했는지를 정확히 설명할 수 있는지 확인해보았다. 멜리사는 역할극을 하던 중 문득 하워드가 왜 그랬는지 깨달았고, 그 순간 남편을 향한 분노가 싹 사라졌다고 털어놓았다. 치료 시간이 끝나자 멜리사는 오랫동안 품어온 분노가 순식간에 사라져버린 과정을 기록했다.


앤과 헤어지겠다고 약속한 후에도 하워드는 계속 앤을 만났고 아직도 벗어나지 못하고 있습니다. 이것은 나에게 고통이었습니다. 나는 하워드가 나를 존중해주지 않고 자기 자신만 중요하게 여긴다고 생각할 수밖에 없었습니다. 나를 정말 사랑한다면 이런 식으로 괴롭힐 수는 없다고 느꼈지요. 내가 비참해하는 걸 알면서 어떻게 앤을 계속 만날 수 있지? 정말로 하워드에게 화가 났고, 내가 한심하게 여겨졌어요. 그런데 감정이입을 시도해 하워드 역할을 맡으면서 모든 것을 알게 되었습니다. 갑자기 모든 것이 달라 보였습니다. 내가 하워드라고 상상하자 그 사람이 왜 그렇게 했는지 알 수 있었어요. 그 사람의 입장에 서니까 내 아내 멜리사를 사랑하는 것도 문제이고, 앤을 연인으로 삼는 것도 문제였어요. 하워드는 자신의 생각과 감정이 만들어낸 '이길 수 없는' 게임에 진짜로 갇혀버렸다는 사실이 점점 분명해졌어요. 하워드는 나를 사랑했지만 앤의 매력에 단단히 사로잡힌 것이지요. 앤과 헤어지고 싶어도 그럴 수가 없었지요. 죄의식을 느끼면서도 중단할 수가 없었습니다. 앤을 떠나도 사랑을 잃고, 나를 떠나도 사랑을 잃을 거라고 느꼈지요. 둘 중 어느 한쪽을 잃는 상황은 마음이 내키지도 않고 받아들일 수도 없었습니다. 마음을 정리하지 못하고 그렇게 질질 끈 것은 내 탓이라기보다는 하워드가 우유부단했기 때문입니다.

이번 경험으로 나는 눈을 떴습니다. 무엇이 발단인지 이제야 비로소 알게 되었지요. 하워드가 일부러 나에게 상처 주려 한 것은 아님을 이해하게 되었습니다. 그는 다만 어쩔 도리가 없었던 거죠. 그걸 깨닫고 이해하게 되자 기분이 좋아졌습니다.

그 후 하워드를 만났을 때 이런 얘기를 해주었더니 두 사람 모두 기분이 나아졌습니다. 감정이입도 정말 기분 좋은 경험이었습니다. 아주 재미있었어요. 전에 내가 알던 것보다 현실을 더 잘 이해할 수 있었습니다.


멜리사의 분노를 일으킨 주 원인은 자존감을 잃을지 모른다는 두려움이었다. 하워드가 적절치 않게 행동하긴 했지만 멜리사의 슬픔과 분노를 일으킨 것은 이 경험에 그녀가 부여한 의미였다. 즉 멜리사는 자기가 '좋은 아내'이므로 '행복한 결혼생활'을 누릴 권리가 있다고 생각한 것이다. 바로 이런 논리가 멜리사를 고통스럽게 한 원인이었다.

**전제** 내가 훌륭한 아내라면 남편은 반드시 나를 사랑해야 하고 나에게 충실해야 해.

**관찰** 남편은 나를 사랑하지 않고 나에게 충실하지도 않아.

**결론** 그러므로 내가 훌륭한 아내가 아니거나 하워드가 나쁘고 부도덕한 사람이야. 그가 나의 '규칙'을 깼으니까.

멜리사의 분노는 곤경에서 벗어나려는 가련한 몸부림의 표현이었다. 자신의 논리 체계에서는 자존감을 상실하는 고통을 면할 수 있는 유일한 대안이 분노밖에 없었기 때문이다. 이런 해결책은 다음과 같은 문제만 낳았을 뿐이다. (1) 멜리사가 정말로 남편을 '몹쓸 인간'이라고 단정한 것은 아니었다. (2) 남편을 사랑하고 있었기 때문에 정말로 남편과 끝내고 싶지는 않았다. (3) 만성적 분노는 멜리사의 기분을 나쁘게 했고, 멜리사를 나쁜 사람으로 보이게 함으로써 남편을 더 멀어지게 만들었다.

멜리사는 자기가 좋은 아내이면 남편이 자기를 사랑할 거라고 전제했는데, 이것은 그녀가 한 번도 의심해본 적 없는 동화 같은 이야기였다. 감정이입 기법 덕택에 멜리사는 자신의 전제에 담긴 허세를 버림으로써 생각을 바꿀 수 있었다. 남편의 잘못된 행동은 멜리사가 못나서가 아니라 남편 자신의 인지왜곡 때문에 일어난 것이었다. 그러므로 남편이 곤경에 빠진 것은 멜리사의 책임이 아니라 남편의 책임이었다!

이런 깨달음은 마치 번개에 맞은 듯한 충격을 주었다. 남편의 눈으로 세상을 바라본 순간, 멜리사의 분노는 사라졌다. 남편은 물론 주변 사람의 행동까지 자신의 책임으로 돌리는 일을 더 이상 하지 않게 됐으니 어찌 보면 멜리사는 이전보다 훨씬 작아진 셈이었다. 하지만 그와 동시에 그녀는 갑자기 자존감이 커지는 경험을 했다.

다음 치료 시간에 나는 멜리사가 새로운 통찰력을 얻을 수 있도록 최종 시험을 해서 예전에 멜리사의 화를 돋우던 부정적 생각을 제시하며 제대로 대응하는지 지켜보았다.

**데이비드** 하워드는 그 여성과 관계를 더 일찍 끊을 수 있었을 텐데, 당신을 기만했네요.

**멜리사** 아니에요. 그 사람은 함정에 빠져 정리할 수 없었던 거예요. 뭔가 엄청난 강박감을 느끼고 있었고, 그러다가 앤의 매력에 빠진 거죠.

**데이비드** 그렇지만 앤과 관계를 끊고 당신과도 헤어져서 당신을 그만 괴롭혔어야 했잖아요. 그게 남편이 할 수 있는 유일하게 마땅한 일이었습니다!

**멜리사** 남편은 나와 헤어질 수 없다고 느꼈을 거예요. 나를 사랑하고 나와 우리 아이들에게 충실하려 했으니까요.

**데이비드** 그렇지만 그렇게 질질 끌며 당신을 괴롭혔으니 옳지 않은 행동이었어요.

**멜리사** 의도적으로 그런 건 아닐 거예요. 어쩌다 보니 그렇게 된 거죠.

**데이비드** '어쩌다 보니'라니요! 말도 안 돼요! 애초에 그런 상황에 빠지지 말았어야 하는 것 아닙니까!

**멜리사** 그래도 그게 현실인데요. 앤이라는 존재는 짜릿한 자극이었고, 남편은 그때 마침 사는 게 지겹고 힘겨웠겠지요. 결국 어느 날 앤의 유혹에 굴복한 거죠. 의지가 약해졌을 때 선을 넘었고, 일단 관계가 시작되자 걷잡을 수 없었을 거예요.

**데이비드** 글쎄요, 남편이 충실하지 않은 걸 보면 당신은 변변찮은 사람이에요. 그래서 그렇게 무시당하고 초라해지는 거라고요.

**멜리사** 변변찮은 사람이든 아니든 난 상관하지 않아요. 내가 좋은 사람이라고 해서 늘 내가 원하는 걸 얻을 수 있는 것도 아니고요.

**데이비드** 그렇지만 당신이 좋은 아내라면 남편이 다른 데서 즐거움을 찾으려 들진 않았을 텐데요. 당신은 마음에 들거나 사랑스럽지 않은 아내일 겁니다. 아내가 별 볼일 없으니까 남편이 바람을 피운 거라고요.

**멜리사** 중요한 사실은 남편이 앤이 아닌 나를 선택했다고 해서 내가 앤보다 나은 사람이라고 할 수는 없다는 거죠, 그렇지 않나요? 마찬가지로 그 사람이 나를 회피하기로 결론을 내렸다 해도 내가 사랑스럽거나 마음에 들지 않는 사람도 아니지요.

속을 뒤집는 심한 말에도 멜리사는 흔들리지 않았다. 멜리사가 인생의 힘겨운 고비를 넘어섰다는 증거였다. 멜리사는 분노를 버리고 기쁨과 자존감을 찾았다. 멜리사가 적개심, 자기회의, 절망으로부터 벗어나 자유를 얻은 열쇠는 바로 '감정이입'이었다.

## 종합 처방: 인지 예행연습

화가 나면 순식간에 반응이 튀어나온다. 그래서 상황을 차분히 객관적으로 판단하고, 이 장에서 설명한 다양한 기법을 적용하기가 어렵다고 느낄 수도 있다. 이것이 분노의 특징이다. 꾸준하고 만성적인 우울장애와 달리 분노는 훨씬 더 폭발성이 강하고 변덕스럽다. 화가 났다고 느꼈을 때는 이미 통제가 불가능하다.

'인지 예행연습'은 이런 문제를 해결할 뿐 아니라 이제까지 살펴본 방법을 종합적으로 이용할 수 있는 효과적인 기법이다. 이 기법은 실제 상황을 경험하지 않고도 미리 분노를 다스릴 수 있도록 도움을 준다. 이렇게 하면 실제 상황이 벌어졌을 때 잘 대처할 수 있다.

우선 〔표 7-6〕의 '분노 등급' 목록을 살펴보자. 흔히 분노를 일으키는 상황을 +1(가장 낮은 정도)에서 +10(최악의 상황)까지 구분한 것이다. 우리는 여기에 제시한 자극 요인에 더 효과적으로 대처할 수 있어야 한다. 이런 요인이 일으키는 분노는 온당치도 바람직하지도 않기 때문이다.

이 등급표 중 가장 정도가 낮은 첫 번째 항목부터 시작하자. 여러분이 이 상황에 처해 있다고 최대한 생생하게 상상한다. '격앙된 생각'을 소리 내어 말하고 적는다. 〔표 7-6〕의 사례에서 여러분은 짜증스러움을 느낄 것이다. 속으로 이렇게 생각하고 있기 때문이다. '이 ×× 같은 웨이터 녀석은 자기가 뭘 하는 인간인지도 모르는군! 게을러빠진 놈. 좀 부지런히 움직이면 어디가 덧나? 자기가 무슨 대단한 사람인 줄 아는 모양이지? 차림판하고 물 한 잔 갖다

| 표 7-6 | 분노 등급표

| +1 | 식당에 들어온 지 15분이 되도록 웨이터가 오지 않는다. |
|---|---|
| +2 | 친구에게 전화를 걸었는데 받지 않고, 다시 전화해주지도 않는다. |
| +3 | 예약을 한 고객이 아무 설명 없이 약속시간 직전에 취소 통보를 해온다. |
| +4 | 예약을 한 고객이 아무 통보 없이 나타나지 않는다. |
| +5 | 나를 마구 헐뜯는 사람이 있다. |
| +6 | 극장에서 줄을 서 있는데 내 앞에 버릇없게 구는 젊은이들이 떼를 지어 있다. |
| +7 | 성폭행 등 잔인한 폭력을 다룬 신문 기사를 읽는다. |
| +8 | 물건을 납품했는데 고객이 대금 지불을 미루더니 종적까지 감춰버렸다. |
| +9 | 동네 불량배들이 몇 달째 계속 한밤에 우리 집 우편함을 부순다. 이 녀석들을 붙잡을 수도, 막을 수도 없다. |
| +10 | 10대로 추정되는 무리가 한밤에 동물원에 침입해서 작은 새나 동물에게 돌을 던져 죽거나 다치게 했다는 TV 뉴스를 보고 있다. |

주길 기다리다가 굶어 죽겠어.'

그러고는 화를 벌컥 내며 지배인을 불러 호통치고 식당 문이 부서져라 쾅 닫고 나온다고 상상한다. 이때 화를 느낀 정도를 0~100퍼센트까지 수치로 기록한다.

이제 마음속에서 똑같은 시나리오를 펼치되, 좀 더 적절한 '이성적 생각'을 떠올리며 기분이 이완되고 차분해졌다고 상상한다. 이런 상황에 요령 있게 단호하고 효과적으로 대처하는 상상을 한다. 예를 들어 속으로 이렇게 말한다. '웨이터가 내 쪽을 신경 써주지 않는군. 아마 바쁘다 보니 내가 차림판도 못 받았다는 걸 모르는 모양이야. 쓸데없이 핏대 올릴 일은 아니지.'

다음으로 지배인을 찾아 이 상황을 단호하게 설명하되, 다음과 같은 원칙을 따르기로 한다. 먼저 웨이터를 계속 기다리고 있었다고 정확하게 알린다. 바빠서 그랬다고 하면 그 말에 동의함으로써 무장해제를 시킨다. 그러고 나서 손님이 많은 걸 보니 장사가 잘되는 것 같다고 칭찬해준다. 그런 다음 다시 한번 서비스 개선을 단호하게, 그러나 상냥하게 요구한다. 마지막으로 지배인이 웨이터를 보내 사과를 시키고 최고 대접을 해준다고 상상한다. 이제 기분이 좋아지고 즐겁게 식사를 한다.

이런 식으로 상황을 효과적이면서도 조용히 처리할 수 있다는 생각이 들 때까지 이 시나리오를 매일 밤 연습한다. 이렇게 인지 예행연습을 해두면 실제 상황이 닥쳤을 때 긴장하지 않고 더 적절히 대처할 수 있을 것이다.

이러한 과정에 여러분은 한 가지 이의를 제기할 수도 있다. 현실에서는 식당 직원이 손님의 요구에 친절히 응해줄 거라고 전혀 보장할 수 없기 때문에 긍정적인 결과를 머릿속에 그리는 것은 비현실적이라고 말이다. 답은 간단하다. 이 사람들이 거칠게 나올 거라는 보장 역시 전혀 없다. 게다가 부정적 반응을 예상하고 있으면 실제로 그런 일이 생길 가능성이 커진다. 분노는 자기 예언을 충족시키는 엄청난 능력이 있기 때문이다. 반대로 긍정적인 결과를 예상하며 낙관적 방식으로 반응하면 그렇게 될 가능성이 훨씬 커진다.

물론 부정적인 결과에 대해서도 같은 방식으로 인지 예행연습을 하며 대비해두어야 한다. 웨이터를 불렀는데 건방지고 거만하게 굴며 형편없이 서비스하는 상황을 상상한다. 이때도 앞에서 한 것처럼 격앙된 생각을 기록하고 그것을 이성적 생각으로 바꾼 뒤, 새로운 대처 방안을 찾아낸다.

이런 식으로 분노 등급 목록에 따라 차근차근 단계별로 연습해 가면, 분노를 유발하는 대부분의 상황에서 평화롭고 효과적으로 생각하고 느끼고 행동하는 법을 배울 수 있다. 상황에 따라 접근 방법도 달라져야 하며, 분노 유발 요인이 다르면 그에 따른 다른 기법이 필요하다. 어떤 상황에는 감정이입 기법이, 어떤 상황에는 단호히 말하기가 해답이 될 수 있으며, 또 다른 경우에는 자신의 기대 바꾸기가 가장 효과가 클 수 있다.

분노 줄이기 프로그램이 잘 작동하는지 평가할 때 가장 중요한 점은 '전부 아니면 전무'라는 생각으로 바라보아서는 안 된다는 것이다. 정서적 성장에는 시간이 걸리기 때문이다. 특히 분노에 관해서는 더욱 그렇다. 어떤 분노 자극 요인에 대해 평소 99퍼센트 화를 터뜨렸는데 그 후 70퍼센트 화를 터뜨렸다면 첫 시도치고는 성공적이었다고 평가할 수 있다. 이제 인지 예행연습을 계속해서 50퍼센트까지, 다음에는 30퍼센트까지 화를 줄이도록 하자. 그러면 마침내 분노가 완전히 사라지거나 적어도 수용 가능한, 그래서 더 이상 줄일 수 없는 최저 수준까지 분노를 줄일 수 있을 것이다.

명심해둘 점이 하나 있다. 친구와 동료들의 지혜에는 황금 광맥 같은 잠재력이 있으므로 곤경에 빠졌을 때 이들을 활용할 수 있다는 사실이다. 여러분이 보지 못하는 점을 이들은 정확히 짚어낼 수도 있다. 좌절감이 들고, 무력감을 느끼고, 화가 치솟는 상황에서 그들은 어떻게 생각하고 행동하는지 물어보자. 일단 물어보기만 해도 놀라울 정도로 효과적인 다양한 방법을 빠르게 배울 수 있을 것이다.

## 분노에 대해 알아두어야 할 열 가지

1.  세상일이 우리를 화나게 하는 것이 아니다. 우리의 분노를 만들어내는 것은 우리 자신의 '격앙된 생각'이다. 부정적 사건이 실제로 일어난 경우에도 우리가 그 사건에 부여하는 의미가 감정 반응을 결정한다.

    분노의 책임이 자신에게 있다고 생각하면 결국 자신에게 이익이 된다. 자신이 어떻게 느끼고 싶어하는지 스스로 통제하고 자유롭게 선택할 수 있는 기회가 생기기 때문이다. 그렇게 하지 못하면 우리는 자신의 감정을 전혀 통제할 수 없는 무력한 상태에 빠지며, 감정은 우리가 통제할 수 없는 세상의 온갖 사건에 어쩔 수 없이 얽매인다.

2.  분노는 거의 대부분 도움이 되지 않는다. 분노는 우리를 꼼짝 못하게 옭아맨다. 그러면 우리는 적개심에 사로잡혀 생산적이지 않은 목적에 몰두하게 된다. 우리가 현명한 해법을 찾기 위한 활동에 노력을 집중한다면 기분도 좋아질 것이다. 문제를 바로잡기 위해, 그리고 최소한 다시 똑같은 식으로 분노에 사로잡힐 가능성을 줄이기 위해 나는 무엇을 할 수

있을까? 이러한 태도는 효과적으로 상황에 대처하지 못했을 때 우리를 갉아먹을 무력감과 좌절감을 어느 정도 없애줄 것이다.

자극 요인이 너무 강해서 어떤 처방도 효과가 없다면 분노에 떨며 모멸감을 느낄 수밖에 없다. 분노와 기쁨을 동시에 느끼는 것은 전혀 불가능하지는 않지만 매우 어렵다. 분노의 감정이 정말로 가치 있고 중요하다고 생각한다면, 지금까지 살아오면서 가장 행복했던 순간을 떠올려보자. 그러고 나서 스스로에게 물어보자. 그 평화롭고 기쁨에 찬 시간 가운데 몇 분이라도 좌절과 분노의 시간으로 기꺼이 바꿀 용의가 있는가?

3. 분노를 자아내는 생각에는 대개 왜곡이 포함되어 있다. 이 왜곡을 바로잡으면 분노를 줄일 수 있다.

4. 궁극적으로 분노는 누군가 불공평하게 행동한다거나 어떤 일이 부당하다는 믿음 때문에 일어난다. 상대가 고의로 한 행동이라고 생각할수록 분노는 강해진다.

5. 다른 사람의 눈으로 세상을 보는 법을 터득하면 그들의 입장에서는 그들의 행동이 불공평하지 않다는 사실을 깨닫고 놀랄 것이다. 이때의 불공평함은 자기 머릿속에만 존재하는 망상이다! 진리, 정의, 공정함 등에 대한 자신의 견해에 모든 사람이 동의할 거라는 비현실적인 생각을 버리면, 분노와 좌절감은 상당히 줄어들 것이다.

6. 누군가에게 벌을 주려 할 때, 그 대상이 되는 사람은 대부분 그럴 만한 이유가 없다고 생각한다. 그러므로 보복은 상

대방과의 관계를 긍정적으로 풀어가는 데 도움이 되지 않는다. 분노는 상황을 악화시키고 극단으로 몰고 가기 십상이며 자기충족적 예언 능력을 발휘한다. 당장은 원하는 것을 손에 넣을 수도 있겠지만, 그런 적대적인 태도로 억지로 남을 움직여 얻은 단기 이득은 대개 복종을 강요당한 사람의 분노와 보복을 불러오기 때문에 장기적으로는 오히려 손해를 본다. 남에게 강요당하거나 통제받기를 원하는 사람은 아무도 없다. 긍정적인 보상 체계가 더 효율적인 것은 이 때문이다.

7. 우리가 느끼는 분노는 대개 남이 우리를 비판하고 우리에게 동의해주지 않을 때, 또는 원하는 대로 움직여주지 않을 때 자존감 상실을 막기 위한 방어 전략으로 일어난다. 이러한 분노는 항상 부적절하다. 자존감을 앗아가는 것은 부정적으로 왜곡된 자신의 생각일 뿐이기 때문이다. 쓸모없는 존재라고 느낀다고 해서 남 탓을 하는 것은 결국 자신을 속이는 일이다.

8. 좌절감은 충족되지 않은 기대 때문에 일어난다. 우리를 실망시킨 일은 '현실'의 일부이기 때문에 '현실적'이었다. 그러므로 좌절은 언제나 우리의 기대가 비현실적이기 때문에 생긴다. 우리는 현실을 우리 기대에 맞게 변화시킬 권리가 있지만, 그것이 늘 실현 가능하거나 타당한 것은 아니다. 특히 우리의 기대에 상대의 가치관과 일치하지 않는 이상적인 생각이 깔려 있을 때는 더욱 그렇다. 가장 손쉬운 해결책은 기대를 바꾸는 것이다. 좌절감을 불러오는 비현실적인 기대로 다음과 같은 예

를 들 수 있다.

a. 만일 내가 어떤 것(사랑, 행복, 승진 등)을 원한다면, 난 그것을 누려야 마땅해.

b. 어떤 일을 열심히 하면 반드시 성공해야 해.

c. 다른 사람들은 내가 정한 기준에 따라야 하고, 내가 정한 '공정함'의 개념을 믿어야 해.

d. 나는 어떤 문제도 신속하고 쉽게 해결할 수 있어야 해.

e. 내가 좋은 아내라면 남편은 나를 사랑해주어야 해.

f. 사람들은 나와 같은 식으로 생각하고 행동해야 해.

g. 내가 누군가에게 친절을 베풀면 그 사람도 꼭 보답해야 해.

9. 화를 낼 권리가 있다고 우기는 것은 어린애처럼 토라지는 것과 같다. 물론 우리는 그럴 권리가 있다! 법적으로도 문제가 없다. 하지만 중요한 것은 바로 이것이다. 화를 내는 것이 우리에게 이로울까? 분노를 터뜨리면 실제로 세상에 이익이 될까?

10. 인간다워지는 데도 분노는 거의 도움이 되지 않는다. 분노하지 않으면 감정 없는 로봇이나 마찬가지라는 말은 진실이 아니다. 오히려 욱하고 폭발하는 성향을 제거하면 더 큰 열정·기쁨·평화·능률을 맛볼 것이며, 해방감과 깨달음을 얻을 것이다.

# 8.
# 죄의식을 이겨내는
# 몇 가지 방법

우울장애를 제대로 다룬 책이라면 마땅히 죄의식에 관해서도 다루어야 한다. 죄의식은 어떤 역할을 할까? 작가, 영적 지도자, 심리학자, 철학자 등 수많은 사람이 이 문제와 씨름해왔다. 죄의식의 근원은 무엇인가? 죄의식은 '원죄' 개념에서 발달한 것인가, 아니면 프로이트가 가정한 오이디푸스적 근친상간 욕구나 다른 금기에서 비롯된 것인가? 죄의식은 인간의 경험 중에서 현실적이고 이로운 요소인가, 아니면 최근 대중심리학 서적 작가들이 주장하듯 없는 편이 차라리 인간에게 더 나은 '쓸모없는 감정'인가?

미적분학 덕분에 과학자들은 예전 방법으로는 처리하기 어려운 운동과 가속도에 관한 복잡한 문제를 손쉽게 풀 수 있게 되었다. 마찬가지로 인지치료 역시 까다로운 철학적·심리적 문제를 손쉽게 풀 수 있는 '감정미적분학'을 제공해주었다.

인지요법이 우리에게 무엇을 가르쳐주었는지 살펴보자. 죄의식은 우리가 다음과 같이 생각할 때 느끼는 감정이다.

1. 나는 해서는 안 되는 일을 했어(또는 꼭 해야 할 일을 해내지 못했어). 그건 내 행동이 나의 도덕 기준에 미치지 못하고, 공정성에 대한 나의 개념을 위반했기 때문이야.
2. 이런 나의 '나쁜 행동'은 내가 나쁜 사람이라는 것을(또는 나의 나쁜 성향이나 성격 등을) 보여줘.

이때 죄의식의 핵심은 나의 자아가 '나쁘다'는 개념이다. 이런 개념이 없어진다면 나쁜 행동을 했을 때 아마도 죄의식이 아니라 건강한 감정, 즉 양심의 가책을 느낄 것이다. 양심의 가책은 자신의 윤리 기준을 위반해 고의로 자기 자신이나 남에게 해로운 행동을 했다는, 왜곡되지 않은 자각을 했을 때 느낀다. 양심의 가책은 죄의식과 다르다. 나쁜 행위를 했다고 해서 본래부터 사악하고 부도덕한 사람이라는 의미는 아니기 때문이다. 간단명료하게 말하면, 양심의 가책과 후회는 '행동'을 겨냥해 일어나는 데 비해 죄의식은 '자아'를 겨냥해 일어난다.

죄의식뿐 아니라 우울감, 수치심, 불안까지 느낀다면 아마 여러분은 다음과 같은 가정을 하고 있을 것이다.

1. '나쁜 행동' 때문에 나는 열등한 존재 또는 쓸모없는 존재가 되었어(이런 해석은 우울장애로 이어진다).
2. 내가 한 짓을 다른 사람이 안다면 비웃을 거야(이런 인지는 수치심으로 이어진다).
3. 나는 벌을 받거나 보복당할 위험에 처해 있어(이런 생각은 불안으로 이어진다).

이런 생각 때문에 생긴 감정이 유용한지 해로운지 판단하는 가장 간단한 방법은 3장에서 말한 열 가지 인지왜곡 중 하나에라도 해당하는지 판별해보는 것이다. 아마도 우리는 자신이 겪는 부정적 감정 중 절대다수가 실제로 이런 인지왜곡에 토대를 두고 있다는 사실을 발견할 것이다. 따라서 죄의식, 불안감, 우울감, 수치심 같은 감정은 결코 타당하지 않으며 현실적이지도 않다.

죄의식을 느낄 때 일어날 수 있는 첫 번째 왜곡은 자신이 무엇인가 잘못을 저질렀다는 가정이다. 이런 가정은 사실일 수도, 그렇지 않을 수도 있다. 스스로 자책하는 그 행동이 정말로 그렇게 고약하고, 비도덕적이고, 잘못된 것일까? 아니면 너무 과장하고 있는 것일까? 얼마 전 한 매력적인 여성 의료기술 전문가에게서 밀봉된 봉투를 받았다. 그 안에 든 종이에는 너무나 끔찍해서 도저히 말로는 전할 수 없는 자신에 관한 이야기가 적혀 있다고 했다. 그녀는 절대 큰 소리로 읽지 말고 웃지도 말라고 신신당부하며 떨리는 손으로 봉투를 내게 건넸다. 내용은 이랬다. "난 코딱지를 파서 먹어요!" 그녀의 얼굴에 가득하던 불안과 공포에 비해 어찌나 사소한 일인지, 나는 전문의로서 침착하게 대응해야 한다는 사실도 잊은 채 웃음을 터뜨리고 말았다. 다행스럽게도 그녀 역시 포복절도한 후 안도의 한숨을 쉬었다.

내가 지금 우리는 절대 나쁜 행동을 하지 않는다고 주장하는 걸까? 그렇지 않다. 그런 주장은 극단적이고 비현실적이다. 나는 다만 자신의 실수를 비현실적으로 과장해서 인식하는 우리의 고뇌와 자기학대는 부적절하고 쓸데없다는 사실을 지적하고 있을 뿐이다.

죄의식으로 이어지는 두 번째 왜곡은 자신의 어떤 행동이 잘못되었다는 이유로 스스로 '나쁜 사람'이라고 낙인찍는 것이다. 이것이야말로 중세에 마녀사냥을 몰고 온 해로운 미신과 같은 생각이다! 정말 나쁜 행동을 했을 수도 있지만, 그렇다고 스스로 '나쁜 사람' 또는 '해로운 사람'이라고 낙인찍는 것은 오히려 역효과를 낳을 뿐이다. 건전한 문제 해결 전략을 생각하는 대신 두고두고 되새기며 자기학대를 하는 쪽으로 에너지를 쏟기 때문이다.

죄의식을 자아내는 또 다른 인지왜곡은 '개인화'다. 자신의 잘못이 아닌데도 어떤 일의 결과가 자신에게 책임이 있다고 추정하는 것이다. 예를 들어 남자친구에게 건설적인 비판을 해주었는데 그가 화를 냈다고 하자. 이때 자신의 충고가 적절하지 못해서 남자친구가 화를 냈다며 자기 탓을 한다. 그러나 충고 때문이 아니라 남자친구 자신의 부정적 생각 때문에 화가 난 것뿐이다. 게다가 그 생각은 왜곡된 것일 수 있다. 아마 남자친구는 그런 충고는 곧 자신이 나쁜 사람이라는 뜻이라 생각하고, 여자친구가 자기를 존중하지 않는다고 결론 내렸을 것이다. 그런데 그런 비논리적 생각을 여자친구가 그의 머릿속에 집어넣은 것인가? 당연히 그렇지 않다. 그런 생각을 머릿속에 떠올린 사람은 바로 남자친구이므로, 그의 반응에 대한 책임을 자신에게 돌려서는 안 된다.

인지치료가 감정은 생각에 의해 생겨난다고 주장한다고 해서, 어떤 행동을 해도 남에게 해를 끼치지 않으므로 아무렇게나 행동해도 된다고 허무맹랑한 생각을 하는 사람이 있을지도 모르겠다. 가족을 팽개치고 바람을 피우거나 동업자를 파산시켜도 괜찮다고, 상대가 분노를 느낀다고 해도 그건 그들의 생각이 일으킨 문제일 뿐이라고 말이다.

절대 그렇지 않다! 여기서 우리는 다시 인지왜곡이라는 개념의 중요성을 되새겨야 한다. 어떤 사람의 감정 동요가 그 자신의 인지왜곡에 의해 일어난 것이라면, 고통에 대한 책임은 그 자신에게 있다고 말할 수 있다. 이때 그 사람의 고통에 대해 여러분 자신을 탓한다면 개인화의 오류를 범하는 것이다. 하지만 어떤 사람이 느끼는 고통이 타당하고 왜곡되지 않은 생각에서 비롯된 것이라면 그 고통은 현실이며, 실제로 외적 요인이 있을 것이다. 예를 들어 어떤 사람이 내 배를 걷어차서 이런 생각을 했다고 하자. '배를 걷어 차였어! 아, 너무 아프다!' 이때 내가 느끼는 고통에 대한 책임은 상대방에게 있다. 나를 해쳤다는 상대방의 생각은 어떤 식으로도 왜곡되지 않는다. 상대방이 느끼는 양심의 가책과 내가 느끼는 불쾌함은 현실이며 타당하다.

죄의식으로 이어지는 마지막 길은 부적절한 '해야 한다' 식 사고다. 불합리한 '해야 한다' 식 사고에는 우리가 완벽하고 전지전능해야 한다는 기대가 담겨 있다. 완벽주의를 지향하는 비현실적 기대와 경직된 태도에는 우리를 파탄에 이르게 하는 여러 가지 '삶의 규칙'이 포함되어 있다. 일례로 '나는 언제나 행복해야 한다'는 규칙을 들 수 있다. 이 규칙에 매이면 감정이 상할 때마다 실패자로 느껴진다. 완벽한 행복을 목표로 설정하는 것은 누구에게든 비현실적인 일이기 때문에 이 규칙은 자기패배적이며 무책임하다.

모든 것을 알고 있다고 전제하는 '해야 한다' 식 사고는, 자신이 우주의 모든 지식을 알고 있으며 절대적 확신을 가지고 미래를 예견할 수 있다고 가정한다. 가령 이렇게 생각하는 것이다. '지난 주말에 바다에 가지 말았어야 했어. 그랬다가 감기에 걸려버렸잖아. 나는 정말 멍청해! 이렇게 아프니 일주일은 꼼짝없이 누워 있어야 할 거야.' 이렇게 자신을 깎아내리는 것은 비현실적이다. 바다에 가면 감기에 걸리리라는 것을 확실히 알 수 없었기 때문이다. 미리 알았다면 달리 행동했을 것이다. 우리는 인간이므로 어떤 결정을 내렸지만 그것이 나중에 잘못으로 드러날 수도 있다.

모든 것을 할 수 있다고 전제하는 '해야 한다' 식 사고는 자신이 신처럼 전능하며, 자신은 물론 남들까지 마음대로 다루어 어떤 목적이든 달성할 수 있다고 여긴다. 이를테면 테니스 경기에서 서브에 실패했을 때 얼굴을 찡그리며 이렇게 소리 지르는 식이다. "이 서브는 실수하지 말았어야 해!" 하지만 왜 그래야 하나? 한 차례의 서브 실수도 용납할 수 없을 정도로 테니스 실력이 빼어난가?

이제까지 살펴본 세 가지 '해야 한다' 식 사고는 이치에 맞는 도덕 기준에 따른 것이 아니기 때문에 잘못된 죄의식을 낳는다.

비정상적인 죄의식과 건전한 양심의 가책 또는 후회를 구별하려면 왜곡이 있는가 없는가 말고도 몇 가지 기준을 적용해보면 도움이 된다. 부정적 감정의 강도와 지속 기간, 결과 등이 그것이다. 이 세 가지 기준을 실제 사례에 적용해 분석해보자. 초등학교 교사로 일하는 마흔두 살의 기혼 여성 재니스는 죄의식 때문에 하루하루 무기력한 삶을 살아가고 있었다. 재니스는 오랫동안 우울장애에 시달려왔다. 열다섯 살 때 상점에서 우발적으로 두 번 물건을 훔친 기억이 계속 되살아나 괴로웠기 때문이다. 그 후 정직하게 살아왔지만 재니스는 다음과 같은 생각이 항상 머릿속에 떠올라 죄의식을 불러일으켰다. '나는 도둑이야. 거짓말쟁이야. 쓸모없는 인간이야. 난 가짜야.' 죄의식으로 인한 고통이 얼마나 심했던지 매일 저녁 신에게 기도했다. 자다가 그대로 죽게 해달라고. 아침에 살아서 눈을 뜨면 비참한 심정에 이런 생각이 들었다. '신마저 소원을 들어주지 않을 정도로 나는 나쁜 사람이야.' 절망에 빠진 재니스는 마침내 남편의 권총에 총알을 장전해서 심장을 겨누고 방아쇠를 당겼다. 그런데 격발이 되지 않았다. 안전장치를 풀지 않은 것이다. 자살도 못하다니! 재니스는 패배감에 완전히 사로잡혔고, 총을 내려놓고는 절망감에 목 놓아 울었다.

재니스의 죄의식은 옳지 않다. 이것은 명백한 인지왜곡인 데다 재니스가 느낀 감정이나 스스로에게 던진 말의 강도와 지속 기간,

결과 역시 문제가 있기 때문이다. 재니스가 느낀 감정은 좀도둑질에 대한 건전한 양심의 가책이나 후회라고 할 수 없다. 이런 감정은 삶을 포기할 만큼 자존감을 떨어뜨렸고, 실제 잘못보다 엄청나게 큰 책임을 지웠다. 그녀의 죄의식은 결국 최악의 역설을 낳았다. 자신은 나쁜 사람이라는 그녀의 믿음이 정말 나쁘고 무책임한 행동인 자살을 시도하게 만든 것이다.

## 죄의식의 사이클

불건전할 뿐 아니라 왜곡에 기초한 죄의식이라 해도, 일단 그럼 감정을 느끼기 시작하면 자신의 죄의식이 타당하다는 망상에 사로잡힌다. 이런 망상은 강력하고 설득력 있어 보인다. 이를테면 다음과 같은 판단을 내리게 된다.

1. 나는 죄의식을 느끼고 비난받아 마땅하다고 생각해. 이것은 내가 나쁜 사람이라는 뜻이야.
2. 나는 나쁜 사람이니까 고통받아 마땅해.

죄의식은 자신이 나쁜 사람이라는 확신을 심어줄 뿐 아니라 더 깊은 죄의식으로 몰고 간다. 이러한 '인지-감정 연결망'은 우리의 생각과 감정을 서로 얽히고설키게 만든다. 그리하여 우리는 일종의 악순환 체계에 빠진다. 나는 이런 악순환 체계를 '죄의식의 사이클'이라 부른다.

자신의 주관적 감정을 객관적 사실이라고 판단하는 감정적 추론은 이 사이클에 기름을 붓는다. 즉 지금 죄의식을 느끼고 있으므로 틀림없이 자신은 어딘가 부족한 인간이며, 고통받아 마땅하다고 자동으로 추정한다. 이를테면 '이런 내가 너무 싫어. 그러므로 나는 나쁜 사람이 틀림없어'라고 추론하는 것이다. 그러나 자기혐오를 느낀다고 해서 반드시 자신이 뭔가 나쁜 짓을 했다는 증거는 아니므로 이런 판단은 비합리적이다. 죄의식은 단순히 자신이 나쁜 행동을 했다고 '믿는다'는 사실을 반영할 뿐이다. 실제로 그런 행동을 했을 수도 있지만, 대개는 그렇지 않다. 예를 들어 아이들은 부모가 피곤하거나 짜증이 나서 또는 자신의 행동을 오해받아서 부당하게 벌을 받는 경우가 심심치 않게 있다. 이런 경우 이 가련한 아이들이 느끼는 죄의식이 실제로 잘못을 저질렀다는 증거가 될 수는 없다.

자기처벌 행동 유형은 죄의식의 사이클을 악화시킨다. 죄의식을 자아내는 생각은 자신이 나쁜 사람이라는 믿음을 강화하는 비생산적 행동으로 이어진다. 예를 들어보자. 죄의식에 잘 빠지는 한 여성 신경과 의학도가 의사면허 시험을 준비하고 있었다. 시험공부가 여의치 않자 그녀는 공부를 하고 있지 않다는 사실 때문에 죄의식을 느꼈다. 매일밤 TV를 보느라 시간을 낭비하면서도 머릿속에서는 이런 생각이 마구 날뛰었다. 'TV를 보고 있으면 안 되는데. 시험 준비를 해야해. 나는 너무 게을러. 의사가 될 자격이 없어. 또 너무 자기중심적이야. 그러니까 벌을 받아 마땅해.' 이런 생각은 죄의식을 더욱 키웠고, 그녀는 이런 판단을 하기에 이르렀다. '이렇게 죄의식을 느끼는 것은 내가 게으르고 쓸모없는 사람이라는 증거야.' 이처럼 그녀의 자기처벌 사고와 죄책감은 서로를 강화하고 있었다.

쉽게 죄의식에 빠져드는 사람들이 흔히 그렇듯, 그녀는 자기처벌을 충분히 가하면 결국 자신이 움직일 거라고 생각했다. 그러나 안됐지만 사실은 정반대였다. 죄의식이 에너지를 고갈시켜 오히려 자신이 게으르고 쓸모없는 존재라는 믿음을 더 굳혀놓았다. 그녀의 자기혐오가 가져다준 유일한 행동은 밤마다 강박적으로 냉장고를 뒤져 아이스크림과 땅콩버터를 '폭식'하는 일이었다.

〔표 8-1〕은 그녀가 빠진 악순환의 고리를 보여준다. 부정적 생각, 느낌, 행동이 서로 영향을 주고받음으로써 자기패배를 초래할 뿐 아니라 자기 자신이 나쁘고 통제할 수 없는 사람이라는 잔혹한 망상을 만들어내고 있다.

## 무책임한 죄의식을 버려라

우리가 실제로 부적절하거나 해로운 일을 했다면 고통을 받아야 마땅할까? 이 질문에 그렇다고 대답했다면 다시 이렇게 자문해보자. "얼마 동안이나 고통을 받아야 할까? 하루? 1년? 아니면 지금부터 죽을 때까지 내내?" 여러분은 어떤 판결을 선택할 것인가? 마침내 이 판결의 집행 기간이 끝났을 때, 여러분은 스스로를 괴롭히고 비참하게 만드는 일을 기꺼이 중단하겠는가? 만일 그렇다면 이것은 자신에게 벌을 주는, 최소한 책임감 있는 방법 중 하나라고 할 수 있다. 여기에는 처벌의 시간이 정해져 있기 때문이다. 그

| 표 8-1 | **죄의식의 악순환**

자기비판적 생각 때문에 죄의식을 느끼는 한 여성 신경과 의학도의 예. 이 여성은 죄의식 탓에 의사면허 시험을 준비하는 데 어려움을 겪고 있다. 이 여성의 지연 행동, 즉 공부를 자꾸 미루는 행동은 자기가 나쁜 사람이며 벌을 받아 마땅하다는 확신을 강화한다. 그리고 이것은 다시 문제 해결 의지를 갉아먹는다.

러나 죄의식에 빠져 스스로를 학대하는 행위의 원래 취지는 처벌로 실현되지 않는다. 우리가 실수를 하고 해로운 행동을 했다 해도 죄의식이 우리의 실수를 되돌리는 마법을 발휘할 수는 없다. 또 죄의식은 우리가 앞으로 똑같은 잘못을 범할 가능성을 줄일 수 있게 학습 속도를 높여주지도 않는다. 우리가 죄의식을 느끼고 스스로를 깔아뭉갠다고 해서 다른 사람들이 우리를 더 존중하고 사랑해주는 것도 아니다. 또한 죄의식은 생산적인 삶으로 우리를 이끌지도 않는다. 그렇다면 도대체 죄의식이 무슨 쓸모가 있단 말인가?

많은 사람이 이렇게 묻는다. "죄의식을 느끼지 못한다면 도덕적으로 행동하거나 충동을 억제하는 것이 가능할까요?" 이것은 삶을 보호관찰관의 눈으로 보는 태도다. 자신이 제멋대로이고 통제 불가능한 존재라고 여겨, 미쳐 날뛰지 못하게 하려면 항상 스스로에게 비난을 퍼부어야 한다고 생각하고 있음이 분명하다. 우리의 행동이 남에게 해를 끼쳤을 때는 어느 정도 쓰라린 양심의 가책을 느끼는 것이 자기 잘못에 아무 감정 없이 무덤덤한 것보다는 확실히 우리의 의식을 더 잘 깨우쳐줄 것이다. 그러나 스스로 나쁜 사람이라고 여기는 것은 분명히 누구에게도 도움이 되지 않는다. 오히려 자신이 나쁜 사람이라는 믿음은 '나쁜' 행동을 만들어내는 일등 공신이다.

우리가 자신이 실수를 저지른 것을 깨닫고, 이 문제를 바로잡기 위한 전략을 세워 실천해나갈 때, 가장 손쉽고 순조롭게 변화와 학습이 이루어진다. 자기 자신을 사랑하고 편안하게 휴식을 취하면 이 과정을 더욱 촉진할 수 있다. 반면에 죄의식은 그 과정을 방해하기 십상이다.

예를 들어 이따금 환자들이 내가 자신들을 불쾌하게 만들었다며 신랄한 비난을 퍼붓는다고 해보자. 거기에 일말의 진실이 담겨 있더라도 이런 비난은 내 마음을 상하게 하고 죄의식을 느끼게 할 것이다. 이렇게 죄의식을 느끼면서 스스로 '나쁜' 사람이라고 낙인찍을 경우, 나는 방어적으로 행동하기 쉽다. 스스로 나쁜 사람이라고 느끼는 것이 너무나 끔찍해서 잘못을 부인하거나 정당화하려는 충동, 비난에 반박하려는 충동을 느끼게 된다. 그러면 내 잘못을 인정하고 고치는 일이 훨씬 어려워진다. 이에 반해 자기 자신을 사랑하고 자존감을 잃어버리지 않는다면 쉽게 내 잘못을 인정할 수 있다. 그러면 손쉽게 문제를 바로잡을 수 있고, 또 거기서 뭔가를 배울 수도 있다. 죄의식을 덜 느낄수록 나는 이 일을 더 잘해낼 수 있다.

우리가 실수를 했을 때 필요한 것은 인식, 배움, 변화의 과정이다. 이때 죄의식은 이 가운데 어떤 것에 도움이 될까? 어떤 도움도 줄 수 없다. 죄의식은 실수를 인식하도록 도움을 주기는커녕 오히려 그 실수를 덮어버리게 한다. 어떤 비판에도 귀를 닫고 싶어지는 것이다. 자신이 잘못을 저질렀다고 느끼는 것이 너무나 끔찍하기 때문에 잘못을 질렀다는 사실 자체를 견디지 못한다. 죄의식이 비생산적인 것도 바로 그 때문이다.

이런 이의를 제기할지도 모르겠다. "죄의식을 느끼지 못한다면 내가 잘못을 저질렀다는 것을 어떻게 알 수 있나요? 죄의식이 없다면 무절제하고 해로운 이기심에 맹목적으로 빠져들지 않을까요?" 물론 어떤 일이든 가능하다. 그러나 솔직히 말하면, 나는 그런 일이 일어나리라고 생각하지 않는다. 우리는 죄의식을 도덕적으로 행동하기 위한 더 깨어 있는 기준인 '감정이입'으로 대체할 수 있다. 감정이입은 행동의 결과가 좋을지 나쁠지 미리 눈앞에 그려볼 수 있는 능력이다. 어떤 행동이 자기 자신이나 남에게 끼치는 영향을 개념화하는 능력이며, 자기가 천성적으로 나쁜 사람이라고 낙인찍지 않고도 진정한 슬픔을 느끼고 후회할 줄 아는 능력이다. 감정이입은 죄의식이라는 채찍 없이도 우리 행동을 도덕적으로 향상시킬 수 있는 논리적·정서적 환경을 제공한다.

이런 기준을 적용하면 자신이 느끼는 감정이 정상적이고 건전한 가책인지, 아니면 자기패배적이며 왜곡된 죄의식인지 쉽게 판별할 수 있다. 스스로에게 이렇게 물어보자.

1. 나는 하지 말았어야 하는 '나쁘거나' '불공평하거나' '쓸데없이 해만 끼치는' 행동을 의식적으로 또는 고의로 했는가? 아니면 내가 완벽하고 전지전능한 사람이어야 한다는 비합리적인 기대를 하고 있는가?
2. 나는 이런 행동 때문에 나를 '나쁜 사람' 또는 '타락한 사람'이라고 낙인찍고 있는가? 혹시 내 생각에 침소봉대, 지나친 일반화 같은 인지왜곡이 들어 있지 않은가?
3. 내가 느끼는 후회나 양심의 가책은 내 행동이 불러온 부정적인 영향에 감정이입해서 깨달은 감정이며, 현실에 부합하는 것인가? 고통스러운 내 정서 반응의 강도와 그 지속 기간은 실제 내가 한 행동과 비교할 때 적절한가?
4. 나는 실수를 통해 배우고, 변화를 위한 새로운 전략을 고민하고 있는가? 아니면 잘못을 쓸데없이 자꾸 되새기며 침울해하거나, 심지어 해로운 방식으로 자신을 벌하고 있는가?

이제 부적절한 죄책감을 벗어던지고, 자기존중감을 최대한 키울 수 있는 몇 가지 방법을 살펴보자.

## 1. 역기능적 사고 일일 기록법

앞에서 우리는 낮은 자존감과 무기력함을 극복하는 데 유용한 역기능적 사고 일일 기록법에 대해 알아보았다. 이 방법은 죄의식을 포함해 달갑지 않은 다양한 감정을 처리하는 데 멋지게 이용할 수 있다. 먼저 죄의식을 유발한 행동을 〔표 8-2〕를 참고해 '상황' 칸에 기록한다. 가령 '동료에게 못된 말을 했다'거나 '동창회 자선기금 모금 활동 소식지를 받고 10달러를 기부하기는커녕 쓰레기통에 던져버렸다'라고 기록할 수 있다. 그런 다음 머릿속에서 무지막지하게 울려퍼지는 확성기 소리에 '채널을 맞추고', 죄의식을 만들어낸 비난의 목소리를 확인한다. 마지막으로 어떤 부분이 왜곡되었는지 가려내고, 더 객관적인 생각을 기록한다. 이렇게 하고 나면 마음이 편안해질 것이다.

〔표 8-2〕는 이 과정의 한 예다. 셜리는 신경이 무척 예민한 여성으로, 뉴욕에 가서 배우가 되겠다고 결심했다. 셜리는 아파트를 구하려고 어머니와 함께 하루 종일 힘겹게 돌아다닌 뒤 필라델피아로 돌아오려고 기차를 탔다. 그런데 기차에 타고 보니 먹을거리도 팔지 않고 식당차도 없었다. 어머니가 칵테일을 마시고 싶은데 팔지 않는다고 불평을 늘어놓자 셜리는 죄의식과 자기비판에 빠졌다. 셜리는 이때 죄의식을 자극하는 생각을 적어놓고 거기에 반박하는 내용을 기록했다. 그러자 마음이 한결 편안해졌다. 평소 같으면 그런 낭패스러운 상황에 놓이면 울화통이 치밀면서 감정이 폭발했을 테지만, 죄의식을 물리치자 감정의 동요를 피할 수 있었다.

## 2. '해야 한다' 식 사고에서 벗어나는 법

자신을 압박하는 온갖 비합리적인 '해야 한다' 식 사고를 줄일 수

| 표 8-2 | **역기능적 사고 일일 기록표**

상황 어머니가 무척 피곤해 보인다. 그런데 열차를 예약할 때 제대로 체크하지 않아 먹을 것을 팔지 않는 기차에 타게 되었다.

감정 심한 죄의식, 좌절감, 분노, 자기연민

| 죄의식을 일으키는 생각 | 인지왜곡 | 이성적 대응 |
|---|---|---|
| 휴, 어머니하고 하루 종일 뉴욕을 걸어다녔다. 그런데 기차에서 물 한 모금 드실 수 없다. 내가 기차를 예약할 때 제대로 설명해드리지 않았기 때문이다. '음식 없음'이라는 표시는 간식거리는 있다는 뜻이 아니라고 설명해드렸어야 했는데. | 개인화, 정신적 여과, '해야 한다' 식 사고 | 어머니가 안쓰럽다. 그렇지만 1시간 30분만 기차를 타면 된다. 난 제대로 설명드렸다고 생각했다. 누구나 가끔 실수하는 법이다. |
| 비참한 기분이 든다. 나는 이기적인 사람이다. | 감정적 추론 | 화는 어머니보다 내가 더 난다. 그렇지만 이미 일어난 일은 어쩔 수 없다. 엎지른 물에 연연하면 안 된다. |
| 왜 나는 하는 일마다 망치기만 할까? | 지나친 일반화, 개인화 | 하는 일마다 망치는 것은 아니다. 이번 일은 내 잘못이 아니다. 어머니가 착각하신 거다. |
| 어머니는 내게 잘 대해주시는데 나는 못된 딸이다. | 낙인찍기, 전부 아니면 전무라는 생각 | 한 번 이런 일이 생겼다고 못된 딸이라고 단정할 수는 없다. |

결과 마음이 상당히 편안해졌다.

있는 몇 가지 방법이 있다. 첫째, 자신에게 이렇게 묻는다. "내가 해야 한다고 누가 그래? 내가 해야 한다고 어디에 적혀 있단 말이야?" 여기서 핵심은 지금 쓸데없이 자신을 비판하고 있다는 사실을 알아차리는 것이다. 규칙을 만드는 것은 결국 자신이기 때문에,

어떤 규칙이든 그것이 쓸모없다고 결론 내리면 그 규칙을 수정하거나 없애버릴 수 있다. 예를 들어 언제나 배우자를 행복하게 해주어야 한다고 스스로에게 말한다고 하자. 이런 결심이 현실적으로 가능하지도 않을뿐더러 도움이 되지도 않는다는 것을 경험으로 깨달았다면 이 규칙을 좀 더 타당한 방향으로 다시 쓰면 된다. "어떤 때는 배우자를 행복하게 해줄 수 있어. 그렇지만 항상 그럴 수는 없어. 행복이란 자기 자신에게 달려 있는 것이니까. 게다가 내가 그 사람보다 완벽한 존재도 아니야. 그러니까 내가 하는 일마다 고맙다는 말을 들으리라고는 기대하지 않을 거야."

어떤 규칙이 유용한지 아닌지 판단하려 할 때 이렇게 스스로에게 물어보면 도움이 된다. "이 규칙을 나의 생활신조로 삼으면 좋은 점과 나쁜 점은 무엇일까?" "배우자를 '항상 행복하게 해주어야 한다'는 믿음은 내게 도움이 될까? 그렇게 믿음으로써 치르는 대가는 얼마나 될까?" 이때의 비용과 이익을 [표 8-3]처럼 두 칸 기법을 활용해 평가해볼 수 있다.

'해야 한다' 식 사고를 줄이기 위한 두 번째 방법은 이처럼 두 칸 기법을 활용해 '해야 한다'를 다른 말로 대체하는 것이다. 간단하면서도 효과적인 방법으로 '해야 한다'를 '하면 좋을 거야'나 '하고 싶어'로 바꾸면 더 효과가 크며, 현실성이 있어 보이고 덜 속상하게 한다. 예를 들어 "아내를 행복하게 해주어야 해"를 이런 말로 대체할 수 있을 것이다. "아내를 행복하게 해줄 수 있으면 좋겠어. 아내가 지금 화가 난 것 같은데 왜 그런지, 내가 어떻게 도울 수 있는지 물어봐야겠군." 또 "아이스크림을 먹지 말았어야 했어" 대신 이렇게 말할 수 있다.

| 표 8-3 | '아내를 언제나 행복하게 해주어야 한다'는 생각의 좋은 점과 나쁜 점

| 좋은 점 | 나쁜 점 |
|---|---|
| 아내가 행복하면 나는 내가 해야 할 일을 잘하고 있다고 느끼겠지. | 만일 아내가 불행해한다면 나는 죄의식을 느끼고 스스로를 탓하겠지. |
| 좋은 남편이 되기 위해 열심히 노력하겠지. | 아내는 나의 죄의식을 이용해 나를 쥐고 흔들 수도 있어. 언제든 원하는 것이 있으면 불행한 것처럼 행동할 테고, 그러면 나는 기가 꺾여 물러설 수밖에 없을 거야. |
| | 아내는 대부분 불행해할 테니, 그러면 나는 스스로 실패자라고 느끼겠지. 아내의 불행은 대체로 나와 관계없기 때문에 그렇게 하면 에너지 낭비가 될 거야. |
| | 아내는 결국 분노에 사로잡힐 테고, 그럼 나는 아내에게 내 기분을 좌우하도록 더 큰 힘을 쥐어줄 거야. |

"아이스크림을 먹지 않았다면 좋았겠지. 하지만 먹었다고 해서 세상이 끝난 건 아냐."

'해야 한다'를 극복하는 또 다른 방법은 '해야 한다' 식 사고가 실제와 들어맞지 않음을 보여주는 것이다. 가령 "난 그렇게 하지 말았어야 했어"라고 말할 때 우리는 이런 생각을 전제로 깔고 있다. '그렇게 하지 말았어야 했다'는 것은 사실이며, 이렇게 말하는 것은 나에게 도움이 된다. 그런데 놀랍게도 현실에서 진실은 정반대다. 다시 말해 사실 우리는 그렇게 행동할 수밖에 없었으며, '하지 말았어야 했다'고 말하는 것은 스스로를 해칠 뿐이다.

믿을 수 없다고? 그렇지 않다는 것을 보여주겠다. 여러분이 다이어트를 하는 중인데 아이스크림을 먹었다고 해보자. 여러분은

2부. 기분 다스리기 실전 기법

'이 아이스크림을 먹지 말았어야 했어'라고 생각할 것이다. 아래 대화에서 나는 아이스크림을 먹지 말았어야 했다는 주장이 정말 사실인지 입증해보려고 한다. 그리고 여러분의 주장이 거짓말이라고 말하려 한다. 다음은 실제 있었던 대화를 정리한 것으로, 나에게 그랬듯 여러분에게도 재미있고 유익한 내용이 되기를 바란다.

**데이비드** 다이어트 중인데 아이스크림을 드셨다는 거지요? 그렇지만 아이스크림을 먹을 수밖에 없었을 겁니다.

**여러분** 아니에요. 절대 그렇지 않아요. 다이어트 중이니까 아이스크림을 먹지 말았어야 해요. 아시다시피 나는 체중을 줄여야 하거든요.

**데이비드** 음, 그런데 내 생각에는 그 아이스크림을 드실 수밖에 없었을걸요.

**여러분** 번스 박사님, 이해가 안 되세요? 체중을 줄여야 하니까 아이스크림은 먹지 말았어야 했다고요. 내가 말하는 요지가 그겁니다. 아이스크림을 먹으면서 어떻게 체중을 줄이겠어요?

**데이비드** 그런데 사실은 먹었잖아요.

**여러분** 네, 그게 문제지요. 그러지 말았어야 해요. 아시겠어요?

**데이비드** 그러니까 분명히 있는 그대로와 '달라야 했다'고 주장하시는 건데, 현실은 있는 그대로 되었지요. 그리고 보통 그렇게 될 수밖에 없는 타당한 이유가 있어요. 실제로 왜 그렇게 행동했다고 생각하세요? 아이스크림을 먹은 이유가 무엇인가요?

**여러분** 음, 화가 난 데다 초조했고, 천성이 돼지 같으니까요.

데이비드 좋아요. 화가 났고 초조했다고요. 그런데 그간 살아오면서 화가 나고 초조할 때 일정한 식습관 유형을 보이지 않았나요?

여러분 네. 맞아요. 난 자제력이 전혀 없어요.

데이비드 그렇다면 지난주 초조감을 느꼈을 때 평소 습관대로 행동할 거라고 당연히 예상할 수 있었겠네요?

여러분 네.

데이비드 그러니까 오랜 습관으로 미루어볼 때 그럴 수밖에 없었다고 말하는 것이 타당하지 않을까요?

여러분 아이스크림을 계속 먹고 살찐 돼지처럼 되라는 말씀으로 들리네요.

데이비드 내가 만난 어떤 환자들보다 까다로우시군요! 내가 드리는 말씀은 돼지처럼 행동하라는 게 아닙니다. 화가 날 때마다 먹는 습관을 계속 유지하라고 권하는 것도 아니고요. 내 말은 지금 하나의 행동으로 두 가지 문제를 일으키고 있다는 것입니다. 하나의 행동이란 식단 계획을 어겼다는 사실입니다. 체중을 줄여야 하는데 이런 행동을 하면 저절로 기운이 빠지겠죠. 두 번째 문제는 이런 행동을 하는 자신을 심하게 몰아세우고 있다는 것입니다. 이 두 번째 문제는 불필요한 골칫거리를 사서 만드는 셈입니다.

여러분 초조함을 느낄 때 먹을거리를 찾는 습관이 있으므로 그걸 고칠 방법을 찾지 않는 한 계속 그럴 거라는 말씀이군요.

데이비드 바로 그 말씀을 드리고 싶었습니다!

**여러분** 그러니까 그 습관을 아직 못 고쳐서 아이스크림을 먹을 수밖에 없다는 것이네요. 이 습관이 계속되는 한 초조할 때마다 과식을 할 것이고 또 과식을 할 수밖에 없는 거군요. 이제 하나만 빼고 기분이 확 풀리네요. 그럼 어떻게 해야 이런 행동을 그만둘 수 있을까요?

**데이비드** 우리는 당근이나 채찍의 방법으로 동기부여를 할 수 있습니다. 그런데 하루 종일 '나는 이걸 해야 해' '저걸 하지 말아야 해'라고 스스로를 채찍질만 한다면 평생 '해야 한다' 식 사고의 수렁에서 헤어나오지 못합니다. 이미 그 귀결이 무엇인지는 알고 계실 겁니다. 정서적 변비에 걸리고 마는 거죠. 정말 상황을 개선하고 싶다면 벌보다는 상으로 의욕을 고취하라고 권하고 싶습니다. 이 방법이 훨씬 효과가 있을 겁니다.

내가 살을 뺄 때 이용한 방법은 '더츠와 도넛'이었다. 내가 제일 좋아하는 디저트는 메이슨 더츠(껌 사탕)와 설탕 입힌 도넛이었다. 먹고 싶은 유혹을 가장 참기 어려운 시간은 밤에 연구를 하거나 TV를 볼 때였다. 아이스크림 생각이 간절했다. 그래서 나는 그 충동을 참아내면 다음 날 아침 반짝반짝 설탕을 입힌 갓 만든 커다란 도넛을, 저녁에는 메이슨 더츠 한 상자를 주겠노라고 스스로에게 다짐했다. 그리고 그것들이 얼마나 맛있는지 생각함으로써 아이스크림 생각을 잊을 수 있었다. 참지 못하고 아이스크림을 먹어도 노력에 대한 보상이나 실수에 대한 위로의 수단으로 메이슨 더츠와 도넛을 이용하는 규칙도 세웠다. 두 방법 모두 도움이 되어

나는 무려 20킬로그램 넘게 몸무게를 줄일 수 있었다.

나는 다음과 같은 삼단논법도 만들었다.

1. 다이어트 중인 사람도 이따금 식단 규칙을 어긴다.
2. 나는 사람이다.
3. 그러므로 나도 이따금 식단 규칙을 어길 수밖에 없다.

나는 이 삼단논법의 도움을 받아 주말마다 과식을 해도 기분이 나빠지지 않았다. 대개 주말에 늘어난 체중보다 많은 에너지를 주중에 소모했고, 그 결과 전체적으로 체중을 줄이며 다이어트의 즐거움을 누렸다. 규칙을 어겼을 때도 나의 부주의를 스스로 비판하거나 죄의식을 느끼지 않으려 했다. 그리고는 '언제나 무엇이든 죄의식 없이 과식하고 즐기는 다이어트'라고 이름 붙였다. 무척 재미있는 경험이어서, 목표 체중에 이르렀을 때는 오히려 약간 섭섭함도 느꼈다. 이렇게 하는 다이어트가 재미있어서 나는 4킬로그램 정도를 더 줄였다. 여기서 핵심은 적절한 태도와 감정이다. 이것만 있으면 산더미 같은 살덩어리는 물론이고 산도 옮길 수 있다.

과식, 지나친 흡연, 과음 같은 나쁜 습관을 고치려 할 때 발목을 잡는 주요 원인은 자신이 자제력이 없다는 믿음이다. 그리고 자제력을 앗아가는 주요 원인은 이제까지 살펴본 '해야 한다' 식 사고다. 이런 사고는 우리를 패배로 이끈다. 예를 들어 아이스크림을 끊으려 하는데 TV를 보며 이렇게 말하고 있다. "아, 공부해야 하는데. 그리고 아이스크림은 입에도 대지 말아야 하는데." 이때 스스로에게 물어본다. "나 자신에게 이렇게 말하면 어떤 기분을 느낄까?" 그 답은 이미 나와 있다. 죄의식과 초조감을 느낀다. 그다음엔 어떻게 될까? 자리에서 일어나 먹는다! 바로 이것이다. 스스로에게 "그러면 안 돼"라고 말하기 때문에 먹게 되는 것이다! 그러고 난 다음에는 이 죄의식과 불안을 더 많은 먹을거리로 묻으려 한다.

'해야 한다' 식 사고를 줄이기 위한 또 다른 간단한 방법은 손목 계수기를 이용하는 것이다. 일단 '해야 한다' 식 사고가 도움이 되지 않는다고 확신하면 '해야 한다' 식 사고를 할 때마다 계수기 버튼을 누른다. 이때 총 횟수에 따라 자신에게 매일 보상을 해준다. '해야 한다' 식 사고를 확인해 기록하는 횟수가 많을수록 더 많은 보상을 해준다. 몇 주일이 지나면 하루의 총 기록 횟수는 줄어들 것이며, 죄의식도 뚜렷이 덜 느낄 것이다.

'해야 한다' 식 사고를 줄이는 또 하나의 방법은 스스로를 믿지 못하고 있다는 사실에 초점을 맞추는 것이다. 이 모든 '해야 한다' 식 사고가 없다면 자신이 방탕해져 파괴나 살인, 아이스크림 먹기에 빠져버릴 거라고 믿을 수도 있다. 이것을 평가하는 방법은, 지금까지 살아오면서 특별한 행복과 적절한 충족감을 느끼고, 보람 있고 자제력을 잃지 않았던 시기가 언제였는지 스스로에게 물어보는 것이다. 이 대목을 더 읽기 전에 여러분도 잠시 생각해보자. 그런 경험이 있다면 머릿속에 그 장면을 떠올려본다. 그리고 이렇게 자문한다. "그 시절, 온갖 '해야 한다' 식 사고로 나 자신을 채찍질했던가?" 확신하건대 대답은 '그렇지 않다'일 것이다. 그때도 이렇게 나 자신을 혹독하게 대했던가? 그때는 '해야 한다'는 생각이 전혀 없었고 나름대로 자제력도 유지하고 있었다는 사실을 깨달을 것이다. '해야 한다'는 강박 없이도 보람 있고 행복한 삶을 누릴 수 있다는 증거다.

이 가설은 2주 정도 실험을 해서 검증해볼 수 있다. 앞에서 살펴본 여러 기법을 활용해 '해야 한다' 식 사고를 줄이도록 노력하면서 기분이나 자제력에 어떤 변화가 생기는지 관찰한다. 아마도 만족스러운 결과를 얻을 수 있을 것이다.

또 하나의 방법은 하루 세 번 2분씩 '해야 한다' 식 사고와 자기학대로 이어진 생각을 큰 소리로 말해보는 것이다. "문 닫기 전에 시장에 갔어야지" "회의실에서 코를 후비지 말았어야지" "나는 정말 구제 불능이야" 등 머릿속에 떠오르는 해로운 자기비판적 생각을 빠른 속도로 소리 내어 말한다. 글로 쓰거나 녹음을 하면 더 도움이 될 것이다. 그러고는 글로 써놓은 것을 큰 소리로 낭송하거나 녹음한 것을 다시 들으면 그런 생각이 얼마나 우스운지 깨달을 것이다. 이처럼 '해야 한다' 식 사고를 하루에 세 번 정해진 시간에만 한다면 다른 시간에는 그것에 방해받지 않을 것이다. '해야 한다' 식 사고와 싸우는 또 다른 방법은 자기 지식의 한계를 깨닫는 것이다. 자라는 동안 나는 어른들에게 자주 이런 말을 들었다. "자신의 한계를 받아들일 줄 알아야 해. 그러면 더 행복한 사람이 될 거야." 그때는 아무도 이 말이 무슨 뜻인지, 그리고 어떻게 그렇게 될 수 있는지 가르쳐주지 않았다. 게다가 이 말은 늘 기를 꺾기 위해 하는 말처럼 들렸다. '네가 얼마나 한심한 인간인지 깨달아라'라는 식으로 말이다.

그러나 실제로는 이런 말이 언제나 그렇게 나쁜 것은 아니다. 여러분이 자꾸 과거를 돌아보고 자신의 실수를 한탄한다고 하자. 신문의 경제면을 들여다보며 이렇게 혼잣말을 한다. "그 주식은 사지 말았어야 했어. 2퍼센트포인트나 떨어졌잖아." 이때 이렇게 말하면서 함정에서 벗어나보자. "그런데 그 주식을 샀을 때 주가가 떨어지리라는 것을 알고 있었어?" 아마도 그렇지 않다고 대답할 것이다. 그러면 다시 이렇게 묻는다. "주가가 하락할 것을 알고 있었다면 그 주식을 샀을까?" 이번에도 그렇지 않다고 대답할 것이다. 그렇다면 여러분이 지금 자신에게 진짜로 하고 있는 말은 당시에 미리 알았더라면 다르게 행동했을 것이라는 점이다. 그러려면 완벽한 확신을 가지고 미래를 예견할 수 있어야 한다. 과연 여러분은 완벽한 확신을 가지고 미래를 예견할 수 있는가? 이 물음에도 역시 그렇지 않다는 대답을 할 것이다. 우리는 둘 중 하나를 선택할 수 있다. 첫째, 자신이 제한된 지식을 가진 불완전한 인간임을 인정하고 종종 잘못을 저지를 수 있다는 것을 깨닫는 길이다. 둘째, 자기 자신을 증오하는 길이다.

'해야 한다' 식 사고와 싸우는 또 하나의 방법은 "내가 왜 그래야 하는데?"라고 묻는 것이다. 이어서 그렇게 해야 하는 이유를 반박하고, 그것의 논리적 오류를 드러낸다. 이렇게 함으로써 '해야 한다' 식 사고를 부조리한 것으로 인식할 수 있다. 예를 들어 일꾼을 한 사람 고용했다고 하자. 잔디 깎기, 페인트칠 또는 그 밖의 어떤 일이든 좋다. 작업이 끝나 청구서를 받았는데 인정하기 어려울 정도로 비싼 인건비를 요구했다. 그런데 일꾼이 하도 빠르게 말을 주

워섬겨서 돈을 지불하고 말았다. 사기당한 기분이 든다. 좀 더 단호하게 행동해야 했는데 하는 생각으로 자신을 탓한다. 이제 역할극을 해본다. 여러분은 인건비를 비싸게 지불한 이른바 '봉' 역할이다.

**여러분** 어제 그 일꾼에게 인건비가 너무 비싸다고 말해야 했어요.

**데이비드** 인건비를 낮춰달라고 말해야 했다는 것이지요?

**여러분** 네. 좀 더 단호하게 나갔어야 했어요.

**데이비드** 왜 그래야 하지요? 자기 입장을 분명하게 말하는 것이 도움이 된다는 점은 나도 인정합니다. 앞으로 또 그런 상황에 처할 경우를 대비해 단호하게 말하는 기술을 익힐 수 있겠지요. 하지만 지금 중요한 점은 이겁니다. 왜 어제 좀 더 잘 행동해야 했다고 하시는 거죠?

**여러분** 음, 내가 늘 남에게 이용당하기 때문이에요.

**데이비드** 좋습니다. 그 생각을 검토해보지요. '내가 늘 남에게 이용당하기 때문에 어제 좀 더 단호하게 나가야 했다.' 자, 이 생각에 대한 이성적 대응은 무엇일까요? 당신의 말 중 이치에 닿지 않는다고 생각되는 점이 있나요? 당신의 논리에 어떤 미숙한 점이 있나요?

**여러분** 음, 생각 좀 해보고요. 아, 우선 내가 늘 남에게 이용당한다는 말은 정확히 말하면 사실이 아니에요. 지나친 일반화라고 할 수 있겠네요. 때로는 내 생각대로 관철하니까요. 실제로는 내가 좀 까다로운 사람이지요. 게다가 만일 어떤 상황에서 내가 남에게 늘 이용당하는 것이 사실이라면, 나는 평소 습관대로 정확히 그렇게 행동할 수밖에 없었겠네요. 다른 사람을 대하는 새로운 방법을 익히기 전에는 이런 문제가 계속될 것 같군요.

**데이비드** 훌륭합니다. 나도 그보다 잘 정리할 수는 없을 것 같은데요. '해야 한다' 식 사고에 대해 내가 말씀드린 내용을 모두 소화하고 계시군요! 독자들 모두 당신처럼 현명하고 꼼꼼하면 좋겠습니다! 다르게 행동해야 했다고 생각하게 된 또 다른 이유는 없나요?

**여러분** 음, 글쎄요. 이건 어떤가요? 지불해야 할 것보다 많은 돈을 주었기 때문에 좀 더 단호히 행동했어야 한다.

**데이비드** 좋습니다. 그러면 거기에 대한 이성적 대응은 무엇일까요? 그 말 중 이치에 닿지 않는 부분은 무엇일까요?

**여러분** 나는 인간이기 때문에 언제나 옳게 행동할 수는 없다.

**데이비드** 바로 그것입니다. 다음과 같은 삼단논법이 현실에서 도움이 될 것입니다. 첫 번째 전제, 모든 인간은 실수를 한다. 예를 들어 실제 주어야 하는 것보다 많은 돈을 지불한다. 여기에 동의하시나요?

**여러분** 네.

**데이비드** 두 번째 전제, 당신은……?

**여러분** 인간이다.

**데이비드** 결론은?

**여러분** 나는 실수를 할 수밖에 없다.

**데이비드** 맞습니다.

위에 소개한 방법을 활용하면 '해야 한다' 식 사고에서 충분히 벗어날 수 있을 것이다. 나한테는 확실히 그랬다! 하지만 여러분에게도 이 방법이 도움이 되리라 믿는다. 정신의 폭압을 줄여 더 이상 스스로를 질책하지 않을 테니 기분이 좋아질 것이다. 죄의식을 느끼는 대신 꼭 필요한 변화를 이루고 자제력과 생산성을 향상시키는 데 여러분의 에너지를 사용할 수 있을 것이다.

### 3. 자신의 주장을 굽히지 않는 법을 배워라

죄의식에 잘 빠지는 성향의 큰 단점 가운데 하나는 남들이 우리의 죄의식을 이용해 우리를 조종할 수 있거나 조종하려 든다는 점이다. 모든 사람을 만족시켜야 한다는 의무감을 느낄 때, 가족과 친구는 우리를 밀어붙여 우리 자신에게 최선의 이익이 아닌 많은 일을 하도록 만든다. 사소한 예로, 우리는 다른 사람의 감정을 상하게 하지 않으려고 모임 초대에 억지로 응한 경우가 얼마나 많은가? 물론 가지 않겠다고 말하고 싶은데 가겠다고 대답함으로써 우리가 치른 대가가 그리 큰 것은 아니다. 하루 저녁 정도를 허비할 뿐이다. 그리고 얻는 것도 있다. 죄의식을 느끼지 않아도 되고, 자신이 특별히 좋은 사람이라는 환상을 품을 수 있다. 만일 초대를 거절하면 실망한 초대자가 이렇게 말할 수도 있다. "하지만 우린 기다릴 거야. 설마 옛 친구를 저버리는 건 아니겠지? 그러지 말고 와." 자, 이때 뭐라고 말할 것인가? 어떤 기분이 드는가?

죄의식에 사로잡혀 결정을 내렸을 때, 남을 만족시켜야 한다는 강박관념은 더욱 단단한 족쇄가 되어 꼼짝없이 비참함을 느끼고 만다. 흥미로운 사실은, 남이 우리의 죄의식을 이용하도록 허락하면 흔히 우리 자신뿐 아니라 남에게도 해로운 결과를 몰고 온다는 점이다. 죄의식에서 나온 행동이 대부분 이상주의에 근거한다 하더라도 죄의식에 굴복한 결과는 정반대로 나타난다.

예를 들어보자. 마거릿은 스물일곱 살 여성으로 행복한 결혼생활을 하고 있다. 마거릿의 남동생은 체구가 비대한 도박사인데, 온갖 방법으로 마거릿을 이용해먹었다. 돈이 떨어질 때마다 돈을 빌렸는데, 늘 갚는 것을 잊어버렸다. 시내에 머물면(그는 한 번 오면 몇 달씩 머물렀다) 매일 저녁 마거릿의 집에서 저녁을 먹고, 술에 취하고, 마거릿의 차를 마음대로 쓰는 것을 당연하게 여겼다. 마거릿은 동생의 요구에 굴복하면서 다음과 같은 말로 합리화했다. "내가 같은 것을 요구하면 동생도 그렇게 해줄 테니까. 의좋은 남매라면 서로 돕고 살아야 해. 게다가 내가 안 된다고 하면 동생은 화를 낼 테고, 그러면 우리 사이는 끝장날 거야. 결국 내 잘못이라고 느끼겠지."

동시에 마거릿은 자신이 계속 굴복함으로써 나타날 부정적 결과도 알고 있었다. (1) 동생의 의존적이고 자기패배적 생활방식과 도박중독을 돕는 셈이다. (2) 자신이 함정에 빠져 이용당하고 있다고 느낀다. (3) 남매 관계가 사랑이 아니라 협박으로 이루어지고 있다. 마거릿은 동생의 폭군 기질과 자신의 죄의식이 두려워 계속 요구를 들어주고 있었다.

단호하고 요령 있게 자신의 주장을 관철시키는 법을 익히기 위해 마거릿과 나는 역할극을 해보았다. 내가 마거릿 역할을, 마거릿은 동생 역할을 했다.

**동생(마거릿)** 누나, 오늘 차 쓸 일 있어?

**마거릿(데이비드)** 아직 그럴 계획 없는데.

**동생** 이따가 내가 좀 써도 될까?

**마거릿** 좀 곤란한데.

**동생** 뭐? 차 안 쓸 거라면서. 그냥 놔두면 뭐 해.

**마거릿** 내 차를 당연히 너한테 빌려줘야 한다고 생각하는 거니?

**동생** 응, 나한테 차가 있고 누나가 필요하다면 나도 빌려줄 거야.

**마거릿** 그렇게 생각해주니 고마워. 그런데 당장 차를 쓸 일은 없지만 혹시 나중에 어디 갈지 모르니까 그냥 놔두는 게 좋겠어.

**동생** 하지만 차 쓸 일이 없다면서! 부모님이 서로 돕고 살라고 하시지 않았어?

**마거릿** 맞아. 그렇지만 그게 항상 네가 하자는 대로 해야 한다는 뜻이라고 생각해? 서로 잘해줘야 하는 거잖아. 지금까지는 네가 내 차를 많이 썼는데, 이제 따로 교통수단을 마련하는 게 좋겠어.

**동생** 1시간만 쓰고 갖다놓을게. 아주 중요한 일이고 거리도 몇 킬로미터밖에 안 돼. 망가뜨리지 않을 테니 걱정 마.

**마거릿** 아주 중요한 일인 모양이구나. 그렇더라도 다른 교통수단을 이용할 수 있잖아. 그 정도 거리면 걸어갈 수도 있고.

**동생** 에잇, 좋아! 그런 식으로 생각한다면 앞으로 나한테 어떤 부탁도 하지 마!

**마거릿** 원하는 대로 해주지 않아서 화가 난 것 같구나. 넌 내가 언제나 '그래, 좋아'라고 해야 한다고 생각하는 거니?

**동생** 또 시작이네, 그만둬! 그런 잔소리는 더 이상 듣고 싶지 않아! (화를 내기 시작한다.)

**마거릿** 이 얘기는 이제 그만하자. 하루 이틀 지나면 얘기하고 싶어질 때가 있겠지. 그때 얘기하는 게 좋겠어.

이 대화에 이어서 우리는 서로 역할을 바꾸어 마거릿이 좀 더 단호하게 말하도록 연습시켰다. 내가 동생 역을 맡았을 때는 최대한 힘들고 약오르게 만들어서 마거릿이 대처 방법을 익힐 수 있도록 했다. 이 연습으로 마거릿은 용기를 키웠다. 마거릿은 자기를 마음대로 조종하려는 동생에게 맞설 때 몇 가지 원칙을 염두에 두면 도움이 된다고 느꼈다. (1) 동생의 요구를 들어주지 않을 권리가 자신에게 있음을 동생에게 상기시킨다. (2) 동생의 주장에도 일말의 진실이 있음을 인정해 동생의 마음을 누그러뜨리되(무장해제 기법), 사랑한다 해도 언제나 요구대로 들어주지는 않는다는 입장을 다시 유지한다. (3) 강하고 결단력 있고 비타협적인 태도를 최대한 요령 있게 취한다. (4) 동생이 홀로 설 수 없는 유약한 어린애처럼 구는 것을 인정하지 않는다. (5) 동생이 화를 낼 때 덩달아 화를 내지 않는다. 화로 맞대응하면 잔인하고 이기적인 마녀에게 부당한 대우를 받고 있는 희생자라는 동생의 신념만 굳게 해줄 뿐이다. (6) 동생이 한 걸음 물러서서 입을 다물거나 누나의 관점을 받아들이길 거부하며 곤혹스럽게 나올 가능성도 감수해야 한다. 동생이 이렇게 나오면 마거릿은 동생이 화를 내며 나가버려도 그냥 내버려두되, 나중에 동생이 대화를 나눌 기분이 되었을 때 이야기하고 싶다는 의사를 밝힌다.

마거릿이 실제로 동생과 맞부딪쳤을 때 동생의 반응은 예상보다 거칠지 않았다. 오히려 동생은 마음이 편해진 것 같았으며, 마거릿이 서로의 관계에 선을 긋자 더 어른스럽게 행동하기 시작했다.

이 기법을 적용할 때는 자신의 주장을 절대 굽히지 않겠다고 단단히 결심해야 한다. 상대방은 요구를 들어주지 않으면 자기한테 치명적인 해를 입히는 것이라고 윽박지르며 굴복시키려 들기 때문이다. 자신에게 최선의 이익을 선택하지 않을 경우 결국에는 훨씬 더 큰 고통을 스스로 떠안게 된다는 사실을 명심하자.

성공의 열쇠는 미리 연습을 해두는 것이다. 역할극 연습에 기꺼이 참여하고 평가도 해줄 친구 한 사람쯤은 대부분 있을 것이다. 이런 사람을 찾기 어렵거나 소심해서 부탁하지 못하겠다면 앞에서 예로 든 상상의 대화를 글로 써보면 된다. 이 방법은 머릿속에 적절한 말을 떠올리고 예의 바르지만 단호하게 '아니요'라고 말하는 데 필요한 용기와 요령을 기르고, 실제 상황이 닥쳤을 때 잘 대처해나갈 수 있도록 큰 도움을 줄 것이다!

## 4. 불평꾼 대처법

이 기법은 이 책에서 가장 놀랍고 흥미진진하면서도 효과적인 방법이다. 누군가(대부분 가족이나 친구 등 사랑하는 사람) 불평, 푸념, 잔소리로 우리를 힘들게 하고 죄의식을 불어넣거나 무력하게 만들 때 안성맞춤이다. 전형적인 사례는 다음과 같다. 한 불평꾼이 어떤 일이나 어떤 사람에 대해 우리에게 불평을 늘어놓는다. 우리는 정말 돕고 싶은 마음으로 뭔가 제안을 한다. 불평꾼은 이 제안을 일언지하에 묵살하고 계속 불평을 늘어놓는다. 우리는 긴장감과 무력감을 느껴 더 강력한 제안을 내놓는다. 이때도 반응은 똑같다. 이런 대화에서 물러나고 싶어할 때마다 상대방은 우리가 자기를 무시한다는 태도를 보인다. 그 결과 우리는 죄의식에 휩싸인다.

시바는 대학원을 졸업하고 어머니와 함께 사는 여성이다. 시바는 어머니를 사랑하지만 이혼 이야기, 돈이 없다는 이야기로 줄곧 불평하는 어머니를 참을 수 없어 해결책을 찾고자 했다. 첫 치료 시간에 나는 시바에게 불평꾼 대처 방법을 이렇게 알려주었다. 어머니가 어떤 말을 하든 그중에서 동의할 만한 점을 찾은 다음(무장해제 기법) 충고 대신 정말로 칭찬할 만한 점을 말해준다. 처음에 시바는 이런 접근법을 무척 기이하게 여겼다. 자신이 보통 때 하던 방법과는 전혀 달랐기 때문이다. 이 방법을 잘 이해시키기 위해 시바에게 어머니 역을 맡기고 나는 시바 역을 맡았다.

**어머니(시바)** 네 아빠가 사업 지분을 팔아치웠다는 것을 이혼소송 때 알게 됐어. 넌 알고 있었니? 나만 모르고 있었던 거야?
**시바(데이비드)** 엄마 말이 맞아요. 엄만 소송에 들어가서야 그 사실을 알았죠. 엄마가 그런 대접을 받으면 안 되는데.
**어머니** 무슨 수로 돈을 벌어야 할지 모르겠어. 네 동생들도 대학에 보내야 하는데 어떡하니?
**시바** 그게 문제죠. 우린 돈이 없으니까요.

**어머니** 네 아빠 하는 짓이 늘 그 모양이지. 머리가 제대로 돌아가지 않는 사람이라고.

**시바** 아빠는 돈 문제에는 약했어요. 엄마가 훨씬 더 나았잖아요.

**어머니** 형편없는 인간! 그래서 지금 우리가 이렇게 가난에 쪼들리는 거야. 내가 아프기라도 하면 어쩔 거야? 우리 식구 모두 빈민구호소에나 가겠지!

**시바** 맞아요! 빈민구호소에서 사는 건 너무 비참해요. 엄마 말이 백번 옳아요.


시바는 어머니 역할을 하는 동안 내가 계속 맞장구를 쳐주니 푸념 늘어놓는 게 '재미없었다'고 말했다. 우리는 역할을 맞바꾸어 다시 대화를 나누었고, 시바는 이 방법을 잘 익혀두었다.

사실 불평꾼이 계속 똑같은 반응을 보이게 만드는 것은 이들을 돕겠다는 우리의 충동이다. 그러나 역설적으로 우리가 그들의 비관적 푸념에 맞장구를 쳐주면 그들은 순식간에 김이 빠져버린다. 약간 설명을 덧붙이면 궁금증이 풀릴 것이다. 사람들은 푸념이나 불평을 할 때 대개 짜증, 기죽음, 불안감을 느낀다. 우리가 돕겠다고 하면 그들은 자신이 일을 잘못 처리하고 있다고 비난당하는 것으로 받아들인다. 그런데 막상 맞장구를 쳐주고 칭찬을 해주면, 그들은 지지해주는 사람이 있다는 느낌이 들어 긴장이 풀리며 안정을 찾는다.

## 5. 무어리 식 투덜이 대처법

스털링 무어리Stirling Moorey라는 의과 대학생은 위의 불평꾼 대처법을 발전시켜 좀 더 유용한 기법을 내놓았다. 그는 필라델피아의 우리 연구팀에서 공부하던 영국인 학생으로 1979년 여름 치료 기간에 나와 함께 있었다. 그가 담당한 환자는 해리엇이라는 마음 착한 여성이었다. 당시 쉰두 살이던 해리엇은 조각가였는데, 심각한 만성 우울장애에 시달리고 있었다. 해리엇은 친구들의 수다와 개인사를 지치도록 들어주었는데, 이것이 문제였다. 해리엇은 감정이입 능력이 지나치게 발달한 사람이어서 친구들의 문제를 들을 때마다 노여움을 느꼈다. 친구들을 어떻게 도와야 할지 모르는 탓에 그 문제에서 벗어나지 못한 채 분노에 휩싸여 있던 중 '무어리 식 투덜이 대처법'을 알게 되었다. 스털링 무어리는 남의 말에서 동의할 점을 찾는 법, 그리고 불만거리 중에서 긍정적인 점을 찾아 지적해줌으로써 불평꾼의 주의를 흐트러뜨리는 요령을 해리엇에게 가르쳐주었다. 몇 가지 예를 들어보겠다.

1. **투덜이** 휴, 도대체 딸아이를 어떻게 해야 할지 모르겠어요. 담배를 다시 피울까 봐 겁이 나요.
   **대답** 요즘 애들이 확실히 담배를 많이 피우긴 하죠. 그런데 따님이 요즘도 그림 그리기를 계속하고 있지요? 솜씨가 워낙 뛰어나서 얼마 전에 대단한 상을 받았다면서요?
2. **투덜이** 사장님이 나만 월급을 안 올려줘서 1년 전이랑 같은 봉급을 받고 있어요. 20년 근속인데 이 정도로는 부족하다는

생각이 들어요.

**대답** 맞아요. 이 회사의 최고 연장자로 정말 엄청난 공헌을 하셨지요. 20년 전 처음 입사했을 때 얘기 좀 해주세요. 지금과는 많이 달랐겠어요.

3. **투덜이** 남편이 집에 붙어 있는 시간이 거의 없어요. 밤마다 그 빌어먹을 볼링 동아리 사람들과 어울린다니까요.

**대답** 요즘에는 볼링을 같이 안 하시나요? 실력이 굉장히 좋으시다고 들었는데요?

헤리엇은 무어리 식 투덜이 대처법을 곧바로 익혔다. 그러자 지금까지 자신을 심하게 괴롭혀온 문제를 간단하고 효과적으로 처리할 수 있게 되어 기분은 물론 외모까지 크게 달라졌다. 그다음 치료 시간에 왔을 때는 10년 넘게 그녀를 괴롭혀온 우울장애가 완전히 사라졌고, 활력과 기쁨이 넘쳤다. 혹시 여러분이 어머니나 장모 또는 시어머니, 친구들 때문에 이런 문제를 겪고 있다면 무어리 식 대처법을 시도해보라. 곧 헤리엇처럼 활짝 웃게 될 것이다!

## 6. 제대로 바라보기

죄의식에 이르게 하는 흔한 왜곡 중 하나가 개인화다. 개인화란 다른 사람의 감정이나 행동 또는 자연스럽게 일어난 사건의 궁극적 책임을 자신에게 돌리는 잘못된 생각을 말한다. 어떤 모임에서 전임 회장을 기리기 위해 성대한 야외 행사를 준비했는데 뜻하지 않게 행사 당일 비가 왔을 때 느끼는 죄의식이 전형적인 예다. 이 경우 대개는 자신이 날씨를 좌지우지할 수는 없다며 죄의식을 손쉽게 떨쳐버린다.

그러나 어떤 사람이 심한 고통과 불편함을 느끼며 그 일이 자신 때문에 일어났다고 주장한다면 죄의식은 훨씬 극복하기 어렵다. 이 경우 자신에게 실제로 어느 정도 책임이 있는지 가려보면 도움이 된다. 자신의 책임은 어디까지이고, 다른 사람의 책임은 어디까지일까? 이런 것을 전문 용어로 '귀인오류attribution error'라고 하지만 우리는 '만사를 제대로 바라보기'라고 부른다.

이해를 돕기 위해 실례를 들어 설명하겠다. 제드와 테드는 쌍둥이 형제다. 제드는 가벼운 우울장애를 앓고 있는 대학생이며, 테드는 우울장애가 심각해 학교를 중퇴하고 부모와 함께 은둔자처럼 살고 있다. 제드는 테드의 우울장애에 대해 죄의식을 느낀다. 왜 그럴까? 제드는 자기가 테드보다 언제나 활동적이며 모든 일에 열성적이었다고 털어놓았다. 그래서 테드보다 성적이 좋았고 친구도 더 많았다. 제드는 자기가 인간관계가 좋고 학교생활도 잘해서 테드가 열등감을 느끼며 뒤처졌다고 판단하고 있었다. 그 결과 제드는 테드의 우울장애 원인은 자신이라고 결론 내렸다.

제드는 이런 판단을 비논리적 극한까지 밀고 가서는 (일종의 역심리학/반심리학 기법으로) 자신이 우울장애를 앓으면 테드의 우울장애와 열등감이 사라지는 데 도움이 되리라는 가설까지 세웠다. 그리하여 방학 때 집에 가면 전과 달리 바깥 활동도 하지 않고, 학교 성적도 비하하고, 자신이 얼마나 우울한지 누누이 강조했다. 그는 자기도 우울하고 뒤처져 있다는 것을 테드에게 큰 목소리로 분명하게 전달하려 했다.

이 계획을 얼마나 심각하게 받아들이고 있던지, 제드는 내가 애써 가르쳐주는 기분 다스리기 기법을 실제로 해보는 것도 몹시 꺼렸다. 사실은 자기가 회복되면 테드에게 큰 충격을 안겨주지 않을까 두려워하며 자신이 낫는 것에 죄의식을 느꼈기 때문에 처음부터 뿌리 깊이 저항하고 있었던 것이다.

대부분의 개인화 오류가 그렇듯, 동생의 우울장애가 자기 탓이라는 이 고통스러운 망상에는 설득력 있게 보이려고 거짓말에 진실의 일부를 섞어넣는 반쪽짜리 진실이 포함되어 있다. 어쨌든 그의 동생은 어린 시절부터 열등감과 무력감을 느꼈을 것이고, 제드의 성공과 행복에 분명 질투 섞인 분노를 품고 있었을 것이다. 그러나 그렇다고 해서 제드가 동생의 우울장애를 낳은 원인이라고 할 수 있을까? 그리고 스스로를 비참하게 만든다고 해서 상황을 바꿀 수 있을까?

자신의 역할을 더 객관적으로 이해하고 판단할 수 있도록 나는 제드에게 〔표 8-4〕의 '세 칸 기법'을 활용해보도록 권했다. 훈련 결과 제드는 자신의 죄의식이 자기패배적이며 이치에 맞지 않는다는 것을 알게 되었다. 그는 테드의 우울장애와 열등감이 자신의 행복이나 성공 때문이 아니라 궁극적으로 테드 자신의 왜곡된 생각에 의해 일어난 것이라고 판단하게 되었다. 제드가 스스로를 비참하게 만들어 문제를 바로잡으려 한 것은 불난 곳에 기름을 끼얹는 것처럼 이치에 맞지 않는 일이었다. 제드는 이를 깨달으면서 죄의식과 우울장애에서 빠르게 회복했고, 정상적인 생활을 할 수 있었다.

## |표 8-4| 제드의 세 칸 기법

| 자동적 사고 | 인지왜곡 | 이성적 대응 |
|---|---|---|
| 어린 시절부터 이어져온 우리 관계를 생각하면 나도 테드의 우울장애를 낳은 원인 중 하나야. 언제나 내가 더 열심히 공부해서 성적이 훨씬 좋았지. | 지나친 비약으로 결론 내리기 (독심술의 오류), 개인화 | 테드의 우울장애를 낳은 원인은 내가 아니야. 테드 자신의 이치에 맞지 않는 생각과 태도가 그 원인이야. 내가 책임질 수 있는 유일한 부분은, 나 역시 테드가 부정적이고 왜곡된 방식으로 받아들이고 있는 환경의 일부라는 사실이야. |
| 테드는 집에서 혼자 아무것도 하지 않는데 나는 학교에서 즐겁게 지냈다는 이야기를 하면, 테드는 속상하고 화날 거야. | 지나친 비약으로 결론 내리기 (점쟁이의 오류) | 내가 기분이 나아져 즐겁게 지내고 있다는 것을 알면 테드도 기운을 내고 희망을 가질 수 있을 거야. 내가 테드처럼 비참해지면 테드의 희망도 날아가기 때문에 테드를 더욱 우울하게 만들 거야. |
| 테드가 아무것도 하지 않고 앉아만 있다면 이 상황을 개선하는 것은 내 책임이야. | 개인화 | 테드가 어떤 일을 하도록 격려해줄 수는 있어도 강제로 시킬 수는 없어. 결국 그건 테드의 책임이야. |
| 테드를 위해 뭔가 해야겠어. 그건 나 역시 아무것도 하지 않는 거야. 실제로 내가 우울장애를 앓으면 테드에게 도움이 될 거야. | 지나친 비약으로 결론 내리기 (독심술의 오류) | 내 행동은 테드의 행동과 아무 관계가 없어. 내가 우울장애를 앓는 것이 테드에게 도움이 될 거라고 생각할 근거는 전혀 없어. 테드도 내가 축 처져 있는 것을 원하지 않는다고 말했잖아. 내 상태가 좋아지는 것을 보면 테드도 힘이 날 거야. 내가 행복해질 수 있다는 걸 보여줌으로써 좋은 본보기가 될 수 있을 거야. 내 인생을 망친다고 해서 테드의 무력감이 없어지진 않아. |

3부

# 우울장애는 '현실'에
# 근거한 것인가?

*Feeling Good*

# 9.
## 슬픔은
## 우울장애가 아니다

"번스 박사님, 왜곡된 생각이 우울장애의 유일한 원인이라고 주장하시는군요. 그런데 내 문제가 정말 현실적인 것이라면 어떻게 되는 거죠?" 인지치료에 대한 강연이나 워크숍에서 흔히 받는 질문이다. 많은 환자가 치료 초반부터 이렇게 물으면서, '현실에 근거한 우울장애'의 원인이라고 확신하는 수많은 '현실적' 문제를 목록으로 제시한다. 가장 흔한 내용은 다음과 같다.

- 파산이나 가난

- 노령(사람에 따라 각각 유아기, 아동기, 청소년기, 청년기, 중년기에 피할 수 없는 위기를 겪는다고 말하기도 한다.)
- 극복할 수 없는 신체장애
- 불치병
- 사랑하는 사람을 잃는 비극

원인은 이 밖에도 많을 것이다. 그러나 위의 어떤 것도 '현실에 근거한 우울장애'로 이어지지 않는다. 그런 것은 사실 없다! 진짜 질문은 이것이다. 바람직한 부정적 감정과 바람직하지 않은 부정적 감정을 어떻게 구분할 수 있을까? '건전한 슬픔'과 우울장애의 차이는 무엇일까?

그 차이는 간단하다. 슬픔이란 상실이나 실망 등 부정적 사건을 왜곡하지 않고 있는 그대로 정확히 인식한 결과 생겨나는 정상적인 정서다. 반면에 우울장애는 언제나 어떤 식으로든 왜곡된 생각에 의해 생겨나는 질병이다. 예컨대 사랑하는 사람이 죽었을 때 우리가 이렇게 생각하는 것은 당연하다. '나는 이 사람을 잃었어. 우리가 나눈 우정과 사랑을 그리워할 거야.' 이런 생각이 자아내는 감정은 온화하고 현실적이며 바람직하다. 이때 우리의 감정은 인간성을 향상시키고, 삶의 의미를 더욱 깊게 해줄 것이다. 이런 식으로 우리는 상실을 통해서도 얻는 것이 있다.

그런가 하면 반대로 스스로에게 이렇게 말할 수도 있다. '이 사람이 죽었으니 나는 다시는 행복하지 못할 거야. 불공평해!' 이런 생각은 자기연민과 절망감을 불러일으킨다. 그리고 이런 감정은 완전히 왜곡된 것이기 때문에 우리를 좌절로 몰고 갈 것이다.

우울장애와 슬픔 모두 자기 삶에서 중요하게 여기던 목표를 달성하려는 노력이 무산되거나 실패했을 때 생겨난다는 점은 동일하다. 그러나 슬픔은 왜곡 없이 온다. 슬픔이란 감정의 흐름이므로 어느 정도 시간이 흐르면 사라진다. 또한 슬픔 때문에 자존감이 다치는 일도 없다. 하지만 우울장애는 꽁꽁 얼어붙어 있다. 그래서 끝없이 지속되거나 반복될 뿐 아니라 자존감 상실을 동반한다.

질병, 사랑하는 이의 죽음, 사업 실패 같은 스트레스를 겪은 후 뚜렷하게 나타나는 우울장애를 '반응성 우울장애reactive depression'라 부르기도 한다. 때때로 증상을 일으킨 스트레스 사건이 무엇인지 분명히 밝혀내기 어려운 경우가 있다. 이런 우울장애는 흔히 '내인성 우울장애endogenous depression'라 하는데, 뚜렷한 요인을 찾을 수 없는 상태에서 느닷없이 증상이 나타나는 것처럼 보이기 때문이다. 그러나 두 경우 모두 우울장애의 원인은 같다. 왜곡되고 부정적인 생각 때문이다. 이런 생각은 긍정적 기능이 전혀 없으며, 최악의 고통만 안겨준다. 그나마 가치가 있다면 우울장애에서 회복될 때 그만큼 성장을 경험한다는 것뿐이다.

한마디로 정말 부정적인 사건이 일어났을 때 우리의 감정은 오직 우리의 생각과 지각에 의해서만 생겨난다. 이렇듯 우리의 감정은 우리가 사건에 부여하는 의미에 따라 달라진다. 또한 우리가 겪는 고통의 상당 부분은 우리 생각의 왜곡에서 기인한다. 따라서 이런 왜곡을 제거한다면 '현실적 문제'에 대처할 때도 훨씬 덜 고통스럽다.

이 과정이 어떻게 이루어지는지 살펴보자. 암 같은 질병은 분명히 현실적 문제다. 따라서 환자의 가족과 친구들은 극심한 고통에 시달리는 환자가 우울장애에 걸리는 것은 정상이라고 너무 쉽게 믿곤 하는데, 이것은 참으로 불행한 일이다. 그들은 우울장애의 원인을 제대로 모르고 있다. 그리고 대개의 경우는 완전히 정반대임이 드러난다. 실제로 가장 치료하기 쉬운 우울장애는 죽음을 앞둔 사람 가운데서 발견된다. 왜 그럴까? 이 용감한 사람들은 자신의 삶을 비참하게 만들지 않는 '문제 해결의 달인'이기 때문이다. 그들은 언제나 힘 닿는 대로 기꺼이 스스로를 돕는다. 이런 태도를 가진 사람은 도저히 돌이킬 수 없는 '현실적' 어려움도 인격 성장의 기회로 바꾸는 데 늘 성공한다. 내가 '현실에 근거한 우울장애'라는 개념을 유난히 싫어하는 것도 바로 그 때문이다. 우울장애를 피할 수 없는 문제로 보는 태도는 해롭고 비인간적이며 부당한 희생을 초래하기 마련이다. 이제 구체적인 사례를 살펴보면서 여러분 스스로 판단해보기 바란다.

## 죽음 앞에서

나오미는 40대 중반에 흉부 엑스선 촬영 검사에서 미심쩍은 '점'이 보인다는 의사의 통보를 받았다. 병원을 찾는 것은 공연한 고생일 뿐이라고 굳게 믿는 나오미는 몇 달을 미루다가 끔찍한 결과를 맞닥뜨렸다. 가장 염려하던 상황이 현실로 나타난 것이다. 생체 기관 속에 바늘을 집어넣어 조직을 떼어내 검사하는 고통스러운 침생검을 받은 결과 악성종양이 확인되었다. 그리고는 폐 절제 수술을 받았는데, 이는 암이 이미 전이되고 있음을 뜻했다.

나오미는 물론 가족들에게도 이 소식은 마치 수류탄이 터진 것과 같았다. 몇 달이 흘러가는 동안 나오미는 점점 쇠약해졌고, 그런 자신의 모습에 낙담했다. 병의 진행이나 화학요법은 참기 힘들만큼 고통스러웠지만, 그 때문에 낙담한 것은 아니었다. 병에 걸리기 전에는 일상생활을 통해 자신의 존재감과 자긍심을 유지해왔는데, 몸이 쇠약해져서 이런 활동을 할 수 없다는 사실 때문에 낙담한 것이다. 집안일도 할 수 없게 되었고(이제는 남편이 집안일을 맡아야 했다), 시간제 일거리 두 가지도 포기해야 했다. 그중 하나는 맹인들에게 책을 읽어주는 자원봉사 활동이었다.

여러분은 이렇게 주장할지도 모른다. "나오미의 문제는 현실적인 것이에요. 나오미의 괴로움은 인지왜곡 때문에 생겨난 게 아니에요. 문제를 만들어낸 상황이 있잖아요."

그렇지만 우울장애도 피할 수 없었을까? 나는 나오미에게 활동을 못하게 된 것이 왜 그렇게 속상한지 물었다. 내가 '자동적 사고'에 대해 설명해주자 나오미는 자신의 부정적 인지를 다음과 같이 적어 내려갔다. (1) 나는 사회에 기여하지 못하고 있다. (2) 나는 내 개인 영역에서도 성취하는 것이 없다. (3) 나는 즐거움을 주는 활동에 참여할 수 없다. (4) 나는 남편에게 짐만 된다. 이런 생각과 관련해 분노, 슬픔, 절망, 죄의식 같은 감정을 느낀다고 기록했다.

나오미가 적은 내용을 보고 나는 기쁨으로 가슴이 뛰었다! 이런 생각은 내가 매일 상담하면서 마주치는 신체 건강하면서도 우울장애를 앓는 여느 환자들과 다르지 않았다. 나오미의 우울장애는 악성종양 때문이 아니라 자신의 가치를 자신이 만들어내는 무언가로 측정하려는 그릇된 태도 때문에 생겨난 것이다! 나오미는 그동안 자기가 성취한 것이 곧 자신의 인격적 가치라고 생각해왔다. 따라서 암에 걸렸다는 사실은 다음과 같은 의미였다. '너는 이제 한물갔어! 쓰레기 더미에 던져질 준비나 하라고!' 이제 내가 개입할 여지가 생겼다.

나는 나오미에게 출생에서 죽음에 이르는 순간까지 자신의 인간적 '가치'를 그래프로 그려보라고 권했다([그림 9-1] 참조). 나오미는 인간으로서 자신의 가치가 항상 변하지 않는 상수라고 생각했는데, 상상 척도 0~100퍼센트까지 중에서 85퍼센트로 평가했다. 또 같은 기간 동안 같은 척도로 생산성을 평가해보라고 하자, 나오미는 갓난아기 때의 낮은 점수에서 시작해 성년기에 정점에 이른 후 후반기 삶에서 점차 낮아지는 그래프를 그렸다. 여기까지는 순조로웠다. 이 두 그래프를 보고 나오미는 문득 깨달았다. 첫째, 병 때문에 생산성이 낮아진다고 해도 나오미는 여전히 많은 부분에서 작지만 중요하고 소중한 방식으로 자기 자신과 가족에게 기여하고 있었다. 오직 '전부 아니면 전무'라는 사고만이 자신의 기여도를 0이라고 여기게 만들 수 있다. 둘째, 더욱 중요한 점인데, 나오미는 자신의 인간적 가치가 스스로 성취한 것과 상관없이 꾸준하다는 것을 깨달았다. 이는 인간적 가치란 끊임없는 성취를 통해 유지하는 것이 아니며, 따라서 몸이 쇠약한 상태에서도 모든 면에서 여전히 소중하다는 사실을 의미했다.

나오미의 얼굴에 웃음이 피어났고, 바로 그 순간 우울장애도 사

| 그림 9-1 | **나오미의 인간적 가치와 생산성 그래프**

왼쪽 그래프에서 나오미는 탄생부터 죽음까지 자신의 인간적 '가치'를 그렸다. 나오미는 자신의 가치를 85퍼센트로 평가했다. 오른쪽 그래프는 살아오는 동안 자신의 생산성과 성취도를 평가해 그린 것이다. 나오미의 생산성은 갓난아기 때 낮은 점수에서 시작해 성년기에 정점에 이른 후, 죽음의 시점에서는 0으로 떨어지는 것으로 나타났다. 이 그래프를 통해 나오미는 자신의 '인간적 가치'와 '성취도'가 서로 아무 상관이 없다는 것을 깨달았다.

자존감 : 인간으로서의 가치         사회, 가족, 자아에 대한 기여도

인간 가치 척도           생산성 척도

45세(현재)                45세(현재)

나이(세)                 나이(세)

라졌다. 이 작은 기적을 옆에서 지켜보고 함께할 수 있었던 것은 나로서도 정말 즐거운 일이었다. 비록 종양을 없애지는 못했지만, 이로써 나오미는 잃어버린 자존감을 되찾았고 완전히 다른 방식으로 자신을 느끼고 받아들이게 되었다.

나오미는 내 환자가 아니었다. 1976년 내가 거주하던 캘리포니아에 휴가를 왔다가 나와 만나 이야기를 주고받았을 뿐이다. 얼마 후 나는 나오미에게 다음과 같은 편지 한 통을 받았다.

데이비드에게

굉장히 늦긴 했지만, 지난번 편지에 이은 중요한 '추신'을 씁니

다. 자기 가치나 자존감, 그리고 그것과 대조되는 생산성에 관한 간단한 '그래프'를 그렸지요. 그 방법은 내게 정말로 도움이 되었어요. 아무리 많이 먹어도 몸에 좋은 약처럼요. 그 덕분에 나는 박사 과정을 밟을 필요도 없이 심리학자가 되었답니다. 이 그래프 그리기는 사람들을 힘들고 괴롭게 하는 온갖 것에 쓸모가 있더군요. 내가 배운 것을 친구들에게 응용해보았어요. 스테파니는 자기보다 나이가 훨씬 어린 애송이 비서한테 인간 대접을 못 받고 있고, 열네 살 소녀 수지는 쌍둥이 자매한테 늘 구박당하고, 베키는 남편이 얼마 전 가출했고, 앤은 남자친구의 열일곱 살짜리 딸한테 간섭쟁이 취급을 받고 있답니다. 난 그 친구들한테 이렇게 말해주었어요. "아무리 그래도 너희의 인간적 가치는 변함없어. 세상의 온갖 쓰레기를 다 쌓아놓아도 너희는 끄떡없어!" 물론 종종 내가 문제를 지나치게 단순화했으며, 이것이 만병통치약은 아니라고 깨닫기도 하지만, 결과적으로 도움이 되었답니다!

다시 한번 감사드리며!

나오미 드림

6개월 후 나오미는 고통 속에서도 품위를 잃지 않고 세상과 작별했다.

## 신체의 상실

'현실에 근거한' 문제라고 느끼는 두 번째 경우는 신체에 결함이 있을 때다. 고통받는 이들이나 그들의 가족은 팔다리를 잃거나 시력을 상실하는 등 신체장애가 생기거나 노령으로 활동이 제한되면 으레 행복도 그만큼 줄어들게 마련이라고 생각한다. 친구들은 인간적이고 '현실적인' 반응으로 이해와 동정을 베풀고 싶어한다. 그러나 사정은 이와 정반대다. 정서적 고통은 뒤틀린 신체가 아니라 뒤틀린 생각에서 나온다. 이런 상황에서 주변 사람들이 동정을 베푸는 것은 자기연민을 강화하는 바람직하지 않은 결과를 빚어낸다. 장애인은 남들보다 기쁨과 만족이 덜할 거라는 생각을 주입하는 것과 다를 바 없다. 하지만 거꾸로 장애로 고통받는 사람이나 그들의 가족이 왜곡된 사고를 고치는 법을 배우고 나면 풍부하고 만족스러운 정서 생활을 누릴 수 있다.

예를 들어 프랜은 서른다섯 살 기혼 여성으로 아이가 둘 있다. 남편이 척추 손상으로 오른쪽 다리가 영영 마비된 후 프랜은 우울 증상을 겪기 시작했다. 지난 6년간 프랜은 점점 깊어가는 절망감에서 벗어나고자 병원을 드나들며 항우울제 복용은 물론 전기충격요법까지 온갖 치료를 받아왔다. 그러나 어떤 것도 도움이 되지 않았다. 프랜은 극심한 우울장애 상태에서 나를 찾아왔는데, 스스로 치유 불가능하다고 느끼고 있었다.

남편이 점점 몸을 가눌 수 없게 되면서 느낀 좌절감을 프랜은 눈물을 흘리며 털어놓았다.

우리가 하지 못하는 것들을 다른 부부가 하는 것을 볼 때마다 눈물이 앞을 가려요. 함께 산책하고, 수영장이나 바다에 함께 뛰어들고, 자전거를 함께 타는 부부를 보면 마음이 쓰라려요. 그런 일을 나와 존은 함께하기 힘드니까요. 예전엔 우리도 그런 평범한 삶을 당연하게 여겼지요. 우리가 그렇게 할 수 있다면 얼마나 멋질까요. 그러나 선생님도 알고, 나도 알고, 존도 알지만 우리는 그럴 수가 없답니다.

처음에는 나 역시 프랜이 겪는 문제가 현실에 근거한 것이라고 느꼈다. 우리가 일상적으로 누리는 많은 일을 그들은 누릴 수 없으니까. 시력이나 청력을 잃은 사람, 팔다리를 잃은 사람, 노인들도 마찬가지라고 생각했다.

하지만 사실은 신체 건강한 우리에게도 분명 어떤 한계가 있다. 그렇다면 우리 모두 비참하다는 것인가? 이 문제를 곰곰이 생각하다 프랜이 어떤 왜곡에 빠져 있을지도 모른다는 생각이 떠올랐다. 그것이 무엇일까? [표 3-1]로 돌아가서 어떤 인지왜곡이 여기에 해당하는지 확인해보자. 그렇다, 프랜을 쓸데없이 비참하게 느끼게 한 왜곡은 '정신적 여과'다. 프랜은 자신에게 불가능한 활동만 모두 골라내 되새기고 있었던 것이다. 프랜과 존이 함께할 수 있는 일이 많은데도, 그런 일은 당시 프랜의 의식에 들어오지 않았다. 그러니 당연히 공허감과 황량함을 느끼지 않겠는가.

해결책은 놀라울 정도로 간단했다. 나는 프랜에게 다음과 같이 제안했다. "치료 시간 사이에 집에서 존과 함께할 수 있는 일을 모두 적어놓으십시오. 할 수 없는 일에 초점을 맞추지 말고 할 수 있는 일에 초점을 맞추십시오. 예를 들어 난 달에 가고 싶지만, 우주인이 아니니 그럴 기회가 거의 없겠지요. 내 직업이나 나이로 봐서 내가 달에 갈 가능성은 극히 희박하다는 사실에 몰두한다면 스스로 화가 나겠지요. 그런데 이와 달리 내가 할 수 있는 많은 일이 있을 테고, 그런 일에 생각을 집중하면 나는 실망감을 느끼지 않을 겁니다. 당신과 존이 부부로서 함께할 수 있는 일에는 무엇이 있을까요?"

**프랜** 음, 우리는 지금도 함께 있는 것을 좋아하지요. 함께 외식도 하고, 단짝처럼 지내요.

**데이비드** 좋군요. 또 무엇이 있나요?

**프랜** 함께 드라이브를 하고, 카드놀이도 하지요. 영화를 보고, 빙고 게임도 하고요. 존이 내게 운전도 가르쳐주고…….

**데이비드** 보시다시피 30초 동안 여섯 가지나 찾아내셨네요. 두 분이 함께할 수 있는 일을 다음 치료 시간까지 계속 작성한다면 몇 가지나 찾을 수 있을까요?

**프랜** 꽤 많을 거예요. 전혀 생각하지 못한 것도 찾을 수 있겠는데요. 어쩌면 스카이다이빙처럼 특별한 것도 함께할 수 있겠어요.

**데이비드** 맞습니다. 그보다 더 모험적인 것도 찾아낼 수 있답니다. 할 수 없다고 생각하던 일도 실제로는 함께할 수 있다는 사실을 염두에 두세요. 가령 해변에 가지 못할 거라고 말씀하셨지요? 그런데 수영을 무척 좋아한다고도 하셨잖아요. 남들의 시선을 의식하지 않아도 되는 한적한 해변이라면 갈 수 있지 않을까요? 존의 신체장애 따위는 아무도 신경 쓰지 않는 해변도 있을 겁니다. 실제로 얼마 전에 나는 아내와 처가 식구들과 함께 캘리포니아 타호호수 북쪽에 있는 멋진 해변에 다녀왔답니다. 수영을 하다 후미진 구석까지 가게 됐는데, 생각지도 않은 누드 비치가 있더군요. 젊은 사람들이 실오라기 하나 걸치지 않고 있는 거예요. 물론 내가 그 사람들을 유심히 본 것은 아니지만, 우연히 오른쪽 무릎 아래가 없는 젊은이가 눈에 들어오더군요. 그 젊은이는 친구들과 어울려 놀고 있었어요. 나는 불구거나 팔다리를 잃었다고 해서 해변에 가서 놀 수 없다고는 전혀 생각하지 않는답니다. 어떻게 생각하세요?

'어렵고 현실적인' 문제가 어떻게 그리 쉽게 해결될 수 있느냐며, 또는 프랜처럼 고질적인 우울장애가 이렇게 간단한 조언으로 차도를 보일 리 없다며 코웃음 치는 사람도 있을지 모른다. 그런데 프랜은 실제로 불쾌한 감정이 완전히 사라졌고, 몇 년 만에 최고의 기분을 느끼고 있다고 치료 시간 말미에 말해주었다. 이 호전 상태를 유지하려면 프랜은 사고방식을 바꾸는 노력을 한동안 꾸준히 해야 한다. 그러고 나면 복잡한 정신적 거미줄을 쳐놓고 스스로 거기에 얽혀드는 나쁜 습관을 극복할 수 있을 것이다.

### 실직의 충격

사람들은 대부분 경력이 위태로워지거나 생계 수단을 잃는 것도 정서적 충격의 원인이라고 여긴다. 직업적 성공이 행복이나 개인의 가치와 직결된다는 서구 문화에 만연한 사고방식 때문이다. 이러한 가치체계에서는 금전적 손실, 직업적 실패, 파산 등이 우울장애의 원인이라고 보는 것이 현실적이다.

이렇게 느끼는 사람에게는 할의 경우가 매우 흥미로운 예가 될 것이다. 할은 풍채 좋은 마흔다섯 살 남성으로 세 아이를 두고 있다. 그는 장인이 운영하는 탄탄한 제조회사에서 17년 동안 일해왔다. 3년 전 그는 치료를 받으러 나를 찾아왔다. 회사 경영 방침을 놓고 장인과 계속 언쟁을 벌이다 화가 치민 할은 사직서를 냈고, 회사의 자기 지분도 포기했다. 그 후 3년 동안 그는 이 일 저 일 전전했지만 만족할 만한 일자리를 찾지 못했다. 손대는 일마다 성공을 거두지 못하자 그는 자신을 실패자라고 여기기 시작했다. 아내는 가족의 생계를 위해 하루 종일 일했다. 이전까지 가족 부양은 자신이 전적으로 책임진다고 늘 자부해온 할은 더욱 수치심을 느꼈다. 몇 달, 몇 년이 그렇게 흘러가는 동안 할의 재정 상태는 더욱 나빠졌고, 자존감이 바닥에 떨어지면서 갈수록 우울장애가 깊어졌다.

내가 처음 그를 만났을 때, 그는 부동산 회사에서 3개월간 수습 사원으로 일하고 있었다. 그는 건물 몇 채의 임대를 맡았지만 계약을 한 건도 성사시키지 못하고 있었다. 중개 수수료를 스스로 엄격하게 책정해놓았기 때문에 이렇게 판매가 부진한 시기에는 수입이 아주 적었다. 그는 우울장애와 함께 일을 미루는 습관이 생겼다. 가끔은 하루 종일 침대에 틀어박혀 이런 생각에 골몰했다. '그래봐야 무슨 소용이람? 나는 실패자잖아. 일하러 나가봐야 소용없어. 차라리 침대에 누워 있는 편이 덜 고통스럽지.'

할은 치료 시간에 펜실베이니아대학교의 훈련 프로그램에 소속된 레지던트들이 발언권 없이 참관할 수 있도록 허락해주었다. 치료 중 할은 자기가 다니던 클럽 탈의실에서 있었던 대화를 들려주었다. 성공한 친구 한 사람이 할에게 어떤 건물을 구매할 의사가 있다고 말했다. 이런 계약은 경력과 자신감은 물론 은행 잔고를 올리는 데도 도움이 될 테니 할이 뛸 듯이 기뻐할 거라고 누구나 생각할 것이다. 그러나 할은 몇 주씩 일을 질질 끌기만 했다. 왜일까? 다음과 같은 생각 때문이었다. '상업용 부동산을 파는 것은 아주 복잡한 일이야. 아직까지 나는 한 번도 해본 적이 없어. 아마 그 친구는 마지막 순간에 계약을 파기하고 말 거야. 나는 절대 이 일에서 성공할 수 없어. 이건 내가 실패자라는 뜻이라고.'

치료 시간이 끝난 후 나는 레지던트들과 함께 평가를 해보았다. 레지던트들이 할의 비관적이고 자기패배적인 태도를 어떻게 생각하는지 궁금했다. 레지던트들은 할이 영업 일에 적성이 맞는데도 스스로를 너무 가혹하게 대하는 것 같다고 했다. 다음 치료 시간에 나는 할에게 좋은 정보가 있다며 위의 평가를 전해주었다. 할은 자신이 다른 누구에게보다 자기 자신에게 더 비판적이라며 고개를 끄덕였다. 예를 들어 동료가 큰 계약을 놓치면 할은 이런 말을 해주곤 했다. "그렇다고 세상이 끝난 건 아니야. 힘내라고." 그런데 이런 일이 자신에게 일어나면 그는 이렇게 말하기 일쑤였다. "나는 패배자야." 본질적으로 자신이 '이중 기준'을 적용하고 있다는 데 할은 동의했다. 즉 다른 사람에게는 너그럽고 격려를 마다하지 않지만 자신에게는 가혹하고 비판적이었다. 여러분 중에도 이런 성향을 가진 사람이 있을 것이다. 처음에 할은 이중 기준이 자신에게

3부. 우울장애는 '현실'에 근거한 것인가?

도움이 된다고 반박했다.


**할** 우선 남에게 책임을 느끼거나 관심을 가지는 것과 나 자신에게 책임을 묻는 것은 다른 문제지요.

**데이비드** 좋습니다. 좀 더 자세히 말해보세요.

**할** 다른 사람이 성공을 거두지 못하더라도 내 밥벌이에는 지장이 없고, 우리 가정에서도 부정적 감정이 생겨날 리 없지요. 그러니까 내가 남에게 관심을 가지는 유일한 이유는 모든 사람이 성공하면 좋겠다는 생각에서일 뿐입니다. 그런데……

**데이비드** 잠깐, 잠깐, 잠깐만요! 다른 사람이 성공하면 좋겠다고 생각해서 그들에게 관심을 가진다는 건가요?

**할** 네, 내가 말하려는 깃은……

**데이비드** 당신이 다른 사람에게 적용하는 기준은 그들의 성공을 돕기 위한 것이라고 생각하는군요?

**할** 맞습니다.

**데이비드** 그러면 당신이 자기 자신에게 적용하는 기준은 당신이 성공하는 데 도움이 되는 건가요? "거래 하나만 실패해도 나는 실패자야"라고 말할 때 어떤 기분이 드나요?

**할** 기가 꺾이는 느낌이 들죠.

**데이비드** 그게 도움이 되나요?

**할** 음, 지금까지 긍정적 결과는 나오지 않았으니까 분명히 도움이 안 되네요.

**데이비드** 그렇다면 "거래 하나만 실패해도 난 실패자야"라는 말은 현실적인가요?

**할** 그렇지 않아요.

**데이비드** 그럼 왜 '전부 아니면 전무'라는 기준을 자신한테 적용하시나요? 다른 사람들에게는 도움이 되고 현실과도 부합하는 기준을 적용하면서 어째서 소중한 자기 자신한테는 자기패배적이고 가혹한 기준을 적용하는 건가요?

할은 이중 기준을 적용하는 것이 도움이 되지 않는다는 것을 깨닫기 시작했다. 그는 타인에게는 도저히 적용할 수 없는 가혹한 기준으로 자신을 판단하고 있었다. 까다로운 완벽주의자들이 대개 그러하듯 할 역시 처음에는 자신의 이런 성향이 옳다고 방어하려 했다. 남보다 가혹하게 자신을 대하는 것이 도움이 된다면서 말이다. 그렇지만 곧 그는 자신의 개인적 기준이 현실에는 들어맞지 않으며 자기패배적이라고 인정했다. 건물 매매에 실패하면 만사 끝장이라고 여겼는데, 이것이 잘못된 생각임을 깨달았다고 했다. 그는 두려움 때문에 아무것도 할 수 없었을 뿐 아니라 노력도 포기했는데, 이런 두려움은 '전부 아니면 전무'라고 생각하는 나쁜 습관 때문이었다. 그 결과 그는 대부분의 시간을 침대에서 보내며 한탄만 하고 있었다.

할은 자신의 완벽주의적 이중 기준을 없앨 수 있는 구체적 방안을 알고 싶다고 했다. 이제 그는 한 가지 객관적 기준으로 자신을 포함한 모든 사람을 판단하기로 한 것이다. 나는 자동적 사고와 이성적 대응 기법을 이용하는 것에서 시작하라고 권했다. 가령 집에 틀어박혀 빈둥거리며 다음과 같은 생각을 하고 있다고 하자. '늦게 출근해서 허둥지둥 일에 치이느니, 차라리 침대에 누워 있는 편이 낫겠어.' 이런 생각을 적어놓은 후 다음과 같은 이성적 대응으로 이를 대체한다. '이것은 전부 아니면 전무라는 사고방식이야. 말도 안 되는 소리라고. 늦게 출근해서 반나절만 일해도 중요한 성과를 거둘 수 있어. 기분도 훨씬 좋아질 거야.'

나는 자신이 쓸모없다는 느낌에 우울하고 화가 날 때마다 드는 온갖 생각을 기록해 다음 치료 시간에 가져오라고 권유했고, 할은 그렇게 하겠다고 했다(〔표 9-1〕 참조). 그런데 이틀 후 그는 회사에서 해고 통보를 받았다. 다시 만났을 때 그는 자신의 자기비판적 태도가 타당하고 현실적이라는 믿음이 더 굳어진 상태였다. 그는 이성적 대응을 단 한 차례도 떠올리지 못했다. 그때 우리는 내면의 비판적 목소리에 어떻게 대꾸할지에 관해 이야기를 나누었다.

**데이비드** 좋아요. 표의 이성적 대응 칸에 할 씨의 자기비판적 사고에 대한 대답을 써봅시다. 지난번 치료 시간에 우리가 얘기한 대로 답을 생각해낼 수 있겠지요? '나는 쓸모없는 사람'이라고 하셨는데, 거기에 대해 생각해봅시다. 이것은 '전부 아니면 전무'라는 생각에서 생긴 건가요, 아니면 완벽주의적 기준 때문인가요? 서로 역할을 바꿔보면 답이 더 분명해질 겁니다. 제가 같은 경우에 처해 있는데 할 씨에게 상담을 받으러 와서 이렇게 말한다고 해봅시다. "장인어른의 회사에서 일했지요. 그런데 3년 전에 한 번 다툰 일이 있었어요. 뭔가 이용당한다고 느꼈거든요. 제 발로 회사를 나왔지요. 그때부터 좀 우울한 감정을 느끼곤 했습니다. 그 후로 이 일 저 일 전전했어요. 얼마 전에는 순전히 수수료만으로 수입을 올리는 일을 하다가 해고를 당했어요. 나는 이 때문에 두 가지 면에서 패배한 셈입니다. 첫째, 회사는 내게 땡전 한 푼 지급하지 않았고, 둘째, 내가 그 정도로 가치 없으니 나를 해고했다는 거죠. 내가 내린 결론은 이것입니다. 나는 쓸모없는 존재, 쓸데없는 인간이다." 자, 이런 말에 어떻게 대답하겠습니까?

**할** 음, 글쎄요…… 지금까지 40년 넘게 살아오면서 당신도 분명 뭔가 중요한 일을 했을 텐데요?

**데이비드** 좋습니다. 방금 그 대답을 이성적 대응 칸에 적어보세요. 마흔 살이 될 때까지 해낸 좋은 일, 괜찮은 일의 목록을 만들어보는 거예요. 돈을 벌었다, 아이들을 훌륭하게 키워놓았다 등.

**할** 알았어요. 내가 잘한 일 몇 가지는 적을 수 있겠군요. 단란한 가정을 꾸렸고, 아이 셋을 번듯하게 키워놓았지요. 남들의 칭찬과 존경을 받고 있고, 지역 봉사활동에도 적극적으로 참여하고 있어요.

**데이비드** 좋아요. 그런 일을 해내셨군요. 그런데 자신이 쓸모없는 존재라는 믿음이 그런 사실과 어떻게 어울릴 수 있죠?

**할** 음, 좀 더 잘할 수 있었다는 얘기죠.

**데이비드** 대단하십니다! 잘한 일을 쓸모없는 것으로 돌릴 수 있는 기발한 방안을 알아내셨군요. 그러면 이것을 또 하나의 부정적 생각으로 기록해둡시다. '더 잘할 수 있었어'라고 말이죠. 잘하

**| 표 9-1 | 할의 자동적 사고와 이성적 대응**

할은 '자기비판적 사고를 기록하고 거기에 맞서라'라는 숙제를 다음과 같이 했다. 이성적 대응은 치료 시간에 쓴 것이다.

| 부정적 생각(자기비판) | 이성적 대응(자기방어) |
|---|---|
| 나는 게을러터졌어. | 지금껏 살아오는 동안 대부분 열심히 일했잖아. |
| 나는 병을 즐겨. | 아픈 것이 재미있을 리 없지 |
| 나는 못났어. 실패자야. | 나도 어느 정도는 성공을 거두었잖아. 단란한 가정을 꾸렸고, 아이들을 번듯하게 키워놓았어. 남들에게 칭찬과 존경도 받고 있어. 지역 봉사활동에도 참여하고 있잖아. |
| 침대에서 빈둥거리며 아무것도 하지 않는 게 진짜 내 모습이야. | 내가 앓고 있는 증상은 병이야. 이것이 '진짜 내 모습'은 아니지. |
| 더 잘할 수 있었어. | 최소한 웬만한 사람들보다는 잘했잖아. 누구나 "더 잘할 수 있었어"라고 말할 수 있는 거니까, 그런 말을 하는 것은 무의미하고 쓸모도 없어. |

고 계십니다!

**할** 좋아요. 다섯 번째 줄에 그렇게 썼습니다.

**데이비드** 네. 그러면 거기에 대해서는 어떻게 대답하시겠습니까?

(한동안 침묵이 흐름)

**데이비드** 뭘까요? 그 생각에는 어떤 왜곡이 있는 걸까요?

**할** 참 집요하시네요!

**데이비드** 어떻게 응답하시겠습니까?

**할** 최소한 웬만한 사람들보다는 잘해냈다.

**데이비드** 그래요. 그럼 이 말을 몇 퍼센트나 믿으시나요?

**할** 100퍼센트 믿습니다.

**데이비드** 좋습니다! 이성적 대응 칸에 앞의 그 대답을 적으세요. 그러면 다시 '더 잘할 수 있었어'로 돌아갑시다. 당신이 지금 수십억 자산가인 하워드 휴즈가 되어 자기 빌딩 꼭대기에 앉아 있다고 가정해보죠. 이때도 자기를 불행하게 만들 어떤 말을 스스로에게 할 수 있겠어요?

**할** 음, 생각을 좀 해봐야겠네요.

**데이비드** 당신이 표에 적어놓은 걸 읽어보세요.

**할** 아, 있습니다. "더 잘할 수 있었어."

**데이비드** 그러니까 그 말은 언제든지 통하는군요.

**할** 네.

**데이비드** 명예와 돈을 거머쥔 사람들이 불행하다고 느끼는 이유가 바로 그것입니다. 전형적인 완벽주의 기준이죠. 더, 더, 더. 아무리 큰 성공을 거둬도 늘 이렇게 말하는 겁니다. "더 잘할 수 있었어." 말도 안 되는 방식으로 자신을 벌하는 것입니다. 여기에 동의하시나요?

**할** 그럼요. 이제 알겠어요. 행복해지려면 한 가지 요소만으로는 안 되는 거죠. 만일 돈이 중요하다면 백만장자나 억만장자는 다 행복하겠죠. 그런데 행복이나 만족을 느끼려면 돈보다 더 필요한 것이 있습니다. 나를 무력하게 만드는 건 돈이 아니에요. 돈이 동력이 된 적은 단 한 번도 없었습니다.

**데이비드** 그러면 당신의 동력은 무엇이었나요? 가족을 부양해야 한다는 책임감이 동력이 되었나요?

**할** 아, 그건 내게 무척 중요했어요. 아주 중요했죠. 그리고 난 아이들 양육도 한몫 거들었답니다.

**데이비드** 아이들을 키우면서 어떤 걸 하셨나요?

**할** 애들을 돌봐주고, 공부를 가르쳐주고, 함께 놀아주었지요.

**데이비드** 결과는 어땠죠?

**할** 아주 좋았다고 생각합니다!

**데이비드** 자, 아까 이렇게 적으셨지요. '나는 못났어. 실패자야.' 그런데 아이들을 잘 키우는 것이 삶의 목표 가운데 하나였고 실제로 그 목표를 달성해냈는데, 그런 사실과 이 말이 어떻게 어울릴 수 있나요?

**할** 그것 역시 내가 고려하지 못했군요.

**데이비드** 그런데도 어떻게 자신을 실패자라고 부를 수 있나요?

**할** 직업인으로서 실패했다는 거죠. 몇 년씩이나 돈을 제대로 벌지 못했으니까요.

**데이비드** 그것을 근거로 스스로 '실패자'로 낙인찍는 것이 현실에 맞나요? 자, 여기 3년 동안 우울장애에 시달리느라 꾸준히 일하기 어려웠던 사람이 있습니다. 이 사람을 실패자로 부르는 것이 맞습니까? 우울장애를 앓는 사람은 실패자인가요?

**할** 글쎄요, 우울장애의 원인을 안다면 가치 판단을 더 잘할 수 있을 것 같군요.

**데이비드** 음, 우울장애를 낳는 근본 원인은 당분간 밝혀내기 어려울 것 같습니다. 그렇지만 가혹하고 상처 주는 말을 자신에게 쏟아붓는 것이 우울장애를 일으키는 직접적 요인이라는 사실은 알아냈습니다. 이런 일이 왜 어떤 사람들에게 특별히 더 많이 나타나는지는 모릅니다. 생화학적 영향이나 유전적 영향에 대해서도 아직 정확히 밝혀지지 않았고요. 성장 과정이 어떤 식으로든 분명히 영향을 끼칠 텐데, 괜찮으시다면 거기에 대해서는 다음 치료 시간에 다뤄보도록 하죠.

**할** 우울장애의 근본 원인을 아직 알지 못한다고 하셨는데, 실패 자체와 관련해서 그 원인을 생각해볼 수 있지 않나요? 무슨 말인가 하면, 우울장애가 어디서 오는지는 모르지만…… 내 안에 잘못된 무엇인가가 우울장애를 일으킨 것이 아닌가……. 내가 실패한 어떤 점이 우울장애를 일으킨 것이 아닌가 하는 거죠.

**데이비드** 거기에 대한 근거가 있나요?

**할** 아뇨, 그냥 하나의 가능성일 뿐이죠.

**데이비드** 좋아요. 그렇지만 그런 식으로 자기를 벌할 이유를 만들려고 들면…… 어떤 것이든 가능하겠죠. 그런데 그 근거는 하나도 없습니다. 우울장애를 극복한 환자들은 예전의 생산성을 되찾는답니다. 만일 이들이 원래 실패자여서 문제가 된 것이라면, 우울장애를 이겨낸 후에도 여전히 실패자여야 하지 않을까요? 내 환자 중에 대학교수나 기업체 대표도 있었습니다. 그들은 벽을 보고 우두커니 서 있기만 했어요. 우울장애 때문이었지요. 우울장애를 이겨내자 그들은 예전처럼 학술 발표도 하고 회사도 이끌어갔습니다. 그런데 어떻게 실패자라는 사실 때문에 우울장애가 일어난다고 말할 수 있나요? 사실은 그 반대라고 생각합니다. 우울장애 때문에 실패하는 것이지요.

**할** 뭐라고 대답하기 어렵군요.

**데이비드** 자기가 실패자라고 말하는 것은 근거가 없다는 이야기입니다. 할 씨는 지금 우울장애를 앓고 있습니다. 그런데 우울장애를 앓는 사람들은 그렇지 않을 때보다 실적이 떨어지지요.

**할** 그러니까 나는 성공적인 우울장애 환자군요.

**데이비드** 그래요! 맞습니다! 성공적인 우울장애 환자라는 말에는 앞으로 나아질 수 있다는 뜻도 포함되어 있습니다. 우리가 지금 그렇게 하고 있다고 나는 믿어요. 가령 6개월째 폐렴을 앓고 있다고 상상해보세요. 그동안 돈은 못 벌었겠지요. 그런데 "그래서 나는 실패자야"라고 말한다면, 현실에 맞는 것일까요?

**할** 그렇게 말할 수는 없겠지요. 일부러 폐렴에 걸린 건 아니니까요.

**데이비드** 물론이죠. 그러면 똑같은 논리를 지금 앓고 있는 우울장애에 적용해볼 수 있을까요?

**할** 네, 알겠습니다. 우울장애 역시 내가 일부러 걸렸다고는 할 수 없겠네요.

**데이비드** 물론이죠. 우울장애를 앓고 싶었나요?

**할** 아이고, 천만에요!

**데이비드** 우울장애를 일으키려고 뭔가 특별한 행동을 한 적이 있나요?

**할** 내가 아는 한 없습니다.

**데이비드** 만일 우리가 우울장애의 원인을 알아냈다면 화살을 거기로 돌릴 수 있을 겁니다. 그렇게 할 수 없다고 해서 우울장애에 걸린 것이 전적으로 자기 탓인 양 몰아세우는 것은 어리석은 일 아닌가요? 우리가 알게 된 사실은 우울장애에 걸린 사람들은 자기 자신을 부정적으로 바라본다는 점입니다. 그리고 이들은 모든 것을 이 부정적인 시각에 맞춰서 느끼고 행동합니다. 무기력한 사람이 되려고 스스로 꾀한 것도 아니고 선택한 것도 아닙니다. 할 씨가 앞으로 이런 부정적인 시각을 떨치고 긍정적으로 세상을 바라본다면 예전처럼, 아니 그 이상으로 보람 있고 풍성한 삶을 살 수 있을 것입니다. 내 말을 이해하시겠습니까?

**할** 네, 이해합니다.

할은 오랫동안 제대로 돈을 벌진 못했어도 그 때문에 자신을 '실패자'라고 낙인찍는 것은 말이 안 된다는 사실을 깨닫자 마음이 편안해졌다. 자신의 가치를 깎아내리는 할의 부정적 사고는 '전부 아니면 전무'라는 생각에서 비롯됐다. 자신의 삶에서 부정적 측면에 초점을 맞추고(정신적 여과), 여러 방면에서 성공을 거둔 경험은 무시하는(긍정적인 것 인정하지 않기) 성향 때문에 그는 자신을 쓸모없는 인간이라고 여겼다. 그는 "더 잘할 수 있었어"라는 불필요한 말로 자신을 갉아먹고 있었다. 하지만 이제는 금전적 가치는 인간적 가치와 다르다는 것을 깨달았다. 마지막으로 할은 자신이 겪고 있는 증상(무기력과 지연 행동)은 질병이 진행되는 과정의 일시적인 징후일 뿐 '참 자아'의 표시는 아니라는 것도 받아들이게 되었다.

우울장애를 자신의 부족함과 무능함에 대한 벌로 여기는 것은 폐렴을 그렇게 여기는 것보다도 더 터무니없는 행동이다.

치료 시간이 끝나갈 무렵, 할의 벡우울척도는 이전보다 50퍼센트 개선된 것으로 나타났다. 그 후 몇 주 동안 그는 두 칸 기법을 이용해 꾸준히 자기개선에 힘썼다. 스스로를 괴롭히는 생각에 일일이 반박하는 방법을 익혀가는 가운데 그는 자신을 가혹하게 평가하는 왜곡을 줄일 수 있었고, 기분도 계속 나아졌다.

할은 부동산 중개 일을 그만두고 서점을 열었으며, 곧 손익분기점에 다다를 수 있었다. 하지만 아무리 노력해도 사업을 시작한 첫해의 목표 수익을 올리지는 못했다. 그러니까 성공의 외적 지표는 이 기간에도 크게 변하지 않은 셈이다. 그럼에도 할은 이렇다 할 우울 증세를 보이는 일 없이 계속 자존감을 유지하고 있었다. 서점을 그만두기로 결정했을 때도 여전히 적자 상태였지만 그의 자존감은 흔들리지 않았다. 새로운 일을 찾는 동안 그는 다음과 같은 글을 써서 매일 아침 큰 소리로 읽겠다고 결심했다.


내가 쓸모없는 존재가 아닌 이유
1. 나와 다른 사람에게 기여할 게 있는 한 나는 쓸모없는 존재가 아니다.
2. 긍정적인 결과를 만들어내는 행동을 하는 한 나는 쓸모없는 존재가 아니다.
3. 내가 살아 있는 것이 단 한 사람에게라도 소중하다면 나는 쓸모없는 존재가 아니다(그 단 한 사람이 바로 나라고 해도).

4. 나의 사랑, 이해, 동료애, 격려, 사귐, 조언, 위로 등이 조금이라도 의미가 있다면 나는 쓸모없는 존재가 아니다.

5. 스스로 나의 의견과 지적 능력을 존중할 수 있다면 나는 쓸모없는 존재가 아니다. 남이 나를 존중해준다면 그것은 보너스다.

6. 자아 존중감과 품위를 유지하고 있다면 나는 쓸모없는 존재가 아니다.

7. 우리 직원들의 가계에 보탬이 되고 있다면 나는 쓸모없는 존재가 아니다.

8. 내가 가진 역량과 지혜로 고객이나 거래처를 최선을 다해 돕고 있다면 나는 쓸모없는 존재가 아니다.

9. 이 자리에 내가 있는 것이 누군가에게 보탬이 된다면 나는 쓸모없는 존재가 아니다.

10. 나는 쓸모없는 존재가 아니다. 나는 어디를 보더라도 매우 가치 있는 사람이다!

## 사랑하는 사람을 잃은 고통

나의 초창기 환자 중 우울장애가 가장 심했던 사람으로는 서른한 살의 소아과 의사 케이를 꼽을 수 있다. 한 달 보름 전에 남동생이 케이의 아파트 밖에서 끔찍한 방법으로 자살했다. 케이는 남동생의 자살이 자기 책임이라는 생각에 무척 괴로워했는데, 케이가 내세우는 근거도 꽤 설득력이 있었다. 엄청난 심적 고통을 겪고 있던 케이는 자신의 고통이 현실에서 비롯된 것이며, 따라서 치유도 불가능하다고 생각했다. 다른 의사의 권유로 나를 찾아왔을 때 케이는 자신도 마땅히 죽어야 한다는 느낌에 시달렸다. 실제로 자살을 기도할 가능성도 높아 보였다.

한 사람이 자살하면 그의 가족이나 친구들은 죄의식에 시달리기 마련이다. '왜 진작 막지 못했을까? 왜 나는 그토록 어리석었지?' 이런 생각으로 스스로를 고문한다. 심리치료사나 상담사들조차 이 죄책감의 늪에서 벗어나지 못하며 다음과 같은 생각으로 스스로를 괴롭힌다. '내 잘못이야. 지난번 치료 시간에 그 사람한테 예전과 다른 식으로 말을 걸기만 했어도 막을 수 있었을 텐데. 자살을 생각하고 있는지 그 사람한테 왜 캐묻지 못했을까? 좀 더 강력하게 개입할 수 있었잖아. 내가 그 사람을 죽인 거야!' 대부분의 희생자는 자신이 해결 불가능한 문제로 신음하고 있다는 뒤틀린 믿음에서 자살을 감행하지만, 좀 더 객관적인 시각에서 보면 그들이 고민하고 있는 문제는 그다지 심각하지도 않을뿐더러 자살을 감행할 만한 일은 절대 아니라는 점에서 비극일 수밖에 없다.

케이는 자기 인생이 동생보다 잘 풀렸다고 느껴서 자기학대가 매우 심했다. 그래서 케이는 오래전부터 우울장애를 앓고 있는 동생을 위해 어떻게든 정서적이고 재정적인 도움을 주려고 노력해왔다. 심리치료를 주선하고 비용을 지불했을 뿐 아니라 동생이 살 아파트를 자기 집 근처에 구해주고 언제든 기분이 우울하면 연락하라고 했다.

케이의 남동생은 필라델피아에서 생리학을 전공하던 학생이었다. 자살하던 날, 동생은 케이에게 전화를 걸어 수업 시간에 발표를 해야 한다며 일산화탄소가 혈액에 어떤 영향을 끼치는지 물었다. 혈액 전문가인 케이는 동생의 물음이 순수한 것이라고 생각해별 의심 없이 질문에 답해주었다. 마침 다니던 병원에서 다음 날 아침에 중요한 강의를 해야 했기에 동생과 오랫동안 이야기를 나눌 시간도 없었다. 케이가 강의를 준비하는 동안 동생은 누나가 준 정보를 이용해 네 번째이자 마지막 자살 기도를 했다. 장소는 누나의 아파트 창밖이었다. 케이는 남동생의 죽음이 자기 탓이라고 여기게 되었다.

이 비극적 상황을 고려하면 케이가 느끼는 비참함도 이해할 만하다. 처음 치료를 시작했을 때 케이는 동생의 죽음이 왜 자신의 책임인지, 어째서 자신도 차라리 죽는 게 나은지 간략히 설명했다. "나는 동생이 잘 살도록 돌봐줄 책임이 있었어요. 그런데 그 책임을 다하지 못했고, 그래서 동생이 죽은 게 내 탓이라고 느껴요. 동생이 심각한 상태라는 걸 눈치채야 했는데 그러지 못했어요. 나중에 생각해보니 그 애가 또 자살을 시도할 기미가 분명히 보였어요. 이전에 이미 세 번이나 그랬죠. 그 애가 전화를 걸었을 때 내가 물어보기만 했어도 그 애 목숨을 구할 수 있었을 텐데. 그 애가 죽기전 한 달 동안 나는 여러 번 그 애에게 화를 냈어요. 솔직히 가끔은 동생이 나한테 짐이 된다는 생각을 했죠. 사실 진짜 짜증이 날 때는 동생이 차라리 죽어버렸으면 좋겠다고 생각한 적도 있어요. 그 생각만 하면 죄의식 때문에 너무 괴로워요. 어쩌면 죽기를 바랐는지도 모르겠어요! 내가 동생을 저버렸다는 걸 알아요. 그러니 나는 죽는 게 나아요."

케이는 자신의 죄의식과 고뇌가 당연하다고 믿었다. 독실한 가톨릭 집안에서 자란 도덕심 강한 사람답게 케이는 처벌과 고통이 예정되어 있다고 느꼈다. 나는 케이의 논리에 뭔가 허점이 있음을 알아차렸지만 그녀가 워낙 명민하고 설득력 있게 주장하는 바람에 여러 차례 치료를 하는 동안에도 거기에 어떤 모순이 있는지 쉽사리 꿰뚫지 못했다. 자신의 고통스러운 감정이 '현실에 부합한다'는 케이의 믿음에 나 역시 빠져들 지경이었다. 그러던 중 문득 케이를 정신의 감옥에서 빠져나오게 할 열쇠가 무엇인지 깨달았다. 케이가 빠진 오류는 3장에서 이야기한 '개인화'였다.

그리하여 다섯 번째 치료 시간에 나는 케이의 시각에 내재된 오류들을 하나하나 지적했다. 만일 케이가 남동생의 죽음에 책임이 있다면 케이가 죽음의 원인이어야 한다. 그런데 자살의 원인에 대해서는 전문가들조차 아직 알지 못하기 때문에 케이가 죽음의 원인이라고 단언할 근거는 없다.

그래도 우리가 그 원인을 꼭 추측해야 한다면, 자신은 희망도 쓸모도 없는 인간이며 따라서 살아갈 가치가 없는 존재라는 남동생의 잘못된 믿음이 바로 원인이라고 말해주었다. 케이가 남동생의 생각까지 좌우할 수는 없으므로 스스로 생을 마감한 남동생의 불합리한 생각에 대한 책임을 질 수는 없었다. 오류는 남동생이 저질렀지, 케이가 저지른 것이 아니었다. 그러니까 동생의 기분이나 행동까지 책임지는 것이 마땅하다고 생각한다면, 케이는 자기 힘이 미치지 않는 영역까지 책임을 짊어지겠다는 셈이다. 케이가 할 수 있는 최선의 행동은 이제까지 해온 것처럼 동생의 도우미 역할이었다.

남동생이 죽으려 한다는 사실을 미리 알아차리지 못한 것은 불운한 일이었다고 나는 케이에게 강조했다. 동생이 자살을 시도할지도 모른다고 생각했다면 케이는 온갖 방법으로 막으려 했을 것이다. 그렇지만 케이는 동생이 그럴 줄 몰랐기 때문에 나설 수 없었다. 그러므로 동생의 죽음을 자기 탓으로 돌리는 태도에는 자기가 미래를 확실히 내다볼 수 있으며 우주의 모든 일을 마음대로 알 수 있다는 비논리적인 생각이 깔려 있는 것이다. 이런 생각은 극도로 비현실적이기 때문에 케이가 자신을 혐오할 필요는 없다. 심지어 전문 치료사들조차 인간의 본성을 파악하는 데 오류를 범하기도 하며, 담당 환자의 자살을 막지 못하는 낭패를 겪기도 한다고 일러주었다.

이 모든 이유를 종합해보면, 자신이 궁극적으로 통제할 수 없는 동생의 행동에 대해 스스로 책임을 떠안으려는 것은 중대한 오류였다. 나는 케이가 책임질 것은 바로 케이 자신의 삶과 행복이라고 강조했다. 그러자 케이는 자신이 무책임하게 행동하고 있음을 깨달았다. '동생의 상태를 나쁘게 만들어서' 무책임한 것이 아니라, 자기 자신을 우울장애에 빠뜨리고 자살까지 생각한 것이 바로 무책임한 행동이었다. 그녀가 책임질 일은, 죄의식을 거부하고 우울장애를 이겨내 행복하고 만족스러운 삶을 살기 위해 노력하는 것이었다. 이것이야말로 책임 있는 태도로 해낼 일이었다.

이런 대화를 나눈 후 케이의 기분은 빠르게 좋아졌다. 케이는 자신의 생각에 엄청난 변화가 일어났기 때문이라고 풀이했다. 케이는 자살 충동을 불러일으킨 오해를 우리가 함께 밝혀냈음을 깨달았다. 이후 케이는 남동생이 자살하기 전부터 시달려온 고질적인 압박감을 이겨내고 삶의 질을 향상시키기 위해 일정 기간 동안 더 치료를 받기로 결정했다.

## 고통 없는 슬픔

여기서 이런 의문이 생긴다. 왜곡에 물들지 않은 '건강한 슬픔'이란 어떤 것일까? 달리 말해 슬픔에는 항상 고통이 따르는 것일까?

이 질문의 답을 내가 확실히 안다고 할 수는 없지만, 풋내기 의대생 시절에 겪은 경험을 나누고자 한다. 당시 나는 캘리포니아주 스탠퍼드 대학병원 비뇨기과에 배치되어 임상 실습을 하고 있다. 내가 맡은 환자는 얼마 전 신장 종양 제거 수술을 성공적으로 받은 노인이었다. 담당 의료진은 곧 퇴원해도 된다고 생각했지만 갑자기 간 기능이 악화되기 시작했고, 결국 종양이 간으로 전이되었음을 알게 되었다. 안타깝게도 합병증 때문에 며칠 사이 건강이 급속하게 나빠졌다. 간 기능이 떨어지면서 환자는 서서히 탈진했고 끝내 의식을 잃었다. 환자의 부인은 남편의 위중함을 직감하고 48시간이 넘도록 밤낮으로 침상 곁을 지켰다. 부인은 이따금 남편의 머리를 쓰다듬으며 이렇게 말했다. "당신은 내 사람, 사랑해요." 환자가 위독하다는 소식에 자녀와 손자, 손녀, 증손자, 증손녀까지 대가족이 캘리포니아 각지에서 병원으로 모여들었다.

그날 저녁, 담당 레지던트는 나에게 환자 곁에서 상황을 지켜보라고 했다. 병실에 들어서 보니 환자는 혼수상태에 빠져 있었다.

병실에는 일가친척이 8~10명 모여 있었는데, 연로한 사람도 있고 아주 어린 아이도 있었다. 이들은 환자의 상태가 심각하다는 것을 어렴풋이 알고 있었지만 얼마나 위중한지는 제대로 듣지 못했다. 아들 중 한 명이 아버지의 임종이 가까웠음을 느꼈는지 환자의 몸에서 요관을 제거해줄 수 있는지 내게 물었다. 나는 요관을 제거하는 것은 환자가 곧 세상을 떠날 것을 가족들에게 알리는 것과 같다고 생각하고, 간호사실로 가서 그래도 괜찮은지 물었다. 간호사실에서는 환자의 사망이 임박했기 때문에 제거해도 될 것이라고 말해주었다. 나는 병실로 돌아와 가족들이 기다리는 사이에 간호사에게 배운 대로 요관을 제거했다. 환자의 아들이 나에게 말했다. "고맙습니다. 요관이 불편하셨을 거예요. 제거해주셔서 아버지도 고맙다고 하실 겁니다." 그러고는 다시 나에게 몸을 돌리더니, 이 상황이 어떤 의미인지 확인하려는 듯 물었다. "의사 선생님, 아버님 상태가 어떻습니까? 앞으로 어떻게 되실까요?"

돌연 슬픔이 왈칵 치밀었다. 돌아가신 할아버지가 생각나 전부터 이 온후하고 점잖은 환자에게 친근함을 느끼고 있던 터라 나도 모르게 눈물이 뺨을 타고 흘러내렸다. 그 자리에 남아 눈물을 흘리면서 가족들에게 말해야 할지, 아니면 자리를 떠나 내 마음을 숨겨야 할지 선택해야 했다. 나는 그 자리에 남기로 마음먹고 감정을 그대로 드러낸 채 말해주었다. "참 좋은 분입니다. 혼수상태에 있긴 하지만 들으실 수는 있으니까, 곁에 가까이 계시면서 오늘 밤 작별 인사를 하십시오." 그런 다음 나는 병실을 나와 울음을 터뜨렸다. 가족들도 통곡을 하며 침대 곁에 모였다. 그리고 한 명 한 명

작별 인사를 했다. 몇 시간 후 환자는 혼수상태에서 깨어나지 못한 채 숨을 거두었다.

환자 가족에게나 나에게나 그의 죽음은 참으로 슬픈 일이었지만, 거기에는 기품과 아름다움이 있어서 나는 이 경험을 결코 잊을 수 없다. 그때의 상실감과 눈물은 다시 한번 내게 이런 말을 떠올려주었다. "너는 사랑할 수 있어. 너는 남을 돌볼 수 있어." 그리하여 나는 그 슬픔을 고통과 괴로움이 전혀 없는 경험으로 고양시킬 수 있었다. 그 후에도 나는 이와 같은 슬픔으로 눈물을 흘린 일이 많다. 이제 나에게 슬픔이란 숭고함, 곧 가장 높은 경지의 체험을 의미한다.

나는 의대생 신분으로 내 행동이 담당 의료진에게 부적절한 것으로 비치지 않았을지 걱정되었다. 뒤에 비뇨기과 과장이 나를 따로 불러 환자 가족들이 환자의 임종을 조용하고 아름답게 치를 수 있도록 도와주어서 내게 고마워했다는 말을 전했다. 그리고 과장은 자신도 그 환자에게 늘 정이 갔다면서, 연구실 벽에 걸린 말 한 마리를 그린 그림을 가리켰다. 그 환자가 그려준 것이었다.

이 일화에는 떠나보냄, 종말의 느낌, 작별의 감정이 고스란히 담겨 있다. 하지만 여기에 두려움이나 공포는 전혀 없었다. 오히려 평화롭고 따뜻했을 뿐 아니라 내 삶의 경험을 더 풍요롭게 해주었다.

4부

# 우울장애 예방과 인격 성장

*Feeling Good*

# 10.
# 우울장애의
# 근본 원인

우울장애가 사라지면 즐기며 쉬고 싶은 유혹을 느낀다. 당연하
다. 치료가 끝날 무렵이면 지금껏 한 번도 느끼지 못한 최고의 기
분이라고 말하는 환자가 많다. 우울장애가 너무 심각해 치료할 수
없다고 여길수록 우울장애를 이겨냈을 때 얻는 행복감과 자존감
이 더욱 짜릿하고 달콤하다. 기분이 나아지기 시작하면 마치 봄이
와 눈이 녹듯 비관적인 사고방식도 급격히 줄어든다. 도대체 그렇
게 현실과 맞지 않는 생각을 애초부터 왜 했는지 의아스러울 수도
있다. 나로서도 인간의 마음이 이토록 급격히 바뀌는 모습이 놀랍

기만 하다. 치료를 하면서 나는 늘 이 마술 같은 변화를 목격한다.

환자들은 겉으로 너무 극적인 변화를 보이기 때문에 우울 증세가 영원히 사라졌다고 믿을 수도 있다. 그러나 기분장애의 보이지 않는 찌꺼기는 여전히 남아 있다. 이것을 교정하고 제거하지 못하면 나중에 있을 우울장애의 공격에 취약해질 것이다.

기분이 '좋아졌다고 느끼는' 것과 실제로 '좋아지는' 것은 여러 면에서 차이가 있다. 기분이 좋아졌다고 느끼는 것은 고통스러운 증세가 일시적으로 사라진 것을 가리킬 뿐이다. 반면 좋아진다는 것은 이런 뜻이다.

1. 왜 자신이 우울장애에 빠졌는지 이해하고 있다.
2. 왜 그리고 어떻게 좋아지고 있는지 안다. 이때 자신에게 특별히 효과가 있는 구체적인 자가치유 기법을 익숙하게 익혀 놓아서 원하면 언제든 이 기법을 적용해 효과를 볼 수 있다.
3. 자기확신과 자존감을 얻는다. 자기확신은 자신이 대인관계와 사회생활에서 충분히 성공할 수 있음을 알고 있다는 사실에 근거한다. 자존감은 성공을 거두었든 아니든 매 순간 자신에 대한 사랑과 기쁨을 최대한 맛볼 수 있는 능력이다.
4. 우울장애를 일으킨 더 깊은 원인을 정확히 찾아낼 수 있다.

이 책 1~3부는 위의 첫 번째와 두 번째 목표를 달성할 수 있도록 돕는 내용이었다. 앞으로 몇 장에 걸쳐서 위의 세 번째, 네 번째 목표를 이루도록 도울 것이다.

한 차례 우울장애에서 회복해 왜곡된 부정적 생각을 상당히 줄이거나 완전히 없앴다고 하더라도, 마음속에는 십중팔구 어떤 '암묵적 가정'이 숨어 있을 것이다. 이러한 암묵적 가정은 처음에 왜 우울장애에 걸렸는지 많은 부분을 설명해줄 뿐 아니라, 언제 다시 우울장애에 취약해질지도 예측하게 해준다. 따라서 여기에는 병의 재발을 막는 열쇠가 담겨 있다.

'암묵적 가정'이란 무엇일까? 암묵적 가정이란 자신의 인간적 가치를 정의하는 방정식이라 할 수 있다. 여기에는 자신의 가치체계, 개인 철학, 그리고 자존감의 근거를 이루는 것들이 드러난다. 예를 들면 다음과 같다. (1) 누군가 나를 비난하면, 나에게 뭔가 문제가 있다는 생각이 자동으로 들어 기분이 비참해진다. (2) 진실로 충만한 인간이 되려면 남에게 사랑받아야 한다. 그러지 못해서 홀로 남겨지면 외롭고 비참할 수밖에 없다. (3) 인간으로서 나의 가치는 내가 성취한 것에 비례한다. (4) 일을 완벽하게 해내지 못하면 실패한 것이다.

앞으로 알게 되겠지만, 이렇게 현실에 맞지 않는 가정은 자기패배적이다. 이런 가정은 우리를 허약하게 만들어 불쾌한 기분 변화에 빠지게 한다. 이것이 우리 심리의 아킬레스건이다.

다음 몇 장에서는 우리가 품고 있는 암묵적 가정을 밝혀내고 평가하는 법을 배운다. 우리는 다른 사람의 인정, 사랑, 성취 또는 완벽함에 대한 중독이 감정 기복의 토대가 된다는 사실을 알게 될 것이다. 자기패배적 신념 체계를 밝혀내고 거기에 맞서는 법을 배워가는 동안 우리는 자신을 향상시킬 수 있는 온당한 인생철학의 토대를 세우고 기쁨과 정서적 깨우침에 이르는 길을 찾을 것이다.

급격한 기분 변화의 근본 원인을 밝혀내려면, 때에 따라 몇 넌씩 걸리는 고통스러운 치료 과정이 반드시 필요하다고 여긴다는 점에서는 일반인이나 정신과 의사나 마찬가지다. 그러나 이런 과정을 거친 뒤에도 환자는 대부분 자신이 겪는 우울장애의 원인을 설명하기 어려워한다. 인지치료가 가장 크게 기여한 것 중 하나는 바로 이런 문제를 해결한다는 점이다.

이 장에서는 암묵적 가정을 밝혀내는 전혀 다른 두 가지 방식을 살펴보려 한다. 첫째는 '수직 화살표 기법'이다. 이 방법은 사실 앞에서 본 '두 칸 기법'을 응용한 것으로 내면의 정신 상태를 아주 효과적으로 분석하게 해준다. 화를 돋우는 자동적 사고를 왼쪽 칸에 적고, 오른쪽 칸에는 객관적이고 이성적인 대응을 적는다. 이 기법은 사고 유형 속 왜곡을 해소함으로써 기분이 나아지게 해준다. 간략한 사례를 [표 10-1]에 소개한다. 이 표는 7장에서 소개한 정신과 레지던트 아트가 작성한 것이다. 상사에게 건설적인 충고를 듣고 분노를 느낀 상황을 적었다.

분노를 자아내는 생각이 거짓임을 밝혀냄으로써 아트의 죄의식과 초조감은 누그러들었다. 이제 아트는 자기가 애초에 상황을 왜, 어떻게 현실에 맞지 않게 받아들였는지 궁금했다. 아마 여러분도 이렇게 자문해볼 수 있을 것이다. '나의 부정적 생각은 어떤 유형일까? 내 마음속 깊은 곳에 어떤 정신적 결함이 있는 것일까?'

아트는 수직 화살표 기법을 이용해 이런 질문에 대응해보았다. 우선 그는 자동적 사고 바로 아래쪽에 다시 작은 화살표를 그렸다

| 표 10-1 | 수직 화살표 기법

| 자동적 사고 | 이성적 대응 |
|---|---|
| B박사의 말에 따르면, 환자는 내 말이 거슬린다고 한다. B박사는 나를 엉터리 치료사로 생각하는 모양이다. ⟶ | 독심술의 오류, 정신적 여과, 낙인찍기 B박사가 나의 잘못을 짚어주긴 했지만, 그렇다고 해서 나를 '엉터리 치료사'라고 생각한다는 근거는 될 수 없어. 직접 박사님의 의견을 물어봐야겠어. 지금까지 박사님은 나를 여러 번 칭찬해주었고, 내 재능이 뛰어나다고 했잖아. |

([표 10-2] 참조). 이 화살표는 다음과 같은 마음속 질문을 재빨리 적기 위한 것이다. '이 자동적 사고는 실제로 맞는 것일까? 이것은 나한테 무슨 의미일까? 그렇다고 왜 화가 나는 것일까?' 그런 다음 바로 이어서 떠오르는 자동적 사고를 다시 기록한다. 이 표에서 볼 수 있듯이 아트는 이렇게 적었다. 'B박사가 나를 엉터리 치료사로 생각한다면, B박사는 전문가니까 난 엉터리 치료사인 게 맞아.' 이 생각 아래에 아트는 두 번째 작은 수직 화살표를 표시한 후, [표 10-2]에 나온 것과 같이 동일한 과정을 반복해 자동적 사고가 떠오르도록 했다. 자동적 사고를 새로 떠올릴 때마다 아트는 그 밑에 수직 화살표를 그리고 스스로에게 물었다. '이게 사실이라면, 어째서 이것이 나를 화나게 만드는 것일까?' 이런 과정을 몇 번씩 되풀이하면서 그는 자동적 사고를 줄줄이 떠올렸고, 결국 문제를 일으키는 암묵적 가정을 밝혀낼 수 있었다. 수직 화살표 방식은 마치 양파 껍질을 계속 벗기는 것과 같다. [표 10-2]에서 볼 수 있듯이 이 기법은 매우 간단명료하다.

**| 표 10-2 | 수직 화살표 기법으로 자동적 사고를 일으키는 암묵적 가정 밝혀내기**

수직 화살표 아래에는 다음과 같은 질문을 기록한다. '이 생각이 사실이라면, 왜 화가 나는 것일까? 어떤 의미가 있기에 그러할까?' 이것은 자동적 사고를 기록할 때 자신에게 하던 질문일 것이다. 이렇게 자동적 사고의 연쇄를 이어나가면 문제의 근본 원인에 이르게 된다.

| 자동적 사고 | 이성적 대응 |
|---|---|
| 1. B박사는 아마 내가 엉터리 치료사라고 생각하는 모양이야.<br>↓<br>B박사가 정말 그렇게 생각한다고 하자고. 그렇다고 내가 화가 나는 이유는 뭘까? | |
| 2. B박사는 전문가니까 그분이 그렇게 말했다면 나는 엉터리 치료사가 맞겠지.<br>↓<br>내가 엉터리 치료사라고 하자고. 그런데 그게 나에게 무슨 의미지? | |
| 3. 그것은 내가 철저한 패배자라는 의미야. 내가 쓸모없는 존재라는 것이지.<br>↓<br>내가 쓸모없는 존재라고 해. 그런데 그게 무슨 문제가 된다는 거지? 그게 나에게 무슨 의미지? | |
| 4. 소문이 퍼져 내가 형편없는 사람이라는 걸 모두 알게 될 거야. 그러면 아무도 나를 존중해주지 않겠지. 의사 사회에서 쫓겨날 테고, 다른 주로 옮겨야겠지.<br>↓<br>그게 나에게 무슨 의미지? | |
| 5. 쓸모없는 존재라는 거지. 비참한 기분에 사로잡혀 죽고 싶을 거야. | |

4부. 우울장애 예방과 인격 성장

이 수직 화살표 기법이 앞에서 자동적 사고를 기록할 때 흔히 이용한 방식과 정반대임을 알아차렸을 것이다. '두 칸 기법'은 자동적 사고가 왜곡되고 타당하지 않은 이유를 보이기 위해 그것을 이성적 대응으로 대체하는 방식을 취한다(〔표 10-1〕 참조). 이 기법은 먼저 우리의 사고 유형을 변화시켜 삶을 더 객관적으로 바라보게 하고 기분도 좋아지게 만든다. 한편 수직 화살표 기법에서는 왜곡된 자동적 사고가 완전히 타당하다고 가정하고, 그 안에서 진실한 조각을 찾는다. 이렇게 하면 문제의 핵심을 꿰뚫을 수 있다.

이제 〔표 10-2〕에 아트가 기록한 자동적 사고의 연쇄를 살펴보며 자문해보자. 아트의 불안, 죄의식, 우울장애를 자아내는 암묵적 가정은 무엇인가? 몇 가지가 있다.

1. 누군가 나를 비판한다면, 그들의 말은 반드시 옳다.
2. 나의 가치는 내가 성취한 것에 따라 결정된다.
3. 단 한 번의 실수로 모든 것이 무너진다. 매번 성공을 거두지 못하면 나는 결국 아무것도 아니다.
4. 나의 불완전함을 남들은 용납하지 않을 것이다. 다른 사람의 존경과 사랑을 받으려면 완벽해야 한다. 실수를 하면 심한 비난을 받고 벌도 받을 것이다.
5. 이때 비난을 받는 것은 내가 나쁘고 쓸모없는 존재라는 뜻이다.

일단 자동적 사고의 연쇄를 만들어서 암묵적 가정을 밝혀냈다

## | 표 10-3 | 자동적 사고를 이성적 대응으로 대체하기

아트가 수직 화살표 기법을 이용해 적어놓은 자동적 사고의 연쇄. 아트는 인지왜곡을 확인하고 이것을 더 객관적인 대응으로 대체할 수 있었다.

| 자동적 사고 | 이성적 대응 |
|---|---|
| 1. B박사는 아마 내가 엉터리 치료사라고 생각하는 모양이야.<br>↓<br>B박사가 정말 그렇게 생각한다고 하자고. 그렇다고 내가 화가 나는 이유는 뭘까? | 1. B박사가 나의 잘못을 짚어주긴 했지만, 그렇다고 해서 나를 '엉터리 치료사'로 생각한다는 근거는 될 수 없어. 직접 박사님의 의견을 물어봐야겠어. 지금까지 박사님은 나를 여러 번 칭찬해주었고, 내 재능이 뛰어나다고 했잖아. |
| 2. B박사는 전문가니까 그분이 그렇게 말했다면 나는 엉터리 치료사가 맞겠지.<br>↓<br>내가 엉터리 치료사라고 하자고. 그런데 그게 나에게 무슨 의미지? | 2. 치료사로서 나의 구체적 강점과 약점에 대해서는 전문가만이 찾아낼 수 있어. 아무개가 나를 '엉터리'라고 낙인찍는다고 해도 그런 말은 추상적이고 소모적이고 쓸데없어. 나는 그동안 대부분의 환자를 성공적으로 치료해왔어. 그러니까 누가 나를 '엉터리'라고 하더라도 그건 진실일 리 없어. |
| 3. 그것은 내가 철저한 패배자라는 의미야. 내가 쓸모없는 존재라는 것이지.<br>↓<br>내가 쓸모없는 존재라고 해. 그런데 그게 무슨 문제가 된다는 거지? 그게 나에게 무슨 의미지? | 3. 지나친 일반화 설사 내가 치료사로서 상대적으로 서툴고 유능하지 않다고 해도, '완전한 실패자'라거나 '엉터리'라고 할 수는 없어. 나는 내 직업 외에 다른 분야에 관심이 많고 장점이 많으며 높은 소양을 지니고 있잖아. |
| 4. 소문이 퍼져 내가 형편없는 사람이라는 걸 모두 알게 될 거야. 그러면 아무도 나를 존중해주지 않겠지. 의사 사회에서 쫓겨날 테고, 다른 주로 옮겨야겠지.<br>↓<br>그게 나에게 무슨 의미지? | 4. 이건 말도 안 돼. 실수를 했다고 해도 고칠 수 있잖아. 한 번 실수했다고 해서 동네방네 '소문'이 퍼지는 것은 아니야! "유명 정신과 의사, 실수하다"라고 신문 톱기사로 내기라도 할 거야, 뭐야? |

| | |
|---|---|
| 5. 쓸모없는 존재라는 거지. 비참한 기분에 사로잡혀 죽고 싶을 거야. | 5. 누군가 내 의견에 반대하고 비난한다고 해서 내가 쓸모없는 사람이 되는 것은 아냐. 왜냐하면 나는 쓸모없는 존재가 아니니까. 내가 쓸모없는 존재가 아니라면 당연히 가치 있는 사람일 수밖에 없어. 그러니 비참한 심정을 느낄 게 뭐 있어? |

면, 앞에서 그랬듯이 왜곡을 짚어내고 이성적 대응으로 대체하는 것이 중요하다(〔표 10-3〕 참조).

수직 화살표 기법은 귀납적이며 소크라테스적이라는 점에서 매력적이다. 깊이 생각해 질문하는 과정을 통해서 자신을 좌절시키는 믿음을 스스로 찾아낼 수 있다. 깊은 생각에서 나온 질문을 거듭 던짐으로써 문제의 근원을 찾아낸다. '이 부정적 생각이 진실이라면, 그것은 나에게 무슨 의미일까? 그렇다고 화가 나는 이유는 무엇일까?' 이렇게 하면 일부 치료사의 주관적 편견이나 개인적 신념, 이론 등에 의존하지 않고도 객관적이면서 체계적으로 문제의 근원에 이를 수 있다. 정신의학 역사상 유파나 사상을 막론하고 치료사는 대부분 거의 또는 전혀 입증되지 않은 선입관을 가지고 환자들의 경험을 해석해왔다. 그리고 자신의 원인 진단을 환자가 '받아들이지' 않을 경우, 이것은 '진실'해서가 아니라 환자의 '저항' 때문이라고 말해왔다. 이 교묘한 설명 방식에 따라 환자의 문제는 환자가 말하는 내용과 상관없이 치료사가 설정해놓은 틀 안에 억지로 고정되어버린다. 우리가 겪는 고통에 대한 설명이 다음과 같다면 얼마나 황당하겠는가? 종교 상담사에게 가면 '영적 문제'라하고, 공산주의 사회의 정신과 의사에게 가면 '사회적·정치적·경제적 환경' 때문이라 하고, 프로이트주의 분석가를 찾으면 '내면화된 분노' 탓이라고 하며, 행동주의 치료사를 찾으면 '긍정적 강화의 정도가 낮아서'라고 하고, 약물치료를 선호하는 정신과 의사를 찾으면 '유전적 요인과 뇌 화학물질의 불균형' 때문이라 하며, 가족 치료사에게 가면 '인간관계가 불안해서'라고 하는 상황!

수직 화살표 기법을 이용할 때 주의할 점이 있다. 감정 반응이 포함된 사고를 적는 것은 분석 과정에 누전 사고를 일으킨다. 감정 반응을 불러일으킨 부정적 생각을 적도록 하자. 예를 들어 다음과 같이 적는 것은 잘못이다.

**첫 번째 자동적 사고**: 남자친구가 약속과 달리 주말에 전화를 하지 않았다.

↓

"그런데 이것이 왜 나를 화나게 할까? 그게 나한테 무슨 의미지?"

**두 번째 자동적 사고**: 참을 수 없어. 그래서 힘들어 죽겠어.

이런 식으로 기록하는 것은 소용이 없다. 힘들어 죽겠다는 것은 이미 알고 있는 사실이니까. 문제는 이것이다. 화를 일으키는 마음속에 어떤 생각이 자동으로 떠올랐는가? 남자친구가 자신을 무시했다면, 그것은 어떤 의미인가?

다음과 같이 기록해야 옳다.

1. 남자친구가 약속과 달리 주말에 전화를 하지 않았다.

   ↓ "그런데 이것이 나를 화나게 하는 이유가 무엇일까? 이게 나한테 무슨 의미지?"

2. 그건 남자친구가 나를 무시하고 있다는 얘기야. 정말로 나를 사랑하지 않는다는 거야.

   ↓ "그게 사실이라고 가정하자고. 그런데 그게 나한테 무슨 의미지?"

3. 그건 나한테 뭔가 문제가 있다는 뜻이야. 그렇지 않으면 좀 더 나에게 관심을 쏟을 테니까.

   ↓ "그게 사실이라고 가정하자고. 그런데 그게 나한테 무슨 의미지?"

4. 내가 차일 거라는 뜻이지.

   ↓ "내가 실제로 차인다고 가정하자고. 그다음엔 어떻게 되지? 그게 나한테 무슨 의미지?"

5. 그건 내가 사랑받지 못하는 존재라는 뜻이고, 언제나 남자한테 차이게 마련이라는 뜻이지.

   ↓ "그런 일이 일어난다고 하자고. 그렇다고 왜 화가 나는 걸까?"

6. 그건 내가 홀로 남겨져 비참해진다는 뜻이지.


이렇게 감정이 아니라 의미를 좇음으로써 다음과 같은 암묵적 가정이 분명히 드러났다. (1) 누군가에게 사랑받지 못한다면 나는 무가치한 존재다. (2) 홀로 남겨지면 비참해질 수밖에 없다.

이때 우리의 감정이 중요하지 않다는 뜻은 아니다. 여기서 요점은 참된 것을 찾아내서 타당한 정서 변화를 일으키는 것이다.

## 역기능적 태도 척도

급격한 기분 변화를 일으키는 암묵적 가정을 드러내는 두 번째 기법으로 '역기능적 태도 척도dysfunctional attitude scale'가 있다. 이 기법은 우리 연구진 중 한 사람인 알린 웨이스먼Arlene Weissman 박사가 개발한 것으로, 암묵적 가정을 끌어내는 더 손쉬운 방법이다.

와이즈먼 박사는 기분장애 성향을 보이는 사람에게 흔히 나타나는 자기패배적 태도 100가지를 목록으로 작성했다. 와이즈먼 박사의 연구는, 우울장애의 발병과 다음 발병 사이의 차도를 보이는 기간에는 부정적인 자동적 사고가 극적으로 줄어들지만 자기패배적 믿음은 발병과 호전이 반복되는 동안에도 거의 꾸준히 계속된다는 것을 보여주었다. 이 연구는 암묵적 가정이 우리가 내내 심한 감정 동요에 시달리기 쉬운 상태에 놓여 있음을 보여준다는 견해를 뒷받침한다.

역기능적 태도 척도의 목록은 너무 길어서 이 책에 모두 소개할 수 없다. 나는 그중 흔히 나타나는 태도를 선별하고 거기에다 유용해 보이는 몇 가지를 추가했다. 질문지를 살펴보면서 각각의 태도에 동의하는지 그러지 않는지 표시해보자. 평가를 모두 마치면 답을 보며 점수를 매기고 자신의 개인적 가치체계를 확인해본다. 이 평가 작업을 통해 우리의 심리적 건강함과 취약함이 각각 어느 영역에서 나타나는지 알 수 있다.

질문지에 답을 적는 방법은 아주 간단하다. 35가지 태도를 하나씩 살펴보면서, 자신이 대부분의 시간에 어느 쪽에 가까운지 평가하면 된다. 각 태도마다 반드시 한 가지 답만 표시한다. 우리는 모두 다르기 때문에 각 항목에 '정답'과 '오답'은 없다. 제시한 태도가 자신의 철학을 대표하는지 판단하려면, 자신이 대개 사물을 어떻게 바라보는지 되새겨보면 된다.

| 표 10-4 | 역기능적 태도 척도

| | 매우 그렇다 | 약간 그렇다 | 보통 | 약간 그렇지 않다 | 거의 그렇지 않다 |
|---|---|---|---|---|---|
| 1. 비판은 비판받는 사람을 확실히 화나게 한다. | | | | | |
| 2. 다른 사람을 기쁘게 하려면 자신의 이익을 포기해야 한다. | | | | | |
| 3. 행복해지기 위해서는 남에게 인정받아야 한다. | | | | | |
| 4. 내가 중요하게 여기는 사람이 나에게 어떤 일을 하길 기대한다면 나는 정말로 그 일을 해야 한다. | | | | | |
| 5. 인간으로서 나의 가치는 다른 사람이 나를 어떻게 평가하는가에 달려 있다. | | | | | |
| 6. 다른 사람에게 사랑받지 않고서는 행복할 수 없다. | | | | | |
| 7. 다른 사람이 나를 싫어하면 당연히 덜 행복하게 마련이다. | | | | | |

| | | | | | |
|---|---|---|---|---|---|
| 8. 내가 각별하게 생각하는 사람이 나를 거부하는 것은 나에게 문제가 있기 때문이다. | | | | | |
| 9. 내가 사랑하는 사람이 나를 사랑해주지 않는 것은 내가 사랑받을 만하지 못하기 때문이다. | | | | | |
| 10. 혼자 고립되어 있으면 불행해지게 마련이다. | | | | | |
| 11. 쓸모 있는 사람이 되려면 최소한 한 가지 면에서 확실히 두각을 나타내야 한다. | | | | | |
| 12. 쓸모 있고, 생산적이고, 창의적인 사람이 되지 못한다면 인생은 아무 의미가 없다. | | | | | |
| 13. 뛰어난 아이디어가 있는 사람이 그렇지 않은 사람보다 더 가치 있다. | | | | | |
| 14. 남보다 실적이 좋지 않은 것은 내가 열등한 존재라는 뜻이다. | | | | | |
| 15. 일에서 실패하면 인간으로서도 실패자다. | | | | | |
| 16. 무언가를 잘할 수 없다면 그 일을 하는 것은 의미가 없다. | | | | | |
| 17. 약점을 드러내는 것은 수치스러운 일이다. | | | | | |
| 18. 자신이 맡은 일은 어떤 것이든 최고로 완벽하게 완수해야 한다. | | | | | |
| 19. 실수하면 화가 나는 것이 당연하다. | | | | | |
| 20. 스스로에게 높은 기준을 적용하지 않으면 낙오자가 되어버릴 것 같다. | | | | | |

| | | | | | |
|---|---|---|---|---|---|
| 21. 내가 어떤 것을 얻을 자격이 있다고 강하게 믿으면, 그것을 얻을 수 있는 근거가 생기는 셈이다. | | | | | |
| 22. 원하는 것을 얻으려 할 때 장애를 만난다면 당연히 좌절할 수밖에 없다. | | | | | |
| 23. 나보다 남의 이익을 앞세우면 그들도 내가 필요로 할 때 도와줄 것이다. | | | | | |
| 24. 내가 좋은 남편(아내)이라면 내 배우자는 나를 사랑해주게 마련이다. | | | | | |
| 25. 누군가를 위해 좋은 일을 했다면 그들도 나를 존중하고 대접해줄 것이다. | | | | | |
| 26. 나와 친한 사람들의 감정과 행동에 내가 책임져야 한다. | | | | | |
| 27. 내가 비판한 사람이 화를 낸다면 내가 그 사람을 화나게 했다는 뜻이다. | | | | | |
| 28. 좋은 사람, 쓸모 있는 사람, 도덕적인 사람이 되려면 어려움에 처한 사람을 도와야 한다. | | | | | |
| 29. 어떤 아이의 감정이나 행동에 문제가 있다면, 부모가 어떤 점에서든 잘못하고 있다는 뜻이다. | | | | | |
| 30. 모든 사람을 기쁘게 해주도록 노력해야 한다. | | | | | |
| 31. 나쁜 일이 생겼을 때 내 감정을 다스릴 수 없다. | | | | | |
| 32. 화가 났을 때 그 기분을 바꾸려 하는 것은 소용없다. 화가 난 이유가 있고, 화는 일상생활의 불가피한 부분이기 때문이다. | | | | | |

| 33. 내 기분은 과거의 일, 신체의 화학반응, 호르몬 주기, 바이오리듬, 우연, 운명 등 나의 통제 범위를 벗어난 요인에 의해 좌우된다. | | | | | |
|---|---|---|---|---|---|
| 34. 행복은 주로 나에게 일어난 일들에 따라 좌우된다. | | | | | |
| 35. 성공의 징표(잘생긴 외모, 사회적 지위, 돈이나 명예 등)를 갖춘 사람은 그러지 않은 사람보다 행복하다. | | | | | |

• ⓒ Arlene Weissman, 1978

역기능적 태도 측정표를 채웠으면 총점을 매긴다. 35개 항목에 대한 답의 점수는 아래 표를 참조한다.

| 매우 그렇다 | 약간 그렇다 | 보통 | 약간 그렇지 않다 | 거의 그렇지 않다 |
|---|---|---|---|---|
| -2 | -1 | 0 | +1 | +2 |

## 점수 계산 예

| 가치체계 | 태도 | 각각의 점수 | 총점 |
|---|---|---|---|
| 1. 인정 | 1~5번 | +2, +1, -1, +2, 0 | +4 |
| 2. 사랑 | 6~10번 | -2, -1, -2, -2, 0 | -7 |
| 3. 성취 | 11~15번 | +1, +1, 0, 0, -2 | 0 |
| 4. 완벽주의 | 16~20번 | +2, +2, +1, +1, +1 | +7 |
| 5. 자격 | 21~25번 | +1, +1, -1, +1, 0 | +2 |
| 6. 전능 | 26~30번 | -2, -1, 0, -1, +1 | -3 |
| 7. 자주성 | 31~35번 | -2, -2, -1, -2, -2 | -9 |

4부. 우울장애 예방과 인격 성장

## 실제 자신의 점수 기록하기

| 가치체계 | 태도 | 각각의 점수 | 총점 |
|---|---|---|---|
| 1. 인정 | 1~5번 | | |
| 2. 사랑 | 6~10번 | | |
| 3. 성취 | 11~15번 | | |
| 4. 완벽주의 | 16~20번 | | |
| 5. 자격 | 21~25번 | | |
| 6. 전능 | 26~30번 | | |
| 7. 자주성 | 31~35번 | | |

먼저 5번 항목까지 총점을 계산한다. 이들 항목은 자신의 가치를 남의 의견에 따라, 또는 남의 인정이나 비판을 받는 정도에 따라 판단하는 성향을 측정하기 위한 것이다. 예를 들어 이 항목의 점수가 각각 +2, +1, −1, +2, 0점이라면 총점은 +4다.

이런 식으로 5~10번, 11~15번, 16~20번, 21~25번, 26~30번, 31~35번까지 총점을 계산한 후 표로 만든다. 다섯 개 항목의 각 묶음은 일곱 가지 가치체계를 측정한다. 각 묶음의 총점은 +10에서 −10까지 나타날 수 있다. 이제 일곱 가지 가치체계의 점수를 다음과 같이 '개인 철학 평가' 도표에 그래프로 나타낸다.

이 도표에서 볼 수 있듯이 양수는 심리가 건강한 영역, 음수는 정서가 취약한 영역이다.

예로 제시한 그래프에 해당하는 사람은 인정, 완벽주의, 자격 영역에서는 심리적으로 건강하지만 사랑, 전능, 자주성 영역은 취약

## 점수를 그래프로 나타낸 예

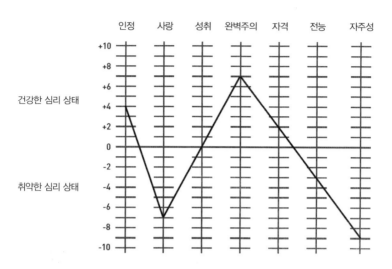

## 자신의 개인 철학 평가 그래프

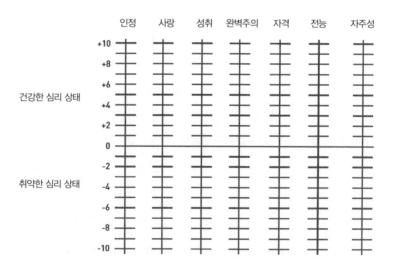

4부. 우울장애 예방과 인격 성장

하다. 각 영역의 개념에 대해서는 앞으로 설명할 것이다. 우선 여러분 자신의 개인 철학 평가를 앞의 빈 도표에다 그래프로 나타내 보자.

## 역기능적 태도 척도 점수 풀이

### 1. 인정

역기능적 태도 척도의 첫 다섯 항목으로 자신에 대한 남들의 반응과 견해에 따라 자존감이 좌우되는 성향이 있는지 확인할 수 있다. 0에서 +10까지 양수가 나왔을 경우, 인정받지 못하거나 비판을 받을 때도 자신의 가치를 건강하게 인식하는 독립적 상태임을 말한다. 0에서 -10까지 음수가 나왔다면, 자신의 가치를 타인의 눈에 맞추어 부여하기 때문에 매우 의존적인 상태임을 보여준다. 이런 사람은 누군가 자신을 모욕하거나 무시했을 때 자동으로 자신을 낮추어보는 성향이 있다. 이런 사람의 정서적 행복은 남의 눈에 자기가 이러저러하게 비칠 거라는 상상에 아주 민감하다. 따라서 남에게 쉽게 휘둘리며, 남들이 자신을 비난하거나 자신에게 화를 낼 때 불안해하고 쉽게 우울감에 빠진다.

### 2. 사랑

두 번째 다섯 항목은 남에게 사랑을 받느냐 여부에 따라 자신의 가치를 평가하는 성향이 있는지 측정한다. 점수가 0이 넘으면 사랑을 바람직한 것으로 여기지만, 사랑 외에도 기쁨과 충족감을 얻을 수 있는 폭넓은 관심 영역을 가진 사람임을 의미한다. 따라서 사랑은 행복과 자존감의 필수 요건이 아니다. 사람들은 건강한 자기애를 발산하고 삶에 관심을 가지는 이런 사람에게 매력을 느낄 가능성이 크다. 이 항목의 총점이 0 이하일 경우 '사랑 중독자'라는 뜻이다. 이런 사람은 사랑을 생존을 위한 '필수 요소'로 여기기 때문에 사랑받지 못하면 불행하다고 느낀다. 점수가 -10점에 가까울수록 사랑에 대한 의존도가 높다. 이런 사람은 자신이 아끼는 이들에게 따돌림당할까 봐 두려워 이들과의 관계에서 열등하고 하찮은 역할을 떠맡는 성향이 있다. 그 결과 남에게 사랑받지 못하면 허물어지는 모습을 보여 상대방은 그를 존중하기보다 오히려 짐으로 여기는 일이 잦다. 그는 사람들이 자신에게서 멀어진다는 생각에 괴로워하고 끔찍한 금단증상에 시달린다. 매일 일정한 애정과 관심을 '주입받아야' 하는데 이제 그럴 수 없다는 사실을 깨닫는 것이다. 이윽고 그는 '사랑을 손에 넣으려는' 강력한 충동에 휩싸이게 된다. 여느 중독자처럼 '원하는 것'을 얻기 위해 강압적이고 교활한 행동까지 서슴지 않는다. 그러나 아이러니하게도 이 강박적이고 탐욕스러운 사랑 중독 때문에 오히려 사람들이 곁을 떠나버리므로 이 사람의 고독감은 더욱 깊어진다.

## 3. 성취

11~15번까지 항목은 또 다른 유형의 중독성을 측정하기 위한 것이다. 총점이 0 이하인 경우 '일중독자'임을 뜻한다. 이 경우 자신

의 인간됨을 좁은 틀로 제한해버린다. 자신을 시장의 상품으로 여기는 것이다. 점수가 낮을수록 자신의 가치를 자각하거나 기쁨을 누리는 능력이 자신이 만들어낸 결과물에 의존한다는 의미다. 휴가 중이거나 사업이 침체기를 겪고 있거나 은퇴했을 때, 병이나 그 밖의 사정으로 활동을 중지했을 때, 정서 파탄의 위험에 빠질 수 있다. 이런 사람은 경제적 곤란과 우울한 감정을 같은 것으로 여긴다. 반대로 점수가 0이 넘을 경우, 창의성과 생산성을 즐기긴 하지만 이것이 자존감이나 만족감을 얻는 유일하거나 필수적인 요소라고는 생각하지 않는다는 뜻이다.

## 4. 완벽주의

16~20번까지 항목에서는 완벽주의 성향을 측정한다. 총점이 0 이하인 경우, 이 사람은 결코 찾을 수 없는 '성배聖杯'를 찾는 일에 중독되어 있다는 의미다. 이 사람은 스스로 완벽하기를 요구한다. 그에게 실수는 금기이며, 실패는 죽음보다 나쁘고, 심지어 부정적 감정을 느끼는 것도 재앙이다. 보고 느끼고 생각하고 행동하는 모든 면에서 언제나 최고를 요구한다. 완벽함에서 조금이라도 모자라면 지옥 불에 탈 것처럼 불안해한다. 스스로를 쉴 틈 없이 내몰지만 그에 비해 만족감은 너무 적다. 어떤 목표를 달성하고 나면 곧바로 더 어려운 목표를 세우기 때문에 정상에 올랐다는 보람은 결코 느끼지 못한다. 결국 그는 어째서 아무리 노력해도 약속된 결실을 맺지 못하는지 의문에 빠진다. 이제 삶은 지루하고 고단한 다람쥐 쳇바퀴 돌기가 된다. 이 사람은 비현실적이고 불가능한 개인적 기준

에 따라 살고 있다. 그러므로 이 기준을 재평가해보아야 한다. 그의 문제는 자신의 실적이 아니라 그 실적을 평가하는 척도에 있다. 현실에 맞는 기대를 하면 좌절감 대신 만족과 보람을 느낄 수 있을 것이다.

총점이 0 이상인 경우, 의미 있고 유연하며 적절한 기준을 설정하는 능력을 갖추었음을 뜻한다. 이런 사람은 일의 진행 과정이나 경험에서 만족을 느끼며, 결과에만 매달리지 않는다. 모든 면에서 뛰어날 필요도, 언제나 '최선을 다할' 필요도 없다. 이런 사람은 실수를 두려워하지 않을 뿐 아니라, 오히려 실수를 통해 뭔가를 배우고 자신이 인간임을 재확인하는 황금 같은 기회로 여긴다. 역설적으로 이런 사람은 완벽주의에 빠진 동료보다 오히려 생산성이 높다. 사소한 것에 지나치게 집착하지 않기 때문이다. 경직된 완벽주의에 빠진 사람의 인생이 빙하 같다면, 이 사람의 인생은 흐르는 강물 같다.

## 5. 자격

21~25번까지는 '자격'에 대한 태도를 측정한다. 총점이 0 이하라면 자신이 성공, 사랑, 행복 등을 '당연히 누릴 자격이 있다'고 느낀다는 의미다. 이런 사람은 자신이 원래 좋은 사람이니까, 또는 열심히 일했으니까 남이나 세상을 향해 자신이 원하는 것을 만족시켜줘야 한다고 기대하고 요구한다. 상황이 그렇지 않을 경우(대부분의 경우 그렇다) 그는 다음 두 가지 반응을 보이는데, 우울감과 무력감에 빠지거나 분노를 터뜨린다. 그 결과 좌절감, 슬픔, 광기

에 엄청난 에너지를 소모해 인생을 쓰라리고 끔찍한 것으로 여긴다. 흔히 요란하게 불평을 늘어놓지만 문제를 해결하려는 행동은 거의 하지 않는다. 남에게 문제를 해결하라고 요구할 자격이 자신에게 있다고 생각하는데 무엇 때문에 스스로 수고하겠는가? 이렇게 씁쓸하고 까다로운 태도 때문에 이 사람이 인생에서 얻는 것은 언제나 자신이 원하는 것에 한참 미치지 못한다.

총점이 0 이상인 사람은 어떤 것에 대해 당연히 자격이 있다고 느끼지 않는다. 따라서 원하는 것을 얻기 위해 협상하고, 결국 대체로 얻어낸다. 모든 사람이 저마다 독특하고 다르다는 것을 알기 때문에 세상이 자신이 원하는 대로 돌아가지 않는다고 해서 그 원인을 자신에게서 찾으려 하지 않는다. 결과가 부정적일 때도 실망은 하지만 비극으로 여기지는 않는다. 인생은 확률 게임과 같아서 늘 완벽한 보상이나 '정확한 대응'을 기대할 수 없다는 것을 알기 때문이다. 이런 사람은 용의주도하고 끈질기며, 절망스러운 상황도 잘 인내한다. 그래서 대개 남보다 앞서 결실을 얻곤 한다.

## 6. 전능

26~30번까지는 자신을 세상의 중심으로 여기며, 그렇기 때문에 주변의 일을 자신이 책임져야 한다고 생각하는 성향을 측정한다. 총점이 0 이하인 사람은 3장과 6장에서 다룬 '개인화' 오류에 쉽게 빠진다. 자신이 통제할 수 없는 타인의 부정적 반응이나 태도에 대해서도 자신을 탓한다. 그 결과 죄의식과 자책에 빠진다. 역설적으로 전능해야 한다는 생각이 오히려 자신을 옥죄어 불안하고 무능

력하게 만든다.

반대로 총점이 0 이상인 사람은 자기가 세상의 중심이 아니라는 것을 인정하고 그에 따른 기쁨을 누릴 줄 안다. 다른 사람을 좌지우지할 수 없으므로 이 사람은 오직 자기 자신에 대해서만 책임을 진다. 이런 태도로 인해 이 사람이 다른 사람들과 멀어지기는커녕 오히려 다른 사람과 우호적인 협력자로 좋은 관계를 맺는다. 남들이 자신의 견해에 동의하지 않거나 충고를 따르지 않아도 그 때문에 흔들리지 않는다. 이런 태도는 주위 사람에게 자유로움과 품위를 느끼도록 해주기 때문에 역설적으로 '인간 자석'이라 할 정도로 흡인력을 발휘한다. 사람들을 자기 맘대로 움직이려는 시도를 전혀 하지 않기 때문에 모두들 이 사람과 가까이 지내고 싶어한다. 자기 견해에 동의해야 한다고 몰아붙이지 않는 덕분에 오히려 사람들은 이 사람의 견해를 경청하고 존중한다. 권력을 추구하지 않으므로 오히려 사람들에게 영향력 있는 사람으로 인정받는다. 자녀, 친구, 동료들과의 관계는 의존성이 아니라 상호성을 기반으로 이루어진다. 그래서 남을 지배하려 하지 않는 사람은 사람들의 찬사와 사랑, 존중을 받는 것이다.

## 7. 자주성

31~35번까지 항목은 자주성을 평가한다. 이것은 자기 안에서 행복을 발견하는 능력을 가리킨다. 총점이 0 이상인 사람에게 기분은 궁극적으로 자신의 생각과 태도의 결과물이다. 기분이란 결국 자신에 의해 만들어진 것임을 알기 때문에 자기 기분에 대해 스스

로 책임진다. 모든 감정이 자기 머릿속에서 만들어진다고 알고 있으므로 외롭고 고립된 삶을 살지 않을까 싶을지도 모른다. 그러나 역설적으로 이러한 자주성 덕분에 마음이 편협함에서 벗어나며, 세상이 베풀 수 있는 모든 만족감, 신비감, 흥미를 맛본다.

총점이 0 이하인 사람은 기쁨과 자존감이 외부에서 온다는 믿음에 사로잡혀 있다. 외부의 모든 것은 자신의 통제 범위 밖에 있으므로 너무 힘겨운 처지에 놓인다. 결국 이 사람의 기분은 외부 요인의 제물이 되어버린다. 정말 이렇게 되기를 원하지 않는다면 이 책에서 알려주는 다양한 방법을 이용해 노력함으로써 뱀이 허물을 벗듯 이런 태도에서 단호히 벗어나야 한다. 그리하여 마침내 자주성과 개인적 책임의 세계로 들어가는 변화를 경험하는 순간, 엄청난 경이로움과 기쁨을 느낄 것이다.

여기서 서술한 여러 가지 태도와 가치체계에 대해서는 다음 장부터 하나하나 구체적으로 살펴본다. 책을 읽으면서 스스로에게 이렇게 물어보자. '이런 믿음을 유지하는 것이 나에게 도움이 될까?' '이런 믿음이 정말 진실하고 타당할까?' '자기패배적이고 비현실적인 태도를 없애고, 그 대신 더 객관적이고 자기향상을 도모하는 태도를 갖추기 위해서는 구체적으로 어떤 단계를 밟아가야 할까?'

# 11.
## 인정 중독

남들이 나를 인정해주지 않으면 끔찍할 것이라는 믿음부터 다시 생각해보자. 남에게 인정받지 못하는 것이 그토록 무서운 이유가 무엇일까? "한 사람이라도 나를 인정해주지 않는다면 모두가 나를 인정해주지 않을 거라는 뜻이니까요. 그건 나한테 문제가 있다는 뜻이에요."

이런 식으로 생각한다면 남에게 칭찬받을 때마다 기분이 한없이 좋아져야 한다. 그러므로 다음과 같이 추론한다. "다른 사람에게 긍정적인 반응을 얻었으므로 나는 나 자신에게 만족을 느낀다."

비논리적인 추론이다. 왜 그럴까? 자신을 기분 좋게 만드는 힘은 바로 자신의 생각과 믿음에서 나온다는 사실을 놓치고 있기 때문이다. 다른 사람이 인정해준다 해도, 그 내용이 타당하다고 우리 스스로 믿지 않는 한 우리 기분에 영향을 줄 힘은 없다. 칭찬을 받았다고 믿을 때, 우리 기분을 좋게 만드는 것은 바로 칭찬을 받았다는 그 믿음이다. 기분이 좋아지는 것을 느끼기 전에 먼저 우리는 외부의 인정이 타당하다고 시인해야 한다. 이러한 시인은 바로 우리 자신의 자기인정을 의미한다.

예를 들어 정신과 병동을 방문했는데 한 망상장애delusional disorder 환자가 다가와 이렇게 말했다고 가정해보자. "놀라운 분이시네요. 하나님께서 제게 어떤 환상을 보여주셨는데, 열세 번째로 문을 열고 들어오는 사람이 특별 사자라는 거예요. 선생님이 바로 열세 번째 방문객이니 선생님은 선택받은 자요, 평화의 왕자요, 거룩한 자 중의 거룩한 자이십니다." 이 과도한 칭송이 우리 기분을 한껏 좋게 만들까? 오히려 신경에 거슬리고 거북할 것이다. 그 환자의 말이 타당하다고 믿지 않기 때문이다. 우리는 그 환자의 평을 불신한다. 자신의 느낌을 좌우하는 것은 자신에 대한 자기 믿음뿐이다. 남들이 나를 좋게 말하든 나쁘게 말하든 나의 감정에 영향을 끼치는 것은 나 자신의 생각뿐이다.

다른 사람의 칭찬이나 인정에 집착하는 사람들은 남의 선택에 좌우되는 성향이 몹시 강하다. 여느 중독과 마찬가지로 인정 중독에 빠지면 따돌림받는 고통을 면하려고 타인의 인정을 구하는 습관을 끊임없이 만족시켜야 한다. 중요하게 여기는 사람에게 비판의 말을 듣는 순간, 마치 마약중독자가 마약을 얻지 못했을 때처럼 고통스러워한다. 이렇듯 취약한 상태에서는 남들에게 쉽게 조종당할 수 있다. 거절당하거나 경멸받는 것이 두렵기 때문에 자신이 원하는 것보다 더 심하게 그들의 요구에 굴복하게 된다. 스스로 감정적 협박의 제물이 되는 것이다.

인정 중독은 자신에게 전혀 도움이 되지 않는데도 불구하고, 여전히 자기 자신의 장단점이나 인간으로서 가치를 평가할 권리가 '남들에게' 있다고 믿는 사람이 있을지도 모른다. 예를 들어 정신과 병동을 두 번째로 방문했다고 해보자. 또 다른 망상장애 환자가 다가와 말한다. "빨간색 윗옷을 입으셨군. 이건 당신이 악마라는 증거야! 당신은 악마야!" 이런 비판과 비난에 기분이 상할까? 물론 그렇지 않다. 어째서 이런 반감을 드러내는 말에도 화가 나지 않을까? 이유는 간단하다. 이 사람의 말이 진실이 아니라고 믿기 때문이다. 자신이 불만스럽다고 느끼려면 다른 사람의 비판을 '수용해야' 한다. 그리고 자신이 실제로 쓸모없다고 믿어야 한다.

어떤 사람이 자신을 인정해주지 않았을 때, 바로 그 사람이 오히려 문제라는 생각을 해본 적은 없는가? 비난은 흔히 비이성적 믿음을 반영한다. 극단적인 예로 "유대인은 열등하다"는 히틀러의 가증스러운 주장에는 그가 말살하고자 한 민족의 내적 가치가 전혀 반영되어 있지 않다.

물론 우리가 정말 잘못해서 남에게 비난받는 경우도 적지 않을 것이다. 그렇다고 해서 우리가 무가치한 존재, 쓸모없는 사람일까? 당연히 아니다. 남들의 부정적 반응은 우리의 인간적 가치가 아니라 우리가 한 어떤 일을 향한 것일 뿐이다. 인간이라면 언제나 잘못만 저지를 수는 없는 것 아닌가!

반대로 생각해보자. 악명 높은 범죄자 중 혐오스럽고 끔찍한 범죄를 저질렀는데도 열광적인 찬미자를 거느린 경우가 의외로 많다. 찰스 맨슨Charles Manson의 경우가 그렇다. 그는 사디즘에 빠진 희대의 살인마로, 적지 않은 추종자가 그를 메시아로 여기며 그가 암시하는 일이라면 무엇이든 할 태세였다. 나는 찰스 맨슨의 찬미자가 아니며, 끔찍한 범죄를 옹호하려는 의도는 더더욱 없다. 다만 이런 질문을 던지고 싶을 뿐이다. 찰스 맨슨 같은 범죄자조차 그의 행위나 말에 거부반응을 보이지 않는 사람이 있는데, 대체 우리가 한 일이 얼마나 나쁘기에 모든 사람에게 거부당한단 말인가? 혹시 아직도 '타인의 인정＝자신의 가치'라는 방정식을 믿고 있는가? 어쨌든 찰스 맨슨은 그의 '패밀리'에게 열렬한 추종을 받았다. 그가 그런 식으로 인정을 받았다고 해서 그가 특별히 가치 있는 사람이 된 것일까? 절대로 그렇지 않다.

다른 사람에게 인정받으면 기분이 좋아지는 것은 사실이다. 이것은 아무 문제도 없는, 당연하고 건전한 반응이다. 비난받고 거부당하는 것이 언제나 쓰리고 불쾌한 경험이라는 것 또한 사실이다. 인간이기에 당연하고, 충분히 이해할 수 있는 반응이다. 그러나 다른 사람의 인정이 자신의 가치를 평가하는 기준이라고 계속 믿는다면, 이는 마치 깊은 소용돌이에 빠져 허우적거리는 것과 같다.

다른 사람을 비판해본 적이 있는가? 친구의 견해에 동의하지 않는다고 말한 적이 있는가? 아이가 잘못된 행동을 해서 야단을 친적이 있는가? 짜증이 나서 애인에게 버럭 고함을 지른 적이 있는가? 자신에게 무례한 행동을 한 사람을 더 이상 가까이하지 않겠다고 마음먹은 일이 있는가? 이처럼 다른 사람에게 견해가 다르다고 말했거나, 그들을 비판했거나, 인정해주지 않은 적이 있다면 이렇게 자문해보자. 혹시 그때 내가 상대방에 대해 완전히 무가치하고 쓸모없는 인간이라며 도덕적으로 최종 판결을 내리지는 않았던가? 우리에게 남에 대해 이렇게 무서운 판단을 내릴 권능이 있단 말인가? 아니면 상대방의 행동이나 말에 대해 견해가 다르고 기분이 상했다는 사실을 그저 밖으로 내보인 것뿐일까?

예를 들어 참을 수 없이 화가 나 배우자에게 이렇게 쏘아붙였다고 하자. "당신은 아무짝에도 쓸모없는 인간이야!" 그런데 하루 이틀 지나 감정이 가라앉자 배우자의 '쓸모없음'을 너무 과장한 것 같다고 스스로 인정한 적은 없는가? 분명 배우자에게 단점이 많을 수도 있다. 하지만 우리가 비판과 비난을 퍼붓는다고 배우자가 완전히 그리고 영원히 쓸모없는 존재가 될까? 정말 말도 안 되는 생각 아닌가? 자신에게는 남의 인생의 의미와 가치를 산산조각 낼 만한 핵폭발 같은 도덕적 권능이 없다고 인정하면서, 어째서 남에게는 자신의 '가치'를 파탄 낼 권능을 주는가? 남들의 인정에 우리를 특별하게 만들어주는 어떤 힘이라도 있는 것인가? 누군가 나를 싫어한다고 해서 두려움에 떨고 있다면, 그 사람의 지혜와 지식을 과대평가하는 동시에 자신을 건전한 판단력이 없는 존재로 과소평가하고 있는 셈이다. 물론 남들이 우리의 말이나 행동에 결점이나 틀린 점이 있다고 지적할 수는 있다. 하지만 이런 지적도 우리 스스로 잘못을 고쳐나갈 수 있기 때문에 해주는 것이다. 어쨌든 우리 모두는 불완전한 존재이므로 다른 사람이 그때그때 그런 부분을 지적해줄 수 있다. 그렇다고 남이 우리를 비난하거나 무시할 때마다 비참해져서 스스로를 증오해야 할까?

## 문제의 근원

이런 인정 중독은 어떻게 시작되었을까? 우리가 어릴 때 소중한 이들과 나눈 관계에 그 답이 있다고 짐작해볼 수 있다. 잘못된 행동을 했을 때 부모가 너무 지나치게 야단을 쳤을지도 모른다. 딱히 잘못을 저지른 것도 아닌데 부모님이 짜증을 냈을 수도 있다. "그런 짓을 하다니, 너는 정말 나쁜 애야!"라고 어머니가 쏘아붙였거나, "넌 언제나 실수투성이야. 무슨 일이든 제대로 하는 법이 없어"라고 아버지가 생각 없이 불쑥 내뱉었을 수도 있다.

어릴 때는 부모를 신 같은 존재로 여기기 십상이다. 부모는 아이에게 말을 가르치고 신발끈 매는 법도 일러준다. 부모가 하는 말은 대부분 옳다. 아버지가 "신호등을 무시하고 도로를 건너다 죽을 수도 있다"라고 말했을 때 이것은 말 그대로 진실이다. 아이들은 부모의 말은 대부분 진실이라고 믿는다. 그래서 "너는 쓸모없는 녀석이야" 또는 "너는 제대로 해내는 게 하나도 없어"라는 말을 들으면 그 말을 그대로 믿고 심한 상처를 입는다. '아버지는 지금 과장과 지나친 일반화의 오류를 범하고 있어'라고 추론하기엔 너무 어리다. 그날 아버지가 유독 피곤해 신경이 곤두섰다거나 술을 마신 탓에 혼자 있고 싶어한다고 깨닫기에는 정서적으로 아직 성숙하지 않았다. 아버지가 화를 벌컥 낸 것이 아버지 때문인지 자신 때문인지도 분간하기 힘들다. 이윽고 철이 들어서 아버지가 틀릴 수 있다는 생각이 들더라도, 온전한 시각으로 세상일을 보려는 시도는 뒤에서 즉각 날아드는 질책에 순식간에 좌절당하고 만다.

이러니 남이 인정해주지 않을 때마다 스스로 자신을 멸시하는 나쁜 습관이 생긴 것도 놀랄 일은 아니다. 이런 버릇이 어린 시절에 형성된 것은 우리 책임이 아니며, 이런 약점을 지닌 채 자란 것도 비난받을 일이 아니다. 그러나 이 문제를 현실적으로 바라보고 이 약점을 이겨내려고 구체적인 조치를 취하는 일은 우리 자신의 책임이다.

인정받지 못할지도 모른다는 두려움이 어떻게 불안과 우울을 낳는 걸까? 쉰두 살의 예의 바른 미혼남인 건축가 존은 평생 남의 비판을 두려워하며 살아왔다. 몇 년간 치료를 받았는데도 증세가 나아지기는커녕 계속 우울장애가 재발하자 나를 찾아왔다. 어느 날 그는 유난히 자신감에 차서 새로운 사업 구상안을 들고 상사를 찾아가 열정적으로 설명하기 시작했다고 한다. 하지만 상사가 도중에 그의 말을 끊었다. "나중에 얘기하세, 존. 지금 내가 바쁜 게 안 보이나?" 존의 자존감은 그 자리에서 무너져버렸다. 겨우 자기 자리로 돌아온 그는 절망과 자기혐오에 빠져 자신은 쓸모없는 존재라고 되뇌었다. '어째서 나는 그렇게 앞뒤 분간도 못하는 거지?'

나는 이 일화를 듣고 존에게 몇 가지 단순 명료한 질문을 던졌다. "나쁜 행동을 한 사람이 누굽니까? 당신입니까, 그 상사입니까? 당신이 정말 예의 없게 굴었나요, 아니면 상사가 무례하고 불쾌하게 굴었나요?" 존은 잠시 생각에 잠기더니 진짜 나쁜 사람이 누군지 제대로 답을 찾아냈다. 무슨 일이 생기면 자동으로 자신을 탓하는 습관 때문에 상사가 무례하게 행동할 수도 있다는 생각을 이제껏 떠올리지 못한 것이다. 자신의 행동에 한 점 부끄러움이 없다는 사실을 퍼뜩 깨닫자 그는 안도감을 느꼈다. 냉담한 성격의 상사가 그날따라 스트레스에 시달려서 바람직하지 않은 반응을 보인 게 분명했다.

이번에는 존이 질문했다. "왜 나는 항상 남의 인정을 받으려고 애쓰는 걸까요? 왜 언제나 이 모양일까요?" 그러다 열두 살 때 겪은 일을 기억해냈다. 하나뿐인 남동생이 백혈병으로 오랫동안 투병하다 슬프게도 목숨을 잃었다. 장례식이 끝난 뒤 그는 어머니와 할머니가 침실에서 나누는 이야기를 우연히 듣게 되었다. 어머니는 비통하게 울며 이렇게 말했다. "이제 전 누구를 믿고 살아요? 이제 제 곁엔 아무도 남지 않았어요." 그러자 할머니가 말했다. "쉿, 아래층에 존이 있잖아! 그 애가 듣겠다!"

이 이야기를 하면서 존은 목 놓아 울었다. 어머니와 할머니의 대화를 들었을 때 이렇게 생각했다는 것이다. '난 아무 가치도 없는 아이구나. 우리 집에서는 내 동생만이 소중했어. 엄마는 나를 사랑하지 않아.' 그는 그 대화를 엿들었다는 것을 절대 내색하지 않았고, 이후 줄곧 이렇게 되뇌면서 그 기억을 머릿속에서 지우려 애썼다. '엄마가 나를 사랑하느냐 안 하느냐가 중요한 게 아냐.' 하지만 그는 절박한 심정으로 어머니에게 인정받으려고 노력했다. 반드시 성공해 어머니를 기쁘게 해주려고 몸부림쳤다. 그러면서도 마음속으로는 자신이 쓸모없는 사람이라고, 열등하고 사랑받을 수 없는 존재라고 느꼈다. 잃어버린 자존감을 그는 남들의 찬사와 인정으로 보상받으려 애썼다. 그는 구멍 난 풍선에 바람을 넣으려고 평생 애쓰며 살아온 셈이었다.

그 사건을 돌이켜본 후 존은 거실에서 엿들은 대화에 대한 자신의 반응이 비합리적이었다는 것을 깨달았다. 어머니의 비통함과 허무감은 자식이 죽었을 때 모든 부모가 응당 겪는 자연스러운 과정이었을 뿐이다. 그때 어머니가 한 말은 존과 아무 상관도 없었고, 그저 일시적 우울과 절망에서 비롯된 것이었다.

이 기억을 새로운 시각으로 바라보자 존은 남의 의견과 자신의 가치를 연관 짓는 것이 얼마나 이치에 맞지 않고 자기패배적인지 깨달았다. 아마 여러분도 다른 사람의 인정을 중요하게 여기는 믿음이 얼마나 비현실적인지 이해하게 되었을 것이다. 궁극적으로 우리가, 오직 우리 자신만이 우리를 계속 행복하게 할 수 있다. 다른 누구도 그 일을 대신할 수는 없다. 이제 이 논리를 실행에 옮기기 위한 몇 가지 실천 방법을 살펴보자. 이를 통해 우리는 자아존중감과 자존심을 향한 갈망을 정서적 실체로 바꾸어나갈 수 있다.


## 자립과 자기존중으로 가는 길

### 비용-이익 분석
앞 장의 역기능적 태도 측정표로 파악한 여러 자기패배적 가정을 극복하는 첫 번째 단계는 비용-이익 분석이다. 스스로에게 이렇게 물어보자. '남에게 인정받지 못하면 나의 가치가 떨어진다고 스스로에게 말하는 것의 좋은 점과 나쁜 점은 무엇일까?' 이런 태도의 이로운 점과 해로운 점을 모두 기록하고 나면 좀 더 현명한 의사 결정을 내려 건전한 가치체계를 세울 수 있다.

예를 들어 서른세 살의 기혼 여성 수전은 책임감이 매우 강하고 유능한 일꾼이라 이런저런 위원회의 위원으로 빈번하게 뽑히는 탓에 교회와 지역 봉사활동에 지나칠 정도로 관여하고 있었다. 수전은 새로운 일이 생길 때마다 그 일을 맡을 적임자로 뽑혔고, 그때마다 큰 만족감을 느꼈다. 한편으로는 부담스러운 마음도 있었지만 어떤 요청이 와도 못하겠다는 말을 하기가 두려웠다. 그러면 사람들에게 더 이상 인정받지 못하는 위험을 무릅써야 했기 때문이다. 사람들을 실망시킬까 봐 두려워서 자신의 이익과 욕구를 포기하는 악순환에 그녀는 갈수록 지쳐갔다.

앞 장에서 설명한 역기능적 태도 척도와 수직 화살표 기법을 통해 분석해본 결과, 수전의 잠재의식에 내재된 암묵적 가정 하나가 드러났다. '난 언제나 남이 나에게 기대하는 것을 해야 한다'는 가정이었다. 그런 믿음을 버리기가 쉽지 않을 것 같아 나는 수전에게 비용-이익 분석을 해보라고 권했다([표 11-1] 참조). 인정 중독이 자신에게 끼치는 손해가 이익보다 훨씬 크다는 점이 드러나자 수전은 자신의 인생관을 바꾸는 쪽으로 마음을 크게 열었다. 인정받지 못할지도 모른다는 자기패배적 가정을 확인하고 싶다면 여러분도 이 기법을 한번 활용해보기 바란다. 분명 인격 성장을 위한

## | 표 11-1 | 암묵적 가정을 평가하기 위한 비용-이익 분석 기법

**암묵적 가정** : '나는 언제나 남이 나에게 기대하는 대로 행동해야 한다.'

| 이런 믿음이 주는 좋은 점 | 이런 믿음이 주는 나쁜 점 |
| --- | --- |
| 남의 기대를 충족시켜줄 수 있으면 내가 상황을 주도한다고 느낄 수 있다. 그러면 기분도 좋아진다. | 나한테 최선도 아니고 별로 하고 싶지도 않은 일을 타협 삼아 하게 된다. |
| 남을 기쁘게 하면 편안하고 안전한 기분이 든다. | 이런 가정으로는 인간관계를 검증해볼 수 없다. 내 사람됨이 좋아서 남에게 인정받는 것인지 결코 알 수 없다. 결국 남이 나한테 원하는 것을 해줌으로써 사랑받는 식으로 사람들과 어울릴 수밖에 없다. 나는 노예나 다름없다. |
| 죄의식과 혼란을 피할 수 있다. 내가 하는 모든 행동은 남이 내게 원하는 것이니, 내가 무엇을 원하는지 애써 생각해낼 필요가 없다. | 이런 믿음은 나를 자기네 마음대로 할 수 있는 너무 큰 힘을 남에게 준다. 그들은 나를 인정해주지 않겠다는 협박으로 내게 복종을 강요할 수 있다. |
| 혹시 나 때문에 화가 난 건가, 또는 나를 무시하지는 않을까 염려할 필요가 없다. | 이런 믿음은 내가 정말로 원하는 것이 무엇인지 깨닫기 어렵게 만든다. 나는 나의 이익을 우선시하고, 스스로 결정을 내리는 것에 익숙하지 않다. |
| 갈등을 피할 수 있으며, 굳이 나서서 나를 옹호할 필요도 없다. | 남이 나를 인정해주지 않는 상황이 이따금 어쩔 수 없이 생길 때, 내가 한 어떤 일이 남을 불쾌하게 만들었다고 결론짓고 심각한 죄의식과 우울을 느낀다. 즉 내가 아니라 남의 손에 내 기분이 좌우되도록 내맡기는 것이다. |
| | 남이 나에게 기대하는 것이 언제나 나에게 제일 좋은 것은 아니다. 그들에게도 그들 나름의 이해관계가 있기 때문이다. 나에 대한 남의 기대가 언제나 현실적이고 타당한 것은 아니다. |

다른 사람이 유약하고 상처받기 쉽기 때문에 나에게 기대는 것이고, 내가 실망시키면 그들은 상처 입고 비참해질 것이라는 생각에 빠진다.

남의 분노를 살 위험을 감수하려 하지 않아 내 인생은 정체된다. 나는 변화하고 성장하고 싶은 의욕, 일을 다른 방식으로 처리하고 싶은 의욕을 눌러야 하며, 결국 폭넓은 삶을 경험하지 못한다.

중요한 첫발을 내디딜 수 있을 것이다.

## 가정 고쳐 쓰기

인정받지 못할지도 모른다는 두려움에 득보다는 실이 더 많다는 것을 비용-이익 분석을 통해 알게 되었다면, 두 번째 단계는 자신의 잠재의식에 내재된 암묵적 가정을 고쳐 쓰는 것이다. 이렇게 하면 우리 자신의 암묵적 가정이 좀 더 현실적이고 자기향상적인 것이 된다([표 10-4]에 나오는 역기능적 태도 척도 35개 항목 중 자신이 심리적으로 취약해 보이는 영역에 대해서 '암묵적 가정 고쳐 쓰기'를 할 수 있다). 앞에서 예로 든 수전은 자신의 믿음을 다음과 같이 바꾸었다. '누군가 나를 인정해주면 흐뭇하겠지만, 가치 있는 사람이 되거나 스스로를 자랑스러워하는 데 남의 인정은 필요 없다. 인정받지 못하는 것은 불편한 일이지만, 그렇다고 내가 하찮은 사람이 되는 것은 아니다.'

## 자기존중 청사진

세 번째 단계로, 다음과 같은 제목으로 간략한 글을 써보면 도움이 된다. '인정받지 못하거나 비판받는 것을 두려워하는 것이 어째서 비합리적이고 불필요한가.' 이 세 번째 단계는 독립성과 자주성을 향상시키기 위한 개인적 청사진이 될 수 있다. 인정받지 못하는 것이 불쾌하긴 하지만 치명적이지 않은 이유를 목록으로 만든다. 앞에서 이미 몇 가지 예를 언급했으니 그전에 다시 훑어봐도 좋다. 글로 정리할 때는 정말 확실하고 도움이 될 만한 내용만 선별하도록 한다. 자신이 논증하는 주장을 스스로 믿을 수 있어야 한다. 그래야 새로운 자립심이 현실성 있는 것이 된다. 다만 억지로 합리화하지는 말자! 예를 들어 다음과 같은 말은 왜곡된 것이므로 효과가 없다. "만일 나를 인정해주지 않는 사람이 있다면 그는 친구로 삼을 만한 인간이 못 되기 때문에 화를 낼 필요가 없다." 이것은 다른 사람을 쓸모없는 존재로 깎아내림으로써 자존감을 유지하려는 태도다. 자신이 진실이라고 알고 있는 것에 충실하도록 하자.

새로운 생각이 떠오르면 목록에 추가한다. 몇 주 동안 매일 아침 이 목록을 소리 내어 읽는다. 이 방법은 자신에 대한 타인의 부정적 견해와 비판을 실제 규모로 줄여주는 첫 번째 단계가 될 것이다.

다음은 많은 사람이 효과를 본 몇 가지 생각이다. 자신의 목록을 작성할 때 참조하면 도움이 될 것이다.

1. 누군가 우리에게 부정적 반응을 보일 때, 그 비난의 핵심에는 그 사람의 비합리적인 생각이 깔려 있다는 사실을 명심하자.

2. 설사 비판이 타당하다고 해도, 그 비판이 우리를 파멸로 몰아가지는 않는다. 우리는 실수가 무엇인지 확인하고, 이를 하나씩 고쳐나갈 수 있다. 그렇게 실수를 통해 새로운 것을 배울 수 있다. 실수를 부끄러워할 필요도 없다. 인간이라면 당연히 이따금 실수할 수밖에 없다.

3. 일을 망쳤다고 해서 타고난 실패자가 되는 것은 아니다. 항상 또는 거의 항상 잘못을 저지르는 사람은 없다. 지금까지 살아오는 동안 우리가 해온 수많은 옳은 일을 생각해보자! 더구나 인간은 변하고 성장한다.

4. 다른 사람은 우리의 인간적 가치를 판단할 수 없다. 그들은 다만 우리의 특정 행동이나 말의 타당성이나 가치를 판단할 수 있을 뿐이다.

5. 우리의 행동이 훌륭하든 아니든, 거기에 대한 사람들의 판단은 저마다 다를 것이다. 비난은 들불처럼 순식간에 번질 수 없으며, 한 사람의 거부반응이 다른 사람의 거부반응으로 끝없이 이어질 수도 없다. 그러므로 심지어 상황이 더 악화되고 누군가에게 거부당한다고 해도 완전히 외톨이가 되는 것은 아니다.

6. 인정받지 못하거나 비판받는 일은 대개 불편하다. 그러나 불편함은 언젠가 사라지게 마련이다. 울적해하지 말자. 예전에 즐기던 활동이 있다면, 당장은 해봤자 아무 소용 없다고 여겨지더라도 적극적으로 시도해보자.

7. 비난과 비판은 우리가 '받아들이는' 만큼만 우리의 감정을 동

요시킬 수 있다.

8. 인정받지 못하는 것은 거의 오래가지 못한다. 비판받았다는 이유만으로 그 사람과 우리의 관계가 완전히 끝나는 것은 아니다. 논쟁은 삶의 일부이며, 대개 나중에는 서로 이해하게 된다.

9. 우리가 누군가를 비판한다 해도 그 사람이 진짜 나쁜 사람이라는 의미는 아니다. 그런데 어째서 우리를 판단할 힘과 권리를 남에게 주려 하는가? 우리는 모두 인간일 뿐 대법원 판사가 아니다. 남의 권능을 실제 이상으로 과장하지 말자.

이 밖에 더 있을까? 앞으로 며칠 동안 이것을 주제 삼아 생각을 해보자. 자신의 생각을 종이에 써보자. 인정받지 못함에 대해 자신의 철학을 펼쳐보자. 이 방법이 관점을 바꾸고 자립심을 향상시키는 데 얼마나 도움이 되는지 알고 나면 놀랄 것이다.

## 말하기 기법

인정받지 못함에 대해 다르게 생각하는 법과 더불어 비판하는 사람을 다르게 대하는 법을 배우면 큰 도움이 된다. 첫 단계로 6장에서 설명한 무장해제 기법 같은 효과적인 방법을 다시 한번 살펴보자. 그리고 비난에 대처하는 능력을 향상시킬 수 있는 몇 가지 기법을 더 알아보자.

무엇보다도 남에게 인정받지 못할까 봐 두려워하고 있다면, 그 사람이 정말로 나를 경멸하는지 직접 물어봐야겠다고 생각한 적은 없는가? 실제로 물어본다면 반감은 결국 자신의 머릿속에만 있었다는 사실을 알고 기분 좋게 놀랄 것이다. 용기가 좀 필요한 일이지만 그 효과는 엄청나다.

6장에 나온 펜실베이니아대학교의 정신과 레지던트 아트를 기억하는가? 아트는 자신의 환자 중 한 사람이 자살을 감행하리라고는 전혀 예상하지 못했다. 그 환자는 우울장애 병력도 증후도 없었지만, 견딜 수 없는 결혼생활에 꼼짝없이 갇혀버렸다며 절망하고 있었다. 어느 날 아침, 아트는 자신의 환자가 머리에 총상을 입고 사망한 채 발견되었다는 전화를 받았다. 혹시나 타살일지 모른다는 의심이 일긴 했지만, 사인은 자살로 밝혀졌다. 아트가 이런 식으로 환자를 잃은 것은 처음이었다. 그는 슬픔과 불안을 느꼈다. 이 환자에게 특별히 애착이 갔기 때문에 슬펐고, 지도교수와 동료들이 '실수'와 선견지명 부족을 이유로 자기를 경멸하고 비난할까 봐 두렵고 불안했다. 환자의 죽음에 대해 지도교수와 이야기를 나눈 후 아트는 솔직하게 물었다. "제가 실망스러우시죠?" 하지만 지도교수의 반응에는 거부감이 아니라 따뜻함과 감정이입이 담겨 있었다. 그 역시 젊은 시절 이와 비슷한 힘겨운 일을 겪은 적이 있다는 이야기를 듣고 아트는 마음이 놓였다. 지도교수는 이번 일이 정신과 전문의로서 겪을 수 있는 위기에 대처하는 법을 배울 수 있는 좋은 기회라고 강조했다. 인정받지 못할지도 모른다는 두려움을 이겨내고 사태에 대해 논의함으로써, 아트는 자신이 '오류'를 범했다는 것을 깨달았다. 반드시 임상적으로 우울장애를 앓지 않더라도 '절망감' 때문에 자살할 수도 있다는 사실을 간과한 것이다. 그런 실수를 통해 다른 사람들이 자신에게 완벽함을 요구하거나 모든 환자에게서 성공적 결과를 끌어내기를 기대하지 않는다는 사실 또한 깨달았다.

일이 잘못 풀려 지도교수나 동료들이 그에게 사려 깊지 못하고 무능하다며 비난을 퍼부었다면 어땠을까? 최악의 경우 그는 학교에서 쫓겨났을 것이다. 이제 일어날 수 있는 최악의 상황에 대처하는 몇 가지 전략에 대해 논의해보자.

### 거부당한다고 해도 결코 우리 잘못은 아니다!

몸을 다치거나 재산을 잃는 경우를 제외하면 다른 사람이 우리에게 가할 수 있는 최악의 고통은 '거부'다. 거부당할 수도 있다는 위협은 우리에게 두려움의 원천이다.

거부에는 몇 가지 유형이 있다. 가장 흔하고 분명한 유형은 '사춘기형 거부'다. 물론 이것이 사춘기 또래 사이에서만 일어나는 것은 아니다. 예컨대 호감을 느끼거나 데이트 중인 사람이 있는데 상대방이 자신을 이상형으로 여기지 않는다고 해보자. 어쩌면 외모, 인종, 종교나 성격 따위가 문제가 되었을지 모른다. 아니면 키가 너무 크거나 작아서, 뚱뚱하거나 말라서, 나이가 많거나 어려서, 너무 똑똑하거나 미련해서, 공격적이거나 수동적이어서 등의 이유일 수도 있다. 상대방이 머릿속에 그리는 이상형과 너무 거리가 멀어서 우리를 퇴짜 놓고 냉담하게 등을 돌렸다고 해보자.

그런데 이것이 우리의 잘못일까? 분명 아니다! 상대방은 그저 자신의 주관적 취향에 따라 우리를 거부했을 뿐이다. 딸기파이보다 사과파이를 좋아하는 사람이 있다. 그렇다고 딸기파이가 원래 보잘것없는 음식이라는 말일까? 사람들이 연정을 느끼는 대상은 거의 무한할 정도로 다양하다. 만일 여러분이 우리 문화가 정의하는 '착한 외모'나 매력적인 개성을 지닌 광고 모델처럼 축복받은 사람이라면 데이트 약속을 잡고 짝을 찾는 일이 남보다 쉬울 것이다. 그러나 서로 매력을 느끼는 것과 지속적인 애정 관계로 발전하는 것 사이에는 엄청난 거리가 있으며, 심지어 미남 미녀도 거절당한 경험이 있다는 사실을 알게 될 것이다. 만나는 모든 사람에게 호감을 주는 사람은 아무도 없다.

외모와 개성이 평균이나 평균 이하인 사람이라면, 다른 사람의 호감을 사기 위해 처음 만날 때부터 특별히 더 노력해야 하며 거절당하는 일도 잦을 것이다. 이런 사람은 대인관계 기술이나 타인의 호감을 사는 강력한 비법을 익혀야 한다. 이를테면 이런 것이다. 첫째, 스스로를 경멸하거나 하찮게 여기지 말 것. 자신을 학대하지 말 것. 4장에서 말한 방법을 이용해 자존감을 북돋울 것. 우리가 스스로를 사랑하면 주변 사람은 우리가 뿜어내는 밝은 기운에 감응해 우리와 가까워지고 싶어할 것이다. 둘째, 상대에게 진심 어린 칭찬을 할 것. 상대가 자기를 좋아하는지 싫어하는지 알아내려고 초조하게 주변을 맴도는 대신, 먼저 애정을 표현할 것. 셋째, 상대가 어떤 것에 흥미가 있는지 파악하고 그것에 관심을 보일 것. 상대가 가장 재미있어하는 것을 화제로 삼고 상대의 말에 활기차게 호응해줄 것.

위와 같은 방식으로 인내심을 가지고 계속 노력하면 마침내 자신에게 호감을 느끼는 사람들을 발견할 것이다. 그리고 자신에게도 행복해질 수 있는 능력이 있음을 알게 될 것이다. 사춘기형 거부는 불편한 골칫거리이지만, 그렇다고 세상이 끝나는 것은 아니며 우리 자신의 잘못도 아니다.

이렇게 쏘아붙이는 사람이 있을지도 모르겠다. "아하! 그런데 당신의 태도가 워낙 거슬려서 상대를 질리게 만들기 때문에 거부당하는 경우도 있지 않나요? 예를 들어 당신이 교만하고 자기중심적인 사람이라고 해보죠. 그런 경우는 당신 책임이잖아요." 이것이 바로 두 번째 유형의 거부로, '분노형 거부'라고 부른다. 그러나 다시 한번 말하지만 상대가 화를 내며 퇴짜를 놓더라도 그것 역시 우리 잘못은 아니다.

무엇보다도 우리에게 상대가 좋아하지 않는 점이 있다고 해서 그들이 반드시 우리를 거부해야만 하는 것은 아니다. 그들에게는 다른 선택지가 있다. 우리의 어떤 행동이 싫은지 분명히 말해줄 수도 있고, 신경 쓰지 않고 넘겨버릴 수도 있다. 물론 원한다면 우리를 피하고 거부할 권리, 더 좋은 사람과 어울릴 자유가 그들에게는 있다. 그러나 그렇다고 우리가 근본적으로 '나쁜' 인간이라는 의미는 아니다. 또 모든 사람이 우리를 똑같이 부정적인 태도로 대하는 것도 아니다. 여러분도 어떤 사람과는 충돌을 일으키지만 어떤 사람과는 순식간에 마음이 통하는 경험을 했을 것이다. 이것은 누구의 잘못도 아니다. 인생이 그러할 뿐이다.

지나치게 비판적이거나 자주 화를 내는 등 성격에 결함이 있어서 많은 사람을 질리게 한다면, 표현 방식을 바꾸는 것이 좋다. 그

　　　　　　　　　　　　　4부. 우울장애 예방과 인격 성장

러나 성격적 결함을 이유로 누군가에게 퇴짜를 맞았을 때 스스로를 탓하는 것은 잘못이다. 우리는 모두 불완전한 존재다. 자기 탓을 하거나 다른 사람이 드러내는 적의를 '순순히 받아들이는' 태도는 자기패배적이며 무의미하다.

세 번째 유형은 '조종형 거부'다. 이 경우에는 상대가 우리를 조종하기 위해 관계를 끊거나 거부하겠다고 위협한다. 불만족스러워하는 배우자, 심지어 치료에 진전이 없어 좌절한 심리치료사도 이런 수법을 이용해 우리를 변화시키려 한다. "이러저러하게 해. 그러지 않으면 우리 관계는 끝이야!" 대개 이런 식의 논리를 내세우는데, 남에게 영향력을 행사하기 위해 동원하는 몹시 비이성적이고 자기패배적인 방식이다. 상대를 쥐고 흔들려는 이런 거부는 단순히 문화적으로 습득된 인간관계 대처 유형으로, 대개 효과가 없다. 긴장과 분노를 불러일으키기 때문에 거의 관계를 발전시키지 못한다. 이런 유형이 실제로 보여주는 것은 협박하는 당사자가 좌절을 참아내는 능력이 약하고 인간관계 기술이 서툴다는 사실이다. 그들이 이런 행동을 보이는 것은 우리 탓이 아니며, 이런 식으로 그들에게 조종당하도록 자신을 방치하는 것도 도움이 되지 않는다.

이론적 측면은 이 정도로 해두자. 실제로 상대에게 거부당할 때 우리는 어떻게 말하고 행동해야 할까? 한 가지 효과적인 방법은 역할극을 이용하는 것이다. 좀 더 흥미로우면서도 도전의식을 북돋울 수 있도록 내가 거부자 역할을 맡아 여러분을 상대로 생각해 낼 수 있는 최악의 험담을 퍼부을 것이다. 최근 내 태도로 볼 때 내가 여러분을 거부하고 있는지 묻는 것으로 대화를 시작해보자.

**여러분** 번스 박사님, 그동안 제게 냉담하게 거리를 두신다고 느꼈습니다. 저를 피하시는 것 같아요. 이야기를 나누려 할 때마다 저를 무시하거나 쌀쌀맞게 대하셨어요. 혹시 저에게 화가 나신 건가요, 아니면 저와 관계를 끊으려는 건가요?

**평가:** 여러분은 내가 여러분을 거부한다고 비난하지 않는다. 만일 비난당하면 나는 스스로를 방어하려 들 것이다. 게다가 나는 여러분을 거부하고 있지 않을 수도 있다. 예를 들어 내 책이 전혀 팔리지 않아서, 또는 그냥 짜증이 나서 그런 반응을 보인 것일 수도 있다. 내가 여러분을 내치려 한다는 최악의 상황을 가정해 연습해보자.

**데이비드** 솔직히 얘기를 나누니 편하군요. 사실은 당신을 내치기로 결정했습니다.
**여러분** 왜요? 제가 정말 박사님을 많이 힘들게 했나 보군요.
**데이비드** 당신은 쓰레기입니다.
**여러분** 저한테 화가 나셨군요. 제가 정확히 무엇을 잘못했나요?

**평가:** 여러분은 자신을 방어하려 하지 않는다. 자신이 '쓰레기'가 아니라는 것을 잘 알기 때문에 쓰레기가 아니라고 굳이 나에게 주장하는 것은 의미가 없다. 그럴 경우 내 분노를 돋워서 대화는

곧바로 소리 지르기 시합으로 악화될 것이다(6장의 '감정이입 기법' 참조).

**데이비드** 당신과 관련된 모든 것에서 악취가 나요.

**여러분** 좀 더 구체적으로 말씀해주시겠어요? 제가 탈취제를 깜빡 잊고 안 썼나요? 제 말투가 기분 나쁜가요, 아니면 얼마 전 제가 한 말 때문인가요? 그것도 아니면 제 옷차림 때문인가요?

**평가:** 이번에도 여러분은 논쟁의 유혹을 이겨내고 있다. 내가 여러분의 어떤 점을 싫어하는지 구체적으로 말해달라고 함으로써 여러분은 나의 가장 큰 무기를 써버리게 유도하고 있다. 그렇게 해서 내가 무언가 의미 있는 이야기를 하도록 만들거나 스스로 어리석음을 깨닫도록 하는 것이다.

**데이비드** 음, 당신이 지난번에 나를 무시해서 기분이 상했어요. 당신은 나한테 전혀 신경을 써주지 않아요. 당신한테 나는 사람이 아니라 그냥 '물건'일 뿐이죠.

**평가:** 이것은 상투적인 비난이다. 내가 본래 여러분을 좋아하지만 박탈감을 느끼고 있으며 여러분을 잃을까 봐 두려워한다는 사실을 알려준다. 나는 흔들리는 자존감을 지키기 위해 여러분을 마구 몰아세우기로 한 것이다. 너무 멍청하다거나 너무 뚱뚱하다거나 너무 이기적이라는 말을 할 수도 있다. 비난의 내용이

무엇이든 이때 여러분이 취해야 할 전략은 두 가지다. 첫째, 상대의 비판에서 일말의 진실을 발견하고, 부분적으로는 거기에 동의한다고 상대에게 알린다(6장 '무장해제 기법' 참조). 둘째, 실제로 잘못한 일이 있다면 사과하고, 적극적으로 고치도록 노력하겠다고 한다(6장 '소통과 협상' 참조).

**여러분** 박사님에게 상처를 주었다니 정말 미안합니다. 그런데 제가 어떤 말을 했나요?

**데이비드** 내가 형편없는 멍청이라면서요? 당신은 어쩔 도리가 없어요. 이제 끝내지요.

**여러분** 제가 얼마나 무례하고 상처 주는 말을 했는지 알겠습니다. 그 밖에 또 박사님의 기분을 상하게 한 말은 없었나요? 그것뿐인가요? 아니면 그런 말을 여러 번 했나요? 저한테 나쁜 점이 있다면 다 말씀해주세요.

**데이비드** 당신은 어디로 튈지 몰라요. 달콤한 설탕처럼 상냥하다가도 느닷없이 독설을 퍼부으며 나를 난도질하죠. 이성을 잃으면 입 더러운 돼지처럼 돌변합니다. 못 참겠어요. 그런 당신을 다른 사람들은 어떻게 견디는지 모르겠어요. 당신은 잘난 체하고, 교만하고, 자기밖에 모르는 이기적인 인간이죠. 이제 당신도 정신을 차리게 따끔한 맛을 볼 때가 됐어요. 당신을 깔아뭉개서 유감스럽게 됐네요. 그렇지만 당신도 알아야 해요. 당신은 자기만 생각할 뿐 남에 대해서는 전혀 느끼는 게 없는 사람이에요. 우리 사이는 이제 영원히 끝입니다!

**여러분** 아, 우리 사이에 미처 깨닫지 못한 문제가 숱하게 있군요. 제가 정말 큰 실수를 한 것 같아요. 제가 얼마나 짜증나고 무례하게 행동했는지, 박사님에게 얼마나 불쾌하게 대했는지 알겠어요. 혹시 그런 점이 또 있다면 터놓고 말씀해주세요.

**평가:** 여러분은 내게서 부정적인 평가를 계속해서 끌어내고 있다. 방어적 태도를 취하는 대신 내 말에서 일말의 진실을 계속 찾아내고 있다. 비판을 모두 쏟아내게 하고 그중 진실인 것에 동의하고 나면, 이제 여러분은 내가 띄우는 풍선에 곧장 날카로운 화살을 날릴 준비가 된 셈이다. 자신의 부족한 점을 인정하고 그것을 고치겠다고 분명히 한 뒤, 왜 자신을 거부하는지 묻는다. 이러한 전략으로 어째서 다른 사람의 거부가 여러분 탓이 아닌지 알 수 있을 것이다! 여러분은 자신이 저지른 실수를 인정하고 고칠 책임이 있다. 그러나 여러분에게 부족한 점이 있다는 이유로 어떤 사람이 여러분을 거부한다면, 잘못은 바로 그 사람에게 있다! 이 방법이 어떻게 효과를 발휘하는지 다음을 보자.

**여러분** 제가 그동안 박사님에게 얼마나 무례하게 굴었는지 이제 알겠어요. 문제를 개선하기 위해 최대한 노력하겠습니다. 기적을 장담할 순 없지만 함께 노력하면 개선해나가지 못할 리가 없겠지요. 이렇게 이야기만 나눴을 뿐인데도 벌써 의사소통이 더 잘되고 있잖아요. 그런데 왜 저를 거부하시려는 거죠?

**데이비드** 당신이 나를 너무 화나게 하니까요.

**여러분** 음, 때로는 사람들끼리 의견 차이가 생기게 마련인데, 그렇다고 해서 우리 사이가 파탄 나야 한다고는 생각하지 않아요. 그러니까 제가 화나게 해서 저를 거부하기로 작정하셨다는 건가요?

**데이비드** 당신은 쓰레기예요. 당신하고는 두 번 다시 말하고 싶지 않아요.

**여러분** 그렇게 생각하신다니 안타까워요. 기분이 상하셨겠지만 그래도 우리 관계를 계속 유지하면 좋겠어요. 완전히 끝낼 필요가 있을까요? 진작에 이렇게 대화를 나눴으면 서로를 더 잘 이해했을 텐데 말이죠. 박사님이 저를 거부하기로 결심하신 이유를 정말로 모르겠어요. 솔직한 이유를 말씀해주실 수 없나요?

**데이비드** 아, 싫습니다! 아무리 그래도 당신한테 안 넘어가요. 당신은 그동안 너무나 자주 실수를 저질렀어요. 그러니 이제 그만해요! 더 이상 기회는 없어요! 잘 가세요!

**평가:** 이제 누구의 잘못인지 판별할 수 있지 않을까? 여러분인가, 아니면 여러분을 거부한 사람인가? 일이 이 지경에 이른 것은 누구 탓인가? 어쨌든 여러분은 잘못을 고칠 테니 관계를 유지하자고 제안하면서 솔직한 대화와 타협을 시도했다. 그런데 어떻게 여러분이 비난받을 수 있겠는가? 분명 여러분이 비난받을 일은 없다.

위와 같은 접근법이 당장에 모든 거부를 막아주지는 못할 수도 있다. 하지만 머지않아 긍정적인 결과를 낳을 가능성이 높다.

## 인정받지 못하거나 거부당한 상처에서 회복하기

타인과의 관계를 개선하려고 노력했는데도 사실상 인정받지 못하거나 거부당했다고 해보자. 이때 일어나는 감정 동요를 어떻게 하면 가장 빨리 극복할 수 있을까? 먼저 삶은 계속 이어진다는 사실을 인식해야 한다. 그러므로 실망스러운 작은 일 하나로 우리의 행복을 영원히 손상시켜서는 안 된다. 거부당하거나 인정받지 못했을 때 우리의 기분을 상하게 하는 것은 바로 우리 생각이다. 그러니 이런 생각과 맞서 싸우고 왜곡된 자기학대에 굴복하기를 완강히 거부한다면 감정 동요는 사라질 것이다.

사랑하는 이를 잃은 뒤 오랫동안 슬픔을 겪는 사람들에게 도움이 돼온 방법이 이 경우에도 상당히 도움이 된다. 가족과 사별했을 때 매일 일정한 시간을 정해놓고 고통스러운 기억과 세상을 떠난 이와의 추억에 잠기면 슬픔을 더 빨리 극복하고 끝마칠 수 있다. 이 방법은 혼자 할 때 가장 효과가 좋다. 다른 사람의 동정은 오히려 역효과가 난다. 몇몇 연구 결과에 따르면 다른 사람의 동정은 오히려 슬픔에 잠겨 힘겨워하는 기간을 늘린다고 한다.

거부당하거나 인정받지 못했을 때 이 '슬퍼하기' 방법을 써보자. 매일 한두 번씩 시간을 정해서(한 번에 5~10분) 슬프고 화나고 절망스러운 온갖 생각을 마음껏 하는 것이다. 슬픔을 느끼면 소리 내어 운다. 미칠 것 같으면 베개를 두드려 팬다. 정해둔 시간 내내 고통스러운 기억과 생각에 푹 잠겨 있도록 한다. 불평하고 신음하고 하소연하기를 멈추지 않는다. 계획한 슬픔의 시간이 끝나면 '동작 그만'을 하고 다음번 통곡 시간까지 일상생활을 해나간다. 만일 그 사이에 부정적인 생각이 떠오르면, 앞에서 배운 대로 글로 적고 왜곡을 찾아내어 이성적 대응으로 대체한다. 이 방법을 실천에 옮기면 절망과 낙담을 어느 정도 다스릴 수 있을 것이고, 예상보다 빨리 자존감을 완전히 회복할 것이다.

## '내면의 등불' 켜기

정서적 깨우침에 이르는 열쇠는, 자신의 기분에 영향을 끼칠 수 있는 것은 자신의 생각뿐임을 아는 것이다. 인정 중독에 걸린 사람은 누군가 등불을 들어 자신을 비출 때만 내면의 스위치를 켜는 나쁜 습성을 가지고 있다. 이 두 사건이 거의 동시에 일어나기 때문에 자신을 스스로 인정하는 것과 남들의 인정을 혼동하는 것이다. 그래서 자신을 기분 좋게 만드는 존재는 남이라고 잘못된 결론을 내린다! 찬탄과 칭찬의 말을 이따금 즐기는 정도라면 스스로를 인정할 줄 안다는 증거다! 그러나 인정 중독자는 자기가 존중하는 사람이 먼저 인정해줄 때만 스스로를 인정하는 자기패배적 습관을 계속 길러온 셈이다.

　이런 버릇을 없앨 수 있는 간단한 비결이 있다. 앞에서 말한 손목 계수기를 구해 적어도 2~3주 정도 차고 다닌다. 그리고 매일 자신의 긍정적인 면, 외부의 보상이 있든 없든 자신이 잘한 일이 있는지 알아내려고 노력한다. 그리고 스스로 인정할 만한 일을 했을 때마다 계수기를 누른다. 예를 들어 아침에 직장 동료에게 따뜻한 미소를 건네고 나서 손목 계수기를 누른다. 이때 동료가 얼굴을 찌푸리든 미소로 화답하든 상관없다. 오래 미뤄온 전화를 걸었다면 마찬가지로 계수기를 누른다! 큰일이든 하찮은 일이든 자신을 '인정할' 수 있다. 오래전에 한 좋은 일을 떠올렸을 때도 누른다. 예를 들어 운전면허를 딴 날이나 처음 직장에 출근한 날을 기억해도 좋다. 긍정적인 감정을 느꼈느냐 아니냐와 상관없이 계수기를 누른다. 처음에는 자신의 좋은 점을 억지로 찾아야 할지도 모르고, 그래서 기계적이라고 여겨질 수도 있다. 그래도 끈질기게 계속한다. 그러다 보면 며칠 안에 내면의 등불이 처음에는 희미하게 반짝이다 이윽고 점점 밝게 빛나는 것을 느낄 것이다. 매일 밤 계수기의 숫자를 확인하고 일일 기록표에 총점을 기록한다. 1~2주 지나면 자기존중의 기술을 익히기 시작할 것이고, 자신이 훨씬 더 자랑스러워질 것이다. 이 간단한 과정은 자립과 자기인정을 향해 내딛는 커다란 첫걸음이 될 수 있다. 손쉬워 보이는 이 방법은 실제로도 쉽다. 그렇지만 놀라울 정도로 효과가 강력하며, 약간의 시간과 노력을 기울이는 것만으로 엄청난 보상을 맛볼 수 있다.

# 12.
## 사랑 중독

　인정받지 못함에 대한 두려움은 흔히 다음과 같은 또 다른 암묵적 가정과 밀접한 관련이 있다. '내가 이성에게 사랑받지 못한다면 난 진정으로 행복하고 만족스러운 인간이 될 수 없어. 궁극적으로 행복하려면 진정한 사랑이 꼭 필요해.'

　이처럼 행복감을 느끼기 위해 사랑을 요구하거나 필요로 하는 것을 '종속'이라고 한다. 이런 종속 상태에 빠지면 우리는 자신의 감정을 스스로 책임질 수 없게 된다.

## 사랑 중독의 단점

사랑을 받는 것은 절대적으로 필요할까, 아니면 선택 사항일까? 로베르타는 서른세 살의 독신 여성이다. 그녀는 '커플들 세상이야. 남자친구가 없는 나는 아무런 가치도 없어'라고 생각하면서, 저녁이나 주말이면 자신의 아파트 안에서 맥없이 서성거리곤 했다. 나를 찾아왔을 때 그녀의 옷차림은 아주 멋졌다. 하지만 그녀의 입에서 나오는 말은 신랄하기 짝이 없었다. 로베르타는 분하고 억울해서 어쩔 줄 몰라 했다. 그녀는 사랑받는 것은 공기만큼이나 중요하다고 확신하고 있었다. 그런데 정작 그녀가 지나치게 사랑에 목말라하고 심지어 탐욕스럽기까지 하자 오히려 사람들은 그녀를 피해 달아나버렸다.

나는 그녀에게 '남자친구(또는 여자친구)가 없다면 나는 아무런 가치도 없어'라는 믿음의 장점과 단점을 목록으로 작성해보라고 제안했다. 로베르타의 목록에서 단점은 분명했다.

1. 나는 애인이 없기 때문에 이런 믿음이 나를 낙담하게 만들어.
2. 게다가 이런 믿음은 내가 어떤 일을 하거나 어떤 곳에 가고자 하는 의욕마저 앗아가버려.
3. 이런 믿음은 나를 게으르게 만들어.
4. 이런 믿음은 자기연민의 감정을 불러일으켜.
5. 이런 믿음은 내게서 자부심과 자신감을 앗아가. 그리고 다른 사람들을 시기하게 만들고 나를 고통스럽게 해.
6. 마지막으로 이런 믿음은 자기패배적 감정과 혼자 남겨질 거

라는 끔찍한 두려움을 안겨줘.

그런 다음 로베르타는 행복해지기 위해서는 사랑받는 것이 반드시 필요하다는 믿음의 장점을 열거했다.

1. 이런 믿음이 나에게 삶의 동반자와 애정, 그리고 안정을 가져다줄 거야.
2. 이런 믿음이 나에게 삶의 목표와 살아갈 이유를 가져다줄 거야.
3. 이런 믿음 덕분에 내가 고대하는 일들이 실제로 일어날 거야.

위에 열거한 장점은 스스로에게 자신은 남자 없이 살아갈 수 없다고 말하면 어느 날 삶의 동반자가 자기 앞에 짠 나타날 것이라는 로베르타의 믿음을 잘 보여준다.

이런 장점은 진짜일까, 허구일까? 로베르타는 오랫동안 자신은 남자가 없으면 존재할 수 없다고 믿어왔지만 그런 태도가 멋진 동반자를 데려다주지는 않았다. 그녀가 자신의 삶에서 남자의 의미를 아무리 중요하게 여기더라도 남자가 마법처럼 문 앞에 나타나는 것은 아니라는 점을 로베르타도 인정했다. 집착이 심하고 종속적인 사람들은 흔히 타인에게 너무 많은 관심을 요구하고 애정에 목말라하는 것처럼 보이며, 그래서 이성을 만나도 매력적으로 보이기 힘들 뿐 아니라 계속 관계를 유지하기도 어렵다는 점 또한 인정했다. 로베르타는 자기 내면에서 행복을 발견하는 사람이 일반적으로 이성에게 호감을 주며 매력적이라는 사실을 알아차릴 수 있었다. 그런 사람은 평화롭고 즐거움을 자아내기 때문이다. 역설적으로 종속적인 여자는, 그러니까 남자에게 중독된 여자는 평생 독신으로 사는 경우가 많다.

이는 별로 놀라운 사실이 아니다. 자신이 가치 있다고 느끼기 위해 다른 누군가가 '필요하다'고 주장한다면 다음과 같이 떠들고 다니는 셈이다. "나를 데려가세요! 나는 아무런 가치가 없어요! 이런 나 자신을 도저히 참을 수 없답니다!" 여러분 앞에 아무도 나타나지 않더라도 놀라지 마라! 물론 말로는 표현하지 않은 다음과 같은 요구 역시 사람들의 환심을 전혀 사지 못한다. '당신에겐 반드시 나를 사랑해야 할 의무가 있어. 그러니까 나를 사랑하지 않는다면 당신은 쓰레기나 마찬가지야!'

또는 자신이 독립적으로 살아가는 데 성공하면 다른 사람들이 자신을 타인을 거부하는 사람으로 여길 것이고, 결국 자신은 혼자가 될 것이라는 잘못된 생각 때문에 종속에 집착할 수도 있다. 이런 두려움을 느끼는 사람은 종속과 친밀함을 같은 것이라고 생각한다. 그러나 이는 전혀 사실이 아니다. 외롭고 종속적인 사람들은 당연히 받을 권리가 있다고 믿는 사랑을 박탈당했다고 느끼기 때문에 분노와 원망에 휩싸인다. 그리고 이러한 태도는 자신을 더욱 고립시킨다. 더 독립적이 된다고 반드시 혼자가 되어야만 하는 것은 아니다. 다만 혼자 있더라도 행복하다고 느낄 능력을 갖추었을 뿐이다. 독립적이 되면 될수록 감정은 더 안정된다. 더불어 다른 사람의 손에 휘둘려 기분이 오르내리는 경우도 없어진다. 누군가가 우리에게 느끼는 사랑의 정도는 예측하기가 매우 어렵다. 우리의 모든 것을 마음에 들어하지 않을 수도 있고, 늘 애정 어린 태도로 대하지 않을 수도 있다. 만일 자신을 사랑하는 법을 배우고자 하는 의지가 있고, 이를 실천에 옮긴다면 한층 믿음직하고 변함없는 자존감의 원천을 갖출 수 있을 것이다.

이렇게 되기 위한 첫 번째 단계는 자신이 독립성을 원하는지 아닌지 알아내는 것이다. 목표가 무엇인지 이해한다면 그 목표를 달성할 가능성은 훨씬 커진다. 로베르타가 종속성에 빠지면 공허한 존재로 살아갈 수밖에 없다는 사실을 깨달은 것도 이 단계를 거친 덕분이었다. 아직도 종속이 바람직하다는 생각을 버릴 수 없다면 '두 칸 기법'을 이용해 종속의 장점을 열거해보자. 사랑이 자신의 가치를 결정하도록 내버려두었을 때 자신에게 어떤 이득이 있는지 상세히 적는다. 그리고 나서 상황을 더 객관적으로 평가하기 위해 반대 의견이나 이성적 대응을 오른쪽 칸에 쓴다. 사랑 중독의 장점이 상당 정도 또는 전적으로 환상에 불과하다는 사실을 알 수 있을 것이다. [표 12-1]은 로베르타와 비슷한 문제를 가진 여성이 이 주제를 어떻게 평가하는지 보여준다. 이렇듯 글로 써보는 훈련 덕분에 이 여성은 다른 사람들에게서 찾고 있던 것을 자신에게서 찾겠다는 동기를 얻었고, 자신의 종속성이야말로 자신을 무능하게 만드는 진짜 적이라는 사실을 깨달았다.

**외로움과 혼자인 것의 차이 인식하기**

이제 자신의 기분을 다스리고 자신 안에서 행복을 발견하는 방법

4부. 우울장애 예방과 인격 성장

| 표 12-1 | **사랑 중독의 장점 분석**

| 사랑에 종속된 상태의 장점 | 이성적 대응 |
|---|---|
| 내가 다쳤을 때 누군가가 나를 돌봐줄 거야. | 독립적인 사람들도 그래. 만일 내가 자동차 사고를 당하면 사람들은 나를 응급실로 데려갈 거야. 의사들은 내가 독립적이든 종속적이든 상관하지 않고 보살펴줄 거야. 다쳤을 때 오직 종속적인 사람만이 도움을 받을 수 있다는 것은 허상이야. |
| 내가 종속적이라면 나는 스스로 어떤 결정도 내릴 필요가 없어. | 종속적으로 살면 나는 내 삶을 스스로 통제할 수 없어. 다른 사람에게 결정을 맡기는 것은 권장할 만하지 않아. 내가 오늘 어떤 옷을 입고, 저녁 식사로 무엇을 먹을지 다른 사람이 나에게 말해주기를 원하는 거야? 다른 사람은 내가 가장 좋아하는 것을 선택하지 않을 수도 있어. |
| 독립적인 사람으로서 나는 잘못된 선택을 할 수도 있어. 그러면 나는 그 결과에 책임을 져야 해. | 책임을 지면 되잖아. 만일 내가 독립적이라면 실수를 통해 배울 수 있어. 누구도 완벽할 수 없고, 삶에서 확실하게 보장해주는 건 아무것도 없어. 불확실성은 인생의 양념일 수 있어. 자존심의 근거는 내가 어떻게 문제에 대처하느냐에 있지, 항상 옳아야 한다는 데 있지 않아. 그리고 일이 잘되면 칭찬받을 수도 있잖아. |
| 내가 종속적이라면 아무것도 생각할 필요가 없어. 단지 반응만 하면 돼. | 독립적인 사람도 그러고 싶으면 생각하지 않고 선택할 수 있어. 종속적인 사람만 생각하지 않을 권리가 있다는 원칙 따위는 없어. |
| 내가 종속적이라면 흐뭇하고 만족스러울 거야. 사탕을 먹는 것과 비슷할 테지. 나를 돌봐주고 내가 의지할 수 있는 사람이 있다는 건 기분 좋은 일이야. | 사랑은 곧 질려버려. 내가 의지하려고 선택한 사람이 영원히 나를 사랑하고 어루만져주고 돌봐주지 않을 수도 있어. 그 사람도 곧 그 일에 싫증을 낼 수 있다는 거지. 그리고 만일 그가 분노나 억울함을 느끼고 나를 떠나면 그야말로 비참할 거야. 의지할 수 있는 다른 사람이 아무도 없으니까. 만일 내가 노예나 로봇처럼 종속적이라면 그들은 나를 마음대로 조종할 수도 있어. |
| 내가 종속적이라면 나는 사랑받을 거야. 사랑 없이 난 못 살아. | 나는 독립적인 사람으로서 나 자신을 사랑하는 법을 배울 수 있어. 그런 나의 모습은 다른 사람에게 더욱 매력적으로 보일 거야. 그리고 만일 내가 실제로 나 자신을 사랑하는 법을 배운다면, 항상 사랑받을 수 있어. 과거에 내 종속성은 다른 사람을 끌어당기기보다 오히려 멀리 쫓아버렸어. 아기는 사랑과 보살핌이 없으면 살아남을 수 없지만, 나는 사랑이 없어도 죽지는 않아. |

| 어떤 남자들은 자신에게 순종하는 종속적인 여자를 찾지. | 어느 정도는 사실이야. 하지만 종속을 바탕으로 한 인간관계는 흔히 헤어지거나 이혼으로 끝나지. 상대방이 뭔가를 줄 수 있는 처지가 아닌데도 받기를 요구하기 때문이야. 그러니까 남이 내게 자부심과 자존심을 줄 수는 없다고. 오직 나만이 나 자신을 행복하게 할 수 있어. 만일 다른 누군가가 나를 위해 이런 일을 해주기를 기대한다면 결국 지독한 실망만 느낄 거야. |
|---|---|

을 배우면 이것이 바로 우리에게 장점이 될 수 있다는 결론을 얻었을 것이다. 이로써 우리는 혼자 있을 때도 사랑하는 사람과 함께 있을 때만큼이나 살아 있다고 느낄 수 있는 능력을 지니게 되었다. 하지만 다음과 같이 반박할 수도 있다. "말은 그럴듯하네요. 하지만 번스 박사님, 그런 얘기는 현실적이지 않아요. 혼자가 되면 열등하다고 느낄 수밖에 없는 게 진실이라고요. 지금까지 살아오면서 사랑과 행복이 같다는 걸 알게 되었고, 내 친구들도 모두 동의하죠. 박사님이야 질릴 때까지 이러쿵저러쿵 철학적으로 설명할 수 있겠죠. 하지만 결국 중요한 건 사랑이에요. 혼자가 되는 것은 저주라고요!"

사실 많은 사람이 사랑이야말로 세상을 돌아가게 하는 원동력이라고 확신한다. 수많은 시가 그렇게 노래하고, 광고나 대중가요도 그렇게 주장하고 있다.

그러나 행복해지기 위해서 사랑이 꼭 필요하다는 가정이 틀렸다는 사실을 우리는 분명히 증명할 수 있다. '혼자인=외로운'이라는 등식을 자세히 살펴보자.

4부. 우울장애 예방과 인격 성장

우선 혼자서도 삶에서 여러 가지 기본적인 만족을 얻을 수 있다는 사실을 생각해보자. 예를 들어 등산을 하고, 꽃꽂이를 하고, 책을 읽고, 아이스크림을 먹을 때 즐거워지기 위해 굳이 다른 사람이 필요하지 않다. 의사는 환자와 개인적으로 의미 있는 관계를 유지하든 그러지 않든, 환자를 치료함으로써 만족감을 누릴 수 있다. 글을 쓸 때 작가는 보통 혼자다. 대부분의 학생이 알고 있듯이 혼자 있을 때 공부가 제일 잘된다. 혼자서 즐길 수 있는 기쁨과 만족의 목록을 채워나가려면 끝이 없다.

이는 누군가와 함께하든 그러지 않든 상관없이 만족감을 주는 많은 것을 우리가 누릴 수 있다는 사실을 보여준다. 이 목록에 더 보충할 것이 있을까? 혼자서 누릴 수 있는 즐거움에 어떤 것이 더 있을까? 오디오에서 흘러나오는 좋은 음악을 들어보면 어떨까? 화단을 가꾸는 일은? 조깅은? 목공 일은? 걷기 여행은? 외로운 은행원 재닛은 최근에 남편과 이혼하고 댄스 교실에 등록했다. 놀랍게도 그녀는 집에서 혼자 춤 연습을 하면서 무한한 즐거움을 느꼈다. 리듬에 맞춰 몸을 움직이자 재닛은 사랑하는 사람이 없는데도 평온함을 느낄 수 있었다.

어쩌면 여러분은 이렇게 주장할지도 모른다. "번스 박사님, 박사님이 말씀하려던 게 이건가요? 정말 진부하군요! 물론 나도 혼자 있을 때 어떤 일을 하면서 잠시 어느 정도 기분을 전환할 수는 있어요. 이런 경험이 우울한 기분을 약간 해소해줄 수는 있겠지요. 하지만 이건 배가 고파서 죽지 않을 만큼의 빵 부스러기 정도밖에 안 돼요. 내가 원하는 건 진수성찬이라고요! 진정한 사랑! 진실하고도 완벽한 행복 말이죠!"

재닛도 댄스 교실에 등록하기 전에 나에게 똑같은 말을 했다. 혼자서는 비참하다고 생각했기에 남편과 별거하는 동안에는 즐거운 일을 하거나 자신에게 신경 쓸 엄두조차 낼 수 없었다. 재닛은 그동안 이중 잣대를 가지고 살아왔다. 남편과 함께 살 때는 많은 시간을 들여 즐거운 활동을 계획했지만, 혼자가 되자 우울한 기분에 빠져 거의 아무 일도 하려고 하지 않았다. 이런 행동은 자기충족적 예언으로 작용했고, 실제로 재닛은 혼자 있는 시간이 끔찍해졌다. 왜 그랬을까? 답은 간단하다. 그녀가 자신을 전혀 보살피지 않았기 때문이다. 재닛은 공유할 사람이 없으면 자기가 하는 모든 활동이 만족스럽지 못할 것이라는 오래된 가정을 깨려는 도전을 하지 않았다. 다음 기회에 재닛은 일을 마치고 집으로 돌아와 냉동식품을 데워서 먹는 대신, 좋아하는 남자를 위해 준비하듯 특별한 음식을 만들어보기로 결정했다. 그녀는 정성을 다해 자신을 위한 저녁 식사를 준비했고 촛불로 식탁을 꾸몄다. 와인도 한잔 곁들였다. 식사가 끝난 후 재닛은 책을 읽고 음악을 들었다. 이런 즐거움을 만끽하며 저녁 시간을 보냈다. 그다음 날은 토요일이었고, 재닛은 혼자서 미술관에 가기로 결정했다. 그녀는 혼자였지만 예전에 남편과 함께 갔을 때보다 더 즐겁다는 사실을 발견하고 깜짝 놀랐다. 남편은 미술관에는 관심이 없었기에 내키지 않는 마음으로 재닛을 따라가느라 꾸물거리기 일쑤였다.

적극적이고 배려하는 자세로 자신을 대하는 태도를 받아들인 결과, 재닛은 자신의 삶에서 처음으로 혼자서 그 일을 해냈을 뿐 아니라 혼자서도 즐길 수 있다는 사실을 발견했다.

이런 경우에 흔히 그렇듯이 재닛은 많은 사람에게 매력적으로 보일 만큼 강렬한 삶의 즐거움을 만들어내기 시작했다. 그리고 데이트도 시작했다. 그사이 재닛의 전남편은 여자친구에게 환멸을 느끼기 시작해서 아내의 곁으로 다시 돌아오기를 원했다. 전남편은 자신이 없어도 아내가 종달새처럼 매우 즐겁게 생활한다는 걸 알게 되었고, 이 시점에서 판은 뒤바뀌었다. 재닛이 전남편에게 돌아오는 걸 원치 않는다고 말하자 전남편은 심각한 우울장애로 고통스러워했다. 마침내 재닛은 다른 남자와 아주 만족스러운 관계를 맺을 수 있었고, 다시 결혼도 했다. 그녀가 이렇듯 성공을 거둘 수 있었던 비결은 간단하다. 자신과의 관계를 개선하고 발전시킬 수 있다는 사실을 증명하는 첫걸음을 내디뎠기 때문이다. 그다음부터는 모든 것이 수월했다.

## 즐거움 예상하기

여러분은 이런 주제와 관련한 나의 말이나 심지어 자립의 기쁨을 누리는 방법을 배운 재닛 같은 사람의 경험담조차 쉽게 믿지 않을지 모른다. 그렇다면 재닛처럼 '혼자가 되는 것은 저주다'라는 믿음을 점검해보기 바란다. 이런 점검을 할 의지가 있다면 객관적이고 과학적인 방법으로 진실을 발견할 수 있을 것이다.

이 점검 작업을 돕기 위해 나는 〔표 12-2〕의 '즐거움 예상 목록'

을 개발했다. 이 양식은 몇 개의 칸으로 나뉘어 있는데, 혼자 또는 다른 사람과 함께한 다양한 일과 오락 활동, 그리고 거기서 얻을 수 있는 예상 만족도와 실제 만족도를 기록하는 것이다. 첫 번째 칸에는 각각의 경험을 한 날짜를 기록한다. 두 번째 칸에는 그날그날 해볼 활동을 적는다. 그러고는 2~3주간 40~50가지 실험을 해본다. 성취감이나 즐거움을 주는 활동, 또는 배우거나 개인적인 성장을 이룰 수 있는 활동을 선택한다. 세 번째 칸에는 누구와 함께 활동했는지 기록한다. 혼자 했으면 '자신'이라고 쓴다(이 단어는 우리는 항상 자신과 함께 있기 때문에 절대 혼자가 아니라는 사실을 기억하게 해줄 것이다). 네 번째 칸에는 각각의 활동으로 얻을 수 있는 만족도를 0~100퍼센트까지 점수로 예상해본다. 점수가 높을수록 기대하는 만족감도 크다는 뜻이다. 계획한 활동을 하기 전에 네 번째 칸을 모두 채워야 한다.

이제 실제로 활동할 차례다. 활동을 하고 나면 마지막 칸에 실제 만족도를 0~100퍼센트까지 점수로 평가한다.

이 실험을 한 뒤 모인 자료를 분석해보면 많은 것을 배울 수 있다. 우선 예상 만족도와 실제 만족도를 비교함으로써 우리의 예상이 얼마나 정확한지 확인할 수 있다. 자신에게 기대하는 만족감을 상대적으로 낮게 예상하는 경향이 있다는 점을 발견할 수도 있다. 특히 혼자서 하는 활동인 경우에 그렇다. 그리고 다른 사람과 함께한 활동이 기대한 만큼 늘 만족스럽지는 않다는 사실을 발견하고 놀랄지도 모른다. 심지어 혼자여서 더 즐거울 때가 많았다는 사실을 알 수도 있다. 또 혼자서 활동해 얻은 가장 높은 만족도가 다

| 표 12-2 | 즐거움 예상 목록

| 날짜 | 만족감을 주는 활동<br>(성취감 또는 즐거움) | 누구와 함께했는가?<br>(혼자서 했다면<br>'자신'이라고 표기) | 예상 만족도<br>(0~100%)<br>(활동 전 기록) | 실제 만족도<br>(0~100%)<br>(활동 후 기록) |
|---|---|---|---|---|
| 99/8/18 | 미술 공예 박물관 관람 | 자신 | 20 | 65 |
| 99/8/19 | 콘서트 가기 | 자신 | 15 | 75 |
| 99/8/26 | 영화 감상 | 섀런 | 85 | 80 |
| 99/8/30 | 파티에 가기 | 초대된<br>많은 손님 | 60 | 75 |
| 99/9/02 | 소설책 읽기 | 자신 | 75 | 85 |
| 99/9/06 | 조깅 | 자신 | 60 | 80 |
| 99/9/06 | 블라우스 쇼핑 | 자신 | 50 | 85 |
| 99/9/10 | 시장 가기 | 엄마 | 40 | 30(다툼) |
| 99/9/10 | 공원 산책 | 섀런 | 60 | 70 |
| 99/9/14 | 데이트 | 빌 | 95 | 80 |
| 99/9/15 | 시험 공부 | 자신 | 70 | 65 |
| 99/9/16 | 운전면허 시험 치러 가기 | 엄마 | 40 | 95(합격) |
| 99/9/16 | 자전거 타고 아이스크림<br>사 먹으러 가기 | 자신 | 80 | 95 |

른 사람과 함께 활동해서 얻은 가장 높은 만족도와 같거나 더 높다는 사실을 발견할 수도 있다. 이런 실험은 즐거운 활동으로 얻는 만족도와 일에서 얻는 만족도를 비교하는 데 도움이 된다. 또 앞으로 계속해나갈 활동 계획을 짤 때 일과 재미 사이에 적절한 균형을 유지하는 데도 도움이 된다.

아마 이런 질문이 여러분의 뇌리를 스쳐 지나갈지도 모른다. '만일 내가 어떤 일을 했는데 예상한 만큼 만족스럽지 않다면? 내가 별로 기대하지 않았는데, 결과도 그렇다면?' 이런 경우에는 실제 경험한 것까지 무시하게 만드는 자동으로 떠오르는 부정적 생각을 정확하게 식별해낸다. 그런 다음 이런 생각에 이성적으로 대응해본다. 예를 들어 자식들을 모두 결혼시키고 외롭게 사는 예순다섯 살의 한 여성이 대학 야간 강좌에 등록하기로 결정했다. 그녀를 제외하고는 모두 풋풋한 나이의 신입생이었다. 그녀는 첫 주 수업 시간에 긴장감을 느꼈다. 이런 생각을 했기 때문이다. '다들 나를 여기에 어울리지 않는 할망구라고 생각할 거야.' 하지만 다른 학생이 자신에 대해 어떻게 생각하는지 전혀 모른다는 사실을 떠올리자 조금은 안심이 되었다. 그리고 다른 학생들과 이야기를 나눠보고는 그들 중 일부는 자신의 진취성에 감탄하고 있다는 것을 알게 되었다. 그러자 그녀는 훨씬 기분이 좋아지고 만족도도 커졌다.

이제 종속성을 극복하는 데 '즐거움 예상 목록'을 어떻게 활용할 수 있는지 살펴보자. 열여섯 살 고등학생인 조니는 낯선 도시로 이사한 후 몇 년째 만성 우울장애로 고생하고 있었다. 전학한 학교에서 친구를 사귀기가 몹시 힘들었다. 조니는 행복해지려면 또래 소녀들처럼 남자친구가 있어야 하고, 어울려 다니는 무리 속에 들어가야 한다고 믿었다. 조니는 학교에 가지 않는 날이면 거의 집에서 혼자 시간을 보냈다. 공부를 하거나 자신을 가엾게 여기면서 말이다. 밖에 나가 뭔가 해보라는 권유에 저항하고 화를 냈다. 혼자서 하는 것은 아무런 의미가 없다고 생각했기 때문이다. 친구들이 마법처럼 자신을 찾아줄 때까지 집에서 끙끙 앓을 작정이었다.

나는 조니에게 '즐거움 예상 목록'을 작성해보라고 설득했다. 〔표 12-2〕에서 볼 수 있듯이 조니는 토요일에 미술 공예 박물관이나 록 콘서트에 가는 등 다양한 활동을 계획했지만, 이런 활동을 혼자 하면 만족도가 낮고 그다지 즐겁지 않을 것이라고 예상했다. 하지만 실제로 아주 즐겁게 시간을 보낼 수 있다는 사실을 알고 깜짝 놀랐다. 이런 상황이 반복되자 조니는 점차 자신의 예상이 비현실적이라는 것을 깨달았다. 혼자 하는 활동이 늘어나면서 조니의 기분은 개선되기 시작했다. 물론 조니는 여전히 친구를 원했지만 혼자 있어도 더 이상 괴로워하지 않았다. 혼자서도 무언가를 성취할 수 있다는 사실이 증명되자 자신감이 생겼다. 조니는 또래 친구들을 자신 있게 대할 수 있었고, 몇몇 친구를 파티에 초대하기도 했다. 이를 계기로 교우 관계를 발전시킬 수 있었고, 여학생뿐 아니라 남학생도 자신에게 매력을 느낀다는 사실을 알게 되었다. 조니는 '즐거움 예상 목록'을 계속 활용했다. 새로 사귄 친구들과 함께 경험한 활동과 데이트에 대한 만족도를 알아보기 위해서였다. 그 결과 다른 사람과 함께하는 활동의 만족도가 혼자서 하는 활동의 만족도와 비슷하다는 사실을 알고 다시 한번 놀랐다.

원하는 것과 필요한 것에는 차이가 있다. 공기는 우리에게 필요한 것이지만 사랑은 우리가 원하는 것이다. 거듭 말하지만 사랑은 성숙한 어른에게 반드시 필요한 것은 아니다! 다른 사람과 사랑을 나누는 관계를 원하는 것은 좋다. 여기에 잘못된 점은 없다. 사랑하는 누군가와 좋은 관계를 유지해나가는 것은 매우 즐거운 일이다. 하지만 살아가기 위해 또는 최고의 행복을 누리기 위해서 다른 사람의 인정, 사랑, 관심이 반드시 필요한 것은 결코 아니다.

## 태도의 수정

행복과 자부심을 누리는 데 사랑, 우정, 결혼은 꼭 필요하지 않을 뿐 아니라 그것들만으로는 충분하지도 않다. 결혼했지만 불행하게 살아가는 수백만 명의 남녀가 그 증거다. 만일 사랑이 우울장애를 극복할 수 있게 해주는 좋은 약이라면 나는 어쩌면 폐업해야 할지도 모른다. 왜냐하면 내가 치료하고 있는 많은 환자, 그러니까 자살을 기도할 위험이 있는 많은 환자가 실제로 배우자, 자식, 부모, 친구들에게 사랑받고 있으니까 말이다. 사랑은 효과적인 항우울제가 아니다. 게다가 신경안정제, 술, 수면제처럼 사랑은 오히려 상태를 더 악화시킬 수 있다.

이제 우리의 행동을 좀 더 슬기롭게 고쳐나가는 것에 더해, 혼자 있을 때 우리 마음을 들쑤시고 지나가는 부정적인 생각과도 맞서 싸워보도록 하자.

이런 시도는 매력적인 서른 살 독신 여성 마리아에게 실제로 도움이 되었다. 그녀는 가끔 혼자 뭔가를 할 때면 '혼자 있는 것은 저주야'라는 쓸데없는 생각을 해서 자신의 경험을 엉망으로 만들어버리곤 했다. 이런 생각이 만들어내는 자기연민이나 분노와 맞서 싸우기 위해, 마리아는 반론 목록을 작성했다([표 12-3] 참조). 그녀는 외로움과 우울함이 반복되는 악순환을 무너뜨리는 데 이 목록이 도움이 되었다고 말했다.

**| 표 12-3 | '혼자 있는 것은 저주야'라는 생각에 대한 반론: 혼자인 것의 장점**

혼자 있으면 우리가 정말 무엇을 생각하고 느끼고 아는지 알아볼 수 있는 기회가 생긴다.

혼자 있으면 배우자와 함께 있을 때 시도하기 힘든 여러 가지 새로운 일을 해볼 기회가 생긴다.

혼자 지내면 어떻게든 자기 개인의 역량을 기를 수밖에 없다.

혼자 있으면 스스로를 책임지는 것에 대해 변명의 여지가 없어진다. 혼자 지내는 여자가 맞지 않는 남자와 함께 지내는 여자보다 낫다. 물론 남자도 마찬가지다. 혼자 사는 여자는 남자의 부속물이 아닌 완전한 인간으로 발전할 기회를 가질 수 있다.

혼자 살아가는 것은 여자로서 다양한 상황에서 직면하는 많은 문제를 이해하는 데 도움이 된다. 이를 통해 다른 여성의 삶을 더 잘 이해할 수 있고 그들과 돈독한 관계를 맺을 수 있다. 이것은 남자들의 경우도 마찬가지다.

혼자 지냄으로써 훗날 남자와 함께 살더라도 그가 자신을 버리거나 죽을지 모른다는 쓸데없는 두려움에 시달리지 않을 수 있다. 혼자서도 얼마든지 행복해질 수 있다는 걸 알기 때문이다. 그러므로 서로 의존하거나 요구하는 관계가 아니라, 서로를 향상시킬 수 있는 관계를 맺을 수 있다.

1년이 지나 마리아의 치료를 마친 후 나는 이 장의 초고를 그녀에게 보냈다. 그러자 이런 답장이 왔다. "어젯밤에 보내주신 원고를 하나도 빠짐없이 읽었습니다. 원고의 내용은 혼자 있는 것이 나쁘다거나 좋다는 게 아니라 그런 상태나 그 밖의 다른 상태를 어떻게 생각하느냐가 중요하다는 걸 보여주더군요. 생각의 힘이 이렇게 강력하다니! 어떻게 생각하는가에 따라 우리가 성공하거나 실패할 수 있다는 거죠? 그렇죠? 웃기는 이야기일지 모르지만 나는 현재 남자가 생길까 봐 두렵답니다. 박사님, 내가 이런 말을 하게 되리라고 생각해본 적이 있나요?"

자립을 두려워하게 만드는 부정적 사고를 극복하는 데는 '두 칸 기법'이 특히 유용하다. 예컨대 아이를 하나 둔 이혼녀가 자살을 생각했다. 유부남 애인이 그녀에게 결별을 선언했기 때문이다. 그녀는 너무 부정적인 자아상을 가지고 있어서 자신에게 인간관계를 유지할 능력이 있다는 사실조차 믿지 않았다. 결국에는 상대방에게 거부당하고 외롭게 살 것이라고 확신하고 있었다. 자살을 기도하려 했을 때 그녀는 일기장에 다음과 같은 생각을 써 내려갔다.

비어 있는 침대의 옆자리가 말없이 나를 조롱한다. 나는 철저히 혼자다. 이건 나의 가장 큰 두려움이자 내가 가장 무서워하는 운명, 즉 현실이다. 나는 혼자 사는 여자이고, 이는 내가 가치가 없다는 뜻이다. 다음과 같은 논리가 현재 나를 사로잡고 있다.

1. 만일 내가 성적 매력이 있고 애교 있는 여자라면 지금 내 곁에는 남자가 있을 거야.
2. 내 곁에는 남자가 없어.
3. 그건 곧 내가 매력적인 여자가 아니라는 말이지.
4. 따라서 난 살아야 할 이유가 없어.

그녀는 이어서 이렇게 자문했다. "왜 나는 남자가 필요할까? 남자가 내 모든 문제를 해결해줄 테니까. 그는 나를 돌봐줄 거야. 내 삶의 방향을 정해줄 테고, 무엇보다 매일 아침 내가 침대에서 일어나야 할 이유를 줄 거야. 하지만 지금 나는 이불을 푹 뒤집어쓴 채 사람들에게 잊히기만 바라고 있을 뿐이야."

## | 표 12-4 | 부정적 사고와 맞서기 위한 두 칸 기법

| 종속적 자아의 주장 | 독립적 자아의 반론 |
| --- | --- |
| 나는 남자가 필요해. | 왜 남자가 필요한 거야? |
| 내 힘으로는 제대로 살아갈 수 없기 때문이야. | 지금까지 살아오면서 그런대로 해내지 않았어? |
| 맞아. 하지만 난 외로워. | 그래. 하지만 넌 아이도 있고 친구들도 있어. 그리고 너는 그들과 아주 즐겁게 지내고 있잖아. |
| 그래. 하지만 그들은 중요하지 않아. | 네가 그들을 무시하기 때문에 그들이 중요하지 않은 거야. |
| 하지만 사람들은 어떤 남자도 나를 원하지 않는다고 생각할 거야. | 사람들이야 생각하고 싶은 대로 생각하겠지. 중요한 건 네 생각이야. 오직 네 생각과 신념만이 네 기분에 영향을 끼칠 수 있어. |
| 나는 남자가 없으면 스스로 무능하다고 생각해. | 너 혼자서 해내지 못했는데, 남자가 있다고 해낼 수 있는 게 뭐가 있어? |
| 실제로는 없어. 중요한 것은 모두 나 스스로 해냈어. | 그런데 왜 남자가 필요한 거야? |
| 남자가 필요하다고 생각하지는 않아. 단지 남자를 원할 뿐이지. | 뭔가를 원하는 것은 좋아. 하지만 그것이 없으면 네 삶이 의미를 잃을 만큼 네가 원하는 것이 중요하지는 않아. |

이윽고 그녀는 마음속에 떠오르는 부정적인 생각과 맞서기 위해 두 칸 기법을 이용했다. 왼쪽 칸에는 '종속적 자아의 주장', 오른쪽 칸에는 '독립적 자아의 반론'이라고 제목을 붙였다. 그러고는 정말 무엇이 문제인지 확실히 알아내기 위해 자기 자신과 대화를 나누기 시작했다(〔표 12-4〕 참조).

글로 적는 훈련을 한 뒤 침대에서 나오고자 하는 의욕을 북돋우기 위해 그녀는 작성한 목록을 매일 아침 소리 내어 읽기로 결심했다. 그리고 일기장에 다음과 같은 결과를 기록했다.

나는 원하는 것과 필요한 것 사이에 커다란 차이가 있다는 사실을 알게 되었다. 나는 남자를 원하지만 살아가기 위해 남자가 반드시 있어야 한다고는 더 이상 생각하지 않는다. 나 자신과 더 현실적인 내면의 대화를 나누고 내가 가진 힘을 꼼꼼히 살펴봄으로써, 그리고 내 힘으로 이루어낸 것을 목록으로 작성해 거듭 읽고 들음으로써 나는 서서히 자신감을 길러가기 시작했다. 앞으로 일어날지 모르는 일을 잘 처리할 능력이 내게 있다는 자신감 말이다. 이제 내가 나를 더 잘 보살피고 있다는 것을 안다. 나는 사랑하는 친구를 대하듯 나 자신을 대한다. 결점은 너그럽게 받아들이고 장점에는 감탄하면서 친절하고 자비롭게 나를 대한다. 이제 나는 어려운 상황을 나를 괴롭히는 전염병이 아닌 기회라고 여긴다. 내가 배운 기술을 활용하고, 나의 부정적 사고에 의문을 제기하고, 나의 역량을 재확인하고, 삶을 잘 살아갈 수 있는 능력이 나에게 있다는 자신감을 강화할 수 있는 기회라고 말이다.

# 13.
# 성과가
# 가치는 아니다

불안과 우울장애를 불러오는 세 번째 암묵적 가정은 다음과 같다. '인간으로서 나의 가치는 내가 삶에서 성취한 결과와 비례한다.' 이런 사고는 서구 문화와 개신교 노동 윤리의 핵심이다. 언뜻 아무런 문제가 없는 가정처럼 들리지만 사실은 자기패배적이고 지극히 부정확할 뿐 아니라 악의적이다.

외과 의사 네드가 얼마 전 일요일 저녁에 우리 집으로 전화를 했다. 그는 주말 내내 공황 상태에 빠져 있었다. 20주년 대학 동창회 행사에 참석하기로 한 후 그런 증상이 시작되었다(그는 아이비리그 대학을 졸업했다). 네드는 동창회에서 기조연설을 해달라는 부탁을 받았다. 그런데 왜 그렇게 불안해했을까? 그 모임에서 자신보다 성공한 동창생을 만날까 봐 두려웠던 것이다. 그는 이런 일이 왜 자신을 위협하는지 설명해주었다. "그건 내가 실패자라는 걸 의미하거든요."

네드처럼 자신이 이룬 성과에 지나치게 집착하는 경향은 특히 남자들에게서 일반적으로 볼 수 있다. 여자들도 직업적 성공에 무심한 건 아니지만, 그보다는 애인을 잃거나 주변의 인정을 받지 못할 때 흔히 우울한 상태에 빠진다. 남자들이 유달리 직업적 성공과 실패에 예민한 것은 어릴 때부터 자신의 가치는 성공에 의해 결정된다는 교육을 받았기 때문이다.

자신의 가치관을 바꾸려면, 우선 그 가치관이 자신에게 이로운지 해로운지부터 알아내야 한다. 자신이 이룬 결과물로 자신의 가치를 평가하는 것은 우리에게 도움이 되지 않는다고 판단하는 것은 우리의 세계관을 바꾸기 위한 결정적인 첫걸음이다. 이제 비용-이익 분석이라는 실용적인 접근법으로 논의를 시작해보자.

확실히 우리 자신이 이루어낸 성과와 자부심을 같은 선상에서 보는 관점은 어느 정도 우리에게 이점이 될 수 있다. 우선 자신이 뭔가를 이루어내면 기분이 좋아질 수 있다. 예를 들어 골프 경기에서 이기면 자신을 칭찬하며 우쭐함과 우월감을 느낄 수 있다. 상대방은 마지막 홀에서 실수를 했으니까 말이다. 또 친구와 함께 조깅을 하는데 친구가 먼저 지쳐서 숨을 헐떡거리면 자부심에 차 으스대며 속으로 이렇게 말한다. '이 친구도 확실히 괜찮은 편이야. 하

4부. 우울장애 예방과 인격 성장

지만 내가 조금 더 낫지!' 그리고 직장에서 큰 성과를 올렸을 때 이렇게 생각할 수 있다. '나 오늘 정말 대단했어. 놀라운 실적을 올렸거든. 사장님도 기뻐할 거야. 나는 자부심을 가져도 돼.' 이처럼 기본적으로 우리의 노동 윤리가 우리에게 자신은 가치 있는 존재이며 행복해질 권리가 있다고 느끼게 해주는 것이다.

이런 신념은 성과를 내겠다는 의욕을 지나치게 불태우도록 부추길 수 있다. 그 결과 우리는 일에 필요 이상의 노력을 쏟아부을 수도 있다. 그렇게 하면 자신의 가치를 더 높일 수 있고, 스스로 바람직한 사람이라고 여길 것이며, '그저 그런 존재'가 될지도 모른다는 공포에서 벗어날 수 있다고 굳게 믿고 있기 때문이다. 간단히 말해 이기기 위해 더 열심히 일하고, 이기면 스스로를 더 좋아하게 될 거라는 의미다.

이제 동전의 다른 면을 보자. '가치는 성과와 동일하다'는 세계관의 단점은 무엇일까? 만일 사업이나 일이 잘되면, 우리는 자신에게 만족감이나 즐거움을 주는 다른 활동은 전혀 할 수 없을 만큼 그 일에 지나치게 빠져버릴 수도 있다. 이른 아침부터 늦은 밤까지 노예처럼 일에만 매달릴 테니까 말이다. 일중독자가 될수록 성과를 내겠다는 의욕도 터무니없이 커진다. 이 페이스를 유지하지 못하면 공허감과 절망감이라는 심각한 결과를 낳기 때문이다. 또 자존감과 충족감을 누릴 다른 근거가 전혀 없기에, 성과를 내지 못하면 스스로 무가치하고 쓸모없는 존재라고 여기게 된다.

질병, 사업 부진, 은퇴 또는 자신이 통제할 수 없는 다른 여러 요인 때문에 한동안 그 전만큼 높은 성과를 올리지 못했다고 가정해보자. 성과가 곧 자신의 가치라고 굳게 믿고 살아왔기 때문에 이런 확신의 대가로 이제 심각한 우울장애를 앓을지도 모른다. 자신이 마치 쓸모없는 빈 깡통 같다고 느낄 수도 있다. 자부심 상실은 심지어 자살로 치달을 수도 있는데, 이것은 자신의 가치를 오로지 시장의 기준에 따라 평가하기 때문에 치르게 되는 가장 큰 대가다. 이것이 여러분이 원하는 결과인가? 여러분에게 필요한 것이 이것인가?

또 하나 치러야 할 대가가 있다. 가정을 등한시해 가족들이 상처받으면 집안에는 분명히 분노가 쌓일 것이다. 가족들은 오랫동안 분노를 억누르며 살아왔겠지만, 조만간 여러분이 그 값을 치르게 될 것이다. 어쩌면 아내가 딴 남자를 만나 이혼을 요구할지도 모른다. 열네 살 먹은 아들은 도둑질을 해서 경찰에 잡혀갈 수도 있다. 아들과 대화를 나누어보려고 시도하더라도 아들은 여러분을 상대하려 들지 않을 것이다. "그동안 뭐 하다 이제 와서 나한테 이러는 건데요?" 설사 이런 불행한 일이 일어나지 않더라도, 여러분은 여전히 진정한 자존감의 결여라는 커다란 손해를 볼 것이다.

나는 최근에 아주 잘나가는 한 사업가를 치료하기 시작했다. 그는 자신이 자기 분야에서는 세계에서 돈을 가장 많이 번 사람이라고 주장했다. 하지만 그는 두려움과 불안에 시달리고 있었다. 만일 정상의 자리에서 내려와야 한다면 어떻게 될까? 자신의 최고급 롤스로이스를 포기하고 대신 흔해빠진 쉐보레를 몰아야 한다면 어떻게 될까? 그런 일은 참을 수 없을 것이다! 그래도 계속 살아갈 수 있을까? 그는 여전히 자신을 사랑할 수 있을까? 명성과 화려한 생활 없이도 행복할 수 있다는 사실을 알까? 이런 질문에 답할 수 없기에, 그의 신경은 늘 곤두서 있다. 여러분이라면 뭐라고 답하겠는가? 실패해 좌절을 겪더라도 여전히 스스로를 존중하고 사랑하겠는가?

다른 중독과 마찬가지로 일중독도 황홀감을 느끼려면 점점 더 많은 각성제가 필요하다. 부나 명예, 성공에도 이런 내성이 생긴다. 왜 그럴까? 일단 정해놓은 기대치를 성취하고 나면 자동으로 점점 더 높은 기대치를 설정하기 때문이다. 성취감에 따른 흥분은 곧 사라져버린다. 왜 그런 기운은 지속되지 않을까? 왜 점점 더 강한 자극이 필요할까? 답은 명백하다. 성공이 행복을 보장해주지 않기 때문이다. 성공과 행복은 동일선상에 있지 않으며, 인과관계도 아니다. 그러므로 우리는 더 이상 이런 신기루를 좇아서는 안 된다. 우리의 기분을 좌우하는 진정한 열쇠는 우리의 생각이지 성공이 아니므로 승리의 짜릿함은 빠르게 퇴색한다. 이전의 성과는 금방 별것 아닌 것이 되어버려 진열장 속 트로피를 바라보듯 진부함과 공허함을 느끼게 된다.

성공이 반드시 행복을 가져다주지는 않는다는 사실을 알아차리지 못하면, 정상에 선 기분을 다시 느끼기 위해 더욱더 일에 매달리게 된다. 이것이 바로 일중독의 근본 원인이다.

중년이나 노년이 되면 많은 사람이 상담이나 치료를 받으러 온다. 환상이 깨졌기 때문이다. 언젠가 우리도 이런 질문과 마주할 것이다. '사는 게 뭐지? 이 모든 것이 도대체 무슨 의미가 있지?' 성공이 우리를 가치 있는 사람으로 만든다고 믿었는데, 성공이 약속한 보상은 뜬구름처럼 손에 잡히지 않는다.

성공에 중독되면 장점보다 단점이 훨씬 많다는 사실을 깨닫더라도 여전히 특별히 성공한 사람의 인생이 훨씬 가치 있다고 믿고 있을지도 모른다. 어쨌거나 거물은 어느 정도 '특별'해 보이니까. 어쩌면 여러분은 타인의 존경뿐 아니라 진정한 행복도 자신이 이루어낸 성과에서 나온다고 확신할지 모른다. 정말 그럴까?

먼저 대부분의 사람이 위대한 성과나 업적을 이루지 않아도 행복하고, 다른 사람에게 존경받는다는 사실을 생각해보자. 실제로 수많은 평범한 사람이 자신은 사랑받고 있으며 행복하다고 말한다. 반드시 대단한 성과를 내고 업적을 이루어야 행복과 사랑을 얻을 수 있다는 믿음은 진실이 아니다. 우울장애는 흑사병처럼 지위가 높든 낮든, 고급 주택가든 빈민가든 누구에게나 찾아간다. 분명한 것은 행복과 성공은 필연적 관계가 아니라는 사실이다.

## 일=가치?

이제 여러분이 자신의 일과 자신의 가치를 관련짓는 것이 바람직하지 않다고 판단한다고, 성공이 반드시 사랑이나 존경 또는 행복을 가져다주는 것은 아니라고 인정한다고 가정해보자. 그런데도 여전히 여러분은 어떤 분야에서는 성공한 사람이 그렇지 않은 사람보다 낫다고 확신할지 모른다. 이 견해를 한번 자세히 살펴보자.

우선 성공한 모든 사람은 성공했기 때문에 특별히 가치가 있다고 말할 수 있을까? 아돌프 히틀러는 정상에 올랐을 때 분명 엄청난 성공을 거둔 인물이었다. 그 때문에 그가 특별히 가치 있는 사람이라고 말할 수 있을까? 분명 아니다. 물론 히틀러는 자신은 성공한 지도자이며, 가치와 성과는 동일하기 때문에 자신이야말로 위대한 사람이라고 주장할지 모른다. 사실 히틀러는 자신을 포함해 나치당원을 슈퍼맨이라고 확신했을지도 모른다. 그들은 정말 많은 것을 이루어냈기 때문이다. 이 말에 동의하는가?

사회적으로 성공했지만 지나치게 욕심 많고 공격적인 어떤 사람을 생각해보자. 단지 성공했다는 이유만으로 그 사람이 특별히 가치 있는 사람일까? 반대로 특별히 성공하지는 않았지만 우리가 좋아하고 존경하는 사람도 있다. 이 사람을 훌륭하다고 말할 수 있을까? 그렇다면 스스로에게 이렇게 물어보자. '위대한 업적이 없어도 가치 있고 소중한 사람이 될 수 있다면, 왜 나는 그렇게 될 수 없을까?' 여기 두 번째 방법이 있다. 여러분이 가치는 성공에 의해 결정된다고 주장한다면 이런 등식이 만들어진다. 가치=성공. 이 등식이 성립할 수 있는 근거는 무엇일까? 이 등식이 타당하다는 객관적 증거를 댈 수 있는가? 실제로 가치와 성공이 동일하다면 성공뿐만 아니라 사람의 가치도 실험으로 측정할 수 있을까? 측정할 때는 어떤 단위를 사용해야 할까? 이런 생각은 그야말로 터무니없다.

우리는 이 등식을 증명할 수 없다. 이 등식은 하나의 규정, 하나의 가치체계일 뿐이기 때문이다. 이 등식은 가치가 곧 성공, 성공이 곧 가치라고 규정한다. 왜 굳이 이 두 가지로 서로를 규정해야 할까? 왜 가치는 가치이고 성공은 성공이라고 말하지 않는가? 가치와 성공은 서로 의미가 다른 별개의 용어인데 말이다.

이 같은 논거에도 불구하고 여러분은 여전히 성공한 사람이 어떤 면에서는 더 낫다고 확신할 수도 있다. 만일 그렇다면 그 믿음을 무너뜨릴 가장 강력한 방법으로 역할극을 제안한다.

이제부터 여러분은 내 고등학교 친구가 된다. 친구는 학교 교사로, 단란한 가정을 꾸리고 있다. 그리고 나는 더 야심찬 삶을 추구하고 있다. 이제부터 이루어지는 대화에서 여러분은 사람의 가치는 성공에 의해 결정된다고 믿는다. 나는 그런 믿음이 초래할 수밖에 없는 불쾌한 결론에 다다를 때까지 거침없이 밀어붙일 것이다. 단단히 준비하기 바란다. 여러분이 아직 소중히 여기는 확신이 가장 불쾌한 방법으로 공격받을 테니까.

**데이비드** 어떻게 지내?

**여러분** 잘 지내. 넌 어때?

**데이비드** 오, 잘 지내지. 고등학교 졸업하고 처음 보는 거네. 그동안 뭐 하고 지냈어?

**여러분** 나? 난 결혼했어. 그리고 고등학교 교사로 일하면서 식구들이랑 단출하게 살고 있지. 아무런 문제 없이.

**데이비드** 저런. 그런 소식을 들으니 유감인걸. 내가 너보다 훨씬 잘나가는 것 같아서 말이야.

**여러분** 뭐라고? 그게 무슨 말이야?

**데이비드** 난 학교를 졸업하고 박사 학위를 땄어. 사업도 꽤 성공했고, 돈도 많이 벌었지. 사실 나는 지금 이 도시에서 아주 잘사는 사람 중 하나야. 크게 성공한 거지. 너보다는 확실히 성공했다고. 물론 널 모욕할 생각은 없어. 단지 내가 너보다 훨씬 나은 사람이라는 거지. 안 그래?

**여러분** 글쎄, 무슨 말을 해야 할지 모르겠다. 너랑 이야기하기 전에는 내가 꽤 행복한 사람이라고 생각했는데.

**데이비드** 그 심정 이해해. 말문이 막히겠지. 하지만 사실을 직시하는 편이 나아. 나는 성공했고 너는 그렇지 않지. 그래도 네가 행복하다니 기쁘다. 보통 사람들도 작은 행복을 누릴 자격은 있으니까. 나는 말이야, 네가 잔칫상에서 떨어진 빵 부스러기를 주웠다고 해서 그걸 시기할 사람이 아냐. 하지만 네가 인생에서 더 많은 것을 성취하지 못한 건 유감이야.

**여러분** 데이브, 너 변했구나. 고등학교 때는 정말 좋은 친구였는데, 더 이상 나를 좋아하지 않는 것 같아.

**데이비드** 아, 아냐! 만일 네가 열등하고 별 볼일 없는 인간이라는 사실을 인정하면 우리는 여전히 좋은 친구가 될 수 있지. 단지 앞으로 너는 나를 우러러봐야 한다는 걸 알아두면 좋겠어. 내가 널 내려다볼 거라는 사실도. 왜냐하면 난 너보다 가치 있는 사람이니까. 이건 가치와 성공이 동일하다는 일반적 가정에서 보면 당연한 결과야. 너도 같은 입장이잖아. 안 그래? 내가 너보다 성공했으니까 내가 더 가치 있는 사람이 되는 거지.

**여러분** 정말이지 다시는 너와 마주치지 않기를 바랄 뿐이다. 너와 이야기하는 게 하나도 즐겁지 않아.

이런 대화를 통해 대부분의 사람들은 재빨리 냉정을 찾는다. 이 대화는 가치와 성공을 동일시하는 체계가 열등한 사람과 우월한 사람의 체계로 어떻게 논리적으로 귀결되는지를 보여주기 때문이다. 실제로 많은 사람이 알게 모르게 열등감을 느낀다. 역할극을 해보면 이런 가정이 얼마나 우스꽝스러운지 인식할 수 있다. 위의 대화에서 누가 멍청하게 행동하고 있는가? 행복한 교사인가, 아니면 자신이 다른 사람들보다 낫다고 주장하는 오만한 사업가인가? 이 가상의 대화를 통해 가치와 성공을 동일시하는 체계가 얼마나 바보 같은 일인지 깨닫기 바란다.

여러분이 원하면 역할을 바꿔서 대화를 나누면 되니, 이보다 좋은 방법은 없을 것이다. 이번에는 여러분이 성공한 사람 역할을 하고, 가능하면 나를 실컷 괴롭혀주기를 바란다. 여러분은 잡지 《코즈모폴리턴Cosmopolitan》의 전설적인 편집장 헬렌 걸리 브라운Helen Gurley Brown이 된다. 이제부터는 거꾸로 내가 평범한 교사다. 나보다 우월하다고 주장하는 게 여러분이 해야 할 일이다.

**여러분** 데이브, 어떻게 지냈어? 진짜 오랜만이다.

**데이비드** 물론 잘 지내. 결혼도 했고. 여기 고등학교에서 아이들을 가르치고 있지. 체육을 가르치면서 정말 즐겁게 살고 있어. 네가 성공했다는 소식은 들었어.

**여러분** 그래, 맞아. 난 정말 운이 좋았어. 지금 《코즈모폴리턴》의 편집장이야. 아마 너도 들었겠지만.

**데이비드** 물론이지. TV 토크쇼에 출연한 네 모습 많이 봤어. 수입이 엄청나다면서? 에이전트도 따로 두고 있다고 들었어.

**여러분** 인생이 즐거워. 사는 게 정말 재미있다니까.

**데이비드** 그런데 너에 관해서 들은 말 중에 이해할 수 없는 게 있더라. 너, 친구들한테 너는 성공했지만 나는 평범하니까 네가 나보다 훨씬 낫다고 말하고 다닌다며? 도대체 무슨 뜻으로 그런 말을 한 거야?

**여러분** 아, 내 말은 단지 인생에서 내가 이루어낸 것에 대해서 생각해보라는 뜻이었어. 나는 수백만 명에게 영향을 끼치고 있지만, 필라델피아에 사는 데이비드 번스라는 사람이야 누가 알겠어? 나는 스타들하고도 친하게 지내. 그렇지만 넌 아이들과 코트에서 농구공이나 주고받지. 아, 오해는 하지 마. 넌 확실히 괜찮고 성실한 사람이니까. 다만 평범한 삶을 살아갈 뿐 성공하진 못했지. 그러니 그 사실을 받아들이는 게 좋을 거야!

**데이비드** 넌 영향력도 막강하고 유명하지. 나도 그런 점은 존중해. 정말 보람 있고 멋질 거야. 그런데 어떻게 그런 것이 네가 더 나은 인간이라는 근거가 될 수 있지? 어떤 면에서 내가 너보다 열등하고, 네가 나보다 더 가치 있다는 거야? 내가 뭔가 중요한 것을 놓치고 있는 거야?

**여러분** 솔직해봐. 넌 특별한 목적이나 운명을 접해보지도 못한 채 허송세월하고 있을 뿐이야. 난 카리스마가 있어. 사람들을 흔들 수 있는 거물급이라고. 넌 이런 게 고작 작은 차이일 뿐이라고 말하고 싶은 거야? 그런 거야?

**데이비드** 글쎄, 나도 결코 목표 없이 살고 있진 않아. 물론 내 목표는 네 목표에 비하면 소박하겠지. 난 아이들에게 체육을 가르쳐. 지역 축구팀의 코치도 맡고 있지. 네가 살아가는 세계는 나에 비해 확실히 화려하고 환상적일 거야. 그래도 나는 이해할 수 없어. 어떻게 그런 것을 근거로 네가 나보다 낫다고 하는지, 그리고 내가 너보다 열등하다고 결론 내릴 수 있는지 말이야.

**여러분** 난 그냥 너보다 훨씬 더 발전하고 성장했을 뿐이야. 난 더 중요한 것들을 생각한단 말이지. 내가 순회 강연을 하면 수천 명이 내 강의를 듣기 위해 몰려와. 유명한 작가들도 나를 위해 일하지. 하지만 누가 너에게 강연을 맡기겠니? 학부모들이?

**데이비드** 물론 성공, 돈, 영향력 면에서는 네가 나보다 앞서 있어. 너는 정말 잘해냈어. 너는 영리하고 열심히 일했어. 그리고 지금 큰 성공을 거두었지. 하지만 그렇다고 어떻게 그런 것들을 근거로 네가 나보다 가치 있는 사람이라고 할 수 있는 거야? 미안해. 하지만 난 여전히 네 논리를 이해할 수 없어.

**여러분** 점점 흥미로워지네. 그러니까 이건 아메바 대 고등동물과 같은 거야. 아메바는 곧 흐물흐물해지지. 내 말은, 네 삶이 아메바 같다는 거야. 너는 목적도 없이 흐느적거릴 뿐이야. 그렇지만 난 너보다 훨씬 흥미롭고 역동적이고 바람직한 사람이야. 다시 말 해 넌 이류라는 거지. 너는 타버린 토스트지만 나는 값비싼 캐비어야. 네 삶은 지루하기 짝이 없어. 어떻게 이보다 더 분명하게 말할 수 있을지 모르겠네.

**데이비드** 내 삶은 네가 생각하는 것처럼 그렇게 시시하지 않아.

잘 봐. 난 네가 지금 한 말을 듣고 깜짝 놀랐어. 왜냐고? 나는 내 삶이 조금도 지루하지 않거든. 내가 하는 일은 흥미롭고, 살아 있다는 느낌을 줘. 내가 가르치는 학생들도 네가 친하게 지낸다는 매력적인 영화배우만큼이나 내게는 중요한 존재야. 어쨌든 내 삶이 네 삶에 비해 지루하고 따분하며 덜 흥미롭다고 치자. 그래도 어떻게 그걸 근거로 네가 더 가치 있고 나은 사람이라는 거야?

**여러분** 그러니까 이야기는 결국 이렇게 되는 거지. 네가 아메바 같은 삶을 살기 때문에 넌 아메바의 머리로 사물을 판단할 수밖에 없다는 거야. 나는 네 상황을 판단할 수 있지만, 너는 그렇지 못해.

**데이비드** 그렇게 판단하는 근거가 뭔데? 나를 아메바라고 부를 수도 있겠지만, 무슨 뜻으로 그런 말을 하는지 모르겠어. 결국 욕하는 소리로밖에 안 들려. 내 삶이 너에게는 별로 흥미롭지 않다는 소리겠지. 그래, 난 그다지 성공하지 못했고 또 너처럼 상류층에 속하지도 않아. 하지만 그렇다고 해서 어떻게 네가 훨씬 낫고 가치 있는 사람이라는 거야?

**여러분** 이쯤에서 그만둬야 할 것 같군.

**데이비드** 그만두지 마. 더 해보라고. 넌 나보다 나은 사람이잖아!

**여러분** 자, 분명 사회는 나를 더 가치 있는 사람으로 평가할 거야. 그게 바로 내가 더 나은 사람이라는 증거라고.

**데이비드** 사회가 너를 훨씬 더 가치 있게 평가할 거라는 말이네. 물론 유명한 사회자가 출연 문제로 최근에 나한테 전화한 적은 없지.

여러분 나도 알고 있어.

데이비드 하지만 사회가 너를 더 높이 평가한다고 해서 어떻게 네가 더 훌륭한 사람이라는 거야?

여러분 나는 돈을 엄청나게 벌고 있어. 내 몸값이 수백만 달러라고. 그런데 너는 얼마짜리지, 교사 양반?

데이비드 물론 몸값으로 따지면 네가 훨씬 크겠지. 하지만 그게 어떻게 너를 더 가치 있는 사람으로 만들어준다는 거지? 어떻게 경제적 성공이 너를 더 나은 인간으로 만들어준다는 거야?

여러분 데이브, 만일 네가 나를 존경하지 못하겠다면 너랑 더 이상 얘기하고 싶지 않아.

데이비드 그것도 난 이해할 수가 없어. 누가 너를 존경하는지를 근거로 그 사람의 가치를 결정하겠다는 생각 말이야!

여러분 나는 그렇게 해!

데이비드 《코즈모폴리턴》의 편집장은 당연히 그렇게 하는 거야? 그렇다면 어떻게 그런 판단을 내렸는지 설명 좀 해줘. 만일 내가 가치가 없다면 적어도 왜 그런지는 알아야 내가 행복하다는 생각도 버릴 거고, 다른 사람들과 동등하다는 생각도 하지 않을 테니까.

여러분 네 활동 범위는 분명 좁고 따분하겠지. 내가 파리행 제트기를 타고 있을 때 너는 만원 스쿨버스에서 시달리고 있을 테니까.

데이비드 그래, 내 활동 범위는 좁을지도 몰라. 하지만 내 일은 정말 만족스러워. 아이들을 가르치는 일이 즐겁고, 아이들도 좋아하니까. 나는 아이들이 발전해가는 모습을 보는 게 좋고, 아이들이 배우는 모습을 보는 게 좋아. 가끔 아이들이 실수를 저지르면 바로잡아주기도 해. 이 일은 진정한 사랑과 인간애가 없으면 해나갈 수 없어. 그래도 너에게는 지루하게만 보이지?

**여러분** 그런 일에서는 배울 게 별로 없어. 진정한 도전이 없다고. 네가 사는 세상처럼 작은 세상이라면 너는 이미 배워야 할 모든 것을 배웠을 거야. 그러니 배운 것을 계속 반복할 뿐이지.

**데이비드** 네가 하는 일은 꽤 대단한 도전인 모양이구나. 하지만 그건 나도 마찬가지야. 어떻게 내가 한 명의 학생에 대해 모든 것을 알 수 있겠어? 아이들은 하나같이 복잡하고 흥미로운 존재야. 나는 그 어떤 학생에 관해서도 완전히 안다고 생각하지 않아. 단 한 명의 학생을 상대하더라도 나의 모든 능력을 동원해야 할 만큼 크나큰 도전이라고. 수많은 아이와 함께하는 이 일이 난 더 이상 바랄 게 없을 정도로 좋아. 내 세계가 좁고 지루하며, 모든 것이 뻔하다는 네 말을 난 이해할 수 없어.

**여러분** 글쎄, 네가 사는 세계에서는 내가 활동하는 세계에서 볼 수 있는 대단한 사람들을 볼 수 없을걸.

**데이비드** 모르겠는데. 우리 학생 가운데 지능지수가 높은 아이는 아마 너처럼 성공할 수도 있겠지. 일부는 평균 이하라서 어쩌면 특별한 사람으로 성장하지는 못할 테고. 나머지 대부분의 아이들은 평균 정도의 지능을 지녔지만 그 애들 하나하나가 나한테는 미지의 세계야. 그 애들이 지겨울 거라고 했지? 도대체 그게 무슨 뜻이야? 왜 너한테는 성공한 사람들만 흥미로운 거야?

**여러분 항복할게! 그래, 내가 졌다고!**

정말로 여러분이 성공한 속물 역할을 한 뒤 '항복'했으면 좋겠다. 여러분의 주장, 그러니까 여러분이 나보다 나은 사람이라는 주장을 좌절시키기 위해 나는 아주 간단한 방법을 이용했다. 지성, 영향력, 지위를 비롯한 몇 가지 특정 자질 때문에 여러분이 더 낫거나 가치 있는 사람이라고 주장할 때마다 나는 그 특정 자질(또는 여러 가지 자질)로 판단하면 여러분이 더 낫다고 바로 동의했다. 그런 다음 물었다. "그런데 어떻게 그런 점이 너를 더 가치 있는 사람으로 만들어준다는 거지?" 이 질문에 대답하는 것은 불가능하다. 이 질문은 어떤 사람이 다른 사람보다 우월하다고 주장하는 그 어떤 가치체계도 무력하게 만들어버린다.

이 방법을 '조작화operationalization'(존재나 다른 현상에 의해 인지되지 않지만 직접 측정이 불가능한 현상의 측정을 정의하는 과정 – 옮긴이)라고 한다. 이 경우 무엇이 어떤 사람을 다른 사람들에 비해 더 가치 있거나 가치 없게 만드는지 구체적으로 설명해야 한다.

물론 앞에 예로 든 대화에서처럼 다른 사람이 우리에게 모욕적으로 말하는 경우는 드물다. 사실 실제 모욕은 우리 머릿속에서 이루어진다. 지위, 성과, 인기, 사랑 등을 근거로 자신의 가치를 깎아내리며 매력이 없다고 말하는 사람은 바로 우리 자신이다. 따라서 자신을 폄하하는 행동에 종지부를 찍어야 하는 사람도 바로 우리 자신이다. 어떻게 하느냐고? 앞에 예로 든 것과 비슷한 대화를 자신과 하면 된다. 여러분과 논쟁할 가상의 적에게 '비판자'라는 이름을 붙이고, 무엇을 근거로 여러분에게 열등하거나 가치가 없다고 하는지 논쟁해보자. 우선 그의 비판 중 조금이라도 맞는 부분이 있다면 바로 동의한 뒤, 이어서 이렇게 질문하자. 그렇다고 어떻게 내가 가치 없는 사람이라고 말할 수 있느냐고 말이다. 몇 가지 예를 소개한다.

1. **비판자** 너는 좋은 연인이 될 수 없어. 넌 가끔 남자 구실도 제대로 못하잖아. 그거야말로 네가 남자로서 부족하고 열등하다는 증거야.

   **여러분** 그건 내가 섹스에 대해 너무 신경이 예민해서 그래. 물론 내가 애인으로서 특별한 기술도 없고 자신감도 없다는 건 알아. 그러나 그렇다고 어떻게 내가 남자로서 부족하고 열등하다고 말할 수 있지? 남자만이 남자 구실에 대해 신경과민이 될 수 있으므로 오히려 이것은 '남자다운' 경험이란 말이야. 거기에 쉽게 예민해지는 것이야말로 남자다운 거라고. 그리고 남자답다는 게 단지 섹스를 잘하는 것만을 의미하진 않아.

2. **비판자** 너는 다른 친구들처럼 열심히 일하지도 않고 성공하지도 못했어. 너는 게으르고 쓸모도 없는 사람이야.

   **여러분** 그건 내가 야망이 부족하고 덜 성실하다는 뜻이야. 재능이 부족할지도 모르지. 하지만 그렇다고 어떻게 내가 게으르고 쓸모없는 인간이라고 결론지을 수 있어?

3. **비판자** 너는 어떤 면에서도 탁월하지 않기 때문에 가치가 별로 없어.

   **여러분** 그래, 나는 어떤 분야에서도 세계 챔피언은 아니야. 아니 2등을 하는 분야도 없지. 사실 대부분 평균 수준이야. 그렇지만 어떻게 그런 사실 때문에 내가 가치 없다고 말할 수 있어?

4. **비판자** 너는 유명하지도 않고, 친한 친구도 거의 없고, 너를 걱정해주는 사람도 없어. 가족도 없고, 가볍게 사귀는 애인조차 없지. 그러니 넌 패배자야. 넌 무능한 인간이라고. 넌 분명히 뭔가 잘못되었어. 넌 가치가 없어.

   **여러분** 현재 애인이 없는 건 사실이야. 친한 친구도 몇 명밖에 없지. 그런데 내가 '유능한' 사람이 되려면 몇 명의 친구가 있어야 하는데? 네 명? 열한 명? 내가 유명하지 않은 것은 사회성이 부족해서일 수도 있어. 그러니 앞으로 더 노력해야겠지. 하지만 그렇다고 어떻게 내가 '패배자'라는 거지? 내가 왜 가치가 없다는 거야?

이런 방식으로 자신과 대화해보기 바란다. 스스로에게 할 수 있는 최악의 모욕을 적어보고, 그에 대한 대답을 찾아보자. 처음에는 힘들 수도 있다. 하지만 결국에는 진실을 깨달을 것이다. 여러분은 불완전할 수도 있고, 성공하지 못했을 수도 있고, 다른 사람에게 사랑받지 못할 수도 있다. 하지만 그렇다고 해서 존재할 가치가 없는 사람은 결코 아니다.

## 자존감을 지킬 수 있는 네 가지 길

여러분은 이렇게 물을지도 모른다. "만일 내 가치가 성공이나 사랑, 타인의 인정을 통해서 결정되지 않는다면, 나는 어떻게 자존감을 얻을 수 있나요? 이 모든 판단 기준이 개인의 가치를 결정하는 기준으로 적합하지 않다는 점을 차례차례 증명하고 나면 더 이상 아무것도 남지 않는데요. 그럼 이제 나는 뭘 어떻게 해야 하는 거죠?" 여기에 자신을 존중할 수 있는 네 가지 길이 있다. 그 가운데 여러분에게 가장 유용한 것 하나를 선택하자.

첫 번째 길은 실용적이면서 철학적이다. 인간의 '가치'란 본래 추상적인 개념이라는 걸 알아야 한다. 다시 말해 그런 가치는 실제로 존재하지 않는다. 그러므로 우리는 그것을 가지거나 못 가지거나 할 수 없고, 측정할 수도 없다. 가치는 '물건'이 아니라 일반적인 개념일 뿐이다. 이 개념은 너무나 일반화되어서 구체적이고 실용적인 의미가 없다. 유용하지도 않고 매력적이지도 않은 개념이다. 오히려 자기패배적이어서 해롭다. 우리에게 어떤 좋은 작용도 하지 않고, 고통과 비참함만 불러들일 뿐이다. 그러니 '가치 있는' 사람이 되어야 한다는 그 어떤 요구도 즉시 떨쳐버리자. 그래야 다시는 그것을 기준으로 스스로를 평가하는 일도 없고, '가치 없는' 사람이 될까 봐 두려워할 필요도 없다.

사람을 평가할 때 '가치 있다'느니, '가치 없다'느니 하는 말은 공허한 개념이라는 사실을 깨달아야 한다. '진정한 자아'나 '개인적 가치' 같은 개념도 무의미한 헛소리다. 우리의 '가치'를 쓰레기통에 버리자!(원한다면 우리의 '진정한 자아'도 함께 버릴 수 있다!) 그래도 잃을 게 하나도 없다는 사실을 알게 될 것이다. 그러고 나면 현재의 삶에 집중할 수 있다. 삶에서 우리가 직면하는 문제는 무엇인가? 그런 문제를 어떻게 다룰 것인가? 바로 이것이 핵심이지, '가치'와 같은 붙잡을 수 없는 신기루는 전혀 중요하지 않다. '자아'나 '가치'를 포기하기가 두려울 수도 있다. 하지만 무엇이 두려운가? 그것을 포기하면 어떤 끔찍한 일이 일어날까? 그런 일은 절대 없다! 다음에 소개하는 가상의 대화가 이를 명확하게 보여줄 것이다. 내가 가치 없는 인간이라고 가정해보자. 여러분은 이 가정에 편승해 이제 나를 제대로 괴롭히고 기분 나쁘게 하기 바란다.

**여러분** 번스 박사, 당신은 쓸모없는 인간이에요!

**데이비드** 그래요, 나는 쓸모없는 사람이에요. 전적으로 동의합니다. 나에겐 나 자신을 '가치 있게' 만들어주는 것이 하나도 없다는 걸 잘 알고 있거든요. 사랑, 인정, 성공은 나에게 어떤 '가치'도 줄 수 없지요. 그래서 나는 내가 아무런 가치도 없다는 사실을 받아들인답니다. 이게 문제가 되나요? 뭔가 나쁜 일이 일어날까요?

**여러분** 당신은 분명 비참할 겁니다. 당신은 그야말로 '쓸모없는 사람'일 뿐이죠.

4부. 우울장애 예방과 인격 성장

**데이비드** 내가 '쓸모없는' 사람이라 치죠. 그러면 뭐 어떻습니까? 왜 내가 특별히 비참해야 하는 거죠? '무가치'한 게 어떤 면에서 나한테 손해라는 건가요?

**여러분** 그러면 당신 자신을 어떻게 존중할 수 있겠어요? 어느 누가 그럴 수 있겠어요? 당신은 그저 인간 쓰레기일 뿐이라고요!

**데이비드** 당신은 나를 쓰레기라고 생각할지 모르지만 나는 나 자신을 존중하고, 다른 많은 사람도 나를 존중해줘요. 나 자신을 존중하지 않을 이유가 없으니까요. 당신이 나를 존중하지 않는다 해도 상관없어요.

**여러분** 가치 없는 인간은 행복할 수도 즐거워할 수도 없어요. 번스 박사, 당신은 틀림없이 우울할 거고 다른 사람들한테 경멸받을 거예요. 전문가들이 당신을 엉터리라고 결론 내렸다고요.

**데이비드** 그렇다면 신문사에 전화해서 알려주시죠. 내일 아침엔 이런 머리기사를 읽게 되겠군요. '필라델피아 출신 의사, 진실을 알고 보니 완전히 엉터리였음.' 만일 내가 정말 그 정도로 최악이라면, 오히려 잃어버릴 게 없어서 안심이 되네요. 이제 두려움 없이 살 수 있을 뿐 아니라 행복하고 즐겁게 살 수 있겠어요. 무가치한 인간은 더 이상 나빠질 것도 없으니까요. 내 신조가 바로 이겁니다. '무가치한 것은 멋진 것이다!' 사실 이런 문구를 새겨 넣은 티셔츠를 만들어볼 생각도 있어요. 내가 중요한 뭔가를 놓쳤을지도 모르겠군요. 분명 당신은 가치가 있고 나는 그렇지 않아요. 그런데 이런 '가치'가 당신에게 무슨 도움이 되나요? 그게 나 같은 사람보다 당신을 더 나은 사람으로 만들어주나요?

이제 이런 질문이 머릿속에 떠오를지도 모른다. '성공이 내 가치를 높여준다는 믿음을 포기한다면, 뭔가를 해봐야 무슨 의미가 있을까?' 여러분이 아무것도 하지 않고 하루 종일 침대에 누워만 있다면, 하루를 좀 더 밝게 만들어줄 어떤 일이나 사람을 만날 가능성은 매우 적을 것이다. 게다가 개인의 가치라는 개념과는 전혀 무관한, 일상생활에서 만족을 얻을 수 있는 일도 매우 많다. 예를 들어 이 글을 쓰고 있는 지금 이 순간, 나는 무척 흥분된다. 하지만 그 이유는 '내가 이런 글을 쓰니까 난 특별히 가치 있는 사람이야'라는 믿음 때문이 아니다. 이렇듯 들뜬 기분은 바로 창조하는 과정에서 나온다. 아이디어를 모으고, 편집하고, 서툰 문장을 다듬고, 이 글을 읽는 독자의 반응을 기대하는 과정 말이다. 이런 과정은 흥미로운 모험이다. 몰두하고 헌신하고 위험을 감수하는 일은 흥분을 불러일으키는데, 나는 이런 지적 흥분이야말로 나에게 적합한 보상이라고 생각한다.

여러분은 또 이런 의문이 들지 모른다. '가치라는 개념이 없다면, 삶의 목표와 의미는 뭘까?' 간단하다. 모호한 '가치'에 매달리기보다는 하루하루의 삶에서 만족, 기쁨, 배움, 숙달, 개인의 성장, 그리고 다른 사람과의 소통을 목표로 삼으면 된다. 스스로 현실성 있는 목표를 세우고, 그 목표를 실현하기 위해 열심히 일하자. 빛 좋은 개살구에 지나지 않는 가치 따위는 말끔히 잊을 만큼 매우 만족스러울 것이다.

여기서 여러분은 이런 이의를 제기할 수도 있다. "나는 항상 모든 인간은 가치 있다고 배웠고, 그래서 이 개념을 포기하고 싶지 않아요." 물론 여러분이 이런 식으로 생각한다면 나도 동의할 것이다. 이제 우리는 자존감을 지킬 수 있는 두 번째 길에 이르렀다. 인간은 누구나 태어나서 죽을 때까지 하나의 '총체적 가치'를 가지고 있음을 인정하자. 세상에 태어나 아직 아무것도 이룬 것이 없는 어린아이도 소중하며 가치가 있다. 늙거나 병들거나 쉬거나 잠들었을 때, 아무것도 하지 않을 때조차 우리는 여전히 '가치'가 있다. 우리의 '총체적 가치'는 측정할 수도 없고 변하지도 않는다. 다른 사람들도 마찬가지다. 생산적으로 살아감으로써 행복감과 만족감을 높일 수도 있고, 반대로 파괴적인 행동을 해서 자신을 비참하게 만들 수도 있다. 그 어떤 경우에도 우리의 '총체적 가치'는 항상 그 자리에, 자신의 가치를 존중하고 그것을 기뻐할 줄 아는 우리의 능력과 함께 있다. 이런 가치는 측정하거나 바꿀 수 없으므로 그것을 다루려 하거나 걱정해봐야 아무 소용 없다. 그러니 그런 건 신에게 맡겨두자.

해결 방법은 자존감을 지키는 첫 번째 방법과 같다. '가치'를 다루려 드는 것은 무모하고 의미 없는 짓이므로 생산적으로 사는 데 집중하는 편이 훨씬 낫다! 오늘 우리가 직면한 문제는 무엇인가? 어떻게 그 문제를 해결할 생각인가? 이런 질문은 의미 있고 쓸모도 있지만, 우리의 개인적 '가치'에 관한 고민은 늘 그 자리에서 맴돌 뿐이다.

자존감을 지킬 수 있는 세 번째 길이 있다. 자존감을 잃어버리는 단 하나의 방법은 비이성적이고 비논리적이며 부정적인 생각으로 자신을 학대하는 것이라는 사실을 잊지 말자. 자존감은 우리가 멋대로 억지를 부리면서 자신을 모욕하는 일을 멈추고, 그런 부정적인 생각에 이성적으로 맞서 싸울 때 비로소 지킬 수 있다. 이 일을 효과적으로 해낼 때 우리는 벅찬 환희와 자신에 대한 존중감을 자연스레 경험할 수 있다. 강물은 저절로 흘러가므로 굳이 나서서 흐르게 할 필요가 없다. 강물의 흐름을 방해하지만 않으면 된다.

오로지 '왜곡'된 생각만이 우리의 자존감을 빼앗아갈 수 있다. 그러므로 실제로는 그 어떤 것도 우리의 자존감을 빼앗지 못한다. 그 증거로 극단적 상황이나 뭔가 박탈당한 상황에서도 자존감을 잃어버리지 않은 수많은 예가 있다. 2차 세계대전 당시 나치에 의해 감금된 사람들은 스스로를 경멸하지도 않았고, 고문에 굴복하지도 않았다. 심지어 그들은 상상할 수 없는 고통에도 자존감이 더욱 강화되었으며, 어떤 사람은 영혼의 각성을 경험하기까지 했다고 한다. 자존감을 가질 수 있는 네 번째 길이 남았다. 자신을 소중한 친구처럼 대하는 것이다. 평소 존경해 마지않던 유명 인사가 어느 날 갑자기 여러분을 방문했다고 상상해보자. 그를 어떻게 대할 것인가? 가장 좋은 옷을 입고 가장 좋은 와인과 음식을 대접할 것이다. 그리고 그가 편안하고 즐거운 시간을 보낼 수 있도록 모든 노력을 기울일 것이다. 또 여러분이 그를 얼마나 소중히 여기는지, 그와 함께하는 이 시간이 얼마나 영광스러운지 표현할 것이다. 그런데 왜 정작 자신은 그렇게 대하지 않을까? 가능하면 우리 자신에게도 늘 그렇게 하자! 아무리 그 유명 인사를 존경한다 해도, 그 사람보다는 우리 자신이 훨씬 더 중요하지 않은가? 그럼에도 왜 자신을 그 사람만큼 대해주지 않는가? 자기 자신에게 하듯 그 사람을 모욕하고 비난할 수 있는가? 그의 약점이나 결함을 들쑤셔댈 수 있는가? 그렇게 하지 못하면서 왜 자신은 그토록 혹독하게 대하는가? 이런 관점에서 보면 자신을 고문하는 것은 참으로 멍청한 것이다.

이렇게 자신을 배려하고 사랑으로 대할 권리는 획득해야 하는 것일까? 그렇지 않다. 자신을 존중하는 태도는 우리의 장점과 결점을 온전히 느끼고 받아들인 바탕 위에서 우리 스스로 주장하고 발휘하는 것이다. 애써 겸손한 척하거나 우월감을 느낄 필요 없이 자신의 긍정적인 특징을 인정해야 한다. 그리고 열등감이나 자기경멸감 없이 자신의 모든 단점을 자연스럽게 받아들여야 한다. 이런 태도야말로 자기애와 자아존중의 핵심이다. 이것은 획득할 필요도 없고, 획득할 수 있는 것도 아니다.


## 성공의 덫에서 탈출하라

여러분은 이렇게 생각할 수도 있다. '번스 박사라면 성공과 자존감에 관해 이렇게 심각하게 이야기할 수도 있지. 번스 박사는 직업적으로 성공했고 책도 냈잖아. 그러니 나더러 성공은 잊어버리라고 말할 수 있는 거야. 이런 말은 부자가 거지에게 돈은 중요하지 않다고 역설하는 것만큼 순진하게 들리는군. 솔직히 말하면 나는 여전히 일을 제대로 못하면 나 자신에게 실망한다고. 그리고 내가 지금보다 성공한다면 삶이 더 신나고 의미 있을 거라고 믿는 것도 여전해. 진짜 행복한 사람은 거물이나 고위직에 있는 사람들뿐이지. 나는 그냥 평범해. 실제로 놀라운 일을 해낸 적이 없기 때문에 덜 행복하고 덜 만족스러울 수밖에 없어. 내 생각이 옳지 않다고 생각한다면 증명해보라고! 내 사고방식을 바꿀 수 있는 방법을 보여줘. 그러면 기꺼이 그 말을 믿어주지.'

이제 자신이 가치 있고 행복하다고 느끼려면 대단한 일을 해내야 한다는 생각의 덫에서 벗어날 수 있는 몇 가지 실천 방법을 살펴보도록 하자.

## 반박하라

이런 생각에서 해방될 수 있는 첫 번째 방법은, 스스로 부족하다고 느끼게 하는 부정적이고 왜곡된 생각에 반박하는 연습을 하는 것이다. 이를 통해 문제는 우리의 실제 성과가 아니라 스스로를 폄하하고 비난하는 태도라는 사실을 분명히 알게 된다. 우리의 행동을 현실적으로 평가하는 법을 배우면 만족감도 늘어나고 자신을 더욱더 인정할 수 있을 것이다.

이 방법이 실제로 어떤 효과가 있는지 렌의 경우를 보자. 렌은 록밴드에서 기타를 연주하는 일로 경력을 쌓고 있는 젊은이다. 그는 자신이 '이류' 뮤지션처럼 여겨져 치료를 받으러 왔다. 어릴 때부터 다른 사람에게 인정받으려면 '천재'가 되어야 한다고 믿어온 렌은 비판을 들으면 쉽게 상처받았다. 그리고 유명한 뮤지션과 비교하면서 '그 사람에 비하면 난 하찮은 존재야'라고 생각하며 비참해하고 패배감에 빠져들었다. 렌은 친구들과 팬도 자신을 이류로 간주할 것이라고 확신했다. 그리고 삶에서 누리면 좋은 것, 이를테

4부. 우울장애 예방과 인격 성장

면 칭찬이나 존경, 사랑 같은 것에서 자신이 마땅히 받아야 할 몫은 결코 없으리라고 믿었다.

렌이 스스로에게 하는 말이 얼마나 비논리적이고 터무니없는지 드러내기 위해 두 칸 기법을 활용했다(〔표 13-1〕 참조). 이 방법을 통해 렌은 자신의 문제는 음악적 재능이 아니라 비현실적인 사고방식임을 알게 있었다. 이렇게 왜곡된 생각을 고쳐나가자 렌은 자신감을 찾을 수 있었다. 그는 이 기법의 효과를 다음과 같이 묘사했다. "내 생각을 기록하고 그 내용을 이성적으로 반박하자, 내가 스스로를 얼마나 가혹하게 대했는지 깨달았어요. 그리고 내가 바꿀 수 있는 뭔가가 있다는 것을 알게 되었습니다. 가만히 앉아서 자신이 하는 말의 폭격에 당하는 대신, 반격을 할 수 있는 대공포 무기를 갖게 된 거죠."

## 자신에게 즐거움을 주는 일을 하라

우리가 끊임없이 성공을 향해 질주하는 이유는 오직 직업적으로 성공해야 진정한 행복을 얻을 수 있다고 믿기 때문이다. 너무 비현실적이지 않은가. 우리가 삶에서 얻는 만족감은 대부분 큰 성공을 거두지 않아도 누릴 수 있는 것이다. 어느 가을날, 숲속을 거닐면서 맛보는 기쁨은 특별한 재능이 있어야 누릴 수 있는 게 아니다. 아들을 꼭 안아주면서 느끼는 기쁨을 누리기 위해 우리에게 '탁월한' 능력이 필요한 것도 아니다. 실력이 그저 그런 배구 선수라 해도 배구 경기를 즐길 수 있다. 삶에서 얻는 즐거움 가운데 여러분이 특히 좋아하는 것은 무엇인가? 음악? 자전거 타기? 수영?

| 표 13-1 | 렌의 두칸 기법

자신을 괴롭히는 '최고'가 되어야 한다는 생각과, 거기에 대한 반박을 기록한 렌의 과제물.

| 자동적 사고 | 이성적 대응 |
|---|---|
| '최고'가 아니면 사람들의 관심을 받을 수 없어. | 흑백논리야. 내가 '최고'든 아니든 사람들은 내 음악에 귀를 기울일 거야. 그들은 내 공연을 볼 것이고, 많은 이가 내 음악에 긍정적 반응을 보일 거야. |
| 모든 사람이 내가 연주하는 음악 장르를 좋아하지는 않아. | 그것은 모든 음악가, 심지어 베토벤이나 밥 딜런에게도 해당되는 말이지. 어떤 음악가도 모든 사람을 즐겁게 할 수는 없어. 그래도 꽤 많은 사람이 내 음악을 좋아해. 내가 음악을 즐기는 것으로 만족해야 해. |
| 내가 '최고'가 아니라는 걸 아는데 어떻게 내가 음악을 즐길 수 있겠어? | 언제나 그랬듯이 그냥 내가 좋아하는 음악을 연주하면 돼! '세계 최고 음악가' 같은 것은 없어. 그러니 그렇게 되려고 애쓰지 마! |
| 만일 내가 더 유명하고 재능이 있다면 더 많은 팬이 생길 텐데. 카리스마 넘치는 일류 연주자가 주목받고 있을 때 그 옆에서 내가 어떻게 행복할 수 있겠어? | 내가 행복해지려면 얼마나 많은 팬과 얼마나 많은 여자친구가 필요한 거야? |
| 내가 뮤지션으로 유명해지지 않는다면 어떤 여자도 나를 사랑하지 않을 거야. | 직장에서 '평균' 정도로만 일하는 사람들도 사랑받고 있어. 누군가에게 사랑받기 위해 내가 정말 유명한 사람이 되어야 하는 걸까? 내가 아는 데이트를 자주 하는 남자들도 그렇게 특별하지는 않아. |

음식? 여행? 대화? 독서? 공부? 스포츠? 이 모든 것을 즐기기 위해 굳이 유명해지거나 최고가 될 필요는 없다.

쉰여덟 살 조시는 정상 생활이 힘들 정도의 우울장애와 양극성 정동장애bipolar affective disorder에 시달린 병력이 있었다. 어릴 때부터 그의 부모는 아들이 장차 비범한 인물이 될 거라고 끊임없이 강조했다. 그 때문에 그는 항상 1등을 해야 한다는 압박감을 느꼈다. 마침내 그는 자신이 좋아하는 전기공학 분야에서 커다란 공헌을 했다. 수많은 상을 수상했고, 대통령특별위원회 위원으로 임명되기도 했으며, 다양한 특허권도 획득했다. 하지만 갈수록 양극성 정동장애가 심각해졌고 우울장애도 계속 악화되었다. 판단력이 흐려졌고, 기괴하고 난폭한 행동을 일삼아 여러 번 병원에 입원해야 했다. 슬프게도 그는 한 차례 심각한 조증 발작에서 정신을 차렸을 때, 자신의 화려한 경력뿐 아니라 가족까지 잃었다는 사실을 알게 되었다. 아내는 이혼을 요구했고, 회사에서는 조기 퇴직을 종용했다. 20년간의 성공이 물거품이 되어버린 것이다.

이후 몇 년 동안 조시는 리튬 치료를 받으면서 평범한 컨설팅 사업을 시작했다. 리튬 치료를 받는데도 불쾌한 양극성 정동장애와 우울장애가 계속되자 결국 나에게 치료를 받으러 왔다.

조시가 앓고 있는 우울장애의 핵심은 분명했다. 자신의 일이 과거처럼 돈과 명성을 가져다주지 않자 살아갈 의욕을 잃어버린 것이다. 젊을 때 그는 박력 넘치게 일을 추진하면서 기쁨을 누렸지만, 이제 예순 가까운 나이에 혼자가 되었고 전성기도 지나버렸다. 그러나 그는 여전히 개인적 가치를 얻고 진정한 행복을 누릴 수 있는 유일한 길은 가장 뛰어나고 독창적 성과를 거두는 것이라고 믿기 때문에 평범한 직업을 가지고 소박한 삶을 살아가는 자신을 이류로 간주했다.

하지만 조시는 마음만은 여전히 훌륭한 과학자였다. 그래서 그는 '즐거움 예상 목록'을 이용해 자신의 삶이 보통밖에 안 될 운명이라는 가설을 시험해보기로 했다. 그는 매일 자신에게 기쁨, 만족, 또는 개인적 성장을 가져다줄 수 있는 다양한 활동을 계획했다. 그의 컨설팅 사업과 관련 있는 일일 수도 있고, 단순히 취미나 여가 활동일 수도 있었다. 실제로 각 활동을 해보기 전에 이런 활동이 줄 수 있는 즐거움을 예상해 0퍼센트(전혀 만족스럽지 못함)부터 99퍼센트(경험할 수 있는 최대의 즐거움)까지 숫자로 적어보았다.

며칠 동안 이 목록을 작성한 다음, 조시는 현재의 삶에서도 기쁨과 만족을 느낄 가능성이 많다는 사실을 알고 깜짝 놀랐다((표 13-2) 참조). 때때로 자신의 일에 보람을 느끼고 있었으며, 그 밖의 수많은 활동도 비록 일만큼은 아니더라도 충분히 즐거울 수 있다는 사실을 발견했다. 어느 토요일 밤, 여자친구와 함께 롤러스케이트를 타러 갔을 때 아주 멋진 일이 그를 기다리고 있었다. 음악에 맞춰 몸을 움직이는 동안 조시는 리듬과 멜로디에 빠져들면서 강렬한 기쁨을 만끽했다. 그가 작성한 '즐거움 예상 목록'은 궁극의 만족감을 느끼기 위해 굳이 노벨상을 받으러 스톡홀름까지 갈 필요가 없다는 사실을 보여주었다. 실제로 그는 스케이트장보다 더 멀리 갈 필요가 없었다! 그가 한 실험은, 삶은 여전히 기쁨과 충족감을 누릴 수 있는 기회로 가득 차 있다는 사실을 보여주었다. 만일

| 표 13-2 | **조시의 즐거움 예상 목록**

| 날짜 | 기쁨이나 만족감을 주는 활동 | 누구와 함께했는가? (혼자서 했다면 '자신' 이라고 표기) | 예상 만족도 (0~100%) (활동 전 기록) | 실제 만족도 (0~100%) (활동 후 기록) |
|---|---|---|---|---|
| 99/4/18 | 컨설팅 프로젝트 | 자신 | 70 | 75 |
| 99/4/19 | 아침 식사 전 긴 산책 | 자신 | 40 | 85 |
| 99/4/19 | 서면 보고서 준비하기 | 자신 | 50 | 50 |
| 99/4/19 | 잠재 고객에게 전화하기 | 자신 | 60 | 40 (성공하지 못함) |
| 99/4/20 | 롤러스케이트 타기 | 여자친구 | 50 | 99 |

그가 일에만 집착하지 않고, 삶이 주는 풍성한 경험의 장을 마음을 열고 받아들인다면 말이다.

나는 성공과 성과가 바람직하지 않다고 주장하는 게 아니다. 그런 주장은 비현실적이다. 성과를 올리고 일을 잘해내는 것은 대단히 만족스럽고 즐거울 수 있다. 그러나 최대 행복을 누리는 데 성공은 필요조건도, 충분조건도 아니다. 다람쥐 쳇바퀴 돌리듯 살면서 다른 사람의 사랑이나 인정을 얻으려고 애쓸 필요는 없다. 충만한 삶을 살기 위해, 그리고 내면의 평화와 자존감을 누리기 위해 꼭 1등이 될 필요는 없다.

# 14.
## 완벽주의 극복하기:
## 감히 평범해져라

    이 장에서 내가 여러분에게 바라는 것은 '평범해지기 위해 노력하라'는 것이다. 평범한 수준이 되면 바보 같고 시시하지 않을까? 좋다, 그러면 딱 하루만 시험해보자. 이 도전을 받아들인다면 두 가지 일이 일어날 것이다. 첫째, 평범한 상태에서는 특별한 성공을 거두지 못한다. 둘째, 그럼에도 여러분이 한 일에 대해 상당한 만족감을 누릴 수 있다. 지금까지 경험한 것보다 훨씬 더! 만일 여러분이 이 '평범함'을 유지하려고 노력하면 만족감은 더욱 커지면서 기쁨으로 변할 것이다. 이것이 바로 이 장에서 다룰 내용, 완벽주의를 물리치고 순수한 기쁨을 누리는 법 배우기다.

다음과 같이 생각해보자. 현명해질 수 있는 문이 두 개 있다. 하나에는 '완벽함'이라 쓰여 있고, 다른 하나에는 '평범함'이라 쓰여 있다. 완벽함의 문은 화려하고 고급스럽고 우리를 현혹한다. 우리는 이 문을 통과하고 싶다. 평범함의 문은 칙칙하고 단조롭다. 누가 이런 문을 원하겠는가?

그래서 우리는 완벽함의 문을 통과하려고 애쓰는데, 그러다 문 너머에 있는 단단한 장벽을 발견한다. 이 벽을 깨려고 시도하면 코피가 흐르고 두통이 생긴다. 이와는 반대로 평범함의 문 너머에는 마법의 정원이 있다. 하지만 이 문을 열고 안을 들여다보는 일은 결코 일어나지 않을지도 모른다!

내 말을 믿지 못하겠는가? 난 그럴 것이라고 생각한다. 하지만 여러분이 반드시 내 말을 믿을 필요는 없다. 여러분은 회의적인 입장을 계속 유지해나가기 바란다. 그편이 정신 건강에 좋다. 다만 내가 말하는 내용을 잘 검토해보기 바란다. 살면서 단 하루만이라도 평범함의 문을 통과해보자. 틀림없이 깜짝 놀랄 것이다.

이유는 이렇다. '완벽함'은 모든 사람이 꿈꾸는 궁극의 환상이다. 완벽함이란 실제로 존재하지 않는다. 완벽함은 사실 세상에서 가장 거창한 사기 행각으로, 부를 약속하지만 불행만 가져다준다. 완벽을 추구하면 할수록 실망감은 더욱 커질 것이다. 완벽함이란 단지 추상적 개념, 현실과는 전혀 맞지 않는 개념이기 때문이다. 만일 우리가 이 개념을 깊이 비판적으로 검토한다면 모든 것이 더 좋아질 수 있다. 모든 사람, 모든 발상, 모든 예술작품, 모든 경험을 개선할 수 있다. 만일 우리가 완벽주의자라면 무슨 일을 하더라도 우리는 결국 패배자가 될 수밖에 없다.

'평범함' 역시 또 다른 환상이지만, 이것은 친절한 속임수이자 유용한 생각이다. 1달러를 넣으면 1달러 50센트가 나오는 슬롯머신과 같다. 평범함은 모든 면에서 우리를 풍요롭게 해준다.

왠지 괴상하게 들리는 이 가설을 검토해보고 싶다면 같이 시작해보자. 하지만 자신을 지나치게 평범하게 만들어서는 안 된다. 너무나 큰 행복감에 흠뻑 빠질 수 있기 때문이다. 사자도 사냥감을 끝없이 먹을 수는 없으니까.

4장에서 언급한 완벽주의를 추구하는 작가 제니퍼를 기억하는가? 그녀는 친구든 심리치료사든 너나없이 자기한테 완벽주의자가 되지 말라고 한다며 불평을 터뜨렸다. 하지만 완벽주의에서 벗어나려면 어떻게 해야 하는지에 대해서는 아무도 말해주지 않았다. 그래서 이 장을 제니퍼에게 바칠 생각이다. 이런 곤경에 빠진 사람은 제니퍼만이 아닐 것이다. 강의나 워크숍에서 나는 심리치료사들에게 완벽주의를 극복하기 위해 내가 개발한 열다섯 가지 방법을 책으로 묶어달라는 요청을 받곤 했다. 자, 여기 그 방법을 소개한다.

## 1. 완벽주의의 장점과 단점을 기록하라

완벽주의에 맞서 싸움을 시작하기에 가장 좋은 지점은 완벽주의를 계속 유지하고자 하는 여러분의 동기다. 완벽주의의 장점과 단점을 목록으로 작성해보자. 완벽주의가 여러분에게 이롭지 않다는 사실을 발견하면 매우 놀랄 것이다. 일단 완벽주의가 어떤 식으로도 도움이 안 된다는 걸 분명하게 깨달으면 훨씬 더 쉽게 완벽주의를 버릴 수 있다.

〔표 14-1〕은 제니퍼가 작성한 목록이다. 그녀는 완벽주의가 자신에게 이롭지 않다고 확실히 결론지었다. 이제 여러분의 목록을 만들어보자. 목록이 완성되면 소리 내어 읽어본다.

## 2. 눈높이를 낮추어라

완벽주의의 장점과 단점 목록을 이용해 몇 가지 실험을 해볼 수 있다. 어쩌면 여러분은 '완벽주의가 없다면 나는 아무것도 아니야. 일도 제대로 할 수 없을 거야'라고 믿을지도 모른다. 그래서 자신이 무능하다는 믿음이 습관처럼 굳어져 이런 가설을 의심해보지 않았을 것이다. 혹시 이런 생각을 해본 적은 없는가? '완벽주의자이기 때문이 아니라 완벽주의자인데도 난 성공할 수 있었어!'라고 말이다. 다양한 활동에서 자신의 기준을 바꾸는 시도를 해보자. 그러면 높은 기준, 보통 기준, 낮은 기준이 성과에 어떤 영향을 주는지 알 수 있다. 아마도 결과는 놀라울 것이다. 나 역시 글쓰기나 심리치료, 심지어 조깅에도 이를 적용해보았다. 이 모든 경우에서 나는 즐거운 충격을 받았다. 일단 기준을 낮추자 더 기분 좋게 일을 하게 될 뿐 아니라, 결국에는 그 일을 더 잘하게 된다는 사실을 알았다.

예를 들어 나는 1979년 1월에 난생처음으로 조깅을 시작했다. 당시 언덕이 많은 지역에 살고 있었는데, 사방이 언덕이다 보니 처

| 표 14-1 | 제니퍼가 작성한 완벽주의의 장점과 단점 목록

제니퍼는 '완벽주의는 장점보다 단점이 훨씬 많다'고 결론 내렸다.

| 완벽주의의 장점 | 완벽주의의 단점 |
| --- | --- |
| 뛰어난 성과를 거둘 수 있게 해줘. 그러니 나는 항상 좋은 결과를 내려고 열심히 노력하겠지. | 완벽주의는 나에게 압박감을 주고 신경을 곤두서게 해서 좋은 결과를 낼 수 없어. |
| | 탁월한 결과를 목표로 할 때는 당연히 실수를 감수해야 하는데, 나는 그게 두렵고 내키지도 않아. |
| | 완벽주의는 나 자신을 너무 비판적으로 보게 만들어. 인생을 즐길 수도 없어. 어느 정도 성공을 거두어도 그걸 인정하거나 누릴 수가 없거든. |
| | 완벽하지 않은 어떤 것이 언제 어디서든 나타날 것 같아 잠시도 긴장을 풀 수가 없어. 그런 걸 발견하면 나는 스스로에게 비난을 퍼부을 거야. |
| | 나는 결코 완벽할 수 없기 때문에 항상 우울할 거야. |
| | 완벽주의는 다른 사람에게 너그러울 수 없게 만들어. 결국 내 곁에는 친구가 별로 안 남을 거야. 사람들은 비판이나 비난을 달가워하지 않으니까. 내가 사람들에게서 너무 많은 결점을 찾아내는 바람에 그들을 좋아하지 못하고, 그들과 따뜻한 마음을 주고받지 못해. |
| | 완벽주의는 내가 새로운 일을 하는 것도, 뭔가 발견하는 것도 방해해. 실수할까 봐 두려워 내가 잘하거나 익숙한 것 외에는 거의 하지 않거든. 그러니 내가 경험하는 세상은 매우 좁을 수밖에 없어. 게다가 새로운 도전을 전혀 하지 않으니까 지루해서 안절부절못하게 돼. |

음에는 도중에 멈추거나 걷지 않고 200~300미터 이상 달릴 수 없었다. 그래서 나는 매일의 목표를 전날보다 약간 덜 달리는 것으로 정했다. 그러자 내가 정한 목표를 쉽게 달성할 수 있었다. 기분이 좋아졌고, 거기에 자극받아 나는 더 오래 달릴 수 있었다. 걸음걸이가 가벼워졌고, 내가 예상한 것보다 훨씬 더 즐거웠다. 몇 달 후에는 꽤 빠른 속도로 가파른 길을 지나 10킬로미터 이상 달릴 수 있었다. 나는 내 기본 원칙, 즉 전날 달린 것보다 조금 덜 달리자는 원칙을 포기하지 않았다. 이 원칙 덕분에 조깅을 하면서 절대 실망하거나 좌절하지 않았다. 멀리 그리고 빨리 달리지 못한 날도 많았다. 어떤 날은 감기에 걸린 탓에 내 폐가 "더 이상은 안 돼!"라고 말하는 소리를 듣고 400미터 정도밖에 달리지 않았다. 그때 나는 속으로 이렇게 말했다. '이 정도가 원래 내가 달리려고 한 거리였어.' 아무튼 목표를 달성했으므로 나는 기분이 좋았다.

다음과 같이 해보자. 어떤 활동이든 선택한 다음에는 100퍼센트를 목표로 삼지 말고 80퍼센트, 60퍼센트 또는 40퍼센트를 목표로 정한다. 그리고 나서 그 활동이 얼마나 즐거운지, 얼마나 생산적인지 살펴보자. 과감히 평범해지는 것을 목표로 삼아라! 어느 정도 용기가 필요한 일이지만, 그 결과를 보고 정말 놀랄 것이다.

### 3. 반완벽주의 목록을 작성하라

여러분이 강박감에 사로잡힌 완벽주의자라면, 완벽함을 목표로 삼지 않으면 인생을 최대한 즐길 수 없거나 진정한 행복을 찾을 수 없다고 믿을지 모른다. 이런 생각을 반완벽주의 목록(〔표 14-2〕)을 이용해 점검해볼 수 있다. 양치질, 사과 먹기, 숲속 산책하기, 잔디 깎기, 일광욕, 작업 보고서 쓰기 등 광범위한 활동으로 얻은 실제 만족도를 기록해보자. 각각의 활동을 얼마나 완벽하게 해냈는지 0~100퍼센트로 평가한다. 그리고 그 활동에서 얼마나 만족감을 느꼈는지 역시 0~100퍼센트로 표시한다. 그러고 나면 완벽주의와 만족감이 서로 관련 있다는 생각은 착각임을 깨달을 것이다.

한 예를 들어보자. 4장에서 나는 자신이 항상 완벽하다고 확신하는 의사에 대해 이야기했다. 아무리 큰 성공을 거두어도 그는 계속 기대치를 올렸고, 그럴수록 더 비참함을 느꼈다. 나는 그에게 "당신은 필라델피아에서 가장 타협할 줄 모르는 사람이군요. 다른 말로 하면 흑백논리의 챔피언이에요"라고 말했다. 그는 내 말에 동의했지만, 정작 변하고 싶어도 방법을 모른다고 항변했다. 나는 그에게 반완벽주의 목록을 이용해 자신의 기분과 성공의 관계를 살펴보라고 조언했다. 주말에 그는 파이프가 터져 부엌에 물이 새자 배관을 손보았다. 그는 원래 이런 일에는 젬병이었다. 하지만 결국 물이 새는 부분을 고치고 더러워진 부엌을 깨끗이 청소했다. 그러고 나서 만족도를 99퍼센트로 기록했다((표 14-2) 참조). 그는 파이프 고치는 일은 처음 해보았으므로 자신의 전문성을 고작 20퍼센트라고 기록했다. 물론 수리하긴 했지만, 시간이 한참 걸렸고 이웃 사람도 적잖이 도와주었다. 그런데 거꾸로 그가 원래 잘하는 일에서는 오히려 만족도가 낮았다.

반완벽주의 목록을 통해 그는 어떤 일을 즐기기 위해 완벽해질 필요는 없다는 사실을 확인할 수 있었다. 또 완벽함과 뛰어난 성과

| 표 14-2 | 반완벽주의 목록

| 활동 | 활동을 얼마나 잘해냈는가 (0~100%) | 활동에 얼마나 만족했는가 (0~100%) |
|---|---|---|
| 부엌 파이프 수리하기 | 20 (오랜 시간이 걸렸고, 많은 실수를 저질렀다.) | 99 (실제로 해냈다!) |
| 의과대학 강의하기 | 98 (기립박수를 받았다.) | 50 (대개 기립박수를 받으므로, 특별히 쾌감을 느끼진 않았다.) |
| 일 마치고 테니스 치기 | 60 (졌지만, 좋은 경기였다.) | 95 (정말 기분이 좋았다. 경기와 운동을 즐길 수 있었다.) |
| 1시간 동안 최근 쓰고 있는 논문의 초고 편집하기 | 75 (일에 집중해 많은 오류를 고쳤고, 문장도 가다듬었다.) | 15 (자신에게 되풀이해서 이건 최종 논문이 아니라고 말했다. 상당한 좌절감을 느꼈다.) |
| 학생과 직업 선택에 대해 이야기 나누기 | 50 (특별히 한 건 없었다. 학생의 이야기에 귀 기울이고 몇 가지 뻔한 의견을 말했을 뿐이다.) | 90 (학생은 이 대화에 진심으로 고마워하는 듯했다. 그래서 나도 기분이 좋았다.) |

를 추구하는 노력이 행복을 보장해주지는 않으며, 이런 노력이 오히려 만족감을 떨어뜨리는 경우가 많다는 사실을 알게 되었다. 그가 얻은 결론은 다음과 같다. "완벽에 대한 강박적 욕구를 포기한다면 즐거운 생활과 높은 생산성에 만족할 수 있을 것이고, 행복을 2순위로 밀어두고 계속 큰 성공만 좇는다면 결국 정서적 고통과 그저 그런 생산성에서 벗어나지 못할 것이다." 여러분은 어느 쪽을

선택할 것인가? 직접 반완벽주의 목록을 작성해서 시험해보자.

## 4. 현실에 맞지 않는 완벽주의로 자신을 괴롭히지 마라

완벽주의를 포기하면 무슨 일이 일어나는지 보고 싶어서 완벽주의를 포기하기로 결정했다고 가정해보자. 하지만 여전히 여러분의 머릿속에는 이런 생각이 맴돌고 있다. '정말 열심히 일한다면 적어도 어떤 분야에서는 완벽해질 수 있을 거야. 그리고 이렇게 완벽해진다면 뭔가 마법 같은 일이 일어날 거야.' 이 목표가 현실적인지 아닌지 자세히 살펴보자. 완벽함의 본보기라고 할 만한 어떤 것이 실제로 현실에 딱 들어맞은 적이 지금까지 한 번이라도 있는가? 더할 나위 없이 완벽해서 더 이상 개선할 필요가 없는 것을 우연히라도 본 적이 있는가?

이 사실을 확인하기 위해 개선이 필요한 게 있는지 당장 주위를 둘러보자. 누군가의 옷, 꽃병, TV 화면의 색과 선명도, 가수의 목소리나 배우의 연기 등 무엇이든 괜찮다. 어떤 식으로든 개선할 수 있는 뭔가를 분명히 발견할 수 있을 것이다. 내가 이 훈련을 처음 한 것은 기차 안에서였다. 더럽고 녹슨 철로 등 대부분의 시설이 상태가 좋지 않아 개선해야 할 것을 쉽게 찾아낼 수 있었다. 그런데 이때 나는 한 가지 난제에 부딪히고 말았다. 한 젊은 흑인 남자를 발견했는데, 그의 곱슬머리가 너무나 자연스러웠다. 완벽한 두상까지 갖춰 마치 조각 같았다. 그의 머리 모양을 개선할 어떤 방법도 생각나지 않자 나는 그만 공황 상태에 빠졌다. 나의 반완벽주의 철학이 물거품으로 돌아가는 순간이었다! 그때 문득 그의 머리에서 새치 몇 올을 발견하고는 안정을 되찾을 수 있었다! 결국 그의 머리도 불완전했던 것이다! 좀 더 가까이 다가가보니, 삐져나온 지나치게 긴 머리카락도 몇 올 보였다. 자세히 관찰할수록 고르지 않은 머리카락을 더 많이 발견할 수 있었다. 수백 개나 되었다! 이 일을 통해 나는 완벽함이라는 기준은 현실에 어울리지 않는다는 사실을 확인할 수 있었다. 그러니 어떻게 완벽주의를 버리지 않을 수 있겠는가? 여러분도 결코 달성하지 못할 성과를 기준으로 삼는다면 반드시 실패할 것이다. 그런 식으로 굳이 자신을 괴롭힐 이유가 있는가?

## 5. 강박감을 부추기는 두려움에 당당히 맞서라

완벽주의를 극복하는 또 다른 방법은 두려움과 맞서는 것이다. 완벽주의 뒤에는 항상 두려움이 숨어 있다는 사실을 여러분이 모를 수도 있다. 두려움은 모든 일을 최고로 빛나게 해야 한다는 강박감을 부채질한다. 만일 완벽주의를 포기하겠다고 결심했다면, 여러분은 맨 먼저 이 두려움과 맞서야 한다. 자, 준비가 되었는가? 어쨌든 완벽주의도 이점이 있는데, 바로 여러분을 보호해준다는 것이다. 완벽주의는 여러분이 비판, 실패, 인정받지 못함 같은 위험을 무릅쓰지 않도록 막아줄 수도 있다. 그래서 더 이상 일에서 완벽함을 추구하지 않고 그런 위험을 감수하겠다고 결정하면, 처음에는 마치 거대한 지진이 덮쳤을 때처럼 불안에 떨 것이다.

완벽주의 습관을 지탱하는 두려움의 강력한 역할을 분명히 알지 못하면, 완벽주의를 추구하는 사람들의 까다로운 행동 유형을 이해하지 못하거나 분노를 느낄 수 있다. 예를 들어 '강박적 지연 행동compulsive procrastination'이라고 알려진 기괴한 병이 있다. 이 병에 걸린 환자들은 어떤 일이든 '아주 정확히 똑바로' 해내야 한다는 강박관념에 사로잡혀서, 단순한 일상적인 일에 시간을 다 허비한다. 이 장애를 앓고 있던 한 변호사는 자신의 머리카락이 어떻게 보이는지에 집착했다. 그래서 그는 매일 몇 시간씩 빗과 가위를 들고 거울 앞에 서서 머리를 손질했다. 머리카락을 다듬는 데 몰두하다 보니 자연히 변호사 업무는 줄어들었고(고객을 점점 잃었다), 그렇게 늘어난 시간을 자신의 머리를 손질하는 데 썼다. 광적인 가위질 때문에 머리카락은 날마다 짧아져서 마침내 0.5센티미터밖에 남지 않았다. 그러자 이번에는 이마를 따라 머리카락 선을 반듯하게 다듬는 일에 사로잡혔고, '정확히 똑바로' 다듬기 위해 면도를 하기 시작했다. 그렇게 하루하루 머리카락 선은 뒤쪽으로 밀려났고, 결국 그는 자신의 머리를 싹 밀어 대머리로 만들어버렸다. 그제야 그는 안도감을 느끼며 자신의 머리카락이 '고르게' 자라기를 바라면서 머리 손질을 중단했다. 이윽고 머리카락이 다시 자라자 그는 또 가위질을 시작했고, 모든 과정이 똑같이 되풀이되었다. 이 웃지 못할 일이 몇 년에 걸쳐 계속되었고, 끝내 그는 몹시 심각한 장애를 가진 환자가 되어버렸다.

이런 경우는 극단적일 수도 있지만 가장 심각한 사례는 아니다. 이보다 훨씬 더 심각한 장애도 있으니까. 비록 이런 장애를 앓는 환자들의 이상한 습관이 터무니없어 보일지라도 그 결과는 가히 비극적이다. 이런 사람들은 알코올의존자처럼 비참한 강박증을 떨

처버릴 수 없어서 일과 가족을 희생시킨다. 그러니 여러분도 완벽주의를 고수하다가는 엄청난 대가를 치를 수 있다.

이들이 이렇듯 엄격하고 까다롭게 굴며 지나치게 자신을 통제하는 이유는 무엇일까? 정신질환 때문일까? 아니다. 대부분은 그렇지 않다. 완벽을 향한 무분별한 충동에 사로잡히도록 만드는 요인은 바로 '두려움'이다. 줄곧 해온 행동을 멈추려는 순간, 이들은 즉각 생생한 공포를 불러일으키는 강력한 불안감에 사로잡힌다. 그러면 이들은 안타깝게도 위안을 찾기 위해 또다시 강박적 습관을 반복한다. 악성종양과도 같은 이들의 강박행위를 그만두게 만드는 것은, 벼랑 끝에 매달려 있는 사람에게 손을 놓으라고 설득하는 것과 같다.

여러분의 강박감은 이 정도로 심각하지 않을지도 모른다. 연필이나 열쇠 같은 물건을 어디에 두었는지 기억나지 않아 집요하게 찾아본 적이 있는가? 그 물건이 다시 나타날 때까지 잊어버리고 기다리는 게 상책이라는 걸 알면서도 말이다. 찾기를 그만두는 것이 힘들기 때문에 계속 물건을 찾게 된다. 그만두려는 순간 마음이 불편하고 불안해진다. 그 물건이 없으면 왠지 '잘못된' 느낌이 든다. 마치 삶이 아무런 의미도 없어질 위기에 빠진 것처럼!

이런 두려움에 맞서서 이길 수 있는 방법이 하나 있다. '반응 방지response prevention'라는 기법이다. 기본 원리는 간단명료하다. 완벽주의 습관에 항복하기를 거부하고, 두려움과 불편함에 몸을 던지는 것이다. 아무리 불안하더라도 항복하지 않고 고집스럽게 버틴다. 불안이 최고조에 이를 때까지 그대로 내버려둔다. 그러면 얼마 후 강박증이 점점 줄어들다가 마침내 완전히 사라진다. 이 시점이 되면(길게는 몇 시간, 짧게는 10~15분 정도 걸릴 수 있다) 우리가 이긴 것이다!

간단한 예를 들어보자. 현관문이나 자동차 문을 잠갔는지 여러 번 확인하는 습관이 있다고 가정해보자. 물론 한 번 정도는 상관없지만, 그 이상 계속해서 확인하는 것은 강박증이다. 이때 주차하고 차 문을 잠근 다음 그 자리를 떠난다. 이제 잠금 상태를 확인하고 싶어하는 마음을 물리친다! 아마 마음이 불편할 것이다. 되돌아가서 '확인만' 하자고 자신을 설득하려 들 것이다. 그러지 마라. 대신 불안한 정도를 매분 '반응 방지 표'에 기록해보자([표 14-3] 참조). 불안감이 사라질 때까지. 이렇게 할 수 있으면 여러분이 이긴 것이다. 보통은 한 번만 이 방법에 성공해도 강박적 습관을 영원히 버릴 수 있다. 하지만 예방주사 추가 접종처럼 때로는 여러 번 해야 하는 경우도 있다. 다른 많은 나쁜 습관도 이 기법으로 해결할 수 있다. 다양한 '확인 습관'(가스불을 껐는지, 현관문을 잠갔는지, 메일이 잘 갔는지 확인하기), 청결 습관(강박적으로 손을 씻거나 집 안을 지나치게 깨끗하게 청소하기) 등이 그런 예다. 여러분이 이런 성향에서 탈출하기를 원한다면, 반응 방지 기법은 큰 도움이 될 것이다.

### 6. 두려움의 뿌리를 찾아라

자신을 강박적 완벽주의로 몰고 가는 터무니없는 두려움의 근원이 무엇인지 스스로에게 물어볼 수도 있다. 10장에서 소개한 '수직 화살표 기법'을 활용하면 여러분이 그토록 엄격한 태도로 긴장

## | 표 14-3 | 반응 방지 표

긴장이 풀릴 때까지 1~2분마다 불안감과 자동으로 떠오르는 생각을 기록한다. 아래는 자동차 문을 잠갔는지 강박적으로 확인하는 나쁜 습관에 종지부를 찍기 위해 어떤 사람이 실행한 사례다.

| 시간 | 불안감과 불쾌감(%) | 자동적 사고 |
|---|---|---|
| 4:00 | 80 | 만일 누가 차를 훔쳐간다면? |
| 4:02 | 95 | 웃기는군. 그냥 가서 차가 안전한지 확인하면 되잖아? |
| 4:04 | 95 | 지금 누군가 차 안에 있을 수도 있어. 도저히 참을 수 없어! |
| 4:06 | 80 | |
| 4:08 | 70 | |
| 4:10 | 50 | |
| 4:12 | 20 | 이러는 것도 이젠 지겨워. 내 차는 안전할 거야. |
| 4:14 | 5 | |
| 4:16 | 0 | 와, 내가 결국 해냈어! |

한 채 살아가도록 만드는 근본 원인인 암묵적 가정의 실체를 밝혀낼 수 있다. 대학생인 프레드는 학기 말 보고서를 '완벽하게' 써야 한다는 생각에 지나치게 사로잡힌 나머지 1년 내내 보고서를 쓰느라 학교를 휴학했다. 그는 이렇게 하면 만족스럽지 않은 보고서를 제출할지도 모른다는 공포감을 떨칠 수 있다고 생각했다. 그러고는 마침내 기말 보고서를 제출할 준비가 되었다고 느꼈을 때 대학에 다시 등록했다. 하지만 이런 식으로 대학을 졸업하려다가는 시

간이 너무 오래 걸릴 것이라는 사실을 깨닫고 자신의 완벽주의를 치료받으러 왔다.

복학한 뒤 다시 학기 말이 되어 또 다른 과제물을 제출할 때가 되자 그는 두려움에 직면했다. 교수는 그에게 마감날 오후 6시까지 보고서를 제출해야 하며 그러지 않을 경우 하루가 늦어질 때마다 총점에서 1점씩 깎아나가겠다고 말했다. 프레드는 보고서가 그다지 만족스럽지 않았지만 다시 다듬는 것도 현명한 일 같지 않아서 마지못해 4시 55분에 보고서를 제출했다. 전혀 만족스럽지 않은 단락도 있을뿐더러 오자가 많다는 걸 알면서도 말이다. 그런데 보고서를 제출한 순간, 불안감이 다시 밀려왔다. 불안감이 점점 커져 마침내 끔찍한 상태에 이르자 프레드는 늦은 시각에 내게 전화를 했다. 그는 너무나 불완전한 보고서를 제출했기 때문에 일어나서는 안 될 일이 일어날 것이라고 확신하고 있었다.

나는 그가 두려워하는 것이 무엇인지 정확하게 알아내기 위해 '수직 화살표 기법'을 이용해보라고 제안했다. 그의 머릿속에 가장 먼저 자동으로 떠오른 생각은 '나는 완벽한 보고서를 작성하지 못했어'였다. 그는 이런 내용을 기록한((표 14-4)) 뒤 자신에게 물어보았다. "만일 이게 사실이라면, 이것이 왜 문제가 될까?"(표 14-4)에서 볼 수 있듯이 이런 질문은 잠복해 있던 불안한 생각을 끄집어냈다. 프레드는 다음으로 머릿속에 떠오른 생각을 적었고, 자신의 두려움을 점점 더 깊이 파고들기 위해 수직 화살표 기법을 계속해나갔다. 공포와 완벽주의의 가장 깊은 근원이 노출될 때까지 그는 이런 방식으로 양파의 껍질을 벗겨나갔다. 고작 몇 분 만

4부. 우울장애 예방과 인격 성장

| 표 14-4 | 프레드의 수직 화살표 기법

프레드는 '불완전한' 보고서를 제출했을 때 느낀 두려움의 근원을 밝혀내고자 '수직 화살표 기법'을 이용했다. 이 방법을 통해 그가 경험하는 공포를 어느 정도 줄일 수 있었다. 각각의 수직 화살표 옆 질문은 좀 더 심층적인 생각을 알아내기 위해 자신에게 던지는 질문이다. 이처럼 양파 껍질을 벗기는 식으로 그는 완벽주의의 근원인 '암묵적 가정'이 무엇인지 알 수 있었다.

| 자동적 사고 | 이성적 대응 |
| --- | --- |
| 1. 나는 완벽한 보고서를 작성하지 못했어.<br>↓ 만일 이게 사실이라면, 이것이 왜 문제가 될까? | 1. '전부 아니면 전무'라는 생각<br>그 보고서는 비록 완벽하지는 않아도 꽤 훌륭해. |
| 2. 교수님은 오자나 부족한 부분을 알아차릴 거야.<br>↓ 그게 왜 문제가 되지? | 2. 정신적 여과<br>교수님은 아마 오자를 알아보겠지. 하지만 보고서 내용을 다 읽어보고는 꽤 잘 쓴 부분도 있다는 걸 인정해줄 거야. |
| 3. 교수님은 내가 보고서에 신경 쓰지 않았다고 느낄지도 몰라.<br>↓ 그렇다고 쳐. 그래서 어쨌다는 거야? | 3. 독심술의 오류<br>교수님이 어떻게 생각할지 모르잖아. 만일 그렇게 생각한다 해도 세상이 끝나지는 않아. 대부분의 학생은 보고서에 별로 신경 쓰지 않아. 그런데도 나는 꽤 신경 썼으니까 교수님이 그렇게 생각한다면 그가 틀린 거지. |
| 4. 나는 교수님을 실망시킬 거야.<br>↓ 실제로 교수님이 실망한다고 쳐. 그렇다고 왜 내가 속상해야 하지? | 4. '전부 아니면 전무'라는 생각과 점쟁이의 오류<br>모든 사람을 항상 만족시킬 수는 없어. 교수님은 내 보고서에 대체로 만족할 거야. 혹시 실망하더라도 특별히 문제 삼지는 않을 거야. |
| 5. 나는 이 보고서로 D나 F 학점을 받을 거야.<br>↓ 그렇다고 쳐. 그래서 어쨌다는 거야? | 5. 감정적 추론과 점쟁이의 오류<br>속상해서 그렇게 느끼는 거야. 하지만 나는 미래를 예언할 수 없어. B나 C를 받을 수도 있겠지만, D나 F는 아닐 거야. |

| | |
|---|---|
| 6. 그러면 성적을 망칠 거야.<br>↓ 그러면 무슨 일이 일어나는데? | 6. '전부 아니면 전무'라는 생각과 점쟁이의 오류<br>다른 사람들도 가끔 실수를 해. 하지만 그렇다고 그들의 삶이 망가지는 않아. 왜 나만 실수하지 말아야 하는 거야? |
| 7. 그건 내가 마땅히 되어야 하는 그런 학생이 못 된다는 의미야.<br>↓ 그게 왜 나를 속상하게 하는 거지? | 7. 해야 한다 식 사고<br>내가 언제나 어떤 식으로 '당연히' 어떻게 해야 한다는 규칙을 누가 정했지? 내가 특정 기준에 따라 살아야 할 의무가 있다고 누가 그래? |
| 8. 사람들은 내게 화를 낼 거야. 나는 실패할 테니까.<br>↓ 그게 왜 그렇게 무서운데? | 8. 점쟁이의 오류<br>누군가가 나에게 화를 낸다면, 그건 그들의 문제야. 내가 항상 사람들을 기쁘게 해줄 수는 없어. 그러려면 너무 힘들어. 또한 내 삶이 너무 긴장되고 위축되고 갑갑할 거야. 차라리 나한테 어울리는 기준을 세우고, 다른 사람이 화를 내더라도 그걸 감수하는 편이 더 나을지 몰라. 보고서 한번 잘못 썼다고 내가 '실패자'가 되는 건 아냐. |
| 9. 그러면 나는 외면당하고 혼자가 되겠지.<br>↓ 그러면 어떤 일이 생기는데? | 9. 점쟁이의 오류<br>모든 사람이 나를 외면하지는 않을 거야! |
| 10. 만일 내가 혼자가 되면 나는 비참해질 수밖에 없어. | 10. 긍정적인 것 인정하기<br>내가 가장 행복했던 순간 중에 몇 번은 혼자 있을 때였어. 나의 '비참함'은 홀로 된다는 것과 아무 상관이 없어. 오히려 타인에게 비난받을까 봐 두려워하고, 완벽한 기준에 따라 살지 못한다고 자신을 비난하기 때문에 비참해지는 거지. |

에 다음과 같은 암묵적 가정이 명백히 드러났다. 첫째, 한 번의 실수로도 나의 경력은 엉망이 될 것이다. 둘째, 다른 사람들은 나에게 완벽함과 성공을 요구하며, 내가 거기에 미치지 못하면 나를 외면할 것이다.

일단 자신을 불안하게 만드는 자동적 사고를 써 내려가자, 프레드는 자기 사고의 오류가 무엇인지 짚어낼 수 있었다. 왜곡된 생각 가운데 유독 세 가지가 가장 자주 떠올랐는데, 그것은 '전부 아니면 전무'라는 생각, 독심술의 오류, 점쟁이의 오류였다. 이런 왜곡된 생각 때문에 그는 경직되고 강박적이고 완벽주의를 추구하는 삶, 남에게 인정받고자 하는 삶을 살아온 것이다. 이런 왜곡을 이성적 대응으로 대체하자 그는 자신의 두려움이 얼마나 비현실적인지 알 수 있었고 극심한 공포도 사라졌다.

그럼에도 프레드는 회의적이었다. 끔찍한 일이 일어나지 않을 것이라고 완전히 확신할 수 없었기 때문이다. 뭔가 확신을 줄 만한 증거가 필요했다. 이틀 후 프레드는 필요한 증거를 얻었다. 교수가 돌려준 보고서 상단에 A라고 적혀 있었던 것이다. 오자는 교수가 직접 고쳐주었다. 교수는 보고서의 맨 뒷장에 도움이 되는 몇 가지 제안과 함께 칭찬의 말을 써주었다.

완벽주의에서 해방되기를 원한다면, 여러분도 프레드처럼 처음에는 어느 정도 불쾌감을 감수해야 한다. 이렇게 수직 화살표 기법을 이용하면 여러분이 느끼는 두려움의 뿌리를 밝혀낼 수 있다. 두려움으로부터 달아나는 대신 가만히 앉아서 그 허깨비와 정면으로 맞서라! 그리고 스스로에게 이런 질문을 해보자. '나는 무엇을 두려워하는가?' '일어날 수 있는 최악의 일은 무엇인가?' 그런 다음 프레드가 한 것처럼 머릿속에 자동으로 떠오른 생각을 종이에 적고 이에 대해 반박해보자. 겁이 나겠지만, 끈질기게 참고 불편함을 견디면 두려움을 이겨낼 수 있다. 우리가 느낀 두려움은 결국 망상에 근거한 것이기 때문이다. 겁쟁이가 투사로 변신할 때의 짜릿한 희열은 인생을 더욱 적극적으로 살아가도록 강한 동기부여가 될 것이다.

여러분은 또 이렇게 생각할지도 모른다. '만일 프레드가 결국 B, C, D 또는 F 학점을 받았다면? 그땐 어떻게 되는 거지?' 현실에서 이런 일은 보통 일어나지 않는다. 완벽주의자는 자신이 안전할 수 있는 범위를 지나치게 넓게 정해두는 습관이 있기 때문이다. 따라서 대개 실제 결과가 크게 나빠지는 일 없이 자신의 노력을 상당히 줄일 수 있다. 그러나 우리는 인생에서 실패할 수 있고 또 실제로 실패하기도 한다. 그 누구도 실패에서 완전히 자유로울 수는 없다. 이런 가능성에 미리 준비를 한다면, 그래서 그 경험으로부터 이득을 얻는다면 더할 나위 없이 좋다. 만일 여러분이 '실패하든 성공하든 모두 득이다'라는 태도로 어떤 일을 시작한다면, 실제로 그렇게 된다.

사람들은 실패를 통해 어떤 이득을 얻을 수 있을까? 간단하다! 실패를 하더라도 자신의 삶이 망가지지 않는다는 사실만 기억하자. 예를 들어 모든 과목에서 A학점만 받던 학생이 B학점을 받았다면 어떤 면에서는 좋은 일이다. 이를 통해 자신의 인간다움에 직면하고 이를 받아들일 수 있기 때문이다. 이런 경험을 통해 사람들은 성장한다. 오히려 비극은 너무 똑똑한 데다 강박관념에 사로잡혀 있는 학생이 엄청난 노력으로 실수 하나 저지르지 않고 전 과목 A학점을 받고 졸업할 때 일어난다. 이와 같은 상황의 아이러니한 점은 성공이 이런 학생을 강박장애자로 만들 수 있다는 사실이다. 이들은 완벽하지 못함에 대한 두려움을 회피하기 위해 강박적으로 지독한 노력을 기울인다. 이런 사람은 일에서 많은 성과를 이뤄내기는 하지만, 대체로 즐거움은 누리지 못한다.

## 7. 과정을 즐겨라

완벽주의를 극복하는 또 다른 방법으로 과정 지향성을 들 수 있다. 즉 어떤 일을 평가할 때 결과보다는 과정에 초점을 맞추는 것이다. 내가 처음 치료를 시작했을 때, 나는 상담하는 환자마다 그리고 상담하는 시간마다 반드시 뛰어난 성과를 내야 한다고 느꼈다. 환자와 동료들이 내가 그렇게 해주기를 기대한다고 생각해서 하루 종일 뼈가 빠지게 일했다. 상담을 받은 환자가 도움이 되었다고 말해주기라도 하면 이제 성공했다고 나 자신에게 속삭였고, 정상에 오른 듯한 기분을 느꼈다. 반대로 환자가 나를 바람맞히거나 상담 시간에 부정적인 반응을 보이면 나는 비참하다고 느꼈고 자신에게 실패했다고 말했다.

이런 롤러코스터 효과에 지친 나는 결국 동료인 벡 박사와 함께 문제를 살펴보았다. 큰 도움이 되었던 벡 박사의 조언을 여기에 소개한다. 벡 박사는 내가 매일 시청으로 차를 몰고 간다고 상상해보라고 제안했다. 어느 날에는 신호를 아주 잘 받아 일찍 도착할 수 있었고, 또 어느 날에는 신호에 자주 걸리는 데다 길까지 막혀 늦게 도착했다. 내 운전 실력은 변함이 없다. 그렇다면 나는 왜 내가 하는 모든 일에 만족하지 못할까?

벡 박사는 매번 탁월한 성과를 내려고 애쓰지 않으면 사물을 새롭게 보는 법을 배울 수 있다고 조언했다. 정말로 성과에 대한 강박을 내려놓자 환자의 반응에 개의치 않고 성실하고 꾸준히 진료할 수 있었다. 그리고 오히려 이러한 방법이 100퍼센트 성공을 보장하는 데 도움이 되었다.

대학생이라면 어떻게 과정 지향 목표를 세울 수 있을까? 이렇게 하면 된다. (1) 수업에 출석하기. (2) 집중해서 듣고 필기하기. (3) 적절한 질문하기. (4) 수업과 수업 사이 비는 시간에 배운 것 되새기기. (5) 2~3주 단위로 그동안 배운 것 복습하기. 이 모든 과정은 여러분 손에 달려 있으므로 이 일을 잘해내는 것은 여러분 스스로 보장할 수 있다. 그러나 최종 학점은 그렇지 않다. 그것은 여러분이 좌지우지할 수 없다. 교수가 어떻게 판단하는지, 다른 학생들은 얼마나 잘했는지 등 여러 요인에 따라 결과가 달라진다.

만일 어떤 직장에 지원했다면, 어떤 과정 지향 목표를 세울 수 있을까? 이렇게 하면 된다. (1) 신뢰감과 호감을 주는 옷차림을 한다. (2) 경험과 지식이 많은 친구의 도움을 받아 이력서를 제대로 작성한다. (3) 면접을 하는 동안 장래에 고용주가 될 사람에게 한두 가지 칭찬을 던진다. (4) 회사에 대한 여러분의 관심이 특별하다는 걸 보여주고, 면접관이 자기 이야기를 하도록 유도한다. (5) 장래의 고용주가 여러분에게 자신이 하는 일에 대해 말하면 낙관적인 태도로 긍정적으로 이야기한다. (6) 만일 면접관이 여러분에 대해 비판적이거나 부정적인 언급을 하면 즉각 동의하고, 6장에서 소개한 '무장해제 기법'을 이용한다.

예를 들면 이 책의 출판 문제로 출판사와 협상할 때, 편집자는 이 책에 대해 어느 정도 긍정적인 반응도 보였지만 부정적인 반응을 훨씬 많이 보였다. 이때 무장해제 기법을 이용하자 일이 아주 잘 풀렸다. 그 과정은 이랬다.

**편집자** 번스 박사님, 내가 걱정하는 것은 박사님이 여기저기에서 증상의 개선만을 강조하고 있다는 점입니다. 우울장애의 원인을 너무 간과한 게 아닌가요?

(이 책 초고에서 나는 우울장애를 일으키는 '암묵적 가정'에 대해 몇 장에 걸쳐 설명했다. 그러나 편집자는 그 내용을 읽고 그다지 좋은 인상을 받지 못했거나, 아예 읽어보지도 않은 것이 분명했다. 나는 공격하는 쪽을 택해 편집자에게 반격을 가할 수도 있었다. 그러면 편집자는 궁지에 몰려 자신을 방어하려 들었을 것이다. 하지만 나는 다음과 같은 식으로 그녀를 무장해제하는 쪽을 선택했다.)

**데이비드** 훌륭한 제안입니다. 당신의 말이 전적으로 옳아요. 원고를 꼼꼼히 읽고 좋은 의견을 들려주어 고맙습니다. 독자들은 분명 왜 우울해지는지 그 원인에 대해 더 많이 알고 싶어할 겁니다. 그걸 알아야 앞으로 우울장애에 걸리지 않는 데 도움이 될 테니까요. 암묵적 가정에 대한 부분을 늘리고 '우울장애의 근본 원인'이라는 제목을 달아 새로운 장으로 소개하는 것은 어떨까요?

**편집자** 아주 좋을 것 같아요!

**데이비드** 이 원고에 다른 문제점은 없습니까? 되도록 많은 조언을 듣고 싶군요.

나는 계속해서 편집자가 하는 비판마다 동의하고 모든 제안을 칭찬해줄 수 있는 방법을 찾았다. 물론 이런 노력은 거짓이 아니었다. 나는 대중을 상대로 글을 쓰는 데 미숙했다. 그리고 편집자는 나에게 필요한 조언을 충분히 해줄 수 있을 정도로 능력 있는 사람이었다. 나의 협상 방식은 내가 편집자에게 그녀를 존중한다는 사실을 확인시켜주고, 우리가 함께 멋지게 작업할 수 있으리라는 인식을 심어주었다.

그런데 편집자와 면담할 때 협상 과정보다는 결과에 더 집착했다고 가정해보자. 나는 긴장했을 테고 오로지 한 가지 생각에 만 몰두했을 것이다. '이 편집자가 과연 내 원고를 책으로 내줄까, 안 내줄까?' 그러고는 그녀가 하는 모든 비판을 위험신호로 받아들여 서로 얼굴을 마주하고 이야기 나누는 과정 자체가 조금도 즐겁지 않았을 것이다.

마찬가지로 직장을 구할 때도 일자리를 얻는 것만을 목표로 해서는 안 된다. 아무리 그곳에서 일하고 싶더라도 말이다. 지원 결과는 그야말로 우리가 통제할 수 없는 수많은 요소에 달려 있다.

지원자 수나 그들의 전문성은 말할 것도 없고, 지원자 가운데 사장의 딸을 알고 있는 사람이 있을지 누가 알겠는가. 실은 가능한 한 불합격하려고 하는 편이 더 나은데, 여기에는 이유가 있다. 자신이 원하는 직종의 일자리를 구하려면, 평균 10~15차례 정도 면접을 봐야 한다고 가정해보자. 이 말은 직장을 얻으려면 9~14차례는 불합격해야 한다는 뜻이다! 그러니 매일 아침 "나는 오늘 가능한 한 떨어지려고 노력해야지"라고 말하라. 그리고 떨어질 때마다 이렇게 말한다. "잘 떨어졌어. 이제 내 목표에 한 걸음 더 다가간 거야."

## 8. 모든 활동에 엄격한 시간 제한을 두라

완벽주의를 극복하는 또 다른 방법은 일주일간 자신이 하는 모든 활동에 엄격한 시간 제한을 두어 그대로 따름으로써 자신의 삶을 책임질 수 있도록 하는 것이다. 이 방법은 여러분의 관점을 변화시켜 삶의 흐름에 집중하고 삶을 즐길 수 있게 한다.

만일 여러분이 완벽주의자라면 일을 미루는 성향이 있을 것이다. 모든 일을 철저히 하려고 고집 부리기 때문이다. 행복의 비밀은 성취 가능한 목표를 세우는 데 있다. 비참해지고 싶다면 완벽주의를 추구하고 미루는 버릇을 그대로 고수하면 된다. 하지만 변하고 싶다면 아침에 하루의 일정을 짜고, 각 활동에 걸릴 시간을 미리 정해두는 것이 좋다. 정해진 시간이 끝나면 활동을 마무리했든 아니든 멈추고 다음 활동으로 넘어가라. 만일 피아노를 친다면(쉬지 않고 몇 시간씩 치는 버릇이 있든 전혀 그렇지 않든) 하루에 1시간만 치겠다고 정해두라. 이렇게 하면 만족감도 커지고 효율도 높아진다.

### 9. 실수를 두려워하지 마라

실수하는 게 왜 두려울까? 일을 제대로 해내지 못하면 세상의 종말이라도 올까? 완벽주의를 극복하는 강력한 방법은 바로 실수를 하고 그 실수를 통해 배우는 것이다.

어떻게 이렇게 할 수 있는지 살펴보자. 완벽해지려고 애쓰거나 실수를 두려워하는 것이 왜 비이성적이고 자기패배적인 일인지 글로 써보자. 다음에 소개할 내용은 앞서 언급한 작가이자 대학원생 제니퍼가 직접 쓴 글이다.

실수를 할 수 있다는 것이 왜 멋질까?

1. 실수를 두려워하는 이유는 모든 것을 절대주의, 완벽주의라는 관점에서 보기 때문이다. 다시 말해 한 번의 실수가 모든 것을 망친다고 생각한다. 이런 생각은 잘못이다. 작은 실수가 그 밖의 모든 좋은 것을 망치는 경우는 절대 없다.

2. 실수하는 것은 좋은 일이다. 그 과정에서 무언가를 배울 수 있기 때문이다. 실수를 저지르지 않으면 우리는 아무것도 배울 수 없다. 누구도 실수를 피할 수는 없다. 언젠가는 실수를 하게 마련이므로 실수를 인정하고 거기서 배움을 얻는 것이 더 낫다.

3. 실수를 인정하면 잘못을 바로잡을 수 있으므로 더욱 만족스

러운 결과를 얻을 수 있다. 따라서 실수는 결국 우리를 더 행복하게 하고 상황을 더 나은 방향으로 이끈다.

4. 실수를 두려워한다면 우리는 아무것도 못하는 마비 상태에 빠질 것이다. 실수를 할까 봐(사실 실수는 하게 된다) 어떤 것을 하거나 하려 들기를 두려워하게 된다. 실수를 하지 않도록 자신의 활동을 제한한다면 스스로 자멸하는 결과를 초래할 뿐이다. 더 많은 시도를 하고 더 많은 실수를 할수록 더 빨리 배우고 결국에는 더 행복해질 수 있다.

5. 우리가 실수를 하더라도 대부분의 사람은 우리에게 화를 내거나 우리를 싫어하지 않는다. 그들도 마찬가지로 실수할 때가 있으니까. 사실 사람들은 오히려 '완벽한' 사람에게 불편함을 느낀다.

6. 실수한다고 죽는 일은 절대 일어나지 않는다.


이런 글이 여러분을 반드시 변하게 한다는 보장은 없더라도 옳은 방향으로 나아갈 수 있도록 도와줄 수는 있다. 제니퍼는 이 글을 쓴 그 주에 자신의 상태가 놀라울 정도로 좋아졌다고 말했다. 잘할 수 있을지 전전긍긍하는 대신 공부 자체에 집중해 학업에도 큰 도움이 되었다. 그 결과 불안감이 줄고 능률은 높아졌다. 이처럼 편안하고 확신에 찬 기분은 1학기 말 시험 기간 내내 이어졌다. 이 기간은 대부분의 학생에게 극도로 불안한 시기다. 그녀는 이렇게 설명했다. "난 완벽해질 필요가 없다는 걸 깨달았어요. 어차피 실수는 하겠죠. 그래서 뭐가 어떻다는 거죠? 나는 실수를 통해 배울 수 있답니다. 그러니 전혀 걱정할 게 없어요." 그녀가 옳았다!

이런 식으로 자신에게 글을 써보자. 실수를 하더라도 세상이 끝나는 건 아니라는 사실을 상기하면서, 실수를 통해 얻을 수 있는 이익을 하나하나 기록해보자. 그런 다음 2주 동안 매일 아침 자신이 쓴 글을 읽어보자. 이런 훈련은 자신도 다른 사람들과 똑같은 인간이라는 사실을 깨닫는 데 큰 도움이 될 것이다.

## 10. 손목 계수기를 활용하라

여러분이 완벽주의자라면 틀림없이 자신의 부족한 점에만 집중할 것이다. 자신이 하지 못한 일을 찾아내고 정작 해낸 일은 무시하는 나쁜 습관에 젖어 있을 것이다. 그리고 자신의 실수와 결점 목록을 작성하느라 삶을 허비하고 있을 것이다. 그러니 자신을 무능한 사람으로 여기는 것도 놀랄 일은 아니다! 누가 그렇게 생각하라고 억지로 시키는가? 그렇게 생각하는 것이 좋기라도 한가?

이렇게 불합리하고 고통스러운 성향을 바꾸어줄 간단한 방법이 있다. 매일 자신이 잘한 일을 손목 계수기로 기록하고 자신이 얼마나 많은 점수를 쌓을 수 있는지 알아보자. 너무 단순한 방법이라 설마 도움이 될까 의심스럽더라도 딱 2주만 해보자. 틀림없이 삶의 긍정적인 면에 더 집중하게 될 것이고, 그 결과 스스로에게 뿌듯함을 느낄 것이다. 이 방법은 아주 간단해 보이고 실제로도 간단한데, 그 효과만큼은 만점이다.

## 11. '전부 아니면 전무'라는 생각에서 벗어나라

또 다른 방법은 완벽주의를 유발하는 '전부 아니면 전무'라는 생각이 얼마나 불합리한지 깨닫는 것이다. 주위를 살펴보고 세상에서 얼마나 많은 것이 '전부 아니면 전무'라는 생각에 들어맞는지 자신에게 물어보자. 사방의 벽은 티 하나 없이 깨끗한가, 아니면 약간이라도 더러운가? 내가 쓰는 글은 모두 성공하는가, 아니면 일부만 그런가? 이 책의 모든 단락은 너무나 완벽하고 유익해서 다듬을 곳이 하나도 없는가? 항상 차분하고 자신만만한 사람을 본 적이 있는가? 여러분이 좋아하는 영화배우는 완벽하게 아름다운가?

'전부 아니면 전무'라는 생각이 현실과 맞지 않을 때가 많다는 사실을 깨달았다면 그런 생각이 떠오를 때마다 반박하고 물리치자. 그러면 기분이 훨씬 좋아질 것이다. 다른 사람들은 이런 생각과 어떻게 맞서 싸우고 있는지 몇 가지 예를 〔표 14-5〕에서 볼 수 있다.

## 12. 자신의 불완전함을 드러내 보이자

완벽주의와 싸우는 또 다른 방법은 자신을 열어 보이는 것이다. 어떤 상황에서 걱정되거나 부족하다는 느낌이 들면, 사람들과 함께 나누기 바란다. 스스로 생각할 때 무엇이 부족하다고 느끼는지 숨기지 말고 얘기하자. 어떻게 하면 잘할 수 있는지 다른 사람들에게 조언을 요청하자. 여러분이 부족하다는 것 때문에 사람들이 여러분을 거부한다면, 그러라고 내버려두고 그냥 잊어버리자. 사람들이 여러분을 어떻게 생각하는지 확신이 서지 않으면, 내가 한 실수

| 표 14-5 | '전부 아니면 전무'라는 생각을 현실에 맞게 바꾸는 법

| '전부 아니면 전무'라는 생각 | 현실적 사고 |
|---|---|
| 오늘은 완전 엉망이었어! | 몇 가지 안 좋은 일은 있었지만, 완전히 망친 날은 아니었어. |
| 내가 만든 음식은 정말 끔찍했어. | 내가 만든 것 중에 최고는 아니지만 그래도 괜찮은 편이었어. |
| 나는 너무 늙었어. | 뭘 하기에 너무 늙었다는 거지? 기쁨을 느끼기에 너무 늙었어? 아니야. 섹스하기에 너무 늙었다고? 아니야. 친구들과 즐겁게 지내기에 너무 늙었어? 아니야. 너무 늙어서 사랑하거나 사랑받을 수 없다고? 아니야. 너무 늙어서 음악을 즐길 수 없어? 아니야. 너무 늙어서 유용한 일을 할 수 없어? 아니야. 그렇다면 뭘 하기에 '너무 늙었다'는 거지? 그런 생각은 아무짝에도 쓸모없다고! |
| 아무도 나를 사랑하지 않아. | 헛소리! 나에게는 많은 친구와 가족이 있어. 내가 원할 때 원하는 만큼 사랑받지 못할 수는 있겠지. 하지만 지금 받고 있는 사랑만으로도 충분해. |
| 나는 실패자야. | 다른 사람들처럼 어떤 일에서는 성공했고 어떤 일에서는 실패했을 뿐이야. |
| 내 전성기는 지나가버렸어. | 젊을 때처럼 해낼 수는 없지. 하지만 나는 여전히 일하고 생산하고 창조해. 그러니 그냥 이대로 즐기면 돼. |
| 내 강의는 완전히 망했어! | 내가 지금까지 한 강의 중 최고는 아니었어. 사실 평균 이하였어. 하지만 중요한 내용은 전달했어. 그리고 다음번 강의는 좀 더 잘할 수 있어. 기억해. 내 강의의 절반은 평균 이하고, 나머지 절반은 평균 이상이야! |
| 내 남자친구는 나를 좋아하지 않아! | 어떤 면에서 나를 좋아하지 않는다는 거지? 그는 나와 결혼하기를 원치 않을 수도 있어. 하지만 나와 데이트는 하잖아. 그러니 나를 어느 정도는 좋아하는 게 틀림없어. |

때문에 나를 하찮게 보는지 물어보자.

　이럴 경우 여러분이 스스로 인정한 결점 때문에 다른 사람들이 여러분을 무시할 수도 있다는 사실에 당연히 대비해야 한다. 심리치료사 모임에서 강의하던 중 나도 그런 경험을 했다. 나는 심리치료사들에게 까다롭고 영악한 환자에게 화를 낸 적이 있는데 그것은 내 실수였다고 말했다. 그런 뒤 내 실수담을 듣고 나를 전보다 낮게 평가하는 사람이 있는지 물어보았다. 한 사람이 그렇다고 대답했다. 순간 나는 몹시 당황했다. 다음은 그때 나눈 대화다.

**심리치료사** 두 가지 생각을 했습니다. 하나는 긍정적인 것입니다. 많은 사람 앞에서 박사님은 과감히 자신의 실수를 언급했는데, 그 점은 매우 높이 평가합니다. 나라면 그렇게 털어놓기가 겁났을 겁니다. 하지만 지금은 박사님에 대해 상반된 감정이 동시에 든다는 사실을 인정해야겠군요. 박사님도 실수를 저지른다는 사실을 이제 알았고, 물론 현실에서 어쩔 수 없는 일이겠지만……, 그래도 실망감이 느껴지네요. 솔직히 그렇습니다.

**데이비드** 나는 환자를 다루는 방법을 알고 있지만, 그 순간에는 몹시 화가 나서 환자에게 되갚아주고 말았어요. 그 환자를 너무 거칠게 대했죠. 정말 서툴게 행동한 걸 인정해요.

**심리치료사** 박사님은 오래전부터 매주 많은 환자를 치료하고 계시니 한 번쯤 그런 실수를 할 수도 있겠죠. 게다가 그 때문에 환자가 죽은 것도 아니고 특별한 일도 일어나지 않았지요. 그런데도 나는 실망감을 감출 수 없습니다.

**데이비드** 사실 그런 경우는 드물지 않아요. 나는 모든 심리치료사가 날마다 많은 실수를 저지르고 있다고 믿습니다. 명백한 실수든 미묘한 실수든 말이지요. 적어도 나는 그렇습니다. 이런 사실을 당신은 어떻게 받아들일 건가요? 당신은 나한테 무척 실망한 것 같군요. 내가 그 환자를 제대로 다루지 못해서 말이죠.

**심리치료사** 네, 그렇습니다. 박사님 같은 분은 다양한 유형의 반응을 알고 있어서 환자가 어떤 말을 하든 잘 대처하리라 믿었거든요.

**데이비드** 유감이지만 그렇지는 않아요. 때로는 아주 어려운 상황에서 도움이 될 만한 말이 떠오르기도 하지만, 때로는 바라는 만큼 잘하지 못할 때도 있어요. 나는 지금도 많이 배우고 있습니다. 이런 얘기를 듣고 나니 이제 내가 변변찮은 사람으로 보이나요?

**심리치료사** 네, 정말 그런 생각이 듭니다. 그렇다고 말할 수밖에 없군요. 박사님이 아주 가벼운 갈등으로도 이성을 잃을 수 있다는 사실을 지금 알았기 때문입니다. 자신의 약점을 드러내지 않고 환자를 잘 다뤄야 하는데, 박사님은 그렇게 하지 못한 거죠.

**데이비드** 맞아요. 적어도 당시에 나는 잘 해내지 못했어요. 그 부분은 내가 심리치료사로서 좀 더 노력하고 성장해야 할 점입니다.

**심리치료사** 박사님은 그 문제에만 한정하는데, 다른 문제에서도 잘 해내지 못할 수 있다는 생각이 드는군요.

**데이비드** 당신 말이 맞습니다. 그런데 여기서 내가 묻고 싶은 건, 내게 결점이 있다고 해서 왜 나를 못난 인간으로 여기느냐는 겁니다. 왜 나를 업신여기죠? 당신이 보기에는 그런 점이 나를 하찮은 인간으로 만드나요?

**심리치료사** 박사님은 지금 너무 과장하고 있습니다. 그것 때문에 박사님의 인간적 가치가 떨어진다고는 생각하지 않아요. 하지만 다른 한편으로, 박사님은 내가 생각한 만큼 훌륭한 심리치료사는 아니라는 거죠.

**데이비드** 그건 사실이에요. 그것 때문에 당신은 나를 하찮게 여기는 건가요?

**심리치료사** 치료사로서 말인가요?

**데이비드** 치료사로서든 인간으로서든요. 당신은 나를 변변찮게 여기죠?

**심리치료사** 네, 그런 것 같습니다.

**데이비드** 이유가 뭔가요?

**심리치료사** 글쎄, 이걸 어떻게 말해야 할지 모르겠군요. 박사님이 맡은 가장 중요한 역할은 '심리치료사'라고 생각합니다. 그래서 박사님이 불완전하다는 걸 알고 나니 실망감이 드는 거고요. 사실 박사님에게 더 많은 것을 기대했거든요. 하지만 박사님은 삶의 다른 영역에서는 더 잘하고 있겠죠.

**데이비드** 당신을 실망시켜서 유감입니다. 하지만 내가 삶의 다른 영역에서는 훨씬 더 불완전하다는 걸 알게 될 것입니다. 그러니 심리치료사인 나에게 실망했다면 인간인 나에게는 더 큰 실망을 하게 될 겁니다.

**심리치료사** 네, 박사님은 인간으로서도 실망스럽군요. 이것이 박사님에 대한 내 느낌의 정확한 표현이라고 생각합니다.

**데이비드** 내가 당신의 기준에 부합하지 않는다고 해서 나를 하찮게 봐도 되나요? 나는 인간이지 로봇이 아닙니다.

**심리치료사** 박사님의 질문을 내가 제대로 이해했는지 확신이 서지 않네요. 나는 사람들을 성과에 따라 판단합니다. 박사님은 어리석은 실수를 저질렀고, 그래서 나는 박사님에 대해 부정적 판단을 내렸다는 사실을 아셔야 합니다. 냉혹하지만 이게 현실입니다. 박사님은 더 좋은 성과를 내야 합니다. 박사님은 우리의 선생이니까요. 나는 더 많은 것을 기대했단 말입니다. 지금은 내가 박사님보다 환자를 더 잘 다룰 수 있을 것처럼 보인다고요!

**데이비드** 그날 내가 돌본 환자를 당신이 맡으면 나보다 잘할 수도 있겠지요. 그런 점에서 내가 당신에게 몇 가지 배울 수도 있을 겁니다. 하지만 어떻게 그런 문제로 당신이 나를 업신여길 수 있는 거죠? 만일 내가 실수를 저지를 때마다 당신이 실망하고 존경심을 잃는다면, 당신은 금방 참담해질 거고 나를 전혀 존중하지 않게 될 겁니다. 왜냐하면 나는 세상에 태어난 뒤로 매일 실수를 저지르고 있으니까요. 당신은 이 모든 불편함을 떠안기를 원하나요? 만일 당신이 우리의 우정을 지속하고 싶다면 내가 완벽하지 않다는 사실을 받아들이기 바랍니다. 아마 당신은 흔쾌히 내가 저지른 실수를 찾아내 나에게 알려줄 수 있을 테고, 그러면 나는 당신을 가르치면서 동시에 당신에게 배울 수 있을 겁니다. 더 이상 실수를 하지 않는다면, 나는 성장할 기회를 잃어버릴 겁니다. 내 실수를 깨닫고 바로잡는 과정에서 배우는 것은

4부. 우울장애 예방과 인격 성장

나의 커다란 자산입니다. 당신이 나의 인간다움과 불완전함을 받아들일 수 있다면, 당신 자신의 인간다움과 불완전함 역시 받아들일 수 있을 겁니다. 그러면 실수해도 괜찮다는 생각을 하게 될 겁니다.

이런 대화를 통해서 우리는 모멸감을 극복할 수 있다. 실수할 수 있는 권리를 주장하면 오히려 더 훌륭한 인간이 될 수 있다. 다른 사람이 실망하더라도 잘못은 우리에게 있는 게 아니라 우리가 비범할 거라는 비현실적 기대를 품고 있는 상대방에게 있다. 그런 어리석은 기대를 하지 않는다면 실수를 하더라도 분노나 패배감을 느낄 이유가 없다. 수치심이나 굴욕감도 느낄 이유가 없다. 선택은 여러분의 몫이다. 완벽해지려고 노력하다가 끝내 비참해지느냐, 아니면 불완전한 인간이라는 사실을 인정하고 현실적인 목표를 세워 성장하는 기쁨을 느끼며 사느냐, 여러분은 어느 편을 선택할 것인가?

## 13. 행복했던 시간을 떠올려라

완벽주의를 극복하는 또 다른 방법은 행복했던 어떤 시간에 집중하는 것이다. 어떤 이미지가 떠오르는가? 대학 시절 나는 친구와 함께 여름방학에 하바수파이 협곡으로 내려간 적이 있다. 이 협곡은 자전거나 말을 타고 가야 한다. 아메리카 대륙 원주민 언어로 '청록빛 물의 사람들'이라는 뜻인 하바수파이는 옥빛을 띤 강의 이름이다. 이 강은 사막에서 보글보글 솟아올라 몇 킬로미터나 되는 좁은 협곡을 거쳐 수풀이 무성한 낙원으로 들어가 마침내 콜로라도강으로 흘러간다. 하바수파이강을 따라가다 보면 폭포도 볼 수 있는데, 높이가 수백 미터나 되는 폭포도 있다. 물속의 초록색 화학물질이 침전되어 강바닥과 가장자리가 매끄럽고 윤이 나서 마치 옥빛 수영장처럼 보인다. 강 주변에는 사시나무와 트럼펫 모양의 보라색 꽃이 피는 흰독말풀이 많다. 그곳에 사는 인디언은 소탈하고 친절하다. 이때의 기억은 더없이 행복하다. 여러분도 이런 행복한 기억이 있을 것이다. 지금 자신에게 물어보자. 이런 추억 속에서 완벽했던 것으로 어떤 것이 있는지? 내 경우 완벽한 것은 하나도 없었다! 화장실도 없었고, 잠도 야외에서 침낭을 펴고 잤다. 나는 자전거도 잘 타지 못했고 수영도 잘하지 못했다. 외딴 곳이어서 전기도 들어오지 않았다. 가게에서 유일하게 구입할 수 있는 음식은 통조림 콩과 과일뿐, 고기도 채소도 없었다. 하지만 하이킹과 수영을 한 뒤 먹는 음식 맛은 그야말로 환상적이었다. 그러니 누가 완벽함을 원하겠는가?

그런 행복한 기억을 어떻게 이용할 수 있을까? 즐거운 경험(외식, 여행, 영화 감상 등)에서 부족한 점을 떠올려 목록을 만들고, 자신에게 이제는 이런 경험을 즐길 수 없다고 말하면 괜히 추억만 망칠지도 모른다. 그런 행동은 어리석다. 우리를 기분 나쁘게 만드는 것은 우리 자신이 품고 있는 기대다. 가령 모텔 침대가 울퉁불퉁해서 불편하기 짝이 없는데 방값으로 무려 56달러나 지불했다고 치자. 프런트에 전화해보니 다른 방은 없다고 한다. 제기랄! 이제 우리는 완벽함을 고집함으로써 두 배 더 화를 내거나, 아니면

'행복하지만 불완전한' 추억으로 남길 수 있다. 거듭 말하지만 모든 것은 우리 자신에게 달려 있다.

## 14. 수준을 낮추어라

완벽주의를 극복하는 또 다른 방법으로 '탐욕 기법'이 있다. 이 방법은 대부분의 사람이 인생에서 성공하기 위해 완벽해지려 애쓴다는 단순한 사실을 바탕으로 한다. 그래서 기준을 낮추면 성공할 가능성이 훨씬 높아질 거라는 생각을 우리는 한 번도 못해봤을지도 모른다. 예를 들어 나는 학문을 연구하던 초기에 첫 논문을 쓰는 데 거의 2년을 소모했다. 물론 이 논문은 출간되었고 훌륭하다는 평도 받았다. 지금도 나는 이 논문을 매우 자랑스럽게 여긴다. 하지만 나와 지적 수준이 비슷한 동료들은 똑같은 기간에 여러 편의 논문을 발표했다는 사실을 알게 되었다. 그래서 나 자신에게 이렇게 물었다. '98점짜리 논문 하나를 내는 게 나을까, 아니면 80점짜리 논문 열 편을 발표하는 게 나을까?' 후자의 경우 결국 800점짜리가 되어 경쟁에서 앞서나갈 수 있을 것이다. 이 사실을 깨달은 나는 기준을 약간 낮추기로 결정했다. 그 결과 생산성은 높아졌고 만족감도 커졌다.

여러분에게는 이것을 어떻게 적용할 수 있을까? 여러분이 어떤 과제를 맡았는데 진행 속도가 너무 느리다는 사실을 알게 되었다고 가정해보자. 어쩌면 여러분은 이미 노력에 대한 보상이 갈수록 줄어드는 지점에 도달했으며, 새로운 과제로 넘어가는 편이 낫다는 것을 알고 있을지도 모른다. 여기에서 내 말을 오해해서는 안 된다. 과제를 완전히 포기하라는 말이 결코 아니다. 다만 온갖 스트레스를 받으며 단 하나의 대작을 만들기보다는 질 좋은 성과를 계속해서 많이 내는 것이 다른 사람처럼 여러분에게도 똑같이 훨씬 만족스러울 것이라는 이야기다.

## 15. 불완전함과 부족함이야말로 소중한 자산이다

이제 마지막 방법을 소개하겠다. 이 방법에는 다음과 같은 단순한 논리가 포함되어 있다.

전제. '모든 인간은 실수를 한다.' 동의하는가? 좋다. 그러면 이제 이 질문에 대답해보자. 여러분은 무엇인가? '나는 인간이다.' 맞는가? 좋다. 자, 그럼 어떤 결론이 나오는가? '그러므로 나는 실수를 할 것이고, 실수를 할 수밖에 없다.' 실수했다는 이유로 자신을 비난할 때면 언제든 자기 자신에게 이렇게 말하라. "나는 인간이기 때문에 실수를 할 수밖에 없어!" 또는 "이런 실수를 하다니, 나는 얼마나 인간적인가!"

또 자신에게 이렇게 물어보자. '실수를 통해 나는 무엇을 배울 수 있을까? 실수하면 어떤 좋은 일이 있을까?' 실험을 한번 해보자. 이미 저지른 몇 가지 실수를 기록하고, 그 경험을 통해 배운 모든 것을 적어본다. 우리 삶에서 가장 중요한 것 몇 가지는 오로지 실수를 통해서만 배울 수 있다. 우리는 실수를 통해 말하고 걷는 것을 배웠고 그 밖의 중요한 능력을 익혔다. 이렇게 성장할 수 있는 기회를 여러분은 포기할 작정인가? 심지어 우리는 불완전함과 부족함이야말로 자신에게 가장 소중한 보물이라고 주장할 수도 있다. 그러니 이 보물을 소중히 여기자! 잘못을 저지를 수 있는 능력을 절대 포기하지 말자. 그러지 않으면 발전할 수 있는 기회를 잃어버리고 말 테니까. 만일 여러분이 완벽하다면 어떻게 될지 생각해보라. 더 이상 배울 것도 없고, 더 나아질 일도 없을 것이다. 삶에 도전이라고는 없을 테고, 노력해서 뭔가를 해냈을 때 누리는 만족감도 없을 것이다. 마치 여생을 유치원에서 보내는 것과 같을 것이다. 여러분은 모든 답을 알고 있고, 모든 게임에서 이길 것이다. 모든 것을 정확히 똑바로 해낼 테니 계획한 일마다 성공은 따놓은 당상이다. 대화를 하는 것도 아무 의미 없을 것이다. 이미 모든 것을 알고 있으니까. 하지만 중요한 것은 아무도 여러분을 사랑하거나 여러분과 사귈 수 없다는 점이다. 결점이라고는 없이 모든 것을 알고 있는 누군가에게 사랑을 느끼는 것은 불가능할 테니까. 이런 삶이라면 너무 외롭고 지루하고 비참하지 않을까? 이래도 여러분은 여전히 자신이 완벽해지기를 바라는가?

5부

# 절망감과 자살 충동
# 극복하기

*Feeling Good*

# 15.
# 가장 값진 승리:
# 삶을 선택하라

아론 벡 박사는 한 연구 보고서에서 가벼운 우울장애 환자의 약 3분의 1이, 그리고 중증 우울장애 환자의 약 4분의 3이 자살 욕구를 가지고 있다고 보고했다.[17] 또 우울장애 환자 가운데 5퍼센트가 실제로 자살에 성공한다고 추정되고 있다. 이는 보통 사람의 자살률보다 거의 25배나 높다. 실제로 우울장애를 앓고 있는 어떤 사람이 사망할 경우, 그 원인이 자살일 가능성은 6분의 1이나 된다.

자살을 하지 않는 나이나 사회 계층, 직업이 따로 있는 게 아니다. 우리가 아는 유명인 중에도 자살한 사람을 쉽게 떠올릴 수 있다. 특히 충격적이고 믿기 어려운(그러나 결코 드물지 않은) 일은 바로 아이들의 자살이다. 한 조사 결과에 따르면, 필라델피아 교외에 있는 가톨릭교구 부속학교 7학년과 8학년 학생들의 약 3분의 1이 상당한 우울장애를 앓고 있으며, 자살을 생각해본 적이 있다고 한다. 어머니와 헤어져 사는 어린이들은 심지어 성장장애로 발전할 수 있는데, 심각해지면 음식을 거부해 죽음에까지 이를 수 있다.

이런 이야기에 여러분이 압도당하지 않도록 나는 동전의 양면 중 긍정적인 면을 강조하고 싶다. 첫째, 자살은 불필요하며, 인지치료를 받으면 자살 충동을 빨리 극복할 수 있다. 우리 연구 결과에 따르면, 인지치료나 항우울제 치료를 받은 환자들의 경우 자살 충동이 뚜렷이 줄어들었다. 인지치료를 받은 많은 환자가 치료 시작 후 1~2주 안에 인생관이 긍정적으로 바뀌었다. 또 기분 변화가 심한 사람들의 경우, 우울장애를 예방하려는 현재의 적극적인 노력이 장기적으로 자살 충동을 줄여주는 결과로 이어졌다.

우울장애를 앓는 사람들은 왜 그렇게 자주 자살을 생각할까? 이런 충동을 예방할 수 있는 방법은 무엇일까? 실제로 자살하려는 사람들의 생각을 조사해보면 이 질문의 답을 얻을 수 있다. 이런 사람들의 사고는 비관적이다. 그들에게 삶은 지옥 같은 악몽일 뿐이다. 과거를 돌아볼 때도 우울하고 고통스러운 순간만 기억한다.

의기소침해서 우울한 기분에 빠져들 때면, 누구라도 자신이 행복했던 적이 한 번도 없었고, 앞으로도 결코 행복하지 않을 거라고 느끼면서 무기력감에 빠질 수 있다. 만일 친구가 "우울하지 않을 때 넌 정말 행복했어"라고 말해주면, 그들이 착각했거나 그냥 격려해주려고 하는 말이라고 결론 내릴지도 모른다. 우울장애에 걸리면 실제로 자신의 기억을 왜곡하기 때문이다. 그래서 만족스럽거나 즐거웠던 기억을 전혀 떠올릴 수 없으며, 그런 적은 아예 없었다고 잘못된 판단을 내린다. 그리하여 항상 기분이 좋지 않았고, 앞으로도 그럴 것이라고 결론짓는다. 만일 어떤 사람이 "당신도 행복했는데……"라고 말한다면, 여러분은 최근에 내가 만난 한 젊은 환자처럼 반응할 것이다. "그런 시간은 중요하지 않아요. 행복은 일종의 환상이에요. 실제의 나는 우울하고 부족하죠. 내가 행복했다고 생각한다면, 그건 자신을 속이는 일이겠죠."

아무리 힘들고 괴로워도 결국은 상황이 좋아질 거라고 확신한다면 견뎌내기가 쉽다. 자살이라는 극단적 결정은 자신의 기분이 좋아지지 않을 거라는 비논리적 확신 때문에 하게 된다. 미래는 더 고통스럽고 혼란스러울 거라고 확신하는 것이다! 어떤 우울장애 환자들처럼 여러분도 자기 눈에는 너무나 확실해 보이는 수많은 자료를 가지고 자신의 비관적 생각을 정당화할 수도 있다.

우울장애에 걸린 마흔아홉 살의 주식 중개인이 최근 이런 말을 했다. "번스 박사님, 나는 지난 10년간 여섯 명의 정신과 의사한테 치료를 받았습니다. 충격요법을 비롯해 온갖 종류의 항우울제, 신경안정제, 또 다른 약도 먹었지요. 하지만 우울장애는 1분도 나를 가만히 내버려두지 않았어요. 나는 좋아지기를 바라며 8만 달러를 지불했습니다. 이제 나는 정서적으로나 재정적으로 모두 바닥났어요. 의사들은 이렇게 말했죠. '이겨낼 수 있을 거예요. 힘내세요.' 하지만 난 그 말이 진실이 아니라는 것을 깨달았습니다. 의사들은 모두 내게 거짓말을 했어요. 나는 투사가 되어 열심히 싸웠어요. 패배했을 때는 인정할 줄도 알아야겠죠. 그래서 나는 차라리 죽는 편이 더 낫다는 사실을 인정합니다."

이런 비현실적 절망감이야말로 자살을 부르는 결정적 요소 가운데 하나라는 사실을 여러 연구 결과들이 보여준다. 우리의 뒤틀린 생각 때문에 우리는 자신이 탈출구가 없는 덫에 갇혔다고 생각한다. 그리하여 자신의 문제는 해결할 수 없다는 성급한 결론으로 치닫고 만다. 자신의 고통은 도저히 견딜 수 없으며 끝이 없는 것 같기 때문에 자살이 유일한 탈출구라는 잘못된 결론에 이르는 것이다.

여러분이 과거에 이런 생각을 했다면, 아니 현재 이런 식으로 심각하게 생각하고 있다면, 여러분에게 이 장의 메시지를 다시 한번 분명히 말해주고 싶다.

여러분의 문제를 해결할 수 있는 유일한 또는 최고의 해결책이 자살이라고 믿는다면, 여러분은 틀렸다.

거듭 말하는데 "여러분은 틀렸다!" 덫에 빠져 아무 희망이 없다고 생각할 때 여러분의 사고는 불합리하고 왜곡되고 비뚤어져 있다. 스스로 아무리 단단히 확신하고 있더라도, 심지어 다른 사람들이 여러분의 의견에 동의하더라도, 자살하는 것이 바람직하다는 믿음은 분명 잘못되었다. 자살은 여러분의 고통을 종식시킬 수 있는 가장 합리적인 해결책이 결코 아니다. 지금부터 나는 이러한 입장을 자세히 설명하고, 여러분이 자살의 덫에서 빠져나올 수 있는 길을 찾도록 도울 것이다.

## 자살 충동 평가하기

우울장애를 앓지 않는 사람들도 자살을 생각할 수 있지만, 우울장애를 앓을 때 자살 충동이 느껴진다면 대단히 위험한 증후로 간주해야 한다. 따라서 다른 어떤 경우보다도 위협적인 이 자살 충동을 정확히 식별해내는 것이 매우 중요하다. 2장에 나오는 번스우울진단표에서 질문 23·24·25번은 자살에 대한 생각과 충동을 담고 있다. 만일 이 질문에 1~4까지 점수를 매겼다면, 자살에 대한 환상이 있다는 증거이므로 그 환상의 심각성을 평가하고, 필요하면 개입하는 일이 무척 중요하다((표 2-1) 참조).

자살 충동과 관련해 여러분이 저지를 수 있는 가장 심각한 잘못은 자살 충동에 대해 상담사와 이야기하기를 꺼리는 것이다. 많은 사람이 자살의 환상과 충동에 대해 말하기를 두려워하는데, 남들에게 비난받을까 봐 겁이 나서, 또는 자살이라는 말을 입에 올리기만 해도 자살 시도를 하게 될 거라고 믿기 때문이다. 이런 견해는 매우 부적절하다. 오히려 전문 상담사와 자살 생각에 대해 이야기를 나누면 안도감을 느낄 가능성이 훨씬 크며, 결국 자살하지 않을 확률도 그만큼 높아진다.

만일 여러분이 자살을 생각한다면, 정말 진지하게 그렇게 생각하고 있는지 스스로에게 물어보자. 정말 죽기를 원하는 순간이 있는가? 그렇다면, 죽고자 하는 여러분의 바람은 적극적인가 소극적인가? 죽음에 대한 소극적인 바람은, 죽고 싶기는 하지만 적극적으로 시도하기가 선뜻 내키지 않을 때 생긴다. 한 젊은이가 내게 이런 고백을 한 적이 있다. "박사님, 매일 잠자리에 들 때마다 신에게 기도를 드립니다. 내가 내일 아침 눈을 뜰 때 암에 걸려 있게 해달라고요. 그러면 나는 평화롭게 죽을 수 있을 거고, 가족들도 이해해주겠지요."

죽음에 대한 적극적인 바람은 더 위험하다. 만일 여러분이 실제로 진지하게 자살을 시도할 계획이라면, 다음과 같은 사실을 아는 것이 중요하다. 자살 방법에 대해 생각해봤는가? 자살 방법은 무엇인가? 계획은 세워봤는가? 어떤 특별한 준비를 해봤는가? 대개는 계획이 구체적이고 잘 짜여 있을수록 실제로 자살 시도를 할 가능성이 높아진다. 당장 전문가에게 도움을 청하자.

한 번이라도 자살을 시도한 적이 있는가? 그렇다면 그 어떤 자살 충동도 곧장 도움을 청해야 하는 위험신호라고 봐야 한다. 많은 사람에게 이런 자살 시도 경험은 '준비운동'이나 다름없다. 연습 삼아 해보고는 있지만, 아직 자신이 선택한 특정한 방법에 통달하지는 못한 상태다. 과거에 몇 차례 자살 시도를 해서 실패한 사람은 앞으로 성공할 가능성이 높다. 실패한 자살 시도는 단순한 시늉이나 관심을 얻기 위한 수단이니 심각하게 받아들일 필요 없다는 사회 통념은 매우 위험하다. 최근에는 자살에 대한 모든 생각이나 행동은 심각하게 받아들여야 한다는 견해가 지배적이다. 자살에 대한 생각이나 행동을 '도움을 간청하는 것'으로 본다면, 이는 정말 잘못 짚은 것이다. 자살을 시도하는 많은 환자는 '조금도' 도움을 원하지 않는다. 자신들은 희망이 없고 도움을 받을 수도 없다고 100퍼센트 확신하기 때문이다. 이런 불합리한 믿음 때문에 그들이 진정으로 원하는 건 바로 '죽음'이다.

언제라도 적극적인 자살을 시도할 만큼 위험한지 아닌지를 가늠하는 가장 중요한 요소는 바로 절망의 강도다. 이것은 어떤 다른 요소보다 실제 자살 시도와 관련이 깊다. 여러분은 자신에게 이렇게 물어봐야 한다. '더 좋아질 가능성이 정말 없다고 믿는 거야? 온갖 치료법을 다 써봤는데도 아무 도움이 안 된다고 생각하는 거야? 고통이 절대 끝나지 않는다고 확신해?' 만일 이 질문에 '그래!'라고 답한다면 절망의 강도는 세다. 그럴 때는 당장 전문가의 치료가 필요하다! 기침이 폐렴의 한 증상인 것처럼, 절망은 우울장애의 한 증상일 뿐이다. 절망감은 여러분이 정말 절망적인지를 증명하지 못한다. 마치 기침을 한다고 해서 폐렴에 걸렸다고 말할 수 없듯이. 절망감은 다만 여러분이 우울장애를 앓고 있다는 것을 증명할 뿐이다. 절망감은 자살을 시도해야 하는 이유가 아니라 적절한 치료를 받으라는 분명한 신호일 따름이다. 그러니 절망감을 느낀다면 도움을 요청하자. 일분일초도 자살 생각은 떠올리지 말자!

마지막으로 중요한 요소는 '억제 요인'이다. 자신에게 이렇게 물어보자. '내가 자살하는 걸 막는 뭔가가 있을까? 가족, 친구 또는 종교적 믿음 때문에 자살을 망설이게 될까?' 만일 아무런 억제 요인이 없다면 실제로 자살을 시도할 가능성은 훨씬 더 커진다.

**요약**

여러분이 자살하고 싶다고 느낀다면, 냉정한 태도로 자신의 자살 충동을 평가해보는 일은 매우 중요하다. 다음 사항들은 자살 위험성이 무척 높다는 뜻이다.

1. 심한 우울감과 절망감을 느낀다.
2. 과거에 자살 시도를 한 경험이 있다.
3. 자살하려고 구체적인 계획과 준비를 한 적이 있다.
4. 자살을 망설일 만한 억제 요인이 전혀 없다.

위 사항 중 하나 이상에 해당한다면 당장 전문가의 도움과 치료가 필요하다. 우울장애를 앓는 모든 사람에게는 분명 스스로를 돕고자 노력하는 자세가 매우 중요하지만, 그럼에도 위와 같은 경우에는 곧장 전문가를 찾아가야 한다.

## 자살의 비논리성

우울장애에 걸린 사람들에게는 자살할 '권리'가 있을까? 일부 잘못 판단하고 있는 사람들과 경험이 부족한 치료사들은 이 문제를 지나치게 중시하는 경향이 있다. 여러분이 희망이 전혀 보이지 않고 자신을 해치겠다고 위협하는 만성 우울장애 환자를 돕거나 상담하고 있다면, 여러분은 스스로에게 이런 질문을 던질 수 있다.

'적극적으로 개입해야 할까, 아니면 이 사람이 자신의 길을 가도록 내버려둬야 할까? 이와 같은 상황에서 이 사람은 인간으로서 어떤 권리가 있는 걸까? 나는 이런 시도를 막아야 할 의무가 있을까, 아니면 어서 가서 자신의 선택을 실행에 옮기라고 말해야 하나?'

이런 태도는 불합리하고 잔인하며, 완전히 본질에서 벗어나 있다. 우울장애를 앓는 사람에게 자살할 권리가 있느냐 없느냐는 중요한 문제가 아니다. 중요한 것은 자살을 고려할 때 그 사람의 사고가 현실적인가 하는 것이다. 나는 그 사람이 왜 그런 식으로 느끼는지 이유를 찾아내려 노력한다. 나라면 이렇게 물어볼 것이다. "자살을 하려는 동기가 뭡니까? 도대체 어떤 문제가 당신의 삶에서 해결책이 없을 정도로 끔찍한가요?" 그러고 나서 그 사람이 가능한 한 빨리 자살충동 뒤에 숨어 있는 자신의 비논리적 사고방식을 깨닫도록 도와줄 것이다. 좀 더 현실적으로 생각하기 시작하면 절망감과 삶을 끝내려는 욕구는 점점 희미해지고 살려는 의욕이 생길 것이다. 이런 식으로 나는 자살을 원하는 사람들에게 죽음보다는 삶의 기쁨을 누리라고 권한다. 그리고 얼마나 빨리 기쁨을 체험할 수 있는지 그들에게 보여주려고 애쓴다! 어떻게 하면 그렇게 할 수 있는지 보자.

뉴욕에 있는 아동정신분석가가 내게 열아홉 살 난 여성 홀리의 치료를 부탁했다. 그 의사는 10대 초반부터 줄곧 심한 우울장애를 앓아온 홀리를 몇 년간 치료했으나 성공하지 못했다. 다른 의사들도 도움이 되지 못했다. 홀리의 우울장애가 발병한 것은 부모의 별거와 이혼으로 집안이 풍비박산 나던 때부터다.

만성 우울장애가 극으로 치닫을 때마다 홀리는 자신의 손목을 그었다. 홀리는 좌절과 절망감이 끓어오르는 순간이면 자신의 몸을 난도질하려는 충동에 사로잡혔고, 끝내 피를 봐야 안도감을 느낄 수 있었다. 홀리를 처음 만난 날, 나는 그녀의 손목에서 자해 행위를 증명하는 하얀 상처 자국들을 보았다. 이런 자해 외에도 그녀는 실제로 여러 차례 자살을 시도했다.

온갖 치료를 받았지만 홀리의 우울장애는 호전되지 않았다. 너무 심각할 때는 입원해야 했다. 내가 홀리를 소개받았을 때는 뉴욕의 폐쇄 병동에 몇 달 동안 갇혀 있던 상태였다. 담당 의사는 적어도 3년간 입원하기를 권했고, 가까운 장래에 나아질 가능성이 희박하다는 홀리의 의견에 동의한 것 같았다.

뜻밖에도 홀리는 똑똑하고, 자신을 잘 표현할 줄 알았으며, 매력이 넘쳤다. 병원에 갇혀 있는 동안 수업을 받지 못했는데도 고등학교 때 성적은 우수했다. 몇 가지 과목은 가정교사의 도움을 받아야 했다. 많은 청소년 환자처럼 홀리도 훗날 정신과 의사나 심리치료사가 되고 싶어했다. 하지만 예전 심리치료사는 홀리에게 위험하고 치료하기 힘든 정서적 문제가 있기 때문에 그런 꿈은 비현실적이라고 말해주었다. 이 이야기는 홀리에게 또 다른 참담한 충격을 안겨주었다.

고등학교를 졸업한 후 홀리는 대부분의 시간을 정신병원 시설에서 보냈는데, 외래 치료를 받기에는 자기 병이 너무나 심각하고 통제 불능이라고 생각했기 때문이다. 지푸라기라도 잡으려는 절박한 심정으로 홀리의 아버지가 펜실베이니아대학교에 연락을 했다.

5부. 절망감과 자살 충동 극복하기

우리의 우울장애 치료 방식에 관한 글을 읽었던 것이다. 그는 자신의 딸을 위해 어떤 대체 치료법이 있는지 물었다.

전화 통화를 한 뒤, 홀리의 아버지는 딸을 데리고 필라델피아로 왔고, 나는 그녀와 이야기를 나누며 이 경우에 할 수 있는 조치들을 가늠해보았다. 부녀를 처음 만났을 때, 그들의 성격이 내가 생각한 것과 달라 조금 놀랐다. 아버지는 느긋하며 부드러운 사람이었고, 홀리는 놀라울 정도로 매력적이고 상냥하고 협조적이었다.

나는 몇 가지 심리검사를 해보았다. 벡우울척도로 검사하자 심각한 우울장애가 나타났다. 다른 검사에서도 상당한 절망감과 심각한 자살 의도가 확인되었다. 홀리는 내게 대놓고 말했다. "자살하고 싶어요." 몇 명의 친척들이 자살을 시도했으며, 그중 두 명은 자살에 성공한 집안 내력도 있었다. 홀리에게 왜 자살을 원하는지 물어보자 그녀는 자신이 게으른 인간이라고 말했다. 그녀는 자신이 게으르고 아무짝에도 쓸모가 없기 때문에 죽어 마땅하다고 말했다.

홀리가 인지요법에 호의적으로 반응하는지 알고 싶었다. 그래서 나는 그녀의 관심을 끌 수 있기를 희망하면서 한 가지 기법을 시도했다. 역할극을 해보자고 제안하면서, 홀리의 사례를 놓고 법정에서 논쟁하는 모습을 상상해보라고 했다. 그런데 공교롭게도 홀리의 아버지 직업이 의료 과실 전문 변호사였다! 당시 나는 초보 치료사여서 어려운 환자를 맡고서 불안하고 두려웠는데, 그 사실을 알고 나니 부담감이 더 심해졌다. 나는 홀리에게 검사 역을 맡으라고 제안했다. 홀리는 자신이 사형선고를 받아야 마땅하다고 배심원단을 설득해야 했다. 나는 피고 측 변호를 맡아 검사 역의 홀리가 제시하는 모든 혐의에 대해 반론을 펼치기로 했다. 나는 홀리에게 이 방법을 통해 그녀가 살아야 하는 이유와 죽어야 하는 이유를 살펴볼 수 있으며, 진실이 무엇인지 알 수 있다고 말했다.

**홀리** 이 사람에게 자살은 삶에서 탈출할 수 있는 유일한 길입니다.

**데이비드** 그런 주장은 세상 어느 누구에게도 적용할 수 있습니다. 그런 이유만으로 자살해야 한다는 주장은 설득력이 없어요.

**홀리** 이의 있습니다. 환자의 삶은 너무 비참해서 1분도 견딜 수 없습니다.

**데이비드** 지금까지 견뎌냈고 앞으로도 견딜 수 있을 것입니다. 그녀의 과거가 항상 비참했던 것은 아닙니다. 그리고 그녀의 미래가 항상 비참할 것이라는 증거도 없지요.

**홀리** 본 검사는 그녀의 삶이 가족에게 큰 짐이라는 점을 지적합니다.

**데이비드** 본 변호인은 자살이 이 문제를 해결해주지 않을 것임을 강조합니다. 그녀의 자살은 가족에게 더 큰 충격을 안겨줄 테니까요.

**홀리** 하지만 그녀는 자기중심적이고 게으르며 쓸모가 없어요. 그러니 죽어 마땅합니다!

**데이비드** 세상 모든 사람 가운데 몇 퍼센트가 게으릅니까?

**홀리** 아마 20퍼센트…… 아뇨, 10퍼센트라고 말하겠습니다.

**데이비드** 그 말은 2천만 미국인이 게으르다는 뜻입니다. 본 변호인은 게으름 때문에 그들이 죽을 필요는 없으며, 따라서 환자가 자신의 특성 때문에 죽음을 선고받을 어떤 이유도 없음을 지적합니다. 게으름과 무감정은 우울장애의 증상일 뿐이라고 생각합니까?

**홀리** 아마 그럴 겁니다.

**데이비드** 본 변호인은 우리 문화에서는 사람들이 폐렴이나 우울장애 또는 그 밖의 다른 어떤 질병에 걸렸든 그 증상 때문에 사형을 선고받는 일은 없다는 점을 지적합니다. 게다가 우울장애가 사라지면 게으름도 사라질 것입니다.

홀리는 역할극에 열심히 참여하고 즐기는 것처럼 보였다. 이렇게 일련의 고발과 변호가 끝난 뒤 홀리는 자신이 죽어야 할 확실한 이유가 없다는 사실을 인정했다. 그리고 분별 있는 배심원이라면 변호인의 편을 들 것이라고 인정했다. 더 중요한 점은 홀리가 자신에 관한 부정적 사고에 도전하고 말대꾸하는 법을 배웠다는 것이다. 이 과정은 홀리에게 몇 년 만에 모처럼 완전하지는 않아도 약간의 안정감을 느끼게 해주었다. 상담이 끝나자 홀리가 말했다. "내가 기억하는 한 최고의 느낌이었어요. 하지만 지금도 부정적 사고는 제 마음을 스쳐 지나가고 있어요. 이 새로운 치료법은 겉보기보다 좋지 않을 수도 있어요." 이렇게 말하면서 홀리는 또다시 우울한 감정의 동요를 느꼈다. 나는 그녀를 안심시켰다. "홀리, 피고 측 변호사는 이게 진짜 문제가 아니라는 점을 지적했어요. 치료법이 겉보기보다 좋은지 아닌지는 몇 주 뒤에 확인할 수 있을 거예요. 게다가 장기 입원치료법도 대안으로 남아 있잖아요. 잃을 건 없어요. 치료는 부분적으로 좋을 수도, 생각보다 훨씬 더 좋을 수도 있죠. 아마 홀리도 다시 시도하고 싶어질 거예요." 이렇게 제안하자 홀리는 치료받기 위해 필라델피아로 오겠다고 결정했다.

자살을 하려는 홀리의 충동은 단순히 인지왜곡의 결과일 뿐이었다. 그녀는 무기력과 삶에 대한 관심 상실 같은 증상을 자신의 진정한 정체성과 혼동했고, 그래서 스스로 '게으른 인간'이라고 낙인찍은 것이다. 홀리는 인간으로서의 가치와 자신의 성과를 동일시했기 때문에 자신은 쓸모없고 죽어 마땅하다고 단정했다. 자신은 결코 회복될 수 없으며 가족에게는 자신이 없는 편이 낫다고 지나친 비약으로 결론 내리기까지 했다. 그녀는 "나는 견딜 수 없어"라고 말하며 자신의 불편함을 과장했다. 그녀의 절망감은 '점쟁이의 오류'에 빠진 결과였다. 그러니까 홀리는 자신의 증상이 호전되지 않을 것이라고 비논리적으로 지나치게 비약해 결론 내렸다. 하지만 자신이 비현실적 사고로 스스로를 덫에 가두고 있을 뿐이라는 사실을 깨닫자 홀리는 갑자기 안도감을 느꼈다. 이런 호전 상태를 유지하기 위해 홀리는 부정적 사고를 교정하는 법을 계속 배워야 했는데, 그것은 참으로 힘든 작업이었다!

1차 상담을 받은 후 홀리는 필라델피아에 있는 병원으로 옮겼고, 나는 인지치료를 하기 위해 일주일에 두 번 그녀를 방문했다. 홀리는 병원에서 심한 기분 변화를 동반하는 험난한 과정을 겪어야 했지만, 5주 후에는 퇴원할 수 있었다. 나는 여름 계절학기에 등록해 학업을 계속해보라고 설득했다. 한동안 그녀의 기분은 마치 '요요'처럼 계속 동요했지만, 전반적으로 나아진 것을 알 수 있었다. 때때로 며칠 동안 기분이 매우 좋다고 보고하기도 했다. 이는 홀리가 열세 살 이후 최초로 경험하는 행복이었다. 그녀는 드디어 돌파구를 찾은 듯했다. 하지만 그러다가도 갑자기 심각한 우울 상태로 되돌아갔다. 그녀는 다시 자살을 깊이 원했다. 또한 내게 인생은 살 가치가 없다는 것을 확신시키려고 갖은 애를 썼다. 많은 청소년처럼 홀리도 온 인류에게 원한을 품고 있는 듯 보였고, 더 이상 살 이유가 없다고 고집했다.

홀리는 자신의 가치에 대한 부정적 느낌 외에도 온 세상을 향해 심하게 부정적이고 환멸에 찬 시선을 드러냈다. 끝이 없고 치료할 수 없는 우울장애에 자신이 갇혀 있다고 생각할 뿐 아니라 오늘날의 많은 청소년처럼 허무주의를 자신의 이론으로 받아들였다. 허무주의는 비관주의의 가장 극단적인 형태다. 허무주의란 세상에 진실이나 의미가 있는 것은 아무것도 없으며, 삶은 온통 고통과 고뇌로만 이루어져 있다는 믿음이다. 홀리 같은 허무주의자에게 세상은 오로지 비참함만을 안겨준다. 그녀는 모든 사람과 사물의 진정한 본질은 바로 악이고 공포라고 확신했다. 따라서 그녀의 우울 장애는 생지옥의 경험이었다. 홀리에게 죽음은 이와 같은 고통을 끝낼 수 있는 유일한 방법이었다. 그녀는 끊임없이 삶의 잔인함과 비참함에 대해 불평과 냉소에 찬 열변을 늘어놓았다. 홀리는 삶이란 언제나 도무지 견딜 수 없으며, 사람들에게는 이 모든 불행에서 벗어날 수 있는 자질이 완전히 결여되어 있다고 주장했다.

이처럼 지적이고 고집 센 젊은 여성이 자신의 사고가 얼마나 뒤

틀려 있는지를 알고 인정하게 만드는 과제는 내게 크나큰 도전이었다. 다음의 긴 대화는 홀리의 몹시 부정적인 사고뿐 아니라 그녀의 비논리적 사고를 꿰뚫어볼 수 있도록 도와주려는 나의 힘겨운 노력이다.

**홀리** 인생은 살 가치가 없어요. 세상에는 선보다 악이 더 많으니까요.
**데이비드** 만일 내가 우울장애 환자이고 홀리가 내 치료사라면, 어떤 말을 해줄까요?

나는 홀리가 세운 삶의 목표가 심리치료사가 되는 것임을 알고 있었기 때문에 이런 작전을 사용했다. 나는 홀리가 뭔가 이성적이고 긍정적인 말을 할 것이라고 생각했지만, 그녀는 나보다 한 수 위였다.

**홀리** 나라면 이렇게 말할 거예요. 당신 말을 반박할 수 없다고.
**데이비드** 만일 내가 홀리가 돌보는 우울장애 환자이고 삶은 살 가치가 없다고 말한다면, 창문 밖으로 뛰어내리라고 충고할 건가요?
**홀리** (웃으며) 네. 내 생각에는 그게 최선이에요. 박사님도 세상에서 일어나고 있는 온갖 나쁜 일을 생각하면 화가 나고 우울해질 수밖에 없을 거예요.
**데이비드** 그렇게 한다고 해서 무슨 이득이 있죠? 그게 홀리가 세상의 나쁜 것을 바로잡는 데 도움이 될까요?

**홀리** 아뇨. 그런데 그건 바로잡을 수 있는 게 아니에요.

**데이비드** 세상의 모든 나쁜 것을 바로잡을 수 없다는 건가요, 아니면 일부를 바로잡을 수 없다는 건가요.

**홀리** 중요한 것은 아무것도 바로잡을 수 없어요. 사소한 것은 바로잡을 수 있겠지만요. 이 세상의 사악함은 결코 줄일 수 없어요.

**데이비드** 내가 저녁마다 퇴근길에 그런 식으로 생각한다면, 나는 정말 기분 나빠질 수 있겠군요. 다시 말해 나는 낮에 도와준 사람들을 생각하고 기분이 좋아지거나, 내가 결코 만나지도 돌봐주지도 못할 수많은 사람을 생각하며 절망감과 무력감을 느끼거나 둘 중 하나겠죠. 그런 생각을 하면 난 아무것도 못하게 될 거고, 그러면 나에게 이득이 되지는 않겠지요. 아무것도 못하게 되는 게 홀리에게는 이득인가요?

**홀리** 그렇지 않겠죠. 잘 모르겠어요.

**데이비드** 아무것도 못하게 되는 게 좋아요?

**홀리** 아뇨. 완전히 아무것도 못하게 되는 게 아니라면 좋지 않아요.

**데이비드** 그건 어떤 거죠?

**홀리** 죽는 거죠. 그게 더 낫다고 믿어요.

**데이비드** 죽는 것이 즐겁다고 생각하나요?

**홀리** 글쎄요, 죽는 게 어떤 건지 잘 모르겠어요. 죽어서 아무것도 경험하지 못한다는 게 끔찍할 수도 있겠죠. 누가 알겠어요?

**데이비드** 그러니까 끔찍하거나, 전혀 중요하지도 흥미롭지도 않은 무의 상태일 수 있겠군요. 후자와 가장 가까운 상태는 마취 상태죠. 그런 상태가 즐거울까요?

**홀리** 즐겁지 않죠, 하지만 즐겁지 않은 것도 아니죠.

**데이비드** 홀리가 즐겁지 않다고 인정해줘서 기쁘군요. 맞아요, 무의 상태에서는 즐거울 게 아무것도 없죠. 하지만 삶에는 즐거운 일이 상당히 많답니다.

이 시점에서 나는 어느 정도 난관을 타개했다고 생각했다. 하지만 청소년 특유의 고집으로 홀리는 하나도 좋은 게 없다고 우겼고, 계속해서 나의 허를 찌르고, 내가 하는 모든 말에 반박했다. 홀리의 반대에 부딪히자 나는 매우 곤란해졌고, 때로는 심한 좌절감을 느꼈다.

**홀리** 하지만 박사님도 알다시피 삶에는 즐거운 일이 별로 없어요. 그리고 그토록 드문 즐거운 일을 얻기 위해 사람들은 다른 많은 것을 감수해야 하죠. 더구나 내게는 그런 즐거운 일이 전혀 중요하지 않아요.

**데이비드** 기분이 좋을 때는 어떤 느낌이 들죠? 그것 역시 전혀 중요하지 않다고 느끼나요, 아니면 기분이 나쁘면 그런 식으로 느끼나요?

**홀리** 모든 것은 내가 어디에 초점을 맞추려고 하는가에 달려 있겠죠. 그렇죠? 나를 우울하게 만드는 이 세상의 온갖 좋지 않은 것에 대해 생각하지 않는 길만이 내가 우울해지지 않는 방법이죠. 그렇죠? 그러니 내가 기분이 좋다는 것은 내가 좋은 일에 초점을 맞추고 있다는 뜻이고요. 하지만 사방에 나쁜 것들이 있어요. 나쁜 것이 좋은 것보다 훨씬 많기 때문에 오직 좋은 것만 보고 좋은 기분이나 행복감을 느낀다는 것은 정직하지 않은 짓이고 거짓이에요. 그래서 자살만이 최선이라는 거죠.

**데이비드** 이 세상에는 두 가지 나쁜 게 있어요. 하나는 '가짜 악'입니다. 이건 우리가 사물을 생각하는 방식에 따라 우리 상상력이 만들어낸 비현실적인 악이죠.

**홀리** (말을 가로막으며) 그러니까 신문에 나는 강간 사건과 살인 사건, 이런 것들은 진짜 악이잖아요.

**데이비드** 맞아요. 그게 바로 내가 진짜 악이라고 부르는 거죠. 우선 가짜 악부터 살펴봅시다.

**홀리** 예를 들면요? 가짜 악이라는 게 무슨 말이죠?

**데이비드** 삶이란 전혀 좋지 않다는 홀리의 말을 예로 들어보죠. 그 말은 정확하지 않은 과장된 표현이에요. 홀리도 지적했듯이 인생은 좋은 요소, 나쁜 요소, 중립적인 요소로 이루어져 있어요. 그러니 삶 전체가 좋지 않다거나 모든 것이 절망적이라는 말은 과장되고 비현실적인 겁니다. 이게 바로 내가 말한 '가짜 악'의 의미예요. 반면 삶에는 진짜 문제들이 있어요. 사람들이 살해당하고 암에 걸리는 것도 사실입니다. 하지만 내 경험에 따르면 그런 불쾌한 일은 극복할 수 있어요. 살아가면서 자신이 문제를 해결하는 데 기여할 수 있다고 생각되는 어떤 일에는 십중팔구 관여해야겠다고 결정할 겁니다. 그런데 이런 경우에도 문제에 압도당한 채 방관하며 울적해하기보다는 긍정적 태도로 문제를 다뤄나가는 게 의미 있는 접근법이라 할 수 있겠죠.

**홀리** 그래요, 알아요. 나도 그렇게 해요. 단지 나쁜 일들과 마주치면 그 자리에서 압도당하고, 그러면 죽고 싶다는 생각이 드는 거죠.

**데이비드** 맞아요. 세상에 아무런 문제도 그 어떤 고통도 없다면 멋지겠지만, 그렇다면 사람들이 그런 문제들을 해결하거나 성장할 수 있는 기회도 없겠지요. 언젠가 홀리가 세상 문제들 가운데 하나에 몰두해 해결하는 데 기여한다면 크나큰 만족감을 느낄 거예요.

**홀리** 아뇨, 그런 식으로 문제들을 이용하는 건 옳지 않아요.

**데이비드** 왜 시험해보지 않나요? 홀리가 직접 시험해보고 그게 진짜인지 알아보려 하지 않는다면, 난 내가 하는 어떤 말도 믿으라고 하고 싶지 않아요. 시험 방법은 수업을 듣고, 공부하고, 다른 사람들과 관계를 맺으면서 여러 가지 일에 참여해보는 거죠.

**홀리** 그게 바로 내가 해보려는 거예요.

**데이비드** 좋아요. 이제 홀리는 한동안 이런 활동이 어떤 결과를 낳는지 볼 수 있을 겁니다. 여름 계절학기 수업을 듣고, 이 세상에 기여하고, 친구들을 만나고, 다양한 활동에 참여하고, 공부해서 적절한 학점을 받고, 자신이 할 수 있는 일을 하면서 성취감과 즐거움도 경험하는 거죠. 물론 이 모든 것이 만족스럽지 않을 수도 있어요. 그래서 이렇게 결론 내릴지도 모르죠. "뭐야, 우울장애가 이거보다 낫잖아." "난 행복해지기 싫어." 또 이런 말을 할 수도 있을 거예요. "나는 삶에 관여하기 싫어." 만일 이게 사실이라면 홀리는 언제든 우울하고 절망적인 상태로 돌아갈 수 있어요. 나는 홀리에게서 아무것도 빼앗지 않을 겁니다. 하지만 이런 활동을 직접 시도해보기 전까지는 행복에 대해 트집잡으면서 비난하려 들지는 말아요. 시험해봐요. 참여하고 노력하면서 삶이 어떤지 알아봐요. 그때쯤이면 어떤 결과가 나오는지 알 수 있을 겁니다.

세상은 좋지 않으며, 삶은 살아볼 가치가 없다는 자신의 확고한 믿음이 사물을 비논리적 사고로 바라본 결과라는 사실을 어느 정도 깨닫자 홀리는 다시 정서적으로 꽤 안정되는 것을 느꼈다. 홀리는 부정적인 면에만 집중하는 실수를 저질렀고(정신적 여과), 세상의 긍정적인 것들이 중요하지 않다고 주장했다(긍정적인 것 인정하지 않기). 그 결과 모든 것을 부정적으로 보고 살 가치가 없다고 느낀 것이다. 이런 잘못된 사고를 고쳐나가는 법을 배우자 홀리는 조금씩 나아지는 것을 경험했다. 비록 기분 상태는 여전히 오르락내리락했지만 그 빈도와 강도는 시간이 지나면서 줄어들었다. 여름 계절학기가 끝난 뒤 홀리는 가을에 아이비리그 상위권 대학에 정규 학생으로 들어갔다. 홀리는 자신이 대학에서 공부할 만큼 머리가 좋지 않아서 결국 퇴학당할 거라고 예상했지만, 놀랍게도 자기 학과에서 뛰어난 성적을 올렸다. 강한 부정적 성향을 생산적 활동으로 바꾸는 법을 배우자 홀리는 최고의 학생이 되었다.

나는 일주일에 한 번 홀리를 상담하다 1년도 채 되지 않아 그만두었다. 한창 논쟁을 벌이던 그녀는 다시는 돌아오지 않을 거라고 맹세하고는 문을 꽝 닫고 나가버렸다. 아마 다른 식으로 작별 인사하는 방법을 몰랐던 것 같다. 스스로의 힘으로 해낼 준비가 되었다고 느낀 게 아닌가 싶기도 하다. 어쩌면 나와의 논쟁이 지겨웠을지도 모른다. 나도 홀리만큼 고집쟁이였으니! 최근에 홀리는 내게 전화를 해서 어떻게 지내는지 알려주었다. 여전히 가끔 자신의 기분과 싸우지만, 이제 4학년이고 학년 수석을 차지했다고 했다. 학교를 졸업해서 전문 직업을 갖는 꿈이 점점 구체화되어가고 있었다. 신이여, 홀리를 축복하소서!

홀리는 자살 충동으로 이어질 수 있는 심각한 정신의 덫에 걸려 있었다. 자살을 시도하는 환자들은 하나같이 비논리적 절망감과 자신이 해결할 수 없는 딜레마에 직면해 있다는 확신에 사로잡혀 있다. 일단 이런 사고의 왜곡을 밝혀내 인식하기만 하면 정서가 상당히 안정될 수 있다. 바로 이것이 희망의 근거이고, 위험한 자살 시도를 피할 수 있도록 도움을 준다. 게다가 안정되면 숨을 쉴 수 있는 여지를 얻어 삶에서 더 근본적인 변화를 꾸준히 이루어낼 수 있다.

그런데 홀리 같은 질풍노도기의 청소년에게는 여러분이 공감하기가 어려울 수 있으므로, 이제 자살을 생각하고 시도하는 좀 더 흔한 원인을 살펴보자. 예를 들어 중년기 이후에는 시시각각 실망감과 절망감이 찾아든다. 과거를 회상하면서 젊은 시절 순진하게 기대한 것에 비하면 별로 성취한 게 없다고 결론 내리기도 한다. 이런 상태를 중년의 위기라고 한다. 자신이 희망하고 계획한 것들과 비교해보면서 삶에서 실제로 무엇을 이루어냈는지 되돌아보는 단계다. 만일 이 위기를 잘 해결하지 못하면, 자살을 시도할 만큼 심각한 비통함과 좌절감을 경험할지도 모른다. 다시 한번 말하지만 문제는 실제 현실에서 시작되지 않는다. 우리가 겪는 혼란은 현실 문제가 아닌 뒤틀린 사고에서 생긴다.

루이즈는 2차 세계대전 때 유럽에서 미국으로 이민 온 50대 기혼 여성이다. 어느 날 가족이 그녀를 내게 데려왔다. 루이즈가 중환자실에서 치료를 받고 퇴원한 뒤였다. 루이즈는 느닷없이 자살을 시도했고, 하마터면 성공할 뻔했다. 그래서 중환자실에서 치료를 받아야 했다. 가족들은 그녀가 심각한 우울장애를 겪고 있는 줄 몰랐기에 갑작스러운 자살 시도에 무척 놀랐다. 내가 말을 걸자 루이즈는 자신의 삶이 기대에 못 미쳐 애통하다고 말했다. 루이즈는 소녀 시절에 꿈꾸던 즐거움이나 충만함을 전혀 경험해보지 못했다고 했다. 그녀는 무력감을 호소했고, 자신이 인간으로서 실패자라고 확신했다. 가치 있는 것을 아무것도 성취하지 못했으니 살 가치가 없다는 결론을 내렸다는 것이다.

두 번째 자살 시도를 막기 위해 재빨리 그녀의 문제에 개입해야겠다고 생각한 나는 인지요법을 이용해 루이즈가 자신에게 하는 말이 비논리적이라는 점을 가능한 한 빨리 보여주기로 했다. 우선 루이즈에게 자신이 삶에서 성취한 것들을 목록으로 작성해달라고 요청했다. 가치 있는 일은 하나도 이루어내지 못했다는 루이즈의 믿음을 검토해보기 위해서였다.

**루이즈** 2차 세계대전 동안 나는 우리 가족이 나치의 손아귀에서 벗어나 이 나라에 정착할 수 있도록 온갖 노력을 다했습니다. 나는 청소년기에 이미 5개 국어를 유창하게 말할 수 있었죠. 처음 미국에 왔을 때, 돈이 많이 필요해서 험하고 궂은 일도 해야 했습니다. 남편과 나는 아들을 훌륭히 키웠고, 그 애는 대학을 졸업하고 지금은 사업가로 성공했죠. 나는 요리도 잘합니다. 그리고 좋은 엄마이자, 손자들한테는 좋은 할머니라고 자부해요. 이런 것들이 바로 내가 살면서 성취했다고 느끼는 것들이죠.

**데이비드** 이 모든 일을 해냈는데, 어떻게 아무것도 이루지 못했다고 할 수 있습니까?

**루이즈** 우리 가족은 모두 5개 국어를 할 줄 알았어요. 그리고 살기 위해 어쩔 수 없이 유럽을 떠나야 했죠. 내 일은 평범했고 특별한 능력이 필요 없었어요. 가족을 돌보는 일은 엄마의 의무이고, 좋은 주부라면 누구나 요리를 배워야 합니다. 이런 일들은 다 의무였고, 누구라도 할 수 있는 것들이기에 진정한 성취라고 볼 수 없죠. 그래서 자살을 시도한 거예요. 내 삶은 아무 가치가 없어요.

나는 루이즈가 자신의 좋은 면에 대해서 '그건 중요하지 않아'라고 말함으로써 쓸데없이 좌절하고 있다는 것을 깨달았다. '긍정적인 것 인정하지 않기'라는 흔한 인지왜곡이 바로 루이즈의 적이었다. 그녀는 오로지 자신의 부족함이나 실수에 대해서만 초점을 맞추었고, 자신이 성취한 일은 아무런 가치가 없다고 주장했다. 이런 식으로 스스로 이루어낸 성과를 무시하는 것은 자신이 아무짝에도 쓸모없고, 아무것도 아닌 존재라는 착각과 망상을 만들어낸다.

루이즈의 사고 오류를 극적인 방식으로 증명하기 위해 나는 함께 역할극을 해보자고 제안했다. 내가 우울장애에 걸린 정신과 의사 역을 맡고, 루이즈는 심리치료사 역을 맡으라고 했다. 심리치료사는 내가 왜 그렇게 우울한지 알아내려고 애쓴다.

**루이즈**(심리치료사) 왜 당신은 우울한가요, 번스 박사님?

**데이비드**(우울한 정신과 의사) 살면서 아무것도 성취한 것이 없다는 걸 깨달았기 때문이죠.

**루이즈** 아무것도 성취한 것이 없다고 느낀단 말이죠? 하지만 그건 말이 안 돼요. 박사님은 분명히 뭔가를 이루어냈어요. 예를 들어 우울장애를 앓는 수많은 환자를 돌봐주었고, 연구 논문도 발표하고 강의도 하는 것으로 알고 있어요. 아직 젊은 나이에 정말 많은 일을 해낸 것으로 보이는데요.

**데이비드** 아뇨. 그런 것들은 전혀 중요하지 않아요. 알다시피 의사라면 누구나 자신의 환자를 돌봅니다. 해야 할 일을 한 것뿐이죠. 그러니 중요한 게 아니에요. 게다가 대학에서 연구하고 그 결과를 발표하는 건 내 의무입니다. 그러니 특별히 성취한 것은 전혀 없어요. 같은 과 교수라면 누구나 그런 연구를 하고 논문을 발표합니다. 어쨌든 내 연구는 그다지 중요하지 않아요. 내 아이디어는 평범할 뿐이죠. 내 삶은 기본적으로 실패작입니다.

**루이즈** (자신을 비웃는다. 이제 더 이상 심리치료사가 아니다) 지난 10

년 동안 내가 스스로를 그렇게 비난해왔다는 걸 알겠군요.

**데이비드** (심리치료사로 복귀하며) 자신이 성취한 것에 대해 생각할 때마다 '그건 중요하지 않아'라고 말하면 어떤 느낌이 드나요?

**루이즈** 그렇게 말하면 우울해지죠.

**데이비드** 하고 싶었지만 해내지 못한 일을 생각하는 게 얼마나 타당한가요? 많은 노력과 결단력으로 실행한 일들이 좋은 결과를 맺었는데, 그걸 무시하는 건 또 얼마나 타당한가요?

**루이즈** 전혀 타당하지 않아요.

루이즈는 자기 자신에게 '이제껏 해온 일이 전혀 만족스럽지 않아'라고 거듭 생각함으로써 스스로를 고통스럽게 했다는 사실을 알게 되었다. 이런 식으로 자신을 대하는 것이 얼마나 자의적이었는지를 깨닫자 그녀는 금세 기분이 평안해지는 것을 느꼈고, 자살 충동도 사라졌다. 자신의 삶에서 아무리 많은 것을 이루었더라도 스스로 어려움에 빠지고 싶다면 언제든 과거를 회상하며 "난 이룬 것이 없어"라고 말하면 된다. 이것은 그녀의 문제가 현실에 근거한 것이 아니라 스스로 빠져든 정신의 덫이라는 사실을 보여준다. 역할극이 루이즈에게 웃고 즐기는 감각을 되살려준 듯했다. 그리고 이런 유머감각 자극이 자기비하의 불합리성을 알아차리는 데 도움을 준 것 같았다. 이제 루이즈는 그녀에게 절실히 필요했던 자신을 향한 연민의 감정을 지닐 수 있게 되었다.

'나는 절망적이야'라고 확신하고 있다면, 그 확신이 왜 비이성적이고 자기패배적인지 다시 한번 살펴보자. 무엇보다 우울장애는 항상 그렇지는 않더라도 대개는 시간이 지나면 저절로 낫는 질환이라 굳이 치료를 받지 않더라도 대부분 사라진다는 것을 기억하자. 치료의 목적은 더 빠른 회복이다. 요즘은 효과가 뛰어난 항우울제와 심리치료법이 많고, 다른 치료법도 속속 개발되고 있다. 의학은 끊임없이 발전하고 있다. 바야흐로 우울장애 연구의 전성시대다. 물론 어떤 환자에게 가장 좋은 치료법이 심리적 개입인지 약물인지 확실히 예상할 수 없기 때문에 때로는 환자에게 행복을 되찾아줄 올바른 열쇠를 발견할 때까지 여러 방법을 적용해봐야 한다. 그러자면 인내심과 고된 작업이 필요하다. 한 가지 또는 몇 가지 요법에 환자가 반응을 보이지 않는다고 해서 모든 방법이 실패할 것이라고 속단하면 안 된다. 사실은 정반대인 경우가 더 많다. 최근 연구 결과에 따르면, 하나의 항우울제에 반응하지 않는 환자들은 흔히 다른 약물에 반응할 가능성이 높다고 한다. 이것은 한 약물에 반응을 보이지 않는다면, 다른 약물을 복용했을 때 효과를 볼 가능성이 더 높아진다는 뜻이다. 효과적인 항우울제와 심리치료법, 자가치료법이 매우 많다는 사실을 고려할 때 우울장애에서 회복될 가능성은 엄청나게 높다.

우울장애를 앓는 사람은 감정을 사실과 혼동하는 경향이 있다. 절망감과 완전한 자포자기는 우울장애라는 질병의 증상일 뿐 사실이 아니다. 희망이 없다고 생각하면 자연히 절망감을 느낀다. 오직 수백 명의 우울장애 환자를 치료해본 전문가만이 정확한 진단을 내릴 수 있다. 자살 충동을 강박적으로 느끼는 사람은 반드시 치료받을 필요가 있다는 사실을 가리킬 따름이다. 그러므로 희망이 없다는 확신은 거의 언제나 사실은 그렇지 않다는 것을 증명한다. 필요한 건 자살이 아니라 치료다. 이런 일반화가 오해를 불러일으킬 수 있음에도 나는 다음과 같은 원칙을 따른다. '희망이 없다고 느끼는 환자들에게 실제로는 결코 희망이 없는 게 아니다.'

절망에 대한 확신은 우울장애의 가장 특이한 측면 중 하나다. 실제로 회복 가능성이 높은 중증 우울장애 환자들이 오히려 회복 가능성이 희박한 말기암 환자들보다 더 강한 절망감을 느낀다. 그래서 실제로 자살 시도가 일어나기 전에 가능한 한 빨리 절망감 뒤에 숨어 있는 비논리성을 드러내 보여주는 것이 중요하다. 자신의 삶에 해결할 수 없는 문제가 있다고 굳게 믿을지도 모른다. 덫에 걸렸다고 느낄지도 모른다. 그 결과 극심한 좌절감에 빠져 유일한 탈출구로 자살을 선택할 수도 있다. 하지만 우울장애 환자에게 그 사람이 걸려든 덫이 정확히 어떤 것인지 마주 보게 하면, 그리고 그 사람의 '해결할 수 없는 문제'라는 것에 집중해보면 예외 없이 환자가 착각하고 있다는 사실을 알게 된다. 이런 상황에 놓인 사람은 사악한 마법사와 같아서, 정신의 요술로 지옥 같은 끔찍한 망상을 만들어낸다. 자살하고 싶다는 생각은 비논리적이고, 왜곡되고, 틀린 생각이다. 현실이 아니라 우리의 왜곡된 생각과 잘못된 가정이 우리를 고통에 빠뜨린다. 만일 우리가 거울 뒤에 숨겨진 진실을 보는 법을 배운다면 자신이 스스로를 기만하고 있다는 사실을 알게 될 것이고, 그러면 자살 충동도 사라질 것이다.

우울장애에 걸려 자살 충동을 느끼는 사람들에게 '실재하는' 문제가 하나도 없다고 말한다면 순진한 주장일 것이다. 우리 모두는 돈 문제, 인간관계 문제, 건강 문제 등 실재하는 문제를 안고 있다. 하지만 이런 어려움은 자살하지 않고 합리적 방법으로 극복할 수 있다. 사실 이런 시련을 이겨내는 일은 우리의 기분을 북돋우고 인격을 성장시키는 원천이 될 수 있다. 9장에서 지적했듯이, 실재하는 문제들은 우리를 조금도 우울하게 만들 수 없다. 오로지 왜곡된 생각만이 정당한 희망과 자존감을 앗아간다. 우울장애 환자가 자살을 해야 할 정도로 '전혀 해결할 수 없는' 문제를 안고 있는 경우를 나는 본 적이 없다.

6부

# 일상의 스트레스와 긴장 극복하기

*Feeling Good*

# 16.
## 나는 내 말을 실생활에서
## 어떻게 실천하고 있는가?

**"의사야, 너 자신을 고쳐라."–〈누가복음〉 4장 23절**

스트레스에 관한 최근 연구 결과에 따르면, 세상에서 가장 힘든 직업 가운데 하나(감정적 긴장과 심장마비의 빈도를 고려할 때)가 항공관제사라고 한다. 정교한 일을 하는 관제사는 끊임없이 정신을 바짝 차리고 있어야 한다. 사소한 실수도 엄청난 재난으로 이어질 수 있기 때문이다. 하지만 나는 관제사가 하는 일이 내 일보다 힘든지 의문스럽다. 어쨌든 조종사들은 서로 협조해 안전하게 이착륙한다. 하지만 내가 길을 안내하는 '비행기'는 때때로 일부러 추락해 버린다.

　지난 목요일 아침, 다음과 같은 일들이 30분 동안에 일어났다. 10시 25분에 이메일을 한 통 받았다. 펠릭스라는 환자가 분노에 차서 장황하게 써 보낸 메일이었다. 10시 30분에 환자와 치료를 시작해야 했기에 그의 이메일을 대충 훑어보았다. 펠릭스는 '피바다'를 만들 예정이라고 했다. 세 명의 의사를 살해할 계획인데 그중에는 정신과 의사가 두 명 포함되어 있었다. 바로 과거에 그를 치료한 의사들을 살해하겠다고 내게 알려준 것이다! 펠릭스는 "차를 몰고 가게에 가서 권총과 총알을 구입할 수 있을 정도로 기력을 회복할 때까지 기다리고 있습니다"라고 했다. 펠릭스에게 전화를 걸었지만 받지 않았다. 그래서 나는 10시 30분에 약속된 상담을 시작했다. 해리라는 이 환자는 쇠약할 대로 쇠약해져 강제수용소 희생자처럼 보였다. 그는 자신의 장이 '폐쇄되어' 있다는 망상에 사로잡혀 먹기를 거부해 체중이 30킬로그램이나 줄었다. 해리의 아사를 방지하기 위해 강제로 입원시켜 튜브로 영양분을 공급하는 달갑지 않은 일에 대해 논의하고 있을 때 제롬이라는 환자에게 긴급 전화를 받았다. 제롬은 내게 자기 목에 올가미를 두르고 있다면서 아내가 일을 끝내고 집으로 돌아오기 전에 목매달아 죽을 예정이라고 말했다. 제롬은 통원 치료를 계속 받고 싶지도 않고, 입원 치료도 아무 소용 없다고 주장했다.

　하루가 끝날 무렵 나는 이 세 가지 긴급 사항을 해결하고 집에 돌아와 겨우 긴장을 풀 수 있었다. 그런데 잠을 자려고 누웠을 때 또 다른 환자의 전화를 받았다. 그녀는 유명 인사로, 내가 돌보던 환자가 나를 추천해서 전화를 했다고 밝혔다. 그녀는 몇 달 동안 우울했다면서 저녁마다 거울 앞에 서서 날카로운 면도칼로 자기 목을 긋는 연습을 하고 있다고 했다. 그리고 내게 전화를 건 이유는 나를 추천해준 친구를 안심시킬 목적일 뿐, 나와 치료 시간을 잡기 위해서는 아니라고 했다. 자신이 죽으려는 이유는 '희망이 없다'고 확신하기 때문이라는 것이다.

물론 매일매일 이날처럼 신경이 곤두서지는 않는다! 하지만 때때로 압력솥 안에 살고 있는 것 같다. 그리고 그 덕분에 심한 불신, 걱정, 좌절, 불안, 실망 그리고 죄책감을 극복하는 법을 배울 많은 기회를 갖게 된다. 또 인지요법을 내게도 적용해서 실제로 효과가 있는지 알아보는 기회도 갖게 된다. 게다가 놀랍고 즐거운 순간도 많이 누릴 수 있다.

만일 여러분이 한 번이라도 정신과 의사나 심리치료사에게 가본 적이 있다면 알겠지만, 정신과 의사는 주로 환자가 말해주기를 기다리며 거의 듣기만 한다. 심리치료를 담당하는 정신과 의사는 좀 더 수동적이고 비지시적이 되는 훈련을 받기 때문이다. 일종의 '사람 거울'이 되어 환자가 하는 말을 반영하기만 하면 된다(그러나 인지요법 같은 몇몇 새로운 형태의 심리치료법은 환자와 치료사 사이에 자연스러운 50 대 50의 대화를 허용하는데, 이때 치료사는 한 팀의 동등한 구성원으로 일한다). 여러분은 이런 일방통행식 의사소통이 비생산적이고 불만스럽게 보일지도 모른다. 또 이런 궁금증이 생길 수도 있다. '이 정신과 의사는 어떨까? 어떤 기분을 느낄까? 그런

기분을 그는 어떻게 다룰까? 나나 다른 환자를 상대할 때 그는 어떤 스트레스를 느낄까?'

많은 환자가 대놓고 이렇게 물어본다. "번스 박사님, 박사님은 본인이 말하는 내용을 실제로 실천하나요?" 사실 나는 저녁에 집에 가려고 기차를 타면, 종이를 꺼내 위에서 아래로 한가운데에 선을 그린다. 그리고 거기에 그날의 감정 찌꺼기들을 기록한다. 이 방법은 앞에서도 여러 번 말한 '두 칸 기법'이다. 만일 여러분이 내가 무대 뒤에서 어떻게 행동하는지 궁금하다면, 내 자가치료 과제 가운데 몇 가지를 기꺼이 여러분과 함께 나눌 것이다. 이것은 정신과 의사가 말을 하는 동안 여러분은 가만히 앉아서 들으면 되는 흔치 않은 기회다.

동시에 우울장애를 극복하기 위해 여러분이 배운 인지치료 기법을 우리가 일상생활을 하면서 어쩔 수 없이 맞닥뜨리는 온갖 좌절과 긴장감에 적용할 방법을 생각해볼 수 있는 기회이기도 하다.


## 적대감 극복하기: 20명의 의사를 내친 남자

내가 자주 마주치는 스트레스를 많이 받는 한 가지 상황은 벌컥벌컥 화를 내는 까다롭고 비이성적인 환자들을 상대할 때다. 이럴 때면 미국 동부 연안에서 가장 화를 잘 내는 챔피언을 치료하고 있는 게 아닐까 하는 생각이 들기도 한다. 이런 사람들은 흔히 자신을 가장 잘 돌봐주는 사람들에게 분노를 터뜨리는데, 나 역시 때때로 그 대상에 포함된다.

행크는 화를 잘 내는 젊은이였다. 나를 찾아왔을 때 그는 이미 20명의 의사를 내친 뒤였다. 그는 이따금 찾아오는 요통을 호소했는데, 심각한 질병에 걸렸기 때문이라고 확신하고 있었다. 하지만 아무리 정교한 의학 장비를 동원해도 몸에 이상이 있다는 증거는 나타나지 않았다. 많은 의사가 그의 요통은 두통과 마찬가지로 모두 어린 시절의 정서적 긴장 때문이라고 진단 내렸다. 이 말을 받아들이기 어려웠던 행크는 의사들이 자신을 단념했으며, 자신에게 전혀 신경을 써주지 않는다고 느꼈다. 그는 분노를 터뜨리고, 의사를 내치고, 새로운 의사를 찾아다니기를 반복했다. 마침내 그는 정신과 의사를 찾아가보기로 결정했다. 그러나 1년 동안 아무런 진전이 없자 자신의 결정을 후회했고, 상담받던 정신과 의사에게 더 이상 가지 않고 우리 '기분 클리닉'에 치료받으러 왔다.

행크는 우울장애가 매우 심각한 상태였다. 나는 그에게 인지치료를 시작했다. 밤이 되어 요통이 심해지면, 행크는 불만과 분노에 사로잡혀 충동적으로 우리 집에 전화를 했다. 그는 내가 자신의 병을 잘못 진단했다고 원망하면서 저주를 퍼부었다. 자신은 몸이 아픈 거지 정신에 문제가 있는 게 아니라고 주장했다. 그러고 나서는 최후통첩을 하듯 얼토당토않은 요구를 했다. "번스 박사님, 내일 충격요법을 해주세요. 아니면 오늘 밤 밖에 나가 자살하고 말 겁니다." 물론 불가능한 것은 아니지만 그의 요구는 대체로 들어주기가 어려웠다. 나는 충격요법을 사용하지 않았으며, 그런 방식의 치료법이 행크에게 적절하다고 느끼지도 않았다. 내가 이런 점을 알아듣기 쉽게 설명하려 하면 그는 폭발해 충동적이고 위험한 행위로 위협했다.

심리치료를 하는 동안 행크는 나의 불완전함(이런 점은 어차피 차고 넘치는데)을 하나하나 지적하는 습관을 갖게 되었다. 그는 툭하면 진료실로 달려 들어와 집기를 쾅쾅 내려치며 비난과 욕설을 퍼부었다. 그 가운데 내가 그에게 전혀 신경을 쓰지 않는다는 비난은 특히 나의 뇌리에서 떠나지 않았다. 행크는 내게 오로지 돈과 치료 성공률을 높이는 데만 혈안이 되어 있다고 말했다. 이런 비난은 나를 고민에 빠뜨렸는데, 그의 비판에 어느 정도 진실이 담겨 있었기 때문이다. 행크는 몇 달씩 치료비를 못 내는 일이 잦았는데, 나는 그런 사정보다는 그가 치료를 너무 일찍 포기해 결국 환멸감만 더욱 깊어지지 않을까 걱정됐다. 게다가 치료에 성공한 환자 목록에 그를 올려놓고 싶은 마음이 간절했다. 비난을 늘어놓는 행크의 공격에 일말의 진실이 담겨 있었으므로 나는 죄책감을 느꼈고, 그가 나에게 집중 포화를 퍼부으면 방어 자세를 취하게 되었다. 당연히 행크도 이런 사실을 감지했고, 그 결과 그는 갈수록 강도 높게 나를 비난했다.

나는 우리 클리닉에서 일하는 동료들에게 어떻게 하면 행크의 분노와 나의 좌절감을 좀 더 효과적으로 다룰 수 있을지 조언을 구했다. 벡 박사에게 들은 충고는 특히 유익했다. 우선 그는 다음과 같은 점을 분명히 짚어주었다. 행크는 내게 비판과 분노를 효과적으로 극복하는 법을 배울 수 있는 최고의 기회를 주므로, 내가 '행운아'라고 했다. 전혀 뜻밖의 말이었다. 사실 나는 내가 얼마나 대단한 기회를 갖게 되었는지 모르고 있었던 것이다. 벡 박사는 내게 인지요법을 이용해 흥분을 가라앉히라고 권유한 뒤, 행크가 화를 낼 때 독특한 전략으로 그를 다루어보라고 제안했다.

1. 나 자신을 방어함으로써 행크가 하는 말의 화제를 돌리지 말아야 한다. 오히려 정반대로 그가 나에 대해 할 수 있는 최악의 말들을 모두 하라고 해야 한다.
2. 그의 비난 속에서 한 조각 진실이라도 발견하려 노력하고, 그의 의견에 동의한다.
3. 그런 다음 동의할 수 없는 부분을 논쟁을 불러일으키지 않는 태도로 솔직하고 요령 있게 지적한다.
4. 이처럼 서로의 의견이 같지 않더라도 협조하는 태도가 때로는 중요하다고 강조한다.

마침내 나는 좌절감과 언쟁이 때때로 우리의 치료 속도를 더디게 할 수 있지만, 그렇다고 이 때문에 우리의 관계가 망가질 필요도 없고, 우리의 치료가 좋은 결실을 맺는 것을 방해할 이유도 안 된다는 사실을 깨달았다.

나는 이 전략을 그다음 치료 시간에 행크가 들이닥쳐 진료실을 온통 휘저으며 고함을 질러댈 때 적용해보았다. 계획한 대로 행크에게 나에 관해 생각나는 나쁜 점을 죄다 말하라고 했다. 결과는 순식간에 극적으로 나타났다. 그야말로 몇 분 후에 그가 일으킨 모든 바람이 잠잠해졌다. 그의 모든 복수심이 녹아 없어진 듯했다.

행크는 분별 있는 태도로 조용히 대화를 나누었고, 점잖은 태도를 유지했다. 행크가 지적한 비난 가운데 몇 가지에 나도 동의한다고 말하자, 그는 갑자기 나를 변호하면서 나의 좋은 점 몇 가지를 말해주었다! 나는 그 결과에 감동받았고, 똑같은 방법을 화 잘 내고 성격이 불같은 다른 환자에게도 적용해보았다. 그리고 드디어 나는 행크의 적의에 찬 감정 폭발을 진심으로 즐기기 시작했다. 그 상황에 대처할 수 있는 방법을 알아냈기 때문이다.

행크와 한밤중에 전화 통화를 하고 나면 늘 머릿속에 자동으로 떠오르는 생각을 기록하고, 거기에 대응하기 위해 '두 칸 기법'을 사용했다((표 16-1) 참조). 내 동료들이 넌지시 제안했듯이, 감정이입을 하기 위해 행크의 눈으로 세상을 보려고 노력했다. 이 특별한 해결책은 나 자신의 좌절감과 분노도 일부 사라지게 해주었기에 나는 훨씬 덜 방어적이고, 덜 동요하게 되었다. 덕분에 행크의 분노가 나를 향한 공격이라기보다 자기 자존감에 대한 방어였다는 사실을 알 수 있었고, 그가 느끼는 허무감과 절망감도 이해할 수 있었다. 또 그가 많은 시간 성실히 협조했으며, 그런 그에게 항상 협조해줄 것을 요구한 내가 얼마나 어리석었는지 떠올렸다. 내가 좀 더 침착하고 자신감 있게 행크를 치료하기 시작하자 우리의 관계도 점점 좋아졌다.

마침내 행크는 우울장애와 통증이 수그러들었고, 나와 하던 치료를 끝냈다. 행크가 내 자동응답기에 전화를 해달라는 메시지를 남겼을 때는 1년 이상 그를 보지 못한 상태였다. 전화를 하려니 갑자기 걱정이 되었다. 과격하고 장황하던 그의 비난이 다시 떠올랐

**| 표 16-1 | 적대감 극복하기**

| 자동적 사고 | 이성적 대응 |
|---|---|
| 다른 어떤 환자보다 행크를 치료하는 데 열정을 기울였는데, 난 비난과 욕만 듣고 있어! | 불평 그만해. 나도 행크랑 똑같아! 그는 두려워하는 데다 좌절감에 빠져 있고, 분노에서 헤어나지 못하고 있어. 누군가를 위해 내가 열심히 일한다고 해서 그들이 꼭 고마워한다는 보장은 없다고. 언젠가는 고마워할 수도 있겠지만. |
| 왜 그는 나의 진단과 치료를 신뢰하지 않을까? | 그는 공황 상태에 빠져 있고, 몹시 힘들고 고통스러워해. 지금까지 어떤 의미 있는 결과도 나오지 않았기 때문이야. 일단 조금이라도 좋아지면 그는 나를 믿을 거야. |
| 하지만 그렇더라도 최소한 그는 나를 존중해야 해! | 그가 내내 나를 존중하기를 기대해? 아니면 가끔? 전반적으로 보면 그는 자가치료 프로그램에 엄청난 노력을 기울이고, 나를 존중해주고 있다고. 그는 건강해지기로 결정을 내렸어. 만일 내가 그에게서 완벽함을 기대하지 않는다면 나도 좌절감을 느낄 이유가 없을 거야. |
| 하지만 그가 그토록 자주 한밤중에 우리 집으로 전화를 하는 건 옳은 일일까? 그리고 나한테 꼭 그렇게 욕을 해대야 해? | 두 사람 모두 기분이 좀 편안할 때 그 점에 대해 얘기를 해봐. 또 자가치료 모임에 참여하면 환자들끼리 서로 응원해준다고 얘기해봐. 그러면 그가 나에게 전화하는 횟수를 줄이기가 좀 더 쉬울 거야. 하지만 지금 그가 원하는 것은 이런 긴급 대책이 아니며, 이런 대책들은 그에게 아주 생소하고 두려운 것이라는 점을 기억해. |

고, 내 복부 근육도 팽팽하게 긴장했다. 약간의 머뭇거림과 복잡한 감정을 느끼며 그에게 전화를 걸었다. 때는 화창한 토요일 오후였고, 나는 특히 힘든 주를 보낸 뒤라 휴식이 몹시 필요했다. 행크가 이렇게 말했다. "번스 박사님, 행크입니다. 기억나세요? 얼마 전부터 박사님께 하고 싶은 얘기가 있었는데요……" 그는 잠시 말을 중단했고, 나는 행크가 또 폭발할지도 모른다 싶어 바짝 긴장했다.

"1년 전 치료를 끝낸 뒤부터 통증과 우울장애에서 완전히 해방되었어요. 게다가 일자리도 구했고요. 그리고 제가 우리 고향에서 자가치료 모임을 이끌고 있어요."

내가 기억하는 행크의 모습이 아니었다! 그가 설명을 계속하는 동안 나는 안도감과 기쁨이 밀려드는 것을 느꼈다. "하지만 이런 말씀을 드리려고 전화한 건 아니고요. 박사님께 말씀드리고 싶은 것은……" 다시 침묵이 흘렀다. "박사님의 노고에 감사드립니다. 이제야 박사님이 늘 옳았다는 걸 알게 되었어요. 내게 정말 잘못된 것은 없었고, 다만 터무니없는 생각으로 나 자신을 괴롭힌 거죠. 확실하게 알기 전까지는 그 사실을 인정할 수 없었습니다. 이제는 내가 온전한 사람이라는 느낌이 든답니다. 그래서 박사님께 전화를 걸어 내가 어떻게 지내는지 알려드리고 싶었습니다……. 전화드릴 짬을 내기가 어려웠어요. 이렇게 뒤늦게 연락드려서 죄송합니다."

고맙네, 행크! 내가 이 글을 쓰는 동안 행크 자네가 너무도 자랑스럽고 기뻐서 자꾸 눈물이 흐른다는 사실을 알아주길 바라네. 우리 둘 다 겪은 백번도 넘는 고통은 그만한 가치가 있었어!


## 배은망덕 극복하기: 고마워할 줄 몰랐던 여자


어떤 사람을 위해 각별한 노력을 기울였는데 정작 그 사람이 무심한 반응을 보이거나 심지어 무례하게 구는 경우를 당해본 적이 있는가? 사람이라면 그런 배은망덕한 짓을 해서는 안 된다, 그렇지 않은가? 여러분이 이렇게 생각하고 있다면 그 일이 잊힐 때까지 몇 날 며칠 동안 속이 부글부글 끓을 것이다. 여러분의 생각과 상상이 분노를 부채질할수록 더욱더 기분 나쁘고 화가 치밀 것이다.

한 가지 예를 들어보자. 수전은 고등학교를 졸업한 후 우울장애가 자꾸 재발해 나를 찾아왔다. 그녀는 몹시 회의적이어서 내가 과연 자신을 도울 수 있을지 의심했으며, 계속 내게 자신은 가망이 없다고 주지시키려 했다. 요 몇 주 사이 수전은 두 대학 중 어디를 가야 할지 결정을 내릴 수 없어 거의 히스테리 상태에 빠져 있었다. 그녀는 자신이 '옳은' 결정을 하지 못하면 마치 세상이 끝나기라도 할 것처럼 행동했고, 그럼에도 선택은 여전히 쉽지 않았다. 그녀는 조금의 망설임도 없이 선택하고 싶었지만 그건 애초에 불가능한 일이었기에 끊임없이 좌절감에 시달렸다.

그녀는 서럽게 흐느껴 울면서 남자친구와 가족을 욕하고 비난했다. 하루는 수전이 내게 전화를 하더니 도와달라고 애원했다. 이제는 어떻게든 결정을 내려야 했던 것이다. 하지만 그녀는 정작 내가 내놓은 모든 제안을 거절하고, 화를 내며 그보다 나은 치료법을 찾아내라고 요구했다. 그러고는 계속해서 이런 주장을 펼쳤다. "내가 결정을 내리지 못한다는 게 바로 박사님의 인지요법이 내게는 효과가 없다는 증거라고요. 박사님의 방법은 아무 쓸모가 없어요. 나는 절대 결정을 내리지 못할 거고, 절대 좋아지지 않을 거예요." 그녀가 너무 격분했기에 나는 오후 일정을 취소하고 급히 한 동료 의사와 그녀에 대해 상의했다. 동료 의사는 몇 가지 놀라운 제안을 했다. 나는 그녀를 다시 불러 그녀의 우유부단함을 해결할 수 있는 몇 가지 조언을 해주었다. 그러자 수전은 15분 만에 만족스러운 결정을 내릴 수 있었고, 금세 마음이 가벼워지는 느낌이 들었다.

다음 치료 시간에 수전은 우리가 이야기를 나누고부터 마음이 느긋하고 차분해졌으며, 자신이 선택한 대학에 들어가는 데 필요한 준비를 모두 마쳤다고 말했다. 나는 그녀를 위해 큰 수고를 했으므로 아낌없는 감사의 말을 들으리라고 기대하며, 아직도 인지 요법이 아무 효과가 없느냐고 물어보았다. 그러자 그녀는 이렇게 대답했다. "예, 물론이죠! 모든 게 내가 생각했던 것을 증명해줄 뿐이에요. 나는 진퇴유곡에 빠졌고, 어쩔 수 없이 결정해야 했어요. 내가 지금 기분이 좋다는 사실은 중요하지 않아요. 어차피 이 기분은 그리 오래가지 않을 테니까요. 그 멍청한 치료법은 나한테 도움이 되지 않아요. 나는 남은 인생 동안 우울하게 살아갈 거예요." 이 말을 듣고 나는 생각했다. '맙소사! 어떻게 저렇게 터무니없을 수 있지? 심지어 내가 흙을 금으로 바꾸더라도 전혀 알아주지 않을 거야!' 속이 부글부글 끓어오른 나는 그날 상처 입은 내 영혼이 평온을 찾을 수 있도록 다시 '두 칸 기법'을 사용했다([표 16-2] 참조).

자동으로 떠오르는 내 생각을 적고 나니 내가 그녀의 배은망덕에 대해 흥분하도록 만든 비이성적 가정을 정확히 분별할 수 있었다. 그것은 다음과 같았다. '만일 내가 누군가를 도와주면, 그들은 당연히 나에게 고마움을 느끼고 보답해야 한다.' 만사가 이렇게 돌아간다면 좋겠지만, 현실은 그렇지 않다. 나의 명석함을 높이 평가

**| 표 16-2 | 배은망덕 극복하기**

| 자동적 사고 | 이성적 대응 |
|---|---|
| 이렇게 뛰어난 소녀가 어떻게 이렇게 비논리적일 수 있지? | 간단해! 그녀의 비논리적 사고가 바로 그녀의 우울장애의 원인이야. 그녀가 계속 부정적인 것에만 주목하면서 긍정적인 것을 폄하하는 일을 하지 않았다면 그렇게까지 우울하지 않을 거야. 이것을 극복하는 법을 훈련시키는 게 바로 내 일이야. |
| 하지만 난 그렇게 할 수가 없어. 그녀는 나를 깎아내리기로 작정했는걸. 그녀는 나에게 만족감이라고는 조금도 주지 않을 거야. | 그녀는 나에게 만족감을 줄 필요가 없어. 나에게는 오로지 나만이 만족감을 줄 수 있어. 나의 생각만이 내 기분에 영향을 준다는 사실을 잊지 않았겠지? 왜 내가 한 일에 대해 나 스스로 인정하지 않는 거야? 쓸데없이 그녀 주변에서 얼쩡거리지 마. 나는 사람들에게 결정을 내리는 법을 안내해주는, 그야말로 신나는 일을 배웠잖아. 그 일은 별로 중요하지 않은 거야? |
| 하지만 그녀는 내가 자신을 도왔다는 사실을 인정해야 해! 그녀는 당연히 나에게 고마워해야 한다고! | 왜 그녀가 '당연히 그래야 하는데?' 그건 순전히 동화 속에나 나오는 이야기야. 만일 그녀가 고마워할 수 있었다면 그렇게 했겠지. 하지만 아직은 그렇게 할 줄을 몰라. 그녀는 10년 이상 자기 마음을 지배해온 뿌리 깊은 비논리적 사고방식을 바꿔야 해. 어쩌면 그녀는 다시 환멸에 빠지지 않으려면 도움이 필요하다는 사실을 인정하는 게 두려운 건지도 몰라. 아니면 내가 "거봐요, 내가 그럴 거라고 말했지요"라고 할까 봐 두려워하는 건지도 모르지. 셜록 홈스처럼 되는 거야. 그래서 내가 이 수수께끼를 풀 수 있는지 보는 거지. 그녀에게 현재의 그녀와 다른 모습을 요구하는 것은 무의미해. |

해주거나 그들을 도와준 나의 노력을 칭찬해야 할 윤리적·법적 의무는 그 누구에게도 없다. 그런데 왜 나는 그런 것을 기대하거나 요구할까? 나는 좀 더 현실적인 태도를 취하기로 결정했다. '내가 누군가를 위해 뭔가를 하고, 그 사람이 이를 알아주고 고마워한다

면 기분이 좋겠지. 하지만 때로는 내가 원하는 식으로 반응하지 않는 사람도 있을 거야. 반응이 적절치 못하다면, 그것은 반응한 사람의 됨됨이를 반영한 결과지, 나를 반영한 게 아니야. 그런데 왜 그렇게 흥분해?' 이런 태도는 삶을 훨씬 더 편안하고 푸근하게 해주었다. 그리고 환자들은 대체로 내가 기대한 것 이상으로 나에게 고마워했다. 그러던 어느 날 수전이 내게 전화를 했다. 그녀는 대학에 잘 다니고 있으며 이제 졸업할 예정이라며, 우울장애로 고생하고 있는 자기 아버지를 위해 좋은 인지요법 치료사를 소개해달라고 부탁했다. 어쩌면 이 말이야말로 나에게 고마워한다는 그녀만의 표현이 아니었을까!

## 불확실성과 절망 극복하기: 자살을 결심한 여자

월요일이 되어 출근할 때면 항상 이번 주에는 어떤 일이 일어날지 궁금해진다. 어느 월요일 아침, 나는 그야말로 끔찍한 충격에 휩싸였다. 사무실 문을 열자 누군가 문 밑에 밀어 넣어둔 종이 뭉치가 보였다. 그것은 애니라는 환자가 쓴 20쪽짜리 편지였다. 애니는 몇 달 전 누군가의 소개로 나를 찾아온 스무 살 난 여성이었다. 그녀는 끔찍하고 기괴한 기분장애를 앓았는데, 8년 동안 여러 치료사에게 치료를 받았다. 애니는 열두 살 때부터 악몽 같은 우울장애를 앓으며 자해를 반복하는 삶을 살아왔다. 그녀는 날카로운 물건으로 자신의 팔을 난도질하기를 즐겼는데, 한 번은 200바늘이나 꿰

맬 정도로 심각했다. 또 여러 차례 자살에 성공할 뻔했다.

애니의 편지를 집어들자 긴장이 되었다. 편지에서 애니는 최근에 겪고 있는 깊은 절망감을 표현했다. 게다가 심각한 식이장애로 힘들어하고 있었다. 지난주에 그녀는 강박적이고 걷잡을 수 없는 폭식 충동에 사로잡혀 사흘 동안 계속 먹기만 했다. 레스토랑을 전전하며 몇 시간 동안 쉴 새 없이 음식을 먹었다. 그런 다음 먹은 것을 모두 토해내고 또다시 먹었다. 애니는 자신을 '인간 음식 쓰레기 처리기'라고 묘사했으며, 자신은 더 이상 희망이 없다고 적었다. 또 자신이 근본적으로 '아주 하찮은 존재'라는 것을 깨달았기 때문에 병을 고치려는 노력도 포기하기로 결심했다고 했다.

편지를 읽다 말고 나는 그녀의 아파트에 전화를 걸었다. 그녀의 룸메이트는 애니가 짐을 싸서 사흘 말미로 도시를 떠났으며 어디로 가는지, 왜 가는지도 말해주지 않았다고 했다. 내 머리에서 경고음이 울렸다! 그녀가 내게 치료를 받기 전 마지막으로 자살을 시도했을 때와 똑같은 상황이었기 때문이다. 그때 그녀는 모텔로 갔고, 가명으로 방을 얻은 뒤 치사량의 약을 복용했다. 나는 그녀의 편지를 계속 읽어보았다. 애니는 이렇게 썼다. "나는 완전히 지쳤어요. 마치 다 타버린 전구 같아요. 박사님이 그 안에 전기를 흐르게 할 수 있겠지만, 전구는 켜지지 않아요. 죄송하지만 내 생각에 이미 너무 늦은 것 같습니다. 난 더 이상 헛된 희망을 품지 않을 거예요……. 지난 몇 달 동안 가끔은 슬프지 않을 때도 있었지요. 가끔씩 삶을 꼭 붙들어보려고 애쓰며 뭔가를 붙잡으려고 했지만, 아무것도 잡을 수가 없어요. 텅 비어 있을 뿐."

이 편지에는 진심으로 자살하려는 사람의 마음이 들어 있었다. 물론 자살하겠다는 의도가 명백하게 표현되어 있지는 않았지만 말이다. 갑자기 어마어마한 불확실성과 절망감이 나를 덮쳤다. 그녀는 흔적도 남기지 않고 사라져버렸다. 나는 화가 나고 걱정도 되었다. 그녀를 위해 아무것도 할 수 없었기에 내 마음속을 흘러 지나가는 자동적 사고를 적어보기로 했다. 이성적 대응이 내가 직면한 강렬한 불확실성을 극복하는 데 도움이 되기를 희망하면서((표 16-3) 참조).

내 생각을 기록한 뒤 벡 박사에게 조언을 구했다. 벡 박사는 반대되는 증거가 나오지 않는 한 애니가 살아 있다는 나의 추정에 동의했다. 박사는 만일 그녀가 죽은 채로 발견되면, 우울장애를 다루는 전문가들이 안고 있는 위험 요소 가운데 하나를 극복하는 법을 배울 수 있을 거라고 말했다. 우리가 추정하는 대로 그녀가 살아 있다면, 그녀의 우울장애가 완전히 사라질 때까지 내가 치료를 계속해야 한다고 박사는 강조했다.

내 생각을 기록하고 이와 같은 대화를 나눈 효과는 실로 놀라웠다. 나는 반드시 '최악'의 상태를 가정할 필요가 없으며, 그녀의 자살 시도 때문에 나 자신까지 불행하게 만들 권리가 나에게 없다는 점을 깨달았다.

나는 그녀의 행동에 대해서는 책임을 지지 않고, 오로지 내 행동만 책임지기로 결정했다. 그동안 그녀를 성심껏 상담해왔듯이 애니가 마침내 우울장애를 물리치고 승리를 맛볼 때까지 꾸준히 치료해야겠다고 결심했다.

## | 표 16-3 | 불확실성 극복하기

| 자동적 사고 | 이성적 대응 |
| --- | --- |
| 그녀는 아마 자살 시도를 했을 테고 이미 성공했을지도 몰라. | 그녀가 죽었다는 증거는 없어. 확실한 증거가 나올 때까지 그녀가 살아 있다고 추정하면 안 돼? 그러면 그사이에 나는 걱정하지 않아도 되고, 그 일로 괴로 워하지 않아도 되잖아. |
| 그녀가 죽는다면, 그것은 내가 그녀를 죽였다는 뜻이야. | 아니, 나는 살인자가 아냐. 나는 그녀를 도우려고 노력했어. |
| 내가 지난주에 뭔가 다른 조치를 취했더라면 이런 일을 막을 수 있었을 텐데, 내 잘못이야. | 나는 예언가가 아니야. 나는 미래를 예언할 수 없어. 나는 내가 알고 있는 것을 바탕으로 최선을 다할 뿐이야. 이 점을 분명히 하고 나 자신을 존중하자. |
| 이런 일이 일어나서는 안 돼. 나는 더 열심히 노력해야 했어. | 일어날 일은 어차피 일어나게 되어 있어. 내가 최대한 노력했더라도 원하는 결과가 나올지는 보장할 수 없어. 나는 그녀를 제어할 수 없어. 단지 내 노력만 제어할 수 있을 뿐이야. |
| 이것은 나의 방법이 이류라는 걸 의미해. | 내 치료법은 일찍이 발견한 가장 좋은 방법 중 하나이고, 나는 엄청나게 노력하고 헌신하고 있어. 게다가 놀라운 결과를 내고 있지. 나는 이류가 아니야. |
| 그녀의 부모는 내게 화를 낼 거야. | 그럴 수도, 그러지 않을 수도 있어. 그들은 내가 그녀를 위해서 얼마나 노력했는지 알 거야. |
| 백 박사와 동료들도 내게 화를 낼 거야. 그들은 내가 무능하다고 생각해서 나를 무시할 거야. | 결코 그러지 않을 거야. 도와주려고 그렇게 애쓴 환자를 잃으면 누구나 실망해. 내 동료들은 절대 나에게 실망하지 않을 거야. 만일 그 문제로 고민이 된다면, 그들에게 전화를 해! 내가 환자들에게 조언해주는 대로 직접 실천해봐, 번스. |
| 무슨 일이 일어났는지 알 때까지 내가 비참함과 죄책감을 느끼는 것은 당연해. | 부정적인 가정을 한다면 비참함만 느낄 거야. 하지만 그녀는 살아 있고, 좋아질 수 있는 가능성도 충분히 있어. 이렇게 가정하면 기분이 좋아질 거야! 상심할 필요 없어. 나에게는 오히려 속상해하지 않을 권리가 있는 거지. |

그러자 불안감과 분노가 완전히 사라졌고, 수요일 아침이 되어 전화로 소식을 전해 들을 때까지 긴장을 풀고 평화로운 상태로 지낼 수 있었다. 애니는 필라델피아에서 80킬로미터나 떨어진 곳에 있는 모텔 방에서 의식을 잃은 채 발견되었다. 여덟 번째 자살 시도였지만 그녀는 살아났고, 변두리 병원의 중환자실에서 평소처럼 고통을 호소하고 있었다. 애니는 목숨은 건졌지만, 너무 오랫동안 의식을 잃는 바람에 상처가 깊어져 팔꿈치와 발목 부위에 피부를 이식하는 수술을 받아야 했다. 나는 애니에게 혹독한 인지치료를 받게 하려고 그녀를 펜실베이니아대학으로 이송했다!

이야기를 나누어보니, 애니는 엄청난 비통함과 절망감에 사로잡혀 있었다. 그로부터 2개월간의 치료 과정은 그야말로 파란만장했다. 11개월이 지나자 그녀의 우울장애는 점차 호전되었고, 치료를 받기 시작한 지 정확히 1년이 되었을 때, 그러니까 스물한 살 생일에 우울 증상이 완전히 사라졌다.

내 기쁨은 이루 말할 수 없을 정도였다. 여자들은 출산 후 아이를 처음 봤을 때 이런 기분이라고 한다. 임신 기간 중의 모든 불편함과 출산의 고통이 한순간에 사라지는 느낌 말이다. 그것은 삶의 축제이며 황홀한 경험이다. 우울장애가 만성이고 심각할수록 치료 과정에서의 싸움은 더욱더 격렬해진다는 사실을 나는 안다. 그러나 환자와 내가 함께 환자가 내면의 평화에 이르는 문의 열쇠를 찾아낸다면 그때 우리가 누리는 풍요로움은 치료 과정에서 겪는 온갖 수고와 좌절감을 훨씬 넘어선다.

# 7부

# 우울장애와 뇌의 화학작용

*Feeling Good*

# 17.
## 뇌의 비밀

　언젠가 과학자들은 우리의 기분을 원하는 대로 바꿀 수 있는 놀라운 기술을 개발할지도 모른다. 부작용이 거의 또는 전혀 없이 몇 시간 안에 우울장애를 없애주는 안전하고 효과 빠른 약물의 형태로 말이다. 이와 같은 획기적 발견은 인류 역사상 가장 놀라운 일이면서도 세계관에 엄청난 혼란을 불러일으킬 수도 있다. 어떤 의미에서 이런 약물의 발견은 에덴동산의 재발견과 맞먹을 것이다. 동시에 우리는 새로운 윤리적 딜레마에 직면할 수도 있다. 아마 사람들은 이런 질문을 던질 것이다. "언제 이 약을 사용해야 하지?"

"우리는 늘 행복할 자격이 있는 걸까?" "슬픔은 때로는 정상이고 건강한 감정일까, 아니면 항상 비정상이라고 간주하고 치료를 받아야 할까? 정상과 비정상을 어떻게 구분해야 하지?"

그런 거라면 이미 '프로작'이라는 알약이 있다고 말하는 사람도 있을 것이다. 하지만 앞으로 나올 몇 장을 읽어보면 실제로는 그렇지 않다는 사실을 알게 될 것이다. 일부 사람들에게 효과가 있는 항우울제는 많이 나와 있다. 하지만 많은 사람이 항우울제 복용으로 만족스러운 효과를 보지 못하고 있으며, 증상이 나아진다고 해도 대부분 완전히 회복되지는 않는다. 우리가 세운 목표에 도달하려면 확실히 아직 갈 길이 멀다.

더욱이 우리는 뇌에서 감정이 어떻게 생기는지도 모르는 형편이다. 왜 어떤 사람들은 평생 부정적인 생각과 우울한 기분에 더 잘 빠져들고, 어떤 사람들은 늘 긍정적인 자세와 밝은 성격을 지닌 낙관주의자로 잘 살아가는지도 알지 못한다. 우울장애는 부분적으로 유전일까? 화학물질이나 호르몬의 불균형 때문일까? 우울장애는 타고나는 것일까, 아니면 자라면서 습득하는 것일까? 우리는 아직 이런 질문에 대답할 수 없다. 물론 이미 답을 알고 있다고 착각하는 사람도 많다.

치료에 관한 질문에 답하려고 해도 역시 불분명하다. 어떤 환자가 약물치료를 받아야 할까? 어떤 환자가 심리치료를 받아야 할까? 이 두 가지 치료법을 조합하는 것이 각각의 개별 치료보다 나을까? 이와 같은 질문에 대한 대답도 여러분이 예상하는 것보다 논란의 여지가 많다는 사실을 보게 될 것이다.

이 장에서 나는 이런 문제들을 다루려 한다. 우울장애가 생물학 요소(본성)에 의해 생기는지, 아니면 환경(학습)에 의해 생기는지 논의할 것이다. 뇌는 어떻게 작동하는지 설명할 것이고, 우울장애가 뇌의 화학적 불균형 때문에 생길 수도 있다는 증거를 재검토해볼 것이다. 또 이와 같은 불균형을 바로잡기 위해 항우울제가 어떤 일을 하는지도 설명할 것이다.

18장에서는 '몸과 마음의 문제'를 논의하고, 최근 논쟁이 되고 있는 두 가지 치료법, 즉 '마음'에 영향을 주는 치료법(예를 들어 인지요법)과 '몸'에 영향을 주는 치료법(예를 들어 항우울제)을 다루겠다. 19장에서는 기분장애에 처방하는 항우울제에 관한 유용한 정보를 제공할 것이다.

## 유전 요소와 환경 요소 가운데 어느 것이 우울장애에 더 많은 영향을 끼칠까?

과학자들은 많은 연구를 통해 유전 요소와 환경 요소가 우울장애에 끼치는 영향을 알아내려고 노력했지만, 어떤 요소가 더 중요한지 아직 밝혀내지는 못했다. 양극성 정동장애일 경우에는 꽤 확실한 증거가 있다. 이때는 유전 요소들이 결정적 역할을 하는 것으로 보인다. 예를 들어 일란성쌍둥이 한 명이 양극성 정동장애를 앓으면, 다른 한 명이 이 병에 걸릴 확률이 매우 높다(50~75퍼센트). 이와는 대조적으로, 이란성쌍둥이 중 한 명이 양극성 정동장애를 앓는다고 해도 다른 한 명도 이 병에 걸릴 확률은 낮다(15~25퍼센트). 부모 중 한 명이나 쌍둥이가 아닌 형제자매가 양극성 정동장애를 앓으면, 가족의 일원이 같은 병에 걸릴 확률은 약 10퍼센트다. 이 모든 경우 양극성 정동장애가 전혀 나타나지 않는 일반 가정의 사람들이 이 병에 걸릴 확률에 비하면 상당히 높은 편이다. 다시 말해 일반인이 평생 이 병에 걸릴 확률은 1퍼센트도 안 된다.

일란성쌍둥이는 유전자가 동일하지만 이란성쌍둥이는 절반만 같은 유전자를 나눠 갖는다. 그래서 일란성쌍둥이가 양극성 정동장애에 걸릴 확률이 이란성쌍둥이보다 높고, 일반인보다는 훨씬 높을 것이다. 일란성쌍둥이의 경우, 태어나서 서로 떨어져 성장하더라도 양극성 정동장애가 발병할 위험은 같다. 일란성쌍둥이가 서로 다른 가정에 입양되는 일은 드물지만, 가끔은 있다. 과학자들은 나중에 이런 쌍둥이를 찾아내 어떤 점이 비슷하고 어떤 점이 다른지 알아낼 수 있었다. 이와 같은 통제되지 않은 '자연 상태' 실험은 우리에게 유전자와 환경을 비교해서 어느 쪽이 더 중요한지 많은 정보를 알려줄 수 있다. 서로 떨어져서 자란 일란성쌍둥이는 타고난 유전자는 동일하지만 자라난 환경이 다르기 때문이다. 이런 연구 결과는 양극성 정동장애에 유전자가 매우 중요한 영향을 끼친다는 것을 뚜렷이 보여준다.

조울 증상이 없는 훨씬 더 흔한 일반 우울장애의 경우, 유전 요소가 영향을 끼치는지 여부는 아직 밝혀지지 않았다. 연구자들이 직면한 문제 가운데 하나는 우울장애가 양극성 정동장애보다 진단하기가 모호하다는 점이다. 양극성 정동장애는 최소한 증상이 좀 더 심각해질 경우 진단을 확실하게 내릴 수 있다. 양극성 정동장애 환자는 약물이나 알코올을 복용하지 않았는데도 다음과 같은 증상이 나타나면서 성격이 갑자기 위험하게 변한다.

1. 흔히 자극에 지나치게 흥분하면서 극심한 희열감을 느낀다.
2. 믿을 수 없을 정도로 에너지가 넘쳐 끊임없이 운동을 하거나 초조해하며 가만있지 못하고 몸을 계속 움직인다.
3. 잠을 거의 자지 않는다.
4. 강박적으로 쉬지 않고 말한다.
5. 한 주제에서 다른 주제로 급하게 넘어가며, 생각이 마구 치달린다.
6. 과대망상(예를 들어 세계 평화를 위한 계획을 세웠다고 갑자기 믿음)을 한다.
7. 충동적이고 무모하며 부적절한 행동(예를 들어 어처구니없이 흥청망청 돈을 낭비함)을 한다.
8. 부적절하고 지나친 교태, 추파 행위와 성행위를 한다.
9. 환각 증상을 보인다(심각한 경우).

이와 같은 증상은 대개 오해할 여지가 없으며, 흔히 제어되지 않으므로 환자를 입원시켜 약물치료를 해야 할 때도 있다. 회복이 되면 보통 완전히 정상 생활로 돌아간다. 이렇게 증상이 확연히 드러나는 양극성 정동장애는 장애를 앓고 있는지 여부를 쉽게 판정할 수 있으므로 유전 연구를 진행하기가 상대적으로 쉽다. 게다가 이 장애는 대체로 일찍 시작되는데, 최초로 나타나는 시기는 보통 20~25세쯤이다.

이와 반대로 우울장애는 진단을 내리기가 훨씬 어렵다. 정상적인 슬픔은 어디까지이고 병적인 우울장애는 어디부터일까? 이에 대한 답은 어느 정도 자의적이지만, 그 판단은 연구 결과에 큰 영향을 줄 수 있다. 유전자 위주로 연구하는 과학자들이 직면한 또 다른 난해한 문제는 다음과 같다. 한 사람의 삶에서 우울장애가 병으로 발전할 때까지 시간이 얼마나 걸릴까? 예를 들어 심각한 우울장애 가족력이 있는 어떤 사람이 병적으로 우울한 증상을 겪지 않고 스물한 살에 자동차 사고로 죽었다고 치자. 그러면 우리는 이 사람이 우울한 성향을 물려받지 않았다고 결론지을 수 있다. 그러나 만일 이 사람이 죽지 않았다면, 훗날 우울장애를 앓을 수도 있다. 우울 증상은 흔히 스물한 살이 넘어야 처음으로 나타나기 때문이다.

이와 같은 문제는 해결 불가능한 것은 아니지만, 유전과 관련한 우울장애의 연구를 어렵게 한다. 실제로 과거에 발표한 유전과 관련한 많은 우울장애 연구는 결함이 있으며, 그리하여 이 질병에 유전과 환경이 얼마나 중요한 영향을 끼치는지에 관해서는 어떤 분명한 결론도 제시해주지 못한다. 다행히 현재 좀 더 정교한 연구들이 진행 중이므로, 앞으로 5~10년 후면 이런 질문에 대해 좀 더 구체적인 답을 얻을 수 있을지도 모른다.

## 뇌 속 '화학적 불균형'이 우울장애를 유발할까?

오랜 시대에 걸쳐 인류는 우울장애의 원인을 찾으려고 노력했다. 심지어 고대에도 기분을 느끼는 것은 몸속에서 일어나는 화학작용에 어떤 불균형이 생기기 때문이라는 의혹이 제기되었다. 히포크라테스(기원전 460~377년)는 '흑담즙黑膽汁'이 우울한 기분을 일으키는 요인이라고 생각했다. 최근 과학자들은 뭐라고 규정하기 힘든 흑담즙을 집중 연구하기 시작했다. 그들은 우울장애의 원인일 수도 있는 뇌 화학작용에서 일어나는 불균형을 찾아내려고 애썼다. 그 결과 답에 대한 몇 가지 암시를 얻었지만, 연구 도구가 갈수록 정교해짐에도 과학자들은 여전히 우울장애의 원인을 밝히지 못하고 있다.

특정 유형의 화학적 불균형이나 뇌의 이상이 우울장애를 유발한다는 의견을 뒷받침하는 중요한 주장 두 가지가 제기되었다. 첫째는, 심각한 우울장애를 앓을 때 나타나는 신체 증상은 우울장애가 신체 변화와 관련이 있다는 사실을 뒷받침한다는 주장이다. 이때 신체 증상으로는 흥분 상태(왔다 갔다 하거나 손을 비트는 행동처럼 신경이 예민해져서 하는 행동)나 끔찍한 피로(꼼짝할 수 없는 무기력 상태. 이런 경우 몸이 천근만근으로 느껴져서 아무것도 하지 않는다)를 들 수 있다. 또 기분이 시시각각 변하는 것을 경험할 수도 있다. 아침에는 우울 증상이 심하고, 해가 저물어갈수록 조금씩 좋아진다. 그 밖의 증상으로 수면장애(불면증이 가장 흔하다), 변비, 식욕 변화(보통은 줄어들지만 때때로 늘어나기도 한다), 집중하기 어려움, 그리고 섹스에 대한 관심이 줄어드는 것을 꼽을 수 있다. 이런 우울 증상을 '몸으로' 느끼기 때문에 우울장애의 원인이 몸에 있다고 생각하는 경향이 있다.

우울장애의 원인이 생리작용에 있다는 두 번째 주장은, 어떤 기분장애는 특정 가족에게만 일어나는데, 따라서 유전이라는 요소가 중요한 역할을 할 것이라 추정할 수 있다고 말한다. 우울장애에 걸릴 성향이 많은 사람에게 어떤 비정상적인 요소가 유전되었다면, 많은 유전성 질환처럼 우울장애 또한 생리 과정에 장애가 생겼음을 뜻한다는 것이다.

유전 주장은 흥미롭기는 하지만 확실한 결론을 내리기에는 여전히 자료가 부족하다. 양극성 정동장애에 비해 훨씬 많은 사람을 괴롭히는 흔한 질병인 우울장애는 유전의 영향을 덜 받는다. 더구나 한 집안 안에서는 유전이 원인이 아닌 많은 일이 대를 이어 내려온다. 예를 들어 미국에 사는 어떤 집안은 항상 영어를 쓰고, 멕시코에 사는 이는 항상 에스파냐어를 쓴다. 이처럼 특정 언어를 구사하는 경향도 전해 내려온다고 말할 수 있지만, 우리가 사용하는 언어는 사실 학습한 것일 뿐 물려받은 것이 아니다.

나는 유전 요소의 중요성을 폄하할 생각이 없다. 태어나자마자 따로 떨어져 자란 일란성쌍둥이에 대한 최근 연구들은 우리가 학습했다고 생각하는 많은 특징이 실제로는 유전된 것이라는 사실을 보여준다. 수줍어하는 경향이나 사교성 같은 특성조차도 어느 정도 유전된 것이다. 특정 아이스크림을 좋아하는 것 같은 개인 기호 역시 유전자의 영향을 받았을지 모른다. 사물을 긍정적·낙관적으로 보거나 부정적·비관적으로 보는 성향도 유전된다고 한다.


## 뇌는 어떻게 작동할까?

뇌는 본질적으로 전기 시스템이라 할 수 있는데, 어느 정도 컴퓨터와 비슷하다. 다양한 뇌 영역은 각종 기능으로 전문화되어 있다. 예를 들어 '후두엽occipital lobe'이라고 하는 머리 뒷부분의 뇌 표면은 시각을 관장한다. 뇌의 이 부위에 영향을 주는 뇌졸중이 일어나면 시력에 문제가 생긴다. 왼쪽 대뇌반구 표면에는 아주 작은 '브로카 영역Broca's area'이라 불리는 곳이 있다. 이 영역 덕분에 우리는 다른 사람들과 말을 할 수 있으며, 이 부위가 손상되면 언어장애가 생긴다. 무슨 말을 하고 싶은지 생각은 하지만 그 말을 어떻게 하는지 '잊어버리는' 것이다. '대뇌변연계limbic system'라 부르는 영역은 우리 뇌 가운데 원시시대부터 있던 부분으로 과학자들은 기쁨, 슬픔, 두려움, 분노 같은 감정을 관장한다고 본다. 하지만 뇌가 어디에서 어떻게 긍정적 감정과 부정적 감정을 만들어내는지에 대한 지식은 아직도 많이 부족하다.

　뇌 속 전기회로를 구성하고 있는 신경세포에서 뻗어나온 길고 가느다란 부분을 '축삭돌기axon'라고 한다. 신경이 자극을 받으면 축삭돌기를 통해 전기신호를 신경의 끝부분까지 보낸다. 물론 신경은 단순한 전선보다 훨씬 복잡하다. 예를 들어 하나의 신경은 다른 수만 개의 신경으로부터 신호를 전달받을 수 있다. 신경 하나가 자극을 받으면, 그것의 축삭돌기는 수만 개의 다른 신경에 신호를 전달한다. 이는 축삭돌기가 수많은 가지로 갈라져 뻗어나갈 수 있기 때문이다. 이 가지 가운데 또 한 가지가 그런 방식으로 여러 개의 가지로 뻗어나갈 수 있는데, 마치 나무 줄기에서 다른 줄기가 자꾸 나오는 것과 같다. 이런 특성 때문에 하나의 신경은 최대 2만 5천 개의 다른 신경에 신호를 전달할 수 있다.

뇌 속 신경은 다른 신경과 전기신호를 어떻게 주고받을까? 〔그림 17-1〕을 보면 간단한 도형으로 나타낸 두 신경을 볼 수 있다. 이 두 신경이 만나는 곳을 '시냅스synapse(연접)'라고 하며, 두 신경이 만나는 공간을 의미한다. 왼쪽에 있는 신경을 '시냅스 앞쪽presynaptic 신경', 오른쪽에 있는 신경을 '시냅스 뒤쪽postsynaptic 신경'이라 한다. 이 용어에 무슨 복잡하거나 특별한 의미가 있는 것은 아니다. 단지 신경이 그림에 나오는 시냅스의 왼쪽 가장자리나 오른쪽 가장자리에서 끝나거나 시작한다는 뜻이다.

이 시냅스를 통해 전기신호를 주고받는 일은 뇌의 활동을 이해하는 데 중요하다. 왼쪽의 시냅스 앞쪽 신경과 오른쪽의 시냅스 뒤쪽 신경 사이에 있는 시냅스 공간은 액체로 가득 차 있다. 이는 신경학의 역사에서 중요하고도 획기적인 발견이다. 물론 우리 몸이 대부분 물로 구성되어 있다는 사실을 생각해본다면 이런 발견은 그다지 놀랄 일이 아니다. 어쨌든 과학자들은 당혹했다. 신경의 전기자극은 시냅스 액체를 뚫고 들어가기에는 너무 약하다는 사실을 알고 있었기 때문이다. 그렇다면 〔그림 17-1〕에서 왼쪽에 있는 시냅스 앞쪽 신경은 액체로 가득 차 있는 시냅스를 지나 시냅스

| 그림 17-1 | **신경과 신경 사이의 신호 전달**

시냅스 앞쪽 신경이 자극을 받아 흥분하면 세로토닌 분자(신경전달물질)들이 시냅스 안으로 방출된다. 이것들은 시냅스 뒤쪽 신경 표면에 있는 수용체로 헤엄쳐 간다.

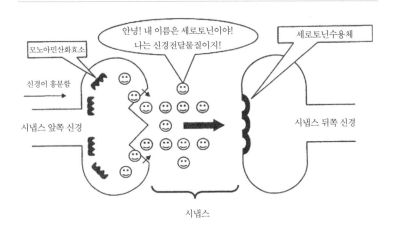

뒤쪽 신경까지 어떻게 전기신호를 전달할까?

이와 비슷한 예를 들어보자. 도보 여행을 하다 강가에 이르렀다고 상상하자. 강을 반드시 건너야 하는데 강물이 너무 넓고 깊다. 게다가 강에는 다리도 없다. 어떻게 강을 건널 수 있을까? 어디서 작은 배라도 구해오든지, 아니면 수영을 해야 할지도 모른다.

신경도 비슷한 문제에 직면해 있다. 자신들의 전기자극이 너무 약해서 시냅스를 뛰어넘을 수 없으므로, 신경은 메시지를 전해줄 수영선수들을 선발해 대신 보낸다. 이 수영선수들을 화학적으로 '신경전달물질neurotransmitter'이라 한다. 〔그림 17-1〕에 나오는 신경들은 세로토닌serotonin이라는 신경전달물질을 사용하고 있다.

〔그림 17-1〕에서 볼 수 있듯이 시냅스 앞쪽 신경이 흥분하면 많은 세로토닌 다발을 시냅스로 방출한다. 일단 방출되면 이 화학적 전달자들은 확산 과정을 통해 액체로 차 있는 시냅스를 가로질러 이동하거나 헤엄쳐 간다. 시냅스를 건넌 세로토닌 분자들은 시냅스 뒤쪽 신경 표면에 있는 수용체에 달라붙는다. 이 신호는 〔그림 17-2〕에서 보듯이 시냅스 뒤쪽 신경에 흥분하라고 말한다.

종류가 다른 신경들은 서로 다른 신경전달물질을 사용한다. 뇌에는 수많은 종류의 신경전달물질이 있다. 화학적으로 보면, 이 수많은 신경전달물질 가운데 많은 수가 '생물 기원 아민'으로 분류된다. 우리가 먹는 음식물에 포함된 아미노산에서 만들어지기 때문이다. 이처럼 아민 신경전달물질은 뇌의 생화학적 전달자들이다. 대뇌변연계(감정을 주관하는 영역)에 있는 아민 신경전달물질 세 가지는 세로토닌, 노르에피네프린norepinephrine, 도파민dopamine이다. 정신의학계에서는 이 세 가지 신경전달물질이 여러 정신질환에 영향을 끼친다는 이론을 내세우고 진지하게 연구해왔다. 이 화학적 전달자들이 생물 기원 아민으로 불리므로, 우울장애나 양극성 정동장애를 이 세 물질과 연관시키는 이론을 흔히 '생물 기원 아민 이론'이라고 한다. 하지만 이것은 너무 앞질러가는 주장이다.

화학적 전달자들이 일단 시냅스 뒤쪽 신경에 달라붙어 어떻게 신경을 흥분시키는 것일까? 잠시 시냅스 뒤쪽 신경에 닿은 전달물질이 세로토닌이라고 가정해보자(이 세 가지는 모두 비슷한 작용을 하므로 어느 것을 선택해도 상관없다). 시냅스 뒤쪽 신경 표면에는 '세로토닌 수용체'라는 아주 작은 부위들이 있다. 이 수용체들을

7부. 우울장애와 뇌의 화학작용

## | 그림 17-2 | 신경전달물질의 수용

세로토닌 분자들이 시냅스 뒤쪽 신경에 있는 수용체에 달라붙는다. 이것이 신경이 흥분하도록 자극한다.

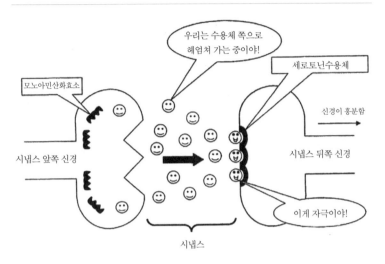

알맞은 열쇠가 없으면 열리지 않는 자물쇠로 생각하면 이해하기 쉬울 것이다. 이들은 신경 표면을 형성하는 세포막 위에 있다. 이 신경 세포막은 우리의 몸을 덮고 있는 피부와 비슷하다.

이제 세로토닌을 시냅스 뒤쪽 신경에 있는 자물쇠를 여는 열쇠라고 생각해보자. 세로토닌은 독특하게도 진짜 열쇠와 모양이 비슷하다. 시냅스 공간에는 세로토닌 외에도 많은 화학물질이 떠다니고 있지만, 이것들은 딱 맞는 분자 모양이 아니기 때문에 자물쇠를 열지 못한다. 일단 열쇠가 자물쇠에 꼭 들어맞으면 자물쇠가 열린다. 그리고 이것이 또 다른 화학반응을 추가로 일으켜 시냅스 뒤쪽 신경이 전기적으로 흥분하게 만든다. 신경이 흥분하면, 세로토닌(열쇠)은 시냅스 뒤쪽 신경 수용체(자물쇠)에서 다시 방출되어 시냅스 액체 속으로 들어간다. 〔그림 17-3〕에서 볼 수 있듯이, 마침내 세로토닌 분자들은 시냅스 앞쪽 신경으로 (확산이라는 과정을 통해서) 다시 헤엄쳐 간다.

세로토닌은 임무를 완수했고, 시냅스 앞쪽 신경은 이것들을 제거해야 한다. 그러지 않으면 세로토닌들은 시냅스 공간에서 어슬렁거리다 또다시 시냅스 뒤쪽 신경으로 헤엄쳐 갈 수도 있기 때문이다. 그러면 혼란이 생길 수 있다. 시냅스 뒤쪽 신경들이 다시 헤엄쳐 온 세로토닌들을 새로운 신호라고 생각해서 또다시 전기적으로 흥분할 수 있기 때문이다.

이 문제를 해결하기 위해 시냅스 앞쪽 신경들은 표면에 펌프를 가지고 있다. 일단 일을 마치고 돌아오면 세로토닌 분자들은 시냅스 앞쪽 신경 표면에 있는 수용체(또 다른 '자물쇠')에 달라붙고, 이어서 '세포막 펌프' 또는 '재흡수 펌프'라 불리는 펌프에 의해 신경 속으로 빨려 들어간다(〔그림 17-3〕 참조).

세로토닌을 흡수하고 나면 시냅스 앞쪽 신경은 이들을 재활용하거나, 다음번 전기신호를 보내기에 충분한 양이 보관되어 있으면 재활용하지 않고 파괴할 수 있다. 즉 시냅스 앞쪽 신경은 '물질대사' 과정을 통해 남은 세로토닌을 파괴할 수 있다. 여기에서 물질대사란 한 화학물질을 다른 화학물질로 바꾸는 것을 의미한다. 이 경우에 세로토닌은 혈액 속으로 흡수될 수 있는 화학물질로 바뀐다. 신경 안에서 이와 같은 일을 하는 효소를 모노아민산화효소monoamine oxidase, MAO라고 한다. 모노아민산화효소는 세로

## | 그림 17-3 | 신경전달물질의 재흡수

세로토닌 분자들은 시냅스 앞쪽 신경으로 다시 헤엄쳐 돌아가 그 안으로 재흡수한다.
일단 안으로 들어가면, 모노아민산화효소가 이들을 파괴한다.

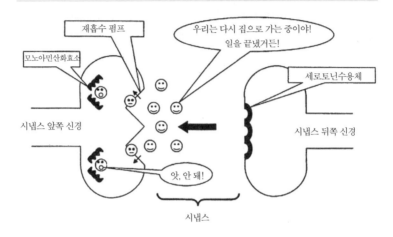

토닌을 5-하이드록시인돌아세트산 또는 5-HIAA라는 화학물질
로 변형시킨다. 5-HIAA는 세로토닌 폐기물이라고 생각하면 된다.
5-HIAA는 뇌를 떠나 혈액 속으로 들어가서 신장에 도착한다. 그
러면 신장은 5-HIAA를 혈액에서 분리해 방광으로 보낸다. 마지
막으로 사람들이 소변을 보면 5-HIAA가 몸 밖으로 배출된다.

이것이 바로 세로토닌 사이클의 종말이다. 물론 시냅스 앞쪽 신
경은 신경을 흥분시키기 위해 계속 새로운 세로토닌을 생산해내
야 하며, 이로써 전체 세로토닌 양은 줄어들지 않는다.

## 우울장애란 무엇이 잘못된 것일까?

무엇보다 다시 한번 강조하고 싶은 사실이 있다. 과학자들은 여전히 우울장애의 원인이나 그 밖의 다른 정신질환의 원인에 대해서 모르고 있다. 흥미로운 이론은 많지만 이 가운데 어떤 것도 아직까지 입증되지 않았다. 하지만 언젠가 답을 찾을 수 있을지 모르며, 그때가 되면 이 시대를 몽매한 역사적 시기라 생각하며 되돌아볼지도 모른다. 어쨌든 과학과 함께 인간의 뇌 연구도 빠른 속도로 발전하고 있다. 분명히 앞으로 10년 안에 새롭고 특별한 이론이 모습을 드러낼 것이다.

뇌는 어마어마하게 복잡하지만 뇌가 어떻게 작동하는지에 대한 우리의 지식은 아직도 지극히 초보 수준에 머물러 있다. 뇌의 하드웨어와 소프트웨어에 대한 우리의 지식은 너무 보잘것없다. 하나 또는 여러 신경의 흥분이 어떻게 생각과 감정으로 전달될 수 있을까? 이것은 과학이 풀어야 할 가장 심오한 비밀 중 하나이며, 나에게는 우주의 기원에 관한 질문처럼 경외심을 불러일으키는 비밀이기도 하다.

심지어 우리는 여기서 이런 질문에 대답하는 시도조차 할 수 없을 것이다. 다시 말해 우리의 현재 목표는 매우 소박하다. 만일 〔그림 17-1〕에서부터 〔그림 17-3〕까지 이해했다면, 우울장애란 대체 무엇이 잘못된 건지를 다루는 현재 이론을 쉽게 파악할 수 있을 것이다.

우리는 뇌에 있는 신경은 신경전달물질이라는 화학적 전달자를 통해 서로 메시지를 보낸다는 사실을 배웠다. 또 대뇌변연계에 있는 어떤 신경은 세로토닌, 노르에피네프린, 도파민을 화학적 전달자로 사용한다는 사실도 알고 있다. 어떤 과학자들은 우울장애가 뇌에 이와 같은 생물 기원 아민 신경전달물질 중 하나 또는 여러 가지가 부족해서 생기며, 반면에 양극성 정동장애는 이런 신경전달물질 중 하나 또는 여러 가지가 너무 많아져서 생긴다고 가정했다. 또 어떤 과학자들은 우울장애와 양극성 정동장애에 가장 중요한 역할을 하는 물질이 세로토닌이라고 말한다. 노르에피네프린이나 도파민의 이상이 우울장애와 양극성 정동장애를 일으키는 중요한 원인이 된다고 믿는 과학자도 있다.

이런 생물 기원 아민 이론들은 필연적으로 항우울제가 우울장애를 앓고 있는 환자의 세로토닌, 노르에피네프린 또는 도파민의 활동성을 끌어올린다는 결론에 도달한다. 앞으로 이 약물들의 효과를 좀 더 자세히 살펴볼 것이다.

만일 세로토닌 같은 화학적 전달자가 [그림 17-1]의 시냅스 앞쪽 신경에서 부족해지면 어떤 일이 일어날까? 그러면 당연히 시냅스 앞쪽 신경은 시냅스를 거쳐 시냅스 뒤쪽 신경으로 신호를 전달할 수 없을 것이다. 뇌 속 전기회로 배선에 결함이 생길 것이고, 그 결과 동조기 안의 전선이 풀려버린 정신과 감정에 라디오에서 흘러나오는 음악 소리와 흡사한 잡음이 생길 것이다. 그리하여 한 유형(세로토닌 부족)은 우울장애를 유발할 수 있고, 또 다른 유형(세로토닌 과잉)은 양극성 정동장애를 유발할 가능성이 있다.

최근에 이와 같은 아민 이론은 약간 변형되었다. 몇몇 과학자는 이제 세로토닌의 결핍이나 과잉이 우울장애나 양극성 정동장애의 원인이라고 믿지 않는다. 대신에 그들은 신경 세포막 위에 있는 수용체 하나 또는 여러 개에서 생긴 이상이 기분장애를 일으킬 수 있다고 가정한다. 〔그림 17-2〕를 다시 보자. 시냅스 뒤쪽 신경에 있는 세로토닌 수용체에 뭔가 문제가 있다고 상상해보자. 예를 들어 그곳에 세로토닌 수용체가 부족할 수 있다. 그러면 신경 사이의 의사소통에서 어떤 일이 벌어질까? 비록 시냅스에 충분한 세로토닌 분자들이 있다고 해도, 시냅스 앞쪽 신경이 흥분할 때 이에 맞춰 시냅스 뒤쪽 신경이 흥분하지 않을 수도 있다. 반대로 세로토닌 수용체가 너무 많으면 세로토닌 체계를 지나치게 활성화하는 정반대 효과를 낼 수 있다.

현재까지 뇌에서 서로 다른 세로토닌 수용체 15가지가 발견되었으며, 앞으로 그 수는 더 늘어날 것이다. 이 모든 수용체는 호르몬과 감정, 행동에 서로 다른 영향을 끼칠 것이다. 과학자들은 이 서로 다른 수용체들이 무엇을 하는지 정확히 알지 못하며, 수용체에 뭔가 이상이 생기면 이것이 우울장애나 양극성 정동장애를 일으키는 중요한 원인이 되는지도 정확히 알지 못한다. 이 부위에 관한 연구 활동은 매우 빠른 속도로 발전하고 있다. 머지않아 이토록 다양한 세로토닌 수용체들이 생리와 심리에 끼치는 영향에 대해 훨씬 뛰어난 정보를 얻게 될 것이다.

뇌 기능에서 세로토닌 수용체의 역할에 대한 지식이 많이 부족하지만, 적어도 시냅스 뒤쪽 신경에 있는 수용체 수는 항우울제 처방에 따라 바뀐다는 증거가 있다. 예를 들어 시냅스 속 세로토닌 수치를 끌어올리는 약물을 복용하면, 몇 주 후 시냅스 뒤쪽 신경세포막 위에 있는 세로토닌 수용체의 수는 줄어들 것이다. 이런 식으로 신경들은 지나친 자극을 상쇄하려 들 수 있다. 다시 말해 신경들은 받아들이는 신호의 강도를 줄이려고 할 것이다. 이와 같은 종류의 반응을 '하향조절'이라 한다. 이와 반대로 시냅스 앞쪽 신경으로부터 세로토닌을 제거하면 시냅스로 방출되는 세로토닌의 양은 훨씬 줄어들 것이다. 그러면 몇 주 후 시냅스 뒤쪽 신경들은 세로토닌 수용체 수를 늘려 이를 상쇄하려고 할 것이다. 신경들은 이런 식으로 신호의 강도를 높이려 들 것이다. 이와 같은 종류의 반응을 '상향조절'이라고 한다.

이 용어들 역시 단순한 의미의 과장된 표현이다. '상향조절'은 '더 많은 수용체'를 의미하고, '하향조절'은 '더 적은 수용체'를 의미한다. 마치 라디오처럼 상향조절은 볼륨을 높이는 것이고 하향조절은 볼륨을 낮추는 것을 의미한다.

흔히 항우울제가 효과를 발휘하려면 몇 주 또는 그 이상의 시간이 걸린다고 한다. 과학자들은 그 원인을 밝히려고 노력해왔는데, 일부 연구자들은 하향조절이 이런 약물의 항우울 효과를 설명해줄 것이라고 추정한다. 다시 말해 처음의 가정과 달리, 항우울제가 세로토닌의 활동성을 강화해서 효과가 나타나는 게 아니라 항우울제가 세로토닌의 활동성을 줄여서 효과가 나타난다는 것이다. 이와 같은 추정에 따르면, 우울장애는 정상보다 낮은 세로토닌 농도 때문에 생기는 게 아니라 강화된 세로토닌 활동 때문에 생긴다는 뜻이다. 항우울제는 몇 주가 지나야 효과를 나타낸다. 세로토닌 농도가 내려가기까지는 시간이 좀 걸리기 때문이다.

이와 같은 이론들은 잘 정립되고 증명되었을까? 결코 그렇지 않다. 이론을 만들어내기는 아주 쉽지만 이를 증명하기란 매우 어렵다. 오늘날까지 이 이론들 가운데 확실히 옳다고 입증되거나 틀렸다고 증명된 것은 하나도 없다. 게다가 개별 환자나 환자 집단을 대상으로 한 화학적 불균형이 우울장애의 원인임을 분명히 보여주는 신뢰할 만한 임상실험 또는 실험실 검사도 전무한 형편이다.

현재 이론의 주된 가치는 뇌 기능에 대한 우리의 지식이 갈수록 더 정교해지도록 연구를 촉진하는 것이다. 결국에는 우리가 훨씬 더 정제된 이론과 그 이론들을 증명할 더 뛰어난 도구를 개발해낼 것이라고 믿는다.

하지만 지금 여러분은 이렇게 생각할지도 모른다. '이게 다야? 과학자라는 사람들이 둘러앉아서, 우울장애는 뇌에 있는 이런저런 신경전달물질이나 수용체가 너무 많거나 부족해서 생길 수 있다고 말하면 끝인 거야?' 그렇다. 사실 어느 정도는 그게 전부다. 뇌에 관한 우리의 모델은 여전히 초보 수준이고, 그래서 우울장애에 관한 이론도 아직은 그다지 정교하지 않다.

언젠가는 우울장애는 화학적 신경전달물질이나 수용체의 문제 때문이 아니라고 밝혀질 수도 있다. 어느 날 우울장애는 오히려 '소프트웨어' 문제지 '하드웨어' 문제가 아니라는 사실을 발견할지도 모른다. 쉽게 말해 컴퓨터가 자주 다운되는 원인이 소프트웨어 문제냐 하드웨어 문제냐와 비슷하다. 예를 들어 하드웨어 문제란 컴퓨터 하드드라이브에 문제가 생기는 경우다. 하지만 보통은 소프트웨어 문제인 경우가 더 많다. 각종 버그 때문에 프로그램이 어떤 상황에서 제대로 작동하지 않는 것이다. 우울장애에 관한 뇌 연구에서도 우리는 하드웨어(예를 들어 우리가 태어날 때부터 가지고 있던 화학적 불균형)에서 문제를 찾고 있을지 모르지만, 진짜 문제는 '소프트웨어'(예를 들어 나중에 갖게 된 부정적 사고방식)에 있을지도 모른다. 두 문제 모두 뇌 조직과 관련이 있는 '신체 기관'의 문제이지만, 해결 방식은 완전히 다르다.

우울장애 연구가 직면한 또 다른 문제는 달걀과 닭의 딜레마다. 우리가 뇌에서 측정하는 변화는 우울장애의 원인일까, 결과일까? 이 문제를 좀 더 생생히 그려보기 위해 숲에 있는 사슴을 대상으로 실험을 한다고 상상해보자. 지금 사슴은 행복하고 만족한 상태다. 우리는 사슴의 뇌에서 일어나는 화학 활동과 전기 활동을 생생히 보여주는 특수한 기계를 가지고 있다. 이 기계는 이를테면 미래형 두뇌 화상진단 기계 같은 것으로, 경찰이 주행 속도를 알아내기 위해 사용하는 레이저 총과 비슷해서 먼 거리에서도 작동한다. 어쨌든 사슴은 우리가 자신의 두뇌 활동을 감시하고 있다는 사실을 모르고 있다. 갑자기 사슴은 굶주린 늑대 무리가 다가오는 것을 알아차린다. 사슴은 공포에 빠진다! 우리는 가지고 있던 휴대용 화상진단 기계로 사슴의 뇌에서 일어나고 있는 전기·화학 활동을 추적한다. 이와 같은 전기·화학 변화는 공포의 원인일까, 결과일까? 사슴의 뇌에 갑자기 '화학적 불균형'이 생겼기 때문에 사슴은 두려워하고 있다고 말해도 될까?

이와 비슷하게 우울장애를 앓는 환자의 뇌에는 온갖 종류의 화학·전기 변화가 일어난다. 우리가 행복감, 분노, 두려움을 느낄 때 우리 뇌는 그야말로 급격히 변화한다. 우리 뇌의 변화는 우리가 느끼는 강렬한 감정의 결과일까, 원인일까? 원인과 결과를 구분하는 일은 우울장애를 연구하는 사람들이 직면한 가장 힘든 도전 가운데 하나다. 이 문제는 해결하기가 불가능하지는 않지만 쉽지도 않다. 그리고 우울장애에 관한 현재 이론들을 열렬히 지지하는 사람들이 이 같은 사실을 늘 인정하는 것도 아니다.

이 이론들을 검증하는 데 필요한 연구는 분명 힘들다. 가장 큰 문제는 사람의 두뇌에서 벌어지는 화학·전기 처리 공정에 대한 정확한 정보를 얻기가 매우 어렵다는 것이다. 우울한 사람의 뇌를 열어서 그 안을 들여다볼 수는 없지 않은가! 그리고 비록 그렇게 할 수 있다 하더라도, 뇌의 어디를 어떻게 들여다봐야 하는지도 모른다. 그런데 PET(양전자 방출 단층촬영술)나 MRI(자기공명영상) 같은 새로운 기술 덕분에 그런 연구가 가능해졌다. 과학자들은 처음으로 사람의 뇌 속에서 일어나고 있는 신경 활동과 화학 처리 공정을 '보기' 시작했다. 아직 초기 단계인 이 연구는 앞으로 10년 안에 커다란 성과를 낳을 것으로 기대된다.

## 항우울제는 어떻게 작용할까?

우울장애의 화학적 성질 연구는 1950년대 초반에 이르러 우연히 큰 활기를 띠는데, 이때 과학자들은 '이프로니아지드iproniazid'라는 새로운 결핵 치료제를 실험하고 있었다.[18] 실험 결과 이프로니아지드는 결핵에 효과가 없는 것으로 드러났다. 하지만 과학자들은 이 약을 복용한 많은 환자가 눈에 띄게 기분이 좋아졌다는 사실에 주목하고, 이프로니아지드에 우울장애를 치료하는 성분이 들어 있지 않을까 추측했다. 그 결과 가장 먼저 항우울제를 개발해 시장에 내놓으려는 제약회사들이 앞다투어 연구에 뛰어들었다.

과학자들은 이프로니아지드가 앞서 말한 모노아민산화효소를 억제하는 물질이라는 사실을 알았다. 그래서 이 약은 모노아민산화효소 억제제MAOI로 분류되었다. 화학구조가 이프로니아지드와 유사한 새로운 모노아민산화효소 억제제 몇 가지가 개발되었고 이 가운데 두 가지, 페넬진phenelzine(상표명 나르딜, 이하 성분명에 딸린 괄호 안은 상표명)과 트라닐시프로민tranylcypromine(파네이트)은 지금도 사용하고 있다. 셀레길린selegiline(엘데프릴)이라 불리는 세 번째 억제제는 파킨슨병 치료제로 인가받았는데, 경우에 따라 기분장애를 치료하는 데도 쓰인다. 다른 나라에서 사용하고 있는 그밖의 새로운 모노아민산화효소 억제제도 결국 미국 시장에 들어올 것이다.

그런데 모노아민산화효소 억제제는 이제 예전처럼 그렇게 자주 처방하지는 않는다. 이 약을 치즈 같은 특정 식품과 함께 복용하면 혈압이 위험 수준까지 높아지기 때문이다. 또 특정 약물과 함께 복용하면 중독을 일으키기도 한다. 이런 위험성 때문에 좀 더 새롭고 안전한 항우울제들이 개발되었다. 이런 새로운 약물은 모노아민산화효소 억제제와는 완전히 다른 작용을 한다. 그런데도 모노아민산화효소 억제제들은 다른 약물에 반응이 없는 우울장애 환자들에게 큰 도움을 줄 수 있으며, 환자와 의사가 몇 가지 규칙만 잘 지킨다면 더욱 안전하게 사용할 수 있다.

이프로니아지드의 발견은 우울장애의 생물학적 연구에 새로운 새로운 돌파구를 마련했다. 과학자들은 모노아민산화효소 억제제들이 어떻게 작용하는지 알아내기 위해 노력했다. 이 억제제들은 대뇌변연계에 집중되어 있는 세 가지 중요한 화학적 전달자인 세로토닌, 노르에피네프린, 도파민의 분해를 방해한다는 사실이 밝혀졌다. 과학자들은 이 물질 중 한 가지 이상이 부족하면 우울장애를 유발할 수 있으며, 항우울제는 이런 물질의 농도를 끌어올리는 작용을 할 수 있다고 추정했다. 이것이 바로 생물 기원 이론이 탄생한 배경이다.

두뇌가 어떻게 작동하는지에 대해 지금까지 우리가 얼마나 많이 배웠는지 알아보자. 〔그림 17-1〕부터 〔그림 17-3〕까지 다시 한 번 살펴보자. 시냅스 앞쪽 신경이 흥분하면 세로토닌이 시냅스로 방출된다. 세로토닌은 시냅스 뒤쪽 신경에 있는 수용체에 달라붙은 뒤 시냅스 앞쪽 신경으로 되돌아가는데, 세로토닌은 이곳에서 신경 안으로 재흡수되어 모노아민산화효소에 의해 파괴된다. 그런데 모노아민산화효소가 세로토닌을 파괴하는 것을 막는다면 무슨 일이 생길까?

예상했겠지만 세로토닌이 시냅스 앞쪽 신경에 쌓인다. 이 신경은 새로운 세로토닌을 늘 생산하기 때문이다. 만일 이 신경이 세로토닌을 제거하지 않는다면, 신경 속 세로토닌 농도는 계속 증가한다. 시냅스 앞쪽 신경이 흥분할 때마다 보통 때보다 훨씬 많은 세로토닌이 액체로 가득 차 있는 시냅스 공간에 방출된다. 결국 시냅스 속의 너무 많은 세로토닌은 시냅스 뒤쪽 신경이 기대하는 것보다 훨씬 큰 자극을 일으킨다. 이것은 마치 라디오 볼륨을 높이는 것과 같다. 모노아민산화효소 억제제의 항우울 효과는 〔그림 17-4〕에 나와 있다.

이와 같은 원인으로 모노아민산화효소 억제제가 기분을 향상시킬 수 있는 것일까? 그럴 가능성은 있으며, 과학자들은 이것이 모노아민산화효소 억제제가 어떻게 작용하는지를 정확히 보여주는 것이라고 가정했다. 연구 결과, 이 억제제를 투여한 환자들과 동물들의 뇌에서 세로토닌 농도, 노르에피네프린 농도, 도파민 농도가 올라간 사실이 입증되었다. 그러나 항우울 효과가 이와 같은 생물 기원 아민들 가운데 하나가 증가해서 나타나는 것인지, 아니면 이 약이 뇌에 끼치는 다른 영향 때문인지는 확실히 알 수 없다.

모노아민산화효소 억제제가 왜, 어떻게 효과를 발휘하는지에 대한 다른 이론을 생각해볼 수 있을까? 시냅스 뒤쪽 신경이 강한 자극을 받아서 우울한 기분이 좋아지는 것일까, 아니면 또 다른 설명이 가능할까? 이 책을 더 읽어내려가기 전에 앞에서 나온 하향조절에 관한 내용을 떠올리며 여러분 스스로 답을 찾아낼 수 있는지 한번 보자.

여러분은 아마도 약을 복용하면 몇 주 후 시냅스 뒤쪽 신경에 전혀 다른, 그야말로 정반대 효과가 나타날 수 있다는 사실을 떠올렸을 것이다. 시냅스에 지나치게 많아진 세로토닌은 몇 주 후 시냅

| 그림 17-4 | **모노아민산화효소 억제제의 항우울 효과**

모노아민산화효소 억제제가 시냅스 앞쪽 신경 속의 모노아민산화효소를 차단하면 세로토닌 수치가 증가한다. 너무 많아진 세로토닌은 신경이 흥분할 때마다 시냅스 공간으로 방출된다. 이 때문에 시냅스 뒤쪽 신경은 더 강한 자극을 받는다.

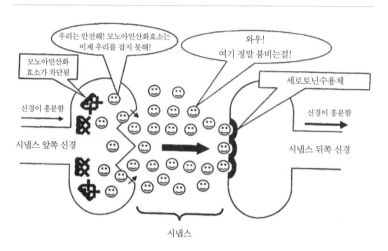

스 뒤쪽 신경에 있는 세로토닌 수용체를 하향조절하는 원인이 된다. 그리고 이런 하향조절은 항우울 효과와 일치할 수도 있다(어떤 과학자들은 우울장애는 세로토닌이 부족해서 생긴다고 생각하지만, 또 다른 과학자들은 증가한 세로토닌의 활동성 때문이라고 믿는다는 사실을 기억하자). 만일 이런 대답을 생각해냈다면 여러분은 신경화학을 제대로 깨우치고 있다는 뜻이다. 이 깜짝 퀴즈에 대한 여러분의 점수는 A+다.

만일 모노아민산화효소 억제제의 항우울 효과가 뇌의 다른 계통에 영향을 끼친 결과 생긴 것일 수도 있다고 생각했다면, 그것도 아주 훌륭한 대답이다. 항우울제가 어떻게 우울장애를 줄여주는지에 관한 이런 이론들은 아직 입증되지 않았다. 모노아민산화효소 억제제들이 뇌에 끼치는 효과는 〔그림 17-4〕에 나온 단순한 모델에 비하면 훨씬 복잡하다. 어떤 항우울제든 뇌신경의 특정 부분이나 특수한 유형에만 한정해서 영향을 주지는 않을 것이다. 각각의 뇌신경은 다른 수많은 신경과 연결되어 있으며, 이 신경들은 또다시 다른 수많은 신경과 연결되어 있다는 사실을 기억하자. 항우울제를 복용하면 뇌에 있는 수많은 화학·전기 계통에 어마어마한 변화가 일어날 것이다. 이 가운데 특정한 변화가 기분을 더 좋게 해줄 것이다. 이 약물들이 어떻게 작용하는지 정확히 이해하려는 노력은 아직도 사막에서 바늘 찾는 것만큼이나 어렵다.

앞서 말했듯이 1950년대부터 다양한 항우울제를 개발해 판매하고 있다. 모노아민산화효소 억제제와 달리 새로운 항우울제는 〔그림 17-4〕에서 묘사한 것처럼, 시냅스 앞쪽 신경에서 세로토닌 같은 신경전달물질을 증가시키지는 않는다. 대신에 이 새 약물들은 시냅스 앞쪽 또는 뒤쪽 신경 표면에 있는 수용체에 달라붙어 뇌의 자연 신경전달물질이 내는 효과를 흉내낸다.

이 항우울제들이 어떻게 이런 일을 할 수 있는지 이해하려면 자물쇠와 열쇠의 비유를 다시 기억해야 한다. 자연 신경전달물질은 열쇠와 같고, 신경 표면에 있는 수용체는 자물쇠와 같다. 열쇠는 특정 모양을 갖추고 있어야 자물쇠를 열 수 있다.

항우울제는 제약회사들이 생산한 가짜 열쇠나 마찬가지다. 화학자들은 세로토닌, 노르에피네프린, 도파민 같은 자연 신경전달물질의 3차원 모양을 알고 있는 덕분에 이와 모양이 비슷한 신약을 개발할 수 있다. 이 약물들은 신경 표면에 있는 수용체에 꼭 맞게 들어가서 자연 신경전달물질의 효과를 흉내낸다. 뇌는 항우울제가 자물쇠 안에 있다는 사실을 모른다. 다시 말해 뇌는 자연 화학 신경전달물질이 신경 표면에 있는 수용체에 달라붙어 있다고 속게 된다.

이론적으로 인공 열쇠(항우울제)가 수용체에 달라붙으면 두 가지 일 중 하나를 할 수 있다. 이 열쇠는 자물쇠를 열거나, 아니면 실제로 자물쇠를 열지 못한 채 자물쇠 안에 끼어버릴 수 있다. 자물쇠를 여는 약물들을 '작용약'이라고 한다. 작용약은 단순히 자연 신경전달물질의 효과를 흉내내는 약들이다. 자물쇠 안에 억지로 끼어 들어가는 약물들은 '길항약'이라고 한다. 길항약은 자연 신경전달물질이 효과를 내지 못하게 방해한다.

항우울제가 시냅스 앞쪽과 뒤쪽 신경 수용체에 영향을 줄 수 있는 몇 가지 방법을 생각해볼 수 있다. 시냅스 앞쪽 신경에서 사용되는 신경전달물질을 세로토닌이라고 가정해보자. 만일 수용체의 재흡수를 방해하면 어떤 일이 일어날까? 시냅스 앞쪽 신경은 더 이상 시냅스에서 세로토닌을 세포 안으로 재흡수할 수 없다. 그리고 신경이 흥분할 때마다 점점 더 많은 세로토닌이 시냅스 공간으로 방출될 것이다. 그 결과 시냅스는 세로토닌으로 넘쳐날 것이다.

오늘날 처방하는 대부분의 항우울제가 바로 이런 식으로 작용한다. 〔그림 17-5〕에서 볼 수 있듯이 항우울제는 시냅스 앞쪽 신경에서 재흡수 펌프 기능을 하는 수용체를 방해하고, 그 결과 신경전달물질은 시냅스 공간에 쌓여간다. 이 과정의 최종 결과는 앞서

| 그림 17-5 | 항우울제의 신경전달물질 재흡수 차단

대부분의 항우울제는 재흡수 펌프 기능을 차단한다. 그러면 신경이 흥분한 후에 도 세로토닌은 시냅스에 남아 있게 된다. 시냅스에 세로토닌이 점점 늘어나므로, 시냅스 뒤쪽 신경에 가해지는 자극은 더욱 강해진다.

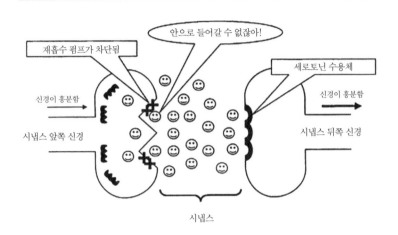

말한 모노아민산화효소 억제제 약물을 투입했을 때 생기는 효과와 비슷하다. 두 경우 모두 시냅스에서 세로토닌 농도가 증가한다. 시냅스 앞쪽 신경이 흥분할 때, 보통보다 더 많은 세로토닌이 시냅스 뒤쪽 신경으로 헤엄쳐 가서 그곳을 자극한다. 다시 말해 세로토닌의 활동성을 높인 셈이다.

이것이 좋을까? 항우울제가 기분을 좋게 해주는 이유가 바로 이 때문일까? 현재 이론은 그렇게 주장하지만, 여전히 누구도 정확한 답을 알지 못한다.

서로 다른 항우울제가 각기 다른 아민 펌프를 차단하며, 몇몇 항우울제는 다른 것보다 더 특별한 효과가 있다. 아미트리프틸린

amitriptyline(엘라빌) 또는 이미프라민imipramine(토프라닐) 같은 더 오래된 '3환계' 항우울제는 세로토닌과 노르에피네프린 재흡수를 방해한다(3환계는 '세 개의 바퀴'라는 뜻인데, 이 약물들의 화학구조가 세 개의 반지가 연결되어 있는 것 같기 때문이다). 따라서 이 약물을 복용하면 뇌에 있는 이런 신경전달물질이 증가한다. 어떤 3환계 항우울제는 상대적으로 세로토닌 펌프에 더 강한 영향을 주고, 어떤 3환계 항우울제는 노르에피네프린 펌프에 더 강한 영향을 준다. 세로토닌 펌프에 더 강한 효과가 있는 약물은 '세로톤에르직serotonergic', 노르에피네프린 펌프에 더 강한 효과를 주는 약물은 '노라드렌에르직noradrenergic'이라고 한다. 도파민 펌프에 더 강한 효과를 발휘하는 약물은 뭐라고 할까? '도파민에르직dopaminergic'이라고 생각했다면, 정답이다!

플루옥세틴fluoxetine(프로작) 같은 좀 더 새로운 항우울제 몇 가지는 더 오래된 3환계 항우울제와 다른데, 이것은 세로토닌 펌프만 선택해 특수한 효과를 주기 때문이다. 만일 신조어로 부르고 싶다면, 프로작은 강력한 '세로톤에르직'이라 할 수 있다. 이 약을 복용하면 뇌에 있는 세로토닌의 수치가 늘어나기 때문이다. 어쨌든 프로작은 오로지 세로토닌 펌프만 차단하기 때문에 노르에피네프린과 도파민 같은 다른 신경전달물질의 수치는 올라가지 않는다. 그래서 프로작은 선택적 세로토닌 재흡수 억제제로 분류된다. 이 이름은 매우 위협적이지만 의미는 사실 평범하다. 즉 '이 약은 오로지 세로토닌 펌프만 방해하고 다른 펌프들은 방해하지 않는다'라는 뜻으로, 미국에서는 다섯 가지 선택적 세로토닌 재흡수 억제제를 처방한다.

새로운 항우울제 가운데 몇몇은 그렇게 선택적이지 않다. 이것들은 재흡수 펌프 유형 가운데 하나 이상의 유형을 차단한다. 예를 들어 벤라팍신venlafaxine(에펙소르)은 세로토닌과 노르에피네프린 펌프를 차단하므로 '이중 재흡수 억제제'라 불린다. 벤라팍신을 생산하는 제약회사들은 이 약물이 한 가지가 아니라 두 가지 신경전달물질의 수치를 증가시키기 때문에 약효가 훨씬 좋다고 광고한다. 그러나 이런 특성은 그다지 새롭지 않다. 대부분의 더 오래된(그리고 매우 저렴한) 항우울제도 그런 효과가 있다. 벤라팍신이 오래된 약물보다 효과가 더 좋거나 더 빠르다는 증거는 하나도 없다. 물론 벤라팍신은 더 오래된 일부 3환계 항우울제보다 부작용이 적다. 이 때문에 벤라팍신을 생산하는 데 비용이 더 든다고 할 수 있다.

지금까지 모노아민산화효소 억제제와 3환계나 선택적 세로토닌 재흡수 억제제 같은 펌프 억제제에 관해 배웠다. 항우울제가 작용하는 또 다른 방법이 있을까? 여러분이 제약회사에서 일하는 화학자인데 그야말로 완전히 새로운 항우울제를 개발하고 싶다면, 새로운 약들은 어떤 효과가 있을까? 하나의 가능성은 시냅스 뒤쪽 신경에 있는 세로토닌 수용체를 직접 자극하는 약을 개발하는 것이다. 이런 약물은 천연 세로토닌의 효과를 모방할 것이다. 이를테면 일종의 가짜 세로토닌이다. 부스피론buspirone(부스파)이 이런 작용을 한다. 이 약물은 시냅스 뒤쪽 신경에 있는 세로토닌 수용체를 직접 자극한다. 부스피론은 중독성 없는 최초의 항불안제로 몇 년 전 시장에 나왔는데, 이것도 약하기는 하지만 항우울 효과가 있다. 그러나 부스피론의 항우울 효과와 항불안 효과는 그다지 강력하지 않다. 이 때문에 부스피론은 불안장애나 우울장애를 치료할 때 자주 처방하지는 않는다.

왜 부스피론은 우울장애에 그다지 효과가 없을까? 과학자들은 그 답을 알지 못한다. 아무튼 뇌에는 최소 15가지의 다양한 세로토닌 수용체가 있다는 사실을 기억하자. 이 수용체들은 모두 아직 완전히 이해할 수 없는 다양한 기능을 수행하고 있다. 여러 종류의 세로토닌 수용체를 자극하는 약물이 어쩌면 우울장애에 더 효과가 있을지도 모른다. 뇌가 어떻게 작동하는지에 관해 더 많이 알수록 문제는 훨씬 복잡해진다.

만일 여러분이 제약회사의 화학자라면, 〔그림 17-6〕에 나와 있는 것처럼 시냅스 뒤쪽 신경에 있는 세로토닌 수용체를 차단하는 약을 개발할 수도 있다. 이 약물은 자연 세로토닌의 효과를 막아주기 때문에 이론적으로는 우울장애를 더 심각하게 만들 수 있다. 실제로 세로토닌 수용체를 방해하는 약물을 개발하기도 했다. 이 가운데 두 가지는 네파조돈nefazodone(세르존)과 트라조돈trazodone(데시렐)이다. 이것들은 '세로토닌 길항약'으로 분류되기는 하지만 항우울제로도 사용된다.

또 어떤 약물은 시냅스 앞쪽과 뒤쪽에 있는 다양한 신경 수용체에 복잡하게 영향을 끼친다. 미르타자핀mirtazapine(레메론)은 1996년부터 미국에서 사용하고 있는 새로운 항우울제다. 미르타자핀은 시냅스 뒤쪽 신경에 있는 세로토닌 수용체를 차단하는 것으로 보이지만, 노르에피네프린을 신경전달물질로 사용하는 시냅스 앞쪽

7부. 우울장애와 뇌의 화학작용

| 그림 17-6 | 세로토닌 길항제의 효과

세로토닌 길항제는 시냅스 뒤쪽 신경에 있는 세로토닌 수용체를 차단한다. 따라서 시냅스 앞쪽 신경이 흥분하더라도 세로토닌은 시냅스 뒤쪽 신경을 자극할 수 없다.

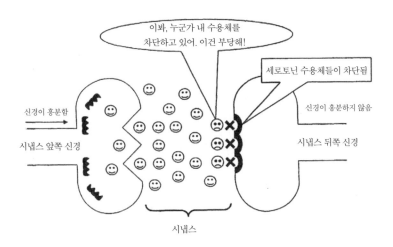

신경 수용체도 자극한다. 이 때문에 시냅스 앞쪽 신경이 방출하는 노르에피네프린의 양을 증가시킨다. 그러므로 미르타자핀을 복용하면 세로토닌의 활동성이 약해지고 노르에피네프린의 활동성은 강해진다.

네파조돈, 트라조돈, 미르타자핀 같은 항우울제의 효과는 세로토닌 이론을 바탕으로 예측하는 효과와 정반대다. 이런 약물은 세로토닌이 활동하지 못하게 하는 데도 영향을 끼치는 항우울제다. 어떻게 이런 일이 가능할까? 뇌에는 여러 유형의 세로토닌 수용체가 있으며 이들은 다양한 효과를 발휘한다. 또 뇌 속 서로 다른 전기회로 사이에도 매우 빠른 속도로 복잡한 상호작용이 일어난다.

우리가 뇌의 한 영역에 있는 신경들 가운데 한 신경계통을 동요하게 만들면 뇌의 다른 영역에 있는 수천 개, 아니 수백만 개의 신경이 거의 동시에 변화를 일으킨다. 권위 있는 신경과학자들도 이와 같은 약물들이 왜, 그리고 어떻게 우울장애를 완화하는지 분명히 이해하지 못한다.

요약하면 현재 처방하는 대부분의 항우울제는 세로토닌, 노르에피네프린, 도파민의 활동에 영향을 끼친다. 항우울제 가운데 어떤 것은 하나의 신경전달물질만 선택하기도 하고, 또 다른 항우울제는 많은 전달물질에 작용한다. 하지만 현재 처방하고 있는 항우울제가 이 세 가지 물질에 끼치는 효과가 긍정적으로 작용하는지 어떤지를 설명해주는 아주 일관되거나 설득력 있는 증거는 아직 없다. 예를 들어 어떤 항우울제는 세로토닌 농도를 자극하고, 어떤 항우울제는 세로토닌 수용체를 차단하며, 어떤 것은 세로토닌에 아무런 영향을 끼치지 않는다. 하지만 이것들은 모두 나름대로 좋은 효과가 있다. 〔그림 17-4〕부터 〔그림 17-6〕까지 모델은 확실히 지나치게 단순하다. 그리고 항우울제가 작용하는 방법을 설명하는 이론 역시 아직 불완전하다.

그렇다고 너무 부정적으로만 생각할 필요는 없다. 현재 처방하는 항우울제의 유효성에 이의를 제기하려는 것이 아니다. 단지 이런 약물들이 어떻게 작용하는지 설명하는 이론들이 기존의 모든 사실을 고려하지 않는다는 점을 지적하고 싶을 뿐이다.

다행히 신경학자 대부분이 그 사실을 인정하고 있으며, 연구의 초점도 크게 확장되었다. 학자들은 생물에서 기원한 이런저런 아민의 농도에만 한정해서 연구하는 대신 뇌 전체를 조절하는 메커니즘에 초점을 맞추어 폭넓고 다양한 연구를 수행하면서 새로운 이론을 내놓고 있다. 이 이론들은 뇌에 있는 다른 신경전달물질, 시냅스 앞쪽과 뒤쪽 신경 수용체의 다양성, 신경들 내부에 있는 '2차 전달자' 체계, 신경 세포막의 이온 유량, 신경내분비 체계, 면역 체계, 바이오리듬 이상 등을 다룬다. 이처럼 광범위한 영역의 연구는 머지않아 뇌가 어떻게 기분을 조절하는지 훨씬 더 잘 이해할 수 있게 해줄 것이다.

뇌 연구는 놀라운 속도로 진행되고 있으며 앞으로 더 빨라질 것이다. 이 연구들이 다음 사항을 개선해주기를 바란다.

1. 우울장애를 유발하는 화학적 불균형에 대한 임상 실험(그와 같은 불균형이 실제로 존재한다면)
2. 다른 사람들에 비해서 우울장애와 양극성 정동장애에 더 취약한 사람들의 유전적 비정상을 발견하기 위한 실험
3. 부작용이 적은 더욱 안전한 약물
4. 훨씬 더 효과적이고 신속하게 작용하는 약물과 정신과 치료
5. 병이 나은 후에 다시 우울장애에 빠지는 위험을 최소화하거나 완전히 막아주는 약물과 정신과 치료

우리가 이해할 수 있는 부분은 아직도 초보 수준이지만 중요한 과학적 노력이 시작되었다. 언젠가는 신비로운 '흑담즙'의 비밀을 밝혀낼 것이다.

# 18.
# 몸과 마음의
# 문제

프랑스 철학자 르네 데카르트René Descartes 시대 이래로 철학자들은 '몸과 마음의 문제(심신이원론)'에 몰두해왔다. 이것은 사람은 최소한 몸과 마음이라는 두 가지 분리된 존재 수준을 가지고 있다는 이론이다. 우리 마음은 생각과 감정으로 구성되어 있는데, 이런 것들은 눈에 보이지 않거나 무형이다. 우리는 생각이나 감정을 경험할 수 있기 때문에 그것들이 존재한다는 것은 알지만, 왜 그리고 어떻게 존재하는지는 알지 못한다.

이와 반대로 우리 몸은 피, 뼈, 근육, 지방 등 조직으로 구성되어 있다. 조직은 궁극적으로 분자로 이루어져 있고, 분자는 원자로 이루어져 있다. 이와 같은 구성요소는 활동력이 없다. 일반적으로 원자는 의식이 없다고 한다. 이렇게 활동력이 없는 뇌 조직이 어떻게 보고, 느끼고, 듣고, 사랑하고, 미워하는 우리의 의식과 감정을 만들어내는 걸까?

데카르트에 따르면, 우리의 마음과 몸은 어떤 식으로든 연결되어 있는 것이 분명하다. 데카르트는 이 분리된 두 가지 존재를 연결하는 뇌의 영역을 '영혼의 자리'라고 불렀다. 철학자들은 수세기 동안 '영혼의 자리'가 어디에 있는지 추적해왔다. 현대에 이르러 신경학자들은 우리 뇌가 어떻게 감정과 의식을 만들어내는지 알아내려고 이 연구를 계속하고 있다.

몸과 마음이 분리되어 있다는 믿음은 우울장애 같은 문제를 치료할 때 반영된다. '몸'에 작용하는 생물학치료법이 있고, '마음'에 작용하는 정신치료법이 있다. 보통 생물학치료는 약물치료, 정신치료는 상담치료의 형태를 띤다.

'약물치료'를 찬성하는 측과 '상담치료'를 옹호하는 측이 서로 치열한 경쟁을 벌인다. 정신과 의사들은 보통 약물치료를 옹호하는 경우가 많은데, 의사로서 훈련받았기 때문이다. 정신과 의사들은 약을 처방할 수 있고, 의학적 진단법과 치료법에 영향을 더 많이 받는다. 우울장애에 걸려 정신과 의사를 찾아가면, 의사는 뇌에 화학적 불균형이 생겨서 우울장애가 일어났다고 말하고는 항우울제로 치료하자고 권유할 것이다. 가정의가 우울장애를 치료하더라도 약물로 치료할 것이다. 가정의는 심리요법에 관해서는 별로 훈련받지 않을뿐더러 인생 문제에 관해서도 환자와 거의 이야기를 나누지 않기 때문이다.

이와 반대로 심리학자, 사회복지사, 상담사들은 상담을 통한 심리치료를 중요시한다. 이들은 의학 훈련을 받지 않았기에 약물을 처방할 수 없다.[19] 그들이 받은 교육은 주로 우울장애를 유발할 수 있는 심리·사회 요소에 집중되어 있다. 만일 여러분이 우울장애에 걸려 이런 치료사를 찾아가면 그들은 여러분의 성장 과정, 태도, 사랑이나 직장 문제 같은 스트레스를 일으키는 요인에 대해 주로 이야기할 것이다. 심리치료사는 인지행동요법 같은 심리치료법을 추천할 것이다. 하지만 이렇게 일반화할 수 없는 예외도 많다. 의학을 배우지 않은 심리치료사들 가운데 생물학 요소가 우울장애의 원인이라고 믿는 사람도 많고, 정신과 의사들 가운데 심리치료에 재능이 있는 사람도 많다. 정신과 의사들과 심리치료사들이 팀을 이루어 함께 일한다면 환자들은 두 가지 치료법의 혜택을 모두 볼 수 있다.

그러나 마음(정신)학파와 몸(생물학)학파 사이에는 깊은 골이 있다. 이들의 대화는 흔히 격렬하고, 호전적이며, 험악하다. 때로는 이와 같은 논쟁에 과학적 근거보다는 정치적이고 재정적 동기가 더 큰 영향을 끼치기도 한다. 최근에 이루어진 몇 가지 연구는 이런 논쟁이 떠들썩하지만 결국 아무것도 건지지 못하고 끝날 수 있으며, 몸과 마음 이원론은 환상에 불과할 수 있다는 사실을 보여준다. 이 연구 결과에 따르면, 항우울제와 심리치료는 우리 몸과 마음에 비슷한 효과를 줄 것이라고 한다. 다시 말해 두 치료법은 사실 같은 방식으로 작용할 수 있다는 뜻이다.

예를 들어 UCLA 의대의 루이스 R. 백스터Lewis R. Baxter 박사, 제프리 M. 슈워츠Jeffrey M. Schwartz 박사, 케네스 S. 버그먼Kenneth S. Bergman 박사, 그리고 동료 연구자들은 강박증 환자 18명의 뇌에서 일어나는 화학변화를 연구해, 1992년에《일반정신의 학회지 Archives of General Psychiatry》에 발표했다. 이 환자들 중 절반은 인지 행동치료를 받았고(약물은 복용하지 않음), 나머지 절반은 약물치료를 받았다(심리치료는 받지 않음).[20] 약물치료를 받지 않은 환자들은 두 가지 중요한 요소가 포함된 개별 심리치료와 집단 심리치료를 받았다. 첫 번째 요소는 노출과 반응 방지 기법이다. 이 기법은 환자가 두려워하거나 불안해하는 상황 또는 자극에 노출시키고 그런 상황에서 환자가 습관적으로 하는 강박 행동을 하지 못하게 함으로써 스스로 불안을 견뎌내는 경험을 쌓아 증상을 없애는 행동 요법이다. 예를 들어 환자들이 자물쇠가 잠겼는지 계속 확인하거나 손을 계속 씻는 등의 강박 충동에 넘어가지 않도록 도와준다. 두 번째 요소는, 이 책에서 줄곧 설명한 인지요법이다. 이 집단에 속한 환자들은 약물을 전혀 처방받지 않았다는 사실을 기억해두자.

연구자들은 약물치료나 심리치료를 받기 전과 받은 지 10주 후에 뇌의 다양한 영역에서 포도당의 신진대사율을 검사하기 위해 PET를 이용했다. 뇌를 스캐닝하는 이 방법은 뇌의 다양한 영역에서 일어나는 신경의 활성화를 관찰할 수 있다. 연구자들이 특히 관심을 가진 영역은 오른쪽 대뇌반구에 있는 '꼬리핵'이다.

두 치료법 모두 효과가 있었다. 두 집단의 많은 환자들이 상태가 좋아졌고, 두 치료법에 특별한 차이는 없었다. 이런 결과는 그다지 놀라운 일이 아니다. 이전에도 이미 여러 연구자가 약물치료와 인지행동치료가 강박장애에 비슷한 효과를 보인다고 보고했다. 그러나 PET 연구 결과는 상당히 놀라웠다. 연구자들은 치료에 성공한 환자들의 오른쪽 대뇌반구 꼬리핵의 활동이 비슷하게 감소했다고 보고했다. 환자들이 인지치료를 받았든 약물치료를 받았든 상관이 없었다. 게다가 두 집단의 증상과 사고방식도 비슷하게 개선되었다. 이 두 치료법 가운데 훨씬 탁월한 건 없었다. 결국 증상이 개선되는 정도는 오른쪽 대뇌반구에 있는 꼬리핵이 변하는 정도와 뚜렷한 관련이 있었다. 다시 말해 가장 많이 좋아진 환자들은 평균적으로 꼬리핵의 활동이 가장 크게 줄어들었다. 활동이 줄어들었다는 것은 환자들이 약물을 복용했든 심리치료를 받았든, 뇌의 이 영역에 있는 신경들이 진정되었다는 뜻이다.

이 연구의 중요한 의미는 오른쪽 대뇌반구에 있는 꼬리핵의 지나친 활성화가 강박 행동을 유발하거나 유지하는 데 큰 역할을 할 수 있다는 점을 발견한 데 있다. 두 번째 중요한 의미는 항우울제와 인지행동요법이 뇌의 구조와 기능을 정상으로 회복시킬 때 똑같이 효과적일 수 있다는 점이다.

대부분의 다른 연구와 마찬가지로, 이 연구에도 중대한 결함이 있었다. 우선 특정 정신장애에서 목격하는 뇌의 변화는 그것이 어떤 변화든 진정한 인과 효과가 아니라 단지 '후속' 효과일 수 있다. 다시 말해 강박장애 환자에게 나타나는 오른쪽 꼬리핵 신경의 지나친 활성화는 뇌 전반에 광범위한 이상이 생긴 것일 수도 있다. 그러므로 이것은 강박장애를 일으킨 원인이 아닐 수도 있다.

또 다른 문제점은 임상 환자의 수가 너무 적은 데다 연구자들이 연구한 뇌 영역이 상당히 넓어 이와 같은 발견이 우연일 가능성이 높다는 것이다. 이런 가능성은 다른 연구자들이 항우울제를 복용한 환자들에게 나타나는 뇌 활동 상태를 제각각 다르게 보고한 사실과 맞아떨어진다. 따라서 연구 결과를 받아들이기 전에 더 많은 환자를 대상으로 다시 연구해야 한다. 이런 결함을 제외한다면 이 연구는 약물치료와 심리치료가 뇌 기능과 감정에 끼치는 영향을 통합적으로 연구하는 중요하고 새로운 길을 열었다고 평가할 수 있다.

또 다른 연구는 항우울제가 우울장애 환자들의 부정적 사고방식을 바꿀 수 있도록 도와준다는 사실을 보여주었다. 세인트루이스에 있는 워싱턴 의과대학의 앤 D. 사이먼스Anne D. Simons 박사, 솔 L. 가필드Sol L. Garfield 박사, 조지 E. 머피George E. Murphy 박사는 우울장애 환자들을 두 집단으로 나누어 한 집단의 환자들에게 항우울제만 처방하고, 또 다른 집단의 환자들에게는 인지치료만 했다. 그런 다음 두 집단에 속한 환자들의 부정적 사고방식의 변화를 연구했다. 그 결과 항우울제를 처방받은 환자들의 부정적 사고가 인지치료를 받은 환자들만큼 개선되었다는 사실을 발견했다.[21] 약물치료를 받은 환자는 심리치료를 받지 않았고, 심리치료를 받은 환자는 약물치료를 전혀 받지 않았다는 사실을 기억하자. 따라서 이 연구는 항우울제가 인지치료와 거의 똑같이 부정적 사고방식을 바꿔준다는 것을 보여준다. 항우울제가 태도와 사고에까지 효과를 끼친다는 사실은 뇌에 있는 다양한 신경전달물질 체계에 끼치는 항우울제 효과에 대한 생물학적 설명만큼, 또는 그 이상으로 항우울제의 효과를 잘 설명해줄지도 모른다.

이와 같은 놀라운 연구는 우리에게 '몸과 마음'을 구분하는 대신 다른 치료법을 함께 사용해 마음과 뇌를 치료하면 어떤 효과가 있는지 깊이 생각해보게 한다. 이런 두 가지 치료법을 함께 사용하는 방식은 서로 다른 각도에서 문제에 접근하는 치료사와 연구자 사이에 협동정신을 길러줄 수 있으며, 우리가 기분장애를 이해하는데도 훨씬 빠른 진전을 가져다줄 것이다. 몇몇 우울장애의 경우에는 특정 유형의 유전적·생물학적 장애가 있을 수 있겠지만, 그럼에도 심리치료는 흔히 약물을 사용하지 않고도 이 문제들을 해결할 수 있다. 나 자신의 임상 경험뿐만 아니라 많은 연구에서 여러 가지 신체 증상을 뚜렷이 드러내는 '생물학적으로' 우울해 보이는 심각한 우울장애 환자도 약물 처방 없이 인지요법만으로 빠르게 반응한다는 사실을 입증해 보였다.[22]

그러나 정반대의 경우도 있다. 내가 치료한 우울장애 환자 중에는 다양한 심리요법을 동원했는데도 여전히 좋아지지 않은 이도 많았다. 하지만 항우울제를 처방하자 그중 많은 수가 고비를 넘겼고, 더불어 심리요법도 더 잘 들기 시작했다. 이처럼 항우울제는 환자들이 우울장애에서 회복될 때 환자들의 부정적 사고방식을 바꾸는 데도 확실히 도움이 되는 것 같다.

## 우울장애가 유전이라면,
## 약물로 그 병을 치료해야 한다는 의미가 아닐까?

17장에서 양극성 정동장애가 포함되지 않은 더 흔한 형태의 우울장애에 유전 요소가 어느 정도 영향을 주는지 아직 모른다고 말했다. 하지만 마침내 과학자들이 적어도 부분적으로는 거의 모든 형태의 우울장애가 유전된다는 사실을 발견했다고 가정해보자. 그렇다면 이것은 우울장애를 약물로 치료해야 한다는 뜻이 아닐까?

반드시 그럴 필요는 없다. 예를 들어 피 공포증은 적어도 부분적으로 유전된다고 생각하지만, 이 병 역시 행동요법으로 더 빠르고 쉽게 치료할 수 있다. 대부분의 공포증에 가장 효과가 있는 치료법은 환자에게 그 상황에 빠지도록 하고, 그 상황과 대면해 공포심이 줄어들고 사라질 때까지 공포심을 견디도록 만드는 것이다. 환자들은 대부분 너무 두려워서 처음에는 이 치료법에 저항하지만, 힘들어도 꿋꿋이 참아낼 수 있다는 확신이 서면 성공률은 매우 높다.

내 개인적 경험으로 이런 사실을 입증할 수 있다. 어릴 때 나는 피를 몹시 무서워했다. 그런데 의과대학에 들어갔고, 학생들은 상대방의 팔에서 피를 뽑는 연습을 하곤 했다. 열정이 별로 없던 나는 결국 의과대학을 중퇴했다. 이듬해 스탠퍼드 대학병원 임상 실험실에서 일하기로 결정했고, 두려움을 극복하기 위해 노력했다. 병원은 나에게 환자의 팔에서 피를 뽑는 일만 시켰고, 그래서 하루 종일 그 일만 해야 했다. 처음 몇 번 피를 뽑을 때는 너무 무서웠지만 점점 익숙해졌고, 마침내 그 일을 '사랑'하기에 이르렀다. 이 경우는 적어도 어떤 유전 성향은 약물 없이 행동요법으로 좋아질 수 있다는 사실을 보여준다.

더 흔한 예를 한번 살펴보자. 우리는 모두 유전적으로 특정 유형의 신체를 가지고 태어난다. 어떤 사람은 다른 사람들에 비해 키가 훨씬 크거나 훨씬 작다. 또 어떤 사람은 덩치가 크고 어떤 사람은 작다. 하지만 이후의 영양 섭취와 생활습관은 우리가 성인이 되었을 때 체형에 크게 영향을 끼친다. 전문 보디빌더 중에는 어릴 때 비쩍 마른 자신의 외모를 부끄러워한 사람이 의외로 많다. 만족스럽지 않은 외모 때문에 그들은 체육관에서 열심히 운동을 해야만 했다. 꾸준히 노력해 챔피언이 되는 경우도 많다. 그들의 유전자는 태어날 때의 조건에 상당히 많은 영향을 받았겠지만, 훗날 몸매가 좋아진 것은 무엇보다 그들의 결단력과 노력 덕분이다.

정반대의 경우도 다르지 않다. 만일 우울장애가 순전히 환경 때문이며 유전의 영향이 전혀 없다고 밝혀지더라도 항우울제의 잠재 가치를 과소평가해서는 안 된다. 예를 들어 연쇄상구균 박테리아가 원인인 패혈성 인두염에 걸린 어떤 사람과 접촉했다면 전염성이 있으므로 그 병에 걸릴 수 있다. 이때 패혈성 인두염은 유전 요인이 아니라 순전히 환경에 의한 것이라고 말할 수 있다. 그렇다고 해서 패혈성 인두염을 항생제가 아닌 행동요법으로 치료해야할까? 결코 아니다!

양극성 정동장애에 관한 대답도 분명하다. 이 장애는 생물학적 원인이 매우 큰 것으로 보이며, 비록 아직은 원인이 밝혀지지 않았지만 대개 반드시 리튬이나 밸프로산valproic acid(데파킨) 같은 기분 안정제로 치료해야 한다. 우울장애나 양극성 정동장애를 보이는 동안에는 다른 약물도 사용할 수 있다. 물론 좋은 심리요법 역시 양극성 장애 치료에 큰 도움을 줄 수 있다. 내 경험에 따르면, 리튬이나 밸프로산 같은 약물과 함께 인지요법을 병행하면 약물 하나만으로 치료할 때보다 효과가 훨씬 좋았다.

현실적인 관점에서 볼 때 의사인 내가 맞닥뜨리는 질문은 바로 이것이다. '병의 원인과는 상관없이 우울장애로 고통받는 환자들을 어떻게 하면 잘 치료할 수 있을까?' 유전자가 큰 역할을 하든 그렇지 않든, 항우울제가 도움이 되는 경우도 있고 심리요법이 도움이 되는 경우도 있다. 그리고 심리요법과 항우울제의 조합이 가장 좋은 치료법일 때도 있다.

## 항우울제가 나을까, 심리요법이 나을까?

약물요법과 인지요법의 효과를 비교한 많은 연구가 있다.[22~25] 이 연구들에 따르면, 우울장애가 심각해져서 환자들이 처음으로 치료를 받으러 왔을 때 이 두 방법은 비슷한 효과가 있는 것으로 나타난다. 하지만 조금씩 회복되면서 양상은 약간 달라진다. 장기간 실시한 연구 결과에 따르면, 인지치료를 받은 환자들은 이 치료 하나만 받든 약물치료를 함께 받든, 오로지 항우울제 치료만 받은 환자들에 비해 더 오랫동안 우울장애를 겪지 않는다.[22] 이는 아마도 인지치료를 받은 환자들이 앞으로 경험할 여러 가지 기분 문제를 극복할 수 있는 다양한 기술을 배우기 때문일 것이다.

항우울제와 심리요법의 효과에 관한 최근 연구에 관해 더 자세히 알고 싶다면 다음 두 편의 논문을 읽어보자. 네바다대학의 데이비드 O. 안토누치오David O. Antonuccio 박사와 윌리엄 G. 댄턴William G. Danton 박사 그리고 클리블랜드 병원의 걸랜드 Y. 드넬스키Gurland Y. DeNelsky 박사의 논문이다.[22] 이 저자들은 심리요법과 항우울제의 치료 효과를 연구한 전 세계 문헌을 면밀히 검토하고, 두 치료법에 대해 많은 사람이 흔히 가지는 인식과는 매우 다른 놀라운 결론에 도달했다. 이 연구자들은 인지치료가 비록 항우울제 치료보다 더 뛰어나지는 않더라도 그것과 같은 효과를 보인다고 주장한다. 심지어 피로감이나 섹스에 대한 무관심 같은 여러 가지 신체 부작용이 나타나 '생물학적' 원인 때문인 것으로 보이는 심각한 우울장애에도 인지치료가 효과를 보인다고 한다. 또 이 연구자들은 제약회사가 새로운 항우울제를 시험할 때 실시하는 방법에 대해서도 의문을 제기한다. 호기심이 느껴지면 그들의 논문을 읽어보기 바란다.

항우울제로만 치료하는 '시험관식 치료법'은 대부분의 환자에게 정답이 아니라는 사실을 임상 경험으로 확신하게 되었다. 다행히 항우울제에 반응을 잘하는 경우에도 효과적인 심리요법은 결정적 역할을 할 수 있다.

나는 항상 이 두 치료법을 함께 실시하는 입장을 견지해왔다. 필라델피아에 있는 우리 병원에서는 약 60퍼센트의 환자들이 항우울제 처방 없이 인지치료만 받았고, 약 40퍼센트는 인지치료와 항우울제 치료를 함께 받았다. 그 결과 두 집단에 속한 환자 모두 증세가 좋아졌으며, 우리는 두 치료법 모두 나름대로 가치가 있다는 것을 알게 되었다. 우리는 심리치료 없이 항우울제만으로 환자들을 치료하지 않았다. 내 경험상 그런 치료법은 만족스럽지 않았기 때문이다.

어떤 유형의 우울장애에는 적절한 항우울제 처방을 곁들이는 것이 유익할 수도 있다. 그러면 환자가 자가치료 프로그램을 더 잘 따를 수 있고, 치료 속도도 훨씬 빨라지기 때문이다. 앞서 말했듯이 일단 항우울제를 복용하기 시작하면, 자신들의 불합리하고 왜곡된 부정적 사고가 왜 문제인지 더 빨리 납득하는 환자들을 많이 보았다. 내 철학은 이렇다. 환자들을 도울 수 있는 타당하고 안전한 방법이라면 어떤 것이든 지지한다!

지금 자신이 받고 있는 치료법에 대해 어떻게 느끼고 있는지는 치료 결과에 매우 중요하다. 스스로 생물학적 치료에 마음이 더 간다면 약물치료를 받는 것이 낫다. 반대로 심리적 치료에 더 마음이 간다면 심리치료를 받는 것이 낫다. 여러분이 치료사와 마음이 맞지 않는다면 치료사에 대한 믿음을 잃고 치료법에 저항할 것이고, 그만큼 치료 성공 가능성은 줄어든다. 이와 반대로 현재 받고 있는 치료가 의미 있어 보이면, 여러분은 치료사에게서 더 많은 희망과 신뢰와 자신감을 느낄 것이고, 결국 긍정적 결과가 나올 가능성이 더 커진다.

부정적 태도와 비이성적 생각도 적절한 약물치료나 심리치료로 개선할 수 있다는 것을 알게 되었다. 이제 우리에게 해로운 12가지 근거 없는 믿음을 소개하겠다. 처음 여덟 가지는 약물치료에 관한 내용이며, 나머지는 심리치료에 관한 내용이다. 약물을 복용할때 어느 정도 주의해야 할 필요가 있지만, 그렇다고 절반만 진실인이야기를 바탕으로 약물 복용에 대해 지나치게 보수적인 태도를취하는 것 역시 바람직하지 않다. 또 나는 심리치료에 대해서도 어느 정도 주의해야 한다고 믿지만, 지나친 비관주의 역시 효과적인치료를 방해할 뿐이다.

### 근거 없는 믿음 1

"이 약을 복용하면 나는 진짜 내가 아닌 것 같을 거야. 나는 이상한행동을 할 테고, 희한한 느낌이 들 거야." 이는 잘못된 생각이다.이런 약물들이 때때로 우울장애를 낫게 할 수는 있지만, 비정상적으로 기분을 상승시키는 경우는 거의 없다. 그리고 아주 드문 경우를 제외하고는 비정상이고 이상하며 '붕 뜨는' 느낌을 일으키지않는다. 실제로 많은 환자가 항우울제를 복용한 뒤에 오히려 훨씬더 자기 자신처럼 느껴진다고 말한다.

### 근거 없는 믿음 2

"이런 약들은 너무 위험해." 틀렸다. 의사의 관리 아래 서로 협조하면서 항우울제를 복용한다면 이 약물들을 두려워할 이유가 전혀없다. 의사와 한마음이 되어 치료에 임하면 해로운 반응이 일어나는 경우는 거의 없고, 대부분 안전하고 효율적인 관리를 받을 수 있다. 항우울제는 우울장애 자체보다 훨씬 안전하다. 무엇보다 우울장애는 치료하지 않고 그냥 내버려두면 살인도 저지를 수 있다. 자살 말이다!

항우울제를 아무 생각 없이 복용해도 된다는 뜻은 아니다. 예를 들어 아스피린을 비롯한 다른 약처럼 항우울제와 기분을 안정시키는 약물 역시 부작용과 중독 효과가 있다는 사실을 알아두자.

### 근거 없는 믿음 3

"이런 약들은 부작용이 심해서 견디기 힘들 거야." 그렇지 않다. 부작용은 미미하며, 복용량을 적절히 조절하면 거의 느낄 수도 없다. 하지만 약물이 정말 불편하면 부작용은 더 적고 효과가 비슷한 다른 약물로 바꿀 수 있다.

우울장애를 치료하지 않고 그냥 놔두면 피로감, 식욕 증가 또는 감소, 섹스에 대한 관심 감소 등 많은 '부작용'이 생긴다는 사실 또한 명심하자. 항우울제를 복용해서 증상이 좋아지면 이런 부작용은 대개 사라진다.

### 근거 없는 믿음 4

"하지만 나는 통제할 수 없는 상태라서 틀림없이 이 약을 먹고 자살하려고 할 거야." 항우울제 가운데 어떤 것은 너무 많이 복용하거나 다른 약물과 함께 복용할 경우 치명적일 수 있지만, 의사와 의논하면 그런 문제는 생기지 않는다. 자살 충동이 너무 강하게 느껴지면, 약을 한 번에 며칠 또는 일주일 분량만 처방받는 것이 좋다. 이 정도의 복용량으로는 죽지 않는다. 또 의사가 일부러 과용하더라도 안전한 새로운 항우울제를 처방하기로 결정을 내릴 수도 있다. 하지만 일단 약물의 효과가 나타나면 자살하려는 생각이 줄어든다. 따라서 자살 충동이 지나갈 때까지 의사나 치료사를 자주 만나야 하고, 외래 진료든 입원 진료든 집중 치료를 받아야 한다.

## 근거 없는 믿음 5

"나는 마약중독자처럼 중독될 거야. 게다가 약을 끊으면 또 다시 우울장애에 빠지겠지. 그러니 영원히 약에서 헤어나지 못할 거야." 이런 생각 역시 틀렸다. 수면제, 아편, 바르비투르barbiturate(진정제), 항불안제인 벤조디아제핀benzodiazepine과 달리, 항우울제 중독 가능성은 매우 낮다. 일단 약물의 효과가 나타나면, 항우울제의 효과를 지속시키기 위해 더 많은 양을 복용할 필요는 없다. 앞서 말했듯이 인지치료 기법을 익히고 재발 방지에 집중하면 약물을 중단하더라도 대부분 우울장애가 재발하지 않는다.

약을 끊어야 하는 시점이 되면 1~2주에 걸쳐 서서히 줄이는 것이 좋다. 이런 방법은 약물을 갑자기 중단함으로써 생길 수 있는 불편함을 최소화할 수 있고, 미연에 재발을 방지해준다.

오늘날 자꾸 재발하는 심각한 우울장애 환자에게는 많은 의사가 장기 치료를 받으라고 권한다. 때로는 회복된 뒤에도 1~2년 더 항우울제를 복용해야 예방 효과가 생기기도 한다. 이렇게 하면 우울장애가 재발할 가능성을 최소화할 수 있다. 만일 몇 년 동안 심한 우울장애로 고생했다면 이렇게 하는 것이 현명하다. 어쨌든 항우울제는 중독되지 않는다는 확신을 가져야 한다. 내 경험에 따르면, 1년 이상 항우울제를 복용한 환자는 몇 명 되지 않았으며, 무기한 복용한 환자는 거의 없었다.

## 근거 없는 믿음 6

"나는 정신과 약은 절대 먹지 않을 거야. 그건 내가 미쳤다는 걸 의미하니까." 이런 생각은 정말 오해다. 항우울제를 처방하는 것은 우울장애 때문이지, '광기' 때문이 아니다. 만일 의사가 항우울제를 권한다면, 이것은 여러분에게 기분과 관련한 문제가 있다고 확신한다는 뜻이지, 여러분이 미쳤다고 생각하는 것이 결코 아니다. 이런 이유로 항우울제를 거부하는 행동은 그야말로 정신 나간 짓이다. 그러면 여러분은 훨씬 더 큰 불행과 고통을 겪어야 하기 때문이다. 모순으로 들릴지 모르지만 약물의 도움을 받으면 훨씬 더 빨리 정상적인 기분을 느낄 수 있다.

## 근거 없는 믿음 7

"하지만 내가 항우울제를 복용하면 다른 사람들이 나를 무시할 거야. 그들은 나를 열등한 인간이라고 생각하겠지." 이와 같은 두려움은 비현실적이다. 여러분이 말하지 않는 이상 다른 사람들은 여러분이 항우울제를 복용하는지조차 모를 것이다. 그들이 알 수 있는 방법도 없다. 만일 여러분이 누군가에게 그 이야기를 해주면, 상대방은 오히려 안심할 것이다. 여러분에게 관심을 기울이는 사람이라면 십중팔구 여러분을 더 높이 살 것이다. 여러분이 자신의 고통스러운 기분장애를 물리치기 위해 스스로 노력하고 있기 때문이다.

물론 누군가 여러분에게 항우울제를 복용하는 게 과연 좋은지 이의를 제기하거나, 심지어 여러분의 결정을 비판할 수도 있다. 6장에서도 말했지만, 이것은 여러분이 불만과 비판을 극복하는 법을 배울 수 있는 좋은 기회다. 그러면 여러분은 조만간 자신을 믿기로, 누군가 여러분이 하는 일에 동의하지 않는다고 해도 더 이상 두려워하지 않기로 결심하게 될 것이다.

### 근거 없는 믿음 8

"약을 먹는 건 수치스러운 일이야. 내 힘으로 우울장애를 뿌리 뽑아야 해." 전 세계를 대상으로 실시한 기분장애에 관한 연구는 이 책에서 설명한 것과 같은 유효하고 잘 짜인 자가치료 프로그램에 참여한다면 많은 환자가 항우울제를 복용하지 않고도 우울장애에서 벗어날 수 있다는 사실을 분명히 보여준다.[22, 26~30]

그러나 심리요법이 모든 사람에게 효과가 있는 것은 아니며, 어떤 우울장애 환자는 항우울제를 복용하면 회복이 더 빨라진다는 사실 또한 분명하다. 아울러 많은 경우 항우울제는 환자의 자가치료 노력을 훨씬 쉽게 해준다.

침울해하고 끝없이 고통받으면서도 고집스럽게 약을 복용하지 않고 "나 스스로 극복해야 해"라고 주장하는 게 과연 의미가 있을까? 물론 여러분 스스로 해야 한다. 약물 없이 또는 약물의 도움을 받아서 말이다. 항우울제는 자연 치유 과정을 더 촉진해 더 효율적으로 문제를 해결할 수 있도록 어느 정도 도움을 줄 것이다.

### 근거 없는 믿음 9

"나는 너무 우울하고 절망스러운 상태라 오로지 약물만이 나를 낫게 할 수 있어." 약물치료와 심리치료 둘 다 심각한 우울장애를 치료할 수 있다. 약물에만 맡겨두려는 수동적 태도는 현명하지 않다. 내 연구 결과에 따르면, 약을 복용하든 하지 않든 환자 스스로 자신을 돕기 위해 뭔가를 하려는 의지는 강력한 항우울 효과를 발휘한다. 치료를 받는 사이 환자들이 스스로 하는 자가치료는 회복 속도를 눈에 띄게 높여준다.[31-32] 그러므로 만일 항우울제와 좋은 심리요법을 병행하면 증상이 개선될 가능성이 더 크다.

앞에서도 말했듯이, 내가 약물로만 치료했던 많은 환자는 완전히 회복하지 못했다. 그런데 인지요법을 추가하자 그들 중 많은 이들이 좋아졌다. 항우울제와 심리요법을 병행하면 약물 하나만으로 치료하는 것보다 효과가 더 좋고 빠르며, 회복 결과도 훨씬 더 오래간다. 가벼운 우울장애 환자는 물론 심각한 우울장애 환자도 마찬가지다. 예를 들어 우리는 스탠퍼드 대학병원에서 집단 인지치료 기법으로 많은 심각한 우울장애 환자를 치료한다. 그 기법은 이 책에서 여러분이 배운 것들과 비슷하다. 집단치료 방식은 효과가 매우 좋다. 나는 환자들이 집단치료를 받는 동안 증상이 눈에 띄게 좋아지는 경우를 자주 보았다. 증상 개선은 실제로 치료 집단 내에서 흔히 일어난다. 설득력 있는 태도로 자신들의 부정적 생각에 말대꾸하는 법을 알아내는 순간, 환자들은 자신의 기분과 세계관이 즉각 강력히 개선되는 경험을 한다. 물론 이들도 담당 정신과 의사들에게 처방받은 항우울제를 복용하고 있다는 사실을 잊지 말자. 거의 모든 환자가 이렇게 약물치료와 심리요법을 병행하고 있다.

지금도 기억나는 여성이 있다. 그녀는 말을 시작하려고 하면 늘 눈물을 터뜨리는, 그야말로 심각한 우울장애에 시달리고 있었다. 심지어 누가 자기를 쳐다보기만 해도 울음을 터질 것 같았다. 나는 그녀에게 흐느껴 울 때 어떤 생각을 하는지 물었다. 그녀는 담당 정신과 의사가 자신에게 해준 말에 대해 생각한다고 대답했다. 그 의사는 그녀의 우울장애가 '생물학적'이고 유전된 것이라고 말해주었다. 그녀는 만일 우울장애가 유전된 것이라면, 자기 아이들과 손자들에게도 물려주게 될 거라고 결론지었다. 실제로 그녀의 아들 가운데 하나는 매우 힘든 시기를 겪고 있었다. 그녀는 아들이 힘든 상황에 처한 원인이 '우울장애 유전자' 때문이라 생각했고, 아들의 삶을 망친 자신을 비난했다. 결혼을 해 아이들을 낳은 것부터가 잘못이었다고 자책했고, 자식들 모두 영원히 끔찍한 병을 앓아야 한다고 확신했다. 이런 설명을 하면서 그녀는 또다시 흐느껴 울었다.

여러분에게는 그녀의 자책이 지극히 비현실적으로 보일지 모른다. 그녀의 자식과 손자 모두 끝없이 고통스러운 삶을 살아갈 거라는 그녀의 주장도 비현실적으로 보일 것이다. 하지만 그녀의 입장에서 보면 모든 자기비판이 너무나 정당했고, 부정적 예측도 타당했다. 그녀의 자기혐오와 고통은 믿을 수 없을 정도로 컸다.

그녀가 울음을 그치자 나는 자식이 있고 우울장애를 앓고 있는

7부. 우울장애와 뇌의 화학작용

다른 여성들에게는 뭐라고 말할지 물어보았다. 그들에게도 그녀는 그토록 가혹할 수 있을까? 그러나 내 시도는 불발로 끝나고 말았다. 그녀는 내가 무슨 말을 하는지 이해조차 못하는 것 같았다. 내 질문에 대답하는 대신 그녀는 온몸을 떨며 또다시 주체할 수 없이 울었다.

한참 뒤 그녀는 다시 울음을 그쳤다. 나는 다른 두 환자에게 그녀를 도울 수 있게 역할극에 지원해달라고 요청했다. 나는 이 활동을 '목소리의 객관화'라고 부른다. 이를 통해 마음속에 들어 있는 부정적 생각을 말로 표현하고, 이 생각에 말대꾸하는 법을 배울 수 있기 때문이다. 나는 두 사람이 그녀에게 자신의 부정적 생각에 어떻게 말대꾸하는지 상세히 보여주기를 원했다. 그녀는 그저 지켜보게 했다. 나는 그녀에게 다른 두 환자도 그녀와 매우 비슷한 상황에 처해 있다고 상상하라고 말했다. 그들도 우울장애로 고생하며 자식들과 손자들이 있다고 말이다.

첫 번째 지원자는 마음속 부정적 사고를 드러내 보여주는 역을 맡아서 우울장애를 앓는 여자가 할 수 있는 온갖 생각을 큰 소리로 말했다. "만일 내 우울장애가 유전된다면, 아들의 우울장애에 대해 난 비난받아 마땅해." 두 번째 지원자는 좀 더 긍정적이고, 현실적이며, 자신을 사랑하는 역을 맡았다. 이 지원자는 부정적 생각에 대해 이렇게 말대꾸했다. "난 우울장애에 걸린 어떤 여자에게 우울장애에 걸린 아들이 있다고 해서 절대 그녀를 비난하지는 않을 거야. 그러니 나 자신을 비난하는 것도 전혀 말이 안 돼. 아들과 갈등이 생긴다거나 아들에게 문제가 있다면, 나는 아들을 도우려고 노력할 거야. 자식을 사랑하는 어머니라면 누구나 그렇게 할 거야." 두 지원자는 계속 이런 대화를 나누면서 또 다른 자기비판적 사고에 말대꾸하는 법을 본보기로 보여주었다. 두 사람은 이번에는 역할을 바꾸어 시범을 보였다.

역할극이 끝나자 지켜보던 그녀에게 어떤 목소리가 이겼고 어떤 목소리가 졌는지 물어보았다. 부정적인 목소리일까, 긍정적인 목소리일까? 어떤 목소리가 더 현실성 있고 신뢰가 갔을까? 그녀는 부정적인 목소리가 비현실적이며, 긍정적인 목소리가 이겼다고 말했다. 나는 "두 지원자는 당신 자신의 목소리를 실제로 표현했을 뿐"이라고 강조했다.

집단치료를 했다고 해서 그녀의 우울장애가 단번에 좋아진 것은 아니지만, 먹구름이 약간 걷힌 듯했다. 다음번 집단치료 시간에 보니 그녀의 기분은 눈에 띄게 밝아 보였다. 그녀는 안정을 찾았고, 치료를 받으러 온 이후 처음으로 울지 않고 말할 수 있었다. 그녀는 역할극을 배우기 위해 활동에 참여하고 싶다고 했다. 또 집단치료가 완전히 끝나면 집 근처에서 인지치료를 받고 싶다고 했다. 자신에게 도움이 될 방법을 계속해나갈 수 있도록 말이다.

이 환자를 도와준 방법을 '이중 기준 기법'이라고 한다. 이 기법은 많은 사람이 이중 잣대를 적용한다는 생각에서 나왔다. 우리는 자신에 대해서는 가혹하고 비판적이며 쉽게 만족하지 못하는 태도로 판단을 내리지만, 다른 사람에 대해서는 훨씬 더 자비롭고 이성적인 태도로 판단한다. 이제 이와 같은 이중 기준을 버리고 자신을 포함해 모든 사람을 하나의 기준으로 판단하자. 자신을 판단할 때 왜곡되고 옹졸한 기준을 따로 적용하지 말고, 진실하고 자비로운 하나의 기준으로 자신과 타인을 판단하자.

## 근거 없는 믿음 10

"심리치료를 받는 것은 수치스러운 일이야. 내가 나약한 인간이거나 신경증 환자라는 뜻이니까. 약물치료를 받는 게 훨씬 나아. 그건 그냥 당뇨병 같은 질병에 걸렸다는 뜻이거든." 사실 약물치료를 받든 심리치료를 받든 우울장애 환자라면 누구나 수치심을 느낀다. 이때는 흔히 앞서 말한 이중 기준 기법이 도움이 될 때가 많다. 예를 들어 여러분의 친한 친구들 가운데 한 명이 우울장애 때문에 심리치료를 받았고, 그 치료가 큰 도움이 되었다는 사실을 알게 되었다고 상상해보자. 친구에게 어떤 말을 하겠는가? "심리치료를 받는다는 건 네가 나약하고 정신에 결함이 있다는 뜻이야. 그러니 넌 약을 먹어야 했어. 네가 받은 치료는 수치스러운 짓이야!" 이렇게 말하지는 않을 것이다. 그런데 왜 여러분 자신에게는 이런 말을 하는가? 이것이 바로 이중 기준 기법의 본질이다.

## 근거 없는 믿음 11

"내 문제들은 현실적이야. 그러니 심리치료가 나한테 도움이 될 리 없어." 사실 인지치료는 현실적인 삶의 문제를 안고 있는 우울한 사람들에게 가장 효과가 크다. 예를 들어 말기암이나 신체 절단 수술 같은 최악의 건강 문제, 파산이나 심각한 인간관계 등의 문제들 말이다. 이런 문제를 가진 사람들이 인지치료를 받고 개선되는 경우를 많이 보았다. 이와 반대로 우울장애에 걸릴 만한 분명한 문제도 없는데 만성 우울장애에 시달리는 사람들이 흔히 치료하기 더 힘들다. 예후가 좋다 하더라도 이런 사람들은 더 집중적이고 장기적인 치료가 필요하다.

### 근거 없는 믿음 12

"나는 희망이 전혀 없어. 그러니 심리치료든 약물치료든 아무것도 도움이 안 될 거야." 이것은 우울장애가 하는 말이지, 현실적인 이야기가 아니다. 절망은 우울장애가 낳는 끔찍한 증상으로, 다른 증상과 마찬가지로 뒤틀린 생각 때문에 생긴다. 이런 왜곡 가운데 하나를 '감정적 추론'이라고 한다. 우울장애에 걸린 사람은 이렇게 추론한다. "나는 희망이 없다고 느껴. 따라서 나에겐 희망이 없는 게 틀림없어." 절망감을 낳는 또 다른 인지왜곡은 점쟁이의 오류다. 이를테면 스스로 결코 좋아지지 않을 것이라는 부정적 예언을 하고, 이런 예언이 사실이라고 가정한다. 다른 왜곡도 절망감을 유발할 수 있다.

- **전부 아니면 전무라는 생각** 자신이 완전히 행복하거나 완전히 우울하다고 생각한다. 흑과 백만 생각할 뿐 회색은 아예 고려하지 않는다. 그래서 만일 완전히 행복하지 않거나 완전히 회복되지 않으면, 우울하고 희망이 없을 거라고 추정한다.
- **지나친 일반화** 현재의 우울장애를 결코 끝나지 않을 패배와 고통이라고 여긴다.

- **정신적 여과** 우울했던 순간만 생각하고, 남은 인생도 영원히 그럴 것이라 결론짓는다.
- **긍정적인 것 인정하지 않기** 우울하지 않았던 시기를 아무 가치 없다고 주장한다.
- **해야 한다 식 사고** 차근차근 우울한 감정을 극복하려 하지 않고, 자신에게 "너는 절대 우울장애에 걸려서는 안 돼(또는 우울장애가 재발하면 안 돼)!"라고 말하는 데 모든 기운을 쏟는다.
- **낙인찍기** 자신은 결함투성이이고 아무 희망이 없다고 스스로에게 말하면서, 실제로 결코 온전하고 행복하고 가치 있다고 느낄 수 없을 거라고 결론 내린다.

침소봉대나 과소평가, 그리고 자신에게 모든 책임을 돌리는 개인화 같은 다른 인지왜곡 역시 절망감을 불러일으킨다. 이 감정은 아무 근거가 없지만, 그럼에도 자기충족적 예언처럼 작동한다. 그래서 모든 것을 포기해버리면, 실제로 어떤 것도 변하지 않을 테니, 자신은 정말로 아무 희망이 없다고 결론 내리게 된다.

희망이 없다고 느끼는 환자들은 대개 스스로 자신을 속이고 있다는 사실을 알지 못한다. 그들은 늘 그런 느낌이 완전히 타당하다고 확신한다. 만일 내가 이런 절망감과 맞서 싸워 나아지려는 노력을 하도록 그들을 설득하는 데 성공하면(심지어 그들이 마음속으로는 그게 불가능하다고 느끼더라도), 환자들은 대부분 좋아지기 시작한다. 처음에는 천천히 좋아지다가 점점 회복 속도가 빨라져서 마침내 아주 좋아진다.

그러니 모든 치료사가 맡은 가장 중요한 임무 중 하나는 우울장애 환자들이 절망감에 맞서 싸울 수 있는 용기를 갖도록 돕는 것이다. 이 싸움은 대개 격렬하고 쉽지 않지만, 결과는 거의 언제나 만족스럽다.

# 19.
## 항우울제에 대해
## 우리가 꼭 알아야 할 것들

이 장에서는 항우울제 복용에 관한 일반적이고 실질적인 정보를 다룬다. 항우울제를 복용했을 때 효과를 가장 많이 보는 사람과 가장 적게 보는 사람이 누군지, 항우울제가 실제로 효과가 있는지, 복용하면 기분이 어느 정도로 개선되는지, 약이 제대로 듣지 않으면 어떻게 해야 하는지 등에 대해 알아본다. 또 부작용을 알아내고 이를 최소화할 수 있는 방법과, 다른 약물과 항우울제 사이에 위험한 상호작용이 일어나지 않도록 방지하는 방법도 알려줄 것이다. 이런 약물에는 의사가 처방한 약뿐만 아니라 약국에서 의사의 처방 없이 구입할 수 있는 약도 포함된다.

이 장을 읽을 때 항우울제 복용 문제가 아직 완전히 과학 영역에 포함되지 않았다는 사실을 명심하자. 항우울제에 대해서는 처방하는 사람마다 관점이 조금씩 다르므로 여러분의 담당 의사는 나와 접근법이 다를 수도 있다. 이제부터 하는 이야기에는 나의 시각과 성향이 가감 없이 드러나 있음을 미리 말해둔다.

첫째, 내가 항우울제에 기대하는 수준은 꽤 까다롭다. 나는 어떤 항우울제든 계속 사용할 수 있으려면 아주 강력하고 눈에 띄는 효과가 있어야 한다고 믿는다. 게다가 항우울제를 복용하는 모든 환자는 일주일에 적어도 한 번은 이 책 2장에서 설명한 것과 같은 기분 검사를 해야 한다고 확신한다. 이런 검사를 해서(다른 좋은 방법으로 검사해도 된다) 나오는 점수는 지금 복용하고 있는 항우울제가 얼마나 효과가 좋은지, 믿을 만한지 알 수 있는 척도가 된다. 나는 효과가 미미하거나 과연 효과가 있을지 의심스러운 약물은 환자에게 권하지 않는다. 검사 점수가 중간도 안 된다면(예를 들어 목표치의 30~40퍼센트 효과) 나는 이것을 '속임약효과(플라세보효과)'일 뿐 실제 약의 효과라고 보지 않는다. 이런 정도의 호전은 시간 경과, 심리치료, 또는 약이 효과가 있다는 믿음 때문일 수 있다. 환자가 오랜 기간 충분한 양의 약물을 복용했는데도 기분이 아주 조금 나아졌다면 환자에게 그 약물 말고 다른 약을 복용하라고 권하거나 약물치료와 심리치료를 병행하는 방법 또는 심리치료만을 권할 것이다.

이제 여러분은 이렇게 생각할지도 모른다. "하지만 내 기분이 40

퍼센트 호전되었다면 꽤 괜찮은 것 같은데. 정말 증상이 나은 것처럼 여겨지는걸. 거의 절반이 좋아진 거잖아." 물론 어느 정도가 됐든 호전되는 건 바람직하다. 하지만 많은 연구 결과에 따르면, 실제로는 생리 작용을 전혀 일으키지 않는 속임약도 상당한 항우울 효과를 보일 수 있다. 40퍼센트 호전은 전형적인 속임약효과로 알려져 있다. 항우울제를 복용하는 타당한 이유는 오직 한 가지뿐이다. '이 약물은 맡은 임무를 제대로 수행하고 있는가?' 치료의 목적은 우울장애를 극복하는 것이다. 환자들은 대부분 완전한 회복을 원하지, 기분이 조금 또는 적당히 나아지는 것을 원치 않는다. 만일 항우울제를 적절히 투여한 뒤에도 이와 같은 목적을 달성하지 못하면, 나는 다른 약물이나 치료법으로 바꾸자고 제안할 것이다.

둘째, 나는 환자들을 오로지 약물로만 치료하지는 않는다. 가능한 한 약물치료와 심리치료를 병행한다. 초창기에는 대다수 환자를 약물로만 치료하려 했지만, 이 치료법은 거의 효과를 거두지 못했다.

예를 들어 펜실베이니아대학교에서 레지던트 과정을 끝내고 박사후연구원이 되었을 때, 나는 필라델피아 재향군인병원에서 리튬 클리닉을 맡았다. 나는 양극성 정동장애를 앓는 재향군인들에게 리튬과 다른 항우울제를 섞어서 처방했다. 약물이 도움이 되는 것 같았지만, 결과는 그다지 고무적이지 않았다. 이 불쌍한 재향군인들은 대부분 끊임없이 병원을 늘락거렸고, 그들 가운데 소수만이 생산적이고 즐겁고 안정된 삶을 살 수 있었다. 그로부터 오랜 세월이 지난 뒤 인지요법을 배우고는 양극성 정동장애를 앓는 모든 환자에게 약물치료와 심리치료를 병행했다. 결과가 훨씬 좋았다. 그때 이후로 증세가 심각할 때 병원에 입원시켜 치료한 양극성 정동장애 환자는 딱 한 명이었다.

우울장애 환자들도 결과는 비슷했다. 의사로서 경험이 부족했던 초창기에 나는 한 가지 약물치료 또는 전통 방식인 지지요법 심리치료를 병행하는 약물치료를 했다. 그리고 치료를 할 때마다 모든 환자에게 이 책 2장에 나오는 우울 진단 검사를 실시했다. 이를 통해 어떤 환자는 항우울제가 큰 도움이 되지만, 어떤 환자는 그렇지 않다는 사실을 분명히 알게 되었다. 약간 호전된 환자도 많았지만 어떤 환자는 전혀 나아지지 않았다. 경력이 쌓인 뒤 항우울제와 내가 배우고 있던 인지요법을 병행해 치료하자 더 좋은 결과가 나왔다. 결국 나는 환자를 약물로만 치료하는 방식을 그만두었다.

셋째, 나는 대체로 여러 종류의 약물을 섞어 처방하기보다는 한 번에 한 가지 약물을 사용하는 편이다. 물론 어떤 규칙이든 예외는 있게 마련이다. 정신과 의사가 여러 가지 약을 동시에 처방하는 것은 한 가지 약이 좋으면 두 가지, 세 가지 또는 그 이상의 약을 쓰면 훨씬 더 좋을 거라고 생각하기 때문이다. 어떤 의사들은 환자가 복용하는 약의 부작용을 없애기 위해 추가로 다른 약을 처방하기도 한다. 하지만 여러 가지 약을 동시에 복용하는 것은 많은 문제점이 있는데, 무엇보다 원치 않는 부작용이 늘어나고 약들 사이에 부정적 상호작용이 일어날 가능성이 크다.

마지막으로, 나는 환자들에 회복된 뒤에도 무한정 항우울제를 복용하라고 하지 않는다. 그 대신 환자들이 실제로 몇 달 동안 상태가 나아졌다고 느끼면 항우울제를 천천히 줄여나가게 한다. 대부분의 경우에 회복된 환자들은 약물 없이도 우울하지 않은 상태를 계속 유지할 수 있다. 중요한 사실은 내가 치료한 모든 환자는 항우울제를 처방받든 받지 않든 인지치료를 받았다는 것이다. 환자들은 불편한 느낌이 들 때마다 사용할 수 있는 인지치료 기법을 배운 덕분에 회복 상태를 상대적으로 오래 유지할 수 있다.

많은 의사가 이와는 아주 다르게 처방한다. 그들은 환자들에게 '뇌의 화학적 불균형'을 바로잡기 위해, 그리고 우울장애가 재발하는 것을 막기 위해 무기한 항우울제를 복용해야 한다고 말한다. 재발 방지가 중요한 목적이라고 한다면, 나는 필요할 때마다 인지치료 기법을 사용하도록 훈련받은 환자들이 회복된 뒤에도 호전 상태를 계속 유지하는 것을 보았다. 실세로 상기간에 걸친 연구에서, 이러한 전략은 항우울제를 계속해서 복용하는 것보다 재발 방지에 효과적이라는 사실이 입증되었다.

지금까지 나의 철학을 아주 짧게 요약했지만, 단 하나의 '옳은' 치료법은 없다는 사실을 명심하자. 여러분을 치료해주는 의사의 철학은 나의 철학과 다를 수 있고, 모든 규칙에는 많은 예외가 있다. 또 여러분에게 내려진 진단이나 개인사에 따라서는 지금까지 내가 설명한 내용과 다른 방식이 필요할지도 모른다. 만일 현재 받고 있는 치료법에 의문점이 있다면 의사와 의논해보기 바란다. 내 경험에 따르면 협동 정신과 상호존중은 치료에 성공하는 데 가장 중요한 요소다.

## 우울하다면, 뇌에 '화학적 불균형'이 생겼다는 뜻일까?

뇌의 화학적 불균형이나 호르몬의 불균형이 우울장애를 일으킨다는 미신에 가까운 믿음이 우리 사회에 존재한다. 하지만 이런 믿음은 증명되지 않았으며 사실이 아니다. 17장에서 말했듯이, 우리는 아직도 우울장애의 원인을 알지 못하며 항우울제가 어떻게, 왜 작용하는지도 모른다. 사람들은 우울장애가 화학적 불균형 때문에 생긴다는 이론을 2천 년 전부터 주장해왔지만 아직 증명되지 않았고, 그래서 우리는 지금도 확실히 아는 게 없다. 게다가 특정 환자나 환자 집단이 우울장애를 앓는 원인이 '화학적 불균형'이라는 점을 증명해줄 수 있는 실험이나 임상증상도 전혀 없다.

## 우울하다면, 항우울제를 복용해야 한다는 뜻일까?

많은 사람이 우울장애에 걸리면 항우울제를 복용해야 한다고 믿는다. 하지만 나는 우울장애를 앓는 모든 환자가 항우울제를 복용해야 한다고 생각하지 않는다. 권위 있는 과학 잡지에 발표되는 믿을 만한 많은 연구 결과는 새로운 형태의 심리요법도 항우울제만큼 효과가 있으며 때때로 항우울제보다 더 효과적이라고 말한다.

물론 우울장애를 앓고 있는 많은 환자가 항우울제를 복용하고 치료에 성공했으며 그래서 약물을 지지한다. 항우울제는 유용한 수단이며 나 또한 이 약물을 치료에 이용할 수 있어서 기쁘다. 그러나 항우울제는 때때로 도움이 되기는 하지만 모든 문제의 답이 되지는 못하며, 심지어 전혀 필요 없는 경우도 많다.

## 항우울제를 복용해야 할지 말지
## 어떻게 결정할 수 있을까?

나는 초진 때 항상 환자들에게 항우울제를 선호하는지, 그렇지 않은지를 물어본다. 환자가 항우울제 없이 치료받고 싶어하면 인지요법 하나만으로 치료하는데, 대체로 좋은 결과가 나온다. 하지만 환자들이 6~10주 동안 열심히 치료를 받아도 증상이 전혀 나아지지 않으면, 때때로 항우울제 치료를 병행하자고 제안한다. 이렇게 하면 심리요법의 효과도 덩달아 좋아질 때가 많다.

환자가 초진 때 항우울제를 처방받고 싶어하면, 항우울제와 심리요법을 적절히 병행해 치료한다. 하지만 앞서 말했듯이, 항우울제만으로 환자들을 치료한 적은 거의 없다. 경험에 따르면, 항우울제만 사용하는 치료법은 만족스럽지 않았다. 항우울제와 심리요법의 병행은 약물만 사용하는 치료법에 비해 단기간은 물론 장기간으로도 더 좋은 결과를 낸다.

환자의 선호도를 바탕으로 약을 쓸지 안 쓸지 결정을 내리는 것이 어쩌면 비과학적으로 들릴지 모르지만(물론 환자의 바람과는 다른 방법을 권해야 하는 경우도 있다), 환자들이 가장 편안해하는 방법으로 치료하면 결과도 대체로 좋았다.

따라서 여러분이 우울장애를 앓고 있는데 항우울제가 도움이 될 거라고 강하게 느낀다면 실제로 도움이 될 가능성이 많다. 반대로 항우울제 없이 치료받고 싶다면 그 역시 좋은 결과를 낳을 가능성이 크다. 하지만 좀 더 융통성 있게 생각하는 것이 좋다. 만일 항우울제만 복용하고 있다면, 인지요법이나 대인관계요법이 회복을 앞당길 수 있다. 심리요법만 받고 있는데 회복이 더디다면, 항우울제가 회복 속도를 높일 수 있다.

## 누구나 항우울제를 복용할 수 있을까?

대부분의 사람이 복용해도 되지만, 그래도 의사의 지도가 반드시 필요하다. 뇌전증(간질), 심장병, 간 질환, 신장병, 고혈압 또는 그 밖의 다른 질병이 있으면 특히 주의해야 한다. 너무 어린 아이나 노인들은 어떤 약물은 피해야 하거나 아주 적은 양만 복용해야 한다. 항우울제와 다른 약물을 함께 복용할 때도 특히 주의해야 한다. 적절히 투여하면 항우울제는 안전하고 목숨을 구할 수 있다. 하지만 마음대로 약을 조절하거나 투여해서는 안 된다. 반드시 의사와 상의해야 한다.

임신부도 항우울제를 복용할 수 있을까? 이런 민감한 문제는 보통 정신과 의사와 산부인과 의사의 협의가 필요하다. 태아에게 이상이 생길 가능성이 있기 때문에 항우울제의 장단점, 우울장애의 심각성, 그리고 임신 기간 등을 반드시 따져봐야 한다. 임신부의 경우에는 대개 다른 치료법을 우선 받아보는 게 좋다. 예컨대 이 책에서 설명한 효과적인 자가치료 프로그램은 약물이 필요 없다. 당연히 이런 치료법은 태아에게 해를 주지 않는 가장 좋은 방법이다. 하지만 중증 우울장애라면 항우울제를 복용해야 할 수도 있다.

## 항우울제를 복용했을 때, 누가 효과를 가장 많이 보고, 누가 가장 적게 볼까?

다음과 같은 경우 적절한 항우울제에 좋은 반응을 보일 가능성이 높다.

1. 우울장애 때문에 일상생활을 하지 못한다.
2. 우울장애가 여러 가지 신체 증상을 초래한다. 예를 들어 불면증, 흥분 상태, 둔한 움직임, 아침에 더 심각해지는 증상, 좋은 일에도 기뻐하지 못하는 상태 등의 증상이 나타난다.
3. 우울장애가 심각하다.
4. 우울장애가 시작된 시점이 아주 분명하다.
5. 증상이 정상이라고 느끼는 것과 확연히 다르다.
6. 가족 가운데 우울장애를 앓은 내력이 있다.
7. 과거에 항우울제에 좋은 반응을 보였다.
8. 항우울제를 복용하고 싶다는 확고한 생각을 가지고 있다.
9. 회복하려는 의욕이 강하다.

10. 결혼을 했다.

다음 경우라면 적절한 항우울제에 반응을 보일 가능성이 낮다.

1. 몹시 화가 나 있다.
2. 다른 사람들에게 불평을 늘어놓거나 다른 사람들을 비난하는 성향이 있다.
3. 약물을 복용했을 때 심각한 부작용이 나타난 경우가 있다.
4. 의사가 진단을 내릴 수 없을 정도로 신체에 여러 가지 고통을 겪은 내력이 있다. 예를 들면 극도의 피로감, 복통, 두통, 흉통, 팔다리 통증 등을 경험했다.
5. 우울장애를 앓기 전에 다른 정신질환을 앓거나 환각에 빠져본 경험이 있다.
6. 항우울제 복용에 강한 거부감을 느낀다.
7. 약물이나 알코올을 남용하지만 회복 프로그램에 참여하고 싶은 마음이 없다.
8. 우울장애 때문에 돈을 받고 있거나, 앞으로 받기를 원한다. 예를 들어 우울장애 때문에 일을 하지 못해 생계급여를 받고 있거나, 우울장애를 근거로 소송을 해 재정적인 보상을 받고자 한다면 어떤 형태의 치료도 힘들어진다. 회복되면 돈을 더 이상 못 받게 되므로 이해관계가 상충하기 때문이다.
9. 이미 다른 항우울제로 치료했다가 실패한 경험이 있다.
10. 어떤 이유로든 병에서 회복되는 것이 좋기도 하고 안 좋기도

한 복잡한 감정을 느낀다.

앞의 지침은 일반적으로 그렇다는 것일 뿐, 완벽하지도 정교하지도 않다. 약물치료나 심리치료가 어떤 사람에게 더 적합한지를 예측하는 데에는 한계가 있다. 모든 지표가 긍정적인 환자들도 정작 항우울제에 전혀 반응을 보이지 않을 수도 있고, 모든 지표가 부정적인 환자들도 약을 복용하자마자 아주 좋은 반응을 보일 수도 있다. 앞으로의 항우울제 처방은 훨씬 더 정교하고 과학적이 될 것이다. 이를테면 항생제 처방처럼 말이다.

부정적 지표가 많다면, 이는 나쁘다는 뜻일까? 나는 그렇게 생각하지 않는다. 온갖 부정적 지표를 가진 환자들도 대부분 완전히 치료에 성공할 수 있다. 다만 시간이 좀 더 오래 걸릴 수는 있다. 거듭 말하지만 대개는 약물치료와 심리치료를 병행하는 것이 항우울제 하나만으로 치료하는 것보다 훨씬 효과가 좋다.


## 항우울제는 얼마나 빠르게, 얼마나 좋은 효과를 낼까?

대부분의 연구 사례에 따르면, 우울장애 환자 가운데 평균 60~70 퍼센트가 항우울제에 반응을 보인다. 우울장애 환자 중 30~50퍼센트가 속임약에도 반응을 보이기 때문에, 이와 같은 연구는 항우울제를 복용하면 회복 가능성이 더 높아진다는 것을 보여준다.

하지만 잊지 말아야 할 사실은 '반응을 보이다'라는 말은 '회복되다'라는 말과 다르다는 것이다. 항우울제를 복용해서 좋아지는 정도는 대개 부분적이다. 다시 말해 2장에 나오는 번스우울진단표로 기분 검사를 했을 때 나오는 점수가 진정한 의미에서 행복한(5 이하) 수준은 아닌 정도로만 개선된다. 그래서 나는 거의 항상 인지요법이나 행동요법을 약물치료와 병행한다. 환자들은 대부분 부분적인 개선에는 관심이 없다. 그들은 진짜 자기 자신이 되기를 원한다. 이를테면 아침에 일어나서 이렇게 말하고 싶은 것이다. "살아 있다는 건 정말 멋져!"

내가 치료한 사람들, 그러니까 우울과 불안에 시달리던 사람들은 대부분 결혼생활이나 직장생활에 문제가 있었고, 거의 모두 부정적 생각으로 자신을 궁지에 몰아넣었다. 내 경험에 따르면, 약물치료는 보통 심리치료와 병행했을 때 더 효과적이고 만족스럽다. 많은 의사가 심리요법 없이 항우울제만 처방하는데, 이런 치료가 만족스러운 결과를 거두는 사례는 거의 보지 못했다.

## 어떤 항우울제가 가장 효과가 좋을까?

현재 처방하고 있는 모든 항우울제는 대부분의 환자에게 비슷한 효과가 있고, 효과가 나타나는 시간도 비슷하다. 수십 년간 사용해온 더 오래된 약물보다 새로 나온 약물이 효과가 더 뛰어나거나 더 빠르게 나타나지는 않는다. 하지만 가격은 천차만별이고 부작용에서도 차이가 크다. 기본적으로 새로 나온 항우울제는 특허권

보호를 받기 때문에 훨씬 더 비싸다. 그러나 기존 약보다 대체로 부작용이 적어 인기가 많다. 약효에서 큰 차이가 없다 하더라도 환자가 특정한 질환을 앓고 있을 때는 상대적으로 더 안전한 항우울제가 있을 수 있다.

때때로 어떤 환자에게는 한 가지 항우울제나 특정 종류의 항우울제가 특별히 효과가 있기도 한다. 하지만 안타깝게도 구체적인 치료에 들어가기 전에는 이런 예측을 하기 어렵다. 그래서 대부분의 의사들은 시행착오를 통해 터득하는 방법을 택한다. 그럼에도 특정 종류의 문제에 가장 효과가 좋은 것으로 일반화된 항우울제가 있다. 예를 들어 뇌의 세로토닌 체계에 강력하게 작용하는 항우울제는 일반적으로 강박장애에 시달리는 환자들에게 효과가 좋다고 알려져 있다. 이런 환자들은 계속해서 비논리적인 생각(가스레인지 불 때문에 집이 몽땅 타버릴 거라는 생각)을 하고, 어떤 행동을 강박적으로 계속한다(가스레인지 불을 껐는지 반복해서 확인하기). 강박장애를 앓는 환자들에게는 흔히 몇 가지 3환계 항우울제를 처방하는데, 클로미프라민clomipramine(아나프라닐), 선택적 세로토닌 재흡수 억제제 가운데 하나인 플루옥세틴fluoxetine(프로작) 또는 플루복사민fluvoxamine(루복스), 모노아민산화효소 억제제 가운데 하나인 트라닐시프로민(파네이트) 같은 약물이다.

우울장애 환자가 불안장애도 함께 겪으면, 예를 들어 공황발작과 사회불안장애social anxiety disorder 같은 증상도 있다면, 의사는 선택적 세로토닌 재흡수 억제제나 모노아민산화효소 억제제 계통에 속하는 항우울제 가운데 하나를 택해 처방한다. 이런 약물

들이 흔히 효과가 매우 좋아 보이기 때문이다. 아니면 트라조돈
trazodone(데시렐)이나 독세핀doxepin(사일레노) 같은 진정 효과가 뛰
어난 항우울제를 선택할 수도 있다. 긴장 해소가 불안감을 줄여줄
수 있기 때문이다.

나는 경계성인격장애라 부르는 심각한 만성 우울장애를 앓는
특히 어려운 유형의 환자를 많이 치료했다. 이런 장애를 가진 환자
들은 우울, 불안, 분노 같은 극심하고 끊임없이 오르락내리락하는
부정적인 기분에 휩싸여 있다. 이런 환자들은 인간관계에서도 큰
곤란을 겪는다. 내 경험에 따르면, 경계성인격장애 환자들 가운데
상당수가 모노아민산화효소 억제제 항우울제에 인상적인 반응을
보였고, 그래서 이런 특성이 있는 환자들에게는 이 계통의 항우울
제를 처방하곤 한다. 물론 일부 경계성인격장애 환자들은 충동을
잘 통제하지 못하는데, 이들은 좀 더 새롭고 안전한 항우울제를 처
방받는 편이 낫다. 이런 환자들이 모노아민산화효소 억제제 항우
울제를 금지된 음식이나 약물과 함께 복용하면 매우 위험할 수 있
기 때문이다.

이 밖에도 항우울제에 관한 다른 여러 지침이 있지만 예외가 너
무 많으므로 곧이곧대로 받아들일 수는 없다. 핵심은 정확한 복용
량의 항우울제를 적정 기간 처방한다면, 모든 우울장애 환자가 거
의 모든 항우울제에 긍정적인 반응을 보일 가능성이 상당히 높다
는 것이다. 담당 의사에게 특정 항우울제를 권하는 이유가 있는지
물어볼 수도 있다. 하지만 의사들은 대부분 자신들에게 익숙한 항
우울제를 처방한다. 좋은 방법이다. 모든 항우울제에 대해 상세히

알고 있는 의사는 몇 안 되고, 의사들은 대부분 자신들이 가장 자주 처방하는 한두 가지 물질에 익숙하다. 그 약물에 대해서만큼은 그들이 최고 전문가다.


## 내가 복용 중인 항우울제가 정말 효과가 있는지 어떻게 알 수 있을까?

효과가 있는지 없는지를 알아보려면 2장에 나온 것과 같은 우울장애 검사를 해봐야 한다. 치료를 받는 동안 일주일에 1~2회 검사를 해보자. 이런 검사는 정말 중요하다. 그래야 자신이 좋아졌는지, 좋아졌다면 어느 정도 좋아졌는지 알 수 있기 때문이다. 만일 증세가 호전되지 않거나 악화되면, 우울 진단 검사 점수도 나아지지 않을 것이다. 점수가 조금씩 좋아지면 약이 도움이 된다는 뜻이다.

안타깝게도 의사들은 대부분 환자를 치료하는 동안 이런 검사를 권장하지 않는다. 대신 그들은 자신들의 임상 판단에 의지해 치료 효과를 평가한다. 참 불행한 일이다. 많은 연구 결과에 따르면, 의사들은 환자의 기분이 어떤지 잘 판단하지 못하기 때문이다.


## 기분이 어느 정도까지 나아져야 좋을까?

2장에 나오는 우울 진단 검사에서 정상이고 행복하다고 간주되는 수준까지 점수를 내리는 게 여러분의 목표다. 약물요법, 심리요법, 또는 이 두 가지 요법을 병행하는 치료 가운데 어떤 치료를 받든 이 목표는 변함없다. 만일 점수가 우울장애가 있는 범위에 머문다면 치료는 완전히 성공한 게 아니다.

## 한 가지 항우울제가 어느 정도 효과가 있다면, 두 가지 이상의 항우울제를 동시에 복용하는 것이 더 나을까?

일반적으로 두 가지 또는 그 이상의 항우울제를 동시에 복용할 필요는 없다(오히려 그렇게 하지 않는 게 더 낫다). 두 가지 약물은 예측 불가능한 여러 가지 상호작용을 일으킬 수도 있고, 부작용이 생길 수도 있다. 물론 예외는 있다. 예를 들어 신경이 곤두서서 제대로 쉴 수도 없고 잠도 이룰 수 없다면, 의사는 때때로 밤에 잠을 잘 잘 수 있도록 마음을 진정시키는 두 번째 항우울제를 소량 추가할 수도 있다. 또는 첫 번째 항우울제의 효과를 높이기 위해 두 번째 항우울제를 소량 더 처방할 수도 있다. 이런 방법을 '증강' 전략이라고 한다.

## 좋아졌다고 느끼려면 얼마 동안 약을 복용해야 할까?

항우울제가 기분을 개선하기 시작하려면 최소한 2~3주는 지나야 한다. 어떤 약물은 더 오래 걸리기도 한다. 예를 들어 프로작은 5~8주가 지나도 효과가 나타나지 않기도 한다. 항우울제가 왜 이처럼 반응이 더딘지는 아직 모른다(그 원인을 발견하는 사람은 아마 노벨상을 탈 것이다). 많은 환자가 3주도 지나기 전에 항우울제 복용을 중단하려고 한다. 약물이 아무 도움이 되지 않고 효과도 나타나지 않는다고 느끼기 때문이다. 그러니 너무 조급해하지 말고 인내심을 가지고 기다릴 필요가 있다.

## 항우울제가 효과가 없으면 어떻게 해야 할까?

하나 또는 여러 항우울제에 적절한 반응을 보이시 않는 환자를 많이 보았다. 사실 필라델피아의 우리 병원을 찾아온 대부분의 환자들은 다양한 요법이나 항우울제로 치료를 받았지만 성공하지 못한 사람들이었다. 우리는 환자들이 시도해보지 않은 인지요법과 다른 약물을 병행해 탁월한 항우울 효과를 볼 수 있었다. 중요한 것은 회복될 때까지 노력을 중단해서는 안 된다는 점이다. 때로는 엄청난 희생과 믿음이 필요하다. 환자들은 자주 포기하고 싶은 생각에 빠지지만, 끝까지 인내하면 거의 대부분 성공을 거둔다.

앞에서도 말했지만 절망감은 우울장애의 가장 나쁜 측면일 것이다. 이 감정은 가끔 자살로 치닫게 하는데, 환자들이 자신의 상황이 절대 좋아지지 않을 것이라고 확신하기 때문이다. 그들은 자신의 상태는 언제나 변하지 않을 것이고, 자신이 느끼는 무가치함과 절망감도 영원할 것이라고 생각한다. 게다가 우울장애 천재인 사람들도 있다. 이런 환자들은 자신은 아무 희망이 없다고 너무나 그럴듯하게 설득을 잘해서, 심지어 의사들과 가족들도 잠시 후에는 정말로 그렇다고 믿는다. 나도 경험이 없던 시절 이런 환자들과 힘겨운 씨름을 벌였는데, 그럴 때면 이렇게 어려운 환자들을 포기하고 싶은 유혹을 자주 느꼈다. 하지만 동료들은 희망이 없는 환자는 없다는 믿음을 나에게 심어주면서, 절대 포기하지 않도록 도와주었다. 이 원칙을 나는 지금까지 지키고 있다. 어떤 종류의 치료를 받든 믿음과 끈기야말로 완전한 회복을 위한 열쇠다. 이 점은 아무리 강조해도 지나치지 않다.

## 지금 먹는 항우울제는 효과가 없는 것 같은데, 얼마나 오랫동안 복용해야 할까?

물론 약을 바꾸기 전에는 항상 담당 의사와 상의를 해야 하지만, 보통 4~5주는 복용해야 한다. 그래도 기분이 분명하게 나아지지 않으면 다른 약물로 바꾸는 게 좋다. 그런데 이 기간에 복용량을 정확하게 지키는 것이 매우 중요하다. 복용량이 너무 많거나 너무 적으면 효과가 없을 수도 있기 때문이다. 의사는 때때로 여러분이 복용하는 양이 적당한지 확인하기 위해 혈액검사를 할 수도 있다.

의사들이 저지르는 가장 흔한 실수 중 하나는 환자가 호전되었다는 분명한 증거가 없는데도 몇 달 또는 몇 년씩 특정 항우울제를 계속 처방하는 것이다. 이런 행동은 정말 이해할 수 없다! 나는 많은 심각한 우울장애 환자에게서 약효를 느끼지도 못한 채 몇 년씩 똑같은 항우울제 치료를 받았다는 말을 들었다. 2장에 나오는 우울 진단 검사를 해보았더니 그들은 여전히 심각하게 우울한 상태였다. 왜 그렇게 오랫동안 그 약을 복용했는지 물어보자, 그들은 의사가 그 약이 자신들에게 필요하다거나, 자신들의 '화학적 불균형' 때문에 그 약이 필요하다고 말했다고 대답했다. 하지만 기분이 개선되지 않는다면 약효가 없는 게 분명하므로 그 약을 계속 복용하지 말아야 한다. 항우울제가 눈에 띄게 긍정적 효과가 없으면, 그러니까 2장에 나오는 우울 진단 검사에서 결과가 계속 좋아지지 않으면 다른 약물로 바꾸는 것이 좋다.

## 어떤 항우울제가 도움이 된다면, 얼마 동안 계속 그 약을 복용해야 할까?

이런 결정은 환자와 의사가 함께 내려야 한다. 처음으로 우울장애를 앓는다면, 6~12개월 정도 복용한 뒤에 약을 끊어도 우울한 기분이 들지 않을 것이다. 나는 효과가 좋으면 3개월 만에 복용을 중단시킨 적도 있다. 6개월 이상 치료해야 하는 경우는 드물었다. 그러나 다른 의사들은 이 문제에 대해 견해가 다르다.

연구에 따르면, 재발을 예상할 수 있는 가장 강력한 근거 중 하나는 치료 말기의 개선 수준이다. 다시 말해 우울장애에서 완전히 벗어나 행복하다면(2장에 나오는 우울 진단 검사에서 5점 이하를 의미한다) 오랫동안 우울장애에 걸리지 않을 가능성이 높다. 반면에 기분이 불완전하게 개선되었다면(우울 진단 검사 점수가 약간 좋아졌다면), 항우울제를 복용하든 복용하지 않든 우울장애가 더 심각해지거나 앞으로 재발할 가능성이 크다.

이 점 또한 내가 항우울제와 인지요법을 병행하는 이유 가운데 하나다. 일반적으로 두 가지 치료법을 병행할 경우 치료 효과가 훨씬 좋으며, 덕분에 내가 치료한 환자들 가운데 재발해 추가 치료를 받은 사람은 극히 드물었다.

## 의사가 항우울제를 평생 복용해야 한다고 말하면 어떻게 할까?

특정 종류의 우울장애를 앓고 있는 환자들은 영원히는 아니지만 장기간 약물을 복용해야 한다. 예를 들어 환자가 걷잡을 수 없이 기분이 오르락내리락하는 양극성 정동장애가 있으면 리튬, 밸프로산, 카바마제핀carbamazepine처럼 기분을 안정시키는 약물로 장기간 치료받아야 한다.

몇 년간 끊임없이 우울장애를 앓고 있거나 우울장애가 자주 재발한다면, 재발을 막아주는 유지 치료를 오랫동안 받는 것이 좋다. 의사들은 기분장애가 재발 가능성이 크다는 것을 잘 알고 있으므로, 장기 처방과 예방 차원에서 약물 처방을 매우 선호한다.

7부. 우울장애와 뇌의 화학작용

어떤 의사들은 항우울제 치료를 중단하지 말고 계속하라고 권유하는데, 혈당을 조절하기 위해 매일 인슐린을 공급해야 하는 당뇨병 환자처럼 매일 항우울제를 복용하라고 말한다. 몇 가지 연구에 따르면, 이러한 지속적인 유지 치료는 우울장애 재발률을 줄여줄 수 있다고 한다. 하지만 인지요법이 우울장애 재발을 줄여준다는 사실 또한 여러 연구로 입증되었다. 더욱이 인지요법의 예방 효과는 항우울제의 예방 효과보다 훨씬 크다고 한다. 인지행동요법의 중요한 장점 한 가지는 우울장애의 재발 가능성을 최소화하거나 미리 방지할 수 있는 기술을 여러분이 익힐 수 있다는 점이다. 예를 들어 여러분이 스트레스를 받을 때 떠오르는 부정적 생각을 기록하거나 거기에 맞서 반박하는 기술은 매우 유용할 수 있다.

내가 치료했던 우울장애 환자 대다수는 회복된 뒤에 항우울제를 계속 복용할 필요가 없었다. 그들은 대부분 기분이 다시 안 좋아질 때마다 전에 배운 인지요법 기술을 사용해 항우울제 없이 문제를 너끈히 해결했다. 이는 매우 고무적이다. 인지요법 기술을 활용하면 우울장애 자체도 치료할 수 있을 뿐 아니라 재발 가능성도 최소한으로 줄일 수 있다.

이 책에서 소개한 다양한 기법을 활용해 부정적 사고방식을 변화시키는 데 성공한다면 어떤 항우울제도 복용하지 않고 늘 좋은 기분을 유지할 수 있다. 하지만 마땅히 여러분은 먼저 이 문제를 의사와 상의하는 것이 좋다. 의사와 상의 없이 복용 중이던 항우울제를 중단하거나 다른 약물로 바꾸는 것은 결코 바람직하지 않다.

## 약물을 서서히 줄여나가는데
## 우울장애가 심해지면 어떻게 해야 할까?

이런 일은 실제로 꽤 흔하다. 내가 실제 상황에서 이 문제를 어떻게 처리하는지 이야기해보겠다. 먼저 나는 환자에게 항우울제 복용을 줄이는 동안 이 책 2장에 나오는 우울 진단 검사를 일주일에 적어도 1~2회 계속하라고 한다. 그러고 나서 서서히 항우울제 복용량을 줄여나갈 계획을 세운다. 복용량을 줄이는 동안 다시 우울해지기 시작하면(우울 진단 검사에서 점수가 점점 높아지면), 환자들에게 1~2주간 복용량을 조금 늘리라고 말한다. 이렇게 하면 기분이 다시 좋아진다. 그런 뒤에 다시 천천히 복용량을 줄여나갈 수 있다. 이런 방법은 환자들을 안심시킨다. 환자들이 이런 과정을 스스로 통제한다고 느끼기 때문이다. 이런 방식을 두어 번 반복하고 나면 대부분의 환자들은 다시 우울해지지 않고 항우울제의 복용량을 줄여나갈 수 있다.


## 나중에 우울장애가 재발하면 어떻게 해야 할까?

우울장애가 재발하더라도 처음에 효과가 있었던 바로 그 약물에 다시 좋은 반응을 보일 가능성이 매우 높다. 그 약은 어쩌면 여러분의 상태에 대한 진정한 생물학적 '열쇠'일지도 모른다. 그러므로 앞으로 우울장애가 다시 나타나더라도 그 약물을 복용하면 된다.

여러분의 친척이 우울장애에 걸린다면, 그 약은 아마 그 사람에게도 효과가 있을 것이다. 항우울제에 대한 반응은 우울장애와 마찬가지로 유전 요소에 영향을 받는 것처럼 보이기 때문이다.

심리치료 기법도 마찬가지다. 사람들은 같은 종류의 사건(예를 들어 윗사람의 비난)으로 우울장애에 걸리는 경향이 있으며, 특정 환자에게는 같은 종류의 인지치료 기법이 잘 든다는 사실을 알 수 있다. 인지치료 기법을 익힌 환자들은 대부분의 경우 다시 항우울제를 복용하지 않고도 새로 나타난 우울장애를 빠르게 다스릴 수 있었다. 내 환자들이 또다시 우울장애에 걸리면, 나는 그들에게 나한테 와서 약간 '조율'을 받으라고 권한다. 이때 '조율'은 보통 한두 차례의 치료만으로 충분한데, 환자를 처음 치료했을 때 도움이 된 바로 그 치료법을 다시 적용하기 때문이다.

## 항우울제의 가장 흔한 부작용은 무엇일까?

17장에서도 말했듯이 우울장애, 불안장애, 그 밖의 다른 정신질환에 처방하는 모든 약물은 여러 가지 부작용을 일으킬 수 있다. 예를 들어 더 오래된 항우울제(상표명이 엘라빌인 아미트리프틸린 같은) 중 많은 수가 구강건조증, 졸음, 현기증, 체중 증가 등과 같은 부작용을 일으킨다. 새로운 항우울제(상표명이 프로작인 플루옥세틴) 중 많은 수도 신경과민, 발한, 소화불량, 섹스에 대한 무관심이나 오르가슴 불감증 같은 부작용을 일으킨다.

바로 뒤에서 소개할 부작용 체크 목록을 보면 약물을 복용하는 동안 겪게 될 다양한 부작용에 관해 정확한 정보를 얻을 수 있다. 이 검사를 매주 두어 차례 한다면 시간이 지나면서 부작용이 어떻게 변하는지 알 수 있다.

하지만 잊지 말아야 할 것은 이와 같은 부작용이 약물을 복용하지 않더라도 일어날 수 있다는 사실이다. 사실 많은 부작용이 우울장애의 증상이기 때문이다. 몹시 피곤하고, 밤에 잠들기 힘들고, 섹스에 대한 관심이 줄어드는 것 등이 바로 그런 예다. 따라서 약물치료를 시작하기 전에 적어도 한두 차례 부작용 검사표로 검사해보는 게 좋다. 그러면 부작용이 약을 먹기 전에 시작되었는지, 뒤에 시작되었는지 확인할 수 있다. 약을 복용하기 전에도 같은 부작용이 있었다면 굳이 약을 탓할 필요는 없다.

연구에 따르면, 속임약만 복용한 환자들도 많은 부작용을 호소한다. 자신들이 진짜 약물을 복용하고 있다고 생각하기 때문이다. 그러므로 어떤 부작용이 꼭 지금 복용 중인 약 때문이라는 확실한 증거는 없다. 확신이 서지 않는다면 의사와 상의한다.

마음이라는 것이 때때로 얼마나 우리를 잘 속이는지 생생한 사례를 들어보겠다. 언젠가 우울장애에 걸린 고등학교 교사를 치료한 적이 있다. 심리요법에 잘 반응하지 않는 그녀에게 트라닐시프로민(파네이트)이라는 항우울제가 잘 맞을 것 같다는 생각이 문득 들었다. 하지만 그녀는 항우울제 복용을 무척 두려워했다. 그녀는 부작용을 견딜 수 없을 거라고 불평했다. 복용량을 소량으로 처방할 것이고, 이 약을 소량 복용하면 대부분 부작용이 없다고 설명해주었지만 아무 소용이 없었다. 그녀는 부작용을 절대 견딜 수 없을 거라고 계속 우겼고, 결국 처방을 거부했다.

정말 그런지 확인하기 위해 간단한 실험을 해볼 생각이 있느냐고 그녀에게 물어보았다. 나는 14개의 봉지에 2주 동안 복용할 약을 나눠 담아 그녀에게 주겠다고 말했다. 각각의 봉지에는 그 약을 복용해야 할 요일과 날짜가 적혀 있었다. 어떤 봉지에는 속임약이 들어 있어서 아무 부작용도 없다고 설명해주었다. 약의 절반은 노란색이고 나머지 절반은 빨간색인데, 해당 날짜에 먹는 양이 진짜인지 가짜인지 그녀는 알 수 없었다. 첫째 날 약은 노란색이었고 둘째 날은 빨간색이었다. 셋째 날과 넷째 날 약은 각각 노란색 두 알이었고, 다섯째 날과 여섯째 날 약은 각각 빨간색 두 알이었다. 마지막으로, 두 번째 주 약봉지에는 노란색 세 알 또는 빨간색 세 알이 각각 들어 있었다.

나는 부작용 검사표를 매일 작성하고 날짜를 기록하라고 했다. 그러고는 바로 이와 같은 실험이 그녀가 경험한 부작용이 진짜 약 때문인지 아니면 가짜 약 때문인지 알 수 있게 해준다고 설명했다. 그녀는 마지못해 동의했지만, 자신의 몸은 약에 매우 민감하다고 주장하면서, 내가 얼마나 잘못하고 있는지 실험이 증명해줄 거라고 했다.

약을 복용하기 시작하자마자 그녀는 거의 매일 전화를 걸어 심각한 부작용이 있다고 알렸다. 특히 노란색 약을 복용했을 때 더 심하다면서, 이때 생기는 부작용은 빨간색 약을 먹은 날까지 계속된다고 했다. 나는 그녀에게 부작용은 대개 시간이 가면서 줄어든

| 표 19-1 | **부작용 검사표**

지난 며칠 동안 이런 종류의 부작용이 있었는지 각 항목에 표시한다. 모든 항목에 빠짐없이 답한다.

0 = 전혀 없음 1 = 약간 있음 2 = 중간 3 = 심함 4 = 아주 심함

| 입과 위 | 0 | 1 | 2 | 3 | 4 |
|---|---|---|---|---|---|
| 01. 구강 건조 | | | | | |
| 02. 잦은 갈증 | | | | | |
| 03. 식욕부진 | | | | | |
| 04. 구역질 또는 구토 | | | | | |
| 05. 위경련 또는 소화불량 | | | | | |
| 06. 식욕 증가 또는 감소 | | | | | |
| 07. 체중 증가 또는 감소 | | | | | |
| 08. 변비 | | | | | |
| 09. 설사 | | | | | |

| 눈과 귀 | 0 | 1 | 2 | 3 | 4 |
|---|---|---|---|---|---|
| 10. 흐릿한 시야 | | | | | |
| 11. 빛에 지나치게 민감함 | | | | | |
| 12. 시력 변화. 예를 들어 물체 주위에 후광 같은 게 보임 | | | | | |
| 13. 귀에서 소리가 남 | | | | | |

| 피부 | 0 | 1 | 2 | 3 | 4 |
|---|---|---|---|---|---|
| 14. 땀을 너무 많이 흘림 | | | | | |
| 15. 뾰루지 | | | | | |
| 16. 태양에 노출되었을 때 너무 심하게 탐 | | | | | |
| 17. 피부색의 변화 | | | | | |

| | 0 | 1 | 2 | 3 | 4 |
|---|---|---|---|---|---|
| 18. 쉽게 피가 나고 멍이 듦 | | | | | |
| **섹스** | 0 | 1 | 2 | 3 | 4 |
| 19. 섹스에 대한 관심 감소 | | | | | |
| 20. 성적 흥분이 잘 안 됨 | | | | | |
| 21. 사정하기 어려움(남성) | | | | | |
| 22. 오르가슴을 느끼기 힘듦 | | | | | |
| 23. 생리 불순(여성) | | | | | |
| **흥분과 신경과민** | 0 | 1 | 2 | 3 | 4 |
| 24. 흥분함 | | | | | |
| 25. 심란한 | | | | | |
| 26. 불안하고, 걱정스럽거나 초조함 | | | | | |
| 27. 이상야릇한 기분 또는 멍한 느낌이 듦 | | | | | |
| 28. 지나치게 넘쳐나는 기운 | | | | | |
| **수면 문제** | 0 | 1 | 2 | 3 | 4 |
| 29. 피곤하거나 지친 느낌 | | | | | |
| 30. 기력 상실 | | | | | |
| 31. 너무 많이 잠 | | | | | |
| 32. 쉽게 잠들기 어려움 | | | | | |
| 33. 마음이 뒤숭숭해서 잠이 안 옴 | | | | | |
| 34. 아침에 너무 일찍 깸 | | | | | |
| 35. 악몽 또는 이상한 꿈 | | | | | |
| **근육과 동작** | 0 | 1 | 2 | 3 | 4 |
| 36. 근육 경련 또는 씰룩거림 | | | | | |
| 37. 불분명한 발음 | | | | | |

| | | | | | |
|---|---|---|---|---|---|
| 38. 머리, 손, 몸에서 무의식적으로 일어나는 떨림 | | | | | |
| 39. 바로 걷기 어려움 또는 균형 상실 | | | | | |
| 40. 느리고 무더진 느낌 | | | | | |
| 41. 팔, 다리 또는 혀가 경직됨 | | | | | |
| 42. 마치 팔이나 다리를 계속 움직여야만 하는 것처럼 가만히 있을 수가 없음 | | | | | |
| 43. 손을 맞잡고 자꾸 비틂 | | | | | |
| 44. 규칙적으로 끊임없이 다리를 떪 | | | | | |
| 45. 얼굴, 입술, 혀를 비정상적으로 움직임 | | | | | |
| 46. 손가락이나 어깨 같은 다른 신체 부위를 비정상적으로 움직임 | | | | | |
| 47. 혀, 턱 또는 목의 근육 경련 | | | | | |
| 다른 부분 | 0 | 1 | 2 | 3 | 4 |
| 48. 기억이 잘 안 남 | | | | | |
| 49. 현기증, 의식이 가물가물함, 기절할 것 같음 | | | | | |
| 50. 심장이 심하게 뛰거나 쿵쾅거리는 느낌 | | | | | |
| 51. 팔이나 다리가 부어오름 | | | | | |
| 52. 소변이 잘 안 나옴 | | | | | |
| 53. 두통 | | | | | |
| 54. 젖가슴이 붓거나 커짐 | | | | | |
| 55. 젖꼭지에서 젖이 나옴 | | | | | |

그 밖의 다른 부작용이 있으면 기록하십시오.

7부. 우울장애와 뇌의 화학작용

다고 설명했고, 가능하면 실험을 끝까지 해보자고 용기를 주었다.

일요일 저녁, 그녀는 전화 자동응답기에 자신이 위급한 상태라는 소식을 전했다. 부작용이 줄어들지 않고 더 악화되고 있다는 것이다. 부작용이 너무 심해서 더 이상 일상생활을 할 수 없을 정도이며, 어지럽고 혼란스럽고 몹시 피곤하다고 했다. 입은 바짝 마르고, 걸으려고만 하면 비틀거리며 넘어졌으며, 침대에서 일어날 수도 없고 두통도 극심하다고 했다. 그녀는 더 이상 약을 먹을 수가 없다며, 왜 내가 자기를 이 고통에 빠뜨렸는지 이해하지 못하겠다고 말했다.

나는 사과한 후 즉시 약을 중단하라고 말하고는, 이튿날인 월요일 아침 첫 시간에 진료 예약을 잡았다. 비록 그녀가 엄청난 고통에 시달리고 있긴 하지만, 그녀가 겪고 있는 증상은 생명을 위협할 수준은 아니라고 안심시켰다. 또 그녀가 매일 기록한 부작용 검사표를 치료 시간에 가져오라고 당부했다. 내일 아침에 같이 암호를 풀 것이고, 그러면 그녀가 어떤 날에 가짜 약을 먹었고 어떤 날에 진짜 약을 먹었는지 알 수 있을 것이라고 설명해주었다.

월요일 아침, 나는 단지 색깔만 노란색, 빨간색으로 달랐을 뿐 그녀가 먹는 약이 모두 가짜였다고 그녀에게 말했다.

이 말을 듣자 그녀는 깜짝 놀랐고, 눈물을 흘리기 시작했다. 그녀는 마음이 몸에 그토록 강력한 영향력을 발휘할 수 있다는 걸 결코 믿지 않았다고 인정했다. 그녀는 분명히 부작용 때문이라고 확신했다. 이런 경험을 한 뒤에 그녀는 항우울제 파네이트를 소량 복용했고, 두 달 정도 지나자 그녀의 기분은 상당히 좋아졌다. 그녀는 또 치료 시간 사이에 심리요법 숙제를 아주 열심히 했다. 우울 진단 검사와 부작용 검사를 일주일에 한 번씩 계속했다. 그런데 실제로 검사를 해보니 그녀가 느끼는 부작용은 별로 없었다.

나는 지금 모든 부작용이 여러분의 마음속에만 있는 문제라고 말하려는 것이 아니다. 이런 경우는 아주 드물고, 부작용은 실제로 있다. 내 환자들 대다수도 정확히 자신들의 부작용을 보고했다. 부작용 검사표를 매일 기록하면 환자에게 도움이 될 뿐 아니라 담당 의사 역시 환자가 겪는 증상의 특수한 유형과 심각성을 진단할 수 있다. 그 결과 부작용이 심각하거나 위험한 수준이면, 약물을 적절히 조절할 수 있다.

## 항우울제는 왜 부작용이 있을까?

17장에서 신경들이 서로 메시지를 보낼 때 사용하는 신경전달물질의 수용체를 항우울제가 자극하거나 차단할 수 있다는 사실을 배웠다. 거기서 우리는 세로토닌을 집중적으로 살펴보았는데, 이 신경전달물질이 기분 조절과 관련이 있는 것으로 보이기 때문이다. 지난 20년간 가장 중요한 발견 가운데 하나는 항우울제가 뇌 속의 다른 여러 가지 화학적 신경전달물질 수용체들과도 상호작용할 수 있다는 사실이다. 많은 항우울제 부작용이 이 상호작용 때문인 것으로 보인다.

가장 집중 연구된 세 가지 뇌 수용체는 히스타민 수용체, 알파 아드레날린 수용체, 무스카린 수용체다. 이 수용체들은 히스타민histamine, 노르에피네프린, 아세틸콜린acetylcholine을 화학적 신경전달물질로 사용하는 신경들 위에 분포한다. 히스타민 수용체를 차단하는 약물을 '항히스타민제'라고 한다. 알파 아드레날린 수용체를 차단하는 약물은 '알파 차단제', 무스카린 수용체를 차단하는 약물은 '항콜린제'라고 한다.

각각의 수용체 유형은 특정 종류의 부작용과 관련이 있다. 이 세 가지 뇌 체계에 항우울제가 얼마나 강력하게 영향을 끼치는지 알면 어떤 약물이 어떤 부작용을 일으킬 것인지 예측할 수 있다. 항우울제들은 여러 가지 부작용을 일으키는데, 뇌 속뿐만 아니라 몸 전체의 신경세포 표면에 있는 히스타민 수용체, 알파 아드레날린 수용체, 콜린 수용체('무스카린 수용체'라고도 한다)를 차단하기 때문이다. '수용체'가 무엇인지 잘 기억나지 않는다면, 신경을 켰다 껐다 할 수 있는 신경 표면의 어떤 부위라고 생각하면 이해하기 쉬울 것이다. 히스타민 수용체는 히스타민을 화학적 신경전달물질로 사용하고, 알파 아드레날린 수용체는 노르에피네프린을 화학적 전달물질로 사용하는데, 두 가지 수용체는 모두 신경 표면에 있다. 그리고 아세틸콜린을 화학적 신경전달물질로 사용하는 콜린 수용체도 신경 표면에 있다. 만일 이 세 가지 수용체 가운데 하나를 차단하면 해당 신경을 꺼버리는 결과가 된다. 이 세 수용체에 영향을 끼치는 다양한 항우울제의 효과는 이 약물의 부작용을 설명하는 데 도움이 된다.

예를 들어 아미트리프틸린(엘라빌)은 오래전부터 사용해온 항우울제로 불면증, 체중 증가, 현기증, 구강 건조, 흐릿한 시야, 건망증 등 많은 부작용을 일으킬 수 있다. 이런 부작용은 대부분 위험하지는 않지만 불편할 수 있다. 세 가지 신경 수용체에 끼치는 아미트리프틸린의 효과를 검사해보면서 이런 부작용을 좀 더 잘 이해할수 있을지 알아보자.

과학자들은 아미트리프틸린이 뇌에 있는 콜린, 히스타민, 알파 아드레날린 수용체를 차단한다는 사실을 알아냈다. 먼저 아미트리프틸린의 항콜린 효과를 살펴보자. 콜린성 신경들은 보통 무슨 일을 할까? 무엇보다 이 신경들은 입속 액체 양을 조절한다. 콜린성 신경을 자극하면 볼에 있는 침샘에서 더 많은 액체가 입속으로 흘러 들어온다. 그렇다면 입속 액체를 조절하는 이 신경을 꺼버리면 무슨 일이 일어날까? 입속이 건조해질 것이다. 몹시 긴장하거나 물을 마시지 않고 땡볕에서 오랫동안 운동을 했을 때 목이 바짝 타는 경험을 해봤을 것이다. 또 콜린성 신경은 심장박동을 느리게 하는데, 이때 아미트리프틸린 같은 항콜린제 약물을 복용하면 심장박동이 빨라진다. 항콜린제 약물은 건망증, 혼란스러움, 흐릿한 시야, 변비, 배뇨 곤란 같은 부작용을 유발한다.

아미트리프틸린은 노르에피네프린을 신경전달물질로 사용하는 알파 아드레날린 수용체도 차단한다. 알파 아드레날린 수용체를 자극하면 대개 혈압이 올라간다. 거꾸로 이 수용체를 차단하면 혈압이 떨어진다. 이와 같은 이유로 아미트리프틸린은 어떤 사람의 혈압을 떨어뜨릴 수 있다. 이 문제는 특히 앉아 있다가 갑자기 일어날 때 뚜렷이 드러나는데, 혈압이 떨어지면 현기증이 일어나기 때문이다. 서 있을 때 느끼는 현기증은 아미트리프틸린과 다른 많은 항우울제가 일으키는 공통된 부작용이다.

앞서 말했듯이 아미트리프틸린은 뇌에 있는 히스타민 수용체도 차단한다. 이 수용체들을 차단하는 약물을 '항히스타민제'라고 한다. 항히스타민제는 알레르기가 생기거나 코가 막힐 때 곧잘 복용하는 약물이다. 히스타민 수용체를 차단하는 약물은 졸리고 허기지게 만들 수 있다. 아미트리프틸린이 히스타민 수용체를 차단하는 다른 많은 항우울제와 마찬가지로 피로와 체중 증가를 유발하는 것은 바로 이 때문이다.

오래전부터 사용해온 많은 항우울제는 '3환계' 항우울제로 분류된다. 3환계 약물은 이 세 가지 뇌 수용체에 비교적 강력한 효과를 발휘하며, 그래서 상당히 많은 부작용을 낳는 경향이 있다.

반대로 새로운 항우울제(프로작과 그 밖의 다른 선택적 세로토닌 재흡수 억제제)는 일반적으로 뇌에 있는 히스타민, 알파 아드레날린, 콜린 수용체에 아주 작은 영향만 끼친다. 그래서 이런 항우울제들은 보통 아미트리프틸린 같은 오래된 항우울제보다 부작용이 적다. 예를 들어 선택적 세로토닌 재흡수 억제제는 졸음, 과도한 식욕, 현기증, 구강 건조, 변비 등과 같은 부작용을 덜 일으킨다. 또 심장 기능과 심장박동에도 거의 영향을 주지 않는다.

하지만 최근 프로작 같은 선택적 세로토닌 재흡수 억제제들이 색다른 부작용을 일으킨다는 사실을 발견했다. 예를 들어 이 약물을 복용하는 환자의 30~40퍼센트가 섹스에 대한 관심이 감소하거나 오르가슴을 잘 못 느끼는 등의 장애를 겪는다. 또 이 약물들은 소화불량, 식욕 감퇴, 체중 증가, 신경과민, 수면장애, 피로, 규칙적이고 무의식적인 근육 떨림, 지나친 발한 등 여러 가지 부작용을 일으킨다.

## 이러한 부작용을 방지하거나 최소화하려면 어떻게 해야 할까?

부작용이 일어날 가능성과 심각한 정도는 보통 약물의 복용량에 달려 있다. 대체로 적은 복용량으로 시작해서 점차 양을 늘려가면 부작용을 최소화할 수 있다. 더욱이 많은 부작용은 시간이 지나면서 줄어드는 경향이 있다. 때로는 복용량을 줄이더라도 항우울 효과는 유지하면서 부작용을 최소화할 수 있다. 또 어떤 경우에는 다른 유형의 항우울제로 바꿔야 할 때도 있다. 보통은 의사와 잘 상의하면 지나친 부작용 없이 기분에 좋은 효과를 발휘하는 약물을 찾을 수 있다.

또 담당 의사가 항우울제의 부작용과 싸울 때 도움이 되는 두 번째 약이나 기분 안정제를 추가로 처방해줄지도 모른다. 이 처방은 때로는 필요하고 타당하지만, 때로는 불필요하다. 이 문제는 좀더 자세한 논의가 필요한데, 여기서는 두 가지 구체적인 예를 들어보자. 양극성 정동장애 때문에 리튬을 복용하고 있다고 가정해보자. 리튬의 보편적 부작용은 손 떨림이다. 이름을 정확히 쓰지 못할 수도 있고, 커피 잔을 잡을 때 손이 떨릴 수도 있다. 내 환자 중

한 사람은 손이 너무 많이 떨려서 잔에 들어 있던 커피가 쏟아졌다. 분명 이런 심각한 부작용은 용인할 수 없다.

의사는 손 떨림 같은 부작용을 방지할 수 있도록 '베타 차단제'라는 약물 중 하나를 추가할 수도 있다. 프로프라놀롤propranolol(인데랄)이라는 약물이 이런 목적에 흔히 사용된다. 하지만 베타 차단제는 심장에 영향을 주며 여러 가지 부작용도 일으킨다. 특히 리튬과 베타 차단제는 다른 약물과 함께 복용하면 해로운 상호작용을 일으킬 수 있다. 그러면 상황이 순식간에 아주 복잡해진다. 이런 경우 나는 속으로 이렇게 묻는다. '손 떨림이 너무 심해 장애를 일으킨다고 해서 강력한 심장 약을 추가로 처방하는 것이 과연 타당할까? 약물을 추가로 처방하지 않고 이런 부작용을 잘 다룰 수 있는 다른 방법은 없을까? 복용량을 줄이라는 신호가 아닐까?' 때로는 베타 차단제 처방이 타당할 수도 있지만, 때로는 불필요할 수도 있다.

똑같은 논리가 항우울제에도 적용된다. 부작용을 방지하기 위해 추가로 다른 약을 처방해야 할 경우가 있지만, 이것이 최선의 선택이 아닐 때도 많다. 우울장애 때문에 플루옥세틴(프로작)을 복용하고 있다고 가정해보자. 프로작이 흔히 일으킬 수 있는 부작용은 불면증, 불안, 성 기능 장애다. 담당 의사가 이것들을 어떻게 다루는지 알아보자.

- 프로작을 복용한 뒤 지나치게 흥분되어 잠을 잘 이루지 못하면, 의사는 진정 효과가 큰 두 번째 항우울제를 밤에 먹

게끔 소량 처방해줄지 모른다. 예를 들어 트라조돈(데시렐) 50~100mg이 흔히 사용된다. 이것은 아주 좋은 방법이다. 트라조돈은 대부분의 수면제와 달리 중독되지 않기 때문이다. 하지만 그보다는 프로작의 복용량을 줄이면 지나친 흥분과 힘들게 싸우지 않아도 된다. 그러면 다른 약물을 더 복용할 필요가 없다. 프로작을 처음 복용하면 지나치게 흥분하는 경향이 있지만, 이런 증상은 보통 1~2주 후에는 사라진다.

- 프로작은 불안이나 동요를 불러일으킬 수 있는데, 특히 처음으로 이 약을 복용할 때 그렇다. 의사는 신경과민을 방지할 수 있도록 클로나제판clonazepam(클로노핀)이나 알프라졸람alprazolam(자낙스) 같은 벤조디아제핀(진정 효과가 큰 항불안제)을 추가로 처방할 수도 있다. 하지만 벤조디아제핀을 3주 이상 매일 복용하면 중독될 수 있으며, 이런 약물을 추가 복용하지 않더라도 불안감은 대개 처리해낼 수 있다. 이때는 흔히 프로작의 복용량을 줄이면 도움이 될 것이다. 프로작과 같은 선택적 세로토닌 재흡수 억제제 항우울제의 효과는 복용량에 따라 달라지지 않으므로, 지나친 불편함을 초래할 정도로 많은 양을 처방하는 것은 적합하지 않다. 프로작 때문에 생기는 불안은 처음 몇 주가 지나면 줄어들거나 사라진다.

프로작을 복용한 지 몇 주 또는 몇 달이 지난 뒤 2차로 신경과민과 함께 안절부절못하는 증상이 나타나는 환자도 있다.

이런 증상을 '좌불안석증akathisia'이라고 한다. 팔과 다리가 잠시도 가만있지 않아서 조용히 앉아 있을 수 없는 증후군이다. 몹시 불편한 이 부작용은 조현병 치료에 사용되는 신경 이완제를 먹었을 때 잘 일어나며, 항우울제 때문에 일어나는 경우는 드물다. 하지만 프로작은 혈액에서 아주 천천히 빠져나간다. 그래서 약을 복용한 지 첫 5주 동안 약물의 농도가 점점 올라간다. 매일 20mg 또는 40mg의 프로작을 먹는 것이 처음에는 좋더라도 한 달쯤 뒤에 그 정도 복용량은 너무 많을 수 있다. 그런 경우 복용량을 눈에 띄게 줄이면 항우울 효과를 감소시키지 않으면서 부작용을 상당히 줄일 수 있다. 하지만 좌불안석증을 겪는 많은 환자는 어쩔 수 없이 프로작을 포기하고 다른 약물로 바꾼다. 좌불안석증은 너무 견디기 힘들고 불편한 증상이기 때문이다. 의사가 좌불안석증을 방지할 수 있는 다른 약을 임시로 추가 처방할 수도 있지만, 좌불안석증이 나타나면 프로작의 복용량을 줄이거나 완전히 중단하는 것이 현명하다.

- 앞서 말했듯이 남녀의 40퍼센트가 프로작(다른 선택적 세로토닌 재흡수 억제제 항우울제도 마찬가지다) 때문에 성 기능 장애를 겪는데, 대개 섹스에 대한 관심이 감소하거나 오르가슴을 느끼는 데 어려움을 겪는다. 의사는 이와 같은 성적인 부작용을 방지하기 위해 몇 가지 약(부프로피온, 부스피론, 요힘빈, 아만타딘) 가운데 하나를 추가로 처방하고자 할지도 모른다. 하지만 이런 추가 약물의 위험성 또한 다시 한번 따

져봐야 하며, 더불어 다른 전략도 고려할 필요가 있다. 나는 환자들에게 선택적 세로토닌 재흡수 억제제를 무한정 계속 처방하는 경우는 거의 없다. 그래서 지금까지 내 환자들 대부분은 부작용에 오래 시달리지 않을 거라는 사실을 알고 불편함을 감수하며 프로작을 복용하기로 선택했다. 이 약물이 놀라울 정도로 기분을 개선하고 다른 부작용도 없다면, 몇 달 동안 섹스에 대한 관심이 줄어들더라도 복용할 만한 가치가 있다. 그러나 이것은 주관적인 생각이므로 담당 의사와 의논을 한 다음 결정을 내리는 것이 좋다.

## 항우울제와 다른 약물 사이의 위험한 상호작용을 어떻게 방지할 수 있을까?

최근 몇 년간 의사들은 어떤 유형의 약물은 위험한 방식으로 상호작용할 수도 있다는 사실을 점점 더 많이 알게 되었다. 따라서 두 가지 약물을 따로따로 복용한다면 훨씬 안전하고 부작용도 적거나 없다. 하지만 두 가지 약물을 동시에 복용하면 두 약물이 상호작용을 일으켜 심각한 결과를 초래할 수 있다.

약물 간의 상호작용이라는 문제는 최근 몇 년간 두 가지 이유 때문에 점점 중요해졌다. 첫째는, 환자들에게 한 번에 두 가지 이상 약물을 처방하는 경향이 정신과 의사들 사이에서 갈수록 높아지고 있기 때문이다. 나로서는 이런 치료법이 썩 달갑지 않지만 이미 흔한 일이 되어버렸다. 서로 다른 신경성 약물은 매우 위험한 방식으로 상호작용할 수 있기 때문에 새로 추가하는 약이 무엇이든 약물 상호작용을 일으킬 가능성을 높인다. 둘째, 앞장에서 말한 것처럼 점점 더 많은 환자가 항우울제(다른 종류의 정신과 약물도 마찬가지다) 복용 기간을 연장하고 있기 때문이다. 심지어 무기한 복용하는 사람도 있다. 이런 치료법 또한 나는 달갑지 않다. 대부분의 환자들에게 장기간 약물치료를 할 필요가 없다는 사실을 발견했기 때문이다. 그러나 정신과 의사들은 대개 아주 오랫동안 약물을 처방한다. 유감이지만 이런 치료법이 유행하고 있다. 정신과 약물을 장기간 복용한다면 언젠가는 다른 질병이 생겨 다른 의사들에게 하나 또는 그 이상의 약을 처방받을 수 있다. 예를 들어 알레르기, 고혈압, 통증, 전염병 약을 복용해야 할 수도 있다. 게다가 처방전이 필요 없는 약들인 감기약, 기침약, 두통약, 소화제 등을 복용할 수도 있다. 이제 또 우리는 약물 상호작용의 가능성을 따져봐야 한다. 정신과 약물과 이런 약물 사이에 상호작용이 일어날 수도 있으니까.

물론 정신과 약물은 코카인이나 암페타민 같은 마약뿐 아니라 담배나 알코올과도 상호작용할 수 있다. 어떤 경우 이런 상호작용은 위험하고 심지어 치명적이다. 일부 항우울제는 흔히 복용하는 약물(처방전 없이 구입할 수 있는 약물을 포함해)과 위험한 방식으로 상호작용한다. 괜한 걱정이나 불안을 조장하려는 것이 아니다. 이러한 정보에 관해 어느 정도 알고 의사와 잘 상의한다면 항우울제를 안전하게 복용할 수 있다.

이제 나는 왜, 어떻게 약물들이 상호작용을 하는지 설명하고자한다. 약물 상호작용에 대한 지식이 빠르게 쌓여가고 있음을 기억해두자. 거의 매일 이 분야에 관한 새로운 정보가 나오고 있는 실정이다. 여러분의 담당 의사가 처방전 없이 살 수 있는 약을 포함해 여러분이 복용하는 모든 약물에 관해 완벽하고 정확한 정보와 목록을 가지고 있는지 확인해보기 바란다. 약물들 사이에서 중요한 상호작용이 일어날 수 있는지 의사에게 물어보자. 그리고 약사에게도 똑같이 물어보자. 만일 그들이 잘 모른다면 알아봐달라고 요청한다. 모든 약물의 상호작용을 기억하기는 불가능하다. 너무 많은 새로운 정보들이 끊임없이 쏟아져나오기 때문이다. 위험한 약물의 상호작용에 관한 정보를 담은 서적이나 인터넷 정보는 큰 도움이 된다. 이런 문제에 대해 적극성을 보이고 약간의 지식도 갖추고 있다면, 여러분이 복용하는 약물의 상호작용에 대해 의사와 더 자세히 상의할 수 있을 것이다.

여러분은 어쩌면 여러분의 담당 의사가 약물들 간의 위험한 상호작용을 다 알고서 아무 문제 없다고 보장해주어야 마땅하므로 자신은 굳이 알 필요 없다고 생각할지 모른다. 하지만 그러기에는 몇 가지 문제가 있다. 먼저, 의사가 아무리 많이 알고 똑똑하다 해도 의사도 사람이라서 새로 발표되는 모든 정보를 기억하지는 못할 것이다. 둘째, 의사가 약물들 사이의 모든 상호작용에 대해서 여러분에게 말해주었다 하더라도 그 모든 것을 여러분이 기억할 수는 없다! 셋째, 오늘날에는 의사들이 점점 더 많은 환자를 진료해야 하기 때문에 여러분의 증상과 약물 복용량에 관해 의사와 상

7부. 우울장애와 뇌의 화학작용

담할 수 있는 시간은 고작 몇 분밖에 안 된다. 그러니 여러분이 알아야 하는, 일어날 가능성이 있는 모든 약물의 상호작용에 대해 의논하기에는 시간이 턱없이 부족하다.

## 이와 같은 약물의 상호작용은
## 왜 그리고 어떻게 일어나는가?

두 가지 약물이 상호작용하는 데는 기본적으로 네 가지 방식이 있다. 첫 번째로, 하나의 약물이 혈액 속에 있는 다른 약물의 농도를 끌어올릴 수 있다. 두 가지 약을 '정량'만 복용했는데도 때때로 경고 수준까지 올라갈 수 있다. 혈액 속 약물 농도가 갑자기 증가하면 어떤 결과가 생길까? 우선 부작용을 더 많이 경험하게 된다. 부작용은 대개 복용량과 관계가 있기 때문이다. 또 많은 정신과 약물은 복용량이 너무 많거나 너무 적으면 약효가 떨어진다. 끝으로 어떤 약물의 혈액 내 농도가 너무 높으면 중독되거나 치명적 반응을 불러일으킬 수 있다.

약물 상호작용의 두 번째 유형은 첫 번째와 정반대다. 하나의 약물이 혈액 속에 있는 다른 약물의 농도를 끌어내릴 수 있다. 그러면 정량대로 복용하더라도 두 번째 약은 효과가 없을 수 있다. 그런데 환자나 의사가 이 사실을 착각해 약 자체가 효과가 없다고 결론을 내릴 수 있다. 정작 문제는 환자의 혈액 속 약물 농도가 너무 낮다는 것인데 말이다.

상호작용의 세 번째 유형은, 두 가지 약물이 각각 비슷한 효과나 부작용이 있어서 서로를 강화해주는 경우다. 예를 들어 고혈압 때문에 치료받고 있는데, 혈압을 내리는 부작용이 있는 정신과 약물을 복용한다고 해보자. 혈압이 순식간에 뚝 떨어져서, 갑자기 자리에서 일어서다 기절할지도 모른다.

약물의 상호작용 가운데 네 번째 유형이자 가장 불길한 유형은, 혈액 속 약물 농도를 바꾸지는 않지만 특정한 약물 결합의 효과 때문에 중독되는 경우다. 다시 말해 따로따로 복용하면 안전한 두 가지 약물도 함께 복용하면 위험한 상호작용을 일으킬 수 있다는 뜻이다.

이제 약물의 상호작용 가운데 처음에 말한 두 가지 유형을 좀 더 상세히 알아보자. 왜 한 약물이 때때로 다른 약물의 농도를 놀라울 정도로 끌어올리거나 내리는 것일까? 간단한 예로, 욕조에 물을 채운다고 상상해보자. 욕조 바닥에 있는 구멍의 마개를 막지 않으면 물은 욕조에 들어가자마자 빠져나가버릴 것이다. 결국 아무리 오랫동안 수도꼭지를 틀어놓아도 욕조 속 물 높이는 목욕을 할 수 있을 만큼 높아지지 않는다. 반대로 욕조 구멍 마개를 막아둔 상태에서 수도를 잠그지 않으면 욕조 물은 넘쳐버릴 것이다.

자, 이제 여러분의 몸을 욕조와 비교해보자. 여러분이 매일 복용하는 약물은 욕조 안에 들어가는 물과 같다. 간에 있는 특정 효소계는 욕조 바닥에 있는 구멍이라 할 수 있다. 간 속의 이 효소들이 약물을 화학적으로 다른 물질(메타볼라이트metabolite)로 바꾸어 신장이 이것을 좀 더 쉽게 제거할 수 있게 한다. 이와 같은 과정을

7부. 우울장애와 뇌의 화학작용

'물질대사'라고 한다. 여러분이 복용한 약물의 물질대사는 소변을 봄으로써 끝이 난다.

여러분이 추가로 다른 약을 복용하자, 간이 처음 약물을 좀 더 천천히 물질대사시킨다고 해보자. 이것은 욕조 바닥 마개를 막는 것과 비슷하다. 따라서 처음 약을 계속 복용하면 혈액 속 약물 농도는 아주 높아지는데, 따라서 욕조 속 물 수위가 너무 높아져 결국 밖으로 흘러넘치는 것과 똑같다. 또는 이와 반대로, 추가로 복용한 약물이 욕조 바닥 구멍을 훨씬 더 크게 만드는 효과가 있다고 해보자. 이 경우 간은 물질대사 속도를 높여서 처음 약물을 몸에서 빨리 제거해버린다. 처음 약물을 매일 같은 양 복용해도 혈액 속 약물 농도가 너무 낮아서 원하는 항우울 효과를 내기 어렵다. 물은 욕조에 들어왔다가 바로 빠져나가버리는 것과 같은 상황이다.

바로 이것이 기본 원리라고 할 수 있다. 상호작용하는 약물들은 '시토크롬 P450cytochrome P450'이라는 간 속 효소계에 의해 물질대사가 이루어진다. 이런 기능을 하는 효소계는 매우 많으며, 다른 종류의 약물들은 다른 효소계에 의해 물질대사가 이루어진다. 이 경우 오직 특정 약물이나 약물의 조합만이 이 효소계 가운데 어떤 것을 자극하거나 억제한다. 정신과 약물은 다른 정신과 약물 및 항생제, 항히스타민제, 진통제 같은 비정신과 약물과 상호작용할 수 있다. 다시 말해 정신과 약은 의사가 처방해준 다른 약(예를 들어 고혈압 관련 약물)에 영향을 끼칠 수 있다. 다른 약들이 복용 중인 정신과 약물에 영향을 끼칠 수 있는 것과 똑같은 방식으로 말이다. 결국 중요한 것은 복용 중인 어떤 약물의 농도도 다른 약물과 함께 복용하면 너무 높거나 너무 낮아질 수 있다는 것이다.

이제 약물의 상호작용과 관련해서 몇 가지 구체적인 예를 들어 보자. 파록세틴paroxetine(팍실)이라는 새로 개발된 선택적 세로토닌 재흡수 억제제를 복용한다고 가정해보자. 이 약물은 프로작과 매우 비슷하다. 때때로 일어날 수 있는 경우인데, 파록세틴이 별 효과가 없어서 여러분이 여전히 우울한 상태라고 해보자. 그러면 의사는 다른 항우울제를 추가하기로 결정할 수도 있다. 만일 의사가 데시프라민desipramine(노르프라민)을 선택한다면, 현재 여러분이 복용 중인 파록세틴은 '욕조 구멍을 마개로 막는' 효과를 낸다. 이제 여러분의 몸은 새로운 약물 데시프라민의 물질대사를 제대로 해내지 못한다. 그 결과 혈액 속 데시프라민의 농도는 기대한 농도보다 3~4배 증가한다. 대부분의 정신과 의사는 이와 같은 상호작용을 알고 있으며, 환자가 파록세틴 같은 선택적 세로토닌 재흡수 억제제를 복용하고 있다면 소량의 데시프라민을 조심스럽게 처방한다. 그러나 만일 담당 정신과 의사가 이와 같은 약물의 상호작용을 알지 못해서 여러분에게 데시프라민을 정상 분량으로 처방하기로 결정한다면 데시프라민 농도는 중독될 수 있는 수준까지 높아질 수 있다.

이것은 위험할까? 어쨌든 세 가지 문제가 발생할 수 있다. 첫째, 혈액 속 데시프라민 농도가 너무 높으면 약효가 나타나지 않는다. 두 번째, 데시프라민 농도가 높을 경우 부작용이 더 많이 나타난다. 세 번째, 좀 드문 경우이지만 높은 데시프라민 농도는 심장박동에 장애를 일으킬 수 있으며, 그래서 가끔은 사망에까지 이를 수도 있다. 이런 유형의 약물 상호작용은 드문 경우일까? 그렇지 않다. 여러분이 아무 생각 없이 일반 처방약이나 처방전 없이 먹을 수 있는 약과 함께 복용하면 항우울제의 농도는 때로 급격히 증가하거나 감소할 수 있다.

마지막으로, 일부 유독하거나 위험한 약물 상호작용은 복용량이나 혈중 농도와 아무 상관이 없다. 예를 들어 프로작 같은 새로운 항우울제는 뇌에 있는 세로토닌 체계에 강력한 효과를 발휘하는 경우가 많다. 모노아민산화효소 억제제도 다른 메커니즘을 통해 뇌의 세로토닌 활동성에 영향을 준다. 항우울제 트라닐시프로민은 이 억제제 가운데 하나다. 만일 프로작과 트라닐시프로민을 동시에 복용하면 '세로토닌증후군serotonin syndrome'이라는 지극히 위험한 반작용을 불러일으킬 수 있다. 발열, 근육 경직, 급격한 혈압 변화, 동요, 헛소리, 경련, 혼수 상태 등의 증상을 일으키며 심하면 죽음에까지 이를 수 있다. 그러므로 이런 약물을 함께 복용해서는 절대 안 된다!

모노아민산화효소 억제제에 속하는 약물을 복용하면 위험해질 수 있는 약물이 많다. 금지 약물 목록에는 많은 항우울제가 포함되어 있는데, 코막힘 완화제(특히 감기약의 흔한 성분인 덱스트로메트로판을 함유한 경우), 항히스타민제, 국부 마취제, 몇몇 항경련제, 메페리딘meperidine(데메롤) 같은 몇몇 진통제, 사이클로벤자프린cyclobenzaprine(플렉세릴)을 포함한 경련 진정제와 체중 감량용 조제약 등이다. 이 중 어떤 약물은 앞서 말한 세로토닌증후군을 유발할 수 있으며, 또 어떤 약물은 '고혈압성 위기'라 알려진 또 다른 위험한 반응을 야기할 수 있다. 고혈압성 위기로 일어날 수 있는 극단적 증상은 뇌출혈, 마비, 혼수상태, 죽음이다. 모노아민산화효소 억제제에 속하는 약물을 복용하면 치즈 같은 흔한 특정 식품도 금지 품목에 해당한다. 이런 식품도 고혈압성 위기를 일으킬 수 있기 때문이다.

많은 의사가 유독성 상호작용을 염려해 모노아민산화효소 억제제에 속하는 약물을 처방하지 않는다. 그러면 여러분은 이렇게 생각할지 모른다. '좋아. 그렇다면 굳이 걱정하지 않아도 되는 더 안전한 약을 복용하면 되지, 뭐.' 더 안전한 약물이 실제로 있으므로 이런 생각은 타당하다. 하지만 일반적으로 처방하는 많은 항우울제는 위험한 상호작용을 유발할 수 있다. 예를 들어 일반적으로 복용하는 두 가지 항우울제, 네파조돈(세르존)과 플루복사민(루복스)은 흔하게 처방하는 몇몇 약물과 함께 복용하면 안 되는데, 이들의 특이한 결합으로 심장박동에 이상이 생겨 갑자기 사망할 수 있기 때문이다. 이런 약물로는 테르페나딘terfenadine(알레르기에 처방, 상표명 셀데인), 아스테미졸astemizole(알레르기에 처방, 상표명 히스마날), 또는 시사프리드cisapride(위와 장 등을 포함한 소화계통의 활동을 자극하는 데 처방, 상표명 프로풀시드)가 있다.

항우울제 복용이 위험하다고 말하는 것이 아니다. 오히려 항우울제는 대개 안전하고 효과적이다. 방금 말한 약물들이 무시무시한 상호작용을 일으키는 일은 다행히 극히 드물다. 그리고 정신과 의사들은 대부분 신제품에 대해 많이 알려고 애쓰며, 부작용과 약물 상호작용에 관한 새로운 정보를 놓치지 않으려고 노력한다. 하지만 그렇다고 모든 의사가 완벽하지는 않으며, 모든 의사가 약물 상호작용에 대해 해박한 지식이 있는 것도 아니다. 그러니 여러분 스스로 항우울제에 관해 조금이라도 알아둔다면 큰 도움이 될 것이다. 이 책뿐만 아니라 다른 책을 읽어도 좋고, 약에 딸린 설명서를 살펴봐도 좋다. 그런 다음 담당 의사에게 여러분이 아는 정보를 바탕으로 질문을 해 의사가 최선을 다해 자신의 능력을 발휘하도록 한다. 이렇게 의사와 잘 협력하면 항우울제를 훨씬 안전하고 유익하게 복용할 수 있다. 이것이 바로 1분의 치료보다 1분의 예방이 더 중요한 이유다.

# 후주

1. Antonuccio, D. O., Danton, W. G., & DeNelsky, G. Y.(1995). Psychotherapy versus medication for depression: Challenging the conventional wisdom with data. *Professional Psychology: Research and Practice*, 26(6), pp. 574~585.

2. Baxter, L. R., Schwartz, J. M., & Bergman, K. S., et al.(1992). Caudate glucose metabolic rate changes with both drug and behavioral therapy for obsessive-compulsive disorders. *Archives of General Psychiatry*, 49, pp. 681~689.

3. 어떤 요법도 만병통치약은 아니며, 인치치료 역시 마찬가지다. '대인관계 치료'라는 새로운 단기 치료법도 섭식장애 환자들에게 어느 정도 가능성을 보여주었다. 아그라스 박사와 동료들이 한 것과 같은 연구들은 앞으로 틀림없이 섭식장애에 대한 더욱 강력하고 특별한 치료법을 이끌어낼 것이다.

4. Scogin, F., Jamison, C., & Gochneaut, K.(1989). The comparative efficacy of cognitive and behavioral bibliotherapy for mildly and moderately depressed older adults. *Journal of Consulting and Clinical Psychology*, 57, pp. 403~407; Scogin, F., Hamblin, D., & Beutler, L.(1987). Bibliotherapy for depressed older adults: A self-help alternative. *The Gerontologist*, 27, pp. 383~387; Scogin, F., Jamison, C., & Davis, N.(1990). A Two-year follow-up of the effects of bibliotherapy for depressed older adults. *Journal of Consulting and Clinical Psychology*, 58, pp. 665~667; Jamison, C., & Scogin, F.(1995). Outcome of cognitive bibliotherapy with depressed adults. *Journal of*

*Consulting and Clinical Psychology*, 63, pp. 644~650.

5.  Smith, N. M., Floyd, M. R., Jamison, C., & Scogin, F.(1997). Three-year follow-up of bibliotherapy for depression. *Journal of Consulting and Clinical Psychology*, 65(2), pp. 324~327.

6.  사고방식이 기분에 큰 영향을 끼친다는 점은 2,500년 전부터 많은 철학자가 제기해왔다. 최근에는 알프레드 아들러(Alfred Adler), 앨버트 엘리스, 캐런 호르네이(Karen Horney), 아널드 라자루스(Arnold Lazarus) 등 기분장애를 인지적 관점에서 파악하려는 여러 정신의학자와 심리학자들의 글이 쏟아져 나왔다. 이 연구사에 대해서는 앨버트 엘리스의《심리치료에서 이성과 감정 (Reason and Emotion in Psychotherapy)》(New York: Lyle Stuart, 1962)을 참조하기 바란다.

7.  [표 1-1]은 러시, 벡, 코바치, 할런의 공동 논문 〈우울장애 외래환자 치료에서 인지치료와 약물치료의 효과 비교〉에서 인용함(Rush, A. J., Beck, A. T., Kovacs, M., and Hollon, S. "Comparative Efficacy of Congnitive Therapy and Pharmacotherapy in the Treatment of Depressed Outpatients." *Cognitive Therapy and Research*, Vol.1, No.1, March 1977, pp. 17~38).

8.  Blackburn, I. M, Bishop, S., Glen, A. I. M., Whalley, L. J. and Christie, J. E. The Efficacy of Cognitive Therapy in Depression. A Treatment Trial Using Cognitive Therapy and Pharmacotherapy, Each Alone and in Combination. *British Journal of Psychiatry*, Vol.139, January 1981, pp. 181~189.

9.  이 책의 1980년 초판에는 벡우울척도를 실었다. 벡우울척도는 오랫동안 권위를 인정받은 측정표로, 수백 건의 연구가 이 척도를 사용해왔다. 아론 벡 박사는 1960년대 초반에 벡우울척도를 만들었으며, 그 공적을 높이 평가받고 있다. 이 척도는 임상과 연구 두 분야에서 최초의 우울 척도 중 하나다. 이 책 초판에서 인용을 허락해준 벡 박사에게 감사드린다.

10. 정신건강 전문가들은 번스우울진단표의 심리 측정도가 뛰어나다는 사실을 확인하고 싶어할지도 모른다. 캘리포니아주 오클랜드의 인지치료센터 우울장애 외래환자 90명과 조지아주 애틀랜타의 카이저 병원 우울장애 외래환자 145명을 대상으로 번스우울진단표의 신뢰도를 평가했다. 평가 결과, 두 집단이 똑같이 매우 높은 신뢰도를 보였다(크론바하 알파계수 $a$=95%). 오클랜드 집단에서는 번스우울진단표와 벡우울척도의 상관관계 역시

r (68)=.88, p <.01로 높은 수치를 나타냈는데, 이는 두 척도가 완전히 같지는 않아도 비슷하다는 의미다. 구조방정식 모형화 기법을 이용해 두 척도의 측정 오차를 제거하면 이들 사이의 상관관계는 1.0에서 크게 벗어나지 않는다. 번스우울진단표는 또한 조지아주 애틀랜타 환자 집단 내에서 광범위하게 사용된 홉킨스 간이 정신진단검사의 우울장애 하위 척도와 비교 평가되었다. 그 결과 두 척도 사이의 상관관계가 r (131) =.90, p >.01로 대단히 높아 번스우울진단표의 유효성이 더욱 확실히 확인되었다.

다양한 치료 환경에서 이루어진 광범위한 임상 경험은 번스우울진단표를 환자들이 잘 받아들이고 있다는 사실을 보여주었다. 많은 사람이 이 검사가 항목에 표시하기도 쉽고 채점하기도 쉬우며 일정 기간 동안 증상 변화를 살피는 데도 큰 도움이 된다고 평가했다. 심리 측정에 뛰어난 효과가 있는 5항목짜리 번스우울진단표도 개발했다. 간편한 이 번스우울진단표는 환자가 1분 안에 작성을 끝낼 수 있기 때문에 매 치료 시간에 환자 상태를 판단하는 데 이상적이다. 이것은 최근 캘리포니아주의 청소년 구속 수감자를 비롯해 정신과 및 기타 의료 처치를 받아야 하는 다양한 환경의 청소년과 성인을 대상으로 실시해 좋은 성과를 거두었다. 임상 및 (전자 측정 모듈을 포함한) 연구용으로 이 간이 번스우울진단표와 다른 여러 평가 기법에 대해 더 많이 알고 싶은 정신건강 전문가들은 나의 웹사이트(www.FeelingGood.com)를 방문하기 바란다.

11. Beck, Aron T. *Depression: Clinical, Experimental, & Theoretica Aspects*. New York: Hoeber, 1967(Republished as Depression: Causes and Treatment. Philadelphia: University of Pennsylvania Press, 1972, pp.17~23).

12. Freud, S. *Collective Papers*, 1917 (Translated by Joan Riviere, Vol.IV, Chapter 8,"Mourning and Melancholia," pp. 155~156, London: Hogarth Press, Ltd., 1952).

13. 노바코분노척도는 캘리포니아대학 어바인캠퍼스 사회생태학 과정의 레이먼드 노바코(Raymond Novaco) 박사가 개발했다. 이 책에서는 노바코 박사의 양해를 얻어 그중 일부를 소개한다. 원래 척도는 모두 80항목으로 이루어져 있다.

14. Dr. Wayne W. *Dyer, Your Erroneous Zones* (N.Y.: Avon Books, 1977), p.173.

15. 위의 책 pp. 218~220.

16. 상황에 적합하다(adaptive)는 것은 유용하고 자기향상적이라는 뜻이다. 상황에 부적합하다(maladaptive)는 것은 쓸모없고 자기패배적이라는 뜻이다.

17. Beck, Aaron T. *Depression: Causes and Treatment*. Philadelphia: University of Pennsylvania Press, 1972, pp. 30~31.

18. Schatzberg, A. F., Cole, J. O., & DeBattista, C.(1997), *Manual of Clinical Psychopharmacology*. Third Edition. Washington, DC: American Psychiatric Press.

19. 약물을 처방할 수 있는 권리를 얻기 위해 로비를 벌이는 일부 심리학자도 있는데, 군대에서 근무하는 심리학자들 중에는 이미 그런 자격을 딴 사람들도 있다. 현재 이 문제를 놓고 격렬한 논쟁이 벌어지고 있다. 그렇게 되면 동등한 위치에서 정신과 의사와 경쟁할 수 있기 때문에 바람직한 일이라고 주장하는 심리학자도 있다. 또 다른 심리학자들은 약을 처방하는 일은 광범위한 의학 교육을 받아야 가능하다며, 심리학자들이 약물 처방 권한을 갖게 된다면 의사들이 정체성을 잃을 거라고 주장한다. 또 그들은 특히 미국과 같은 관리의료 체제 아래에서 정신과 의사들의 역할은 그다지 매력이 없어졌다는 점을 지적한다. 미국의 의료보험제도 중 하나인 HMO(건강관리기구)를 위해 일하는 정신과 의사들은 오늘날 짧은 시간에 너무나 많은 환자를 돌봐야 한다. 그래서 환자들에게 심리치료를 해준다거나 그들의 구체적인 문제를 자세히 들을 시간도 없이 약 이야기만 하고 넘어간다.

20. Baxter, L. R., Schwartz, J. M., & Bergman, K. S., et al.(1992). Caudate glucose metabolic rate changes with both drug and behavioral therapy for obsessive-compulsive disorders. *Archives of General Psychiatry*, 49, pp. 681~689.

21. Simons, A. D., Garfield, S. L. & Murphy, G.E.(1984). The process of change in cognitive theraphy and pharmacotherapy for depression. *Archives of General Psychiatry*, 41, pp. 45~51.

22. Antonuccio, D. O., Danton, W. G., & DeNelsky, G. Y.(1995). Psychotherapy versus medication for depression : Challenging the conventional wisdom with data. *Professional Psychology: Research and Practice*, 26(6), pp. 574~585.

23. Dobson, K.S.(1989). A meta-analysis of the efficacy of cognitive therapy for depression. *Journal of Consulting and Clinical Psychology*, 57(3), pp. 414~419.

24. Hollon, S. D., & Beck, A. T.(1994). Cognitive and cognitive behavioral therapies. Chapter 10 in A. E. Bergin & S. L. Garfield(Eds.), *Handbook of Psychotherapy and Behavioral Change* (pp.428~466). New York: John Wiley & Sons, Inc.

25. Robinson, L. A., Berman, J. S., & Neimeyer, R. A.(1990). Psychotherapy for the treatment of depression: Comprehensive review of controlled outcome research. *Psychological Bulletin*, 108, pp. 30~49.

26. Scogin, F., Jamison, C., & Gochneaut, K.(1989). The comparative efficacy of cognitive and behavioral bibliotherapy for mildly and moderately depressed older adults. *Journal of Consulting and Clinical Psychology*, 57, pp. 403~407.

27. Scogin, F., Hamblin, E., & Beutler, L.(1987). Bibliotherapy for depressed older adults: A self-help alternative. *The Gerontologist*, 27, pp. 383~387.

28. Scogin, F., Jamison, C., & Davis, N.(1990). A two- year follow-up of the effects of bibliotherapy for depressed older adults. *Journal of Consulting and Clinical Psychology*, 58, pp. 665~667.

29. Jamison, C., & Scogin, F.(1995). Outcome of cognitive bibliotherapy with depressed adults. *Journal of Consulting and Clinical Psychology*, 63, pp. 644~650.

30. Smith, N. M., Floyd, M. R., Jamison, C., & Scogin, F.(1997). Three-year follow-up of bibliotherapy for depression. *Journal of Consulting and Clinical Psychology*, 65(2), pp. 324~327.

31. Burns, D. D,, and Nolen-Hoeksema, S.(1991). Coping styles, homework compliance and the effectiveness of cognitive-behavioral therapy. *Journal of Consulting and Clinical Psychology*, 59(2), pp. 305~311.

32. Burns, D. D,, & Auerbach, A. H.(1992). Do self-help assignments enhance recovery from depression? *Psychiatric Annals*, 22(9), pp. 464~469.

옮긴이

**차익종**

서울대학교 국문과 졸업. 서울대학교 국문과 대학원 박사과정 수료. 서울대 등에서 강의하고
있다. 음성학, 언어자료 통계처리, 한자어음운사를 연구하고 있다. 옮긴 책으로 《블랙 스완》
《아주 특별한 책들의 이력서》《알리, 아메리카를 쏘다》 등이 있다.

**이미옥**

경북대학교 독어교육과를 졸업하고, 독일 괴팅겐대학에서 독문학 석사. 경북대학교에서 독문
학 박사 학위를 받았다. 출판기획과 번역 일을 활발하게 하고 있으며, 북 에이전시 '초코북스'
를 운영하고 있다. 옮긴 책으로《하루를 살아도 행복하게》《히든 챔피언》《시기심》《기막힌 말
솜씨》《공감의 심리학》《잡노마드 사회》《괜찮아, 보이는 게 전부는 아니야》《엄마의 마음자세
가 아이의 인생을 결정한다》 등이 있다.

# 필링 굿

**초판 1쇄 발행** · 2011년 3월 31일
**초판 17쇄 발행** · 2022년 10월 21일
**개정판 1쇄 발행** · 2023년 6월 25일
**개정판 2쇄 발행** · 2024년 1월 30일
**지은이** · 데이비드 번스
**옮긴이** · 차익종 이미옥
**펴낸이** · 이충호
**펴낸곳** · 길벗어린이㈜
**브랜드** · 아름드리미디어
**등록번호** · 제10−1227호
**등록일** · 1995년 11월 6일
**주소** · 04000 서울시 마포구 월드컵북로 45 에스디타워비엔씨 2F
**대표전화** · 02−6353−3700
**팩스** · 02−6353−3702
**홈페이지** · www.gilbutkid.co.kr

· 잘못된 책은 구입처에서 바꿔 드립니다.

**ISBN 978−89−5582−696−8 (03180)**

**아름드리미디어** 는 길벗어린이㈜의 청소년·단행본 브랜드입니다.